suhrkamp taschenbuch 1899

Walker Percy, geboren 1916 in Birmingham, Alabama, studierte Naturwissenschaften und Medizin in Columbia. Er starb 1990 in Louisiana. Seine Bücher im Suhrkamp Verlag: *Liebe in Ruinen. Die Abenteuer eines schlechten Katholiken kurz vor dem Ende der Welt* (1974), *Der Kinogeher* (1980), *Der Idiot des Südens* (1985), *Lancelot* (1987) und *Die Wiederkehr* (1989).

»Also mein lieber alter Freund Will, meine erste und einzige Liebe! Ach, es ist ja so schön, dich zu sehen. Erinnerst du dich an den Central Park?« Will Barrett erinnert sich – und auch beim Leser von Walker Percys *Der Idiot des Südens* wird die Eingangsszene dieses Romans wieder lebendig: Barrett trifft im Central Park in New York Kitty Vaught. Durch sie kommt er mit dem Vaught-Clan in Verbindung. Er lebt bei den Vaughts, er betreut Kittys Bruder Jamie bis zu dessen Tod, freundet sich mit Sutter Vaught an.

Nach dem Tode Jamies trennen sich jedoch, wie aus dem Roman *Die Wiederkehr* zu erfahren ist, ihre Wege: Will Barrett wird Rechtsanwalt, arbeitet in New York als Vermögensverwalter und heiratet die Tochter aus einer der reichsten Familien »Old Carolinas«. Vorzeitig zieht er sich aus seinem Beruf zurück und lebt, nach dem Tod seiner Frau, wieder in seiner Heimat. Ein ziemlich normales, ja erfolgreiches Leben also. Doch der Schein trügt. Will Barrett, aus der Routine des Alltagslebens ausgeschert, hat seine »Anfälle«. Sein Koordinatensystem verschiebt sich. Er erscheint nun verrückt.

Walker Percy
Die Wiederkehr

Roman

Aus dem Amerikanischen
von Sabine Hübner

Suhrkamp

Titel der Originalausgabe: *The Second Coming*
Umschlagfoto: © Frankfurter Allgemeine Magazin/
Anselm Spring

suhrkamp taschenbuch 1899
Erste Auflage 1991
© 1980 by Walker Percy
© der deutschsprachigen Ausgabe
Suhrkamp Verlag Frankfurt am Main 1989
Suhrkamp Taschenbuch Verlag
Alle Rechte vorbehalten, insbesondere das
des öffentlichen Vortrags, der Übertragung
durch Rundfunk und Fernsehen
sowie der Übersetzung, auch einzelner Teile.
Druck: Nomos Verlagsgesellschaft, Baden-Baden
Printed in Germany
Umschlag nach Entwürfen von
Willy Fleckhaus und Rolf Staudt

1 2 3 4 5 6 – 96 95 94 93 92 91

Erster Teil

I

1

Daß irgend etwas nicht stimmte, zeigte sich zum erstenmal, als er Golf spielte. Oder vielmehr gestand er sich da zum erstenmal ein, daß vielleicht etwas nicht stimmen könnte.
Er fühlte sich seit einiger Zeit niedergeschlagen, ohne zu wissen, warum. Genaugenommen war ihm nicht einmal bewußt, daß er niedergeschlagen war. Vielmehr hatte er den Eindruck, die Welt und das Leben um ihn herum würden von Tag zu Tag sinnloser und absurder.
Dann ereigneten sich diese zwei merkwürdigen Vorfälle auf dem Golfplatz.
Einmal schlug er in einem Bunker der Länge nach hin. Es gab keinen ersichtlichen Grund dafür. Eben hatte er noch mit seinem Sandwedgeschläger die Lage des Balls taxiert, und im nächsten Moment lag er flach auf dem Boden. Die Wange gegen die Erde gepreßt, bemerkte er, daß aus dieser ungewohnten Position alles anders aussah. Ein seltsamer Vogel flog vorbei. Eine hoch aufgetürmte Kumuluswolke zog in Tausenden von Metern Höhe über ihn hinweg. Normalerweise hätte er sie nicht weiter beachtet. Als er aber jetzt aus dem Bunker zu ihr emporstarrte, schien sich der untere Teil purpurn und golden zu färben, während der obere immer höher und höher wallte wie die Wolke über Hiroshima. Ein anderes Mal spielte er, was selten vorkam, den Ball mit einem Slice ins Aus. Als er tief im Wald nach ihm suchte, geschah noch etwas Merkwürdiges. Er hörte ein Geräusch, das ihn plötzlich an ein weit zurückliegendes Ereignis erinnerte. Obwohl es das wichtigste Ereignis seines Lebens war, war ihm bis zu jenem Augenblick gelungen, es zu vergessen.
Kurz darauf wurde er noch niedergeschlagener. Die Leute kamen ihm absurder vor denn je. Mehr als einmal schüttelte

er den Kopf und sagte ironisch lächelnd zu sich selbst: Das ist nichts für mich.
Da kam ihm plötzlich in den Sinn, sich zu erschießen.
Erst war es nur so ein Gedanke, der ihm durch den Kopf fuhr.
Dann war es eine Vorstellung, mit der er sich ironisch beschäftigte.
Und schließlich wurde es zu einem Plan, den er ernst nahm und auszuführen beschloß.
Das Leben der anderen kam ihm sogar noch absurder vor als sein eigenes. Er fand es erstaunlich, daß man den Leuten die Absurdität ihres Lebens dennoch im allgemeinen nicht anmerkte. Warum hatte gerade er beschlossen, sich zu erschießen, sie jedoch nicht? Wie schafften sie es bloß, sich ständig etwas vorzumachen und nach außen hin scheinbar ganz normal zu leben, normal zu arbeiten, Golf zu spielen, Witze zu reißen, über Politik zu diskutieren? War er verrückt, oder taten eher die anderen Leute alles, um sich über ihr tatsächlich absurdes Leben hinwegzutäuschen? Er konnte es nicht sagen.
Was soll man von einem solchen Menschen halten?
Zunächst einmal: Obwohl er wahrscheinlich krank war und seine Krankheit, die Depression, ihm die Welt absurd erscheinen ließ, ist es unmöglich, dies zu beweisen.
Einerseits war er depressiv.
Andererseits ist die Welt tatsächlich absurd.
Oder es lassen sich zumindest gute Argumente anführen, daß das Leben nun schon seit einigen Jahren immer sinnloser, ja sogar immer verrückter zu werden scheint.
Zugegeben, die meisten Leute, die er kannte, wirkten einigermaßen normal und zufrieden. Sie spielten Golf, waren geschäftig, tranken, redeten, lachten, gingen zur Kirche, schienen sich wirklich zu amüsieren und waren im allgemeinen nicht bloß erfolgreich, sondern auch großzügig. Was sie sagten, ergab einen Sinn, sie rissen Witze.

Andererseits ist es denkbar, besonders in so merkwürdigen Zeiten wie diesen, daß sich ein ganzes Volk (oder zumindest die Mehrheit) einbildet, alles stehe zum Besten, auch wenn das gar nicht der Fall und in Wirklichkeit alles absurd ist. Die meisten Römer gingen weiterhin ganz normal ihrer Arbeit nach und gaben sich dem Vergnügen hin, während um sie herum Rom zusammenkrachte.

Wenn jedoch ein Mann Depressionen bekommt, in einem Bunker hinschlägt und den Entschluß faßt sich zu erschießen, dann kann man sicherlich behaupten, daß etwas mit diesem Mann schiefgelaufen ist, nicht mit der Welt.

Wenn auf neunundneunzig Menschen, die nicht depressiv sind – oder das zumindest von sich behaupten –, einer kommt, der es tatsächlich ist, wer könnte da behaupten, der Depressive sei im Recht und die neunundneunzig anderen seien im Unrecht und machten sich etwas vor? Und selbst wenn es so wäre, welchen Sinn hätte es, den neunundneunzig, die sich durch Arbeit und Vergnügungen zerstreuen und sich für glücklich halten, die Augen zu öffnen?

Das ist eine rein theoretische, unnütze Erörterung.

Aber schließlich ist nicht zu leugnen, daß es heutzutage mehr depressive Menschen gibt als je zuvor. Jüngsten Erhebungen zufolge tritt die Depression häufiger auf als alle anderen Krankheiten zusammengenommen. Was, wenn sich das Verhältnis von Nicht-Depressiven zu Depressiven von neunundneunzig zu eins auf fünfzig zu fünfzig verschiebt? Mag sein, daß diese Erörterung dann etwas von ihrem theoretischen Charakter verliert.

Unabhängig davon, wer nun verrückt war oder nicht, widerfuhr ihm jedenfalls auf dem Golfplatz etwas Merkwürdiges.

Es passierte einen Tag, nachdem er vom Rotary-Club seiner Stadt für seine Verdienste um das Gemeinwohl zum »Mann des Jahres« gewählt worden war.

Er und sein Partner, Dr. Vance Battle, lagen in ihrem Viererspiel einen Schlag zurück und hatten noch zwei Löcher zu spielen. Das siebzehnte war ein mittellanges par-fünf-dogleg mit guter Sicht auf den Mount Sourwood. Es wand sich um einen Teich und eine niedrige Reihe roter Ahornbäume herum. In der hellen Sonne sahen die Bäume aus wie eine Flammenzunge, die die kühle, grüne Bahn versengte. Es war kein besonders schwieriges Loch. Um Par zu spielen, brauchte man zwei gute Schläge mit dem Holz, um über die Hügelkuppe hinwegzukommen und dann mit einem leichten geraden Schlag aufs Grün zu pitchen.

Es war ein guter Drive, und der Ball stieg, von einem kräftigen Rückenwind getrieben, hoch hinauf. Er flog gut dreihundert Meter weit. Sein Partner zwinkerte ihm zu. Die beiden anderen Spieler sahen sich an. Obwohl zwischen ihm und dem Grün Hügelkamm und Teich lagen, beschloß er, direkt auf die Fahne zu spielen. Als er den Schlag mit einem Holz 3 ausführte, wußte er, daß er gut war. Der Ball beschrieb eine leichte Kurve, die genügte, um das Grün zu erreichen. Ohne den Ball zu sehen, war ihm klar, daß er zu einem Eagle einlochen konnte.

Sein Partner, Dr. Vance Battle, saß außerhalb der Bahn auf dem Elektrokarren und wartete auf seinen dritten Schlag. Vance sah zum Grün, dann zu seinem Partner, hielt die Hände auseinander, als zeige er die Länge eines Fischs, neigte den Kopf zur Seite, zwinkerte erneut und schnalzte mit der Zunge, wenn es auch nicht zu hören war.

Er sah auf den glänzenden braunen Schlägerkopf hinunter. Wir haben diese Art von Schläger immer Spoon genannt, dachte er, nicht Holz 3. Was meinen Sie, hatte er in Sea Island einmal einen bejahrten schwarzen Caddie gefragt. Das ist ein *Spoon*schlag, antwortete der Caddie mit einer gewissen Betonung, wobei er am Schluß die Stimme hob. Dann reichte er ihm den Schläger in dem vielschichtigen, aber klaren Bewußtsein dessen, was ein *Spoon* leisten konnte.

Jetzt wählte man sich einen numerierten Schläger von einem Elektrokarren.
Den Schläger immer noch in beiden Händen, mit übereinandergelegten Fingern, hielt er einige Sekunden lang inne, als lausche er. Er starrte zu dem runden, einäugigen Berg hinauf, der mit einem ironischen Ausdruck zurückzustarren schien.
Damals begannen sich, wie später ein Arzt erläuterte, gewisse »quasi-sensorische« Symptome zu manifestieren. Er spürte ein leichtes, nicht unangenehmes Schwindelgefühl. Der schwache, aber beißende Duft eines bunten Unkrauts am Rand des Rough stieg ihm in die Nase. Wie bei einer Sonnenfinsternis verdunkelte sich plötzlich das helle Licht der Oktobersonne. Er hatte den Eindruck, die Szene verändere sich vor seinen Augen. Von einem anderen Arzt erfuhr er später, daß es sich dabei nicht wirklich um eine Halluzination gehandelt habe, sondern um eine »assoziative Reaktion«, wie sie etwa durch krankhafte Veränderungen im Stirnlappen, dem Sitz des Gedächtnisses, hervorgerufen werde.
Die Ärzte waren sich über die Natur seiner Erkrankung nicht einig, ja noch nicht einmal darüber, ob man überhaupt von einer Erkrankung sprechen konnte.
Statt der makellosen smaragdgrünen Bahn, die sich zwischen den scharlachrot-goldenen Hügeln der Appalachen hinzog, schien er plötzlich etwas anderes zu sehen. Es war ein Bild aus seiner Jugend, und zwar etwas so Belangloses, daß er schon damals keinen Grund gehabt hatte, sich daran zu erinnern, geschweige denn jetzt, dreißig Jahre später. Und doch schien er jedes Detail so klar zu erkennen, als würde er es gerade vor sich sehen. Wieder hatte der Neurologe eine vollkommen plausible Erklärung parat. Sämtliche Eindrücke, Wahrnehmungen, Geräusche und Gerüche, die das Gehirn jemals aufnimmt, werden registriert und gespeichert. Wenn die mit solchen Informationen versehenen Nerven zufällig

auf eine bestimmte Art stimuliert werden, taucht jede beliebige Erinnerung wieder auf.
Nichts gerät wirklich in Vergessenheit.
Der Kreidegeruch am ersten Schultag, der heiße Cordsamtstoff an deinen Beinen, die Form des Schorfs auf deiner Hand sind immer noch da, wenn es dir gelingt, an sie heranzukommen.
Statt der herbstlich leuchtenden Postkartenberge Carolinas schien er ein Stück einer Eisenbahntrasse in einer kleinen Stadt in Mississippi zu sehen. Eigentlich war es nur ein keilförmiges, verwildertes Stück Land zwischen den Schienen und den Hintergärten einiger Negerhütten. Es hatte die Form eines Dreiecks mit eingebuchteter Grundlinie, wobei die Einbuchtung durch die Schienenkurve entstanden war. Vielleicht gehörte es der Bahn, vielleicht auch der Elektrizitätsgesellschaft, denn in einer Ecke befand sich ein kleines eingezäuntes Gelände, in dem eine noch kleinere Blechhütte stand. Oder vielleicht war es Eigentum der Stadt, denn am Ende dieses schmalen Unkrautstreifens ragte der städtische Wassertum auf. Oder vielleicht gehörte es auch gar niemandem, nicht einmal den Schwarzen – eine übriggebliebene Parzelle, die die Landvermesser auf ihren Karten übersehen hatten.
Nur ein einziges Mal in seinem Leben hatte er dieses unscheinbare Stück Erde betreten. Das war kurz nachdem er Ethel Rosenblum gesehen hatte. Als er die Abkürzung auf dem Weg von der Schule nach Hause nahm, auf den Schienen, die hinter dem Football-Platz vorbeiführten, sah er Ethel Rosenblum, die gerade ihre Rolle als »cheerleader«, als Anheizerin ihrer Highschool-Mannschaft, einstudierte. Ihre Uniform hatte einen kurzen blauen Rock, der abstand, so daß man das goldfarbene Unterhöschen sah. Sie war klein, hatte krauses Haar und ein etwas pickeliges Gesicht. Aber wie um diese Mängel wettzumachen, hatte ihr die Natur einen so schönen, anmutigen Körper verliehen, einen so seidigen

dunklen Teint, so wohlgeformte Gliedmaßen, daß es kaum zu fassen war. Sie war sehr gut in Algebra, Geschichte und Englisch. Vier Jahre lang lernten sie um die Wette. Sie trug den Sieg davon. Sie durfte am Ende der Schulzeit die Abschiedsrede halten, er die Begrüßungsrede. Sie löste Gleichungen, bei denen die ganze Klasse nicht mehr weiterwußte. Mit vorgereckter Hüfte stand sie an der Tafel, die Faust nach cheerleader-Art gegen das Becken gedrückt, in der anderen flinken kleinen Hand die Kreide, und dann löste sie in Null Komma nichts riesige a^2-b^2-Gleichungen und bekam am Schluß heraus: $a/a=1$. $1=1$! Eins!

Wie sperrig die Gleichung auch war, wie häßlich, unsymmetrisch, vollgestopft mit komplexen Zahlen, Wurzeln, Brüchen – unter Ethel Rosenblums flinker, sicherer Hand zerlegte sie sich in Faktoren, ließ sich kürzen und löste sich auf in Einheit, Symmetrie und Schönheit.

Würde es im Leben nicht ebenso gehen?

Nein, wie sich herausstellen sollte.

Sie hatten vier Jahre lang in derselben Klasse gesessen, kannten sich also und hatten doch kaum mehr als ein Dutzend Worte miteinander gewechselt.

Einmal im Leben hatte er diesen namenlosen, unbewohnten Flecken Wildnis betreten, der niemandem gehörte, und das war, als er Ethel Rosenblum sah und sie so heftig begehrte, daß er hinfiel. Sein Kummer darüber, daß er sie nicht umarmen, seine Finger nicht in ihr kreidestaubiges Kraushaar wühlen durfte, war so schlimm, daß er sich inmitten verstreuter Algebrabücher, Ringordner und Literature-and-Life-Hefte in die Aleppohirse und die Goldrutenstauden warf, auf die nach Kreosot und Ruhrkraut riechende Erde.

Ach, *das* war der Geruch des bunten Unkrauts auf dem Golfplatz – der beißende Geruch des Ruhrkrauts!

Ethel, warum ist die Welt so beschaffen, daß gerade unsere Klugheit und Nähe uns trennen? Ist das ein stillschweigender Pakt? Oder liegt es an der verfluchten Schüchternheit?

Ethel, laß uns auf dieses vergessene Stück Land ziehen, hier und jetzt, an diesen Nicht-Ort, auf diesen den Geometern entgangenen Zwischen-Raum. Hier gehören wir hin, dies ist der einzige Ort, der nicht jüdisch und nicht christlich ist, nicht schwarz und nicht weiß, nicht öffentlich und nicht privat.

Später erwähnte ein Arzt die Möglichkeit einer geringfügigen Blutung oder eines Gefäßkrampfs in der Nähe des limbischen Systems, des Sitzes der Triebe, als Grund für die sexuelle Komponente seiner Verwirrung.
»Welche sexuelle Komponente?« fragte er. »Doc, es ging um Ethel Rosenblum, und ich war fünfzehn!«
»Sicher, aber Sie sprechen jetzt von ihr.«
Jetzt, mitten auf diesem hübschen Fairway in Carolina, in der frischen Hochgebirgsluft, während sich der Himmel verdüsterte und ihm der beißende Geruch des Ruhrkrauts in die Nase stieg, fiel er abermals hin, jedoch nur für einen Moment. Oder vielleicht stolperte er auch bloß, denn das nächste, woran er sich erinnerte, war, daß der Elektrokarren herangebrummt kam und Vance neben ihm stand.
Nein, er war tatsächlich hingefallen, denn ihm schien, als sehe und rieche er die bunten Düngerkörnchen im flachgedrückten Bermudagras.
Ich frage mich, sagte er, die Nase im flachgedrückten Gras, zu sich selbst, wie mein Leben verlaufen wäre, wenn ich vier Jahre lang Ethel Rosenblum gehabt hätte, statt vier Jahre lang den Traum von Ethel Rosenblum – und die paar Worte, die wir gewechselt haben.
»Wie geht's, Ethel?«
»Danke gut, Will. Und dir?«
»Auch gut. Hattest du einen schönen Sommer?«
»Ja, ich hab kaum was getan. Tja –«
»Also dann, Will, bis bald!«
Gib mir deine Hand, Ethel. Ich weiß einen Ort.

Andererseits, in welcher Weise hätte sein Leben besser verlaufen können, wenn es mit Ethel und ihm anders ausgegangen wäre? Hatte er denn nicht alles erreicht, was man sich nur wünschen kann? Das einzige Anzeichen dafür, daß etwas nicht stimmte, war seine Erinnerung an ein Mädchen (und an einen Ort), das er vor dreißig Jahren, während seiner Highschoolzeit gekannt hatte.
Was, wenn sie beide ihrer Neigung gefolgt wären, vorausgesetzt, Ethel hätte seine Gefühle erwidert (und das war durchaus denkbar! Am letzten Schultag, nach ihrer Abschieds- und seiner Begrüßungsrede, hatte er sich von ihr verabschiedet und ihre kleine Hand genommen. Da hatte sie den Kopf geschüttelt und in traurig-zärtlicher Erbitterung gesagt: »Ach, Will...!«), und wenn sie sich gemeinsam in die Aleppohirse hätten fallen lassen oder wohin auch immer, wann auch immer – was dann? Wäre es ihm dann im Leben besser ergangen? Würde er dann eher den jungen und den nicht mehr so jungen Leuten in der Stadt gleichen, die das Leben leichtnahmen – gutmütig und zufrieden wie Katzen, und doch auch nachdenklich und frech –, diesen Leuten, die aussahen, als könnten sie das noch zehn Jahre so treiben, ohne je unzufrieden zu werden – wäre es ihm dann besser ergangen? Wer weiß?
Zumindest würde er wahrscheinlich nicht auf irgendwelchen Golfplätzen hinfallen und sich an merkwürdige Brocken aus seinem vergangenen Leben erinnern.
In letzter Zeit fiel ihm alles wieder ein. Sein Symptom, wenn es überhaupt ein Symptom war, konnte man als das Gegenteil von Amnesie bezeichnen, eine Verfassung, für die es meines Wissens noch keinen medizinischen Terminus gibt.
Alles erinnerte ihn an irgend etwas.
Der Duft des Ruhrkrauts in North Carolina erinnerte ihn an Ethel Rosenblum und einen verwilderten Flecken in Mississippi.

Eine seltsam geformte Wolke am blauen Himmel Carolinas erinnerte ihn an eine fehlende Kachel in der U-Bahn-Station Columbus Circle, wo er oft auf den Eighth Avenue Express zum Kaufhaus Macy's gewartet hatte. Von der Kachel war bloß noch ein Streifen am oberen Rand übriggewesen, und der freiliegende graue Beton hatte die Umrisse Utahs.

Ja, er mußte auf dem Fairway hingefallen sein, denn jetzt packte Vance ihn am Arm, mit einer Art ärztlichem Spezialgriff, der einen aufrecht hält, ohne daß man es merkt.

»Das war vielleicht ein Schlag!«

»Haben Sie den Ball gesehen?«

»Der braucht bloß noch einen Schubs. Ich würde mich übrigens gerne mal mit Ihnen unterhalten.«

»Na gut. Reden Sie nur.«

»Nicht hier. Kommen Sie doch gelegentlich in meine Praxis.«

»Warum denn?«

»Ich habe den Eindruck, irgend etwas stimmt nicht mit Ihnen.«

»Warum?«

»Man fällt nicht einfach mitten auf dem Fairway hin.«

»Ich hatte gerade an etwas gedacht.«

»Sie dachten also an irgend etwas und sind hingefallen.«

»Genau.«

»Sie wirkten ein wenig geistesabwesend. Bedrückt Sie etwas?«

»Nein.«

»Helfen die Schlaftabletten, die ich Ihnen gab?«

»Ja. Nein, ich habe sie nicht genommen.«

»Sie sind schon eine ganze Weile nicht mehr so ganz bei uns.«

»Bei uns?«

»Ihrer Familie. Ihren Freunden.«

»Wie meinen Sie das?«

»Sie sprechen kaum noch mit uns. Und wenn, dann ziemlich merkwürdig.«

»Zum Beispiel?«

»Neulich fragten Sie mich, ob ich mich an einen Schauspieler namens Ross Alexander erinnerte. Ich verneinte, und Sie ließen es dabei. Aber dann fragten Sie mich, ob Groucho Marx tot sei. Und dann, ob die Neigung zum Selbstmord erblich sei. Erinnern Sie sich?«

»Ja. Sie gaben mir damals keine Antwort.«

»Weil ich es nicht wußte. Haben Sie eigentlich Depressionen?«

»Nein.«

»Und woran dachten Sie kurz nach diesem Holz-3-Schlag?«

»Ich dachte an ein Mädchen, das ich früher einmal kannte.«

»Na, dann brauche ich mir ja keine Sorgen zu machen.«

»Also, putten wir?«

»Ja.«

»Nein, warten Sie.« Und wieder tauchte er in eine dieser geistesabwesenden Stimmungen ein, die sein Arztfreund »petit-mal-Trancen« nannte. Beide waren sie jetzt auf dem Elektrokarren. Er saß etwa fünf Sekunden vollkommen reglos da, lang genug, daß der Arzt zuerst besorgt lächelte, dann die Stirn runzelte und ihn schließlich mit der Hand berührte.

»Was ist los, Will?«

»Mir ist gerade etwas Merkwürdiges aufgefallen.«

»Und das wäre?«

»Es gibt hier keine Juden.«

»Juden?«

»Ich lebe jetzt seit zwei Jahren hier und habe noch nie einen Juden gesehen. Araber wohl, aber keine Juden. Als ich vor Jahren jeden Sommer hierherkam, lebten hier Juden. Ist das nicht merkwürdig?«

»Darüber habe ich mir noch gar keine Gedanken gemacht, hm.« Dr. Vance runzelte die Stirn und tat, als denke er angestrengt nach, ließ das Gesicht des anderen aber dabei keinen Moment aus den Augen. »Wirklich interessant! Vielleicht sind sie alle nach Washington gezogen, haha!«
»Wenn man es recht bedenkt, wie viele Juden gibt es eigentlich noch in North Carolina?«
»Noch? Sind sie denn weggezogen? Das hatte ich gar nicht bemerkt, hm.« Wieder runzelte Dr. Vance die Stirn und tat, als krame er angestrengt in seinem Gedächtnis.
»Denken Sie doch mal nach! Waren hier denn früher keine Juden? Sie stammen doch von hier.«
»Nun ja, da waren Dr. Weiss und Dutch Mandelbaum in der Highschool, beides Footballstürmer.«
»Und jetzt sind sie nicht mehr hier?«
»Nein.«
»Da sehen Sie's!«
»Was soll ich denn sehen?«
»Wissen Sie, meine Frau, die ja sehr religiös war, glaubte, die Juden seien ein Zeichen.«
»Wofür denn?«
»Ein Zeichen dafür, daß Gottes Plan sich erfüllt.«
»So?« Vance ließ seinen Blick zur Armbanduhr wandern und tat, als verscheuche er eine Fliege.
»Aber was hat dann die Abwesenheit der Juden zu bedeuten? Der Wegzug der Juden?«, fragte er und sah den Arzt solange an, bis der den Blick hob. »Wofür ist dies dann ein Zeichen?«
»Keine Ahnung.« Vance wirkte nachdenklich. »Hm.«
Es ist keineswegs ungewöhnlich, daß Menschen, die unter bestimmten Psychosen und Depressionen leiden, ab einem gewissen Alter »fixe Ideen« entwickeln, das heißt, alle möglichen bizarren Ansichten über Juden, Bildebergers, Zigeuner, den Weltraum, UFOs, internationale Verschwörungen und weiß Gott was noch alles. Überflüssig zu sagen, daß die

Juden North Carolina weder verlassen haben noch dabei sind, es zu verlassen. Vielmehr kann man festhalten, daß in diesem Staat die kleine jüdische Gemeinde ein reges Leben entfaltet. Die letzten Erhebungen ergaben fünfundzwanzig Synagogen und Tempel und zehntausend Juden mit einem durchschnittlichen Jahreseinkommen von 21 000 Dollar pro Familie.
Der Vierer wurde ohne weitere Zwischenfälle beendet. Er puttete – ein Drei-Meter-Schlag, kein Schubs –, blieb drei unter Par und gewann die 50 Dollar Einsatz und die Pressewette, insgesamt etwa 200 Dollar. Seine Freunde hänselten ihn, als sie dann alle zusammen in der Bar des Umkleideraums Bourbon tranken und würfelten – hier herrschte immer eine lustige Stimmung, es roch nach Schweiß, Bourbon, Hanfteppichen, und alles wurde beherrscht von einem riesigen Jack-Nicklaus-Photo, das ihn zeigte, wie er gerade einen Ball aus einem Bunker schlägt. Man hatte den Eindruck, er sei ganz bei sich. Zwar wirkte er ein bißchen zerstreut, aber ansonsten lächelte und nickte er wie immer und verhielt sich völlig normal – so normal, daß sein Arztfreund den »petit-mal-Trancen« keine weitere Bedeutung mehr schenkte. Schließlich kann es einem Golfer, der nur sechsundsiebzig Schläge braucht, nicht allzu schlecht gehen.
Aber dennoch ist mit einem Mann, der auf dem Fairway hinschlägt und von unerklärlichen Erinnerungen überwältigt wird – Erinnerungen von außergewöhnlicher Schärfe und Kraft – gewiß nicht alles in Ordnung. Was für Erinnerungen aber? Erinnerungen an die nebensächlichsten Ereignisse und Orte, die man sich vorstellen kann, an einen verwilderten Flecken in Mississippi, eine fehlende Kachel in einer New Yorker U-Bahn-Station und an ein Mädchen, an das er seit dem Verlassen der Highschool nicht mehr gedacht hatte.

Es war ein schöner Sonntagmorgen. Das Doppel hatte früh begonnen und war schon vor Mittag beendet. Jetzt fuhr er die Church Street entlang. Der Elf-Uhr-Gottesdienst war gerade aus, und seine Besucher verließen die Kirche. Wie sie da mit zusammengekniffenen Augen lächelnd in der Sonne standen, machten alle einen gepflegten, wohlhabenden, gesunden und zufriedenen Eindruck. Zur Linken und zur Rechten folgten jetzt die übrigen Kirchen: die Christenkirche, die Kirche Christus, die Gotteskirche, die Gott-in-Christus-Kirche, die Christus-in-Gott-Kirche, die Gesellschaft Gottes, die Baptistische Bethelkirche, die Unabhängige Presbyterianische Kirche, die Vereinigte Methodistenkirche und die römisch-katholische Kirche vom Unbefleckten Herzen Mariä.

Auf zwei Schildern, die ins Tal wiesen, stand: Afrikanisch-Methodistische Episkopalkirche: 4 Straßen weiter; Baptistische Sternenlichtkirche: 8 Straßen weiter.

Und auf einem Schild, das zu einem Kiefernwäldchen auf dem Berg führte: Episkopalkirche des Hl. Johannes vom Walde: 6 Straßen weiter.

Er lebte im allerchristlichsten Land der Welt, den USA, im allerchristlichen Teil dieses Landes, dem Süden, im allerchristlichsten Staat des Südens, nämlich North Carolina, und schließlich in der allerchristlichsten Stadt North Carolinas.

Wieder befand er sich in dieser hübschen herbstlichen Landschaft mit ihren roten und gelben Farben. Als er an einer Schlucht entlangfuhr, erlitt er schon wieder einen Anfall. Wieder verdüsterte sich die Sonne. Aus der Schlucht schien Licht zu steigen. Er nahm den Fuß vom Gaspedal und schaltete auf der Suche nach einer nicht-kirchlichen Sendung das Radio ein. Er fand jedoch keine. Aus dem Augenwinkel sah er einen dunklen Vogel durchs Gehölz fliegen, der immer

auf gleicher Höhe mit ihm blieb. Er wußte, was er zu tun hatte.
An einer Aussichtsplattform hielt er an und nahm die Luger aus dem Handschuhfach des Mercedes. Beim Aussteigen sah er im Außenspiegel plötzlich einen schattenhaften Fremden. Aber dann erkannte er, daß dieser Fremde er selbst war. Fremd kam ihm die Gestalt nur deshalb vor, weil sie zweimal reflektiert wurde, und zwar vom Rückspiegel und vom dunklen Glas der Wagentür.
Er lächelte vor sich hin. Ja, das war es. Mit Hilfe zweier Spiegel ist es möglich, sich einen Augenblick als Mensch unter Menschen zu sehen und nicht als ein Ich, das alles in sich hineinsaugt – so wie man im dreiteiligen Spiegel eines Herrenschneiders seinen eigenen Hinterkopf sehen kann.
Er starrte auf das Gelenk der Hand, in der er die Luger hielt. Licht und Luft strömten in das Gelenk. Es war weder dick noch dünn. Wer sieht schon sein eigenes Handgelenk? Es war nicht irgendein Handgelenk, sondern Das Handgelenk, und es gehörte zu jenem Loch, das alles einsaugt und austrocknet.
Fünfmal feuerte er in die Schlucht. Lärmend wurde das Echo des Schusses zwischen den senkrechten Felswänden hin- und hergeworfen. Er entdeckte, daß ihm das Abfeuern der Luger half, seiner »Anfälle« Herr zu werden. Aber es funktionierte nicht so gut wie zuvor. Er schoß erneut, wobei er die Luger fester hielt und sie diesmal direkt neben seinem Gesicht abfeuerte. Jetzt war der Knall lauter und dumpfer; eine heiße Luftwelle prallte ihm gegen die Wange. Der Rückstoß der Pistole verursachte Schmerzen im Handgelenk. Er richtete die Mündung gegen seine Schläfe. Ja, das ist möglich, dachte er lächelnd, das ist ein Weg, den großen Sog des Ich zu vermeiden, aber dann würde ich es ja nicht herausfinden, oder? Was herausfinden? Herausfinden, wie es soweit kommen konnte, daß ein Mann so in sich selbst hineingesogen wird, daß es eines Schusses bedarf, um ihn von dem

Sog zu befreien – oder des Blicks in einen Doppelspiegel. Und ich würde nichts über die Juden herausfinden, warum sie erst hierherkamen und jetzt gehen. Sind die Juden ein Zeichen?

Jedenfalls steht Will Barrett hier am Rand eines Abgrunds in Old Carolina – ein talentierter, sympathischer, wohlhabender Mann, der in der denkbar angenehmsten Umgebung lebt und trotzdem mit dem Gedanken spielt, sich eine Kugel durch den Kopf zu jagen.

Eine Viertelstunde später sitzt er in einer Fünfer-Garage in seinem Mercedes, schnüffelt an der Luger und beobachtet eine Katze, die drei Parkplätze weiter auf einem sonnigen Flecken liegt, unter der hinteren Stoßstange des Rolls-Royce Silver Cloud seiner Frau. Seit ihrem Tod vor einem halben Jahr hatte der Silver Cloud mit prallen Reifen und ohne auch nur einen Tropfen Öl zu verlieren an seinem gewohnten Platz auf dem blankgefegten Betonboden gestanden. Will Barrett hatte es kein einziges Mal geschafft, darüber nachzudenken, was mit dem Wagen geschehen sollte.

Hinter dem großen Rolls-Royce kauerte fast versteckt Yamaiuchis kleiner gelber Datsun.

Geistesabwesend hielt sich Will Barrett den Lauf der Luger erst an die Nase, dann an die Schläfe und rieb den Kopf am kalten Metall.

Ist es nicht merkwürdig, daß dieser nette, reiche Amerikaner hier in seinem 35 000-$-Wagen sitzt und an einer Luger schnüffelt?

Wie, mag man mit gutem Grund fragen, konnte es denn mit Will Barrett so weit kommen? Ist es nicht wirklich erstaunlich, daß ein so erfolgreicher Mann, der in einem wunderschönen Haus mit wunderschöner Aussicht wohnt, inmitten lauter netter, fröhlicher Leute, im Kreis seiner Familie und seiner Freunde (alles gutgelaunte Golfer), daß so ein Mann an einem herrlichen Sonntagmorgen zusammengesunken in seinem bequemen Mercedes sitzt und zum Beispiel über sein merkwürdiges Handgelenk nachdenkt (sein Handgelenk war völlig normal) oder über die Rückkehr der Juden von North Carolina ins Heilige Land (von einer solchen Rückkehr konnte nicht die Rede sein) und sich wie Graf Dracula in Spiegeln sucht?

Jedenfalls ereigneten sich innerhalb der nächsten drei Minuten zwei außergewöhnliche Dinge, die uns besser als zehntausend Worte sowohl Barretts seltsamen Geisteszustand offenbaren werden als auch die seltsame Zeit, in der wir leben.

Zuerst erlebte er, als er mit der Luger in der Hand im Mercedes saß und die vor sich hindösende Katze anstarrte, mit der Wucht einer Offenbarung jenen Durchbruch, auf den er die ganze Zeit gewartet hatte. Er ahnte plötzlich lebhaft, was schiefgegangen war, nicht nur mit ihm selbst, sondern, wie er es sah, mit dem ganzen modernen Zeitalter.

Dann, als sei das noch nicht genug, passierte zwei Minuten später etwas gänzlich Unerwartetes, Schockierendes, was ihn jedoch keineswegs aus seinen großartigen Spekulationen über das »moderne Zeitalter« riß, sondern sie nur bestätigte. Kurz, er war kaum aus dem Mercedes gestiegen, als plötzlich aus dem nahegelegenen Kiefernwald ein Schuß abgefeuert wurde, die Kugel mit einem gräßlichen Knirschen neben seinem Fuß vom Beton abprallte und mit einem dumpfen Knall in der Backsteinwand steckenblieb. Eine boshaft summende Biene stach ihn in die Wade.

Später erinnerte er sich, daß er noch im Moment des Sich-Duckens gedacht hatte: Hatte er den Schuß nicht letzten Endes erwartet? Entspricht das nicht genau dem Charakter der Zeit, eine Art Ruhe vor dem Sturm, die bedrohliche Normalität eines Nachmittags, heimliche Furcht und Erwartung, deren wir uns erst bewußt werden, nachdem der Schuß gefallen ist?

Fürchten wir uns davor, daß stille Nachmittage durch Schüs-

se gestört werden könnten? Oder hoffen wir vielleicht sogar darauf?
Gab es denn jemals eine wirklich ereignislose Zeit, Nachmittage über lange Jahre hinweg, an denen nichts passierte, und die Leute waren froh darüber?
Aber zuerst einmal zu seiner »Offenbarung«. Während er die Katze anstarrte, erkannte er mit einemmal, was schiefgelaufen war, und zwar mit den Menschen, mit ihm, nicht mit der Katze – er erkannte es mit der gleichen lächelnden Gewißheit, mit der angeblich Einstein, als er in eine Züricher Straßenbahn einstieg, auf seine berühmte Theorie stieß.
Da war die Katze. Sie saß zufrieden in der Sonne, und ihr war jeder Platz recht, solange er nur sonnig war – keine absurden Gedanken an alte, verwunschene Flecken in Mississippi oder an ein funkelnagelneues Leben in einem funkelnagelneuen Haus in Carolina – nein, die Katze war zu genau hundert Prozent Katze, nicht mehr und nicht weniger. Will Barrett jedoch und überhaupt die heutigen Menschen waren nie hundertprozentig sie selbst. Sie lebten so vor sich hin, ziemlich lustlos und mehr oder weniger erfolgreich. Wahrscheinlicher war, daß sie nur zu siebenundvierzig Prozent sie selbst waren oder ganz selten, wie im Fall Einsteins beim Besteigen der Straßenbahn, zu dreihundert Prozent, nur allzuoft heutzutage aber nur zwei Prozent. Sie waren wie Gespenster, kaum, daß sie überhaupt einen Platz einnahmen. Wie kann der große Ich-Sog jemals hoffen, eine dicke Katze zu werden, die in der Sonne vor sich hindöst?
So lautete also seine Diagnose: Der heutige Mensch ist bloß zu zwei Prozent er selbst. Und eine Diagnose zu stellen heißt, daß man sich über das Behandlungsziel bereits im klaren ist: wie lassen sich die restlichen achtundneunzig Prozent wiederherstellen?
Es ist eigentlich überflüssig, noch irgend etwas über Will Barretts sonderbare Entdeckung zu sagen, außer vielleicht, daß sie zwar auf ihn zutreffen mochte, nicht aber auf die

guten Linwooder, die an diesem wunderschönen Oktobersonntag wirklich wie glückliche Katzen in ihren sonnigen Innenhöfen saßen.
Er stieg also geistesabwesend aus dem Mercedes – daß er die Luger immer noch in der Hand hielt, hatte er ganz vergessen – und dachte an dieses neuentdeckte sonderbare Defizit der menschlichen Situation, als auf halbem Weg zur Tür plötzlich der Beton explodierte, spuckte und ihn in die Wade stach. Es geschah scheinbar alles im selben Moment: der Knall, ein scharfer Stich und der Einschlag in die Backsteinwand.
Dann, und nun folgte der bemerkenswerteste Teil dieses ganzen Vorfalls, wurde er plötzlich verwandelt. Als habe es sich bei dem Stich in die Wade um die Injektion einer starken Droge gehandelt. Schneller als bei irgendeiner Droge, wirklich in dem Moment, als der Schuß fiel, wurde er, seinen eigenen Worten nach, auf wunderbare Weise sich selbst zurückgegeben. Wie von einem vernünftigen Tier nicht anders zu erwarten, hatte die Katze natürlich einen meterhohen Satz gemacht, schlagartig auf null Prozent ihres Wohlbefindens reduziert. Und Will Barrett? Die fehlenden achtundneunzig Prozent sind auf magische Weise wieder da! Wie denn nur? Durch den Gewehrschuß! In einer einzigen Bewegung zieht er sein schmerzendes Bein an, wirft sich auf den Boden und rollt, die Luger gegen den Leib gepreßt, über die Schulter ab. Mindestens dreimal dreht er sich, jedenfalls oft genug, um unter den hochbeinigen 56er Silver Cloud und an die gegenüberliegende Wand zu kommen, wo er sich nun zum ersten Mal seit Jahren wieder ganz bei sich selbst fühlt – flankiert von zwei Wänden, über sich den Rolls-Royce als einen Unterstand, der ihm spaltbreit den Blick auf den besonnten Wald gestattet. Und ohne weiter darüber nachzudenken, hält er die Luger jetzt so ruhig mit beiden Händen vor sich, als läge sie auf einem Sandsack.
Waren Terroristen hinter ihm her? Hatten sie auf seine Knie

gezielt? Oder ging es nur darum, den Rolls-Royce und das Haus eines wohlhabenden Mannes kaputtzuschießen? Oder hatten sie es auf seine Tochter Leslie abgesehen, die sich im oberen Stockwerk befand?

Nichts von alledem, wie sich kurz darauf herausstellte. Er sah eine etwas seltsame rote Schirmmütze zwischen den Kiefern verschwinden, und zwar nicht die Mütze eines Rotwildjägers, sondern die eines Texaco- oder Conoco-Mechanikers (es fiel ihm nicht mehr genau ein). Jetzt wußte er, wer geschossen hatte und warum. Es war Ewell McBee, ein Einödler aus dem Tal, früher Gärtner der Familie seiner Frau, der jetzt hier auf Barretts zehntausend Morgen großem Berggrundstück wilderte.

Also doch kein mysteriöser, apokalyptischer Terrorakt, sondern nur der alljährliche Ärger mit McBee. Nein, vielleicht doch etwas mehr: hieß McBees Botschaft genaugenommen nicht: Ihr solltet mich lieber wildern lassen, damit ich nicht aus Versehen eure Garage beschieße?

Er seufzte. Ein italienischer Terrorist wäre ihm lieber gewesen als die schwierigen Verhandlungen mit McBee, die jetzt bevorstanden (sollte er ihn anrufen? ihn weiterwildern lassen? den Sheriff rufen? ihm einen Drink spendieren? ihn erschießen?). Jedenfalls durfte Leslie nichts davon erfahren.

Er lag ein paar Minuten da, zielte mit der Luger und dachte darüber nach, was das doch für verrückte Zeiten waren, in denen ein Mensch an einem herrlichen Sonntagmorgen in Old Carolina erst durch einen Schuß wieder zu sich selbst fand.

Aber was für ein Mensch? Wie viele Menschen hätten Will Barretts Empfindungen denn schon geteilt? Wie vielen Menschen außer ihm wäre es plötzlich besser gegangen, nachdem an einem friedlichen Sonntag auf sie geschossen worden war? Nur wenigen Weißen und keinem einzigen Nigger, wie man in Old Carolina zu sagen pflegt.

Selbst Barrett wunderte sich. Woher weiß ich denn so genau, daß es Ewell McBee war, daß es sich um ein Versehen handelt, und warum bin ich enttäuscht? Warum fühle ich mich nicht am wohlsten, wenn ich auf einem grünen Fairway einen Holz-3-Schlag ausführe, sondern dann, wenn ich mich vor einem Gewehrschuß in eine sichere Ecke rolle, von der aus ich sehen kann, ohne selbst gesehen und ohne getroffen zu werden? Und all dies auch noch ganz gelassen und sogar mit einem Gefühl der Befriedigung! Das ist besser als – als was denn?
Na schön, hier bin ich, endlich ist es soweit, die sollen nur kommen. Was will ich eigentlich mit der Luger? Ich weiß nicht, irgendwas. Warum fühle ich mich hier am ehesten bei mir, und nicht etwa, wenn ich mit einem Holz 3 auf einem der letzten 9 Löcher einen Eagle spiele?
Was hat es zu bedeuten, daß ich mich so wohl fühle, wenn geschossen wird? Warum bin ich mir so sicher, daß irgendwann einmal alles durch eine Pistole, und zwar durch diese Pistole, in Ordnung kommen wird – entweder mit den anderen oder mit mir, aber jedenfalls mit dieser Pistole?
Wie kann ich denn so etwas wissen? Woher weiß ich denn, daß es aus irgendeinem Grund so enden wird, mit mir, einer Pistole und einem Feind, und daß andernfalls dieser stille Sonntag keinen Sinn hätte?
Natürlich würde es sich herausstellen, daß Ewell McBee nicht die Absicht gehabt hatte, ihm oder seinem Haus Schaden zuzufügen. Zumindest nicht bewußt. Er war nur beim Wildern im Kreis herumgelaufen, um aus der Witterung des Rehs zu kommen, hatte dabei die Orientierung verloren und einen Schuß abgefeuert, der (ganz bestimmt!) durch puren Zufall als Querschläger in Barretts Garage gelandet war. Seltsamerweise machte es alles noch schlimmer, daß er sich nun Ewells Entschuldigungen für das Beschießen des Hauses würde anhören müssen. Wenn man schon einen Feind hat, ist es besser, man kennt ihn.

Ewell McBee, dachte er, während er bäuchlings unter dem Rolls Royce lag, war ein weiteres Beispiel für die verrückte, absurde Zeit, in der man lebte. Hing der immer mehr zunehmende Wahnsinn damit zusammen, daß die Juden fortzogen? Wer hat behauptet, wir könnten ohne die Juden auskommen? Man muß sie einmal beobachten, ihr geheimnisvolles Kommen und Gehen und Bleiben! Die Juden sind ein Zeichen! Wenn die Juden fortziehen, dann beginnen die Nichtjuden sich wie die verrückten Jüten, Kelten, Angeln und primitiven Sachsen zu benehmen, die sie in Wirklichkeit sind, und kehren in die Wälder zurück. Hier leben wir nun, nachdem wir uns aus den Städten zurückgezogen haben, tief in den Wäldern des Südens, und werden von Stunde zu Stunde verrückter. Die Juden sind fort, die Schwarzen verlassen uns ebenfalls, und wo bleiben wir? Tief in den Wäldern, wo wir kleine Bälle über die Berghänge jagen, Tanqueraygläser schwenken, in denen Eiswürfel klirren, deutsche 35 000-Dollar-Wagen fahren und uns auf riesigen japanischen Bildschirmen Billy Graham, Football und M*A*S*H ansehen.

So sprach Will Barrett.

Ewell McBee war einer von dieser Sorte, ein moderner Südstaatler und verrückt wie ein Jüte. Will Barrett hatte Ewell schon als Junge gekannt. Sie waren gleichaltrig, und Ewell war damals der Caddie von Barretts Vater gewesen, wenn seine Eltern den Sommer in Linwood verbrachten. Als Landjunge, der auf einem Einödhof im Tal lebte, daher der Ausdruck Einödler, lief er immer barfuß und ohne Hemd herum, in Latzhosen, die nach Oktagonseife rochen. Er war stark und hoch aufgeschossen und ein ziemlicher Angeber. Wenn sie miteinander rangen, standen sie, jeder den Ellbogen um den Nacken des anderen gelegt, schwitzend und stöhnend da, bis Ewell ihn schließlich niederwarf, sich auf ihn setzte, ihn zwischen seine Schenkel preßte und ihn grinsend aufforderte aufzustehen – ein schwerer Inkubus, der

süßlich nach gekochter Baumwolle, Oktagonseife und dikker weißer, weißer, winterweißer Haut roch.
Von Ewells Mutter bekamen sie immer frische Eier und Landbutter, und von Ewells Vater Schnaps. Aber keinen billigen Fusel, sondern überm Holzkohlenfeuer geräucherten bernsteingelben Maisschnaps.
Von Ewell hatte er zum ersten Mal das Wort »Pimmel« gehört und einen unbeschnittenen Pimmel gesehen, was er anfänglich für eine Eigentümlichkeit bei Bauernburschen hielt. Noch erstaunter war er, als Ewell ihm eines Tages zeigte, wie man sich einen runterholt. Ewell war damals ein Angeber und Wichser und war es bis zum heutigen Tag geblieben.
Irgendwann war Ewell dann Obergärtner bei den Peabodys geworden. Später zog er in die Stadt, um Geschäftsmann zu werden. Wahrscheinlich war er der Meinung, daß er als ehemaliger Angestellter ab und zu Anspruch auf einen Rehbock hatte.
Ewell hatte sich also verändert und doch auch wieder nicht. Wenn sie jetzt bei einem Drink zusammensaßen, tat Ewell manchmal so, als wolle er ihn nicht mehr aus der Barnische lassen. Ja, er versperrte ihm wirklich den Weg und forderte ihn auf, doch vorbeizugehen, fast im Ernst, nein sogar ganz im Ernst. »Wart nur, dir reiß ich den Arsch auf! Dich lege ich immer noch spielend aufs Kreuz!«
»Na ja, das wage ich zu bezweifeln, aber jetzt laß mich auf der Stelle vorbei!«
Und Ewell ließ ihn widerwillig vorbei, weil sie eben schon beide in gesetztem Alter waren und Will Barrett das riesige Peabody-Vermögen besaß.
Von der Angeberei war nur noch das Wildern übriggeblieben. »Feuer frei, Will! Im Grunde tu ich dir doch 'nen Gefallen. Das verdammte Wild frißt doch die Baumrinden an. Was machst du überhaupt dagegen?« Ich hocke rittlings auf deinem zehntausend Morgen großen Berghang, genau wie früher auf dir, und wie kommst du jetzt wieder hoch?

Nachdem Ewell den Einödhof im Tal hinter sich gelassen hatte, kam er auch in der großen Welt voran. Zuerst arbeitete er in einer Texaco-Tankstelle, dann wurde er Besitzer einer Conoco-Tankstelle, und schließlich gehörten ihm fünf Exxon-Tankstellen und ein Kino. Er vertauschte die Latzhosen mit Jaymar-Sansabelt-Hosen und dem für den Geschäftsmann aus der Provinz typischen kurzärmligen weißen Hemd, trat der Handelskammer bei und aß mit den Rotariern im Holiday Inn zu Mittag. Da Twin Cinema jedoch bankrott gegangen war und Exxon bei Benzin reduzierte, brauchte Ewell jetzt Geld und hatte auch schon einen neuen Vorschlag parat. Ewell wollte mit Will Barretts Geld in das Videoverleih-Geschäft einsteigen. Er hatte einen Bekannten in Miami, der ihn mit jeder beliebigen Anzahl von Kopien jedes beliebigen Films versorgen konnte: *Der weiße Hai* Teil 1 und 2, *Der Pate* Teil 1 und 2, *Airport* aus jedem beliebigen Jahr. Und noch wichtiger war, daß es jetzt diesen ganzen neuen Markt mit Kassetten fürs Schlafzimmer und Motel gab, aber das Beste von allem, er kannte eine junge Frau, eine richtige Professionelle, eine anerkannte Filmregisseurin, die solche Filme produzierte, und zwar ganz in der Nähe, in Highlands. Als Darsteller nahm sie Collegeschülerinnen und -schüler, die in den Ferien scharenweise solche Touristenorte belagerten und selbst über einen schlechtbezahlten Job froh waren.

Als sei es nicht schon verrückt genug, jeden Dienstag zu den Rotariern zu gehen, wo vielleicht irgendein Gastredner über »Begegnung und Erfüllung in der Ehe« sprach, und Ewell zuzuhören, wenn er sich über die Bedeutung erotischer Filme in der Paartherapie ausließ – Ewell, dieser Prolet, der früher auf einem Einödhof lebte und jetzt von Paartherapie redete! Amerika ist immer noch in Bewegung! Ein armer Bursche kann es immer noch zu etwas bringen! Der Süden kommt wieder auf die Beine! Als sei all das nicht schon genug, konnte es sich Ewell, während er auf ihn einredete –

»Du bist mit neunundvierzig Prozent dabei; ich und meine Partnerin, die kleine Lady, müssen einundfünfzig haben« –, nicht verkneifen, ihn anzurempeln und in eine Ecke des Piratenzimmers des Holiday Inn zu drängen! Er wollte ihn festhalten! Mit ihm ringen! Ihn wieder wie damals zu Boden werfen! »Du solltest dich mal mit meiner Partnerin unterhalten«, sagte Ewell und beobachtete ihn scharf. »Die bringt dich mit 'ner kleinen Lady zusammen, ihrer Hauptdarstellerin. Heut abend machen wir in meiner Villa einen drauf!«
Will Barrett lag unter dem Rolls Royce, die Luger immer noch in beiden Händen, und starrte zu den sonnenbeschienenen Kiefern hinüber. Wollte Ewell ihm drohen? Hatte er die Garage beschossen, weil er ihn warnen wollte? (»Entweder du machst bei meinem Videogeschäft mit, oder –!«) Nein, das war dann doch zu einfach.
Das hätte ja bedeutet, einen einfachen Feind zu haben. In Wirklichkeit ist die Welt verrückter.
Er nickte lächelnd: Ich weiß jetzt, warum es besser ist, an einem Sonntagnachmittag beschossen zu werden, als nicht beschossen zu werden. Weil das nämlich bedeutet, daß es eben doch einen Feind gibt. Wenn es jedoch keinen Feind gäbe, wäre ich entweder verrückt oder lebte in einem Irrenhaus.
Frieden ist nur dann besser als Krieg, wenn der Friede nicht ebenfalls die Hölle ist. Daß der Krieg die Hölle ist, macht Sinn.

II

Die Oktobersonne schien ihr warm auf den Rücken, und ihr regennasses Haar war schon fast wieder trocken. Hinter den Dorfdächern erhob sich ein Berg, der aussah wie ein Kopf und ganz mit goldenen und scharlachroten Bäumen bedeckt war, außer an zwei Felsvorsprüngen. Einen der Vorsprünge hätte man für ein Auge halten können, der andere befand sich allerdings zu weit in der Mitte, um als zweites Auge gelten zu können, und für eine Nase war er zu weit seitlich nach oben verschoben. Die falsche Placierung des zweiten Auswuchses bereitete ihr ein gewisses Unbehagen, jedenfalls bewegte sie ab und zu den Kopf so, daß die Vorsprünge entweder als zwei Augen oder als Nase und Auge in eine Linie kamen.

Langsam fuhren Autos mit Touristen auf der Straße vorbei. Die Herbstsaison war auf ihrem Höhepunkt. Man sah Wagen mit vier oder fünf Frauen, Wagen mit vier oder fünf Männern gab es jedoch keine. Auf dem Gehweg herrschte ein Gedränge wie in einer Ladenstraße. Man begegnete Frauen, die sich wie für eine Party zurechtgemacht hatten, älteren Herren mit Jackett und Mütze, jungen Leuten in Jeans und Wanderern mit leuchtend blauen, gelben oder roten Rucksäcken. Hoch über der Straße prangte ein Transparent mit der Aufschrift: *Auf geht's, Wolves!*

Viele Autostoßstangen trugen irgendwelche Aufkleber. War das nicht etwas ganz Neues?

Auf einem Lastwagen las sie: TU'S IN EINEM LASTER. Was wohl damit gemeint war? Doch sicherlich nicht »es tun«.

Auf einem anderen Aufkleber stand: ICH HABE ES GEFUNDEN. Was gefunden, überlegte sie.

Plötzlich zuckte sie zusammen und zitterte, dann runzelte sie die Stirn, als falle ihr etwas ein.

Sie saß jetzt auf einer sonnigen Bank zwischen dem »Kramladen« – Original Britische Erzeugnisse – und dem »Fröhlichen Wandersmann« – Wanderausrüstungen und Campingzubehör. Gleich neben dem »Kramladen« befand sich eine Gulf-Tankstelle mit einer sauberen Toilette. Dort hatte sie sich vorhin umgezogen, sich das Gesicht gewaschen und dabei einen abgegriffenen, brieftaschengroßen Gulf-Kalender aus Plastik für das Jahr 1979 gefunden. Welches Jahr war jetzt? Auf der gegenüberliegenden Straßenseite sah sie einen Friseurladen mit zwei Sesseln, einer Herren- und einer Damenabteilung. Gleich daneben das Twin Cinema, ein altes, in zwei Räume unterteiltes Kino. Die Plakate in einem beweglichen Ständer auf dem Gehweg waren schon alt und halb zerfetzt.

Ein paar Stunden zuvor hatte sie sich in billigeren Läden ein Stück weiter unten ein paar Sachen gekauft: neue steife Bluejeans, ein graues Männerhemd mit Kragenweite 14½ und 70 cm Ärmellänge, eine Tarnfarbenjacke aus Armeebeständen, dicke weiße Baumwollsocken und leichte Halbstiefel mit Mokassinspitze. Die neuen Socken und Schuhe taten ihren Füßen gut.

Insgesamt hatten die Kleidungsstücke 49,23 Dollar gekostet. Für 4,98 Dollar hatte sie sich dann noch, ebenfalls in einem Army-Shop, einen italienischen NATO-Tornister gekauft. Er war aus Khakistoff und nicht mit den schillernden Nylonrucksäcken zu vergleichen, dafür aber leicht und handlich, gerade groß genug, daß sie den kleinsten Schlafsack darin unterbringen konnte, der überhaupt aufzutreiben war. Außerdem noch ein paar Kleinigkeiten, ein Pfadfindermesser, einen Druckbleistift, ein kleines Notizbuch, einen Kamm, eine Dose Klauenfett, eine Schachtel Kerzen und ein Vesperpaket. Obwohl es in der Straße ein Käsegeschäft und ein Reformhaus gab, war sie in den Supermarkt gegangen und hatte sich eine Ecke Cheddarkäse und einen kleinen Roggenlaib gekauft.

Das angenehme Gefühl der neuen Socken und Stiefel an

ihren Füßen brachte sie auf einen Gedanken: Dies ist das erstemal, daß ich Straßenschuhe, Stiefel, jedenfalls etwas anderes als Hausschuhe trage, seit – wie lange schon? Ich glaube seit drei Jahren.

Viele der an ihr vorbeigehenden jungen Leute trugen T-Shirts mit den Namen und Wappen von Universitäten: Stanford, Ohio State, Tulane. Manche wirkten noch zu jung fürs College, manche zu alt. Schwer zu sagen, ob sie nun fünfzehn waren oder fünfundzwanzig. Sie fühlte sich wie eine alte Frau, der alle jungen Leute gleich alt vorkommen, weil der zeitliche Abstand so groß ist.

Als sich die Jacke in der Sonne erwärmte, begann sie angenehm nach dem Stoff und nach Gewehröl zu riechen. Vielleicht lag es daran, daß sie vorher die Dose mit Klauenfett aufgeschraubt hatte, um daran zu schnuppern. Aus den Tiefen der Jackentaschen förderte sie jetzt ein paar Dinge zutage, die sie neben sich auf die Bank legte: die Dose Klauenfett, fünf Kerzen, das Spiralnotizbuch, ihre Brieftasche, den Kalender, ihren Führerschein und eine Landkarte (»Malerische Spazierwege um Linwood«). Sie warf einen Blick auf den Kalender und auf das Datum, an dem ihr Führerschein ungültig geworden war. Sie versuchte zu schätzen. Er war vor mindestens drei Jahren abgelaufen, sicherlich sogar noch länger. Sie betrachtete das Photo und las ihren Namen. Auf der Tankstellen-Toilette hatte sie zuerst das Photo, dann den Spiegel und danach wieder das Photo angeschaut. Auf dem Photo waren die Haare kürzer und dunkler, das Gesicht im Spiegel war schmaler, aber es handelte sich eindeutig um dieselbe Person.

Sie sagte ihren Namen vor sich hin. Erst hörte er sich fremd an, dann erkannte sie ihn als ihren Namen, dann hörte er sich wieder fremd an, aber diesmal in anderer Weise, eben so, wie sich jedes Wort fremd anhört, wenn man es laut wiederholt. Ihre Stimme klang rauh und ungewohnt. Sie wußte nicht, ob sie überhaupt noch sprechen konnte.

Plötzlich setzte sich ein Junge in einem Michigan-State-T-Shirt auf die Bank, neben die ausgebreiteten Sachen. Er machte einen gutmütigen, etwas beschränkten Eindruck, und sie beschloß, bei ihm das Reden zu probieren.
»Michigan State«, sagte sie. Es klang nicht direkt wie eine Frage, aber auch nicht ganz wie eine Feststellung. »Bist du –« Das klang jetzt eher wie eine Frage.
»Nein, nein. Linwood High. Ich spiele bei den Wolves.«
»Die Wolves, ach ja.« Sie bemerkte das Transparent über der Straße. »Ja, ist das denn erlaubt?«
»Was?«
»Das Michigan-State-T-Shirt.«
Das war ein kleiner Schnitzer. Sie hatte nämlich einen Moment lang tatsächlich geglaubt, es gebe vielleicht irgendwelche Vorschriften, die Unbefugten das Tragen von Universitäts-T-Shirts untersagte. Sie dachte an eine Art halboffizielle Behörde, aber im nächsten Moment wurde ihr klar, daß das Unsinn war.
Der Junge schien es jedoch keineswegs ungewöhnlich zu finden ... »Man kriegt sie für dreieinhalb Dollar bei Good's Variety.«
»Sind die Wolves –« Sie stockte, weil ihr zweierlei auffiel. Erstens, daß man nicht in vollständigen Sätzen sprechen mußte. Den Leuten genügten scheinbar ein, zwei Worte, um sich ihren Reim auf das zu machen, was man sagen wollte. Und zweitens merkte sie, daß sie durchaus sprechen konnte, solange sie sich auf Fragen beschränkte. Eine Feststellung zu treffen war jedoch riskant.
»Wenn wir dieses Spiel gewinnen, dann sind wir Landesmeister in der A-Gruppe«, sagte er.
»Das ist –« begann sie und brach ab, aber er merkte es nicht. Anscheinend hatte er die ganze Zeit auf irgend jemanden gewartet, denn jetzt erhob er sich plötzlich, um zu gehen.
»Na dann, alles –« sagte er, wandte sich dabei aber schon ab.

»Alles was?« fragte sie laut und deutlich. Aber er war schon gegangen.
Nach dem Umziehen hatte sie sich auf die Bank gesetzt und erst einmal abgewartet, ob den Passanten irgend etwas Ungewöhnliches an ihr auffiel. Das schien jedoch nicht der Fall zu sein, oder zumindest ließen sie sich nichts anmerken. Sie hatte sich wie Rip Van Winkle gefühlt, der in seine Heimatstadt zurückkehrt, nachdem er zwanzig Jahre geschlafen hat. Ganz sicher würden ihr kläffend die Hunde nachlaufen und Kinder sie johlend mit Steinen bewerfen! Als aber nichts dergleichen geschah, wurde sie allmählich ruhiger. Bloß ihr Haar fühlte sich noch an wie das Rip Van Winkles. Schwer, lang und immer noch etwas feucht vom Regen lastete es auf ihrem Kopf und fiel ihr in den Kragen. Es war so dick, daß sie mit ihrem Taschenkamm nicht durchkam. Ihre Kopfhaut schmerzte.
Inzwischen hatten drei Frauen den Friseurladen betreten, die jetzt nacheinander ihr Haar geschnitten bekamen. Eine ließ sich das Haar auch waschen. Als die letzte Frau den Laden verlassen hatte, fühlte sie sich sicher genug, um über die Straße zu gehen, die Tür des Geschäfts zu öffnen, direkt auf den leeren Stuhl zuzusteuern und sich dort hinzusetzen.
»Na, Schätzchen, wie hätten Sie's denn gern?« fragte die Friseuse.
Sie hatte sich genau ausgedacht, was sie sagen wollte, beziehungsweise, was sie fragen wollte. »Könnten Sie's erst schneiden, dann waschen, dann trocknen?«
»Mach ich, Schätzchen. Aber wie möchten Sie's denn haben?«
Kurze Panik. Dann entdeckte sie etwas. »Wie bei ihr?« Sie hatte dies zwar als Feststellung gedacht, aber am Ende hatte sie ihre Stimme doch gehoben, und es klang wie eine Frage. »Wie bei ihr?«
Sie wies mit dem Kopf auf das Filmplakat gegenüber. Es

zeigte eine Schauspielerin mit blondem, nach einer Seite gekämmtem Haar. Der Film hieß *Die drei Tage des Kondors.* Dem ausgebleichten, zerfetzten Plakat nach mußte er schon vor langer Zeit gelaufen sein. Vielleicht hatte das Kino inzwischen zugemacht.

»Sie haben schönes starkes Haar. Wenn Sie öfter in die Sonne gingen, wären Sie auch so 'ne hübsche Blondine wie die!« Die Friseuse war eine große, starkknochige Frau. Es war angenehm, wie die kräftigen Hände ihr schweres Haar packten. Mit jeder Strähne, die auf den Boden fiel, ging es ihr besser. Die Hände auf ihrer Kopfhaut taten ihr so gut, daß sie entspannt vor sich hinstarrte. Gegenüber glitzerte eine Glasziegelwand in der Sonne. Über der Tür stand auf einem handgeschriebenen Schild: *Le Club.*

Ganz am Schluß drehte die Friseuse sie mit dem Gesicht zum Spiegel und hielt einen Handspiegel hinter sie, wie es der Herrenfriseur bei seinen Kunden machte. Um den Stahlfuß des Stuhls ringelten sich dunkelblonde Strähnen.

Jetzt sah sie wirklich ein bißchen wie die Schauspielerin aus, nur daß ihr Haar am Hinterkopf kürzer geschnitten war, wie bei einem Jungen, und mehr von ihrem Nacken freiließ.

»Hübsch!« Sie riskierte eine Feststellung. »Könnten Sie es jetzt waschen?« Sie hatte ein Waschbecken entdeckt.

»Kommen Sie mal hier rüber, Schätzchen.« Die Frau sah sie an. »Sagen Sie mal, kenn ich Sie nicht? Haben Sie vielleicht im Sommer hier gearbeitet?« Offenbar konnte die Friseuse sie nicht richtig einordnen. Ihrer unmodischen Kleidung nach hätte sie aus dem Ort stammen können, aber andererseits hörte sie sich vielleicht wie eine Touristin an.

Die Augen der Friseuse erinnerten sie an etwas, das sie vergessen hatte. Es geschah häufig, daß sie wildfremden Leuten bekannt vorkam. Lag das daran, daß sie eben auf eine durchschnittliche Weise hübsch war, oder daran, daß sie so gut zuhören konnte und ihrem Gesprächspartner wie eine gute Tänzerin folgte?

»Sind Sie von hier?«
»Nein, ich komme aus –« sie brach ab. »Ach übrigens, welchen Tag haben wir denn heute?«
»Mittwoch.«
»Den –«
»Den zweiundzwanzigsten Oktober.«
Sie wagte nicht, auch noch nach dem Jahr zu fragen.

Nach der Haarwäsche saß sie wieder auf der Bank. Die Sonne schien auf ihr Haar, und es fühlte sich jetzt angenehm leicht und warm an.
Sie zog das rote Spiralnotizbuch aus der Jackentasche und klappte es auf. Oben auf der ersten Seite stand mit blauer Tinte in ihrer eigenen Handschrift folgendes geschrieben:
Datum: 15. Oktober.
Ort: Heilanstalt Valleyhead, Geschlossene Abteilung, Zimmer 212.
Und darunter in Großbuchstaben und unterstrichen:
INSTRUKTIONEN VON MIR AN MICH SELBST
Was dann folgte, war in ihrer normalen Handschrift geschrieben:
Während ich dir hier schreibe, kann es sein, daß ich das eine oder andere vergesse, aber jedenfalls fällt mir mehr ein, als dir zu dem Zeitpunkt, wo du dies liest. Du erinnerst dich jetzt an gar nichts, nicht wahr? Ich weiß das aus Erfahrung. Elektroschocks legen für eine Weile das Gedächtnis lahm. Mir geht es momentan ganz gut. Ehrlich gesagt bin ich mir nicht mal sicher, ob ich überhaupt krank bin. Aber sie glauben, mein Zustand habe sich verschlechtert, weil ich mich weigere, in der Gruppe etwas zu sagen (es gibt nichts zu sagen), und weil ich nicht gemeinsam mit den anderen esse, sondern lieber unterm Tisch sitze (ein Kreis von Knien ist nämlich interessanter als ein Kreis von Gesichtern).
Ich, das bist eigentlich du, aber im Moment, während ich dies schreibe, ich – soll Mittwoch früh geschockt werden.

Damit beginnt (glaube ich) die sechste Reihe der Elektroschocks oder EST, was hier allgemein »schocken« genannt wird.
Ich sitze gerade in meinem Zimmer in der geschlossenen Abteilung. Wenn du das hier am 22. Oktober liest, erinnerst du dich im ersten Moment vielleicht nicht an dieses Zimmer, aber es wird dir schon wieder einfallen. Hier kommt man nicht raus, sonst wäre ich längst weg.
Wenn sie dich am Mittwoch geschockt haben, bringen sie dich in den Ruheraum. Der angrenzende Flur führt zum Hinterausgang, der auf den Lieferantenhof hinausgeht, und dort kommt um etwa 11 Uhr der Brotwagen.
Vielleicht erinnerst du dich nicht daran, wenn du wieder zu dir kommst (etwa um 9 Uhr). Der Kiefer wird dir wehtun, und durch den Knebel werden sich deine Zähne ganz wund anfühlen. Du bist jetzt zwar wach, aber immer noch gelähmt vom Anektin (Kurare), und liegst mit glänzenden Augen still da, wie ein Papagei, der vom vergifteten Pfeil aus dem Blasrohr eines Pygmäen getroffen wurde (und im Grunde ist dir so etwas ähnliches ja auch zugestoßen). Vom Brevital bist du noch ziemlich müde, und durch das Atropin ist dein ganzer Mund ausgetrocknet. Du hast bloß ein weißes OP-Hemd an. Sie wollen, daß du aus eigener Kraft wieder in dein Zimmer zurückkehrst, und deshalb bleibst du so lange liegen, bis du es zur Umkleidekabine schaffst. Du hast genügend Zeit – mindestens eine halbe Stunde. Niemand wird dich stören, die sind ja alle vollauf damit beschäftigt, die anderen zu schocken. In der Kabine findest du deinen Pyjama, deinen Bademantel und deine Hausschuhe. Und noch etwas: dieses Notizbuch. Es wird auf dieser Seite aufgeschlagen ganz oben auf deinen Kleidern liegen, damit du es findest. Weil du jetzt eine Weile nichts zu tun hast und weil du dich schwach daran entsinnst, es selber geschrieben zu haben, wirst du es lesen. Außerdem liegen in der Kabine noch der blaue Rock und der Pulli (die einzigen Kleidungsstücke, die man so zu-

sammenknüllen kann, daß sie in die Bademanteltaschen passen). Und zwischen Rock und Pulli findest du dann noch die Brieftasche mit den vierhundert Dollar (da habe ich ein wenig Angst: daß jemand sie stehlen könnte, während du beim Schocken bist).
Was ich hier schreibe, wird am Mittwoch nicht vollkommen neu für dich sein; es ist eher so, als würdest du dich an einen Traum erinnern. Aber wenn du es nicht liest, dann weißt du nicht mehr, welchen Plan wir uns ausgedacht haben.
Du sitzt jetzt also in der Umkleidekabine und liest diese Worte. Du hast Zeit. Jetzt rechnet eine ganze Weile niemand damit, daß du in dein Zimmer zurückkehrst.
Du wirst sehen, daß die Umkleidekabine zwei Türen hat. Eine führt in den Ruheraum, die andere auf den Flur. Normalerweise gehst du immer durch die Tür zum Flur, hältst dich dann rechts und gehst in dein Zimmer zurück.
Tu das heute nicht!
Sondern: zieh deine Pyjamajacke, den Rock und die Hausschuhe an. Streif dir den Pulli über und zieh den Pyjamakragen heraus – das wirkt ein bißchen wie eine Bluse. Erinnerst du dich, wie wir das ausprobiert haben? Die Hausschuhe haben Absätze und ähneln Mokassins.
Den Bademantel läßt du in der Kabine.
Steck die Brieftasche und das Notizbuch in die Rocktasche.
Wenn du dich kräftig genug fühlst, schaust du in den Flur. Wenn niemand in der Nähe ist, gehst du raus, biegst links ab, nicht rechts, gehst zum Hinterausgang hinaus und quer über den Lieferantenhof zu dem großen Lorbeerstrauch beim Wassertank.
Setz dich drunter, und zwar so weit zurück, daß man dich nicht sieht.
Und dann wartest du auf den Brotwagen.
Der Fahrer wird das Brot liefern und mindestens zehn Minuten drinnen bei McGahey bleiben (daran erinnerst du dich

wahrscheinlich). Er hat nämlich irgendwas mit McGahey. Die Schiebetür des Wagens wird sich auf deiner Seite befinden (also da, wo der Lorbeerstrauch ist).

Steig rasch ein und geh nicht nach hinten durch, wo die Brotkartons liegen, sondern nach vorn zum Fahrersitz. Dicht an der Trennwand steht bei jeder Fahrt irgendein Karton (aber nicht für Brot). Vielleicht sind Papiertüten drin. Weißt du noch, wie du den Brotwagen durchs Fernglas beobachtet hast? Ich denke, zwischen der Wand und dem Karton ist genug Platz.

Der Fahrer wird noch ein paar Mal halten, zuletzt in Linwood bei der Roten Scheune (das habe ich von McGahey).

Wenn du siehst, daß er den letzten Karton auslädt, zählst du bis dreißig und steigst dann aus.

Ich erinnere mich an Linwood, aber ich weiß nicht mehr, ob ich mich nach dem letzten Schocken noch dran erinnert habe. Das schwankt. Einmal konnte ich mich eine ganze Woche nicht mehr an meinen Namen erinnern. Unter Umständen weißt du nach dem Aussteigen ganz genau, wo du bist und was du zu tun hast. Aber wahrscheinlich eben doch nicht, und deshalb sage ich es dir:

Du gehst den Berg hinunter zum K-Markt und zu Good's Variety. Dort kaufst du dir Kleidung und diverse andere Sachen (siehe Liste unten).

Jetzt gehst du den Berg wieder hinauf und ziehst dich auf der Toilette der Gulf-Tankstelle um.

Dann nimmst du dir ein Zimmer im Mitchell's 3-Sterne-Hotel, eine Straße weiter östlich. Es macht nichts, daß du kein Auto und keinen Koffer hast. Du hast ja deinen Rucksack dabei, und das sind die gewöhnt. Bezahle im voraus. Schau jetzt noch einmal in deinen Führerschein, damit du dich auch ganz bestimmt an deinen Namen erinnerst. Manchmal kommt es nämlich vor, daß du, ich ihn nach dem Schocken vergaßen.

Jetzt nimmst du ein heißes Bad. Iß etwas und schlafe dann

vierundzwanzig Stunden lang. Nach dem Schocken wirst du sehr hungrig sein (erinnerst du dich?) und außerdem müde und wund. Du wirst dich, bis auf einen einzigen Punkt, wie das Opfer einer Vergewaltigung fühlen.
Wie es dir jetzt wohl geht? Es ist jedesmal anders, erinnerst du dich?
Es wird schon sein Gutes haben, daß du diese schlimme Erfahrung, das Schocken, zum letzten Mal durchgemacht und sie überstanden hast – mag sein, daß das Schlimme sogar die Voraussetzung des Guten ist, wer weiß. Wie bei diesem Mann, der letzten Sommer in West Virginia aus dem Flugzeugwrack kroch, erinnerst du dich? Alle anderen Passagiere waren tot oder tödlich verletzt, und er mußte nicht mal auf allen Vieren kriechen, sondern lief mit zerschnittenen Lippen davon. Er wußte nicht, was er tat, und konnte sich später auch nicht mehr daran erinnern. So, als sei er gerade aus der Straßenbahn gestiegen, lief er einfach in den Wald. Stunden später fand man ihn dann drei Kilometer vom Flugzeug entfernt auf einem Abwasserrohr an der Straße sitzen. Er war völlig ruhig, brachte aber kein Wort heraus. Anscheinend stand er unter Schock. Er saß einfach da, blinzelte und war nur leicht benommen. Ja, aber auf andere Weise auch wieder bei klarem Verstand, als habe er eine Zeitlinie überschritten oder als sei er durch einen Spiegel getreten, nein, eher durch einen Spiegel zurückgekommen, ja, und die einzige Frage ist, ob von der normalen Seite zur verrückten, so wie bei Alice im Wunderland, oder umgekehrt. Man brachte ihn ins Krankenhaus, nähte seine Lippe und entließ ihn wieder. Weißt du noch, wie du dir vorzustellen versuchtest, daß er in den Bus stieg, nach Huntington fuhr und (ohne Koffer), die Hände in den Taschen, nach Hause ging?
Die einzige Frage ist, wie es diesmal nach dem Schocken ist, wie stark das schlimme Gefühl, das Opfer-einer-Vergewaltigung-Gefühl, ist und wie stark das gute Gefühl, es endlich überstanden zu haben.

Hör jetzt mit dem Lesen in der Umkleidekabine auf! Lies erst weiter, wenn du dich in Linwood ausgeruht hast und wieder bei Kräften bist.

An der Ecke stand barhäuptig ein Polizist. Da sie sich schon ganz steif fühlte, stand sie auf, reckte sich und ging ein paar Häuser weit die Straße hinunter. Von Zeit zu Zeit drehte sie sich nach ihrem Rucksack um, der über der Banklehne hing. Die Bank zu verlassen war wie ein Beutezug. Die Bank war das Schlagmal, wie beim Baseball. Sie konnte sich, den Rucksack immer in Sichtweite, bis zur Hälfte des Häuserblocks wagen, bevor sie wieder umkehren mußte. Mit dem Rucksack reservierte sie sich sozusagen ihren Platz auf der Bank. Konnte man sich überhaupt auf einer öffentlichen Bank »einen Platz reservieren«? Sie wußte es nicht mehr genau. Nach kurzer Zeit schon war es ihr möglich, nicht nur die Kleidung der Leute zu studieren, sondern auch ihre Gesichter. Obwohl sie mit der Altersbestimmung immer noch gewisse Schwierigkeiten hatte, fielen ihr allmählich zwei Arten von Menschen auf: solche, die Pläne hatten und deren Blicke und Bewegungen in die Zukunft gerichtet waren, und solche, bei denen das nicht so war. Sie sah ein paar ziemlich junge Leute (das heißt so zwischen zwanzig und fünfunddreißig Jahre alt) schweigend auf dem Gehweg sitzen. Obwohl sie entspannt dahockten beziehungsweise -lagen, schien es ihnen irgendwie langweilig zu sein. Man konnte den Eindruck bekommen, sie hätten sich redlich bemüht, mit dem Problem Zeit fertigzuwerden, es sei ihnen aber nicht recht gelungen. Sie warteten. Worauf wohl?
Eine andere Gruppe von älteren, besser gekleideten Leuten stand vor dem Schaufenster eines Maklerbüros und betrachtete die Photos zum Kauf angebotener Häuser, Berghütten, teurer Eigentumswohnungen. Sie unterhielten sich miteinander, machten Notizen, verglichen Preise. Ihre Augen glänzten, und man sah ihnen an, wie sehr sie sich darauf

freuten, endlich umzuziehen und ihre alten Wohnungen mit einer neuen zu vertauschen. Vielleicht wohnten sie zur Zeit noch in Richmond, Atlanta oder Washington. Zweifellos hatten sie vor, sich eine Berghütte für den Urlaub oder eine Eigentumswohnung für den Ruhestand zu kaufen. Sie hatten bestimmte Pläne, und für diese Pläne opferten sie ihre Zeit.

Ihr war, als gehöre sie zu beiden Gruppen. Sie wußte nicht genau, welche besser dran war oder welcher sie sich gegebenenfalls lieber angeschlossen hätte. Zwar hatte sie anscheinend Pläne für die nahe Zukunft, aber was sie mit dem Rest ihres Lebens anfangen sollte, wußte sie nicht.

Jetzt spürte sie wieder das alte beengende Gefühl, und ihr Zwerchfell krampfte sich zusammen. Sie ging zur Bank zurück. Auch für sie war die Zeit ein Problem. Was würde sie mit ihrer Zeit beginnen? Wurde etwas Bestimmtes von ihr erwartet?

Sie war am ganzen Körper wund. Arme und Beine taten ihr weh, eine Kieferseite war geschwollen, und ihre Rippen schmerzten wie nach einer Tracht Prügel. Aber sie hatte gleichzeitig auch das Gefühl, das Schlimmste überstanden zu haben. Vielleicht, dachte sie, ist das der gleiche Schmerz, den man als Sieger nach einer Schlägerei hat. Diese Art von Wundheit heilt die Sonne. Wie sie so auf der Bank saß, daß die Morgensonne direkt auf die wunden Körperteile schien, fühlte sie sich wie eine Schlange, die sich nach einem langen, harten Winter auf einem Felsen in der Sonne ringelt und sich häutet.

Ihre Hände lagen auf den Knien. Als sie sie nach oben drehte, sah man in beiden Handflächen Eindrücke von Fingernägeln – nicht so stark, daß es geblutet hätte, aber doch so tief, daß die Stellen rot angelaufen waren; Fingernägelspuren, wie sie entstehen können, wenn jemand lange Zeit mit geballten Fäusten auf etwas wartet, vor dem er Angst hat.

In diesem Moment ließ plötzlich die innere Anspannung

nach. Auf einmal lockerte sich ein Muskel, der so lange verkrampft gewesen war, daß sie ihn ganz vergessen hatte. Sie schloß die Augen und holte tief Luft, und die Luft strömte in einen neuen Abschnitt ihrer Lunge.

Jetzt fiel ihr auf, daß sie allmählich fähig wurde, die Dinge anzuschauen, statt sich nur ständig vor ihnen in acht zu nehmen. Ameisen zogen an ihrem Fuß vorbei. Eines der Tierchen schleppte ein sauber ausgesägtes Blattstück wie ein grünes Segel mit sich, und sie schaute zu, wie es über den grobkörnigen Gehweg krabbelte. Dann studierte sie, während die Sonne sie wärmte, die Kleidung der Passanten. Offenbar zogen sich viele Leute einfach so an, wie es ihnen gerade paßte. Niemand schien auf seine Kleidung besonders zu achten. War das denn schon immer so gewesen? Als sie das letzte Mal auf einer Straße war, vor ein, zwei, drei Jahren, sicherlich noch nicht.

Welches Jahr war denn jetzt? Neunzehnhundertsiebzig? -achtzig? Oder noch später?

Auf dem Gehweg herrschte Gedränge. Jedesmal, wenn sie ihre Beutezüge unternahm, hatte sie Angst, mit jemandem zusammenzustoßen. Ihr wurde klar, daß sie einfach nicht mehr an Menschen gewöhnt war, die irgendwo hingingen oder irgend etwas taten. Es schien normaler zu sein, daß alle still herumhockten, mit starrem Blick in der Gegend standen oder irgendwo hingebracht wurden. Was, wenn sie mit jemandem zusammenstieß? Aber anscheinend wußten die Leute ohne hinzuschauen, wann sie ihr ausweichen mußten. Und zwar indem sie in etwa anderthalb Meter Entfernung ein wenig nach rechts oder links abbogen. Es handelte sich wohl um einen Trick, um einen Austausch von Signalen, den sie erst noch lernen mußte. Denn sonst konnte es ja passieren, daß sie vor jemandem stand und sie beide gleichzeitig einen Schritt nach rechts und dann nach links und wieder nach rechts machten. Was dann? Sie hatte Angst, die Regeln des alltäglichen Zusammenlebens zu verletzen, die die anderen Leute automatisch befolgten. Und was war, wenn plötzlich die Regeln selbst versagten? Plötzlich fiel ihr ein, daß sie ja einmal eine der besten Studentinnen gewesen war. Aber wenn sie nun im normalen Alltag versagte?

Kurz bevor sie das Schlagmal, also die Bank, erreichte, kam eine junge Frau auf sie zu, ohne ihr auszuweichen. Sie blieben beide stehen und sahen sich an. O je, dachte sie, jetzt ist es so weit. Aber die Frau lächelte sie strahlend an, als ob sie sie kennen würde. O je, dachte sie, vielleicht kennt sie mich tatsächlich und ich sollte sie eigentlich auch kennen. In der Tat schien die Frau einer Vergangenheit anzugehören, an die sie sich allmählich wieder zu erinnern begann. Die Frau trug altmodische Kleidung – Rock, Bluse, Wollweste, Umhängetasche und Halbschuhe –, und ihr schwarzes, in der Mitte gescheiteltes Haar umrahmte ihr Gesicht wie bei einer Madonna. Aus der Nähe wirkte sie nicht mehr ganz so jung, und man sah ihre aufgesprungene Haut. Offenbar hatte ihr die Frau etwas zu sagen oder erwartete, daß sie ihrerseits irgend etwas sagte, denn sie trat nicht beiseite. Während Allison das strahlend lächelnde Gesicht der Frau betrachtete und sich den Kopf zerbrach, woher sie einander wohl kannten, fiel ihr plötzlich auf, daß die Frau einen Stoß Broschüren unterm Arm trug und tintenverschmierte Finger hatte. Offenbar war die Tasche ziemlich schwer, da der Schulterriemen tief in die Wollweste einschnitt. Vielleicht waren in der Tasche noch mehr Broschüren. Lächelnd drückte ihr die Frau eine davon in die Hand. Um wieder gutzumachen, daß sie die Frau nirgends einordnen konnte, begann sie auf der Stelle in dem Heft zu lesen. Die ersten drei Sätze lauteten: *Sind Sie einsam? Möchten Sie einen neuen Anfang machen? Sind Sie unserem Herrn und Erlöser schon persönlich begegnet?* Die Frau sagte etwas. Erwartete sie nun von ihr, daß sie zuhörte oder daß sie weiterlas?

Später beobachtete sie von ihrer Bank aus, daß andere Leute die Frau anders behandelten. Manche ignorierten sie einfach

und machten einen Bogen um sie. Andere nahmen die Broschüre höflich entgegen und gingen still weiter. Wieder andere blieben einen Moment stehen, hörten zu (ohne in der Broschüre zu lesen) und nickten mit dem Kopf. Sie selbst jedoch war der Meinung, daß Fragen beantwortet und Gedrucktes gelesen werden mußten.
Sie sah die Frau an und dachte über die drei ersten Sätze der Broschüre nach. »Ja«, meinte sie dann, »in gewisser Weise würde ich gern einen neuen Anfang machen. Allerdings –«
Aber da sagte die Frau wieder irgend etwas.
»Wie bitte?«
»Ich habe Sie gefragt, ob sie allein sind. Fühlen Sie sich einsam?«
Sie ließ sich die Frage durch den Kopf gehen. »Ich bin zwar allein, fühle mich aber nicht einsam.«
»Wir haben heute abend ein kleines Treffen. Wollen Sie nicht einfach mal vorbeikommen? Ich hab so das Gefühl, jemandem wie Ihnen könnte das viel bringen.«
Sie dachte nach. »Ich weiß nicht genau, was Sie damit meinen, wenn Sie sagen, ›jemandem wie Ihnen‹. Heißt das, Sie wissen, was für ein Mensch ich bin?«
Aber die Frau sah sie schon gar nicht mehr an. Sie hatte zwar immer noch das strahlende Lächeln, aber man spürte dahinter etwas wie den energisch-sanften Druck der Hand einer Gastgeberin, die einen an einer Reihe zu begrüßender Gäste entlangsteuert.
»Wollen Sie nicht kommen?« fragte die Frau, steuerte sie dabei aber an der Reihe imaginärer Gäste vorbei. »Die Adresse steht hinten drauf. Ich verspreche Ihnen, daß Sie es nicht bereuen werden!« Zwar war ihre Stimme immer noch herzlich, aber die Frage klang nicht wie eine Frage und das Versprechen nicht wie ein Versprechen.
Als sie, den Rucksack neben sich, wieder auf der Bank saß, dachte sie darüber nach, daß die anderen Leute auf andere Weise als sie fragten und antworteten. Während sie selbst

davon ausging, daß Worte einen mehr oder weniger festgelegten Sinn hatten, schienen andere Leute die Worte als Zeichen eines anderen Codes zu verwenden, auf den sie sich irgendwann einmal geeinigt hatten. Die Fragen und Aufforderungen der Frau zum Beispiel waren ganz offensichtlich nicht als Fragen und Aufforderungen gemeint, die man dann entsprechend mit ja, nein oder vielleicht hätte beantworten können. Eher fühlte man sich an die vielen Plakate auf der Straße erinnert, wie etwa: »Tanken Sie Gulf, und Sie fahren gut«, auf die man entweder reagierte oder nicht, wobei, selbst wenn man reagierte, dies nicht die sofortige Konsequenz dessen war, wozu die Worte einen aufforderten. So ein Code, überlegte sie, ist vielleicht gar nicht so übel. Anscheinend hatten die Leute damit weniger Probleme als mit Worten. Irgendwann mußte sie diesen Code ebenfalls gekannt haben, und es war wohl nicht allzu schwer, ihn wieder zu erlernen.

Jetzt setzte sich ein Mann neben ihren Rucksack auf die Bank. Sie hätte nicht sagen können, ob er nun fünfundzwanzig oder fünfunddreißig war. Einerseits war er genauso schlank wie der Junge von vorhin, andererseits waren seine Locken kraus und spröde wie bei einem Fünfunddreißigjährigen. In seiner leicht eingebuchteten Schläfe pochte ein blaues Äderchen. Er trug ein rotes Sweatshirt, rote Hosen mit weißen Nähten und merkwürdige Schuhe, die wie Turnschuhe aussahen, nur daß die Sohlen bis über die Ferse hinaufliefen. Der Mann atmete schwer. All diese Details hatte sie auf den ersten Blick erfaßt. Jetzt sah sie aus den Augenwinkeln, daß er sie von der Seite betrachtete und offenbar gern ein Gespräch angeknüpft hätte. Ohne daß sie wußte warum, war ihr auch sofort klar, daß er normalerweise recht schüchtern war, irgendwelche Umstände aber machten es ihm ausnahmsweise möglich, sie anzusprechen.

»Ich bin gerade achtundzwanzig Kilometer gelaufen.« Er schloß die Augen und holte tief Luft.

»Warum denn?«
»Ich bin seit drei Monaten beim Laufen dabei.«
»Sie sind was?« Was bedeutete denn der Ausdruck »beim Laufen dabei sein«? Vielleicht steckte er in Schwierigkeiten? Er lief wohl vor irgend etwas weg.
»Das hat mein Leben verändert.«
Sie verstand ihn zwar nicht, aber es war eindeutig, daß er von irgend etwas ganz Alltäglichem sprach, das sie nur deshalb nicht verstand, weil sie so lange weggewesen war.
»Und wie hat es Ihr Leben verändert?«
»Es hat mich von meinem Kopf weggebracht.«
»Sie meinen –?« Ihr war nicht ganz klar, was er damit meinte. Ob er übergeschnappt war?
»In drei Wochen bin ich wahrscheinlich bei zweiundvierzig.«
»Und warum gerade zweiundvierzig?«
»Das ist die Marathonstrecke. Aber es handelt sich um keinen gewöhnlichen Marathonlauf.«
»Nicht?«
»Nein. Ich trainiere für den Richmond-Marathon, aber ich laufe die Langstrecke, so hieß es ursprünglich, und so heißt es in Vermont heute noch. Sie ist mir lieber als die Strecke durch die Appalachen, Ihnen auch? Man kann ab hier immer in nördlicher Richtung laufen, denn wenn man erst mal oben ist, verläuft die Strecke fast eben, wenn auch sehr hoch. Man läuft direkt auf einem Gebirgskamm, links und rechts nichts als Täler und Wolken. Übrigens, ich heiße Richard Rountree.« Er streckte ihr die Hand hin. Sie war sehr schmal, trocken und sehnig. Der Mann schien überhaupt nur aus Knochen und Sehnen zu bestehen.
»Ich heiße –« sie stockte, weil sie gern in ihrem Führerschein nachgeschaut hätte.
Es fiel ihm gar nicht auf. »Hätten Sie Lust, heute abend mit zu Hattie's zu gehen?«
»Hattie's?«

»Ja, wenn man ein Stück den Berg runtergeht, wissen Sie. Es ist zwar bloß ein Schuppen, aber man ißt dort ganz gut, und außerdem gibt's Country- und Westernmusik. Übrigens ein Treffpunkt für Läufer.«

Während er redete, entwarf sie in Gedanken einen Aussagesatz. »Ich weiß noch nicht, was ich mache«, sagte sie abgehackt. Obwohl der Satz ziemlich platt klang, führte sie ihn zu Ende, und sogar ohne am Schluß fragend die Stimme zu heben. »Ich weiß nicht, wo ich heute nacht bin.«

Ihre Stimme kam ihr monoton vor, wie bei einem Menschen, der einen Schlaganfall hinter sich hat, wie bei Rip Van Winkle, als er nach seiner Rückkehr aus den Bergen mit einem Dorfbewohner spricht. Aber das schien ihn nicht zu stören. Er rückte sogar so nahe, daß er den Rucksack zusammenpreßte, und schlug seine dünnen Beine übereinander. Als er den Blick senkte und sie die feuchten, bläulichen Lider sah, fühlte sie sich an etwas aus ihrer Mädchenzeit erinnert. Und zwar daran, wie ihre Mutter immer von »einem Jungen« und »einem Mädchen« gesprochen hatte und davon, »daß ein Junge dies und das tut« oder daß man »einen Jungen verführt«. Vielleicht hatte sie etwas gesagt, das er als Aufforderung verstand, denn jetzt verschränkte er gähnend die Finger und bog sie auf eine Art und Weise nach hinten, die ihr bekannt vorkam.

»Hören Sie«, sagte er und streckte die verschränkten Hände aus. »Ich kenne da eine Hütte auf einem Nebenpfad der Strecke, die zum Mount Sourwood führt. Der Pfad wird nicht mehr benützt und ist gesperrt. Dort habe ich gestern übernachtet. Die Hütte steht leer und ist sauber, und wenn die Wolken aufreißen, hat man eine reizende Aussicht durch die Kiefern. Hätten Sie Lust, dort heute Nacht zu pennen? Ich würde mich wirklich freuen.«

Obwohl sie den Ausdruck »pennen« noch nie gehört hatte, spürte sie, daß er ihn normalerweise nicht in dieser Weise gebrauchte. Ihr wurde plötzlich klar, daß er dies für einen Ausdruck hielt, den sie vielleicht benutzt hätte. »Reizend« in »reizende Aussicht« paßte irgendwie zu ihm, obwohl sie sich nicht erinnern konnte, von einem jungen Mann jemals das Wort »reizend« gehört zu haben.

»Danke«, erwiderte sie. »Hört sich gut an. Aber ich habe sehr viel zu erledigen. Zum Beispiel muß ich ein bestimmtes Haus ausfindig machen und in Besitz nehmen. Eigentlich hatte ich ja vor, in ein Motel zu ziehen, aber jetzt glaube ich, daß ich es doch nicht tue. Ich habe hier ein paar Instruktionen, wie ich das Haus finde, was ich alles einkaufen muß und so weiter.«

Ihre Worte kamen ihr merkwürdig unpersönlich vor, als hätte sie sie auswendig gelernt. Dann ertappte sie sich dabei, daß sie plötzlich ihr Notizbuch und ihre Brieftasche herauszog, als wolle sie ihm irgendwas beweisen.

»Hört sich ja direkt nach Schatzsuche an«, meinte er enttäuscht.

»Schatzsuche«, wiederholte sie.

»Richard Rountree«, sagte er erneut und streckte ihr die Hand hin. Sie ergriff sie zum zweitenmal, und er drückte sie fest. Seine Hand war sehnig wie eine Affenpfote. Hatte er denn vergessen, daß er ihr schon mal die Hand gegeben hatte, oder hatte sie es sich nur eingebildet? Sie hatte den Eindruck, daß er noch unsicherer war als sie. Vielleicht war er einfach zuviel gelaufen. Anscheinend hatten sie irgend etwas gemeinsam, weil sie beide zu lange allein im Gebirge gewesen waren und sich jetzt im Dorf wie Fremde vorkamen. Warum aber fühlte sie sich dann nicht zu ihm hingezogen?

In diesem Moment fiel ihr Blick auf den Führerschein in ihrer offenen Brieftasche.

»Ich heiße Allison«, sagte sie, und plötzlich fiel ihr etwas ein. »Allie«, fügte sie hinzu und lächelte ihn an.

»Allie«, wiederholte er und ließ ihre Hand los. »Kommen

Sie irgendwann mal wieder hierher, Allie? Ich meine zu dieser Bank?«
»Sehr wahrscheinlich, ja.«
»Um diese Zeit?«
»Wahrscheinlich.« Jetzt fiel ihr noch etwas ein, was ihre Mutter immer über »Jungen« gesagt hatte: Gib einem Jungen nie direkt einen Korb! Laß dir alle Möglichkeiten offen, man kann nie wissen. Dies nannte ihre Mutter »einen Jungen an der Leine halten«. Aber mit seinem trockenen Kraushaar, das im Haaransatz ein *W* bildete, und seinen trockenen, sehnigen Händen sah er nicht sehr nach einem »Jungen« aus.
»Also, bis bald, Allie!«
Als er sich mit raschen Schritten entfernte, blitzte die weiße Naht seiner Hose wie eine Schere. Sein Rücken sah aus, als spüre er, daß sie ihm nachschaute.

Die Sonne stand jetzt hoch am Himmel. Allison fühlte sich warm und träge. Es mochte ungefähr Mittag sein. Sie hatte den Ameisen eine Weile zugeschaut, die an ihrer Schuhspitze vorbeizogen, vielleicht fünf Minuten lang, vielleicht auch zwanzig. Die meisten schleppten ausgesägte grüne Blattstückchen. Alle folgten demselben Pfad, alle kletterten über dieselben Körnchen im Beton, verschwanden an derselben Stelle in einer Ritze und tauchten an derselben Stelle wieder auf.
Die Ameisen steuerten auf die Ecke zu, wo der Polizist stand. Weil er einen Hut oder eine Mütze getragen hatte, stand sein volles gelbgraues Haar vom Hinterkopf ab. Momentan trug er keine Kopfbedeckung – hieß das, er war jetzt nicht im Dienst? Er hatte einen dicken Wanst. An einem breiten schwarzen Patronengürtel hing ein schwerer Revolver. Der Gürtel umspannte den Bauch genau unterhalb seines größten Umfangs. Dies und das Gewicht der Waffe riefen ein gewisses Unbehagen in ihr hervor. Insgeheim

wünschte sie sich, er möge seine Hose hochziehen. Wie alt er wohl war? Fünfundvierzig? Fünfundfünfzig? Fünfundsechzig?
Sie klappte ihr Notizbuch auf.
INSTRUKTIONEN VON MIR AN MICH SELBST (2. Teil)
Wenn du das liest, solltest du dich besser fühlen, zumindest ausgeruht und nicht mehr so wund. Wie steht's mit deinen Zähnen und deinem Kiefer? Tun sie noch weh?
Ja, sie taten wirklich noch weh.
Dein Gedächtnis wird wohl nicht funktionieren, aber das ist jedesmal anders. Probier's mal aus. Erinnerst du dich zum Beispiel an deinen Namen?
Erst wenn ich ihn gelesen habe.
Erinnerst du dich, wie alt du bist?
Ja. Nein. Achtzehn? Einundzwanzig?
Weißt du, wie lange du in der Klinik warst?
Ich glaube drei Jahre. Oder vielleicht auch zwei. Womöglich vier.
Du wirst das meiste vergessen haben, was in letzter Zeit passiert ist, aber es wird dir schon wieder einfallen. Jetzt solltest du dich vor allem allmählich wieder an lang zurückliegende Dinge erinnern. Woran erinnerst du dich?
Ich weiß noch, wie ich im Sommer abends Rollschuh gelaufen bin. Dieser grobkörnige Gehweg erinnert mich daran. Ich spürte, wie sich das Vibrieren der Stahlräder auf meine Beine übertrug. Ich lief Rollschuh auf dem holprigen Betongehweg der Prince Avenue, bis die ersten Glühwürmchen um mich herumschwirrten. Der Beton von McWorther's Auffahrt jedoch war so glatt, daß man beim Einbiegen das Gefühl hatte, man fahre plötzlich auf Seide. Lautlos drehten sich die Rollschuhräder, meine Beine bewegten sich nicht, und doch glitt ich rascher und rascher zwischen den Glühwürmchen dahin.
Keine Angst, dein Gedächtnis wird wieder besser. Und

selbst wenn es nicht besser wird, wäre das nicht weiter schlimm. Es gibt nämlich kaum etwas, an das zu erinnern sich lohnte. Alles, was du wissen mußt, findest du hier oder in deiner Brieftasche.
Auch mein Gedächtnis ist, während ich dies schreibe, alles andere als perfekt, aber es ist in letzter Zeit einiges passiert, das du wissen solltest.
Vor allem eins ist wichtig. Das muß ich dir sagen, damit du weißt, was du als nächstes zu tun hast. Erinnerst du dich an Miss Sally Kemp? Tante Sally?
Nein. Ja.
Sie ist gestorben. Das habe ich heute morgen herausgefunden, also eine Woche, bevor du dies liest.
Sie hat dir ein Vermögen hinterlassen, das viel größer ist, als irgend jemand vermutet hätte. In ihrem Testament schreibt sie, ich sei so nett zu ihr gewesen, das heißt, ich habe ihr immer zugehört. Das tat sonst fast niemand. Es stimmt schon, wir hören den Leuten immer ganz aufmerksam zu.
Das Vermögen besteht aus etwas Geld (ich weiß nicht wieviel), einer Insel vor der Küste Georgias und einem Grundstück mit einem alten Haus, ich glaube in der Nähe von Linwood. Weißt du noch, wie sie sich immer über ihre Insel lustig machte? Sie bestand ja im Grunde bloß aus einer Sandbank und drei Kiefern und war völlig wertlos, falls nicht doch irgendwann der Schatz des Kapitän Kidd gehoben wurde. Keiner nahm das je ernst, aber du hast oft daran gedacht. Und zwar weniger daran, den Schatz zu heben, als vielmehr daran, ihn zu finden, irgendein Zeichen zu finden – einen Goldkäfer oder eine Landkarte.
Ein Schatz, ja.
Nun, es gibt zwar keinen Schatz des Kapitän Kidd, aber trotzdem wollen die Araber die Insel kaufen.
Das Grundstück bei Linwood dürfte nicht weit entfernt von dem Platz sein, an dem du dies gerade liest.

Versuche herauszufinden, wo es liegt.
Geh hin.
Zieh dort ein.
Nimm es in Besitz. Es gehört dir.
Von jetzt ab lebst du dort.
Sag weder deinen Eltern noch Dr. Duk, wo du bist. Sie werden dich noch früh genug finden.
Sag überhaupt keinem Menschen, wo du dich aufhältst!
Such dir einen Anwalt, dem du vertrauen kannst. Das ist ein Problem, über das ich wirklich viel nachgedacht habe. Da Tante Sally zu Hause starb, wird das Testament auch dort eröffnet (sagt man so?). Man wird fragen, ob du geschäftsfähig bist und ob deine Eltern als Vormünder eingesetzt werden oder nicht. Ich habe wirklich viel darüber nachgedacht. Du könntest es einfach in der erstbesten Anwaltskanzlei versuchen. Aber besser wäre es natürlich, jemanden um Rat zu fragen. Zum Beispiel einen Arzt. Am besten denkst du dir etwas aus (zum Beispiel Muskelzerrung – du kannst ja sagen, du seist beim Bergsteigen abgestürzt, was in gewisser Weise ja auch zutrifft) und fragst dann den Arzt nach einem vertrauenswürdigen Anwalt.
Sei deinen Eltern nicht böse. Sie mögen dich, wie sie es eben verstehen, so wie die meisten Menschen jemanden mögen. Denk mal nach, wen oder was du »magst«? »Magst« du sie? Was bedeutet es überhaupt, jemanden zu »mögen«? Ich spreche das Wort gerade laut vor mich hin. Es klingt wie etwas Dunkles, Pelziges, das einen muhenden Ton von sich gibt.
Eins darfst du nicht vergessen, oder falls du es vergessen hast, erinnere ich dich hiermit daran. Es handelt sich um die Entdeckung, die ich letzte Woche gemacht habe (die du gemacht hast? die wir gemacht haben?). Erinnerst du dich?
Es hat mein (dein? unser?) ganzes Leben lang gedauert, bis wir diese Entdeckung machten. Warum so lange? Und dann mußte ich (du, wir) auch noch verrückt werden! Warum fiel

diese Entdeckung so schwer? Weil es in der Natur der zu entdeckenden Sache und in der Natur der Entdeckung liegt, daß man sie nicht etwa dadurch machen kann, daß man jemanden fragt oder ein Buch liest. Stell dir doch einmal vor, du wärst mit goldenen Hornhäuten auf die Welt gekommen und würdest dein Leben lang nach Gold suchen. Natürlich könntest du es nie finden.

Worin bestand denn meine (deine, unsere) Entdeckung? Darin, daß ich *handeln* konnte. Ich hatte die *Freiheit* zu handeln. Weiß das jeder oder glaubt zumindest jeder, dies zu wissen, oder, wenn er sich dessen bewußt ist, versteht er es falsch? Mit golden getönten Hornhäuten sieht alles wie Gold aus, aber in Wirklichkeit ist es Eisenkies.

Das waren meine goldenen Hornhäute: Dr. Duk hat mir oft gesagt, ich müsse frei werden, selbständig zu handeln. Und ich habe ihm geglaubt. Genauso wie ich ihm glaubte, als er meinte, ich solle Vögel beobachten. Kluge Einser-Schülerin, die ich war, machte ich mich also daran, selbständig zu handeln, was so natürlich überhaupt nicht funktioniert. Ich befolgte ja nur Anweisungen. Aber wie kann man danr überhaupt je entdecken, daß man tatsächlich die Freiheit besitzt, selbständig zu handeln? Ich weiß es nicht. Ich weiß ja nicht einmal, wie viele Leute das überhaupt je schaffen.

In meinem Fall war es so, daß ich erst verrückt werden mußte, um diese Entdeckung zu machen. Das ist wie bei dem Mann in West Virginia, der von dem Flugzeugwrack weglief. Er lief so lange durch den Wald, bis er zu einer Straße kam. Weißt du, was ich glaube? Daß dieser Mann sich damals vollkommen frei entscheiden konnte, ob er sich nun nach rechts oder nach links wenden oder sich auf das Abwasserrohr setzen sollte.

Jedenfalls habe ich jetzt endlich selbständig gehandelt, und du bist gerade dabei, wir beide sind gerade dabei.

Viel Glück!

Aus irgendeinem Grund hatte sie das Bedürfnis, ihr Geld zu zählen. Ihre Brieftasche enthielt 326 $, und in ihrer neuen Jeans waren sechsundsiebzig Cents Wechselgeld. Nachdem sie die Brieftasche wieder zugeklappt hatte, steckte sie sie zusammen mit dem Notizbuch und dem Messer in die tiefe Tasche der Tarnjacke. Dann überlegte sie einen Moment und packte die Kerzen und die Klauenfettdose zwischen Schlafsack und Käse in den Rucksack, den sie über die Lehne hängte. Jetzt lag nur noch die Landkarte auf der Bank.

Allison trommelte mit den Fingern aufs Knie und sah den Ameisen zu, die ihre kleinen grünen Segel auf den Polizisten zutrugen. Plötzlich stand sie auf, ging zu ihm hin, klopfte ihm auf die Schulter und stellte ihm im selben Moment (das war falsch) eine Frage. Der Mann zuckte jedoch nicht zusammen, sondern drehte sich um und nickte schon mit dem Kopf, als sei er auf ihre Frage vorbereitet. Er war wohl daran gewöhnt, daß Leute ihm Fragen stellten. Sein Blick zuckte auf dem betonierten Gehweg hin und her.

»Was haben Sie gesagt?« fragte er und näherte sein großes behaartes Ohr ihrem Mund.

Offenbar hatte sie ihre Frage zu früh und zu hastig gestellt. Aber noch bevor sie sie wiederholen konnte, schien er das Gesagte zurückzuverfolgen und sich die Frage noch einmal anzuhören.

»Wessen Haus?« erkundigte er sich.

»Das von Miss Sally Kemp.« Sie hätte ihn gern gefragt, ob er sich einen Moment auf die Bank setzen könnte, um sich die Karte anzusehen. Statt zu fragen, zerrte sie ihn jedoch plötzlich am Ärmel. »Würden Sie –«

Er begriff erstaunlich schnell, und einen Augenblick später saßen sie schon auf der Bank, die Karte zwischen sich. Er nickte immer noch mit dem Kopf, nur daß er jetzt nicht mehr auf den Gehweg, sondern auf die Landkarte starrte. Es war keine besonders gute Karte. Einige Wege überschnitten sich, und in den freien Stellen zwischen den Wegen waren

Erdhörnchen, Whiskybrennereien und Bergbewohner eingezeichnet, die Overalls mit nur einem Träger anhatten und Krüge mit »Gebirgstau« trugen.
Vor lauter Eifer, ihr behilflich zu sein, fuhr er mit dem Zeigefinger die Wege entlang, bevor sie überhaupt gesagt hatte, wo sie hinwollte. Sein Fingernagel war groß und gewölbt wie ein Uhrglas und erstaunlicherweise lackiert. Er kratzte leise übers Papier. Obwohl ihre Köpfe dicht nebeneinander über die Karte gebeugt waren, hörte sie ihn nie einatmen, dafür atmete er jedoch bellend und pfeifend aus. Der Anblick des großen lackierten Nagels und das Atemgeräusch lenkten sie dermaßen ab, daß sie sich kaum konzentrieren konnte.
»Ja, ich weiß, dort hat im Sommer immer der alte Richter Kemp gewohnt. Als ich noch ein Junge war, kam er stets hierher. Ich habe sogar in seinem Treibhaus gearbeitet.«
»In seinem Treibhaus?« fragte sie mit schläfriger Stimme.
»Ja, sein Daddy hatte vor langer Zeit mal die Idee, Orchideen zu züchten und sie im alten Grove Park Inn an die reichen Ballgäste zu verkaufen. Dort fanden nämlich jeden Abend Bälle statt.«
»Ja, das ist er«, meinte sie, ohne sich aber wirklich an ihn zu erinnern.
»Da hat früher das Haus gestanden.« Der glänzende Uhrglasfingernagel schweifte vom Weg ab und blieb auf einem leeren Flecken liegen.
»Früher?«
»Ja, es ist schon vor Jahren abgebrannt.«
»Ganz abgebrannt?«
»Das Hauptgebäude. Da müssen Landstreicher oder Hippies drin gewesen sein. Dort hat ja jahrelang keiner gewohnt.«
»Zeigen Sie mir, wie man hinkommt.« Erst als sie es gesagt hatte, wurde ihr bewußt, daß sie es gesagt hatte. Es war

weder eine Frage noch eine Feststellung, sondern eine Forderung. Wie lange war es schon her, daß sie zu jemandem gesagt hatte: Tu dies, tu das? Vielleicht bestand das Geheimnis des Sprechens ja darin, daß man etwas zu sagen hatte.
»Nehmen Sie den Weg hier.« Der Uhrglasfingernagel glitt übers Papier, zögerte und hielt dann bedeutungsvoll mitten in einem weißen Flecken. »Es liegt hinter dem Golfplatz.«
»Wie weit ist das von hier?«
»Fünf bis sechs Kilometer.«
»Würde es Ihnen etwas ausmachen, mir zu sagen, wie alt Sie sind?« Es hätte ihr geholfen, wenn sie gewußt hätte, ob er nun fünfundvierzig oder fünfundsechzig war. Aber er nickte weiter mit dem Kopf und gab keine Antwort. Also war ihre Frage wohl unpassend gewesen, aber er ließ sie immerhin durchgehen.
Statt zu antworten, sah er sie an und erkundigte sich: »Wollen Sie dort draußen wohnen?«
»Ja, es ist mein Haus.«
»Aber seien Sie vorsichtig, junge Frau!«
»Warum denn?«
»Da treiben sich Hippies und Landstreicher rum. Letzten Sommer wurde eine Frau ver... verletzt. Halten sie auf jeden Fall die Augen offen.«
»Mach ich.«
Er stand auf.
»Das ist ein netter Spaziergang. – Einen schönen Tag dann noch!«
»Wie bitte?« Es verwirrte sie, wie er das sagte, so oberflächlich und mechanisch wie »auf Wiedersehen«. Aber was für ein hübscher Satz!
Er wiederholte jedoch bloß: »Einen schönen Tag dann noch!«, legte den Finger an eine imaginäre Hutkrempe und kehrte zu seiner Straßenecke zurück.
Nachdem sie mit ihrem Druckbleistift den Weg markiert und in das freie Feld ein X eingetragen hatte, faltete sie die

Karte so zusammen, daß die markierte Stelle außen lag, und steckte sie in die Brusttasche ihrer Bluse. Gegenüber der Gulf-Tankstelle blieb sie einen Augenblick stehen und sah auf ihre Stiefel, die sich steif anfühlten. Sie ging in die Toilette, riß von der Rolle überm Waschbecken drei grobe Papierhandtücher ab, klappte den Klodeckel herunter und setzte sich hin. Dann zog sie die Stiefel aus, holte das Klauenfett aus ihrem Rucksack und rieb die Stiefel mit dem ganzen Doseninhalt ein. Vorsichtig entledigte sie sich dann des ölgetränkten Tuchs und der leeren Dose und wusch sich die Hände.

Jetzt fühlten sich die Stiefel viel besser an, leicht und stabil und doch geschmeidig wie Wildleder. Auch daß die ganze Dose leergeworden war, freute sie, denn sie wollte mit ganz wenigen Dingen leben.

Als sie an einem Drugstore vorbeiging, sah sie im Schaufenster Timex-Uhren liegen. Vielleicht sollte sie sich eine Uhr kaufen? Denn woher sollte sie sonst wissen, wann es Zeit war aufzustehen, zu essen und schlafenzugehen? Hatte sie sich jemals in ihrem Leben nicht zum Essen gesetzt, wenn Essenszeit war? Und wenn sie es nun einfach nicht tat? Wer sagte denn, daß man zu bestimmten Zeiten aufstehen und essen mußte?

Sie blieb noch einen Moment stehen, dann zuckte sie die Achseln, schulterte ihren NATO-Rucksack und ging weiter. Diesmal trug sie ihn mit beiden Riemen, und es war angenehm, daß das Gewicht jetzt gleichmäßig auf die Schultern verteilt war. Zum ersten Mal in ihrem Leben hatte sie das Gefühl, daß ihr Leben begann.

Aber vielleicht kam das auch daher, daß sie sich kaum an ihr früheres Leben erinnerte.

III

1

Zweifellos geschah etwas mit ihm.
Am nächsten Tag fing es schon wieder an, als er ins Aus schlug und sich bückte, um durch den Stacheldrahtzaun zu steigen und nach seinem Ball zu suchen. Zum ersten Mal in seinem Leben wußte er, daß ihm etwas ungeheuer Wichtiges bevorstand und daß er bald erfahren würde, was es war. Ed Cupp hob den obersten Draht, damit er durchsteigen konnte. Er hob ihn höher als nötig, um wiedergutzumachen, daß er Will Barrett nicht bei der Suche im Wald behilflich war. Um seinen guten Willen zu demonstrieren, dehnte Ed Cupp den Draht so stark, daß er sich wie eine Gitarrensaite spannte und beim Loslassen gegen die Pfosten knallte.
Will Barrett stieg mit gesenktem Kopf und leicht hervorquellenden Augen durch den Zaun. Dabei starrte er auf das gefleckte Laub, das in der Sonne vor sich hinmoderte und einen erdigen Geruch ausströmte. Plötzlich wurde ihm bewußt, daß er mit seinem Eisen 3 etwas Merkwürdiges tat. Er trug ihn in der linken Hand, während er mit der rechten das Gestrüpp wegbog und sich durch den wilden Wein und die Dornen vorwärtsbewegte, die am Zaun emporwuchsen und gegen seinen Körper schlugen. Genau in dem Moment, in dem er hindurchstieg, hielt er den Schläger plötzlich anders, und zwar so, daß der Schlägerkopf weit oben unterm Arm festgeklemmt war und der Schaft auf dem Unterarm ruhte – so wie man ein Gewehr tragen würde.
Zuerst war ihm nicht klar, warum er das tat. Dann wußte er es.
Jetzt stand er mit dem Eisen 3 in der Hand völlig reglos auf einer Kiefernlichtung, gut fünfzehn Meter im Aus und ohne Anstalten zu machen, den Ball zu suchen. Es fiel ihm erst

auf, nachdem er vielleicht dreißig Sekunden, vielleicht auch zwei Minuten so dagestanden hatte – und zwar, daß es ihn keineswegs störte, ins Aus geschlagen zu haben.
Ein paar Minuten zuvor hatte es ihm noch etwas ausgemacht. Als sein Drive auf den Wald zuflog, sahen die übrigen Spieler schweigend zu. Es herrschte eine gewisse gleichgültige Verlegenheit, man schnalzte mit der Zunge und räusperte sich in zwar gespielter, aber doch freundlicher Anteilnahme.
Lewis Peckham, der Golfpro, ein ernster, talentierter Mann, sagte: »Wenn der Ball diesen Ast dort gestreift hätte, wäre er innerhalb der Bahn geblieben.«
Und Jimmy Rogers aus Atlanta, durch den das Vierer ein schwerfälliges Fünfer geworden war, meinte: »Für einen Sechser-Handicap-Spieler und Wall Street-Anwalt ist Billy entweder zu nervös wegen der Hochzeit seiner Tochter, oder er macht es sich mit seiner zukünftigen Verwandtschaft zu leicht.«
Auch den nächsten Ball schlug er mit einem Slice ins Aus. Höflich schweigend und erwartungsvoll starrten die anderen Spieler zum dunklen Wald hinüber, als müsse der Ball aus Anstandsgründen wieder auf den Fairway zurückkehren.
Als er sich vorbeugte, um das Tee in den feuchten Boden zu drücken, spürte er, wie ihm das Blut ins Gesicht schoß. Jimmy Rogers war ihm auf die Nerven gegangen. Lag es daran, daß er das Vierer verpfuscht hatte, oder daran, daß Jimmy Rogers ihn Billy genannt hatte? Woher wußte Jimmy Rogers etwas über sein Handicap?
Nachdem Will Barrett den dritten Ball aufgeteet hatte, taxierte er den Driver, verlagerte das Gewicht von einem Bein aufs andere und fragte sich zerstreut: wenn ich nun noch einmal ins Aus schlage, was dann? Ist ein Spiel denn so angelegt, daß immer die Möglichkeit besteht, die Grenzen dieses Spiels derart zu verletzen und seinen Risiken zum Opfer zu fallen, daß man sich unmöglich macht, und vermittelt viel-

leicht die öffentliche Vermeidung des Sich-unmöglich-Machens ein angenehmes Gefühl von Freiraum und gutem Gewissen?
Er spielte einen weiteren Slice, schlug diesmal jedoch nicht ins Aus, weil er den Rechtsdrall des Slice berücksichtigte und ausglich, indem er etwas zum linken Rough hinspielte.
»Jetzt wird es wieder besser. Das war jetzt sowieso das Achtzehnte. Wir sehen uns dann nachher im Club.«
Der Slice, der ihm in letzter Zeit zu schaffen gemacht hatte, war schlechter geworden. Inzwischen betrachtete er es als ein Emblem seines Lebens, ein kleines Versagen, einen geringfügigen Betrug, vielleicht sogar eine Sünde. Man beugt sich über den Ball, verschränkt auf eine bestimmte vorgeschriebene Art die Hände und bewegt den Schläger nach vorn, statt ihn in einem Akt des Vertrauens schwungvoll durchzuziehen. Anders als im normalen Leben folgt hier die sofortige Vergeltung. Der Ball, mit dessen kleinem Leben man sein ganzes Selbst wegkatapultiert, erregt von Anfang an Ärgernis, wird verurteilt, verdammt, mit einem Aufschrei in die Luft geschlagen und gerät – von den heiteren, legalen Fairways und den sonnigen, friedlichen Greens verbannt – auf Abwege, und zwar auf immer schlimmere Abwege, über das Rough und sogar über den Stacheldrahtzaun hinaus ins dunkle, morastige, dornige Aus. Man wird auf der Stelle bestraft. Als sein dritter Drive gutging, lag er sieben über.
Es war schon schlimm genug gewesen, daß er das Vierer nicht mit seinen gewohnten Partnern spielen konnte. Seit mehr als einer Woche nahm der künftige Schwiegervater seiner Tochter, ein zwei Meter großer Kalifornier, den Platz Slocum McKeons ein. Slocum McKeon war hier am Ort als Anwalt tätig, ein exzellenter Golfer, ein wortkarger, bescheidener Mann, der es verstand, Freundlichkeit mit Zurückhaltung zu verbinden. Noch schlimmer wurde alles dadurch, daß ausgerechnet heute auch sein Schwager Bertie aus New

York auftauchte, ein unsensibler, in die Jahre gekommener Wirrkopf, ohne Gefühl für das Spiel und seine Regeln, einer von der Sorte, die vor lauter Schußligkeit dauernd mit den anderen Spielern zusammenstoßen wie Mr. Magoo. Jedenfalls hieß dies, daß er heute nicht mit Dr. Vance Battle spielen konnte, dem zufriedensten Menschen, den er kannte. Dr. Vance Battle war ein stämmiger junger Mann und ein tüchtiger praktischer Arzt. Er faßte seine Patienten gern an, glücklich wie ein Viehdoktor mit der Faust in einer Kuh, flickte Knochen zusammen, betastete Lebern, steckte einem, ohne sich um das Gestöhne zu kümmern, ohne Umstände den Finger in den After und ließ sich dabei pausenlos über Basketball in North Carolina aus. Er unterbrach sich höchstens, um angesichts des Zustands einer Prostata stirnrunzelnd den Kopf zu schütteln: »Fühlt sich ja an wie eine Salatkartoffel!«

Beim letzten Vierer fiel er wieder hin. Vance zog ihn hoch und musterte ihn argwöhnisch. »Sie sollten wirklich mal bei mir vorbeikommen, Will. Ich würde Sie gern mal untersuchen.«

Als wäre all das nicht schon schlimm genug gewesen, tauchte in Berties Gesellschaft auch noch Jimmy Rogers wie ein Gespenst aus der Vergangenheit auf, ein früherer Kommilitone, der einen Hang dazu hatte, andere reinzulegen, und sogar von den Betas geächtet worden war. Wer, beziehungsweise welche Umstände brachten denn diese beiden zusammen?

Vielleicht hatte Vance doch recht. Etwas geschah mit ihm.

Bereits ein paar Minuten zuvor hatte er auf dem sechzehnten Grün einen kleinen Anfall erlitten und war in das tiefe Hindernis hinter dem sechzehnten Grün gefallen. Da er aber rasch wieder aufgestanden war, hatte es niemand bemerkt. Sein Schwager beugte sich gerade über den Putter mit dem lächerlichen halbkreisförmigen Schlägerkopf und bereitete sich mit abgewinkelten Ellbogen und zierlich hintereinandergesetzten Füßen aufs Einlochen vor. Da schien das Grün trotz des strahlenden Sonnenwetters plötzlich dunkel zu werden, als sei das Tageslicht im Loch versickert. Die Gestalten der schweigend wartenden Spieler wurden größer. Als Bertie schließlich mit dem Einlochen fertig war, nahm Jimmy Rogers Will Barrett am Arm und meinte: *Heil Cäsar!* und er erwiderte fragend: *Heil Cäsar?* und Jimmy Rogers sagte: *Du hast es wirklich geschafft, stimmt's?*, worauf er entgegnete: *Was meinst du denn damit?* Und Jimmy sagte: *Du hast wirklich abgesahnt. Hast eine von denen geheiratet und sie auf ihrem eigenen Feld mit ihren eigenen Waffen geschlagen.*

Sie? Wen meinte er denn damit? Die Yankees? Mit welchen Waffen? Meinte er damit, daß er als Anwalt gearbeitet, Geld verdient hatte?

Dann kam Jimmy mit ernstem Gesicht noch näher her.

»Tut mir wirklich leid, alter Knabe.«

»Was denn?«

»Der Tod deiner Frau.«

»Ach so, ja. Danke.«

»Sie muß ein wunderbarer Mensch gewesen sein!«

»Ja, das stimmt.«

Dann begann Jimmy Rogers, ihm einen Witz zu erzählen: ein Jude, ein Deutscher und ein Farbiger sitzen im Flugzeug und haben bloß einen Fallschirm. Auf einmal erfüllte ein hoher, schriller Ton den Himmel. Werde ich jetzt verrückt? dachte Will Barrett neugierig. Kurz zuvor war ihm ein Vogel aufgefallen, zweifellos eine Art Falke, der pfeilgerade und verblüffend schnell über den Fairway und einen rotgoldenen Bergkamm flog, dann die Flügel anlegte und wie ein Stein in den Wald stürzte. Es erinnerte ihn an etwas, aber bevor er dazu kam, zu überlegen woran, stoben in den Augenwinkeln Funken vorbei. Voller Interesse schloß er, daß etwas mit ihm geschah, womöglich erlitt er gerade einen Nervenzusammenbruch oder einen Schlaganfall. Jetzt war er an der Reihe einzulochen. Er beugte sich über den Ball und faßte das etwa sieben Meter entfernte Loch und Lewis Peckham ins Auge, der die Fahne hielt und weder ihn noch das Loch ansah, sondern seinen Blick, um ihn nicht zu irritieren, in einer kleinen ausgesuchten Geste der Höflichkeit irgendwo in der Mitte einstellte. Das Grün fiel nach rechts ab. Will Barrett wußte nicht, ob er den Ball zwei oder zwanzig Meter weit schlagen würde. Er hatte das Gefühl, das Spiel habe sich von ihm gelöst und er versuche gerade, aus großer Höhe zu spielen. Er kam sich vor wie ein Clown auf Stelzen. Lewis Peckham räusperte sich und sah ihn jetzt direkt an, und zwar mit einem verschleierten, spöttischen Blick (als wisse er nicht nur, daß gerade etwas mit Will Barrett geschah, sondern sogar, was es war!), und dann lochte er ein. Der Ball beschrieb eine glatte, flache Parabel und plumpste ins Loch. Ein guter Schlag. Das spürte er in den Muskeln. Als der Ball ins Loch fiel, nickten die übrigen Spieler kurz vor sich hin, womit sie zum einen Zustimmung, zum anderen ihre Erleichterung signalisierten, daß er wieder zu seinem Spiel gefunden hatte. Oder war es einfach nur die Erleichterung darüber, daß sie überhaupt an einem Spiel teilnehmen, seinen Regeln gehorchen konnten und seine Etikette und die kleinen Rituale der Vorbereitung eines Drives oder des Puttens befolgen durften? Sein Bewußtsein war im Augenblick gespalten. Er spielte Golf und fragte sich gleichzeitig relativ gelassen, mit einer nur gelinden Neugier, was denn wohl gerade mit ihm geschah. War das Bewußtsein der anderen Spieler ebenfalls gespalten? Hatten sich alle stillschweigend darauf geeinigt, daß ihr Tun – im launischen Wind winzige Bälle über eine Gebirgswiese zu schlagen – letztlich zwar absurd war, daß sie es aber trotzdem aus freien Stücken taten, einfach so und warum auch nicht? Letzten Endes war es doch egal, womit man sich die Zeit vertrieb.

Das Bewußtsein des Falken jedoch war nicht gespalten. Ausgestattet mit einem einzigen Bewußtsein, schoß er durch die

Gebirgsluft und tauchte in den Wald. Sein Wechsel vom gleichmäßigen Flug zum Sturz war sagenhaft. Das heißt, er erinnerte Will Barrett an eine Zeit, wo man ihm sagenhafte Dinge erzählt hatte und er sie glaubte. Vielleicht hatte er irgendwann einmal von einem Schwarzen gehört, dieser Falke sei der einzige Vogel auf der ganzen Welt, der imstande sei – imstande wozu? Jetzt fiel es ihm ein. Heute erinnerte er sich an alles. Der Falke, so hatte der Neger erzählt, war imstande, in vollem Tempo direkt in ein Baumloch zu fliegen und drinnen schlagartig zu bremsen. Der Neger sagte, er habe einmal einen dabei beobachtet. Man konnte sich gut vorstellen, daß der Falke so etwas Sagenhaftes, nur einem ungespaltenen Bewußtsein Mögliches vollbringen konnte.

Lewis Peckham bot nicht an, ihm bei der Ballsuche zu helfen, und er wußte auch warum. Lewis hatte ihm nämlich schon zuvor geholfen, beim siebzehnten Loch, als er ins Aus geschlagen hatte, und dies jetzt noch einmal zu tun gehörte sich nicht. Lewis gab sich ganz unbeteiligt und ließ ihm so die freie Wahl, nach dem Ball zu suchen oder zu droppen. Das war sehr nett von ihm. Ein gewöhnlicher Pro hätte in einem solchen Fall mit großem Trara seine Hilfe aufgedrängt.

Es war nicht sein gewohntes Vierer. Es war keine normale Golfpartie.

Als er das erstemal ins Aus geschlagen hatte, war Lewis mit ihm durch den Zaun gestiegen und hatte ihm etwas Merkwürdiges gezeigt. In der Hoffnung, den nagelneuen Spalding-Pro-Flite-Ball zu finden, stöberten sie lustlos im Unkraut herum, als Lewis plötzlich stehenblieb.

»Fällt Ihnen an diesem Baum irgend etwas auf?« fragte Lewis und wies mit einer Kopfbewegung auf einen feuerroten Sassafras, eher ein hoher Strauch als ein Baum. Auf die dreifingrigen roten Blätter fiel ein Sonnenstrahl, und sie begannen zwischen den düsteren Lorbeerzweigen zu leuchten.

»Nein.«
»Gehen Sie mit dem Gesicht ganz nahe ran.«
Er tat es in der Erwartung, etwas zu riechen, vielleicht Süßholz. Als er aber nichts wahrnahm, pflückte er ein Blatt, um daran zu saugen, und schmeckte den lakritzartigen Stiel. Lewis schob wie einen Fenstervorhang einen Zweig beiseite.
»Nun?«
»Was nun?«
»Merken Sie immer noch nichts?«
»Nein.«
»Dann kommen Sie noch ein Stück näher.«
Außer einer schmalen Nische im Felsen des Bergkamms gab es nichts, an das man noch näher hätte herankommen können.
»Nun?«
Er spürte etwas auf der Wange, einen Luftzug direkt aus dem Felsen, und als er sich weiter vorneigte, blies ein steter Luftstrom ihm in Gesicht und Mund – nicht wie der heiße Sommerwind auf dem Fairway, sondern ein kühler feuchter Dunst, der nach Felsen und Wurzeln roch. Man hatte gleich einen mineralischen Geschmack im Mund.
»Woher kommt das? Aus einer Höhle? Ich sehe gar keinen Eingang.«
»Ja. Aus meiner Höhle.«
»Aus Ihrer Höhle?«
»Lost Cove.«
»Aus dieser Höhle? Aber die ist doch dort unten!«
»Ich weiß, aber es ist ein und dieselbe Höhle.«
»Natürlich, jetzt erinnere ich mich! Ich erinnere mich sogar an jedes Detail, etwa an den Raum, wo Sie den Säbelzahntiger entdeckten, und an das Pulverdepot der Südstaaten-Armee. Woher kommt die Luft?«
»Das ist ein Phänomen hier oben. Wie beim Blowing Rock. Die warme Sommerluft strömt durch die Schlucht, dann un-

ten in den großen Höhleneingang, steigt durch den Berg nach oben und tritt durch solche Spalten wieder aus. Im Sommer kühl, im Winter warm.«

»Merkwürdig, aber ich erinnere mich an jedes Detail. Ich würde direkt zum Lager des Tigers finden.«

»Ich will Ihnen mal etwas zeigen.«

Vor zweiunddreißigtausend Jahren hatte sich der Tiger in die Höhle geschleppt, dreißig Meter unter dem sonnigen Golfplatz, und sich im Dunkeln niedergelegt. Er war schon vor so langer Zeit gestorben, daß über der Öffnung kleine Stalagmiten und Stalaktiten zusammengewachsen waren, die ihn wie hinter einem Gitter einsperrten – ein Skelett, ein Schädel und ein Kieferknochen mit Zähnen, so mit dem Boden verschmolzen, als sei alles aus Fels geformt. Eine Zeitlang hatte Lewis Peckham für den Tiger und das Pulverdepot Eintritt verlangt, aber dann hatte der Staat Anspruch darauf erhoben und den Tiger aus dem Steinkäfig nach Raleigh transportieren lassen.

Plötzlich schien Lewis vor seinen Augen im Felsen zu verschwinden, um gleich danach auf magische Weise wieder aufzutauchen.

»Wie haben Sie das denn gemacht?«

»Schauen Sie. Hinter diesem Felsen ist ein Schlitz. Ein Schritt seitwärts, und Sie stehen in der Höhle.«

»Sieht wie ein Trick aus.«

Lewis erklärte ihm, es sei auch einer gewesen, und die Soldaten der Südstaaten-Armee hätten dies als Fluchtweg benutzt.

Jetzt stand er allein auf der Lichtung, nachdem er am achtzehnten Loch ins Aus geschlagen hatte. Das Eisen 3 hielt er nun nicht mehr wie einen Golfschläger oder ein Gewehr, sondern wie einen Spazierstock. Wo der Schläger etwas in den morastigen Boden einsank, quollen Luft- oder Gasbläschen aus dem Moos.

Kaum hatte er den Kiefernwald betreten, veränderte sich die

Luft. Stille senkte sich herab, als legten sich ihm sanfte Hände auf die Ohren. Man hörte die Rufe der Golfspieler, das Klirren der Eisenschläger und das gemütliche Brummen der Elektrokarren nicht nur schwächer, sondern überhaupt nicht mehr, alles war wie ausgelöscht. Er lauschte. Nichts außer dem Geräusch der Stille, das Muschelrauschen oder das Rauschen seines eigenen Blutes oder das Zirpen der Zikaden am Ende des Sommers, das gleichzeitig aus den Kiefern und aus dem eigenen Kopf zu kommen scheint.
Dann hörte er eine Kettensäge. So weit entfernt, daß er die Richtung nicht ausmachen konnte, aber doch nah genug, um zu bemerken, wie das Geräusch des sich abmühenden Motors leiser wurde, wenn sich die Säge ins Holz fraß.
Die Golfkarren waren gerade über eine Erhebung des Fairway gerollt. Zwischen den Bäumen hindurch sah er die weißen Planen, die sich eine hinter der anderen wie stille Segel entfernten.
Er wandte den Kopf. Jenseits der Lichtung lag der Kiefernwald dunkel wie die Dämmerung. Nur eine einzige Pappel stand in der Sonne. Ihr Laub hatte sich mattgold verfärbt. Obwohl kein Luftzug zu spüren war, zitterte eins der Blätter heftig. Hinter der Pappel erkannte er einen Haufen toter Kastanienbäume, jenseits davon sah man etwas blinken. Bewegte man den Kopf, kam oder verschwand das Licht. Offenbar handelte es sich um Glas, das das Sonnenlicht reflektierte.
Gleichmäßig wie Radspeichen wuchsen über ihm die Kiefernäste aus den Stämmen.
Als er jetzt das Eisen 3 hob und es betrachtete, hielt er es wieder wie ein geschultertes Gewehr, den Schlägerkopf unter die Achsel geklemmt, den Schaft über dem Unterarm. Langsam schwang er den Schaft des Schlägers wie einen Gewehrlauf hin und her, als wiederhole er etwas, an das er sich nicht recht erinnerte, etwas, an das sich jedoch seine Muskeln, Arme und Hände erinnerten. Er hielt inne und stand

wieder reglos da wie ein Jäger. Er wandte dann den Kopf, bückte sich und blickte zum Zaun zurück.
Aber er hatte nichts vergessen. Aus irgendeinem Grund konnte er sich heute an alles erinnern. Alles, was er sah, war ein Zeichen für irgend etwas anderes. Dieser Zaun hier war ein Zeichen für einen anderen Zaun, durch den er früher einmal gestiegen war. Der Falke war ein Zeichen für einen anderen Falken und für eine Zeit, in der er an sagenhafte Vögel geglaubt hatte. Und der Tiger? Was auch immer er war, er war jedenfalls nicht mehr da. Sogar die in Kreisen vom Boden auffliegenden Amseln bedeuteten nicht sich selbst, sondern vielmehr eine gewisse spöttische Monotonie. Hektisch stoben sie in Kreisen auf, und es trieb sie der gleiche launische Wind vor sich her wie vor dreißig, vierzig Jahren. Es gibt kein Geheimnis. Das einzige Geheimnis besteht darin, daß nichts sich verändert. Eigentlich geschieht nichts. Es hatte Hochzeiten, Geburten, Todesfälle und furchtbare Kriege gegeben, aber sie hatten nichts verändert. Kriege bedeuten keine Veränderung, sondern bloß den armseligen Versuch, eine Veränderung herbeizuführen. Krieg und Frieden sind keine Ereignisse.
In seinem Leben hatte es nur ein Ereignis gegeben. Alles, was dann noch passierte, waren Nicht-Ereignisse gewesen.
Der Gitarrenklang des über ihm gespannten Zaundrahts und die Weinranken, die gegen seinen Körper schnalzten, waren Zeichen für ein anderes Ereignis. Während er sich jetzt bückte, versuchte er, seinen Körper dazu zu bringen, daß er sich an das Geschehene erinnerte. Und plötzlich wurde ihm deutlich, daß ihm nichts sonst widerfahren war.

Der Junge war mit der neuen doppelläufigen zwanzigkalibrigen Sterlingworth Fox vor sich als erster durch den Zaun gestiegen, während der Mann den obersten Strang des Stacheldrahts hob. Bevor sich der Junge aber auf der anderen

Seite aufrichten konnte, hatte ihn der Mann durch den Zaun hindurch an der Schulter gepackt – was den Jungen weniger des Schmerzes wegen überraschte als vielmehr, weil es so plötzlich und heftig geschah –, ihm mit der anderen Hand das Gewehr entrissen, ihn herumgewirbelt und angebrüllt: *Verdammt nochmal, hab ich dir denn nicht erklärt, wie man mit einem geladenen Gewehr durch den Zaun steigt? Weißt du denn nicht, was passiert, wenn ...* Der Mann verstummte plötzlich.

Hier auf dem Golfplatz erkannte er jetzt Jahre später den Geruch wieder. Beißend wie Holzrauch stieg ihm der modrige Tanningeruch des Sumpfeichenmoors in die Nase.

Der Junge hatte nun zwar den Schmerz überwunden, aber noch nicht die Überraschung. Immer noch zu verblüfft, um sich ohne sein Gewehr nackt und entwaffnet zu fühlen, stand er da und sah den Mann an, der jetzt beide Gewehre trug. Von jetzt an würde ihn nie mehr etwas überraschen. Als die Überraschung dann nachgelassen hatte und sein Herz wieder ruhiger schlug, deuteten sich zum erstenmal jene Gelassenheit und wachsame Neugierde an, die sein Leben bestimmen sollten. Kann es sein, daß er leicht die Augen zusammenkniff (er war sich nicht ganz sicher), als er die Hände in die Taschen steckte (dessen war er sich ganz sicher) und fragte:

Wenn was?

Sie hatten im Wald Jagd auf Wachteln gemacht. Statt vorzustehen war der Hund mitten in den Schwarm hineingerannt, und die dicken Vögel waren mit ohrenbetäubendem Lärm zu früh aufgeflogen und außer Schußweite in die Bäume gesegelt. Bleich vor Wut beschimpfte der Mann den Jagdführer und schoß, anstatt auf die Vögel, auf den Hund. Nur um ihm eine Lehre zu erteilen, wie er sagte, nicht um ihn ernstlich zu verletzen, was durch die Entfernung und die Schrotstärke acht auch tatsächlich verhindert wurde. Hund und Jagdführer rannten davon.

Als der Mann ihm schließlich das Gewehr zurückgab, funkelten seine Augen, aber es war nicht jenes fröhliche Funkeln nach einer erfolgreichen Jagd. Das Gewehr war sein Weihnachtsgeschenk an den Jungen gewesen, und jetzt hatte er ganz in der Nähe, in Thomasville, einen Prozeß abzuschließen. Genau hier, in diesem Wald, hatte der Mann einmal eine herrliche Jagd erlebt, vielleicht sogar eine Jagd wie aus der Sage, und zwar mit seinem Vater. Die Jagd an diesem Tag war nun allerdings mißglückt. Der schwarze Jagdführer taugte nichts, der Hund war schlecht abgerichtet. Der Prozeß war nicht gut gelaufen. Der Mann und der Junge hatten eine schlaflose Nacht in einem alten Hotel verbracht (demselben Hotel, in dem der Mann vor der großartigen Thomasviller Jagd geschlafen hatte). Es entsprach jedoch überhaupt nicht seiner Erinnerung.

Hier, sagte der Mann, händigte ihm das Gewehr aus und hob den obersten Strang des Stacheldrahtzauns. Der Draht knarrte. *Jetzt vertraue ich dir.*

Danke. Der Junge nahm das Gewehr vorsichtig entgegen.

Vertraust du mir auch?

Ja. Nein.

Du mußt mir jetzt vertrauen.

Warum?

Ich werde dafür sorgen, daß dir das erspart bleibt, was ich durchmachen muß.

Und was ist das?

Du mußt mir jetzt einfach vertrauen, ja?

Ja, sagte der Junge argwöhnisch und wachsam. Der Mann sprach, als sei er mit seinen Gedanken ganz woanders, und seine funkelnden Augen schienen über den Jungen hinweg in die Zukunft zu blicken, vielleicht zu dem Prozeß am Montag.

Komm mal einen Moment rüber.

Was?

Hierher. Hier, rüber zu mir.

Ach so.
Als der Junge neben ihm stand, drückte ihn der Mann mit dem Arm, der kein Gewehr hielt, an sich und klopfte ihm in regelmäßigen Abständen auf den Arm. Dabei sagte er etwas zu ihm. Der Junge, der sich inzwischen von seiner Überraschung erholt hatte, hörte nicht so recht zu. Er dachte darüber nach, wie merkwürdig diese unbeholfene Umarmung seines Vaters war, während sie hier in ihrer dicken Jagdkleidung in dem feucht-kalten, modrig riechenden Sumpfeichenmoor standen. Er erinnerte sich an keine früheren Umarmungen, außer bei Hochzeiten und Beerdigungen, aber das waren kurze, nichtssagende Umarmungen und flüchtige Wangenküsse gewesen, und das war ihm recht gewesen, weil er nämlich gar nicht umarmt und geküßt werden wollte.
Und jetzt, wie er da mit dem Eisen 3 in der Lichtung stand, dachte er vergeblich darüber nach. *Warum eigentlich?* Warum hatte ich denn nie das Bedürfnis, meinen Vater zu küssen, weder damals noch heute noch sonst jemals? Warum empfand ich es damals wie heute als Vergewaltigung, zwar nicht von der Art, in der er mich durch den Zaun an der Schulter packte, aber doch als Vergewaltigung und außerdem noch entwürdigend? Italiener, Franzosen und Frauen umarmten und küßten sich doch auch, und was bedeutete das?
Was? fragte der Junge.
Der Mann zog ihn wieder zu sich her und sah auf ihn hinunter. Seinem Atem war die schwere Erkältung anzumerken, und er roch noch leicht nach dem Whisky vom Vorabend. Sein Vater litt nämlich angeblich an »Erkältung« und hatte sich die ganze Nacht, während der Junge still und aufmerksam im Bett lag, schwer atmend hin und her geworfen.
Dort sind zwei Vögel reingeflogen. Jeder von uns übernimmt einen davon. Doch ließ ihn der Mann immer noch nicht los und klopfte ihm nach wie vor gleichmäßig auf den Arm.
Dem Mann machte es Spaß, wenn ein Wachtelschwarm auf-

geflogen war, auf die zurückbleibenden Vögel Jagd zu machen. Er kehrte aus den Feldern und offenen Waldungen, die die Hunde schon durchstöbert hatten, wieder zurück und stieß ins dornige Dickicht vor, wohin ihm nicht einmal die Hunde folgten, und Weinranken schnalzten gegen die schwere Segeltuchkleidung. Flog dann ein Vogel auf, schoß er ihn ab und fand ihn ohne Hilfe der Hunde. Er pflegte ihn einen Moment lang in der Hand zu halten, bevor er ihn in die Jagdtasche steckte, und seine Augen bekamen dann immer einen fröhlichen Ausdruck, als hätte er eine an sich unmögliche Aufgabe bewältigt, als wäre er mitten ins dunkle Chaos des naßkalten Winterwalds eingedrungen und hätte darin ausgerechnet einen warmen, vollkommen gestalteten Vogel mit glänzenden Augen gefunden.

Jetzt aber stand der Mann mit funkelnden Augen reglos da und starrte auf das Gewehr, das er etwas merkwürdig hielt: der Schaft berührte den Boden, der Lauf neigte sich etwas nach hinten und ruhte leicht zwischen Daumen und Zeigefinger.

Wir beide sind gleich, sagte der Mann, als spreche er mit dem Gewehr.

Wie meinst du das?

Du bist genau wie ich. Wir zwei sind von derselben Sorte, das habe ich heute nacht gesehen.

Hier setzten die Klapse erneut ein, fest, langsam, gleichmäßig wie ein Glockenklöppel.

Was hast du gesehen?

Ich sah, wie du letzte Nacht im Bett lagst. Du schliefst oder vielleicht auch nicht. Ich fürchte, du bist einer von uns. Du weißt schon zuviel. In gewisser Weise ist das sehr schlimm.

Einer von uns? Wer ist uns?

Es ginge dir besser, wenn du einer von ihnen wärst.

Von ihnen?

Die Heere der Unwissenden, die nachts aufeinanderstoßen.

Der Junge schwieg.
Wir zwei müssen einander jetzt vertrauen, ja?
Ja, sagte der Junge und richtete sich etwas auf, um den Mann besser sehen zu können.
Wir zwei sind Kumpel, nicht wahr?
Ja. Nein. Du irrst dich. Wir sind keine Kumpel. Ich will niemandes Kumpel sein.
Gut. Gehen wir. Es sind zwei. Nimm du den auf der rechten Seite.
In Ordnung.
Ach, Scheiße! sagte der Mann. Ein letzter fester Klaps auf die Schulter. *Tut mir wirklich leid!*
Der Junge sah auf, nicht überrascht, aber doch neugierig. Es war das erstemal, daß der Mann *Scheiße* gesagt hatte.
Als er jetzt mit dem Eisen 3 auf der Lichtung stand, dachte er: er sagte dieses *Scheiße* mit der tonlosen, abgeschnürten Stimme eines Piloten kurz vor dem Absturz: *Wir gehen runter, Scheiße.*
Jetzt hatte der Mann fast wieder sein übliches Aussehen: rote Backen und zurückgeschobene Mütze, als sei es ein heißer Sommertag und als brauche er Luft, obwohl es in Wirklichkeit sehr kalt war. Er wirkte vergnügt wie stets, aber als ihn der Junge beim Weitergehen von der Seite ansah, fiel ihm auf, daß seine Augen zu sehr leuchteten.
Die zwei Vögel, die sie aufstöberten, flüchteten schnell in die Bäume, so daß kein Schuß fiel. Da sie in verschiedene Richtungen davonflogen, trennten sich der Mann und der Junge. Eine schiefgewachsene Zwergeiche geriet zwischen sie, mit Blättern braun und dick wie Leder. Der vom Boden aufsteigende Nebel füllte milchartig alle Hohlräume. Während der Junge schweigend auf dem nassen fleckigen Laub weiterging, klopfte sein Herz nicht im Halse wie sonst vor dem Auffliegen der Wachteln. Und dann hörte er plötzlich auf der Seite des Baums, wo der Mann stand, das zarte Getöse

des aufstiebenden Schwarms, sofort danach den Schuß, und dann war Stille. Nicht einmal Schritte, bloß das Klicken der Greener. Der Junge ging weiter. Er hörte die Schritte des Mannes. Beide ließen sie jetzt den Baum hinter sich und kamen aufeinander zu. Durch die ledrigen Blätter erspähte der Junge in dem milchweißen Nebel einen khakifarbenen Stoffetzen. Hörte er ihn da nicht schon wieder, den plötzlich einsetzenden Lärm starrer, gegen die kleinen Vogelleiber trommelnder Flügel und das Herumschwingen des Mannes in seine Richtung, mit der äußersten Anspannung, um die dicken, schrägfliegenden Wachteln im Visier zu behalten, und gleich nach dem Getrommel den furchtbaren Knall, der wie ein Donnerschlag durch den stillen Wald davonrollte? Der Junge sah das Mündungsfeuer, das aus dem Lauf kam wie auf einem Bild eines schießenden Civil-War-Soldaten, und hatte sogar noch Zeit, sich darüber zu wundern, warum er das heute zum erstenmal bemerkte, da hörte er das Pfeifen und Knallen und lag plötzlich im Laub, ohne zu wissen, wie es passiert war. Und sogar dann noch hörte er, wie sich der Knall des Schusses rasselnd durch den milchigen Sumpf entfernte, und er rappelte sich schon auf, um der peinlichen Situation ein Ende zu machen (man lag nicht auf dem Boden), da warf ihn das Schrillen in den Ohren erneut zu Boden. Und erst jetzt spürte er die heiße Flüssigkeit auf der nicht ins Laub gedrückten Gesichtshälfte und merkte, es war Blut. Es war, als habe ihn jemand gepackt und niedergeworfen. Er hörte das zweimalige Klicken, als das Schloß der Greener auf- und zugekippt wurde, und dann den Schuß. Er wartete, bis das Krachen und Schrillen in seinem Kopf aufgehört hatte. Ihn fror nicht. Sein Gesicht tat nicht weh. Als er sich auf das Gewehr stützte, kam er zumindest auf die Knie. Er rief laut. Es war wichtig für ihn gewesen, vor dem Rufen auf die Knie zu kommen. Niemand, weder der Mann noch sonst jemand, wird mich hier unten auf dem Boden liegen sehen. Als keine Antwort kam, wartete er eine Weile, wobei er sich nur seines eigenen Atems bewußt war und daß er zwinkernd ins Leere starrte. Dann wußte er plötzlich, ohne zu wissen warum, daß er sich jetzt soviel Zeit lassen konnte, wie er nur wollte. (Woher konnte er das wissen?) Er holte tief Luft, stand auf und stieß sie zischend durch die Zähne aus, so wie ein Arbeiter, und als er sich mit zwei Fingern das Blut von den Lippen wischte, schüttelte er es so ab, wie sich ein Arbeiter Rotz von den Fingern schütteln würde. Im Alter von zwölf Jahren wurde er binnen zehn Minuten erwachsen. Er konnte eine Hand nach dem Baum ausstrecken und ihn berühren, ohne sich daran festhalten zu müssen. Er ging um den Baum herum, aber da fiel ihm ein, daß er sein Gewehr vergessen hatte. Er bemerkte den Mann nicht gleich, weil er durch seine khakifarbene Mütze und Jacke wie eine Wachtel im Laub versteckt war und der Mützenschirm sein Gesicht verdeckte. Er saß halb gegen einen Baum gelehnt da, mit ausgestreckten Beinen und ins Gesicht geschobener Mütze wie ein Bauer, der ein Nickerchen macht. In diesem Moment hatte der Junge plötzlich das Gefühl, daß es zwar im Grunde nicht lustig war, daß er aber trotzdem eigentlich hätte lächeln sollen, und wenn sein Gesicht nicht auf einmal wehgetan hätte, hätte er es vielleicht sogar versucht. Das Gewehr des Mannes, die große Zwillings-12er-English-Greener, konnte er nirgends entdecken. Aus irgendeinem Grund, er konnte es sich immer noch nicht erklären, ging er jetzt zurück, um sein eigenes Gewehr zu suchen. Das Gehen bereitete ihm keinerlei Probleme, aber als er sich nach dem Gewehr bückte, tat sein Gesicht wieder weh. Als er zurückkehrte, sah er den dunkelbraunen Schaft der Greener unter der Jacke des Mannes hervorragen.

Jetzt befand sich der Junge neben dem Mann, und zwar kauernd (nicht sitzend). Er schob wie an einem heißen Tag seine Mütze zurück und nahm dem Mann die seine ab. Obwohl der Mann die Augen geschlossen hatte und ihn nicht

anlächelte, war sein Gesicht wie immer. Die Wangen waren gerötet.
Der Junge streckte die Hand unter die Jacke des Mannes, zog die Greener hervor, steckte die Hand erneut unter die Jacke und legte ihm die Hand auf die Brust. Obwohl das Herz kräftig schlug, konnte etwas nicht stimmen, weil seine Hand naß wurde. Hemd und Unterhemd waren mit dem blutigen Fleisch verklebt, wie in den Schlamm getretenes Sackleinen.
Jetzt hockte sich der Junge auf den Fersen neben den Mann, holte mit der trockenen Hand sein Taschentuch heraus und wischte sich damit sorgfältig die andere Hand sauber. Dann schob er die Mütze noch weiter zurück, weil ihm der Schweiß auf die Stirn getreten war. Er blies in seine kalten Hände und dachte nach.
Zuerst dachte er darüber nach, was er jetzt tun sollte, aber im gleichen Moment fiel ihm auf, daß er sich nicht einmal schlecht fühlte. Woher kommt nur das Gefühl, überlegte er, daß ich mir ewig Zeit lassen kann, um herauszufinden, was zu tun ist, und daß ich die Freiheit habe, es zu tun, und daß ich es, was entscheidender ist, auch wirklich tun werde? Es war, als habe er sich auf den kleinen Kern der Neugier und Stärke zurückgezogen, den er in sich gespürt hatte, nachdem ihn der Mann an der Schulter gepackt, herumgewirbelt und ihm schimpfend das Gewehr aus der Hand gerissen hatte. Jetzt blies er sich in die Hände und dachte: Das ist ein Problem, und Probleme sind da, um gelöst zu werden. Um etwas auszuführen, ist nur dreierlei nötig – daß man Zeit hat, daß man lang genug allein gelassen wird und daß man es aus einer Mitte heraus tut. Er hatte jetzt seine Mitte gefunden.
Der Jagdführer wohnt nicht weit entfernt. Wir sind vorhin an der Hütte vorbeigekommen. Der Negerjunge war heimgerannt, als der Mann ihn beschimpfte und auf den Hund schoß. Er stand jetzt auf, schaute sich genau um und entdeckte sogar eine gesprenkelte Wachtel im gesprenkelten Laub.

Während er auf das Nachlassen des Schwindelgefühls wartete, betrachtete er den Mann.
Keine Angst, ich bringe uns beide hier raus. Er war sich ganz sicher, daß er es konnte.
Später, als alles überstanden war, hatte seine Stiefmutter sie beide umarmt. *Gott sei Dank! Gott sei Dank! Gott sei Dank!* hatte sie dabei in ihrer dummen, lauten Art gerufen. *Ihr hättet ja beide tot sein können!*
So war es gekommen, daß es von dem Ereignis zwei Darstellungen gab. Und wenn eine falsch war, mußte die andere ja wohl stimmen. Die Theorie, die seine Stiefmutter aufstellte (so wie eine Frau eben immer auf der Stelle alles so konstruiert, wie sie es haben will, und damit auch Erfolg hat), lautete folgendermaßen: der Mann hatte einen seiner Schwindelanfälle – wo er doch genau weiß, daß er wegen seines hohen Blutdrucks weder trinken noch jagen sollte! – und ist gestürzt, wobei er versehentlich beide Läufe abfeuerte und der Junge verwundet und er selbst fast getötet wurde. Der Junge hätte ihr beinahe geglaubt, vor allem, als sie ihn lobte. *Wir können dem Himmel dankbar sein, daß dieses tapfere, kluge Kind wußte, was zu tun war. Und du, als Zwölfjähriger* – und hier wühlte sie ihm mit der Hand eine Frisur hin, die sie sowohl für männlich als auch für typisch englisch hielt – *wir sind ja so stolz auf dich! Du lieber, tapferer Junge!*
Aber es war ja gar nicht Tapferkeit, dachte er beinahe lächelnd und kniff die Augen zusammen. Vielmehr war es die Kälte, sein harter, verborgener Kern, den er gefunden hatte.
Der Junge und sein Vater wußten Bescheid. Nachdem der Mann wieder aufstehen konnte und sich der Junge einigermaßen erholt hatte – bis auf ein ertaubtes Mittelohr und Narben auf der Wange, wie von einer einseitigen Akne –, gab es noch eine letzte Umarmung, und dann konnte der Mann darüber sprechen. Und zwar so, daß er in der Küche stand und D'Lo, die Köchin, in die Unterhaltung einbezog,

wobei er einen Jargon imitierte, der gar nicht zu ihm paßte: *Ich werd' dir mal was verklickern* – Verklickern? Das sagte er doch sonst nie. Weil er mit D'Lo sprach, die mit dem Rücken zu ihnen am Herd stand? *Ich muß das Biest loswerden!* Er wies mit dem Kopf auf die Greener, die auf dem Tisch lag. *Ich hatte ja nicht die leiseste Ahnung, daß das Biest eine so breite Streuung hat! So breit, daß es glatt dich noch erwischte! Hast du das gewußt, D'Lo?* Bei dieser Frage umarmte er den Jungen. Entweder hatte D'Lo all das tatsächlich gewußt oder sie hatte, was wahrscheinlicher war, nicht richtig zugehört, denn sie gab nur ihr gewohntes *hmmmmmmmmm! na sowas!* von sich, was jedoch völlig ausreichte, weil der Mann nämlich genau das von ihr hören wollte. Denn auf diese Weise, über D'Lo, konnte er dem Jungen erzählen, was passiert war, und ihre zerstreute Bestätigung erhalten, daß es gar nichts so Ungewöhnliches, ja letztlich sogar etwas Unvermeidliches gewesen sei. Solche Dinge passieren eben! *Und noch was*, sagte der Mann zu D'Lo. *Wenn ein Mann von dem Gedanken an den Vogel, dem er nachspürt, so besessen ist, daß er fast einen Menschen erschießt, dann ist's Zeit aufzuhören.* D'Lo schlug den Haferbreilöffel am Topfrand ab. *Sie recht, Mr. Barrett!* Hatte sie überhaupt zugehört? Und jetzt sah der Mann auf den Jungen, den er immer noch im Arm hielt, hinunter und sagte: *Stimmt's?*

Ja, Sir. Er wartete nur darauf, endlich aus der Umarmung freizukommen.

Es herrschte Stille. Es wurde nicht mehr darüber gesprochen. Wir wissen ja, nicht wahr, sagte die Stille, daß der Mann aus irgendeinem Grund durch denselben Schuß verwundet wurde, und dazu gibt's nichts weiter zu bemerken.

Aber wieso hat er denn den Vogel verfehlt? Wieso wurde er selbst verletzt?

Während der Sheriff sich um den Mann im Moor kümmerte,

betrat der Jagdführer den sauberen dunklen Raum, in dem es nach Zeitungen, Petroleum und Mehlteig roch, und brachte die beiden Gewehre, eine tote Wachtel und drei leere Patronenhülsen mit. Die Negerin hatte dem Jungen gerade das Gesicht abgewaschen. Jetzt trocknete sie es ab und tupfte ihm etwas Federleichtes auf die Wange – Spinnweben? Er fühlte sich nicht schlecht, nur sein Ohr dröhnte noch. *Hier,* sagte der junge Schwarze. *Ihrs und seins.* Er betrachtete die zwei Gewehre, die drei leeren Super-X-Patronen und die tote Wachtel auf dem Küchentisch. Dieser schwarze Junge war kein richtiger Jagdführer. Welcher Jagdführer käme denn auf die Idee, leere Patronenhülsen aufzulesen? *Und den anderen Vogel hast du nicht gefunden?* fragte er den Jagdführer. *Kein anderer da,* erwiderte der schwarze Junge. *Da waren zwei Vögel, und er hat zweimal geschossen, und er schießt nie daneben!* beharrte der weiße Junge. *Na ja, er dann diesmal nicht treffen,* meinte der schwarze Junge. Und der weiße Junge hörte sich sagen: *Du hast den Vogel bloß nicht gefunden, das ist alles!* Und dann wurde er wütend und fragte sich: Warum mache ich mir denn so viele Gedanken um den zweiten Vogel? *Nö, Sir,* warf die Frau ein, deren schwarze Arme mit Mehl bestäubt waren. *Mein John hätt' Ihren Vogel gefunden, wenn er da wäre. Schauen Sie, er hat sogar ihre Kugeln gefunden. Muß der Hund geschnappt haben.*

Er betrachtete die Greener, die auf dem Küchentisch im Gewehrkoffer lag, setzte sich hin, öffnete das Schloß, nahm die leere Hülse heraus und legte sie zu den anderen Patronenhülsen, die der Jagdführer gefunden hatte. Während er sie anstarrte, legte er die Hand auf die Wange, die wieder zu bluten begonnen hatte, und bedeckte sein dröhnendes Ohr.

Jetzt stand er auf einer grünen Waldlichtung in der Nähe eines hübschen, rosa-grünen Golfplatzes und berührte sein taubes Ohr. Dröhnte es immer noch ein wenig, oder war es das Muschelrauschen der Waldstille? Er hielt das Eisen 3 in beiden Händen und prüfte die Biegsamkeit des Stahlschafts.

Ihm war, als seien die dreißig Jahre vergangen und er hätte die Negerhütte nicht verlassen, sondern wäre seltsamerweise nur kurz hergekommen, um das auszusprechen, was er dreißig Jahre lang nicht ausgesprochen hatte. Jetzt hatte er wieder den dumpfen, sauberen Geruch von Petroleum und warmen Zeitungen in der Nase.

Er stand in Carolina auf einer Lichtung zwischen den hellen Kiefern und sagte laut vor sich hin: *Es war nur eine einzige Patrone in der Greener,* und aus irgendeinem Grund lächelte er ein wenig und untersuchte das Eisen 3, als hätte es ein Schloß, das man öffnen und dem man die fehlende Hülse entnehmen konnte. Aber er sah nur den grünen, leicht verschrumpelten, nach Kordit riechenden Zylinder der Winchester Super-X-Patrone. *Was ist aus der zweiten Hülse geworden?* Nichts. Es gab keine zweite Hülse. Ich habe das Schloß der Greener aufgekippt und nur eine Hülse gefunden. Warum? Weil er nach dem ersten Schuß nachgeladen hat. Er hatte den ersten Vogel abgeschossen. Dann gab es eine Pause. Da hörte ich das zweimalige Klicken, als er das Schloß der Greener öffnete und wieder schloß. Aber warum lud er denn nach, wenn noch eine Patrone übrig war? Mehr hätte er für den zweiten Vogel, falls ich ihn verfehlt hätte, doch nicht gebraucht. Weil er immer in Bereitschaft sein wollte. Er liebte es, aus dem Stand zu schießen. Und warum lud er dann nach dem zweiten Schuß nur eine Patrone nach?

Weil – Will Barrett sah lächelnd auf das Eisen 3 hinunter, das er wie einen gespannten Bogen vor sich hielt.

Weil er, als er das letztemal lud, wußte, daß er nur einen Schuß brauchen würde.

Aber warum lud er überhaupt noch einmal nach? Er hatte doch schon vor dem zweiten Schuß nachgeladen! Nach dem zweiten Schuß hatte er also immer noch eine Patrone in der zweiten Kammer.

Moment mal. Wieder sah er, daß die Sonne von irgend etwas reflektiert wurde, das hinter dem Haufen toter Kastanienbäume lag.

Was geschah also? Folgendes:

Er schoß auf den ersten Vogel. Klick. Eine Patrone wird ausgestoßen und durch eine neue ersetzt. Klack.

Er schoß ein zweites Mal, und zwar diesmal auf den anderen Vogel, und traf versehentlich auch mich. Klick. Nachladen. Klack.

Aber warum lud er dann nach, wenn er doch wußte, daß er nur noch einen Schuß brauchen würde? In der zweiten Kammer war ja noch eine Patrone.

Er stand in einem Kiefernwald in Carolina und schloß die Augen und sah die grünen Super-X-Patronen auf der sauberen Steppdecke in der Negerhütte liegen.

Es waren *vier* Hülsen.

Weit entfernt hörte man die Rufe der Golfer. Ihre Stimmen verwehten wie die des Regenpfeifers auf den hohen, himmelnahen Fairways. Die Lichtung war stickig und still. Das Eisen 3, das er wie eine Wünschelrute vor sich hinhielt, sank auf die Erde. *Ah, jetzt habe ich ihn also doch noch gefunden, den vergrabenen Schatz,* dachte er lächelnd.

Seltsamerweise stieg jetzt der gleiche süße Schrecken in ihm hoch wie damals vor langer Zeit, als Maggie, die alte Hündin seines Vaters (nicht der jämmerliche Köter, auf den sein Vater damals in Thomasville geschossen hatte), vorstand. Sie war gespannt wie eine Feder, ihr Schwanz zitterte, und sein Vater und er folgten ihr langsam, um den Schwarm aufzuscheuchen, und sie wußten so sicher, wie man nur etwas wissen kann, daß es gleich wieder passieren würde: die plötzliche Explosion direkt vor ihren Füßen, das atemberaubende Donnern um sie herum.

So so, das war es also. Er hat versucht, mir etwas zu sagen, bevor er es tat. Ja, er hatte ein Geheimnis, das er mir mitteilen wollte, und ich glaube, ich wußte es schon damals und habe es die ganze Zeit über gewußt, aber jetzt weiß ich, daß ich es weiß, und das ist ein Unterschied.

Er hat versucht, mich zu warnen. Er hat versucht, mir zu sagen, daß es mir eines Tages auch passieren würde und daß ich an den gleichen Punkt kommen würde wie er, und so ist es jetzt auch gekommen, gerade eben, als ich durch den Stacheldrahtzaun stieg. Hat er versucht, es mir zu sagen, weil er der Meinung war, wenn ich genau wüßte, was ihm passiert war und was mir passieren werde, könne er es allein dadurch, daß er es sagte, verhindern? Wenn man weiß, was einem zustoßen wird, hat man eine gewisse Chance, ihm zu entgehen. Weiß man es aber nicht, stößt es einem ganz sicher zu. Aber selbst wenn man es vorher weiß, geschieht es dann nicht trotzdem?

2

Während der ersten neun Löcher hatten ihn seine Slices an den Hintergärten der neuen Eigentumswohnungen und Villen vorbeigeführt, die das Golfgelände säumten. Die Eigentumswohnungen waren wie verschiedenfarbige, separate Häuser unterschiedlicher Höhe eng aneinandergebaut. Manche waren ganz schmal mit steilen Dächern, andere breit und wie Chalets von Balkonen umgeben.

Er sah jüngere Leute, vielleicht Wochenendurlauber aus Atlanta, unter Kiefern sitzen und grillen. Anscheinend fiel es ihnen gar nicht auf, daß er durch ihre Hintergärten seinem Spalding Pro Flite nachlief. Schließlich fand er ihn in der Nähe zweier junger Männer, die auf einen badewannenförmigen orangeroten Grill voll rauchender Briketts starrten. Sie hatten beide dicke Bäuche und einen Schnurrbart, wie

mexikanische Banditen, ja, sie kamen ganz sicher aus Atlanta.
Der Ball landete in einem Teich. Dann landete er jenseits eines Flüßchens. Dann mitten in der Innenhofparty weiterer Urlauber aus Atlanta. Dann schlug er den Ball glatt über den Golfplatz hinaus, quer über eine neue Straße. Zwischen unbebauten, baumlosen Grundstücken lagen ein paar kleine Flachdachhäuser verstreut. Ein Mann wusch seinen Campingwagen. Dem Kennzeichen nach kam er aus Pennsylvania. Am Straßenrand stand ein altes Ehepaar mit Ferngläsern, als warte es auf einen Vogel. Wie ein hawaiischer Tempel erhob sich in der Ferne über verkümmerten Kiefern ein dunkles pyramidenförmiges Gebäude mit fehlender Spitze.
Obwohl er lieber mit Lewis Peckham gelaufen oder gefahren wäre, bestand Jimmy Rogers darauf, einen dritten Golfkarren zu mieten, um hinter den verirrten Drive-Bällen herzufahren.
Jimmy Rogers erzählte ihm ein paar Witze. Will Barrett fiel auf, daß Jimmy, während sie nebeneinander im Golfkarren saßen und durchgeschüttelt wurden, über alle möglichen Themen redete, Geldgeschäfte, Immobilienmarkt-Entwicklungen, daß er aber mit den Witzen erst begann, als sie ausgestiegen waren, um zu spielen. Denn dann konnte Jimmy ihm gegenüberstehen, seinen Arm packen und ihn mit dem Blick festnageln. Während Will Barrett Jimmys Witzen zuhörte, fixierte ihn Jimmy, der doch sonst immer so leicht abschweifte, die ganze Zeit über mit starrem Blick. Offenbar wollte er etwas von ihm.
Als er bei folgendem Witz angelangt war, Will Barrett dabei am Arm packte und zu sich herzog, war es nicht einmal unangenehm, daß sein Blick so über sein Gesicht huschte. Will Barrett dachte unwillkürlich an die Hände eines Arztes, die seinen Körper untersuchten.
Drei Frauen starben und kamen in den Himmel.

Als die erste, eine fünfzigjährige Weiße, ans Himmelstor klopft, erkundigt sich Petrus, woran sie denn gestorben sei. An Brustkrebs, ist die Antwort. Welch ein Jammer, sagt Petrus, in der Blüte seiner Jahre aus dem Leben gerissen zu werden! Aber sei unbesorgt, meine Tochter, jetzt bist du im Himmel, wo dich ewige Glückseligkeit erwartet. Und er bittet sie herein.

Dann klopft die zweite Frau, ebenfalls eine Weiße, allerdings jünger, vielleicht fünfunddreißig. Wieder drückt der heilige Petrus sein Bedauern aus und fragt sie nach der Ursache ihres Todes. Sie antwortet, es sei Leukämie gewesen, woraufhin Petrus abermals meint, es sei ein Jammer, so früh sterben zu müssen, aber hier erwarte sie nun ewiger Lohn und so weiter. Und er bittet sie herein und heißt sie Platz nehmen.

Die dritte Frau ist eine junge Farbige von ungefähr achtzehn Jahren. Diesmal äußert der heilige Petrus nicht nur sein Mitgefühl, sondern sogar sein Entsetzen, daß so ein junger Mensch sterben mußte. Woran bist du denn gestorben, meine Tochter? Am Tripper, sagt das schwarze Mädchen. Also hör mal, Kind, das gibt's doch nicht! Man stirbt doch nicht am Tripper! Und das Mädchen erwidert: Doch, wenn man Leroy damit ansteckt.

Während Will Barrett sich den Witz anhörte, fiel ihm auf, daß Jimmy Rogers sich bemühte, das gleiche auf verschiedene Weise auszudrücken: »Welch ein Jammer«, »drückt sein Bedauern aus«, »äußert sein Mitgefühl«, »bittet sie herein«, »heißt sie Platz nehmen«. Manchmal füllte Jimmy die Lükken einfach mit »und so weiter« aus. Als sich der Witz dem Ende näherte, packte Jimmy ihn fester am Unterarm, und sein Blick drang tief wie der Strahl einer Arztlampe ins Auge seines Gegenüber.

Als sie dann wieder im Karren saßen, fing Jimmy von einem Immobilienobjekt an, einer Insel vor der Küste South Carolinas, für die er und Bert Peabody – »dein Schwager, Billy!«

– sich interessierten. Zwei Banken in Atlanta hatten bereits feste Zusagen gegeben, und ein persönlicher Freund, Ibn Saroud, hatte schon 1,5 Millionen Dollar aufgebracht.
»Den Typen werden wir nächste Woche austricksen!«
»Ibn Saroud?« wiederholte er zerstreut. Araber in North Carolina. Was war aus den Juden geworden? Marion hatte gesagt, daß es immer ein Zeichen war, wenn die Juden in der Geschichte auftraten. Und wenn sie verschwanden?
Als Jimmy bei seinem Ball anhielt, der in einem Baum auf dem Rough lag, gut 180 Meter vom Grün entfernt, das berühmte sechste, ein Billardtischfilz, der eine goldene, an einem Flüßchen gelegene Baumreihe überragte, eine ringsum von Sand umgebene Zinne, von der ein winziges Fähnchen wehte. Von den zernarbten Bergen her fuhren ihm Windstöße ins Gesicht. Während er seine Eisenschläger begutachtete, dachte er daran, daß es derselbe warme Wind war, der von der Schlucht in die Lost Cove strömte und durch fünfzig, sechzig Meter feuchten, kühlen Gesteins nach oben stieg.
»Ein wirklich faszinierender Mann und ein guter Freund von mir. Er spricht zehn Sprachen. Weißt du übrigens, wie er mir das Geld brachte?«
»Nein.«
»In einer Aktentasche! Wie irgend so ein blöder Vertreter. Stell dir vor, dieser Kaffer kommt einfach mit der Tasche rein, klappt sie auf, und da liegen 1,5 Millionen in Fünfzigern. Ich sagte, ohne mit der Wimper zu zucken: Behalten Sie's, Ibn, bis ich meinen eigenen Aktenkoffer habe. Das hat ihm gefallen.«
Während Jimmy ihn vom Karren aus beobachtete, ließ Will Barrett seinen Blick vom Ball zum Baum zur Schlucht zum Grün zum mondgesichtigen Berg wandern. Der Baum bildete einen perfekten Stymie. Wieder kam er zur Überzeugung, daß irgend etwas mit ihm geschah. Es kostete ihn Mühe, Jimmys Witzen und Plänen zu folgen, diesen Plänen für die Insel mit ihrem kleinen Hafen, den vom Strand aus nicht

sichtbaren Häusern, dem Championship-Wilderness-Golfplatz. Was für Pläne! Jimmy bestand nur aus Plänen, Projekten und Geschäften. Selbst seine Witze waren Pläne. Wenn Jimmy einen Witz zum Besten gab, hörte man weniger den Witz als die Planung und Fortentwicklung des Witzes. Da waren also dieser Deutsche und dieser Jude und dieser Nigger zusammen in diesem Flugzeug, sagte Jimmy, und er konnte nur gespannt abwarten, wie es Jimmy wohl mit diesem Witz und mit seinem Araber und seiner Insel ergehen würde – jedes ein kleiner Vorstoß in die Zukunft. Warum jetzt solche Pläne schmieden? Er jedenfalls konnte es nicht. Er brachte es nicht über sich, einen Witz zu erzählen oder auch nur daran zu denken, daß noch zwölf Löcher Golf vor ihm lagen. Er hatte keine Ahnung, ob er den nächsten Ball einen oder hundert Meter weit schlagen würde. War das überhaupt wichtig?

Bei dem Baum handelte es sich um einen Ahorn, dessen Stamm, obwohl er ihn zu einem Stymie zwang, schlank genug war und dessen Äste hoch ansetzten, so daß man mit einem langen Eisenschläger darunter hindurch schlagen konnte. Es sah nicht schlecht für ihn aus. Zwar lag der Ball im Rough, aber er hing wenigstens nicht fest und hatte ein gutes Polster. Will Barrett zog ein Eisen 2 heraus und machte seinen einzigen guten Schlag an diesem Tag. Mit leicht geschlossenem Schlägerblatt, den Griff der rechten Hand geöffnet, schlug er mit einem Holz um den Baum herum. Er traf ihn genau mit dem Sweetspot, so daß in den Händen nicht das Gefühl war, einen Schlag ausgeführt, sondern den Ball nur leicht angetippt zu haben, wie wenn man einen Schalter drückt. Der Ball flog flach davon, beschrieb dann eine Kurve wie ein Bumerang, wurde hoch über den goldenen Bäumen von einem Windstoß erwischt und landete wie ein Vogel auf dem winzigen Grün.

Golfspielen vermittelt einem eine Art Glücksgefühl, dachte er, immer noch mit der angenehmen Empfindung in Händen und Armen. Schau dir Bertie an. Er lebt einzig und allein dafür, unter hundert zu kommen, trainiert den lieben langen Tag, aber wenn er einen Schlag ausführt, wirkt er wie jemand, der gerade einen Anfall erleidet. War Bertie aber nicht trotzdem ein glücklicher Mensch?

»Der wird dir gefallen«, sagte Jimmy Rogers zerstreut. »Ich wünschte nur, ich könnte dir was von der Action auf meiner Insel anbieten.«

»Was für eine Action? Was für eine Insel?« Jimmy hatte das Golfspiel vergessen und Will Barrett die Insel.

»Bert möchte mitmachen, und ich hab's ihm auch versprochen, aber ich konnte diesen Mistkerl Ibn nur dazu überreden, ihm einen winzigen Anteil zu geben. Aber da ist etwas, was du vielleicht gern tätest.«

»So?«

»Nicht für mich. Nicht mal für Bert. Aber für eine alte Freundin von dir.«

»Und wer soll das sein?«

»Katherine.«

»Katherine?«

»Katherine Vaught Huger.«

»Ach so, Kitty.«

Jimmy, dessen Arm auf der Sitzlehne lag, berührte Will Barrett auf einmal mit dem Daumen zwischen den Schulterblättern. Der Druck sollte irgend etwas im Zusammenhang mit Kitty bedeuten. Gemütlich brummend rollte der Elektrokarren die sonnige Bahn hinunter. Jimmy schaute geradeaus und kniff leicht die Augen zusammen, als seien sie alte Freunde.

»Ja, die Insel gehört Katherine, und sie hat da ein kleines Problem, bei dem nur du als guter alter Freund helfen könntest. Das sind übrigens ihre eigenen Worte. Wahrscheinlich wartet sie schon auf uns. Deine Tochter Leslie war so nett, mich auf einen Drink einzuladen. Eigentlich hat sie darauf bestanden. Ich sollte dich spätestens um fünf Uhr zu Hause abliefern, und ich habe offen gestanden keine Lust, mir's mit den beiden Mädels zu verderben.«

Man konnte sie nicht direkt als Freunde bezeichnen, obwohl Jimmy mehr über ihn zu wissen schien als er selbst. Jimmy wußte über seine alte Freundin Kitty und über den Tod seiner Frau Bescheid, über sein Geld, das Geld seiner Frau, das Geld seines Schwagers und über seinen Ehrendoktor und seine Auszeichnung als »Mann des Jahres«.

Als er Jimmy zum erstenmal sah, kurz vor Beginn eines Doppels, wie er in seiner selbstsicheren Art daherschlenderte, die Hände in den Taschen, die Ellbogen nach außen, den Kopf hochaufgerichtet, das fahle Gesicht scharf geschnitten wie ein Messer, da traf ihn ein funkelnder Blick durch die Brille.

Dieser funkelnde Blick hatte ihn dann über Jahre hinweg immer wieder getroffen. Nicht sehr häufig und jedesmal in ziemlich unmöglichen Situationen. Irgendwo, irgendwann würde dieser funkelnde Blick ihn wieder treffen. Aber wann und wo auch immer es war und in welch unmöglicher Situation, es war nie überraschend. Es war jedesmal so, als habe er in einem Spiegel einen flüchtigen Blick auf sich selbst erhascht, und zwar auf sein festes, schärferes, klügeres Selbst.

Bildete er es sich nur ein oder war ihm dieser funkelnde Blick vor Jahren einmal in Long Island City begegnet? Nachdem er auf der Fahrt vom North Shore nach Manhattan in einen Autounfall verwickelt worden war, hatte er auf dem Queens Boulevard vor einem Grillimbiß auf der Bordsteinkante gehockt, vollkommen durcheinander und deshalb einerseits dem Gegaffe der Passanten schutzlos ausgeliefert und andererseits besonders offen für Zufälle. Er hatte schon öfters bemerkt, daß sich gerade in solchen Momenten Zufälle ereigneten. Das heißt, sie ereigneten sich nicht nur, sondern sie wurden förmlich heraufbeschworen. Wenn man im Krieg schwer verwundet in einem Graben läge und plötzlich

J. B. Ellis aus Birmingham auftauchte, den man vor Jahren in Birmingham kennengelernt hatte, wer fände das schon erstaunlich?

Die Lebenswege der Menschen sind Kraftlinien, die normalerweise parallel verlaufen, ohne sich zu berühren. An jenem Tag jedoch wurde Robert Kennedy ermordet, und er selbst hatte einen Autounfall. An jenem Tag zum Beispiel krümmten sich die Lebenslinien. Verwirrt und blutverschmiert saß er auf der Bordsteinkante, während Grillimbiß-Typen kamen und gingen, lechzend über ihm thronten, ihn auffraßen, mit ihren Gafferblicken verschlangen, sich zur Abwechslung zum Fernseher über der Theke drehten, um Kennedy anzugaffen, der in der Wäschekammer eines Hotels lag – eine wahre Gaff-Orgie! Und was lag näher, als daß er plötzlich in der Menge dem wohlbekannten Funkeln eines Auges begegnete, das ihn ansah, wie er selbst sich angesehen hätte – Jimmy Rogers? Was lag näher, als daß Jimmy Rogers in Long Island City wohnte und in der PR-Abteilung der dortigen Universität beschäftigt war? Jimmy rettete ihn vor der sich weidenden Meute, nahm ihn freundlich bei sich auf und schickte ihn dann irgendwann wieder fort. Kennedy war ermordet worden. Die Kraftlinien krümmten sich. An einem solchen Tag war es völlig normal, einen Unfall zu haben und Jimmy Rogers zu begegnen.

Vielleicht, dachte er, offenbart sich sogar Gott, wenn die eigene alltägliche Lebenslinie nur stark genug gekrümmt wird.

Und jetzt war Jimmy Rogers wieder da. War etwas passiert? Würde noch etwas passieren? Ein Mord stand bevor!

Sein Verhalten gegenüber Jimmy Rogers war geheimnisvoll und nicht gerade bewundernswert gewesen. Obwohl sie aus derselben Stadt stammten, hatten sie sich früher nicht besonders gut gekannt. Jimmys Vater war Metzger. Sie besuchten beide dieselbe Universität, wo er im Gegensatz zu Jimmy einer angesehenen Studentenverbindung angehörte, einer kleinen Gruppe sich vornehm gebender Studenten aus Virginia und dem Norden, die Wert auf ordentliche Kleidung legten, niemals laut sprachen und sich beim Trinken nicht übergaben. In all den Jahren hatte er mit Jimmy wenig zu tun gehabt. Sie redeten nur miteinander, wenn sie sich zufällig auf dem Campus begegneten. Inzwischen war ihm klargeworden, daß er Jimmy von oben herab behandelt hatte und man nichts mehr daran ändern konnte. Jimmy gehörte zu den Rho Omega Kappas, den Rocks, die unter ihren zweireihigen Anzügen Pullover trugen und beim Lächeln zuviel Kaugummi zeigten.

Sein Verhalten Jimmy Rogers gegenüber war wirklich nicht gerade bewundernswert gewesen.

Andererseits hatte Jimmy dauernd Kaugummi zwischen den Zähnen, kam einem immer zu nah, hauchte einen an und berührte einen beim Reden. Kein Wunder, daß er sich so gut mit Arabern verstand.

Aber in Long Island City hatte sich Jimmy sehr anständig verhalten und vor Fremden zu ihm gestanden.

Jetzt war Jimmy also wieder da, kam ihm zu nah, erzählte Witze und machte irgendwelche Geschäfte mit Arabern.

Hieß dies, die Lebenslinien verliefen nun wieder normal, also ohne sich zu tangieren, parallel bis ins Unendliche? Oder war etwas passiert, und ihre Lebenslinien hatten sich einander entgegengekrümmt?

Alle warteten darauf, daß Bertie ein Fairway-Holz spielte. Jimmy fuhr mit dem Karren etwas zu nah an ihn heran. Warum wußte Jimmy nicht, daß drei Meter zu nah waren, vier Meter jedoch nicht?

Bertie führte den Schlag aus. Während seine Arme hin und her schwangen und seine Beine zuckten, blieb sein Körper ruhig aufgerichtet wie ein Pfahl. Der Ball wurde mit dem Heel getroffen und raschelte wie eine Ratte durchs Gras. Bertie sagte wirklich: »Pah!«

Über dem tiefen, weit entfernten Bunker blitzte ein Golfschläger, Sand spritzte auf, und ein Ball flog in hohem Bogen übers Grün in die Schlucht. Lewis Peckham schnalzte mit der Zunge und neigte teilnahmsvoll den Kopf ein wenig zur Seite. »Er hat gescliced!« Obwohl Ed Cupp mindestens 2,10 m groß war, schaute nur sein leuchtender Blondschopf über den Bunkerrand. Gutgelaunt stieg er heraus, ging mit großen Schritten davon und schwang sein Sand Wedge dabei wie einen Baseball-Schläger hin und her. Er spielte Golf wie ein guter Sportler, der gerade erst damit begonnen hat und sowohl ein Gefühl für das Spiel als auch Toleranz für eigene Fehler besitzt. Obwohl er schon auf die Fünfzig zuging, wirkte er wie ein mit wiegendem Gang über den Campus schlendernder Football-Stürmer der University of California, Los Angeles – was er auch tatsächlich gewesen war. Bleiben gebürtige Kalifornier ihr Leben lang blond und jungenhaft? Wenn er jedoch sprach – und das tat er oft, meistens über die Garantieprobleme mit seinem Mercedes, der ihm in Oklahoma zusammengebrochen war –, dann sprach er bedächtig wie ein alter Mann, wie ein neunzigjähriger Alaskaschürfer, der immer wieder dieselbe lange Geschichte aus der Zeit erzählt, als jemand ihm seinen Claim wegschnappte.

Lewis Peckham beobachtete Will Barretts Schlag mit dem Eisen 2, durch den der Ball jetzt auf der Höhe des Lochs und einen Meter von der Fahne entfernt lag. Er nickte zweimal. »Das war ein guter Golfschlag.«

Im Karren setzte sich Jimmy dicht neben ihn und drückte ihm schon wieder den Daumen in den Rücken, was auch diesmal irgend etwas mit Kitty zu tun hatte.

»Erinnerst du dich, als Kitty Queen war und du sie bei den Fall Germans vorgestellt hast?« flüsterte er.

»Äh –«

»Sie war das attraktivste Mädchen, das ich je gekannt habe – das heißt, sie ist es natürlich immer noch –, und zu mir war sie wirklich reizend, das rechne ich ihr hoch an. Erinnerst du dich, ich bekam das Stan-Kenton-Stipendium.«

Merkwürdig, er hatte zwar vergessen, daß Kitty Queen gewesen war, aber nicht das mit dem »Stan-Kenton-Stipendium«. Im College hatte Jimmy den Bogen schnell herausgehabt. Er hatte sich um alles mögliche gekümmert, von Stadion-Genehmigungen über das Jahrbuch und die Sache mit der Universitätstracht bis hin zur Dekoration des Ballsaals und der Verpflichtung eines Orchesters. Jimmy hatte also schon lange vor den Arabern gut verdient.
»Es geht um folgendes«, sagte Jimmy jetzt, und der Daumennagel bohrte sich, nicht einmal unangenehm, wie eine Schraube in Will Barretts Rückgrat. »Kitty baut in einer bestimmten Sache ganz auf dich. Sie hält große Stücke auf dich, weißt du. Wie wir alle.« Das Auge funkelte, und die Schraube bohrte sich etwas zu tief. »Du hast's geschafft, alter Gauner, wie?«
»Was soll ich geschafft haben?« Er lächelte und runzelte im gleichen Moment die Stirn. Er war fast überrascht, denn eigentlich paßte es gar nicht zu Jimmy, daß er ihm den Daumennagel so fest in den Rücken bohrte und ihn »alter Gauner« nannte.
»Nichts. Du hast dich eigentlich nur bequem zurückgelehnt, wie üblich, und dann abgesahnt. Das nenne ich Klasse.«
»Klasse?«
»Du hast es in New York geschafft, hast eine nette Yankeefrau geheiratet, der halb Washau County gehört, und dann hast du dich früh zur Ruhe gesetzt. Als du hierherkamst, hast du den armen und alten Leuten geholfen, hast ihnen sogar ein Altersheim hingestellt, hast die Kirche unterstützt, eine neue Kirche finanziert und überall Gutes getan. Jetzt heiratet deine hübsche Tochter. Freude und Kummer, so ist nun mal das Leben. Aber dein Leben scheint überwiegend aus Freude zu bestehen. Du weißt, was dir gelungen ist?«
»Nein, was denn?«
»Du hast alles erreicht. Das ist es, du alter –« Das Auge funkelte, und der Daumennagel bohrte sich in seinen Rük-

ken. »Du hast alles erreicht, du Mistkerl, und dafür könnte ich dich glatt umarmen!«
Der Daumennagel brachte Liebe und Haß zum Ausdruck.
Während der Daumennagel ihm diesen nicht einmal unangenehmen Schmerz verursachte, überlegte Will Barrett, woher Jimmy wohl all diese Ausdrücke hatte: »absahnen«, »Klasse«, »dafür könnte ich dich glatt umarmen«. Es hörte sich an wie ein alter Broadway-Komiker, der in Long Island City auftritt.
Jimmy Rogers liebte und haßte ihn gleichzeitig. Diese Art Haßliebe, Lustschmerz hatte Will Barrett schon lange nicht mehr erlebt. Als Erwachsener prügelt man sich nicht mehr, hört auf zu fluchen, sich zu betrinken und über Frauen zu reden. Man beginnt zu scherzen. Er hatte dreißig Jahre lang gescherzt.
Aber jetzt, wo Jimmy ihm den Daumennagel in den Rücken bohrte und sich mit vor Haßliebe funkelndem Blick wie ein Liebhaber an ihn schmiegte, war es schwierig, sich zu konzentrieren. Er war sich nur einer sacht sich regenden Neugierde bewußt, dem Prickeln vergleichbar, das Jimmys Daumennagel auslöste. Es geschah irgend etwas, aber nur etwas ganz Unbedeutendes. So, als habe er dermaßen lange in einer Gefängniszelle gesessen, daß er zu der Meinung gelangt war, nirgends geschehe mehr irgend etwas – und da höre er plötzlich Schritte. Jemand kam auf seine Zelle zu.
In diesem Moment sah er den Vogel. Eine kleine Wolke zog an der Sonne vorbei, aber so rasch, daß die Grünflächen weiterleuchteten. Ein Falke flog vorüber, ein Falke mit dolchförmigen Flügeln. Rasch, zielstrebig zog er in gerader Linie über die gemächlich dahinschlendernden Golfer hinweg. Als er den Wald erreicht hatte, faltete er plötzlich die Schwingen, als sei er getroffen worden, und stürzte wie ein Stein in die Tiefe.

3

Er stand in der Lichtung, mit beiden Händen auf das Eisen 3 gestützt. Der Schlägerkopf sank so tief ins nasse Moos ein, daß Bläschen aufstiegen. Außer der weit entfernten Elektrosäge hörte man keinen Laut. Er mußte lange Zeit völlig reglos dagestanden haben, denn ein winziger, kaum daumengroßer Vogel, der sich einen Meter weiter auf einem Zweig niedergelassen hatte, starrte ihn mit einem seiner weißen Augen an und drehte dann das Köpfchen, um mit dem anderen weiterzugucken. Im Kiefernwald stand hinter den umgestürzten Kastanienstämmen die Pappel – ein asymmetrischer Kegel aus Licht und Laub. Will Barrett hatte die ganze Zeit über angestrengt auf eine Gestalt gestarrt, die hinter der Pappel zu stehen schien. Stand dort wirklich jemand oder handelte es sich, was wahrscheinlicher war, um eine optische Täuschung, ein Muster, das durch das buntgefleckte Laub entstand? Im Grunde war es auch egal. Ohne sich weiter darum zu kümmern, wer oder ob überhaupt jemand dort stand, starrte er vor sich hin und veränderte unbewußt die Art, wie er den Schläger hielt. Wie ein Golfer beim Training legte er nachlässig die Hände um den Griff, wobei der kleine Finger der rechten über dem Zeigefinger der linken Hand lag, und begann einen Rückschwung auszuführen. Er drehte den Schlägerkopf nach oben, legte ihn an die Schulter, visierte wie bei einem Gewehr am Schaft entlang und schwang den Schläger ein paarmal seitlich hin und her.

Jetzt schien sich die Gestalt hinter der Pappel zu bewegen, aber vielleicht fuhr auch nur ein Lufthauch durch die Blätter. Er starrte weiter vor sich hin, konnte sich aber nicht auf einen bestimmten Punkt konzentrieren. Irgend etwas lenkte ihn ab. Obwohl er in eine bestimmte Richtung starrte, nahm er nichts wahr. Er schien mit leicht schräggelegtem Kopf zu lauschen.

Irgend etwas war ganz nahe. Das wußte er so sicher, als habe er einen Geigerzähler bei sich, der plötzlich zu ticken beginnt. Bei Entdeckungen gibt es einen bestimmten Punkt, wo der Entdecker sich seines Funds dermaßen sicher ist, daß er unbedingt einen Moment innehalten möchte, bevor er ihn an sich nimmt. Wenn Maggie, der Vorstehhund, weiter vorn eine tote Wachtel anzeigte, pflegte sein Vater ebenfalls stehenzubleiben, die Hand zu heben und lautlos die Worte zu formen: *Warte noch einen Moment!*

Es war seit vielen Jahren das erstemal, daß er wieder an seinen Vater dachte.

Jetzt erinnerte er sich an alles, was sein Vater gesagt und getan hatte, ja sogar an seinen Schnupfen- und Whisky-Atem und an den herben Wachtelgeruch seiner Hände.

Und merkwürdigerweise wurde ihm genau in dem Moment, als er sich an weit Zurückliegendes erinnerte, der Sinn seines jetzigen Lebens deutlich – blitzartig und ohne das geringste Erstaunen, als sei er ihm schon immer bewußt gewesen, aber als mache er sich erst jetzt die Mühe einzusehen, daß er es einsah.

Natürlich, sagte er sich, während er das Eisen 3 wie ein Gewehr im Arm hielt und der sonnengesprenkelten Gestalt bei der Pappel zulächelte, natürlich. Alles, was ich seit deinem Tod von dir wollte, war weg, weg von dir und von der Dämmerung in Mississippi, weg von den Gewehren, die in muffigen Dachstuben losgingen und durch die modrig riechenden Sümpfe Georgias hallten, weg von dem alten Haß und der alten Treue, der Treue bis in den Tod, und weg von der Kriegsbegeisterung und dem Kriegslärm, und dem Tod unter all dem und deiner heimlichen Liebe zum Tod, ja, denn das war dein Geheimnis.

Deshalb lief ich weg, so weit weg von dir, wie es nur ging, und wußte nur eins: wenn es mir gelang, mich um 180 Grad von dir und deinem Hang zum Tod abzuwenden, dann gab es dort draußen etwas anderes für mich, etwas anderes als

den Tod, vielleicht sogar eine Art Leben. Und so war es dann auch.
Ich lief, so weit ich konnte, heiratete eine reiche, nüchterne, reizlose, ehrbare, fromme Frau aus Utica, N.Y., arbeitete als Vermögensverwalter in einem holzgetäfelten Büro einer Kanzlei in der Wall Street, besaß ein Segelboot am North Shore, spielte Squash, lebte in der 76sten und der Fifth Avenue, führte meinen Pudel spazieren, fuhr im Aufzug zu meiner Wohnung hinauf, gab den drei Türwächtern und den vier Liftboys an Weihnachten Trinkgelder, dachte voller Glück darüber nach, wie man zu Geld kommen konnte (Geld ist ja eine Art von Glück), kam schließlich zu mehr Geld als mancher andere, heiratete sehr viel mehr Geld als die meisten anderen, lernte, wie man ein zwei Häuserblocks entferntes Taxi heranpfeift und vor dem Theater noch schnell ins »21« geht, entwickelte eine Vorliebe für Brahms (das verdanke ich dir) und für Mozart (das verdanke ich nicht dir). Für die New Yorker sind Musik und Geld das, was für die Deutschen einmal Musik und Krieg waren. Und ich war noch nie so froh wie damals, als ich endlich von deinem verhängnisvollen Schicksal wegkam und von deinem Hang zum Tod und deiner großartigen Ehre und deinen großartigen Jagden und Haßgefühlen (mein Gott, du konntest ja kaum montagmorgens auf die Straße gehen, ohne am liebsten irgend jemanden umzubringen oder irgendeinen Blutstreueschwur abzulegen), ja, weg von deinen großartigen Treueschwüren und deinen alten Geschichten, die von dermaßen großen Taten handelten, daß nicht einmal du sie vollbracht haben konntest, du hattest nur davon gehört, und unter all dem dieser Hang zum Tod, der mich das Leben fast gekostet hat und dich tatsächlich. Mein Gott, nur weg von all dem und ein normales, unkompliziertes, rein merkantil ausgerichtetes Leben führen, ein bißchen segeln, ein bißchen Musik hören, ein bißchen den Hund ausführen und unter netten gutmütigen Leuten sein. Sogar an den christlichen

Gott versuchte ich zu glauben, bloß weil du nicht an ihn glaubtest. Und vielleicht war es genau dies, was mit dir nicht stimmte – warum sollte ich es also nicht mit dem genauen Gegenteil versuchen? (Sich vorzustellen, daß jemand den Süden der USA verlassen muß, um Gott zu finden!) Ja, all dies tat ich, und ich habe alles geschafft, nur nicht, an den christlichen Gott zu glauben – vielleicht hattest du also wenigstens in diesem Punkt recht –, und ich war sogar besser als du, kam zu mehr Geld, verfaßte ein juristisches Werk, erhielt einen Ehrendoktor und hörte bessere Musik als du.

Jetzt ist Marion tot, und ich kann nicht mehr begreifen, daß ich all diese New Yorker Jahre mit Vermögensverwaltung vergeudet habe und damit, mit Hunden im Fahrstuhl zu fahren und sie im Park auszuführen.

Binnen zwei Sekunden wurde ihm klar, daß sein kleines Yankeeleben eben doch nicht funktioniert hatte, diese zwanzig Jahre, die er mit einer ehrbaren Frau und ehrbaren Leuten aus dem Norden zugebracht hatte, diese Jahre, in denen er in einer renommierten Wall-Street-Kanzlei tätig war und auch noch erfolgreich. Diese zwanzig Jahre hätten genauso gut der Traum einer langen Nacht sein können, und jetzt lebte er hier in Old Carolina, dachte an Ethel Rosenblum und bekam Anfälle, bei denen er mitten auf dem Golfplatz hinfiel – was um alles in der Welt hatte ich dort zu suchen, und was habe ich hier zu suchen?

Er starrte zu der Gestalt hinüber, die in dem flirrenden, gesprenkelten Licht der Pappel immer wieder aufzutauchen und zu verschwinden schien.

Du wolltest mir damals etwas sagen, nicht wahr?

Ja.

An jenem Tag im Moor wolltest du mir sagen, daß es eines

Tages soweit kommen würde, nicht nur mit dir, sondern eben auch mit mir, nicht wahr?
Ja.
Du hast es getan in der Hoffnung, du könntest mir, wenn du es in meiner Gegenwart tätest, zeigen, in welcher Klemme ich stecke, daß ich frühzeitig wüßte, was mir bevorsteht, und in der Hoffnung, daß ich es dann vielleicht besiegen könnte, bevor es mich besiegt, nicht wahr?
Ja.
Denn ist es nicht deine Schuld. Es ist nicht deine Schuld, daß ich nach so langer Zeit wieder hierher zurückgekehrt bin, wo wir begonnen haben und du gestorben bist, und es ist nicht deine Schuld, daß es für uns letztlich kein Entrinnen gibt. Wenigstens weiß ich jetzt aber, dank deiner, daß du es versucht hast, und zum ersten Mal seit jenem Tag, an dem du mich am Zaun angebrüllt und mir mein Gewehr weggerissen hast, hasse ich dich nicht mehr. Also sind wir doch noch zusammengekommen.
Schweigen.
Na schön. Jetzt weiß ich wenigstens, warum ich lieber ein Gewehr als ein Eisen 3 in Händen halte.

Er ging zwischen den herumliegenden abgestorbenen Kastanienbäumen hindurch auf die Pappel zu. Die Gestalt veränderte sich, löste sich auf, kehrte als materialisiertes, von goldenem Laub umranktes Dunkel wieder und verschwand endgültig. Glas blitzte in der Sonne. Das Pappelblatt, unter dem er hindurchging, zitterte heftig.
Er trat unter dem Laubschirm hervor, und da ging plötzlich hinter ihm die Sonne unter, stieg vor ihm wieder auf und blendete ihn so stark, daß er mit vorgehaltener Hand wieder in den Kiefernschatten zurückging, bis er etwas erkennen konnte. Die hinter ihm stehende Sonne spiegelte sich in einer Fensterreihe. Er befand sich vor einem Haus aus Glas. Nachdem er im Kreis gegangen und im Schatten einer riesi-

gen Kiefer angelangt war, lag das Haus endlich in einem solchen Winkel vor ihm, daß die Sonne nicht mehr reflektiert wurde.

Es handelte sich um ein Treibhaus, wie er noch nie eins gesehen hatte, freistehend, aber an einem Ende direkt an den Bergkamm geschmiegt, mit einer efeubewachsenen Betonwand und einem hohen Walmdach. Das Treibhaus war so groß wie eine Arche. Die Sonne, die hinter den Kiefern untergegangen war, strahlte direkt aus der unteren, etwas steileren Fensterreihe. Ein steiles, grünbraun oxydiertes Kupferdach verdunkelte den Eingang wie das Portal einer Kathedrale. Aus dem Dachfirst wuchsen Eisenspitzen und Kreuzblumen. Durch zerbrochene Scheiben drängten sich wilder Wein und Schößlinge. Das noch intakte verstaubte Glas der unteren Fenster wurde von der Sonne vergoldet. Man konnte nicht hineinsehen. Er schätzte das Treibhaus auf gut 15 Meter Länge und 7 Meter Breite. Beim Betrachten bewegte er leicht den Kopf, als taxiere er die Breite eines Grüns oder die Reichweite eines Schlags mit dem Eisen. Neben dem Portal stand eine einzelne riesige Kiefer, die den ganzen Rest des Waldes überragte.

»Gehören die Ihnen?«

Sein Herz machte einen Satz, und zwar nicht vor Überraschung, sondern aus Wut darüber, daß er überrascht worden war, denn er hatte sich in die Gabelung einer gespaltenen Kiefer gesetzt, um alles zu überblicken, ohne selbst gesehen zu werden. Stirnrunzelnd wandte er sich um.

Der Jugendliche hielt ihm zwei Golfbälle entgegen. Immer noch finster dreinblickend nahm er die Bälle zerstreut entgegen, als hätte er nichts anderes erwartet: ein Caddie brachte seine verlorenen Bälle zurück. Er bedankte sich bei dem Jungen – nein, es war ja gar kein Junge, ein weiterer Irrtum: er hatte auf einen langhaarigen Jungen vor dem Stimmbruch getippt, aber es war ein kurzhaariges Mädchen mit der Stimme einer Frau. Mürrisch untersuchte er die beiden Bälle.

»Ja. Spalding Pro Flite und Hogan Vier. Ja, das sind sie. Danke.« Er hielt ihr einen Dollar hin. Gut gemacht, Knabe-Mädchen-Caddie! Aber die schlanken Hände, die ihm die Golfbälle gegeben hatten, regten sich nicht.
Ohne daß seine Miene sich aufgehellt hätte – er hatte sein Gleichgewicht immer noch nicht gefunden –, wandte er sich achselzuckend zum Gehen.
»Der da hat mich geweckt.«
»Wie bitte?«
»Hogan hat mich geweckt.«
»Hogan hat dich geweckt?«
»Er hat mein Fenster zerbrochen.« Sie wies mit dem Kopf zum Treibhaus hinüber.
»Welches denn?«
»Keines von denen dort. Sondern am Ende meines Hauses, wo ich geschlafen habe. Die Überraschung hat mich aufgehetzt.«
»Ist ja schon gut! Reichen fünf Dollar?« Er kramte in seiner Tasche.
Keine Antwort. Ruhiger Blick, reglose Hände.
»Sagtest du dein Haus?«
»Ja. Das ist mein Haus. Ich wohne hier.«
In der unteren Reihe war ein Fenster zerbrochen. Aber sein Slice konnte kaum so weit geflogen sein. Andererseits hatte er den ersten Drive sehr stark gespielt, zu stark (hatte er aus diesem Grund den Slice gespielt, aus Wut? Man soll nie einen Golfball oder ein Kind aus Wut schlagen, sagte Lewis Peckham), und er war hoch geflogen, hatte eine seltsame Kurve beschrieben und nicht das Holz berührt. Ein richtiger Bananenschlag, sagte Lewis das erste Mal.
»Also gut. Was bin ich dir schuldig?«
»Es war sonderbar. Ich lag in meinem Haus in der Sonne und las dieses Buch.« Sie hatte ein Buch aus ihrer tiefen Jackentasche geholt und gab es ihm, als wolle sie es beweisen – was eigentlich? –, und während er es eingehend betrachtete

(es handelte sich um eine regendurchnäßte-wiedergetrocknete Ausgabe von *Captain Blood* aus dem Jahr 1922), dachte er nicht über Captain Blood nach, sondern über das merkwürdige Mädchen. Ihre Art zu sprechen kam ihm irgendwie merkwürdig vor, und jetzt, als er sie ansah, kam auch sie selbst ihm merkwürdig vor. Zum einen sprach sie so langsam und sorgfältig, als lese sie die Sätze von seinem Gesicht ab. Der Satz: »Ich lag in meinem Haus« klang seltsam. »Die Überraschung hat mich aufgehetzt.« Obwohl sie wie die meisten Jugendlichen hier gekleidet war, in einige Nummern zu große Männersachen, stimmte irgend etwas nicht – genau: ihre Jeans waren nämlich ebenfalls zu weit, statt hauteng zu sitzen, und dunkelblau wie bei einem Bauernburschen. Außerdem war ihre ordentliche Kurzhaarfrisur genauso altmodisch wie das Buch, das sie las. Er mußte unwillkürlich an den Ausdruck ›Bubikopf‹ denken.

»Ich lag also in meinem Haus in der Sonne und las dieses Buch. Da zerbrach plötzlich das Glas, und dieser kleine Ball rollt auf mich zu und berührt mich. Ich fühlte mich versteckt und entdeckt.« Ihre Stimme klang monoton und matt. Das Mädchen hörte sich an wie ein Wolfskind, das von alten Victrola-Platten sprechengelernt hat. Ihre Lippen zitterten ein wenig, wie kurz vor einem Lächeln. Ihr Blick erwiderte seinen nicht direkt, war aber wachsam und schweifte wie der einer Blinden über sein Gesicht.

Nun ja, sie war wohl eine von den Tausenden, die sich Sommer für Sommer mal hier, mal dort niederlassen, wie es sich gerade ergibt, allein oder in Scharen. Meistens übernachten sie im Wald. Sie hatte nun wenigstens ein Treibhaus gefunden.

Als er sich in einer mürrischen Befangenheit, die ihn fast überraschte, abwandte und das Eisen 3 mit einem beidhändigen Spezialgriff umklammerte, fragte sie plötzlich:

»Ranken –?«

»Was?« Er hob den Schläger für einen knappen Schlag aus dem Handgelenk und stockte.
»Ranken Sie sich immer noch an Ihrer Wut empor?«
»Wie bitte?«
Als er sich umwandte, stand sie näher bei ihm, und diesmal war ihr Blick direkt auf ihn gerichtet. Große, graue weit auseinanderstehende Augen in einem bleichen Gesicht (Ja, das trug zu dem merkwürdigen Eindruck bei: nicht die Schmalheit ihres Gesichts, sondern seine Blässe. Ihre Haut war weiß wie eine Kamelienblüte). Ihr Blick wirkte ruhig und unbestimmt. Entweder sah sie ihn gar nicht (War sie am Ende blind? Nein, dann hätte sie ja nie den Hogan gefunden und erst recht nicht den Spalding Pro Flite), oder sie betrachtete seine ganze Person, denn plötzlich wurde er sich seiner selbst so bewußt, wie sie ihn sah – in seiner Golfkluft, der gürtellosen Hose, dem blauen Nylonhemd mit dem Clubabzeichen, der gelben Mütze mit dem Clubabzeichen, den zweifarbigen Golfschuhen mit den fransigen Laschen –, und plötzlich wirkte in diesem stillen Wald nicht mehr sie merkwürdig, sondern er, er mit seinem kleinen Eisenschläger und den feschen fingerlosen Handschuhen.
Wo hatte er sie nur schon gesehen? Einen merkwürdigen Augenblick lang war sie ihm so vertraut wie er sich selbst. Er, der sich ja jetzt an alles erinnerte, erinnerte sich auch an diese zärtlichen verwirrten Augen, und zwar aus der Zeit in Alabama vor zwanzig Jahren. Aber vielleicht war sie damals noch gar nicht auf der Welt gewesen.
Natürlich, sie hatte irgendwas genommen und hatte jetzt Schwierigkeiten, den Blick auf einen Punkt zu konzentrieren.
Er gab ihr das Buch zurück. Mein Gott, was für eine verrückte Welt! Sie war auf irgendeinem Trip, las Rafael Sabatini und verkroch sich in einem halbzerfallenen Treibhaus, während gleichzeitig erwachsene Männer sich die Zeit damit vertrieben, kleine Bälle über eine Bergwiese zu schlagen, in

Elektrokarren durch die Gegend zu brummen und sich Witze über Juden, Deutsche und Neger zu erzählen. Atlanta und Carolina sahen einer arabischen Invasion entgegen. Kein Wunder, daß mein Vater wegwollte.

»Wütend? Nein, ich bin nicht wütend. Was meintest du mit immer noch wütend?«

»Ich meine dort drüben.« Sie deutete auf die umgestürzten Kastanienstämme. »Wo Sie vorhin standen.«

Sie hatte ihn also beobachtet.

»Warum hast du denn geglaubt, ich sei wütend?«

»Sie hielten Ihren Golfstock im Dickicht. Eigentlich wollte ich Ihnen Ihre kleinen Golfbälle geben, aber ich war gehetzt von Angst. Ich dachte, Sie würden jemanden schlagen oder gar erschießen.«

»Du hast mich also beobachtet.«

»Ja.«

Er sah auf seine Hände, die den Golfschläger umklammerten, und wurde sich bewußt, daß er nickte.

»Jetzt sehen Sie wieder wütend aus.«

»Ich wußte nicht, daß mich jemand beobachtete.«

»Warum hat Sie das wütend gemacht? Habe ich spioniert und dementiert? Ich hatte nur Angst.«

Wieder die schleppende, tastende Sprechweise. Er sah sie an. Ja, sie war zweifellos auf irgendeinem Trip.

Vielleicht sind solche Menschen letzten Endes doch besser dran. Zumindest belastet die Vergangenheit sie nicht. Sie erinnern sich an nichts, weil es nichts zu erinnern gibt. Wenn sie müde sind, kriechen sie ins nächste Gebüsch, wenn sie Hunger haben, essen sie Körner, und wenn es ihnen schlecht geht, werfen sie einfach eine Pille ein. Vielleicht läuft doch alles auf Chemie hinaus. Wenn es so ist, dann hatte *er* recht. Er akzeptierte die Lebensweise dieser Menschen nicht, und obwohl ich meinerseits ihn nicht akzeptiere, akzeptiere ich sie auch nicht.

Als er aus dem Wald trat, hatte er sie bereits vergessen.

Zuvor jedoch war ihm noch eingefallen, daß ihm der Flaum auf ihrer Oberlippe bekannt vorkam und auch, wie die Oberlippe geformt war: verkürzt, in sanftem Bogen nach oben geschwungen, von der Unterlippe auf eine kecke, wohlbekannte Art getrennt, die eigentlich nicht zu ihren sanften, verstörten Augen paßte. Während er über die Lichtung ging, schlug er mit dem Eisen 3 nach den Mantelblumen und kappte die dicken kleinen Schoten ebenso treffsicher, wie er den Spalding Pro Flite mit dem Eisen 2 getroffen hatte.

Seltsam: Er slicete seine Drives von einem einwandfreien Abschlagplatz aus, vor sich einen einwandfreien Fairway, und spielte genau wie Hogan seine Eisenschläge vom Rough aus, im Wald, hinter den Bäumen hervor. Im Moor spielte er besser als auf dem Fairway.

Als er durch den Zaun stieg und zum Clubhaus zurückkehrte, fiel ihm auf, daß er zum erstenmal seit Jahren, ja vielleicht zum erstenmal in seinem ganzen Leben genau wußte, worum es ging und was er wollte. Er erinnerte sich an alles. Zwar fiel er wieder hin, sprang aber sofort wieder auf, beinahe ohne einen Schritt auszulassen. Ob das Mädchen seinen Sturz bemerkt hatte?

Es hat nicht ganz so geendet, wie ich es erwartet hatte, dachte er lächelnd, als der Pokerwürfel im Lederbecher klapperte. Seine Freunde begrüßten ihn, als er die fröhliche, kleine, angenehm riechende Bar betrat. Über ihnen prangte in einer riesigen Vergrößerung Jack Nicklaus. Er schlug gerade aus einem Sandbunker heraus, das ehrliche Gesicht verzerrt wie ein Kämpfer. Jedes einzelne der aufgewirbelten Sandkörner glitzerte wie ein Edelstein in der Sonne.

Es hat nicht ganz so geendet, wie ich es erwartet hatte, aber jetzt hat es wenigstens geendet, und ich habe entdeckt, wie es enden würde, dachte er gerade, da funkelte ihn ein gelbes Auge an. Jimmy Rogers legte ihm den Arm um die Hüfte und zog ihn wie einen Geliebten an sich. Er wollte ihm also

wieder einen Witz erzählen. Ich weiß, was ich zu tun habe.
Er hörte ruhig, ja sogar aufmerksam zu. Er erinnerte sich jetzt tatsächlich an alles, sogar an den Witz, den Jimmy ihm schon vor zwanzig Jahren einmal erzählt hatte. Er erinnerte sich sogar an die Zukunft. Sein ganzes Leben lag vor ihm, Anfang, Mitte und Ende, so klar wie das Photo von Jack Nicklaus, der gerade aus einem Sandbunker herausschlug.
Er erinnerte sich an alles.

IV

1

Sie erinnerte sich an nichts. Es macht nichts, daß ich mich nicht an die Vergangenheit erinnere, dachte sie. Wichtig ist nur, daß ich einen Unterschlupf finde, einen sicheren, warmen Platz zwischen diesen großen, kühlen, tropfenden Rhododendronsträuchern. Wasser rann über die Felsen des Bergkamms herunter und bildete einen kleinen Bach.
Sie entschied sich für das kleine Zimmer am Ende des Treibhauses als sichersten Platz. Das Treibhaus war direkt an den Berg gebaut. Was wohl der Grund dafür war? So wie alles vom Felsen her mit Unkraut und Lorbeer zugewachsen war, würde ein Fremder hier kaum ein Zimmer vermuten. Der Lorbeer verbarg die kleine Tür und hielt sie zu. Wenn man sie von innen zu öffnen versuchte, hatte man das Gefühl, von außen stemme sich mutwillig ein Kind dagegen. Aber man konnte jedenfalls hinaus.
Es gab auch die Möglichkeit, den Raum durch das Treibhaus zu betreten, wenn man sich einen Weg durch den Dschungel zu einer abschließbaren Zwischentür bahnte. Obgleich viele Scheiben herausgebrochen waren, atmete man beim Eintreten sofort den abgestandenen, herben Dunst feuchter Blätter, wie er für Treibhäuser typisch ist.
Offenbar war der kleine Raum zum Umtopfen benutzt worden. Mit einem Rand versehene Tische und Tonscherben überall. Außerdem war das Dach verglast. Warum wohl? Hatte man es als glasgedeckten Pflanzkasten benutzt, um Sämlinge zu ziehen?
Sie räumte einen der Tische frei, um ihre Besitztümer darauf auszubreiten. Einen zweiten Tisch schob sie in die Ecke. Das Treibhaus war in einer Ost-West-Achse so unter den Bergkamm gebaut, daß eine Ecke des Arbeitsraums, die südöst-

liche, immer in der Sonne lag. Nachdem sie ihren Schlafsack auf dem Tisch ausgerollt hatte, stopfte sie schwarzes Moos in den Rucksack (Torf? Sumpfmoos? Spanisches Moos?) und machte sich daraus ein Kissen.
Sie konnte es ja einfach mal ausprobieren. Wenn es zu hart war, konnte sie sich immer noch eine Moosmatratze machen. Die Ecke lud geradewegs dazu ein, sich mit einem Kissen im Rücken in die Sonne zu setzen. Sie wollte natürlich hinausschauen können, aber das Fenster war dermaßen schmutzig, daß es wie Milchglas wirkte und man bloß helles, staubiges Sonnenlicht sah. Nachdem sie ein paar Einfallswinkel und Lichtbrechungen berechnet hatte und mit ihrem im Bach angefeuchteten Taschentuch die Scheiben innen und außen geputzt hatte, waren schließlich zwei untertassengroße Flecke freigeworden, durch die sie in zwei Richtungen hinausschauen konnte: zum einen auf den kleinen Wasserfall und den Pfad, in den sie vom Wanderweg aus eingebogen war, und dazu mußte sie nicht einmal den Kopf wenden, zum anderen auf eine Lichtung, die durch riesige, größtenteils umgestürzte Kastanienbäume entstanden war. Ihrer Karte entnahm sie, daß wenige Meter davon entfernt der Golfplatz beginnen mußte. Sie sah zwar weder einen Weg noch den Golfplatz selbst, aber hin und wieder hörte sie die Rufe der Golfspieler. Der Pfad lief so steil auf den Wanderweg zu, daß von vorbeiziehenden Wanderern nur der Oberkörper sichtbar war. Falls jemand aus der Richtung des Golfplatzes kam, würde sie ihn sehen. Falls jemand das Treibhaus betrat, würde sie es hören.
Wie gefährlich war es, in dieser Welt zu leben?
Die Sonne stand immer noch hoch am Himmel und schien warm auf sie herunter. Zu warm. Irgend etwas stimmte nicht. In der oberen Fensterreihe, genau über ihrem Schlafplatz, waren zwei Scheiben zerbrochen. Es hingen nur noch ein paar Splitter in den Metallrahmen. Es war sehr angenehm, daß ihr die Sonne direkt ins Gesicht schien. Ihre neu-

en Kleider erwärmten sich und rochen gut nach Textilien. Aber wenn es nun regnete? Und kalt wurde? Welche Tiere würden ihr im Dunkeln in den Schoß plumpsen? Im Dunkeln? Wann wurde es wohl dunkel? Sie erinnerte sich an die Kerzen, die sie aus der Stadt mitgebracht hatte.
Jetzt machte sie sich daran, das halbzerfallene Haus zu erforschen. Sie entdeckte drei große, rußgeschwärzte Kamine, die weit voneinander entfernt lagen (konnte dies wirklich ein einziges Gebäude gewesen sein?), und dazwischen efeuüberwucherte Stein- und Ziegelhaufen. Wonach suchte sie überhaupt? Nach etwas, das flach, leicht und groß genug war, um das Loch im Dach damit abzudecken. Teerpappe, Blech, Glas oder Bretter. Aber sie stieß nur auf Ziegelbrocken, Kletterpflanzen und Erdhörnchen, bis sie den Keller fand – und zwar, indem sie hineinfiel. Sie hatte die Suche schon aufgegeben und wollte wieder zum Treibhaus zurück, da fiel sie plötzlich einen halben Meter, einen Meter hinunter, konnte sich aber zum Glück an einer Kletterpflanze festklammern und fing sich deshalb. Da waren ein paar Stufen. Sie ging zurück, um ihr Pfadfindermesser zu holen. Man mußte die Schlingpflanzen roden, der Keller war völlig dunkel. Statt auf Schätze konnte man hier genausogut auf Schlangen stoßen.
Die Steinstufen hinab in die nach Wurzeln riechende Finsternis: vielleicht war der Keller wie das Grab von Tutenchamun versiegelt, damit keine Grabräuber eindringen konnten. Ja, einige wenige Schätze waren die Treppe hinuntergefallen und von Schlingpflanzen überwuchert worden: ein gußeiserner Herd, zwei Bücher und ein schmutziges Fenster von der Größe eines Oberlichts. Bei den Büchern handelte es sich um *Captain Blood* von Rafael Sabatini und *Der Pfad der einsamen Kiefer* von John Fox jr. Beide Bücher hatten offenbar irgendwann einmal im Regen gelegen und waren zu fetten Schwarten aufgequollen. Als erstes schlug sie *Captain Blood* auf, setzte sich auf eine Stufe und las:

Ein großer Mann, dessen sonnenverbranntes Gesicht von einem spanischen Helm überschattet war, bahnte sich vorsichtig seinen Weg durch das Chaos im Mitteldeck. Er war gehüllt in einen schwarzen gußeisernen Panzer, herrlich mit goldenen Arabesken damasziert. Wie eine Stola trug er darüber einen scharlachroten Seidenriemen, an dessen Enden je eine silberbeschlagene Pistole hing. Locker und selbstsicher ging er über die breite Kajütstreppe zum Achterdeck, bis er schließlich vor dem spanischen Admiral stand.

Die Worte auf dem dicken gelben Papier waren immer noch deutlich zu entziffern, das Papier selbst aber zerkrümelte wie Brot, und ihr stieg tatsächlich ein Bäckereigeruch in die Nase. Zweifellos haben Worte eine bestimmte Bedeutung, und da liegt mein Problem. Mit den Worten der anderen Leute passiert irgend etwas. Mit meinen eigenen Worten passiert etwas. Es lohnt sich scheinbar nicht, sie auszusprechen.

Die Leute meinen nicht, was sie sagen. Wörter bedeuten oft ihr Gegenteil.

Wenn zum Beispiel jemand sagt: *Ich finde es schrecklich, daß ich dir das sagen muß, aber –*, dann findet er es in Wirklichkeit überhaupt nicht schrecklich, sondern es macht ihm Spaß. Dieser Ort hier eignet sich gut, um einen neuen Anfang mit den Wörtern zu machen. Vor über fünfzig Jahren hat ein Mann diese Wörter niedergeschrieben, und seitdem lagen sie hier in diesem dunklen Keller. Sie las sich den Satz *Ein großer Mann, dessen sonnenverbranntes Gesicht von einem spanischen Helm überschattet war* laut vor. In dieser Totenstille, unter der warmen Sonne Carolinas hörte er sich seltsam an.

Den Weg herunter, quer durch die Ruine lief ein großer gescheckter Hund auf sie zu. Er setzte sich, ohne zu hecheln oder mit dem Schwanz zu wedeln, einfach vor sie hin und sah sie an. Sein großer flacher Kopf erinnerte an einen Amboß, und er trug kein Halsband. Sicherlich gehörte er einem

Wanderer, aber er machte keinerlei Anstalten wegzulaufen. Seine klaren Haselnußaugen schweiften von ihr zum Buch und wieder zu ihr zurück. Über seinem Auge bewegte sich ein orangefarbenes Haarbüschel wie bei einem Menschen, der seine Braue hochzieht. In dem Moment, wo sich ihre Blicke begegneten, zog er auch noch die andere Braue hoch, sah weg und betrachtete ein Erdhörnchen. Kann denn ein Hund verlegen werden?

Jetzt schlug sie *Der Pfad der einsamen Kiefer* auf – das Buch roch mehr nach Schulbücherei als nach Bäcker – und las:

Da er nichts über die Minnesitten im Gebirge wußte – wenn zwei Männer sich im Haus desselben Mädchens einfinden, muß »das Mädel sagen, wen sie lieber hat, und dann zieht der andere ab« –, glaubte Hale zu träumen, als Dave, der als erster aus dem Zimmer stelzte, draußen hinter dem großen Kamin seinen Hut ins Gras schmiß und einen Kriegstanz darauf veranstaltete, wobei er den verdammten Fremden dahin wünschte, wo der Pfeffer wächst.

Ja, das ist es, dachte sie und vergaß den Hund. Normalerweise erledigen die Leute alles auf eine ganz bestimmte Art und Weise – so wie die Leute, die vor langer Zeit in diesem Haus wohnten und dieses Buch lasen. Es war an dem Fremden, es zu begreifen. Sie konnte nur sagen: entweder hatte sie noch nicht begriffen, auf welche Weise die anderen Leute Dinge taten, oder die Leute wußten selbst nicht, was sie taten, und dann war der Versuch, sie zu verstehen, sowieso sinnlos. Wie dem auch sein mochte, dieser Ort eignete sich so gut wie jeder andere für einen neuen Anfang.

Einen neuen Anfang womit? Erstens konnte sie diese beiden Bücher lesen in der Hoffnung auf weitere Anhaltspunkte, dann konnte sie in die Stadt gehen, die Bücherei aufsuchen, sich einen Leihausweis besorgen, weitere Bücher lesen, sich mit dem Bibliothekar unterhalten, auf der Bank sitzen, Leute beobachten, mit ihnen reden und dann entweder ihre Methoden begreifen oder, falls sie keine hatten, eigene entwickeln.

Sie untersuchte das Fenster. Ursprünglich war es wohl ein Oberlicht für eine Doppeltür gewesen, denn es hatte eine Messingklinke und war dermaßen schwer, daß sie es kaum die Stufen hinauf und an dem wilden Wein vorbeibrachte. Keuchend lehnte sie sich an einen Kamin und kniete dann hin, um die Scheibe genauer zu betrachten. Sie war nicht beschädigt, aber es hingen Kellerwürzelchen am Glas. Nein, keine Kellerwürzelchen, sondern Bleiruten. Als sie sich darüberbeugte, um festzustellen, ob das Blei durch die Scheibe hindurchging, fiel die Sonne darauf, und trotz der Staubschicht entstand ein mattes Farbenspiel. Also handelte es sich um Buntglasscheiben.

Sie schleppte das Fenster den Pfad hinauf, lehnte es unter den tropfenden Felsen und ging zurück, um Seife, einen Lappen und Moos zu holen. Der Hund folgte ihr. Seine ernsten haselnußbraunen Augen beobachteten sie aufmerksam, wichen ihrem Blick aber ständig aus.

Es machte ihr Spaß, aus Moos einen weichen, seifenschäumenden Schwamm anzufertigen und damit Glas, Rahmen, Blei und Messing Zentimeter für Zentimeter abzubürsten. Immer wenn ein Segment fertig war, spülte sie es unter dem Rinnsal ab. Das Wasser war nicht besonders kalt und hatte einen mineralischen Geruch.

Abwärts zum Treibhaus ging es leichter, aber als sie das Oberlicht die Wand hinaufschob, bis es auf dem Betonsims stand, zitterten ihr die Arme. Jetzt mußte sie sich selbst auf den Sims stellen und versuchen, das Oberlicht an der ersten Schräge emporzuschieben, ohne herunterzufallen. Es ging nicht. Sie konnte es nicht hochwuchten. Aber es gelang ihr, es vom Boden aus mit einem gegabelten Hartriegelstock hochzuschieben, bis es auf dem Walmdach lag. Dann kletterte sie, indem sie sich teils mit dem Stock auf dem Sims abstützte, neben das Fenster aufs Dach. Jetzt stimmte der Winkel. Sie konnte sich gegen die untere Schräge lehnen – geschafft! – und hatte beide Hände frei, um das Oberlicht über die Walmdachkante zu schieben und es vorsichtig auf die obere Schräge niederzulassen – aber jetzt konnte sie es nicht seitlich verschieben, sondern mußte es vorsichtig aufrichten.

Sie begann zu hoffen und war sich dann ganz sicher, daß das Oberlicht auf diese Weise besser passen würde, als wenn sie die Öffnung ausgemessen und die Fenstermaße darauf abgestimmt hätte. Und so war es. Es paßte tatsächlich besser, als wenn man es ausgemessen hätte. Der Rahmen des Oberlichts lappte ein wenig über den Metallrahmen des Treibhausdachs hinaus, und das abgenutzte Holz umschloß das rostige Metall so fest, daß sich das Oberlicht nicht mehr bewegen ließ.

Dem Zufall vertrau, dann paßt es genau, sagte sie zu sich selbst.

Beim Herunterklettern dachte sie schon darüber nach, wie sie es befestigen konnte, daß es auch starkem Wind standhielt. Vielleicht konnte man ein paar Nägel in den Rahmen schlagen und sie oben mit Draht an den eisernen Kreuzblumen und unten an dem Lüftungsmechanismus befestigen.

Rechtschaffen müde streckte sie sich jetzt auf ihrem Lager aus. Die Nachmittagssonne fiel direkt auf die oberste schräge Reihe des Buntglasfensters und erfüllte den Raum mit vielfarbigem Licht. Vielleicht hatte sie Schmutz von den Tonscherben und dem Moos aufgewirbelt. Das Gold schwebte wie Staub in der Luft, und das Violett bildete einen Nebel.

Sie starrte zum Oberlicht hinauf. Ein Füllhorn schüttete seine Blumen und Früchte aus: purpurrote Trauben, gelbes Korn, scharlachrote Erdbeeren, goldene Kürbisse, rosa Rhododendronblüten. Die Ernte stürzte aus einem blauen Himmel auf eine grüne Erde herab, auf der Kiefernnadelbüschel »Herbst« verkündeten. Rhododendron! Dann ist das Buntglas also extra für dieses Haus, mein Haus, entworfen worden! Was aber war aus den anderen Jahreszeiten geworden – Winter, Frühling und Sommer? Hatten Grabräuber sie weggekarrt? Aber vielleicht sind sie ja auch noch im Keller versteckt, und viele andere Schätze dazu? Zentnerweise Nägel und Bücher, wie sie die Schweizer Familie bei Robinson in ihrem Schiffswrack fand?

Jetzt fiel ihr auf, daß die ganze Zeit schon irgend etwas gegen den Arbeitstisch bumste. Als sie sich vorbeugte, sah sie, daß der Hund sich unablässig im Kreis drehte, um sich im Moos ein Lager herzurichten.

Dann nickte sie ein.

Als sie wieder aufwachte, hing ihr violetter Nebel in den Wimpern. Sie holte ihren Druckbleistift und ihr Notizbuch heraus und schrieb:

Ich bin da.

Folgendes brauche ich aus der Stadt: Milch, Streichhölzer, Hundefutter, Säge. Hier gibt's eine Menge Brennholz, umgestürzte Kastanien, glaube ich. Wann wohl die ganzen Kastanienbäume abgestorben sind? Wie ist es mit dem Baden? Wie krieg ich den Herd aus dem Keller? Was für ein Ofen ist es? Wie funktioniert ein Ofen? Brennt er mit Holz oder mit Kohle? Kann man Wasser drauf heißmachen?

Ich muß irgendwie meinen Lebensunterhalt verdienen. Ich habe zwar kein Haus, aber ein Treibhaus. Hier kann ich wohnen und mir eine Arbeit in der Stadt suchen, oder ich kann mich sogar vom Treibhaus ernähren. Und wie ernährt man sich von einem Treibhaus? Indem man Gemüse anbaut.

Ich muß mich allmählich wieder an alles erinnern, was ich damals wußte, als ich für mich selbst Notizen machte. Zum Beispiel daran, daß dieses Haus mir gehört. Denn im Moment kann ich mich an alles immer erst dann erinnern, wenn

ich es gesehen habe (irgendwann muß ich früher mal mit Buntglas gearbeitet haben, weil ich wußte, was Bleiruten sind).
Um meinen Lebensunterhalt verdienen zu können, muß ich mich unbedingt daran erinnern, was ich kann.
Erinnere dich, fang ganz vorne an. Ich heiße Allison. Ich wurde neunzehnhundertfünfzig und noch was oder neunzehnhundertsechzig und noch was geboren?
Versuch es!
Als erstes fällt mir ein, daß ich mich Fremden gegenüber immer so verlegen fühlte. Nein, daß ich mich *für* Fremde verlegen fühlte. Sie schienen so verwundbar. Was würde geschehen, wenn man ihre Gefühle verletzte? Als Kind unterhielt ich mich einmal auf dem Heimweg von der Schule mit einem schwarzen Dienstmädchen, das gerade Wäsche aufhängte. Ich fand sie sehr nett. Aber plötzlich wußte ich nicht, wie ich das Gespräch beenden sollte. Mir fiel nichts ein, was die Frau nicht unter Umständen gekränkt hätte. Also blieb mir nichts übrig, als solange zu warten, bis sie mit Wäscheaufhängen fertig war und ins Haus ging.
Na schön, fangen wir am anderen Ende an. Gestern. Letzte Woche.
Was machst du, wenn du dann abends mit der Arbeit fertig bist? Wie lebst du?
Als sie sich gegen ihr Rucksackkissen lehnte, das sie in die Glasecke gezwängt hatte, fiel ein rubinroter Lichtfleck auf ihr Gesicht. Der Flaum auf ihrer Wange begann zu glühen.

Ja, jetzt erinnere ich mich an etwas. Und zwar erinnerte sie sich deshalb daran, weil sie in der geschlossenen Abteilung oft genauso dagesessen hatte, den Kopf in eine Ecke des Ohrensessels gelehnt. Auch von dort aus hatte sie die beiden Zugangswege sehen können, die Straße, die am Haupttor vorbeiführte, und den Halleneingang.
Mit dem Fernglas, das ihr Vater ihr zur Vogelbeobachtung

geschenkt hatte, hielt sie nicht nach Vögeln Ausschau, sondern nach dem Brotwagen. Über den Hügel kam gerade ein Wagen, dessen Dach man zunächst für einen Buckel im heißen Asphalt hätte halten können. Im Fernglas schien er nicht näherzukommen, sondern anzuschwellen und schließlich abzuheben, bis er ein paar Zentimeter über der Straße auf der dicken schimmernden Luft dahinschwebte. Der Wagen, ein gelber Continental, wirkte optisch verkürzt und näherte sich in einem solchen Winkel, daß die vier weiblichen Insassen, zwei vorn, zwei hinten, in einer Reihe zu sitzen schienen. Sie waren hübsch frisiert und wie für eine Party angezogen. Aber um diese Tageszeit besuchten sie wohl eher Antiquitätengeschäfte oder genossen die Aussicht auf Täler und rotbelaubte Berge. Ja, sie waren Herbsttouristen. Dem Kennzeichen nach kamen sie aus Florida.

Dr. Duk kam herein. Er klopfte erst, als er schon im Zimmer war.

Klopf klopf, sagte er und versteckte sich in dem kleinen Vorraum.

Wer ist da? erwiderte sie.

Frieder.

Frieder wer?

Frieder Seimiteuch.

Das war ein schlechtes Zeichen. Wenn Dr. Duk meinte, er müsse den Witzigen spielen, dann saß sie in der Patsche. Erstens versuchte er damit, ein Späßchen zu machen, und zweitens, ihr ein »Sprachgerüst« zu geben, damit sie, die nichts mehr sagte, weil es nichts zu sagen gab, ein paar Sätze sprechen konnte, als Stichwortgeberin für seine komische Nummer.

Wenn er *Klopf klopf* sagte, konnte sie einfach fragen: *Wer ist da?* Oder: *Frieder wer?* Vielleicht hatte er ja sogar recht. Sie konnte nie mit so einem *Klopf klopf* den Anfang machen. So hatte sie die Fähigkeit zu sprechen allmählich fast verloren, bis auf kurze Fragen wie *Wer ist da?* oder *Frieder wer?*

Wo er wohl diese Klopfklopf-Witze her hatte? Sogar ihr Vater hatte seit Jahren keine Klopfklopf-Witze mehr gemacht. Dr. Duk war Engländer. Vielleicht waren Klopfklopf-Witze in England gerade der letzte Schrei? Allerdings war Dr. Duk kein waschechter Engländer. Er redete zwar wie ein Engländer und hießt mit Vornamen Alistair, aber seine weiße Haut hatte einen dunklen Schimmer. Sie mußte immer daran denken, wie ihre Mutter Kohlenstaub in ihr helles Make-up rührte. Kelso sagte, er heiße eigentlich Dr. Dukhipoor. Hatte er seine Klopfklopf-Witze dann vielleicht aus alten Milton Berle-Vorführungen in Pakistan? Die Patienten nannten ihn jedenfalls Dr. Duck.

Ihre Augen fragten ihn etwas, und er wußte auch genau, was, fühlte sich aber verpflichtet, erst einmal über seine Hobbies zu sprechen: Vogelbeobachtung und Gartenarbeit. Möglich, daß er doch Engländer war. Es hat gewisse Vorteile, einem kleinen Inselvolk anzugehören, sagte er. Wir machen aus unseren Beschränkungen eine Tugend – ach, wenn ich da an die Amerikaner und Russen mit ihrem Innerlichkeitstrip denke – echt stark, Mann! –, ist ja alles gut und schön, aber ein bißchen im Garten zu schaffen und einen Kiefernsänger zu beobachten ist auch nicht schlecht. Wissen Sie, was ich als erstes tue, wenn ich zu einer Tagung fahre, wo ich einen Vortrag halten muß? Ich melde mich im Hotel an, und dann drehe ich mit meinem Fernglas eine Runde um den Block und seh mich einfach mal um. Niemand geht in den Vorstädten spazieren. Die Kinder schauen mich total verwundert an, Eltern halten mich für einen Sittenstrolch, und ich bin auch schon mehrmals fast von Hunden gebissen worden. Letztes Jahr in Phoenix zum Beispiel machte ich so eine Runde mit meinem Fernglas, und als ich vor einem unbebauten Grundstück stand, voll Müll und Unkraut wie üblich, seh ich, daß sich da irgendwas bewegt. Ich richte das Fernglas darauf, und was glauben Sie, was es war? Ein Zaun-

könig! Können Sie sich das vorstellen? Ein Zaunkönig in einem leerstehenden Stadtgrundstück!
Vielleicht hat er recht, dachte sie flüchtig, suchte aber die ganze Zeit in seinem Gesicht nach einem Zeichen – er hatte ein Vollmondgesicht, umrahmt von schwarzem Haar, das wie bei Robert Newton in die Stirn gekämmt war und seitlich glatt herunterhing. Vielleicht bleibt ein Engländer in einer verrückten Welt tatsächlich dadurch normal, daß er Zaunkönige beobachtet und in seinem Garten herumwerkelt. Ach, dachte sie in ihrem Treibhaus, jetzt habe ich ja meinen eigenen Garten, viel »grandioser«, wie er es nennen würde, als sein Garten, weil es nämlich ein Glaspalast ist, in dem ich wohnen und von dem ich sogar leben kann! Ich werde Gemüse ziehen. Dafür ist ein Treibhaus einfach da. Aber vielleicht hat er recht, und es ist tatsächlich eine Methode, um nicht verrückt zu werden. Möglicherweise ist es aber bereits ein bißchen verrückt, wenn sich ein Engländer mit seinen Chrysanthemen beschäftigt, während das Inselkönigreich langsam im Meer versinkt.
Nein, er war nicht ganz koscher mit seinem zu schwarzen Haar, seinem runden Robert-Newton-Gesicht und seiner dunkel schimmernden weißen Haut. Jedenfalls paßte es doch nicht zu einem Engländer, dauernd von »den Engländern« zu reden und Ausdrücke wie »echt stark, Mann!« zu benutzen.
Da ihre Augen immer noch dieselbe Frage stellten, entschloß er sich endlich doch zu einer Antwort. Er entfernte sich unauffällig von den Klopfklopf-Geschichten und den Vögeln und drehte sich ruckartig nach ihr um, aber doch so beiläufig, als seien die Vögel auf jeden Fall das Hauptthema und ihre Krankheit etwas Nebensächliches, das er vor dem Gehen noch kurz erledigen müßte. Und doch war es gerade diese Beiläufigkeit, die das wohlbekannte süße Grauen in ihr aufsteigen ließ. Warum steckt der grausige Kern schlimmer Nachrichten so voller Süße?

Nein – äh – ich dachte bloß an eine leichte Massage Ihrer Neuronen, nicht mal eine große EST-Reihe. Bloß noch einmal eine kleine Auffrischung, die Sie auf die große Welt draußen vorbereiten wird.
Ich soll also wieder geschockt werden. (Ihre ungewohnte Stimme krächzte wie eine Sprechanlage.)
Nur zur Auffrischung. Ich würde sagen, es ist das letztemal.
Warum?
Warum was?
Die Frage ist in diesem Fall gleichzeitig die Antwort, sagte sie. Ich meine –, sie stockte.
Ja?
Das Sprechen fiel ihr schwer. Es war, als müsse sie auf eine Bühne treten. Sie konnte zwar Fragen beantworten, konnte bei seinen ewigen Klopfklopf-Witzen den Stichwortgeber spielen, ja sogar selber Fragen formulieren. Wenn man jedoch eine bestimmte Aussage machen wollte, mußte man wohl erst einmal wissen, worüber man überhaupt sprach.
Kein Schock, Doc, sagte sie. (Das war eine ziemlich lahme Bemerkung, und sie sah, daß sie offenbar versuchte, auf seine Witze einzugehen, indem sie in cockneyhaftem Südstaatenstil reimte.)
Danach werden Sie sich aber um einiges besser fühlen!
Ich fühle mich also schlecht? Welches Ich? Es war der fröhliche Schwung am Schluß einer Frage, durch den es ihr möglich wurde, sie zu stellen, der sie frei machte. Sie wollte nicht gerade jetzt die Stimme senken, wie bei einer Feststellung, die tief und abrupt aufgehört hätte. Besteht denn kein Unterschied zwischen dem Außen-Ich, dem sichtbaren Ich, dem Miau-Ich und dem innerlichen tiefen Meuter-Ich? Zurück zum alten Miau-Ich.
Ich spreche mit dem tiefen Ich oder dem Meuter-Ich, aber ich dachte, wir hätten uns darauf geeinigt, daß es das Deuter-Ich wird. Ihr Ich, so wie Sie es deuten.

Einverstanden, sagte sie, was was was.
Na schön, Sie wollen meine Gründe für diese kleine Auffrischungsbehandlung hören.
Ja. Ja, so ist es, Sir.
Sie brauchen keine Angst zu haben. Nein, es ist nur, weil Sie nichts essen. Sie weigern sich, mit den anderen zu reden, ob es sich nun um Personal oder Patienten handelt. Sie nehmen nicht mehr an der Gruppe teil. Sie machen nicht mehr mit.
Ich esse nichts?
Nur die kleinen Brocken, die Sie in der Serviette auf Ihr Zimmer schmuggeln wie ein Erdhörnchen.
Brocken. Dieses Wort gefiel ihr. Es war zusammengefaltet und hatte einen bestimmten Geschmack, dunkel und nahrhaft, besser als Bissen. Auch daß er *Müll* sagte, gefiel ihr. Das klang sauberer und fester als *Abfall.*
Was gefällt Ihnen nicht an der Gruppe?
Gruppe? fragte sie und meinte: Ich gehe doch noch in die Gruppe!
Er verstand.
Ja, Sie gehen noch in die Gruppe, sitzen aber die ganze Zeit unterm Tisch.
Beine sind fein, Gesichter verunsichern.
Ha, das gefällt mir! Ich weiß genau, was Sie damit sagen wollten. Ich hätte manchmal auch lieber Beine vor mir als manche dieser verunsichernden Gesichter bei Mitarbeiter-Konferenzen und Seminaren. Trotzdem, es gibt nun eben mal solche Gesichter, und wir müssen das Beste draus machen.
Ich bleibe bei den Beinen.
So so.
Jetzt versuchte er schon die ganze Zeit, Dennis Weavers Redeweise nachzuahmen, und schaffte es nicht ganz. Sie schämte sich für ihn. Wie konnte er sich nur selbst ertragen? Man muß schon verrückt sein, um derart einen Narren aus

sich zu machen! Wie ertrug er es, dermaßen daneben zu stehen? Ein falscher Engländer, der dauernd Klopfklopf-Witze machte. Lieber wäre ich verrückt. Oder vielleicht lag das Problem auch darin, daß sie immer alles wissen mußte, bevor sie etwas sagen konnte?

Ich –, begann sie und brach ab.

Ja?

(Jetzt kam ihre Aussage, weil dies das einzige war, das sie wußte.) Ich muß zuerst hinunter. Und Sie versuchen, mich oben zu halten.

Hinunter?

Hinab hinab hinab und dann erst hinauf. Hinunter in mich selbst, bis ich da bin. Sie sollten nicht immer versuchen, mich durch die Schocks oben zu halten.

Runter runter rundherum? Er wirbelte im Kreis herum, die Hände in den Taschen. Mein Gott, dachte sie, an seiner Stelle wäre ich verrückter als ich.

Schäbig-schäbig, meinte sie. Ich muß zu meinem Weißen Zwerg hinunter.

Weißer Zwerg?

Kennen Sie sich mit Sternen aus? Ja, er kannte sich mit Sternen aus. Um geistig normal zu bleiben, sollte man sich über Zaunkönige, Chrysanthemen und Orion informieren.

Was ist denn mit den Sternen?

Ein Roter Riese kollabiert und wird ein Weißer Zwerg, hart und strahlend wie ein Diamant. Genau das versuchte ich gerade, als meine Mutter mich im Schrank fand. Ich wollte zu meinem Weißen Zwerg hinunter.

Na, das war ja eine ziemlich lange Rede, obwohl ich befürchte, daß Sie hinunter wollten, um mein Weißer Zwerg zu werden.

Ich muß zu ihm hinunter, zu mir. Und Sie lassen mich nicht. Sie wollen mich oben haben, bevor ich hinuntergegangen bin.

Na ja, aber was passiert, wenn der Stern zu einem Schwarzen Loch kollabiert? (Das gefiel ihm offenbar.) Wie sollen wir Sie denn in einem Schwarzen Loch wiederfinden? (Je mehr er darüber nachdachte, desto besser gefiel es ihm.) Ich will doch nicht in eine andere Zeit versetzt werden.
Kein Schock, Doc.
Heute nachmittag kommen Ihre Eltern zu Besuch.
Schande der Familienbande.
Na, na.
Wann werde ich geschockt?
Ach so – morgen. Gegen neun.
Jetzt wollte sie, daß er ging. Als Verrückter hat man den einen Vorteil, daß man mit den Leuten grob umgehen darf. War sie vielleicht verrückt geworden, damit niemand sich mehr von ihr verletzt fühlen konnte? Sie drückte das Gesicht gegen die Lehne, bis er draußen war.
Kaum hatte er die Tür geschlossen, holte sie das Fernglas, legte es in ihren Schoß und beobachtete jenen Punkt jenseits der Wacholdersträucher, wo die Straße über den Hügel kam. Sie wartete auf den Brotwagen.
Als er kam, sah sie auf die Uhr, klappte ihr Notizbuch auf und begann zu schreiben.

2

Am nächsten Morgen war es beim Aufwachen dermaßen kühl im Treibhaus, daß sie darüber nachdachte, wie sie denn im Winter heizen würde.
Der Herd war ihre größte Hoffnung. Denn die einzige Alternative bestand darin, in der Stadt einen Petroleumofen zu kaufen, falls es so etwas überhaupt gab. Das kostete Geld und hieß, daß sie Öl kaufen und nach Hause schleppen mußte. Außerdem wurde das Treibhaus verstänkert, das immer noch schwach nach fauligen Wurzeln und Orchideen roch.

Aber wie sollte sie den Herd vom Keller der Ruine zum Arbeitsraum transportieren? Er war so schwer, daß sie ihn gerade ein paar Zentimeter verrücken konnte. Wie sollte sie ihn also die Kellertreppe hochhieven?
Aber er funktionierte wohl noch. Er war sehr groß und aus Gußeisen, vielleicht ein Ben-Franklin-Herd oder ein ausgebauchter. Nein, ausgebaucht war er nicht, aber er hatte eine Feuerung in der Größe eines Puppenhauses, mit tellergroßen Deckeln, eine Reihe von Warmhalteplatten und sogar einen Wasserbehälter. Und er hieß nicht Ben Franklin, sondern Grand Crown. Durch kraquelierte braune Glimmerfenster sah man in das dunkle Feuerloch. Der Herd hatte Abzugsrohre aus kannelliertem, blau angelaufenem Metall, eins davon war gebogen – kannellierte Abzugsrohre? Es war ein Kochherd! Aber konnte man nicht auch damit heizen? Und Warmwasser bereiten?
Warum hatte sie den Mann mit dem Golfschläger nicht um Hilfe gebeten? Er wäre stark genug gewesen. Sie hätten den Herd mit Rampen und Seilen heraushieven können, wie die Ägypter beim Pyramidenbau. Hatte sie es bleibenlassen, weil er so wütend war und nicht ganz bei sich? Und weil er in sich selbst versunken Mantelblumen köpfte und seinen Golfschläger wie ein Gewehr anlegte? Nein, denn gerade aus diesem Grund wäre er wahrscheinlich dazu bereit gewesen – gerade weil er, wie sie sofort bemerkt hatte, danebenstand, neben seinem Leben, hätte er mit Freuden alles getan, wenn es ihn nur von dem abgelenkt hätte, was er gerade tat beziehungsweise nicht tat. Sie hätte in der Lichtung also bloß zu sagen brauchen: »Tun Sie dies, tun Sie das!«, und er hätte es getan. Nicht etwa ihr zuliebe, ja vielleicht sogar ohne ihr Beachtung zu schenken, sondern einfach deshalb, weil es ihm Vergnügen bereitete, ein mattes, ironisches Vergnügen, etwas so Belangloses zu tun: einer Fremden im Wald zu helfen beim Transportieren eines Herdes.
Obwohl sie es nicht hätte äußern können, war die Ironie, das

war ihr klar, in seinem Leben so übermächtig geworden, daß ihm gleichgültig war, was er tat. Sicherlich hätte er ihr gern beim Transport des Herdes geholfen, einfach weil es so kurios war. »Wo warst du denn so lange?« würden ihn seine Golffreunde fragen. »Ich habe beim achtzehnten Loch ins Aus geschlagen und bin einem Mädchen begegnet, das mich bat, mit ihr zusammen einen Herd in ihr Haus zu transportieren.« »Toll«, würden sie erwidern. »Und sonst?«

Nein, sie hatte ihn nicht gefragt, weil sie keinen Menschen um etwas bitten wollte. Wer bittet, verliert etwas, so hätte sie es vielleicht ausgedrückt. Oder: Hilfe verpflichtet. Das Problem dabei ist nicht, daß man dann dem anderen etwas schuldet, sondern daß die Sache selbst an Wert verliert. Es war ihr Herd und ihr Leben, und sie wollte den Herd selbst transportieren und ihr Leben selbst leben. Jetzt saß sie neben dem Hund auf der Treppe, strich über das emaillierte Grand-Crown-Schild und klopfte gegen das Glimmerfenster. Es war stabil wie Quarz. Der Herd war so schwer, daß sie ihn kaum an einer Ecke anheben konnte.

Aber sie hatte ja genügend Zeit, ihn hinauszuschaffen. Die Oktobersonne war noch warm. Wie sollte sie das bewerkstelligen? Mit Rampen, Flaschenzügen, Sklaven? Sie wußte es nicht. Nur eines wußte sie ganz sicher, daß sie es schaffen würde, und zwar allein. Man schafft alles, wenn man Zeit hat und lang genug darüber nachdenkt. Sie hatte einen Schatz gefunden, und wer bittet schon einen wildfremden Menschen beim Abtransportieren eines Schatzes um Hilfe? Selbst enge Freunde würde man nicht um so etwas bitten. Und erst recht nicht die Familie.

Ihr blieb noch mindestens ein Monat Zeit. Wenn es sein mußte, konnte sie den Herd ja in seine Einzelteile zerlegen und ihn wie die Freiheitsstatue transportieren.

Hatte sie nicht einmal in einem Lexikon ein Kind abgebildet gesehen, das mit Hilfe von Flaschenzügen ein Pferd aufrichtete? Sie konnte einfach in ein Eisenwarengeschäft gehen,

doch dazu brauchte sie das richtige Wort. Wie nannte man so etwas? Wenn ihr das Wort nicht einfiel, würde sie den Gegenstand nicht bekommen. Egal. Sie konnte ja solange suchen, bis sie es entdeckte, und dann einfach drauf zeigen. Ich finde es schrecklich, in ein Eisenwarengeschäft zu gehen, ohne zu wissen, wie der Gegenstand heißt, den ich kaufen will.
Geh in die Bücherei, such dir ein Buch über Treibhäuser und schau im Lexikon nach unter »Flaschenzügen«. Vielleicht sind dort verschiedene Arten von Flaschenzügen abgebildet und die jeweiligen Bezeichnungen angegeben.
Herd transportieren, schrieb sie. Und:
An Wasserproblem denken, d.h. baden. Herd hat scheinbar kleine Rohre zum Wasserheißmachen. Wasserversorgung?
Zwei weitere Probleme:
Erstens: Wie ich leben soll. Wie lebst du? Meine Lebenserwartung beträgt etwa fünfzig bis sechzig Jahre. Was tun? Ein gutes Zeichen: ich spüre schon, daß ich allmählich in mich hinunterkomme. Ich spüre, wie ich vom riesigen roten Stern Betelgeuze, Dr. Duks Lieblingsstern, der expandieren, sich auffächern, das ganze Universum ausfüllen und beglücken möchte (das war ich!) – ich spüre, wie ich von dieser riesigen gasförmigen Sternimitation zum Weißen Zwerg kollabiere, meinem Lieblingsstern – diamanthell und diamanthart, nicht durch Kometen, Meteore oder Menschen zerstörbar. Sirius ist seriöser als Bettelkäuze.
Zweitens: Gedächtnis. Es kommt zurück. Ich kann Sätze sagen, wenn ich sie niederschreibe, weil sie an mich selbst gerichtet sind. Sprich, Gedächtnis. Warum? Nur, weil ich wissen muß, was hinter mir liegt, um zu wissen, welchen Weg ich gehe.
Ich erinnere mich an meinen Vater: wie er am Samstagvormittag zum Golfspielen ging und unten im Erdgeschoß an mir vorbeilief. Er hatte ganz vergessen, daß ich auf Dauer nach Hause gekommen war. Jetzt fällt ihm wieder ein, daß

ich die Schule nicht beendet habe, daß ich keine Arbeit habe, daß ich weder verlobt noch verheiratet bin, ja nicht einmal einen festen Freund habe. Mein Leben verlief eben nicht so, wie man es erwartet hatte. Ich schrieb lauter Einsen und drückte mich vor dem Alltäglichen. Die Miene meines Vaters: Überraschung, kurzes Stirnrunzeln: hallo. (Was machst du denn hier?) Er weiß, daß ich versagt habe, und ich tue ihm auch leid, aber er will weder mit meinem Versagen noch mit mir etwas zu tun haben und denkt einfach nicht mehr dran.

Meine Mutter: sie findet mich in meiner Wohnung in der Front Street im Schrank (dort versuchte ich zum erstenmal, zu meinem Weißen Zwerg hinunter zu gelangen) und beugt sich über mich. Sie duftet nach Shalimar und hat im Sechziger-Jahre-Stil wie eine Studentin die Ärmel ihres Kaschmirpullis hochgeschoben. Man sieht ihre braunen, zu braunen, ja sogar fast ein wenig kleiefarbenen Arme, Goldschimmer, Goldschmuck, goldene Strähnchen im Haar, das gewichtige Klirren der Armspangen (das einzig Wahre, wie das Geräusch beim Zuschlagen einer Cadillactür im Unterschied zu einer Chevrolettür). Na, na, na, das geht doch nicht, wer hat sich denn hier im Schrank versteckt? *Geweckt, gehweg, Gawein, gaff-an, gong, Gottes Bund, bunter Hund,* sagte ich, ohne zu wissen, was ich überhaupt meinte – muß ich denn immer etwas Bestimmtes meinen? –, vielleicht einfach geh weg, vielleicht Hundsstern=Sirius=seriös=Gott – aber sie bestand wie üblich darauf, allem ihren eigenen Sinn überzustülpen, sogar meinem Unsinn *(laß mir doch meinen Unsinn, das ist der Weg, der einzige für mich, da wieder raus- und durchzukommen – na gut, Ducky, Dr. Duk, vielleicht haben Sie recht, vielleicht kollabiere ich irgendwann zu einem schwarzen Loch, aber wenn das so ist, dann muß und wird es auch geschehen).* Meine Mutter hörte natürlich nur *Geh weg!* und erwiderte: Geh weg, meine Güte! Hier geht niemand weg, höchstens gehst du jetzt sofort aus dem

Schrank und gehst einen Lappen holen, damit der Staub wegkommt!
Hör auf, meinem Unsinn einen Sinn zu geben!
Meine Mutter widersetzte sich meinem Versagen. Deshalb bestand ich darauf.
Sarge: ich verbrachte eine Woche mit ihm in Nassau und tat, wozu ich Lust hatte oder zu haben glaubte. Sarge war ein dünner, blonder, schnurrbärtiger Vertreter aus Durham (Schmuck für Studentenverbindungen), der den Angebotskatalog der Anstecknadeln, Silberbuchstaben und Wappen so gut im Kopf hatte, daß er Vertreter des Monats geworden war und einen Ausflug für zwei Personen nach Nassau gewonnen hatte. Weder er noch ich gehörten einer Studentenverbindung an, aber er schmückte mich trotzdem mit vier verschiedenen Nadeln – Chi O, Phi Mu, KD, Tri Delt –, und wir hielten das für witzig. Sarge hielt sich immer an das Buch, normalerweise an seinen Katalog, aber in Nassau an ein anderes Buch. Wir lagen im Bett, sahen in ein bebildertes Buch, und Sarge tat mit mir die Dinge aus dem Buch, zu denen er Lust zu haben glaubte, und ich tat die Dinge, von denen ich glaubte, er erwarte sie, und fühlte mich danach recht zufrieden, merkte dann aber plötzlich, daß es die gleiche Zufriedenheit war, mit der ich meinem Vater einen erneuten Erfolg vorweisen konnte: Sieh dir mein Zeugnis an, Vati, lauter Einser und in Musik sogar eine Eins mit Stern!
Aber was macht man, nachdem man für Vati und Sarge seine Einsen geschrieben hat?
Drogen: nicht schlecht. Ich lag in meinem Bett in der Wohnung in der Front Street, oder ich saß im Schrank, hatte mal wieder Gelbfieber und sank hinab, hinab, hinab zu Sirius oder ins Schwarze Loch, aber nicht wirklich, sondern nur scheinbar, denn wenn man damit aufhört, ist man nirgends, kein bißchen näher bei Sirius, nicht durch das Schwarze Loch hindurch, sondern genau dort, wo man vorher war,

nur noch schlimmer, als habe man geträumt, das Flugzeug hat abgehoben, und in Wirklichkeit hebt es nie ab. Trotzdem sind Drogen nicht schlecht, wenn man nicht wieder von ihnen runter muß und zurück. Denn: Drogen = die Illusion, hinab hinab hinabzusinken, bis man angekommen ist, und wenn es nichts gibt, wo man ankommen kann, dann ist die Illusion immer noch besser als nichts.

Eins steht fest: Die werden mich nie mehr einsperren und schocken.

Die Sonne schien direkt auf die Kellertreppe und wärmte Allisons Rücken. Während sie eine Scheibe Roggenbrot mit Käse und Schinkenwurst aß, schweifte ihr Blick vom Herd zu den Kreuzblumen auf dem Dach des Treibhauses und wieder zum Hund zurück. Wie ließ sich Fleisch kühlhalten? Sie gab dem Hund den Rest der Schinkenwurst, und während er kaute, konnte er ihr zum erstenmal in die Augen schauen. Er nahm sich die Freiheit, ihren Blick zu erwidern, und zog erst die eine, dann die andere Braue hoch. Solange er kaute, konnte er sie ansehen. Als er fertig war, fuhr er sich mit der Zunge über die Lefzen und riß ein paarmal das Maul auf. Als dabei eine Lefze hängenblieb und trocken an einem Zahn klebte, wurde er wieder verlegen. Aber Allison merkte, daß die Verlegenheit des Hundes sie selbst nicht verlegen machte. War das nicht ein gutes Zeichen?

Am nächsten Morgen arbeitete sie von Sonnenaufgang bis Mittag im Treibhaus. Was tun, wo beginnen? Den Dschungel aufräumen. In der Ecke neben der Tür beginnen, weil sie nach Blumenladen, Wurzeln und Regenwald roch, sobald die Sonne draufschien. Waren in den vom Dach hängenden Drahtkörben keimende Orchideen oder eine Art Lianen mit Luftwurzeln, die wie Schlangen herabhingen?

Erst dachte sie, der Lorbeer und der Rhododendron seien durch die verrotteten Arbeitstische gebrochen und hätten in der Erde Wurzeln geschlagen, aber dann sah sie, daß der Boden unter einer Schicht aus Laub und Stroh aus Zement war. Wenn man eins der Bäumchen packte, konnte man es ohne weiteres mit seinen fächerartigen Würzelchen herausziehen. Das größte Problem war die Beseitigung des Abfalls. Allison schleppte die Büsche, Bäumchen und den verrotteten Arbeitstisch ins Freie und warf alles in den Sumpf. Mit einem Stück Kupferblech, das von der Ruine herübergeblitzt hatte, schaufelte sie Tonscherben und verfaulte Wurzeln zusammen, und als sie schließlich Hunger bekam, hatte sie schon ein Quadrat von ungefähr drei bis dreieinhalb Meter Kantenlänge freigeräumt. Während sie beim Essen mit dem Hund in der Sonne saß, strich sie mit der Hand leicht über den Boden: es war guter, solider, alter, mit der Kelle geglätteter Beton, der ohne Risse hart geworden war, eisenfarben und seidig glatt wie McWorther's Einfahrt. Zwei weitere Punkte auf ihrer Einkaufsliste: Besen und Schaufel.

Müde rollte sie sich in ihrem Bett zusammen und schlief sofort ein mit dem Gedanken: »Mein Gott, ich brauche ja keine Tablette zum Einschlafen!« – und genauso plötzlich wachte sie auch wieder auf. Was hatte sie geweckt? Der violette Nebel, der ihr von den Glastrauben her direkt in die Augen fiel? Nein, der Hund hatte gebellt. Oder tief geknurrt. Er saß mit aufgestellten Ohren da, und seine Rückenhaare sträubten sich wie bei einem Wildschwein.

Jemand kam den Weg herunter.

Es waren Pfadfinderinnen. Bis auf eine konnte man alle als stämmig bezeichnen, die meisten sogar als dick. Sie trugen Schulterabzeichen, die Allison aus der Entfernung nicht genau erkennen konnte. Das dickste und das dünnste Mädchen trugen zwischen sich ein Transparent. Obwohl es sich kräuselte, konnte man entziffern: Truppe 12, Laf –? In –? Lafayette, Indiana? Obwohl sie als Pfadfinderinnen höchstens vierzehn sein konnten, sahen alle mindestens wie zwanzig aus und waren furchtbar groß. Sie hatten Beine wie Baumstämme. Das allerdickste Mädchen trug glattes blondes Haar, das ihr wie ein Dach über die Ohren stand, wie bei Kelso.

Kelso packte sie im Bad am Arm.
Ich weiß, wohin du gehst!
Das stimmte. Kelso wußte alles.
Du hast Besuch. Deine Familie ist gekommen. Was wollen die denn hier? Sie waren doch erst zweimal da. Vielleicht holen sie dich raus. Wieso sperren sie dich überhaupt hier ein? Wissen die denn nicht, was das für ein Sauladen ist? Die müßten doch wissen, daß man in guten Kliniken heutzutage nicht mehr schockt. Soll ich dir mal sagen, für wen das hier gedacht ist? Für Leute, die zu stolz für ein staatliches Krankenhaus sind und zu arm oder zu geizig für eine gute Privatklinik. Soll ich dir mal sagen, was wir die hier kosten? Weniger als halbsoviel wie in einer staatlichen Klinik! Die verdienen noch was an uns, Schätzchen.
Kelso war seit fünfzehn Jahren in Valleyhead. Wenn es ihr nicht allzu schlecht ging, war sie ein aufgewecktes Mädchen, das einem die Wahrheit ins Gesicht sagte, aber man sah auf den ersten Blick, daß sie es draußen nicht lange schaffen würde. Sie konnte nirgends hin. Sie war intelligent und hatte bei Sears als Buchhalterin gearbeitet, aber das reichte nicht. Ab und zu fuhr sie zu ihren Eltern nach Atlanta. Sie sah aus wie eine dicke Tankstellenbesitzerin im südlichen Georgia, und man hätte nicht gedacht, daß ihrem Vater ein großes Haus in Druid Hills gehörte. Von dort kam sie jedesmal noch ein bißchen fetter und steif wie ein Brett zurück, und das Haar stand ihr wie ein Trichter um den Kopf. Sie war so steif und fügsam, daß sie einmal, als McGahey ihr befahl sich hinzusetzen, stundenlang dasaß, bis McGahey merkte, daß gar kein Stuhl da war.
Ist dein Vater nicht Arzt, Allie?
Sie schüttelte den Kopf.

Zahnarzt, stimmt. Der könnte es sich doch leisten. Vielleicht holen sie dich wirklich raus?
Sie zuckte die Achseln.
Du könntest es schaffen, Mädchen. Du bist ein hübsches Ding und würdest dich schon durchschlagen, wenn du nur wolltest. Warum versuchst du's nicht einfach mal?
Sie schüttelte den Kopf.
Ich habe sie vorhin reinkommen sehen, ganz aufgetakelt. Wahrscheinlich wollen sie hinterher noch irgendwohin.
Sie zuckte die Achseln.
Sag doch mal was, Mädchen.
Na schön, Kelso. (Sie zuckte zusammen. Ihre Stimme hörte sich merkwürdig an.)
Kelso lachte. Ich weiß schon, warum du nicht redest. Du bist dermaßen verängstigt, daß du nicht reden kannst. Und ich bin so verängstigt, daß ich die ganze Zeit essen muß. Das gibt's doch nicht: ich bin so verängstigt, daß ich ganz steif werde, und deshalb schocken sie mich. Und du bist so verängstigt, daß du tust, als seist du stumm, und deshalb schokken sie dich ebenfalls. Vielleicht sind wir wirklich verrückt! Hahaha! Aber wenn du verrückt bist, freß ich 'nen Besen! Komm her zu mir, Mädchen, laß dich umarmen.
Und Kelso umarmte sie.
Findest du mich eigentlich hübsch, Allie?
Sie nickte lächelnd.
Du bist auch hübsch, Schätzchen. Wirst es schon schaffen.
Sie lächelte und umarmte Kelso.

Es stimmt, was du über meine Eltern sagst, Kelso. Sie wollten tatsächlich noch irgendwohin. Offenbar zu einer Party. Glühend saß ihre Mutter in dem düsteren kleinen Besuchszimmer neben Dr. Duks Büro. Ihre sonnengebräunte Haut (die jetzt nicht mehr an Kleie erinnerte) hob sich glühend von dem cremefarbenen Leinen ab – echtem, altem, handgewebtem Leinen –, die goldene Haarsträhne wippte über ihrer Stirn, was auch dann schwungvoll wirkte, wenn sie sich nicht bewegte, und ihre Ohren und Handgelenke glühten vor Gold. Auch wenn sie still dasaß, schimmerte und glitzerte an ihr alles vor lauter Gold. Allisons Vater, in einem hellbraun gestreiften Leinenanzug, kauerte in seinem Stuhl, lächelte und nickte und wippte leicht mit den Füßen, die er unter den Stuhl gezogen hatte. Wie exotische Vögel kamen die beiden hereingeschneit. Dr. Duk in seiner dicken Wollhose und ich mit meinem T-Shirt und den Jeans sehen wirklich aus wie Anstaltsinsassen, und irgendwie riechen wir säuerlich, dachte sie.

Ihre Eltern behaupteten, sie seien zwar unterwegs zu einer Party, aber die Hauptsache sei doch, sie zu besuchen. Sie hatten Pläne für sie. Und sie diskutierten über diese Pläne. Wieder dieses schöne Gefühl, daß jemand Pläne für sie machte, wie damals, als ihre Mutter sie in ein Flugzeug setzte, welches sie in ein Sommerferienlager bringen sollte: Hier hast du Geld, und hier sind Abflug- und Ankunftszeit, und da steht drauf, was du während der drei Stunden Aufenthalt in Atlanta machst...

Und dann dieses unangenehme Gefühl, als sie plötzlich das Thema wechselten und sich über die Party unterhielten! Es ging um Will Barrett. *Sprecht doch über mich. Macht Pläne für mich.*

Eins muß mir gelingen: Daß ich nicht mehr auf Pläne anderer Leute angewiesen bin.

Ich will Ihnen gern sagen, um was für eine Party es sich handelt, Alistair, meinte ihre Mutter.

Irgendwie hatte ihre Mutter es bei den drei Besuchen geschafft, Dr. Duk beim Vornamen zu nennen. Sie waren Kumpel. Auch ihre Mutter beobachtete gern Vögel, und sie hatte ihn schon für ihre weihnachtliche Vogelzählung engagiert. Dr. Duk nickte und lächelte ständig, bekam einen roten Kopf und spannte jede Faser an, um mit dieser elegan-

ten, exotischen Person – seinem Kumpel? – Schritt zu halten.
Ein sehr lieber alter Freund, sagte ihre Mutter.
Sie ist früher mal mit ihm gegangen, warf ihr Vater zerstreut ein, grinste bis über beide Ohren und wippte dabei unaufhörlich mit den Füßen.
Es handelt sich um Will Barrett, sagte ihre Mutter. Sie kennen doch die Barretts aus Linwood-Asheville?
Am flackernden Blick ihrer Mutter und daran, daß sie es so spannend machte, merkte Allison, daß sie sich auf Dr. Duks Reaktion freute.
Sie meinen –, erwiderte Dr. Duk und beugte sich noch ein Stück weiter vor.
Ja, Will hat eine Peabody geheiratet. Denen gehört der ganze Laden. Dann ist sie ja gestorben. Und jetzt gehört der Laden ihm.
Der Laden? sagte Dr. Duk. Aber man kann nichts drin kaufen, wie?
(O Gott, versuch bloß nicht witzig zu sein, Ducky Duck! Die ärztliche Zuhörerpose paßt viel besser zu dir, wenn du mit übereinandergeschlagenen Beinen dasitzt, dich hinter deinem Schenkel verbarrikadierst und so bedeutungsvoll auf deine nicht angezündete Marlboro starrst, als sei es eine Qumran-Schriftrolle.)
Genau, Alistair, man kann nichts drin kaufen. Denen gehört das halbe Land, die Fabriken, das Hotel. Und Will, dieser alte Gauner! Nicht genug, daß er eine Peabody geheiratet hat, er schaffte sogar ohne fremde Hilfe den Sprung vom Herausgeber der *Law Review* in diese erstklassige Wall-Street-Kanzlei und wurde einer der Zehn Vielversprechendsten Jungen Anwälte, dann der vorzeitige Rückzug aus dem Berufsleben, jetzt hier Mann des Jahres – also ich glaube, mehr kann ein Mensch wirklich nicht erreichen! Ich hätte es eigentlich wissen müssen, aber als ich ihn kannte, war er nicht so ganz bei sich, und ich wußte fast nie, was hinter

seiner zerstreuten Miene vorging. Aber warten Sie nur, wenn ich diesen Burschen zwischen die Finger kriege! Und wen habe ich dann genommen? Das alte Blauauge hier. Aber er ist wenigstens nett, stimmt's, Süßer?

Ihre Mutter beugte sich zu ihrem Mann hinüber und versetzte ihm einen Stoß in die Rippen.

Da saß Dr. Duk und spannte jede einzelne seiner englisch-pakistanischen Fasern an, um das eigentümliche amerikanische – oder war es typisch für die Südstaaten? – Verhalten dieser eleganten Frau zu verstehen, ihren merkwürdigen, kränkenden Scherz über ihren früheren Freund (!) in Gegenwart ihres Ehemanns (!), der mit geistesabwesender Miene danebensaß und grinste. Von Dukhipoor bis hier ist es ein weiter Weg, Doc. Aber da lachte er auch schon, versuchte, so gut es ging, die Fassung zu wahren, und wirkte nur leicht gequält.

Klopfklopf, Doc!

Will gibt diese Party für seine Tochter, die demnächst einen phantastischen Jungen heiratet, sagte ihre Mutter, einen Architekten aus Stanford, zufällig der beste Restaurator im Land. Und raten Sie mal, wo die beiden wohnen werden, mein Lieber? – Im alten Hunicutt-Haus, direkt neben uns! Und raten Sie mal –

Allison schaltete solange ab, bis wieder über sie gesprochen wurde.

Sie stritten sich über irgend etwas. Als sie ihren Namen hörte, spitzte sie die Ohren.

Sie diskutierten Pläne für ihre Zukunft.

Kelso, warum interessieren die sich auf einmal für meine Zukunft?

Ihre Mutter hatte Pläne für sie.

Ihr Vater hatte andere Pläne für sie.

Und über diese Pläne stritten sie. Allison war angenehm überrascht. Man hatte Pläne für sie!

Das schöne Gefühl von vorhin kehrte zurück. Ihre Eltern

stritten erbittert, richteten ihre Erbitterung aber gegeneinander, nicht gegen sie. Dr. Duk, wieder einmal im Bannkreis familiärer Zwistigkeiten, lehnte sich entspannt zurück, stellte seinen Oberschenkel auf und zog eine Marlboro heraus.
Der Plan ihrer Mutter (sie saß jetzt bolzengerade da, beugte sich vor, Dr. Duk die Handflächen entgegenstreckend, Augen zu Schlitzen verengt): Ich will, daß Allison zu uns nach Hause kommt, Alistair. Nicht in dein altes Zimmer, Liebling. Ich weiß, das ist dir nicht recht, aber hör mir erst mal zu. Jason Cupp renoviert zur Zeit einige Häuser in Williamsport. Wir hätten die Möglichkeit, das alte Hunnicut-Haus quasi für ein Butterbrot zu kaufen. Jason und Leslie werden dort wohnen und es renovieren. Und rate mal, was hinter dem Haus steht? Erinnerst du dich noch? Die alte Remise! Ein wunderhübsches Häuschen – die alten Backsteine sind vom Regen ausgewaschen, und innen sehen sie aus wie Kopfsteinpflaster. In drei Wochen kannst du dort einziehen. Warte noch einen Moment, Liebling. Das Beste kommt erst. Wir verwandeln den alten Bahnhof der Atlantic Coast Line in ein künstlerisches Gemeindezentrum, stell dir vor! Es gibt dort Mal-, Musik- und Theaterkurse, was das Herz begehrt. Und rate mal, wen wir als Leiterin der Musikschule ausgesucht haben? Die Idee kam nicht von mir. Das Komitee hat sie gewählt.
Das Komitee oder *der Komet?* fragte sie.
Komisch oder wunderbar? meinte Dr. Duk und sah sie lächelnd an (verglichen mit diesen exotischen Außenseitern gehörten sie beide doch zur selben Sorte). Ich würde in diesem Fall doch sagen wunderbar.
Sie hat damals drei Klassen übersprungen, bemerkte ihre Mutter. Sie war das jüngste Mädchen, das jemals ins Mary-Baldwin-College aufgenommen wurde. Im zweiten Jahr gewann sie den Musikpreis, und bereits ein Jahr später gab sie ein Konzert. Das hatte es bis dahin noch nie gegeben.
Ja, ich war sehr intelligent. Ich machte den Mund auf, und es

kam kein Ton heraus. Ich vergaß den Text. Ich vergaß den Schubert und verpatzte den Hugo Wolf. Reglos stand ich auf der Bühne und schaute die Leute an. Die Zeit verging. Die Leute sahen weg. Sie wurden verlegen. Und nicht nur das, sondern auch ängstlich und erbost. Wer bist du denn, du Luder, daß du uns dies zumutest, wo wir doch eigentlich gar nicht herkommen wollten? Was tun? Gehen. Abreisen. Ich verließ die Bühne durch den Notausgang und reiste sofort ab.
Klingeling. Soweit ich es beurteilen kann, sagte ihre Mutter, würde ihr nichts fehlen: sie ist ja daheim, bei ihrer Familie und ihren Freunden, und sie hat ihr eigenes hübsches kleines Haus. Aber was das Allerwichtigste ist, sie wird in einem Bereich arbeiten, den sie gut kennt und in dem sie gebraucht wird – sie kann nämlich ausgezeichnet mit Kindern umgehen. Und für alle Fälle können wir ja jedes Wochenende herkommen und uns bei Ihnen melden. Na, was hältst du davon, Liebling?
Grrrrrrrrr...
Ja. Ich verstehe dich schon, Liebling, es kommt natürlich alles ein bißchen plötzlich. Aber denk mal drüber nach. Was hältst du davon, Liebes?
Wenn ich darüber nachdenke, fallen mir eigentlich bloß diese vom Regen ausgewaschenen Backsteine ein, und ich denke an den Kolonialstil mit seinen kalten, toten Blau- und Grautönen, und daß ich mit einer Krise im Schrank liege.
Laut jedoch sagte sie: Auch lose Dinge können nichtsdestoweniger verkantet sein. Blau ist für euch, aber die Hetze der Farbe rankt sich am Sirius-Ich hinauf.
Wie bitte? fragte ihr Vater. Was hat sie gesagt? erkundigte er sich bei ihrer Mutter.
Ich weiß schon, Liebes, sagte ihre Mutter glitzernd und zärtlich.
Der Plan ihres Vaters (er beugte sich jetzt ruckartig vor und legte die Zeigefinger übereinander): Nein, Doc, auf keinen

Fall. Allie ist einfach noch nicht so weit, daß sie Ihre Obhut schon verlassen könnte. (Warum machten denn plötzlich alle Pläne für sie?) Aber andererseits sehe ich auch keinen Grund, warum sie hier eingesperrt bleiben sollte. Was halten Sie davon: Sie lebt in einem eigenen Haus hier in der Nähe, sozusagen unter Ihren Fittichen, so daß sie an Gruppen- und Beschäftigungstherapien usw. teilnehmen kann? Das hübscheste Haus, das zu haben ist. Was bedeutet schon Geld, wenn man sein Kind glücklich machen kann? Wir haben uns heute nachmittag tatsächlich schon eins dieser kleinen Schweizerhäuser angeschaut. Ich glaube, das wäre genau das richtige.
Für dich vielleicht, weil du dort Golf spielen könntest, sagte ihre Mutter. Aber wenn wir das Hunnicut-Haus renovieren könnten –
Dann könntest du als offizielle Sekretärin der Damen fungieren, warf ihr Vater ein, grinste über beide Ohren und wippte unterm Stuhl mit den Füßen.
Also hör mal, Walter, sagte ihre Mutter.
Wie Allison bemerkte, fiel es Dr. Duk allmählich auf, daß ihr Vater ständig grinste und daß seine ganze Mimik, selbst ein Stirnrunzeln, nur aus unterschiedlichen Arten zu grinsen bestand. Jetzt zum Beispiel war es kein Lächeln, sondern ein ärgerliches Grinsen.
Früher hatte sie in der Praxis ihres Vaters gearbeitet, als Assistentin der Sprechstundenhilfe. Das war, nachdem sie im Leben versagt, aber noch bevor sie sich im Schrank zusammengerollt hatte. Ihr Vater hatte zu allem und jedem eine eindeutige Meinung, an der er fast wahnhaft festhielt. Sicher war er nur deshalb Zahnarzt geworden, weil er da mit seinen verrückten Monologen über wehrlose Menschen herfallen konnte. Lächelnd betrat er die Praxis – ein gutaussehender Mann mit rosagescheuerten Händen, süßlich nach Pfefferminz riechendem Atem –, und während Allison den Patienten Speichel absaugte, stopfte er in denselben Mund heißes

Wachs, Kronen, Füllungen, Finger, und dann rückte er damit heraus: »Ich will wirklich mal wissen, was es an Mao auszusetzen gibt!« oder: »Ich will wirklich mal wissen, was es an Franco auszusetzen gibt!« oder: »Wissen Sie, was ich mit denen machen würde?« – und damit meinte er Bergarbeiter, Hippies, Schwule, Neger, arabische Scheichs, Walter Cronkite, George Wallace (ein Bauernlackel, ja! ein Blödmann!), Medienjuden, Juden aus Miami (nicht jedoch Israelis!), Ronald Reagan (ein mieser Schauspieler, ja!), Carter, Martin Luther King, Kennedy, Nixon (ein richtiger Gauner, ja!), die Mafia, Goldwater (ja, der regiert Arizona mit Hilfe der Mafia!), J. Edgar Hoover (ein schwuler, faschistischer Ganove, ja!). General Patton jedoch war ihm sympathisch. Den Film *Patton* hatte er achtmal gesehen. »Wissen Sie, was ich mit denen machen würde? An die Wand dort würde ich sie stellen und mit dem MG drübergehen!«, und dabei hatte er die ganze Zeit ein albernes Grinsen im Gesicht. Allison schämte sich für ihn (bestand ihre eigentliche Krankheit vielleicht darin, daß sie sich dauernd für andere schämte? Aber die Leute benahmen sich ja auch wirklich furchtbar!), und der Patient rollte mit den Augen. Wollen Sie meine Regel wissen? Reiß dich am Riemen oder zieh Leine. Wenn die Katze dauernd auf den Teppich kackt, fliegt sie raus – ganz einfach! Wenn mir die Köchin frech kommt, fliegt sie raus. Was soll denn daran falsch sein?
Was meinst du, Allie? fragte ihr Vater jetzt. Du ziehst in die Dachwohnung des Schweizerhäuschens. Eines der Zimmer geht nach hinten raus und hat die irrste Aussicht, die man sich vorstellen kann! Unter anderem ist da ein sehr hübscher Teich. Na?
Mitteuch? Mitteich? hörte sie sich sagen.
Warum redete sie in Gegenwart ihrer Eltern bloß immer so verrückt daher? Weil ihre Mutter sich, ganz egal, was sie sagte, sowieso immer ihren eigenen Reim darauf machte, und ihrem Vater sowieso nicht gefiel, was sie sagte. Also war

es völlig gleichgültig, was sie von sich gab. Es war, als stünde man in einer großen hallenden Höhle. Man kam in Versuchung, irgend etwas zu schreien.
Ein hübscher Teich, wiederholte ihr Vater. Und diese Aussicht, du würdest es nicht für möglich halten!
Interessant, bemerkte Dr. Duk, der sich hinter seinem aufgestellten Oberschenkel in Sicherheit fühlte. Sie dachten, sie habe *mit Teich* gesagt und damit den Teich unter ihrem Fenster gemeint. Aber ich habe *mit euch* verstanden, womit sie vielleicht gewisse Bedenken gegen ein Zusammenleben mit Ihnen äußern wollte. Mit Ihnen beiden.
Jetzt sahen alle zu ihr hin.
Sie zuckte die Achseln. Sie wußte nicht genau, was sie gemeint hatte oder ob sie überhaupt etwas gemeint hatte.
Der Plan von Dr. Duk: Ich glaube, Sie übersehen beide eine Kleinigkeit. Ihre Pläne hören sich zwar gut an, aber es bleibt doch dabei, daß Allison noch nicht ganz zu sich selbst gefunden hat – wenngleich sie große Fortschritte macht, Fortschritte im Hinblick auf den Entschluß, sich uns zuzuwenden. Ich habe manchmal das Gefühl, Allison weiß viel mehr, als sie uns sagt. Stimmt's Allison?
Jain.
Da sehen Sie's, meinte Dr. Duk. Sie hat halb *ja* und halb *nein* gesagt. Sie hat Angst, sich festzulegen. Ich wäre dafür, daß sie eine kleine Auffrischungsbehandlung bekommt.
Ich glaube eigentlich nicht, daß das nötig ist, erwiderte ihre Mutter. Allison fehlt im Grunde nichts, sie ist nur hochsensibel und eben mehr als andere Menschen gewissen Spannungen unterworfen. Wie ich! Spannungen, die sind der Hauptgrund! Und sie steigert sich genau wie ich manchmal in irgendwas hinein. Wissen Sie, was ich in solchen Fällen mache? Ich strecke mich aus, und dann gebe ich zuerst meinen Zehen den Befehl, sich zu entspannen, dann meinen Knien – und das funktioniert!
Wollen Sie wissen, worauf meiner Meinung nach alles hin-

ausläuft? fragte ihr Vater, ohne jemanden dabei direkt anzuschauen. Es läuft darauf hinaus zu begreifen, daß man für sich selbst verantwortlich ist. Wenn man das erst mal geschafft hat, dann ist alles in Ordnung.
Reiß dich am Riemen oder zieh Leine, dachte sie. Na schön, ich werde ablegen.
Die kleine Auffrischungsbehandlung ist mein eigener Beitrag, sagte Dr. Duk. Ich halte in San Francisco einen kleinen Vortrag darüber. Ich habe nämlich entdeckt, daß eine Auffrischung mit sechs Behandlungen in manchen Fällen sogar effizienter ist als die üblichen dreißig.
Kein Schock, Doc. Es war ihre Stimme, aber sie klang wie ein Radio mit defektem Lautstärkeregler.
Alle sahen zu ihr hin.
Allison wird Ihnen selbst sagen, fuhr Dr. Duk fort, daß sie sich nach meinem modifizierten EST besser fühlt. Sie reagiert besser auf ihre Umwelt, hat keine Hemmungen mehr beim Sprechen, und auch mit dem Essen und Schlafen geht es besser.
Mit Stromstößen erlösen? sagte das Radio.
Jetzt sahen alle zu Dr. Duk, auch Allison selbst.
Dr. Duk blickte lächelnd auf seine kleine Qumran-Marlboro hinunter. Allison erklärt uns auf ihre Art und Weise, warum man mit EST so guten Erfolg hat – und ihre Theorie ist so gut wie jede andere, um ehrlich zu sein. Sich dem Martyrium der EST zu unterziehen ist nämlich eine Art Buße für irgendeine Schuld. Und wenn man gebüßt hat, fühlt man sich natürlich besser.
Schuld? wiederholte ihre Mutter und krümmte sich so rasch zusammen, daß ihr Goldschmuck bebte und glitzerte. Was denn für eine Schuld?
Damit sollten wir uns noch beschäftigen, meinte Dr. Duk. Nun, was halten Sie davon? Ich überlege gerade, ob Sie beide eventuell Interesse hätten, ab und zu an familientherapeutischen Sitzungen teilzunehmen. Zu diesem Thema gibt es ein

paar recht vielversprechende Untersuchungen. Wenn ich es mir so überlege, möchte ich Sie darauf aufmerksam machen, daß unser Founder's Cottage hier leersteht, und daß Sie sich doch vielleicht statt für das Schweizerhäuschen –
Schauen Sie mal, Doc, warf ihr Vater ein. Er war aufgestanden und lächelte jetzt zum erstenmal nicht. Das sah merkwürdig aus. Jetzt hoben sich die Lachfältchen weiß von der übrigen Haut ab. Er zog sein zerknittertes rosa Jackett aus und hängte es sorgfältig über die hölzerne Lehne. Dann drehte er sich wieder um, zwar immer noch ohne zu lächeln, aber er nickte jetzt und hatte die Hände locker in die Hüften gestemmt (sie wußte, daß er sich in diesem Moment vorkam wie General Patton beim Beobachten der Schlacht bei Kasserine Pass). Nehmen wir die Sache doch endlich in Angriff, Doc!
In Angriff? fragte Dr. Duk und wandte sich diesmal an *sie*, damit sie es ihm übersetzte.
Sie und sie, aber ich nicht, übersetzte sie.
Stimmt, Doc. Wir würden gern mit Ihnen über eine Sache reden, die Allison kaum interessieren dürfte. Könnten wir vielleicht in Ihr Büro hinübergehen?
Oh, sagte Dr. Duk und erhob sich etwas verwirrt. Okeydoke.
Wissen Sie, auf welche Art wir bei uns zu Hause Probleme angehen, Doc? fragte ihr Vater. Ich berufe eine Sitzung ein, und zwar am Eßzimmertisch, sobald Dinah, die Köchin, das Haus verlassen hat. Ich bin fest davon überzeugt, daß es am besten ist, wenn jeder seine Karten offen auf den Tisch legt. Und dann wird abgestimmt.
Danach trifft der Vorsitzende eine Entscheidung, fügte ihre Mutter hinzu.
Der Vorsitzende? Wieder wandte sich Dr. Duk mit seiner Frage an *sie*.
Der entsetzlichen Sitzung.
Verwirrt führte Dr. Duk ihre Eltern in sein Büro hinüber,

hin und her gerissen zwischen dem Wunsch, es ihrem Vater rechtzumachen, dem Wunsch, die Sache in Angriff zu nehmen, dem Wunsch, ihnen das leerstehende Founder's Cottage zu vermieten (oder gar zu verkaufen?), und vergaß sie darüber vollständig. Dr. Duk hat Geld gewittert, sagte Kelso später. Deine Leute müssen 'ne Ölquelle entdeckt haben, Mädchen. Dr. Duk vergaß, sie von McGahey abholen zu lassen, ja er vergaß sogar, sie auf ihr Zimmer zu schicken. Alle hatten sie vergessen.

Jetzt saß sie allein im Besuchszimmer und fühlte sich gut. Dadurch, daß niemand mehr auf sie achtete, hatte sie jetzt frei und kam sich vor wie ein im Kino vergessenes Kind. Jetzt konnte sie sich den schönsten Teil noch einmal ansehen.

Kaum hatte sich die Bürotür geschlossen, wußte sie auch schon, was sie tun würde. Ihr Vater wollte sich mit Dr. Duk über eine Sache unterhalten, und diese Sache hatte mit ihr zu tun. Also war es ihre Sache.

In dem Moment, als die Bürotür zuging, begann ihre Freiheit. Während sie allein im Zimmer saß, kam ihr zum ersten Mal in ihrem Leben der Gedanke: Und wenn ich nun *selbst* Pläne für mich mache? Was dann? Gibt es in mir ein Ich, das einen Anfang machen kann? Ein beginnendes Ich, ein Ich-Ich? Was wäre passiert, wenn ich damals das schwarze Dienstmädchen einfach beim Wäscheaufhängen stehengelassen hätte und nach Hause gegangen wäre? Wäre sie dann gestorben? Wäre ich an meiner Verlegenheit gestorben? Vielleicht nicht.

Weshalb wurde ihr ausgerechnet in diesem kleinen, säuerlich riechenden Besucherzimmer zweierlei klar: nicht nur, daß sie einen Plan machen konnte, sondern sogar der Plan selbst? Jetzt wußte sie, was sie tun mußte und wie sie es bewerkstelligen würde. Ihr ganzes Leben lang hatte sie zugeschaut, wie andere Leute etwas taten. Sie wußte, Dr. Duk würde jetzt an seinem Schreibtisch in der Fensternische sitzen, das Stativ

mit der Nikonkamera neben sich. Eines der Fenster, das mit dem Vogelhäuschen, stand bei gutem Wetter immer offen. Tauchte ein Kernbeißer oder ein Goldfink auf, so konnte Dr. Duk die Kamera per Fernbedienung auslösen. Manchmal hielt er den Auslöser auch in der Hand. Wenn sie sich mit ihm unterhielt und er hinter sich einen Vogel landen hörte, wandte er den Blick zwar nicht von ihrem Gesicht, aber es war, als habe er Augen im Hinterkopf. Ein ausladender, baumgroßer Klebsamenstrauch, der nach Bitterrinde roch, verdeckte das Fenster und das Häuschen.
Unter dem Vogelhäuschen befand sich ein kleiner, laubumrankter Platz, wo man bequem auf einem dicken Ast des Klebsamens sitzen konnte.

3

Am Dienstag kam der Mann wieder. Und wieder war sie es, die ihn bemerkte, bevor er sie erblickte. Sie saß unter dem Felsen im Schatten und hielt gerade eine Plastikflasche unter den winzigen Wasserfall, als der Hund plötzlich knurrte und seine Rückenhaare sich aufstellten wie Wildschweinborsten.
Der Mann kam von der Lichtung her auf das Treibhaus zu. Er hatte die Hände in den Taschen und hielt eine braune Tüte unterm Arm. Ein Sonnenstrahl fiel auf einen Teil der Stirn und des braunen Haars, in dem sich vereinzelte helle Strähnen befanden. Wurde es teilweise schon grau, oder hatte dic Sonne es ausgebleicht? War der Mann grauhaarig oder platinblond? Man konnte nicht sagen, daß er gut aussah. Die Augen lagen zu tief in den Höhlen und waren zu hell, der Mund wirkte zu verkniffen und die Haut zu sonnenverbrannt. Allisons Vater lächelte ständig; der Mann lächelte nie. Ein Schatten zog sich über die Wange, einem Schmiß ähnlich. Heute war er anders gekleidet: Statt der Golfsachen

trug er normale Hosen und ein normales weißes Hemd. Nein, nicht ganz normal: das Hemd war offenbar maßgeschneidert und hatte einen weichen, leicht eingerollten Kragen mit Knöpfen, und die nach unten eng zulaufenden Hosen hörten mindestens zehn Zentimeter oberhalb der schmutzigen Tennisschuhe auf. War er nachlässig angezogen wie ihr Vater am Samstagmorgen? Nein, er war sehr bewußt gekleidet. Sein Gang erinnerte sie an die Sportsegler, die in Williamsburg öfters an Land gingen und einen Stadtbummel machten: er schlenderte nicht, schritt aber auch nicht aus, und er setzte den Fuß, bei einwärts gekehrten Zehen, mit der Ferse zuerst auf. Die linke Schulter schob sich gleichzeitig mit dem rechten Fuß vor. Dem Gang nach kam er entweder aus dem Norden oder er war Sportsegler.

Ja, dachte sie, während sie ihn durch den Wasserfall hindurch beobachtete, mit seinem platinblond gestreiften Haar, das absichtslos-absichtsvoll über den weichen Kragen fiel, er ist wohl ein Millionär aus dem Norden, jemand, der für eine Cordhose hundert Dollar hinlegen würde, damit sie ganz glatt und etwas zu knapp sitzt, aber in der richtigen Weise zu knapp, nicht wie die Khakihosen ihres Vaters, die seinen Bauch so dick machten, oder Dr. Duks Hosen, die im Schritt spannten.

Wie schon beim letzten Mal neigte er auch jetzt den Kopf etwas zur Seite – lauschte er, ob sie im Treibhaus hantierte? –, so daß er ihr zwar das Gesicht zugewandt hatte, sie aber nicht sah, obwohl sie nur einige Meter von ihm entfernt war. Seine Augen lagen tief im Schatten, aber plötzlich schienen sie sich zu öffnen und zu schließen, in einem Moment zu und dunkel, und im nächsten Moment offen und hell, wie bei einem Jesus-Trickbild. Ja, es mußte sich wohl um eine Täuschung handeln, die entweder vom Licht oder von ihrer Netzhaut bewirkt wurde. Sie schloß die Augen. Sein Abbild, das sie jetzt sah, wurde zuerst dunkel und dann so hell, daß

man an die Augenhöhlen eines Totenschädels denken mußte.
Da stand er nun an der Tür, genauso seltsam und still wie damals auf der Lichtung. Ha, was tun vor einer Treibhaustür, hinter der sich offensichtlich nur Pflanzen befinden? Läuten? Gegen die Scheibe klopfen? Ja, er hob die Hand.
Vielleicht hatte sie gerade den Mund aufgemacht, um etwas zu sagen, vielleicht hatte sie sich auch bewegt. Bevor sie aber noch irgend etwas tun konnte und genau in dem Moment, als die Hand des Manns die Scheibe berührte, stürmte der Hund auf ihn zu. Der Mann hatte gerade noch Zeit, sich umzudrehen – es kam ihr sehr langsam vor, die Sonne traf nun auf einen anderen Teil der Stirn – und dem Hund die Handfläche entgegenzustrecken. Zu langsam, wie sie fand: Gehörte das auch zu seiner einstudierten Nordstaatler-Lässigkeit? Nein, denn nicht einmal jetzt konnte oder wollte er den Hund ansehen. Es war ihm offensichtlich gleichgültig, ob ihn der Hund biß oder nicht!
Dies war, wie sie bemerkte, kein Zeichen von Mut, ja nicht einmal der Unachtsamkeit, sondern eine Art Gleichgültigkeit, gepaart mit einer gewissen Neugierde. Würde der Hund angreifen? Würde er zubeißen? Und wenn ja, wäre das schlimm?
Der Mann hielt dem Hund die Hand hin, als würde er ihm ein Stück Fleisch anbieten. Man konnte sich leicht vorstellen, daß er später die Wunde untersuchen würde, als sei es gar nicht seine.
Sie schrie etwas, während der Hund mit gesträubtem Fell, aber ohne zu knurren, auf den Mann zuraste, und genau in dem Moment, wo er die Hand packte, blieb er plötzlich steifbeinig stehen: die Schultern schoben sich eine nach der anderen vor, wie bei einem gezügelten Pferd, er setzte sich hin, schob die Hand mit der Zunge aus dem Maul und zuckte mit einer seiner buschigen Brauen, aber nicht direkt in ihre Richtung. Schon wieder verlegen.

Sie sahen zu, wie der Hund ein paarmal das Maul auf und zu machte und wegschaute. Dann kam der Mann zum Felsen.

»Blieb er stehen, weil ich etwas gesagt habe, oder weil Sie nichts gesagt haben?« fragte das Mädchen.

»Ich bin mir nicht sicher. Aber wahrscheinlich eher, weil du etwas gesagt hast. Könnte ich ein Glas Wasser haben? Ich bin weit gelaufen.«

Jetzt merkte sie, daß seine Stirn und sein Haar vor Schweiß glänzten.

Er folgte ihr ins Treibhaus. Ohne den Kopf zu heben, sah er sich um; seine hellen Augen bewegten sich in den tiefen Höhlen. »Es riecht immer noch nach Treibhaus. In Cincinnatti hat mir der Geruch eines Treibhauses einmal so gut gefallen, daß ich gleich ein halbes Jahr drin gearbeitet habe.«

»Was haben Sie dort gemacht und wie, und haben Sie etwas dafür bekommen? Wieviel!« erkundigte sie sich mit vor Interesse weit aufgerissenen Augen. »Würden Sie –?« Sie stockte. Würde er was?

»Bei dir arbeiten?« fragte er. »Wieviel könntest du denn zahlen?«

»Schon gut«.« Sie reichte ihm die Plastikflasche. Er nahm einen tiefen Schluck.

»Danke. Mußt du dein Wasser von hier holen?«

»Ja. Wie durstig! Es ist lange her.«

»Lange her, daß was? Daß du jemanden gesehen hast, der Durst hatte?«

»Irgend etwas – irgend etwas ist davor, aber nicht vor allem.«

»Du meinst, daß du Schwierigkeiten hast, dich an gewisse Dinge zu erinnern, dich aber beinahe an etwas erinnerst?«

»Ja, das ist –«

»Ich habe das auch einmal erlebt. In meinem Fall ging es allerdings darum, daß ich mich nicht erinnern wollte. Mir ist hier tatsächlich wieder etwas eingefallen, das ich jahrelang vergessen hatte.«

»Und war es eine Freudenzeit oder senkte sich immer der gleiche alte Sonntag herab?«

»Nein, es senkte sich nicht immer der gleiche alte Sonntag herab. – Ich könnte nicht sagen, daß es eine glückliche Erinnerung war, aber ich war froh, daß ich mich überhaupt daran erinnert habe. Jetzt geht es mir bedeutend besser. Und bei dir wird das genauso sein. Danke übrigens für das Wasser.«

»Sie sind – sind Sie?«

»Ich habe dir etwas mitgebracht.«

»Was?« Sie sah die braune Tüte. »Oh, ich brauche nichts. Mir geht es gut, auch wenn ich in der Klinik war wegen – das ist die Zeit, an die ich mich nicht erinnere.«

»Ich weiß.«

»Ich schwebte irgendwie über mir, aber jetzt komme ich allmählich zu mir herunter.«

»Das ist gut.«

Eigentlich wollte sie noch etwas hinzufügen, aber sie sah an seinem Blick, daß er seinen Gedanken nachhing.

Schweigend standen sie da. Sie empfand es jedoch nicht wie das übliche Schweigen zwischen Menschen, ein Schweigen, in dem etwas Fürchterliches zu keimen beginnt und wächst. Was tun, wenn keiner etwas sagt? Manchmal dachte sie, daß sie wahrscheinlich lieber verrückt geworden war, um nicht mit anderen Menschen reden zu müssen. Was war schlimmer: wenn die Leute redeten oder wenn sie schwiegen? Vielleicht fühlte sie sich in seiner Gegenwart deshalb nicht schlecht, weil er es fertigbrachte, gleichzeitig dazusein und nicht dazusein, wie es einem gerade recht war. Gibt es das, an einer Bushaltestelle neben einem Fremden stehen und wissen, daß er ein Freund ist? Hatten sie ihn vielleicht irgendwann gut gekannt und ihn nur vergessen?

»Sind Sie –?«
»Bin ich was?«
»Sind Sie mein –?«
»Dein was?«
Einen Moment lang fragte sie sich, ob sie vorgehabt hatte, ihn etwas so Verrücktes zu fragen wie »Sind Sie mein Geliebter?« Oder »Sind Sie mein Vater?«
Sie seufzte. »Sie erwähnten die Tüte.«
»Bitte? Ach so, ja. Das habe ich dir mitgebracht.« Er gab ihr die Tüte.
Sie öffnete sie. »Avocados? Ich glaube ja. Und – was ist das? Eine kleine quadratische Büchse –« Sie las: »Plagniol.«
Er betrachtete sie.
»Welche Aufmerksamkeit! Aber mehr als eine Aufmerksamkeit. Die Kommunikation klettert auf die Ebene des Austauschs und noch darüber. Und das Plagniol ist kein Kohl.«
Während er sie unverwandt ansah, lächelte er fast. Es kam ihm vor, als höre er in ihren merkwürdigen Worten Echos anderer Stimmen aus anderen Jahren. Hundert Jahre früher hätte der alte Richter Kemp genau an dieser Stelle sagen können: »Wie aufmerksam von Ihnen!« mit demselben fröhlichen Eifer. Aber da war auch noch eine andere Stimme, etwas Neues, noch nicht ganz Geformtes. Meinte sie, daß seine Aufmerksamkeit (also daß er aufmerksam war) mehr als nur eine Aufmerksamkeit war (ein kleiner Betrag), mehr als ein Tausch (der Marktwert des Plagniols), was letztlich Kohl war?
»Ich denke, daß dir dieses Olivenöl schmecken wird. Es ist sehr gutes Öl. Und die Avocados haben mir Freunde aus Kalifornien mitgebracht. So sind sie am besten, nicht hart und grün, sondern schon ein wenig weich und braun. Die werden dir guttun. Du bist zu dünn. Am besten füllst du eine Hälfte mit Olivenöl.«
Die Avocados hatten die Größe von Kokosnüssen. »Ich

werde die Kerne dann im Treibhaus einpflanzen«, meinte sie. »Keine Tricks mit Zahnstochern.«
»Gut. Pflanze sie nur ein.«
Später versuchte sie herauszufinden, warum sie nach Belieben mit ihm reden konnte oder auch nicht. Lag das an ihr? Lag es daran, daß sie in ihrem neuen Leben mit jedermann ausgekommen wäre? War sie einfach nur einsam? Oder lag es an seiner zögernden Art, die sich nach ihr richtete, wie der Hund, der hin und wieder zu ihr herüberschaute? Oder lag es daran, daß er aus dem Norden stammte und deshalb ein wenig linkisch wirkte, was ihre sozialen Südstaatler-Tugenden zum Leben erweckte, weil sie eben doch – hahaha! – die Tochter ihrer Mutter war?
Sie strich mit den Fingern über die rauhe, kieselartige Oberfläche der Avocados. »Warum sind die denn hier?«
»Warum ich sie mitgebracht habe? Ich dachte, du würdest sie vielleicht essen. Außerdem –«
»Ja?«
»Es ist das nahrhafteste Gemüse, das es gibt.«
»Was lastet auf Ihnen?«
»Nichts. Wieso?«
»Sie wirken fahl und voller Qual. Ist der Greuel daheim oder in den Hemisphären?«
»Ich weiß nicht. Vielleicht beides. Du meinst mein Hirn. Offengestanden fühle ich mich wirklich nicht besonders wohl.«
Später war sie dann über ihn verärgert und schickte ihn weg. Er stand neben ihr, und sie erklärte ihm ihre Pläne mit dem Herd. Er hing an einem Seil zwischen zwei Kaminen. Die Rohre und Anschlüsse baumelten herunter, und er sah aus wie ein eisernes Häuschen, das man von seinem Fundament gerissen hat. Sie erklärte es ihm.
»Ich habe dieses Ding gekauft, das man Flaschenzug nennt. Dann habe ich die Seile um die Kamine geschlungen. Sie haben so stufenartige Vorsprünge.« Hör nur, wie gut ich

plötzlich sprechen kann, dachte sie. Um reden zu können, muß man vielleicht nur irgend etwas tun und es dann jemandem erklären. »Morgen kommt der Herd dann von hier nach dort drüben.«
Er hatte die Hände in den Taschen und starrte zu dem Herd hinauf, als sei er aus einer anderen Welt herabgelassen worden.
»Wie?« fragte er.
Sie gab keine Antwort.
»Was –?« begann er und brach ab.
Etwas bedrückt ihn, dachte sie.
»Du hast dieses Ding also ganz allein hierhergeschaft?« fragte er nach einem Moment.
»Ja.«
»Und wie willst du es da hinüberbringen?«
»Es geht ja bergab!«
»Ja schon, aber –« Er stockte.
»Ja?«
»Äh, warum willst du es denn überhaupt dort hinüberschaffen?« Es klang, als habe er sich von hundert Fragen, die ihm durch den Kopf gingen, zufällig für diese eine entschieden.
»Damit ich es warm habe.«
»Du willst ihn also ins Treibhaus stellen?«
»Ja. Wie nennt man diese Art von Herd?«
»Es ist ein Kochherd.«
»Brennt er mit Holz?«
»Ja.«
»Er hält mich also warm, und ich kann darauf kochen?«
»Ja. Er hat sogar einen Wasserbehälter.«
»Ich habe also auch heißes Wasser?«
»Wenn du vorher kaltes Wasser einfüllst und mit Holz einheizt.«
Sie klatschte, ohne zu lächeln, in die Hände. »Der Aufstieg ist in Fahrt gekommen!«

»Ja, das stimmt. Der Aufstieg mag tatsächlich in Fahrt gekommen sein, aber –«, er wandte ihr Oberkörper und Gesicht zu, sah ihr aber nicht in die Augen, »– schau, der Herd hat Abzugsrohre, die man anschließen muß. Und ich glaube kaum –«
»Ich kann Wasser vom Felsen holen!«
»Nun ja, das könntest du, wenn –«
»Haben Sie meine Akte?«
»Deine Akte? Ach so, du meinst, woher ich soviel über dich weiß?«
»Sie sehen aus, als wüßten Sie über mich Bescheid.«
»Ich weiß ja auch tatsächlich etwas über dich.«
Sie senkte den Blick und runzelte angestrengt die Stirn. Dann kam er also von ihren Eltern.
»Dann kam die Hetzung von der Setzung.«
»Setzung?« Er wußte nicht, was sie meinte. Von der Sitzung?
Sie meinte Sitzung und entsetzlich – die von ihrem Vater einberufene Sitzung, die entsetzlich war, weil sie einen sezierte.
»Schau, ich bin in einer halben Stunde zurück.«
»Nein, nein.«
»Ich wollte dich wirklich nicht ärgern. Jetzt laufe ich rasch zum Golfclub, hole einen Elektrokarren mit Anhänger und ein paar Männer, und dann schaffen wir den Herd dorthin, wo du ihn haben willst.«
»O nein!«
»Nein? Aber wieso denn nicht?«
»Weil dann die Leute da sind, die den Herd hingeschafft haben, wo ich ihn haben wollte. Und das ist das alte Versorgtwerden, das einen besorgt macht. Was dann? Das Helfen hilft mir nicht.«
»Ich verstehe.« Und nach einer Weile fügte er hinzu: »Das heißt, du willst es alleine schaffen.«
»Arrangieren heißt Derangieren. Wenn das Arrange-

ment arrangiert ist, dann weiß man, wie das Ergebnis aussieht.«
»Nein, wie sieht das Ergebnis denn aus?«
»Das Ergebnis ist: ich stehe mit dem Arrangement da.«
»Ja, das kann ich gut verstehen. Aber bedeutet das auch, daß du von keinem Menschen etwas annehmen kannst?«
Sie schloß die Arme fester um die braune Tüte. »Die Inhalte sind straff und auch fest.«
»Warum ist das so?«
»Wegen des Danks. Der Dank macht krank.«
»Nicht unbedingt. Die Avocados gehören dir, und du schuldest mir nicht den geringsten Dank dafür. Aber selbst wenn du mir trotzdem danken würdest, würdest du davon sicher nicht krank.«
»Das ist nicht die steigende Frage.«
»Was ist denn die steigende Frage?«
»Wann gehen Sie endlich?«
»Oh!«
»Da sehen Sie's.«
»Was?«
»Dies enthüllt, was man fühlt.«
»Ja, ich verstehe, was du damit sagen willst. Es stimmt schon, du hast mich vielleicht etwas gekränkt, aber möglicherweise nicht so tief, wie du glaubst. Jedenfalls ist es keine Tragödie. Ich werde jetzt gehen, damit du dir die Avocados schmecken lassen kannst.«
»Es sind nicht Sie.«
»Du willst damit sagen, daß es nicht daran liegt, daß du mich unsympathisch findest, sondern daß du nur nicht weißt, wie du mich loswerden sollst, und das macht dich nervös. Was, wenn ich einfach nicht ginge? Ja, das ist manchmal wirklich ein Problem. Früher hatte ich eine bestimmte Methode, um die Besucher aus meinem Büro herauszukomplimentieren. Man mußte nur die Stühle richtig plazieren und dann aufstehen und sich so bewegen, daß die anderen Abstand hielten

und sich plötzlich bei der Tür befanden, ohne zu wissen, wie das passierte.«
»Bald kommt le cool.«
»Le cool? Ja, der Herbst steht vor der Tür.«
»Le Dad ist kein Haar besser als Le Doc, und was sind Sie in le Plan?«
»Nun, ich weiß nicht so recht. Aber ich habe jedenfalls nicht versucht, dein Vater oder dein Arzt zu sein.«
»Verstehen kann auch ein Anspruch sein. Mannspruch. Le Mann.«
»Ja, ich nehme an, du hast genug von Leuten, die dauernd versuchen, dich zu verstehen. Und wahrscheinlich habe ich mich angehört wie – wie wer? Le Mann. Ich frage mich, was für ein Mann das ist. Aber ich sehe, daß ich dich nervös mache. Ich gehe jetzt.«
»Ja, ich muß jetzt auch gehen.« Sie hielt immer noch die Tüte im Arm. »Die gehören mir, wenn Sie weg sind.«
»Sie gehören dir auch jetzt schon.«
»Aber ich kann sie nicht anschauen, wenn Sie zuschauen.«
»Ich verstehe. Gut, dann gehe ich jetzt, damit du sie anschauen kannst.«
»Also dann.«
Sie wartete. Warum ging er denn nicht? Es ist schwierig, sich mit jemandem zu unterhalten und herumzustehen, ohne zu wissen, was man sagen und wohin man schauen soll. Vielleicht ist es wirklich leichter, verrückt zu sein, als Pausen zu ertragen. Angenommen, er würde wirklich nicht gehen.
Aber er ging. Puh! Sie dachte sich Gesprächsthemen aus, für den Fall, daß er wiederkäme.

Später lief der Hund zu den umgestürzten Kastanienstämmen hinüber, setzte sich und hielt den Kopf schräg.
Der Mann erhob sich von dem Stamm, auf dem er gesessen hatte (hatte er sie beobachtet?). Er ging weiter und fiel nach

ein paar Schritten hin. Rasch lief sie zu ihm, um ihm zu helfen, aber er war schon wieder aufgestanden und wischte sich den Schmutz ab.

»Was ist passiert?« erkundigte sie sich, während sie ihn mit immer noch klopfendem Herz am Arm nahm. Dabei dachte sie weniger an ihn als an sich selbst und an das flaue Gefühl in der Magengrube, als er hinfiel. Eigentlich meinte sie: Was ist mit mir passiert?

»Ich bin hingefallen.«

»Das habe ich gesehen. Aber warum?«

»Ich weiß nicht. In letzter Zeit falle ich öfters hin.«

»Das macht nichts. Ich hebe dafür öfters Dinge auf. Ich bin eine Lastenheberin.«

»Da wären wir ja ein gutes Gespann.«

»Machen Sie keine Scherze.«

»Na gut.«

Bestand das ganze Geheimnis darin, daß man dauernd Scherze machen mußte? Kann man nur so leben?

Der Mann saß jetzt wieder auf einem der geschälten Kastanienstämme. Einen Arm legte er auf das Knie. Anscheinend betrachtete er den Stacheldrahtzaun. Nun stand er auf, steckte die Hände in die Taschen und krümmte die Schultern, als sei ihm kalt.

»Was ist?« fragte sie.

»Nichts. Ich –« Er sah auf die Uhr. Auf seiner glatten braunen Haut war immer noch der Abdruck der Hundezähne. Sie blickte gebannt auf diese Hand.

»Ich liebe –« begann sie.

»Was liebst du?«

Sie liebte seine Hand.

»Ist es jetzt Zeit, und wenn ja, Zeit wofür?« fragte sie.

»Zeit? Ja.« Er starrte noch immer geistesabwesend den Zaun an. Jetzt wandte er den Kopf und blinzelte. »Ja, ich muß um halb sechs wo sein.«

»Ich nicht.«

»Ich weiß. Du bist ja hier zu Hause.«
»Wo sind Sie denn zu Hause?«
»Dort drüben.« Er wies mit dem Kopf zu dem einäugigen Berg hinüber.
»Gehört Ihnen ein Haus auf dem Berg?«
»Mir gehört der Berg.«
»Gut. Dann gehen Sie jetzt heim.«
»Mach ich.« Ihr Befehl hatte sie beide überrascht. Er ging.
Sie sah ihm nach, wie er durch den Zaun ging. Er zögerte einen Moment und stieg dann rasch hindurch. Jetzt, wo er vom Golfplatz aus zu ihr herüberschaute, schien er sich freier zu fühlen, als ermögliche der Zaun gutnachbarliche Beziehungen.
»Dürfte ich dir einen Vorschlag machen?«
»Ja, gern.«
»Weißt du, was ein Montageroller ist?«
»Zum Rollerfahren?«
»Nein, nein.« Wenn er lächeln könnte, dachte sie, dann hätte er es jetzt getan. »Nein, das ist eine kleine Plattform mit Rädern, auf der die Mechaniker liegen, wenn sie unter einem Auto arbeiten.«
»Ich kenne so etwas, aber nicht das Wort.«
»Du hast zwar einige Bretter, aber du wirst wohl einen Montageroller brauchen, um den Herd den Berg hinunter zu schaffen.«
»Danke für das Wort.«
Er merkte, daß sie das geschenkte Wort genauso behandelte wie die Avocados. Sie würde darüber nachdenken müssen, wenn er fort war.
Während sie ihm zuhörte, sah sie, daß die Haut um seine Augen weiß war. Ob er wohl sonst eine Sonnenbrille trug? Seine Augen, sein Gesicht erinnerten sie an irgend etwas, aber woran nur? Ja, an das Gesicht und die weißumrandeten Augen von Frontsoldaten, die sie vor langer Zeit einmal im *Life*-Magazin gesehen hatte. Auch jene Soldaten konnten

oder wollten ihre Augen auf keinen bestimmten Punkt konzentrieren.
Wie kam es nur, daß sie sich zwar ganz genau an ein altes *Life*-Magazin erinnerte, aber nicht mehr genau, warum sie sich entschlossen hatte hierherzukommen?
»Geh demnächst in die Stadt zu Washau Motors«, sagte der Mann. »Dort werden Fords verkauft. Die Firma gehört mir. Aber du brauchst dich nicht auf mich zu berufen. Ich erweise dir also jetzt keinen Gefallen. Frag einfach nach Jerry, dem Mann vom Ersatzteillager. Durch ein Versehen, wahrscheinlich Jerrys Versehen, haben wir hundert Montageroller auf Lager. Jerry ist schuld, daß ich momentan keinen Gewinn mache, und er würde dir sicherlich gern einen alten Roller leihen oder schenken.«
»Was soll ich zu ihm sagen?«
»Sag einfach: Jerry, ich würde mir gern einen Ihrer alten Montageroller leihen.«
»Es heißt also Montageroller.«
»Ja. Und dann brauchst du noch zwei Dinge.«
»Was denn?«
»Um den Herd zu transportieren und durch die Treibhaustür zu bringen, mußt du ihn wahrscheinlich zerlegen. Dafür brauchst du Rostumwandler, um die rostigen Muttern zu lösen.«
»Schreiben Sie mir die Wörter auf.« Sie zog Block und Bleistift heraus, und er schrieb: *Montageroller, 25 cm langer Gabelschlüssel, WD-40.*
»Gut.«
»In der Bücherei fand ich im Lexikon das Wort ›Rolle‹ unter dem Wort ›Flaschenzug‹. Deshalb wußte ich, nach was ich in dem Eisenwarenladen zu fragen hatte.«
»Ah ja.«
»Danke.«
»Nichts zu danken.«
»Ich würde Ihnen gern –«

»Nein danke.«
Als der Mann gegangen war, saß sie unter der Pappel in der Sonne. Obwohl kein Lüftchen ging, zitterte eines der goldenen Blätter sehr heftig. Die Rinde verströmte einen bitteren Geruch.

4

Im dämmrigen Licht und inmitten des feuchten Bitterrindengeruchs des Klebsamenstrauchs hörte sie direkt über sich einen Vogel im Futterhäuschen. Er scharrte wie ein Huhn die Körner zusammen. Allison konnte es sich auf dem nicht ganz waagrechten Ast dadurch bequem machen, daß sie sich gegen den Stamm lehnte.
Durch das offene Fenster von Dr. Duks Sprechzimmer drang mal leise, mal lauter, zwischendurch auch wieder kaum vernehmbar die Stimme ihres Vaters. Die Hände in die Hüften gestemmt, ging er im Zimmer auf und ab und nahm die Sache in Angriff. Dr. Duk saß wohl etwa einen Meter von ihr entfernt und fühlte sich jetzt hinter seinem Schreibtisch etwas sicherer. Sie stellte sich vor, wie er sich im Sessel hin und her drehte, ein Auge immer beim Vogelhäuschen und eine Hand in der Nähe des Nikonstativs, für den Fall, daß zum Beispiel plötzlich eine Buntammer auftauchte. Scharrten Buntammern Körner zusammen?
Und ihre Mutter? Sie saß wohl kerzengerade im Patientensessel gegenüber dem Schreibtisch, hatte den kleinen Finger im Mund und betrachtete mit gesenkten Lidern ironisch ihren Mann.
– in einzelnen Punkten vielleicht nicht ganz einig, Doc, sagte gerade ihr Vater und kam näher. Aber in einem sind wir todsicher derselben Meinung, und das ist Allisons Wohlergehen. Ihr Glück und ihre Gesundheit haben Vorrang, und dies sowohl jetzt als auch in Zukunft, stimmt's?

Stimmt absolut, bestätigte Dr. Duk.
(Nein, du dummer Docky Duck. Stimmt überhaupt nicht absolut. Kelso hat ganz recht. Sie sagt, immer wenn du reden willst wie jemand anderes, redest du wie niemand.)
Komm schon zum Punkt, Tiger, sagte ihre Mutter trocken. Allison hörte ein gedämpftes Klirren, Gold gegen Gold, und ohne es zu sehen, wußte sie, daß ihre Mutter jetzt gerade den Mund verzog und die Hand in die Hüfte stemmte, wobei die Armbänder gegeneinanderklirrten.
Punkt stimmt nicht ganz, meinte ihr Vater. Es sind mehrere Punkte. Also, erstens sind wir verpflichtet, für Allison das beste zu tun, stimmt's? Sie, Dr. Duk, was den medizinischen Aspekt betrifft, und wir, Katherine und ich, was alles andere angeht, also Wohnung, Familie, Finanzen, Zukunft und so weiter.
Ja? sagte Dr. Duk und spitzte die Ohren. Er hatte schließlich ein Gespür dafür, wenn etwas in der Luft lag. In diesem Moment sah er wahrscheinlich ihren Vater an und dachte (wie Kelso es ausgedrückt hätte): Was er wohl im Schilde führt, dieser Geck? Schneit da mit all diesen Plänen für Allison auf dem Weg zu einer Party herein, wo er doch im letzten Jahr bloß zweimal aufgekreuzt ist! Und warum kochen diese zwei beinahe vor Wut, mit ihren konkurrierenden Plänen? Und was kommt jetzt als nächstes? Der eigentliche Plan? Was soll dieser Hinweis auf die Finanzen? Sind die beiden über Nacht reich geworden?
Zweitens: Als Allisons Eltern sind wir gleichzeitig ihr Vormund, stimmt's? Ich meine, vor allem seit Allison kaum mehr imstande ist, für sich selbst zu sorgen.
Nun ja –
Hätten Sie es für möglich gehalten, Doc, daß in diesem Staat durch ein neues Gesetz zwischen einer geistig unzurechnungsfähigen und einer nicht geschäftsfähigen Person unterschieden wird? Und daß sogar jemand, der in eine Heilanstalt eingewiesen wurde, als Erbe fungieren kann?

Ob ich das für möglich gehalten hätte. Nun, ich denke, daß –

Hätten Sie es für möglich gehalten, Doc, daß – und jetzt kommt der Hammer – selbst in einem solchen Fall die Eltern nicht automatisch als Vormund eingesetzt werden?

Nun ja, es ist tatsächlich –

Ich meine, was zum Teufel ist bloß aus der amerikanischen Familie geworden? Die Stimme ihres Vaters streifte wie ein Scheinwerfer durchs Zimmer. Wissen Sie, was ich mit Leuten wie Earl Warren machen würde?

Das ist nicht mehr nötig. Earl Warren ist tot, warf ihre Mutter gelangweilt ein. Warum kommst du nicht endlich zur Sache, Tiger?

Hätten Sie es für möglich gehalten, Doc, daß wir, um Allisons gesetzlicher Vormund zu werden, das Gericht anrufen müssen, und daß es dem Richter überlassen bleibt, irgendeinem x-beliebigen Strohkopf von Richter, diese Sache zu entscheiden?

Nun ja –

(Was die wohl vorhaben, Doc? Jetzt sperrst du ganz schön die Ohren auf, stimmt's?)

Und hier kommen Sie ins Spiel, Alistair, erklärte ihre Mutter entschieden. Sie klirrte mit ihrem Schmuck und versuchte sich zu konzentrieren. Ich bin mir ziemlich sicher, daß Sie sich mit den neuen Gesetzen besser auskennen als wir. Sie wissen, daß ein Verfahren dazugehört, in dem Ihr Gutachten über Allisons Geschäftsfähigkeit von entscheidender Bedeutung sein wird. Ich meine damit, großer Gott (hier richtete sie sicherlich den Blick zur Decke), daß Sie in ihrem Gutachten guten Gewissens *meine* Geschäftsfähigkeit bestätigen können.

Natürlich. Sicher. Dr. Duk senkte die Stimme. Zweifellos drehte er gerade die nicht angezündete Marlboro zwischen den Fingern. Die kleine Qumranrolle war zwar immer noch nicht zu entziffern, aber irgend etwas lag in der Luft!

Das einzige, was ich noch nicht ganz verstehe, meinte Dr. Duk vorsichtig, ist, warum all das gerade zum jetzigen Zeitpunkt wichtig wurde.
(Zum jetzigen Zeitpunkt. Ach, Docky, jetzt fühlen wir uns wie Nixon. Die Frage ist doch, wer bist du, Docky, und was tust du zum jetzigen Zeitpunkt hier?)
Sie ließ sich gegen den Stamm sinken und verfolgte das Gespräch nicht weiter. Sie verschloß vor den Worten Augen und Ohren. Die Stimmen wurden lauter und wieder leiser, stellten sich gegeneinander, verebbten, verstummten ganz, kehrten zurück, verschmolzen miteinander. Sie fühlte sich wie ein Kind, das oben am Treppenabsatz das Gespräch der Erwachsenen belauscht. Stimmen kann man verstehen, auch ohne die Worte zu verstehen. Die Stimme ihres Vaters klang heute genauso rabaukenhaft wie damals, als er beim Poker gewann und sie im Treppenhaus stand und alles mit anhörte. Dr. Duks Stimme klang zögernd, lauernd – ein Goldsucher, dessen Geigerzähler plötzlich zu ticken beginnt: halt, was ist denn da? Was haben wir denn da? Die Stimme ihrer Mutter klang laut und erregt, man hörte ihr an, daß sie ungeduldig mit dem Fuß aufstampfte, im Zimmer umherschaute: Um Himmelswillen, können wir das nicht möglichst rasch hinter uns bringen?
Jetzt begann sie wieder zuzuhören, als ihr Vater nach einer Pause im ruhigen Tonfall eines Geschichtenerzählers weitersprach. Dies und jenes ist passiert. Der Soundso hat es getan. Wenn jemand von einem Ereignis berichtet, hört alles zu. Etwas hatte sich zugetragen, und ihr Vater erzählte es nicht nur den anderen, sondern auch sich selbst, als könne er erst, indem er es laut aussprach, daran glauben.
Sie spitzte die Ohren. Man sprach über sie.
– und hätten Sie es für möglich gehalten, Doc, daß diese alte Dame, Tante Sally, nicht mal ihre richtige Tante war? Sie war nur die Freundin ihrer Tante! Tante Grace. Die zwei hatten dreißig Jahre lang zusammengewohnt, meistens wie

Hund und Katz. Da sie sonntags regelmäßig zum Essen zu uns kamen, sagte Allie zu Miss Sally natürlich Tante Sally. Natürlich wußten wir, daß Miß Sally Allie schon als kleines Mädchen gern gehabt hat – allein schon deshalb, weil Allie der einzige Mensch war, der ihr zuhörte. Die alte Dame konnte nämlich reden wie ein Wasserfall, und ich muß ehrlich sagen, daß ich's nie länger ausgehalten habe als ein paar Minuten –

(Das kam daher, daß ich glaubte, es werde von mir erwartet, und daß ich nicht wußte, wie man nicht zuhört, oder was mit einem Menschen passiert, wenn man einfach aufsteht und weggeht.)

– und gut zwei Wochen nach ihrem Tod brachte mir Ludean, das alte schwarze Dienstmädchen, das seit mehr als zwanzig Jahren bei den beiden in Stellung war, so eine alte Bonbonbüchse herüber, in der ein von Miss Sally beschriebenes liniertes Papier lag – es war ganz zerknittert, weil Ludean es schon mal fast weggeworfen hatte, als sie Miss Sallys Zimmer putzte. Sie wissen ja, wie verrückt diese Nigger nach solchen alten Bonbonbüchsen sind, weil sie da irgendwelches Zeug drin aufbewahren können –

(Woher um alles in der Welt soll Docky denn über Nigger und Bonbonbüchsen Bescheid wissen?)

– mir ist zwar immer noch nicht ganz klar, warum Ludean dann doch so schlau war, es nicht wegzuwerfen, aber jedenfalls hielt ich's dann in der Hand, sorgfältig glattgestrichen, und las: Im Vollbesitz meiner geistigen Kräfte vermache ich hiermit meinen sämtlichen irdischen Besitz meiner lieben kleinen Freundin Allison Hunnicutt Huger. Natürlich sollte ursprünglich alles an Grace gehen, und Sally hatte ihr Testament wegen eines Streits geändert, aber wir werden uns schon um Grace kümmern. Jedenfalls haben wir also ein einwandfreies handschriftliches Testament vorliegen, datiert vom vergangenen Monat, und ich betrachte das vor allem von der komischen Seite, weil es wohl ihren Anwalt total

durcheinanderbringen wird. Der hat wahrscheinlich an die sechs andere Testamente von ihr im Safe liegen – Sie wissen ja, was ich mit allen Anwälten machen würde, nicht?
Ja, ja, wir wissen's, Tiger, sagte ihre Mutter. Übrigens müssen wir in zehn Minuten gehen.
Ich betrachte es also vor allem von der komischen Seite, und viel ist es bestimmt nicht, weil ihr irdischer Besitz nämlich bloß aus zwei Dingen besteht, über die sie sich zu ihren Lebzeiten stets lustig gemacht hat: die heruntergekommene Farm ihres Großvaters, die an einem derart steilen Hang liegt, daß sie immer sagte, einem Maultier, das da pflügen wollte, müßten erst auf einer Seite längere Beine wachsen, und dann noch eine Insel vor der Küste Georgias, ein Sandhaufen, auf dem zwei Kiefern wachsen und dessen einziger Wert darin besteht, daß Kapitän Kidds Schatz dort vergraben sein soll, den man bis heute nicht gefunden hat.
(Ja, und das war auch einer der Gründe, warum ich ihr so gern zuhörte – ich stellte mir vor, ich säße mit einer Karte in der Hand auf einem Baum und spähte durch einen anderen Baum hindurch. Es war nicht einmal so sehr der Schatz, der mich anzog, sondern einfach die Vorstellung, dort sei etwas versteckt, und eine bestimmte Anordnung der Kiefern würde mich darauf hinweisen.)
Sie hat also ihr Leben lang Steuern gezahlt und von ihrer Farm und ihrer Insel erzählt, und außer Allie hat ihr kein Mensch zugehört. Wie finden Sie das?
Komm doch endlich zur Sache, Walter, drängte ihre Mutter. Ich breche gleich auf.
Na gut. Um es kurz zu machen: Ihre ärmliche kleine Farm ist achthundert Morgen groß und liegt direkt neben dem Linwooder Golfplatz. Und ihre Landzunge von einer Insel ist über zweitausend Morgen groß und verwilderter als Cumberland, wovon Sie sicher schon gehört haben, und die Araber haben bereits 2,1 Millionen dafür geboten. Jetzt bin ich doch wahrlich zur Sache gekommen, nicht?

2,1 Millionen? wiederholte Dr. Duk.
Zwei Millionen einhunderttausend Dollar, Doktor.
(Na, wie findest du das, Doc?)
Schweigen. Man hörte nur, daß jemand mit den Fingern auf Holz trommelte – trommelte Dr. Duk auf seinen Schreibtisch? – und daß irgendein Vogel Futter zusammenkratzte – eine Goldammer? Jetzt hast du doch glatt deine Vögel vergessen, Docky, stimmt's?
Sie sagten, ihr Mann solle zur Sache kommen, Mrs. Huger, nicht wahr? begann Dr. Duk mit veränderter Stimme; sie klang jetzt tiefer, voller und lebhafter als zuvor. Nun, die Sache, um die es geht, dürfte Allison sein, nicht wahr? Zweifellos machen Sie sich jetzt über vieles Gedanken, zweifellos sind wir uns aber auch über eins einig, nicht wahr? Und zwar darüber, daß, ganz egal, für welchen Plan Sie sich im Fall von Allisons Entlassung entscheiden – vorausgesetzt es geht ihr gut genug, aber ich brauche Ihnen ja nicht zu sagen, Mr. Huger, daß es weder in der Zahnheilkunde noch in der Psychiatrie so etwas wie eine Garantie dafür gibt, nicht wahr? – jedenfalls sind wir uns darüber einig, daß wir alles auf uns nehmen werden, jeden Preis bezahlen werden, um das zu tun, was für Allison das Beste ist. Ja?
(Mein Gott, Docky – erst Nixon und jetzt Kennedy?)
Sie haben's erfaßt, Doc. Das wollen wir ganz sicher. Ich sehe, Sie bemühen sich um Allison genauso sehr wie wir.
Das können Sie mir glauben.
(Nicht schlecht, Doc. Du machst es schon ganz gut.)
Na schön, meinte ihr Vater. Sie kümmern sich also in medizinischer Hinsicht um Allie. Setzen Sie Ihre Behandlung ruhig fort. Zweitens: wir werden uns zu dritt um die juristischen Fragen kümmern. Drittens: Katherine und ich werden einen langfristigen Plan aufstellen, sei es nun, daß Allie in Linwood leben wird, sei es, daß sie zu Hause wohnt, oder vielleicht übernehmen wir tatsächlich Ihr Founder's Cottage für Familientherapie-Sitzungen oder irgend etwas anderes –

steht das Haus eigentlich zum Verkauf? Wie auch immer, wir werden sehen –

Jetzt verloren die Worte wieder ihren Sinn, und sie hörte nur noch, wie sich die Stimmen gegenseitig angriffen und Angriffe parierten, und dann der übliche Ton beim Verabschieden, die Worte näherten sich einander an. Man hörte, wie Stühle gerückt wurden.

Sie waren also aufgestanden.

Jetzt blieb nicht mehr viel Zeit, höchstens ein, zwei Minuten. Aber das reichte, weil sie nun wußte, was sie tun wollte.

Nein, wie sich dann herausstellte, blieb sogar noch viel Zeit. Als sie ins Besucherzimmer zurückgekehrt war, hörte sie die anderen immer noch im Sprechzimmer, und ihre Stimmen wurden zwar höher, hatten aber noch nicht den Moment kurz vor dem Abschied erreicht. Ihr blieben vielleicht noch dreißig Sekunden. Das reichte, um aus dem zerknitterten Jackett ihres Vaters, das immer noch ordentlich über der Stuhllehne hing, die blaue Lederbrieftasche hervorzuziehen, die er, wie sie wußte, immer dabei hatte, wenn er ein Jackett trug, und ihr vier Hundertdollarnoten zu entnehmen, die er, wie sie wußte, immer mitnahm, wenn er irgendwo hinfuhr (Wissen Sie, was ich mit American Express machen würde?), und schon war sie draußen und in der Halle halb die Treppe hinauf – so schnell und dabei so leise, daß sie die Stimmen hörte, als sich die innere Tür des Sprechzimmers öffnete.

Im Bad faltete sie die Scheine der Länge nach und versteckte sie unter der losen Ledersohle eines ihrer Hausschuhe. Dann legte sie sich aufs Bett und wartete, daß ihre Eltern kamen, um sich von ihr zu verabschieden.

Nachdem sie weg waren, setzte sie sich ans Fenster, lehnte den Kopf in die Ecke des Schaukelstuhls, zog ihr Notizbuch heraus und begann zu schreiben.

V

1

Jetzt, wo er einmal wöchentlich dem vom Geld seiner Frau erbauten Pflegeheim einen Besuch abstattete, wurde ihm klar, daß für ihn alles genauso weiterging wie zu ihren Lebzeiten. Er lief durch dieselben Flure und besuchte sogar dieselben Patienten. Der einzige Unterschied bestand darin, daß er nicht mehr Marion im Rollstuhl vor sich herschob, sondern Jack Curl, den Kaplan, im Schlepptau hatte.

Aber irgend etwas war doch anders als sonst. Normalerweise hätte Jack Curl ihn von seinen Gedanken abgelenkt. Sein ganzes Leben lang hatte er sich von anderen Leuten abhängig gemacht, sich auf sie eingestellt und ihnen aufmerksam zugehört. Jetzt spielte das aus irgendeinem Grund keine Rolle mehr.

Während Jack Curl unten in der Halle auf ihn einredete, stand Will Barrett da und bewegte ein wenig den Kopf, damit das Sonnenlicht wie Quecksilber über das geschliffene Glas der Eingangstür huschte. Ihm war, als erinnere er sich an andere Eingangshallen – an die Halle des Krankenhauses in Georgia, wo sein Vater gelegen hatte, an die Halle des Krankenhauses in Santa Fe, wo Jamie gestorben war. Wie merkwürdig, dachte er lächelnd, daß ich damals nichts mit mir anzufangen wußte und daß ich es jetzt weiß. Früher wußte ich es nur dann, wenn jemandem etwas Schlimmes zugestoßen war. Durch ein Unglück wurde es mir möglich zu handeln. Und in den Zeiten, die dazwischen lagen, wußte ich nicht was tun. Jetzt weiß ich es.

Nun erinnerte er sich, daß er zu seinem Vater in das Sumpfeichenmoor zurückgekehrt war, nachdem er den schwarzen Jagdführer ausfindig gemacht und zum Sheriff geschickt hatte. Er setzte sich neben ihn und wartete. Der Mann schlug die Augen auf. Sein Vater sprach kein Wort, aber in seinem Blick waren Schmerz und Gewißheit. *Nun weißt du es,* sagte dieser Blick. *Es tut mir leid. Ich habe versucht, dir etwas zu sagen, und es dann doch nicht getan. Jetzt wirst du es selbst herausfinden müssen. Es tut mir leid.*

Na schön, dachte er. Ich habe es herausgefunden. Jetzt weiß ich, was ich zu tun habe.

»Wie bitte?« fragte er. Jack Curl hatte ihn etwas gefragt.

»Ich sagte gerade, daß Marion nicht nur immer alles über die verschiedenen Patienten wußte, sondern auch, wie ihnen zu helfen war. Sie beide haben so gut zusammengepaßt. Ich bin sehr froh, daß Sie ihre wundervolle Idee, Patienten nach Hause einzuladen, beibehalten wollen! Das hätte Marion bestimmt gefreut. Diese Woche ist Mr. Arnold dran, nicht wahr? Erinnern Sie sich noch, wie sie sich jedesmal nach den Kindern des Hausmeisters erkundigte und sogar ihre Namen wußte? Jetzt bin ich der Hausmeister. Auch darüber hätte sie sich bestimmt gefreut. Erinnern Sie sich?«

»Ja.« Nein. Woran er sich noch gut erinnerte, war ihr Gewicht, die Haltung seines eigenen Körpers, wenn er sie aus dem Rolls Royce hob und mit einem Schwung in den Rollstuhl setzte.

Durch den Reißverschluß von Jack Curls Overall ringelte sich ein bronzefarbenes Haarbüschel. Die muskulösen Kinnbacken des Kaplans wölbten sich wie Birnen unter den Schläfen, und dieses Birnenförmige wiederholte sich an seinem Bauch. Und doch bewegte er sich leichtfüßig wie ein guter Tänzer. Wie ein Kind tänzelte er vor Will Barrett herum, um seine Aufmerksamkeit auf sich zu lenken. Aus irgendeinem Grund war es Will Barrett heute möglich, an Jack Curl auch das allerkleinste Detail wahrzunehmen, zum Beispiel, wie er sich seine Koteletten wachsen ließ, indem er sich erst etwas unterhalb davon rasierte, und nun paßte das frisch nachgewachsene Haar nicht zu dem längeren Haar der Koteletten. Aber das war noch nicht alles: Plötzlich sah er nämlich, welchen Zweck der Overall hatte, und er bemerkte Jack Curls watschelnden Gang, seine nicht ganz sauberen Hände, die in der Hüfttasche steckende Zange und die Art, wie er die Schultern bewegte. Jack Curl sagte gerade: »Ich bin mehr als ein Geistlicher, der sich ausschließlich mit kirchlichen Dingen beschäftigt. Ich bin gleichzeitig Mädchen für alles, ein Hausmeister, jemand, der auch mal zupacken kann. Irgendeiner muß ja die Rohre und Leitungen verlegen. Um Gottes Werke zu vollbringen, muß man ein guter Handwerker sein. Wie Paulus, der die Zelte aufbaute.«

Will Barrett betrachtete Jack Curl eingehend.

Wieso konnte er heute zum erstenmal in seinem Leben alles so klar erkennen? Durch irgend etwas war es ihm möglich geworden, in der Gegenwart zu leben. In seinem ganzen Leben hatte er sich nie zugestanden, in der eigenen Mitte zu ruhen, sondern sich ständig aus einer dunklen Vergangenheit, an die er sich nicht erinnerte, einer Zukunft entgegengeworfen, die nicht existierte. Kein einziges Mal hatte er wirklich in der Gegenwart gelebt. Und so war sein Leben wie ein Traum vergangen.

Kann es sein, daß ein Mensch sein Leben in derselben Weise verpaßt wie ein Flugzeug? Und auf welche Weise heilt der Tod, die Nähe des Todes, ein verfehltes Leben? Marion hatte darum gewußt. Sie nahm sehr gern an Beerdigungen teil. Zu zweit gingen sie zu Beerdigungen in Manhattan, Long Island, Utica und im ganzen Süden, Beerdigungen von Marions Onkeln, Tanten, Cousinen, Cousins, Verwandten, die er nie gesehen hatte. Beerdigungen versetzten Marion in eine lebhafte, feierliche Stimmung. Die alten Leute starben hier weg wie die Fliegen. Marion war bei jedem Begräbnis anwesend und bot den Leuten seine, Wills, Dienste als Sargträger an. Plötzlich war er also der Sargträger für Freunde, Verwandte und Fremde. Ihm wurde klar, warum zum Beispiel Staatspräsidenten so gern an Beerdigungen teilnehmen. Je schlimmer die Situation für Lyndon Johnson wurde, desto häufiger sah man ihn auf Beerdigungen, und da stand er dann, aller Pflichten ledig, schweigend und ernst am Grab. Genau wie ein Präsident stand auch Marion, gestützt durch ihre Schienen, feierlich-frohlockend an Hunderten von Gräbern.

Wie kommt es, daß man ohne den Tod das Leben verfehlt? Als Marion im Sterben lag, stand er mit den Händen in den Taschen am Fenster des Krankenzimmers und starrte auf das bläulich-weiße Licht der Straßenlaterne in der leeren Straße hinunter. Es war vier Uhr morgens. Marions Stimme klang verändert. Man sah im Dunkeln zwar nicht, wie gelb ihre Haut war – kürbisgelb –, aber die Stimme zitterte vor Fieber. »Ja?« fragte er und trat an ihr Bett. Sie sah ihn ruhig an. Hatten sie sich in den letzten Jahren überhaupt noch angesehen? »Ich möchte dich um etwas bitten«, sagte sie. »Ja«, erwiderte er. »Behalte das Haus für Leslie.« »In Ordnung«, versprach er. »Sie wird später einmal irgendwo wohnen müssen«, fuhr Marion fort. »Jetzt zieht sie zwar nach Kalifornien, aber irgendwann wird sie zurückwollen, nicht wahr?« »Ja«, erwiderte er. »Gut, ich werde es tun.«

Sie sprach so leise wie ein Mensch nach einem Sturm, der seine Stimme übertönt hatte. Er empfand weder Trauer noch Reue, noch Mitleid, nur Verwunderung. Wie ist es möglich? Wie kann es sein, daß man am einen Tag jung ist und Hochzeit feiert und an einem anderen Tag plötzlich zu sich selbst findet und bemerkt, daß das Leben wie ein Traum vergangen ist? Neugierig blickten sie sich an und fragten sich, warum sie aneinander vorbeigelebt, warum sie all die Jahre im selben Haus gewohnt hatten und durch die Flure gegangen waren wie Gespenster.

»Hören Sie mal, Will«, sagte Jack Curl, wobei er um ihn herumtänzelte und ihn spielerisch am Weitergehen hinderte.

»Ja?«

»Marion, Ihre liebe Frau, die einzige Wohltäterin dieser alten Leute, ist von uns gegangen. Ja?«
»Ja.«
»Und wissen Sie, was sie mir als letztes sagte, bevor sie starb?«
»Nein.«
»Sie wollte das Projekt, das ihr am meisten am Herzen lag, weiterverfolgen.«
»Und was ist das?«
»Aber das wissen Sie doch! Ihre Idee eines Dorfs für Menschen, die gemeinsam ihren Lebensabend verbringen wollen. Eine Liebes- und Glaubensgemeinschaft.«
»Oh...«
»Was hielten Sie davon, wenn man es so nennen würde: Marion-Peabody-Barrett-Gedächtnis-Gemeinschaft?«
»Klingt gut.«
»Klingt es nicht zu umständlich?«
»Nein, es klingt gut.«
»Das einzige, worum ich Sie bitte, ist, was Sie ja sowieso wollen: ihren letzten Wunsch erfüllen.«
Das einzige, worum du mich bittest, sind drei Millionen Dollar. Na schön, warum nicht?
Warum war ihm bis jetzt noch nie aufgefallen, daß Jack Curl noch in diesem Augenblick, in dem er unter dem Overall die Schultern bewegte und den geschäftigen, wohltätigen Seelsorger mimte, daß auch Jack Curl versuchte, sein Leben in den Griff zu kriegen? Daß genau jetzt, wo er ihm so scherzhaft frömmlerisch entgegentrat – klar, natürlich will ich dir drei Millionen aus der Tasche ziehen, Will, aber es ist für einen guten Zweck, ich bin doch ein Betrüger von Gottes Gnaden, okay? und so fort –, daß Jack Curl genau in diesem Moment versuchte, sein Leben in den Griff zu kriegen. Und gelang es ihm nicht sogar? Machte er nicht alles richtig? Und dennoch, wenn man ihn sich genau ansah, diesen geschäftigen Handwerker Gottes, diesen frömmlerischen aalglatten

Hausmeister, dann merkte man sofort, daß er nicht ganz da war. Es war, als versuche man, auf einer verschwommenen Photographie klare Konturen zu erkennen.
Aber du, alter Maulwurf, du hast etwas gewußt, nicht wahr? Du kanntest das Geheimnis, das las ich damals in deinen klaren braunen Augen, als du im Moor in Georgia zu mir aufsahst. Erst nachdem du auf dich geschossen hattest, konnten wir miteinander reden. Du kanntest das Geheimnis. Aber wie ist das möglich? Wie ist es möglich, daß erst mit dem Tod, erst mit dem Sterben das jähe, heftige Lebensgefühl zurückkehrt? Denn darin bestand doch dein Geheimnis, nicht wahr? Daß es der Tod war, den du von allem am meisten liebtest, und zwar auf so selbstverständliche Art und Weise, daß du dies Geheimnis mit mir, den du ebenfalls liebtest, teilen wolltest.
Nach dem Krieg, während der Ära Eisenhower, machte sein Vater einmal abends einen Rundgang unter den Eichen. Der Sohn sah von der Veranda aus zu.
»Das Problem ist, daß es kein Wort dafür gibt«, sagte der Vater.
»Wofür?«
»Dafür.« Er streckte beide Arme aus nach der Stadt, nach der Welt. »Es ist weder Krieg noch Frieden. Es ist weder Tod noch Leben. Was ist es? Wie nennt man es?«
»Ich weiß nicht.«
»Es gibt das Leben und den Tod. Das Leben ist besser als der Tod, aber es gibt noch etwas Schlimmeres als den Tod.«
»Was denn?«
»Dafür gibt es kein Wort. Mag sein, daß es sich bisher noch niemals ereignet hat und daß es deshalb kein Wort dafür gibt. Welches Wort gibt es denn für einen Zustand, der weder Leben noch Tod, sondern ein Tod im Leben ist?«
»Ich weiß es nicht.«
»Ich frage mich wirklich, ob es das in der Geschichte der Menschheit schon einmal gegeben hat.«

»Ich weiß nicht.« Wo ist das Wort? würde das Mädchen im Treibhaus fragen und sich suchend umschauen.
Beide Hände in den Taschen, so sah er den Kaplan an und dann an ihm vorbei ins gelb gewordene Sonnenlicht, das jetzt direkt durch die Eingangstür fiel. Was du wohl vom reichen, christlichen Carolina gehalten hättest, alter Maulwurf?
»Bitte?«
»Ich sagte gerade, was für eine großartige Frau Marion war, daß sie so unendlich viel von sich hergab. Sie hatte ja soviel zu geben!«
»Meinen Sie, weil sie so reich oder weil sie so dick war?«
»Hahaha! Guter Witz! Touché! Das hätte Marion bestimmt auch gefallen. Ja, sie war viel zu massig. Gott ist mein Zeuge, daß ich immer wieder den Versuch unternahm, es ihr zu sagen. Aber dann meinte sie immer, ich solle vor meiner eigenen Tür kehren.«
Er stemmte die Hände in die Hüften, ein lustiger, dicker, flinker Mönch im Overall. »Marion und ich hatten viel gemeinsam. Wir mochten beide all die guten Gaben Gottes, mit einem Wort, Marion aß genauso gern wie ich. Aber das habe ich nicht gemeint, als ich von ihrem Herzenswunsch sprach. Sie wissen ja, was ich meinte.«
»Was denn?«
Man hörte eine Uhr schlagen. Die Sonne ging unter.
»Ich spreche von Marions Traum einer Gemeinschaft von Menschen, die ihren Lebensabend zusammen verbringen, verheiratet, gemeinsam, ohne jemandem zur Last zu fallen, eine echte Liebes- und Glaubensgemeinschaft, die im Einklang mit Gottes liturgischem Jahr lebt.«
Gott, Liebe, Glaube, Ehe. Leise klingelten die alten Worte in der goldenen Luft, die sie umgab, wie das Westminster-Glockenspiel im Kirchturm von St. John.
»Eigentlich wollte ich mich ja mit Ihnen über Ihre andere Dame unterhalten, Will.«

»Um welche andere Dame handelt es sich denn?«
»Hahaha! Ich spreche natürlich von meiner speziellen Freundin, Ihrem Augapfel, Ihrer reizenden Tochter Leslie, diesem Goldschatz.«
Leslie ein Goldschatz? reizend? sein Augapfel? Leslie, seine Tochter, war ein großes, bläßliches, hübsches, mürrisches, kurzsichtiges Mädchen. Hübsch war sie nur, wenn man über ihr Stirnrunzeln hinwegsah, das sich ihr, seit er sich erinnern konnte, wie ein tiefes, umgedrehtes U in die Stirn eingegraben hatte.
»Was ist denn mit Leslie? Gibt's Probleme mit ihr?«
»Das kann man wohl sagen.«
»Was will sie denn jetzt schon wieder?«
»Sie möchte die Trauungszeremonie selbst entwerfen.«
»Meinen Sie, die wird schlechter als Ihre neue Liturgie?«
»Hahaha! Guter Witz! Aber im Ernst, was sollen wir jetzt machen?«
»Wir?«
»Ihnen schaut ja kein Bischof auf die Finger!«
»Eben.«
Jack zog ihn näher zu sich. Sie standen jetzt vor einer offenen Zimmertür, und Jack senkte die Stimme fast zu einem Flüstern.
»Ich möchte Ihnen unser neuestes Paar vorstellen, Tod und Tannie Levitt. Eigentlich sind sie die Ältesten hier. Wir haben ein Auge zugedrückt und ihnen erlaubt, in einem Zimmer zu wohnen. Die beiden sind fünfundachtzig bzw. siebenundachtzig. Im selben Zimmer! Dicker Hund, wie? Aber haben Sie Nachsicht mit mir, ich habe meine geheimen Gründe. So was Putziges haben Sie noch nicht gesehen. Die werden Ihnen bestimmt gefallen. Aber was noch wichtiger ist, ich denke, da sehen Sie, was eine wirkliche Ehegemeinschaft bedeutet, sogar noch in diesem bescheuerten Krankenhauszimmer. Eigentlich sollten Sie sich Tod und Tannie aber in einer rustikalen Umgebung vorstellen, in einer

schlichten, gemütlichen Wohnung mit Blick vom Balkon auf die Smokey Mountains. Wußten Sie übrigens, daß dies Marions Lieblingspsalm war? Ich hebe meine Augen auf zu den Bergen, von welchen mir Hilfe kommt. Und ihre Hilfe kam bestimmt von dort, das können Sie mir glauben.«

Tod und Tannie hockten zusammengesunken zwischen den Betten in ihren Rollstühlen. Hoch über ihren Köpfen schwebte auf einem Metallarm der Fernsehapparat, viel zu hoch, um etwas sehen zu können. Momentan lief ohne Ton *Crosswits.* Tod nickte unablässig und drehte im Schoß Däumchen. Tannie war kaum größer als ein Kind. Ihr Rükken war so krumm, daß sie immer auf ihre Knie schauen mußte, und sie hielt die Augen geschlossen. Aber ihr Bettjäckchen war von einem fröhlichen Rosa, ganz aus Seide, Bändern, Spitzen, und ihr weiches, weißes Haar so perfekt frisiert und gelockt wie bei einer Barbiepuppe.

»Will!« sagte Jack Curl laut. »Ich möchte Ihnen Tod und Tannie vorstellen, unser erstes Paar.«

Tod nickte und nickte. Tannie hielt nach wie vor die Augen geschlossen und stieß eine Art leises Pfeifen aus.

»Sie haben bei der dieswöchigen Rendezvous-Aktion gewonnen!« witzelte der Kaplan und zwinkerte Will Barrett zu. »Deshalb dürfen sie bei uns wohnen. Stimmt's, Tod?«

Tod nickte, hatte keine Sekunde zu nicken aufgehört.

Will Barrett sah auf Tannies Streichholzärmchen hinunter. Die Haut war weiß und trocken wie Papier, nur über das Gelenk zog sich wie ein Schlänglein eine dicke, starke Vene.

»Jetzt passen Sie mal auf«, sagte Jack etwas leiser, aber ohne sich darum zu kümmern, ob sie ihn hörten. »Das verstehe ich unter einer tragfähigen Paarbeziehung. Tod!«

Tod nickte und drehte Däumchen.

»Tannie!« rief der Kaplan.

Tannie schnarchte mit dem Kinn auf der Brust.

»Tod und Tannie! Singt uns doch mal was vor!«

Tod hörte zwar nicht auf zu nicken, aber plötzlich hob sich seine Hand wie von selbst und gab Tannie einen Rippenstoß. »Sing, Mama!« flüstere Tod heiser.
Wie auf Knopfdruck ruckte Tannies Kopf in die Höhe. Sie schlug ihre milchig-blauen Augen auf und begann mit einer hohen Mädchenstimme zu singen. Tod dirigierte mit der Hand, und statt zu nicken pendelte sein Kopf jetzt hin und her. Bei ungefähr jedem dritten Wort fiel er in Tannies Gesang ein.

O Daisy, Daisy erhör mich doch,
sonst sterbe ich vor Sehnsucht noch!
Die Hochzeit wird zwar eher schlicht,
denn zu 'ner Kutsche reicht es nicht,
dafür flitzen wir zwei
auf 'nem Tandem vorbei!

»Vorbei!« wiederholte Tod.
Kaum war das Lied vorbei, sank Tannies Kopf auf die Brust, und sie begann zu schnarchen. Tod hörte auf zu dirigieren, nickte wieder vor sich hin und drehte Däumchen.
»Na?« fragte Jack Curl, als sie wieder im Flur standen. »Fernsehen ist nichts dagegen«, antwortete Will Barrett zerstreut und bewegte den Kopf wieder so, daß das gelbe Licht über die geschliffene Glastür huschte.
»Kann man wohl sagen. Also, Will.«
»Ja?«
»Ich möchte, daß Sie sich folgendes vorstellen: Tod und Tannie und noch zweihundert Paare wie sie, von fünfundsechzig aufwärts, und alle haben ihr eigenes schlichtes kleines Häuschen, und wenn sie von der Abendandacht zurückkehren, heben sie ihre Augen auf zu den Bergen. Wie finden Sie das?«
»Na gut«, erwiderte er, außerstande, den Blick von der sonnenbeschienenen Tür loszureißen.
»Na gut?« flüsterte Jack Curl und rückte aufgeregt näher. »Sie meinen –?«

»Ich meine, daß ich tun werde, was Sie sagen. Ich werde versuchen, es mir vorzustellen.«
»Ach so. Gut.«
Wenn im St.-Mark's-Heim ein alter Mensch starb und sich kein Angehöriger meldete, gab sich Marion immer große Mühe, die betreffende Familie ausfindig zu machen und das Begräbnis zu arrangieren. Mit Yamaiuchi fuhren sie dann im Rolls Royce dem Leichenwagen voraus in weit entfernte Städte Carolinas, nach Tyron oder Goldsboro, und nach dem Begräbnis auf irgendeinem leeren, verwilderten Friedhof steuerten sie rechtzeitig zum Mittagessen das nächste Holiday Inn an. Von einer Art heiligem Eifer beseelt, verschlang Marion dann das Tagesgericht zu 2,95 $, häufte sich Berge von Kartoffelbrei und Schweinskoteletts auf den Teller und faßte noch einmal nach, angetan vom günstigen Preis und von der Reichhaltigkeit des Essens. Wie viele wohlhabende Frauen freute sie sich über Sonderangebote. Er starrte dann immer gedankenverloren auf den verwilderten Südstaatenfriedhof hinüber, der bis auf den Rolls-Royce, den Leichenwagen, Yamaiuchi und drei Asheviller Leichenträger (gewöhnlich fungierte er als vierter Träger dieser mit ihrer schmächtigen Last leichten Särge) völlig leer dalag, und dann sah er sich erstaunt in dem mit Geschäftsleuten überfüllten neuen Holiday Inn um. Lebende und Tote.
Das Gewehr lag neben dem Mann im feuchten bunten Laub. Der Blick seines Vaters drückte Gewißheit aus. Er war jetzt ganz bei sich. Wie kommt es, daß ein Mann aufrecht durchs Leben geht, verträumt und nie er selber, daß er an Geschäftsessen teilnimmt und im Flur an seiner Frau vorübergeht und erst, wenn er blutend in einem Moor liegt, so fest und eindeutig wird wie das Gewehr neben ihm?
»Bitte?« Er zuckte zusammen. Der Kaplan hatte etwas gesagt.
»Ich meinte gerade, wenn ich morgen zu Ihnen hinüberkomme, könnten Leslie, Sie und ich uns vielleicht ein biß-

chen unterhalten. Und zwar über diese, äh, selbstgebastelte Hochzeit.«
»Klar.«
»Ich hätte auch ganz gern Ihre alte Freundin, Mrs. Huger, dabei. Mir scheint, sie kann gut mit Leslie umgehen. Eine wirkliche Dame!«
Will Barrett betrachtete seine Hand, auf die ein Lichtstreifen fiel. Durch das Prisma gebrochen lag das gelbe Licht jetzt blau und rot wie ein Bluterguß auf seiner Haut. Im Handgelenk spürte er immer noch den Rückstoß der Luger.
»Es war ein Glück, Will, daß Mrs. Huger damals aufgetaucht ist. Sie können sich nicht vorstellen, wie hilfsbereit sie war. Ist sie nicht übrigens eine alte Flamme von Ihnen? Sie ist ein Schatz. Haben Sie gewußt, daß ich hauptsächlich durch sie Verbindung zu Leslie und der Familie des Bräutigams habe? Warum wissen Frauen immer mehr als wir?«
»Wer?«
»Mrs. Huger, Ihre alte –«
Ach so, Kitty. Kitty Vaught Huger. Meine alte Flamme. Was zum Teufel hatte denn Kitty hier zu suchen? Sie und ihr grinsender Zahnarztgatte? Nirgends war man vor ihnen sicher, weder auf dem Golfplatz noch im eigenen Haus. Kitty hatte eine typisch weibliche Art, die Dinge zu organisieren, und war tatsächlich eine Hilfe gewesen. Selbst Yamaiuchi mochte sie gern. Als am vergangenen Samstag die Cupps aus Kalifornien zu Besuch gekommen waren, hatte sie mit Yamaiuchi zusammen das Hors d'œuvre zubereitet. Was wollte sie? Was wollte ihr Mann? Er hatte eine ganz bestimmte Art, sich einem von der Seite zu nähern und dabei bis über beide Ohren zu grinsen, wie so viele Leute, die irgend etwas von einem wollen. Überhaupt rückten einem die beiden näher, als normal war. Schon bei der Begrüßung stürzten sie vor und faßten einen an. Wenn Kitty ihn berührte, bekam er jedesmal eine Gänsehaut, aber eigentlich nicht direkt vor Aufregung.

Es war eher die Art von Gänsehaut, die entsteht, wenn einen ein Kind berührt, dem alle diese Dinge noch fremd sind. Kitty hatte sich verändert. Wenn er an sie dachte, dachte er immer daran, wie sie beide damals in Alabama in der Abenddämmerung im Lincoln ihres Vaters gesessen hatten, Kitty mit zusammengepreßten Knien, gesenktem Blick, schweigend. So fuhren sie über einsame Bahnübergänge, und auf dem Lehmboden zwischen den Gleisen wuchs Eisenkraut und verbreitete violettes Licht. Aber jetzt stieß ihn Kitty mit der Schulter an. Sie war kecker, lebhafter, hübscher geworden, fast stämmig, eine braungebrannte Golferin mit sommersprossigen Schultern. Ihre Stimme war tiefer als früher, eine melodische, vom Whiskeytrinken etwas heisere Golfclubstimme, und sie hatte ein Lachen, an das er sich nicht erinnerte. Wenn sie sich jetzt irgendwo hinsetzte, öffnete sie gefällig die Knie, und wenn sie sich an ihn lehnte, klimperte ihr schwerer Goldschmuck.
Er saß im Mercedes und betrachtete die Luger. Es wurde dunkel. Man sah ein paar alte Leute in Schaukelstühlen auf der Veranda sitzen, aber die meisten hockten drinnen vor dem überdimensionalen Fernsehgerät. Mr. Arnold, einer von Marions Patienten, die zu ihnen nach Hause gekommen waren, wollte etwas sagen, als er ihn sah, aber seine Lippen blähten sich wie ein Vorhang, und die eine Gesichtshälfte hing schlaff herunter. Die eine Hand war zur Faust geballt und lag wie ein Baby im anderen Arm.
Die Luger fühlte sich gut an. Er mußte plötzlich über ihr Gewicht, ihre Häßlichkeit und Schönheit lächeln. Zärtlich schüttelte er den Kopf. Warum ging es ihm denn im Moment so gut? Weil er zum ersten Mal in seinem Leben sah, was mit seinem Vater passiert war, weil er genau sah, wo er recht gehabt hatte und wo nicht? Recht gehabt: Du sagtest, ich will mich nicht mit einem Leben abfinden, das weder Leben noch Tod ist. Ich brauche und werde mich damit nicht abfinden. Richtig, alter Maulwurf, und wenn du jetzt hier wärst,

im erweckten christlichen Carolina mit seinen Apartmenthäusern und 450 SELs und den alten Leuten, die Däumchen drehen und sich wiehernd über *Hee Haw* amüsieren, dann würdest du dich auch damit nicht abfinden.

Wenn es aber nun doch noch einen anderen Weg gibt? Vielleicht bestand dein Fehler darin, daß du nicht einmal danach gesucht hast. Das ist der Unterschied zwischen uns beiden. Ich werde es ein für allemal herausfinden, du hingegen hast nicht einmal danach gesucht. Gibt es denn einen anderen Weg? Entweder glauben die Leute alles, oder sie glauben nichts. Christen und Kalifornier glauben an alles und nichts. Leute wie du, wie Lewis Peckham, wie Wissenschaftler und Professoren glauben an gar nichts. Gibt es noch einen dritten Weg?

Er wog die Luger in der Hand. Sein Vater hatte sie ebenso wie eine schwarze Mütze mit dem Totenkopfabzeichen und ein paar Photographien einem SS-Offizier abgenommen. Sein Vater: ein Hauptmann der 10. Panzerdivision, die in Saarburg zu Patton stieß. Dort ließ sich sein Vater in der Luke eines M4-Sherman-Panzers photographieren, was überhaupt nicht an den Schnappschuß des SS-Offiziers erinnerte, der in der Luke des in den Ardennen eroberten Tiger-Panzers stand (obwohl ich mir irgendwie sicher bin, daß mein Vater genau dies im Kopf hatte, als er sich photographieren ließ: den Tiger in seiner ganzen bedrohlichen Schönheit ...). Merkwürdig, daß mein Vater zwar oft von den Ardennen, vom Rhein und von Weimar sprach, aber nie von Buchenwald, das doch nur sechs Kilometer von Weimar entfernt liegt und drei Wochen später von Patton eingenommen wurde. Merkwürdig, daß er nie erwähnte, daß der schokkierte Patton 1500 von Weimars besten humanistischen Deutschen mitten durchs Konzentrationslager Buchenwald marschieren ließ, um die Sehenswürdigkeiten zu besichtigen – ausgerechnet Patton, kein Goethe, Patton, der zu den 1500 nicht etwa sagte: Seht her, ihr Söhne Goethes, sondern: Seht her, ihr Scheißkerle (endet nicht tatsächlich hier dein Humanismus, Vater?). Aber mein Vater hat dies nie erwähnt, obwohl ich in seinem eigenen Buch, einer Geschichte der Third Army, las, daß die 10. Panzerdivision ebenfalls hier war. Wieso bewahrte er die Photos des in der Panzerluke stehenden SS-Offiziers auf, die ich in Mississippi auf dem Dachboden fand, sagte aber kein Wort zu Buchenwald? Wieso erwähnte er den SS-Offizier so häufig, wenn die Nazis doch so schlimm waren, und warum hielt er Patton für lächerlich und nicht etwa den SS-Offizier mit seinem Chromhelm und den perlmuttbeschlagenen Revolvern?

Von dem SS-Offizier sprach er genauso oft wie von Marcus Flavinius, dem römischen Zenturio. Er kannte den Brief auswendig, den Marcus seinem römischen Cousin Tertullus geschrieben hatte, weil, wie Marcus gehört hatte, die Dinge in Rom nicht zum besten standen, wo Bereicherung, Verschwörung und Verrat an der Tagesordnung waren. Marcus schrieb:

Als wir unsere Heimaterde verließen, Tertullus, hieß es, wir sollten die heiligen Rechte des Reichs verteidigen und des Volks, dem wir unseren Schutz und unsere Zivilisation bringen. Wir haben nicht gezögert, für dieses Ziel unser Blut zu vergießen, unsere Jugend und unsere Hoffnungen zu opfern. Wir bereuen nichts. Ich bitte Dich, mir zu schreiben, daß die Gerüchte, die ich über Verrat bei Euch in Rom vernahm, nicht zutreffen und daß uns unsere Mitbürger verstehen, uns unterstützen und unsere Familien so beschützen wie wir selbst die Macht des Reichs.

Sollte es sich anders verhalten, Tertullus, sollten wir unsere müden Gebeine umsonst in der bleichenden Wüstensonne zurücklassen, dann hütet euch vor dem Zorn der Legionen!

Marcus Flavinius
Zenturio der Zweiten Kohorte der
Augusteischen Legion
SPQR

Zorn. Das war es! Du warst von Zorn besessen, einem Zorn, der sich am Ende gegen dich selbst richtete. Du hast nur den Tod geliebt, weil das, was gemeinhin als Leben gilt, für dich tatsächlich ein Tod-im-Leben war, ohne daß es ein Wort dafür gäbe, und deshalb schlimmer als der Tod. War es das, worum du den SS-Offizier beneidet hast, sein Totenkopf?

Na schön, vielleicht hattest du recht, aber wenn du nun doch nicht recht hattest? Hast du nach einem anderen Wort gesucht? Wenn es nun doch ein Zeichen gäbe? Was ist mit den Juden? Sind die Juden ein Zeichen? Und wenn ja, wofür? Hast du irgend etwas übersehen? Da waren die Römer, die Legion des Augustus, ja. Da war die Armee von Nord-Virginia, ja. Da war das Afrika-Korps, ja. Aber was ist mit den Juden? Habt ihr, du und der Zenturio, die Juden übersehen? Was habt ihr von ihrem Schicksal gehalten? Was, Vater, soll man von den Juden halten?
Er lächelte erneut.

Was, lieber Leser, soll man von einem reichen Amerikaner in mittleren Jahren halten, der in einem deutschen Wagen sitzt, eine deutsche Pistole in der Hand, mit der er sich höchstwahrscheinlich in den Kopf schießen wird, wobei er jedoch ständig vor sich hinlächelt und nach den Juden Old Carolinas Ausschau hält, die seiner Meinung nach alle verschwunden sind?
Aus irgendeinem Grund hatte er es sich in den Kopf gesetzt, daß alle Juden entweder dem Holocaust zum Opfer gefallen oder nach Israel zurückgekehrt seien.
Die fehlenden Juden waren das Zeichen, das dem Vater gefehlt hatte.
Was wäre passiert, wenn in diesem Moment ein waschechter, in North Carolina lebender Jude auf seinen Wagen zugegangen wäre und sich vorgestellt hätte?

Jetzt redete er laut mit sich selbst: Vater, der Unterschied zwischen dir und mir besteht darin, daß du vor lauter Zorn nichts mit diesem Leben und mit dir und mir in diesem Leben zu tun haben wolltest. Dein Ziel war nur, mit allem Schluß zu machen, und das hast du dann ja auch getan. Na gut, vielleicht hattest du recht. Ich jedoch habe die Absicht, mir Klarheit zu verschaffen. Da liegt der Unterschied. Ich habe die Absicht, mir ein für allemal Klarheit zu verschaffen. Anders möchte ich es nicht haben, du hast dich mit zu wenig zufrieden gegeben.

Er hatte zu lange gewartet. Der Kaplan, der gerade das Pflegeheim verließ, bemerkte ihn und kam zum Wagen, bevor Will Barrett starten konnte.

Einen Moment lang fürchtete er, der Kaplan wolle vielleicht einsteigen, aber er lehnte sich bloß ins Fenster. Es blieb gerade noch Zeit, rasch die Luger unter den Oberschenkel zu schieben.

»Will! Wie gut, daß ich Sie noch erwischt habe! Das Wichtigste habe ich Sie nämlich ganz zu fragen vergessen.« Er tippte sich an die Schläfe. »Das Gedächtnis läßt nach.«

»Ja?«

»Nächste Woche veranstalte ich in Montreat Einkehrtage. Und da dachte ich, Sie könnten vielleicht mal vorbeischauen.«

»Was veranstalten Sie?«

»Religiöse Einkehrtage. Das machen wir jedes Jahr. Und es ist auch die gleiche Gruppe wie jedesmal. Wirklich lauter prachtvolle Burschen. Ein Wochenende mit Gott in einer prachtvollen Umgebung! Es handelt sich um ökumenische Einkehrtage. Ich arbeite mit einem katholischen Priester aus Brooklyn zusammen, eine echte Persönlichkeit – er hat so große Ähnlichkeit mit Humphrey Bogart, daß alle ihn Bogey nennen. Ein Original, sage ich Ihnen! Mich nennen sie übrigens Hungry Jack. Hungry Jack und Bogey. Wir sind nicht schlecht, wenn wir gemeinsam auftreten. Das Essen ist übrigens erstklassig. Aber das Wichtigste ist eben, daß es ein Wochenende mit Gott ist. Das ist die Hauptsache.«

»Leslie rät mir zu etwas anderem.«

»Und das wäre?«

»Eine persönliche Begegnung. Leslie glaubt, sie habe eine persönliche Begegnung mit Jesus Christus erlebt und sei neu geboren worden.«

»Da haben Sie's.«

»Was habe ich?«

»In meinem Haus sind viele Wohnungen, und so weiter. Meine Sache wär's nicht, aber wenn sie das so erlebt hat, dann kann ich sie nur von Herzen dazu beglückwünschen.«

»Was heißt das?«

»Warum kommen Sie denn nicht zu unseren Einkehrtagen und finden es selbst heraus? Wir haben alle möglichen Leute in der Gruppe – Protestanten, Katholiken, Anglikaner, Atheisten, Juden –, alles prachtvolle Burschen, mit denen man gern mal ein Wochenende verbringen würde oder Angeln gehen oder einfach plaudern. Wir nennen uns immer die Mafia von Montreat. Es sind wirklich verdammt nette Burschen, und ich kann Ihnen schon jetzt versprechen –«

»Sagten Sie Juden?«

»Ja. Letztes Jahr waren zwei Juden dabei. Der eine war Richter, der andere –«

»Was für Juden?«

»Wie meinen Sie das, was für Juden?«

»Ich meine, waren es nur als Juden geborene Christen oder gläubige Juden?«

»Mein Gott, ich weiß nicht. Ich hab sie nicht gefragt.«

»Woher stammen sie?«

»Woher sie stammen? Der eine aus Florida und der andere aus New York, glaube ich.«

»Ja, es muß sein.«

»Was muß sein?«

»Nichts.«
»Also, kommen Sie?«
»Darf ich Sie mal etwas fragen, Jack?«
»Na klar.«
»Glauben Sie, daß die Juden ein Zeichen sind?«
»Die Juden?« Wieder der rasche Blick. Er hat tatsächlich Juden gesagt, und er lächelt dabei. Ist das jetzt Spaß?
»Marion war nämlich der Meinung, die Juden, die merkwürdige Geschichte der Juden seien ein Zeichen für die Existenz Gottes. Was halten Sie davon?«
»Oje, bei allem Respekt vor Marion – Gott sei ihrer Seele gnädig – haben wir doch hoffentlich inzwischen die Vorstellung überwunden, Gott lasse die Juden leiden, um Christi Tod zu rächen.«
»Das habe ich auch gar nicht gemeint. Ich meinte die Rückkehr der Juden ins Gelobte Land. Den Exodus aus North Carolina.«
Also handelt es sich wohl doch um einen Witz, besagte das Lächeln des Kaplans. Aber worin besteht der Witz? Vielleicht war es besser, sich abzusichern, falls es am Schluß doch keiner war.
»Na ja, offengestanden interessiere ich mich weniger für apokalyptische Zeichen als vielmehr für die Eröffnung eines ernsthaften Dialogs mit unseren katholischen und jüdischen Freunden, und ich kann Ihnen sagen, daß wir in Montreat eine ziemlich gemischte Gesellschaft sind. Denken Sie mal drüber nach?«
»Ich habe gerade darüber nachgedacht.«
»Wir fahren jedenfalls nächsten Donnerstag, wenn alles gutgeht, am frühen Nachmittag.«
»Was soll denn nicht gutgehen?«
»Wie?« fragte der Kaplan mißtrauisch. »Ach so. Tja, jedenfalls –«
»Glauben Sie eigentlich an Gott?« fragte Will Barrett immer noch mit dem gleichen Lächeln.

»Wie bitte?« erwiderte Jack rasch.

»Na ja, Gott, Sie wissen doch.«

Der Kaplan sah ihn in der hereinbrechenden Dunkelheit scharf an, wobei er dauernd lächelte und auf eine besonders verständnisvolle Weise die Augen zusammenkniff. Doch hätte er sich gewünscht, daß Will Barrett seinerseits nicht gelächelt hätte. Was der Kaplan am allermeisten fürchtete, war nicht etwa ein Überfall, ja sogar nicht einmal Folter – mit so etwas wäre er seiner Meinung nach fertiggeworden –, sondern, daß man sich über ihn lustig machte. Vor den Großinquisitor geschleppt, geschmäht, verhöhnt und gemartert zu werden war eine Sache. Damit wäre er sicherlich fertiggeworden. Aber zur Zielscheibe eines Witzes gemacht zu werden und diesen Witz nicht zu kapieren? Er wünschte sich jedenfalls sehr, Will Barrett, der so selten lächelte, möge endlich damit aufhören.

In der hereinbrechenden Dunkelheit sah Will Barrett, daß ihn der Kaplan ängstlich anschaute, um herauszufinden, ob es sich um einen Scherz handelte oder nicht.

»Ich versuche gerade, Ihnen eine ernstgemeinte Frage zu stellen. Das ist nicht einfach heutzutage.«

»Kann man wohl sagen. Also, schießen Sie los.«

Die Luger drückte gegen seinen Oberschenkel. Jack Curls Gesicht hing in der Dämmerung bleich über ihm.

»Glauben Sie an Gott, Jack?«

In der hereinbrechenden Dunkelheit sah er, wie ihm der Kaplan einen raschen Blick zuwarf, als gelte es, einen Witz zu begreifen. Dann glätteten sich plötzlich die Lachfältchen, und seine Augen wurden weiß und ernst.

»Nun ja, wenn ich's nicht täte, sollte ich wohl zur Berufsberatung gehen, nicht wahr?« Der Kaplan steckte sein großes, ernstes Gesicht in den Mercedes. »Nein, ganz im Ernst – Sie können mir jederzeit widersprechen –, aber ich habe in letzter Zeit so das Gefühl, Sie spielen mit dem Gedanken, in die Kirche einzutreten. Liege ich da falsch? Als ich neulich sagte, Marions größter Wunsch sei die Liebes- und Glaubensgemeinschaft gewesen, habe ich geschwindelt. Nein, mehr als alles andere wünschte sie sich, daß Sie in die Kirche eintreten würden.«

»Na so was.«

»Wissen Sie, wo ich Gott gefunden habe, Will?« Wie ein Ballon stieg das runde Gesicht des Kaplans zum Wagendach hinauf.

»Nein, wo denn?«

»In anderen Menschen.«

»Aha.«

»Finden Sie denn nicht, daß Sie hier zur Kirche gehören? Zu ihren Leuten. Da kommen Sie doch her. Deute ich Sie richtig?«

»Meine Leute?«

»Waren das nicht alles Episkopalisten?«

»Ja.«

Meine Leute? Ja, sie waren alle Episkopalisten, aber tief im Herzen gehörten sie der Augusteischen Legion an und fühlten sich letzten Endes nicht in der Kirche des Hl. Johannes vom Wald zu Hause, sondern bei den ausgebleichten Knochen des Zenturios Marcus Flavinius in der Wüste des alten Weltreichs. Es waren die Römer, Engländer, Angeln, Sachsen, Jüten – Bürger Roms im alten Weltreich.

»Finden Sie denn nicht, daß Sie zu uns gehören?«

»Na ja.« Die Luger drückte wie ein Daumen in seinen Oberschenkel. Er lächelte. Noch nicht, alter Totenkopf. »Sie haben meine Frage nicht beantwortet.«

»Wie lautete Ihre Frage?«

»Glauben Sie, daß Gott existiert?«

»Ja«, antwortete der Kaplan ernst. Will Barrett hatte den Eindruck, das Gesicht des anderen nehme im nachlassenden Licht einen leidenschaftlichen, scharfen Ausdruck an. Wäre das möglich? fragte diese lebhafte Miene. Ein Gottsucher?

Ein mit Zweifeln ringender Mensch? (Jack Curl hatte noch nie jemanden bekehrt.)

»Warum?«

»Vielleicht versucht er gerade in diesem Moment, Ihnen etwas zu sagen«, meinte der Kaplan feierlich. (Mein Gott, laß mich das jetzt nicht verpatzen, ich hab' eine Seele an der Angel...)

»Wie bitte?«

»Es ist etwas Geheimnisvolles um die Gnade«, sagte der Kaplan.

»Was heißt das?«

»Vielleicht liegt die Antwort schon direkt vor uns, genaugenommen in uns selbst; wenn wir uns nur die Mühe machten, die Frage zu stellen.«

»Ich werde sie stellen – in aller Form –, und ich werde eine Antwort fordern. Allerdings wird diese Antwort weder von Ihnen noch von mir kommen«, sagte er leise.

»Wie bitte?« hakte der Kaplan schnell nach und beugte sich durchs Fenster. »Ich habe nicht ganz verstanden –«

»Ich meinte nur, man kann die Frage so stellen, daß eine Antwort unumgänglich wird. Überdies wird es eine Vereinbarung geben, daß das Ausbleiben der Antwort, also Schweigen, ›nein‹ bedeutet.«

»Na so was«, sagte der Kaplan unbehaglich. Gespräche über Religion verursachten ihm immer Unbehagen. Marion Peabody Barrett hatte ihm mit ihren heftigen, sarkastischen Attacken gegen die neue Liturgie und sein »soziales Evangelium« immer Angst eingejagt. Man kann sich mit Frauen über Religion unterhalten, man kann Gottes Klempner sein, man kann an einem Wochenende mit Gott ernsthafte und doch fröhliche Gespräche mit Männern führen, und man kann sich auf einer Party amüsieren. Mit all diesen Dingen war er bestens vertraut, aber nicht, wenn alles miteinander vermengt war. Das Problem mit Barretts Frage und diesem sonderbaren Lächeln war, daß man nicht genau sagen konnte, mit welchem dieser Dinge er sich gerade beschäftigte. Barrett war wirklich ein komischer Vogel. Wohlhabend, einflußreich, aus der gleichen Schicht wie man selbst, aber komisch. Irgendwie durchtrieben. Was tun? Zuhören mit aller Kraft. Herausfinden, ob er es ernst meinte oder nicht. Der Kaplan kniff die Augen zusammen und beugte sich noch weiter herunter.

»Ich glaube, ich weiß, wie man eine solche Frage stellt«, sagte Will Barrett.

Das war das Dumme, alter Maulwurf, daß du nicht einmal daran gedacht hast zu fragen, wo es doch wichtig gewesen wäre, und sei es nur aus episkopalistischer Redlichkeit, aus einem episkopalistischen Sinn für Form heraus – so wie man angesichts eines leeren Hauses routinemäßig fragt: Ist jemand da?, bevor man die Tür schließt und wieder geht.

Diese Frage sollte man allein schon der Form halber stellen, selbst wenn man weiß, daß das Haus leersteht.

Dann kann sich niemand darüber beschweren, daß man gegangen ist.

Zu Will Barretts Erleichterung stieß sich der Kaplan jetzt mit beiden Händen ab und gab dem Mercedesdach einen Klaps. »Warum stellen Sie Ihre Frage denn nicht einfach bei unserem Einkehrwochenende?«

»Ich werde mal darüber nachdenken.«

»Aber denken Sie gründlich darüber nach.«

»Gut. Wir sehen uns ja morgen. Sie bringen Mr. Arnold mit, weil Marion sich das wünschen würde, wenn sie noch lebte, und ich versuche zu erreichen, daß Leslie dabei ist, weil Sie sich das wünschen.«

»Einverstanden.«

Als er die Luger endlich unter seinem Oberschenkel hervorzog, fühlte sich das Metall heißer an als der eigene Körper.

Die Glastüren des St.-Mark's-Heims schlossen sich hinter dem Kaplan. Die Tür ein letztes Mal schließen, das war es. Deshalb lag alles so klar vor ihm. Er wußte, daß er nicht mehr hierher zurückkehren würde. Wenn man ein Haus zum letzten Mal verläßt und sich noch ein letztes Mal umschaut, dann ist es, als sähe man das Haus wieder zum allerersten Mal. Und was ist mit den fünftausend Malen, die dazwischenliegen?

2

Er hatte nicht gewußt, wer das Mädchen im Treibhaus war, bis Kitty es ihm zweimal sagte: einmal, bevor das Mädchen aus der Klinik geflüchtet war, und einmal danach. Aber selbst als ihm das klargeworden war und er außerdem merkte, daß Kitty nichts vom Verbleib ihrer Tochter wußte, gelang es ihm nicht, konzentriert zuzuhören. Er dachte dauernd an etwas anderes, sogar als Kitty, ihr grinsender Zahnarztgatte und der grinsende Jimmy Rogers alle drei auf ihn einredeten. Sie wollten offenbar etwas von ihm, das war klar, aber es ging nicht aus ihren Worten hervor. Sie erzählten einen Witz nach dem anderen, sagten irgend etwas von Eigentum, Arabern, Geld, Bundesstaatsgesetzen über Vormundschaften und Erbschaftsrecht und etwas von einer Insel, die sie erschließen wollten. Eine Insel? Obwohl er ihnen nur mit halbem Ohr zuhörte, saß ihm doch dieses typische Gefühl im Nacken, das sich einstellt, wenn jemand etwas von einem will, sich aber nicht traut, direkt zu fragen. Da ihnen kein Ausweg einfiel, rückten sie näher, pendelten wie Boxer mit dem Kopf hin und her und suchten verzweifelt nach einer Blöße.

Was wollten sie denn von ihm? Geld? Eine kostenlose Rechtsberatung? Vielleicht beides? Vor allem Kitty schien etwas zu wollen. Jedenfalls rückte sie am nächsten, berührte und umarmte, gab ihm Küßchen, Püffe und Knüffe und neigte sich schimmernd und klirrend herüber.

Was wollte sie bloß?

Obwohl er jetzt kaum einen Meter von dem Ehemann entfernt saß, fiel es ihm schwer, mehr an ihm wahrzunehmen als das unaufhörliche Grinsen, die weißen Zähne, den modischen Haarschnitt und den rosa Anzug.
Er sah an den dreien vorbei, sah an den weißen Korbmöbeln vorbei, an der Polstergarnitur, den elfenbeinfarbenen lakkierten Tischen, den blauen Porzellanlampen – sie saßen in Marions aus China importiertem blauweißem Zimmer, das man im Süden Glasveranda nannte –, er sah zu Leslie, den Cupps und Jack Curl hinüber, vorbei an Lewis Peckham, dem Golflehrer, der gerade mit höflicher Miene Bertie zuhörte, welcher seinerseits gerade an einem unsichtbaren Golfschläger verschiedene Griffe ausprobierte; er sah an den übrigen Gästen und den Kellnern vorbei, vorbei an dem riesigen Louis-XV.-Sekretär mit den offenen Türen, die den Blick ins Innere freigaben, an all dem sah er vorbei auf die Fensterreihe, die breit wie eine Schiffsbrücke auf einen kleinen, steil abfallenden Hof hinausging. Dahinter lagen der Abgrund und das Tal.
Am Rand des Abgrunds stand ein Aussichtsturm.
Aus der Schlucht hinter dem Aussichtsturm stieg ein Wolkenknäuel, flauschig wie Watte, und er sah eine kleine Scharlacheiche, die ihm nie zuvor aufgefallen war. Sie war verkrüppelt, schief und schwarz. Die wenigen Blätter, die noch nicht abgefallen waren, hingen senkrecht herunter, als habe ein Kind sie mit Fäden festgebunden. Vor der weißen Wolke war der weiße Aussichtsturm kaum zu erkennen.
Von jenseits der Pfahleiche hörte man damals in dem stillen Moor das Klicken des Schlosses der Greener, einmal, als es aufgekippt, und dann, als es wieder zugekippt wurde.
Das war der Moment, wo du neu geladen hast.
Aber du hattest doch nur einmal geschossen, auf den ersten Vogel. Du hättest doch noch eine zweite Patrone im Gewehr gehabt, wieso hast du denn mit dem Nachladen nicht gewartet bis nach dem zweiten Schuß?

Weil du wußtest, daß du nur drei Schüsse brauchen würdest, zwei für die Wachteln und einen für dich.
Moment mal. Da waren doch später *vier* Super-X-Patronenhülsen, drei neben dem Jungen auf der Decke in der Negerhütte, nachdem die Frau ihm das Blut vom Gesicht gewischt hatte, und eine vierte in der Greener, die der Jagdführer zusammen mit den Patronenhülsen zurückgebracht hatte. Die Hütte roch nach Petroleum und Teig. Die Wände waren frisch mit Zeitungen beklebt.
Aber es waren doch nur drei Schüsse gefallen.
Moment mal. Kann man vielleicht beide Läufe der Greener gleichzeitig abfeuern? Es gab ja zwei Abzüge.
»Moment mal«, sagte er jetzt laut vor sich hin und zuckte dann lächelnd die Achseln. Was machte das schon für einen Unterschied?
Die drei Araber redeten intensiv auf ihn ein. So sahen sie wirklich aus, wie Araber: der Zahnarzt, Jimmy Rogers und Bertie: sie hatten braune Haut, kamen einem zu nah, lächelten und nickten die ganze Zeit – Jimmy Rogers rieb sich sogar die Hände.
»Entschuldigt mich«, sagte Will Barrett. »Ich muß oben etwas erledigen.«
»Was denn?« erkundigte sich Kitty mit gerunzelter Stirn.
Ihre Nähe, ihre Neugier jagten ihm eine Gänsehaut über den Rücken, eine eigentümliche, aber nicht unangenehme Empfindung.
»Ich suche ein altes Gewehr.« Flüchtig fiel ihm auf, daß es ihm auf einmal möglich geworden war, die Wahrheit zu sagen, und daß er nicht mehr so tun mußte, als gehe er einen Drink besorgen.
»Was hast du denn vor? Willst du uns erschießen?« erkundigte Kitty sich halb im Scherz. »So war er schon immer«, erzählte sie den anderen. »Jederzeit bereit loszuballern, wenn ihm jemand in die Quere kam.«
Nein, so war er nicht immer gewesen.

»Dort, wo wir herkommen, war das so üblich, nicht wahr, Will?«
»Ich wollte nur nach einem alten Gewehr suchen, das meinem Vater und meinem Großvater gehört hat.«
»Und man hat keine großen Umstände gemacht«, fuhr Kitty fort. »Da, wo wir herkommen, war es so: Wenn man mit jemandem Streit hatte, lächelte man ihn nicht vornherum an und zog hintenrum über ihn her, sondern man stellte ihn zur Rede und trug die Sache mit ihm aus.«
Das stimmt. Wir stellen uns selbst zur Rede und tragen die Sache mit uns aus. Die berühmten Ein-Mann-Schießereien.
»Unter meinem Bett liegt ein Gewehr mit grobem Schrot«, bemerkte der grinsende Zahnarztgatte. »Ich habe innen am Bettrahmen einen Halter befestigt, so daß ich nur mit einer Hand hinunterlangen muß. Soll doch irgendsoein Mistkerl durch die Tür oder zum Fenster reinkommen, soll er doch! Ich kenne einen Mann, und zwar einen wohlhabenden Mann, nicht irgendsoein Prolet, der sich erst vor kurzem ein Gewehr und eine 357er Magnum und zwei Schachteln Patronen zugelegt hat, und das ist ein College-Absolvent und kein Spinner!«
Er grinste über beide Ohren. Worüber ärgert sich dieser Kerl eigentlich so? überlegte Will Barrett. Über seine Frau? Darüber, daß er Zahnarzt geworden ist? Über seine Tochter? Kein Wunder, daß sie verrückt geworden ist. Wen er wohl gern erschießen würde? Wahrscheinlich Nigger.
»Wenn wir schon vom Wilden Westen, von Gewehren und Schießereien reden«, sagte Jimmy Rogers, rückte wie ein Liebhaber ganz nah heran und erzählte, während er den Kopf in ihre Mitte steckte, wieder einen seiner Witze.
Obwohl Will Barrett sich Mühe gab zuzuhören, schweiften seine Gedanken ständig ab. Jimmy zog ihn zu sich her und zupfte ihn dann ein letztes Mal am Ärmel. Offenbar war der Witz jetzt vorbei. »Ich muß gehen«, sagte Will Barrett.

»Halt, nicht so schnell, mein Lieber«, erwiderte Kitty und packte ihn lachend am Arm, daß das Gold an ihren Handgelenken glitzerte und klirrte. An diese stürmische Art, heranzukommen und den Geruch ihres Haars und eines Parfüms vor sich herzustoßen, erinnerte er sich nicht – Shalimar? Wieso erinnerte er sich nach all den Jahren daran? Es roch so, wie Shalimar klang – und sie versetzte ihm ständig mit Arm, Schulter, Ellbogen, Hüfte freundschaftliche Stöße, wobei ihr Haar seinen Hals streifte. Außerdem entsann er beziehungsweise sein Körper sich der Wärme an jenen Stellen, die sie berührt hatte. Merkwürdig, die Punkte, die sie berührte, erwärmten sich wie bei einem positiv verlaufenden Hauttest. Seine Antikörper erinnerten sich an ihren Körper.

»Halt, mein Lieber, ich muß mit dir reden!« Seltsam! Irgend etwas war ihm fremd und vertraut zugleich. Ihm kam plötzlich zu Bewußtsein, daß er schon lange nicht mehr an Frauen gedacht hatte, seit Marions Tod, und auch schon vorher nicht mehr – außer das eine Mal, als er an Ethel Rosenblum dachte und in einem Bunker hinfiel. Drei Jahre lang hatte er in einem Traum aus Golf und guten Werken dahingelebt.

»Wie bitte?« fragte er und neigte sich zu ihrem emporgewandten Gesicht hinunter. Sie wollte ihm offenbar irgend etwas zuflüstern. Die Araber sanken zurück, hörten zu lächeln auf, beugten sich wieder vor, steckten die Köpfe zusammen und schmiedeten Pläne.

»Schau mal, Will! Das Gartenhaus ist ganz in der Wolke verschwunden!«

»Ja.«

»Ist dir klar, was mit uns beiden los war?«

»Nein, was denn?«

»Wir sind wie zwei Schiffe im Nebel aneinander vorbeigezogen. Ich war schön blöd! Ich hätte zugreifen sollen, als ich die Chance hatte.«

»So wie sich die Dinge entwickelt haben, glaube ich nicht –«

»Ich will mit dir im Nebel verschwinden«, flüsterte sie. Das heißt, es war kein richtiges Flüstern, sondern sie zischte ihm wie ein Kind, das zu flüstern versucht, ins Ohr. Die Härchen stellten sich ihm auf. Er nickte.
»Könnten wir uns nachher im Gartenhaus treffen?« fragte sie.
»Ich muß dir mal was sagen.«
Er bekam eine Gänsehaut.
»Ich muß jetzt aber etwas erledigen.«
»Was denn?«
»Ich muß das Gewehr finden.«
»Ich meine ja auch nicht sofort, sondern nach dem Essen, wenn die anderen weg sind. Gibt es hier eine Seitentür?«
»Ja.«
»Dann werde ich vorn hinausgehen, um frische Luft zu schnappen, und du nimmst einen anderen Weg. Das fällt nicht auf, weil du dich ja sowieso immer zurückziehst. Weißt du, was Marion mal von dir sagte?«
»Nein, was denn?«
»Du seist die halbe Zeit einfach nicht *da.* Aber sie verstand eben nicht, daß Leute wie du und ich nicht anders können, als sich hin und wieder zurückzuziehen, stimmt's?«
»Wahrscheinlich.«
»Na gut. Kannst du mich vor dem nebligen, nebligen Tau beschützen?«
»Sicher«, erwiderte er zerstreut.
Als sie ihn diesmal knuffte, war es ein freundschaftlich-nekkender Stoß mit der Hüfte, wie damals beim Basketball oder auf dem Schulkorridor.
Es war, als erinnerte sich sein Körper an irgend etwas, und er wandte sich ihr zu, so wie ein Mann sich im Schlaf herumdreht.
Jetzt stand die Wolke über der Klippe. Als sie den kleinen, steilen Hof heraufkam, sah es aus, als werde sie dünner und löse sich allmählich in Nebel auf. Die Nebelfetzen hingen

um den Baum, der immer mehr an eine ganz gewöhnliche Zwergeiche in Mississippi als an eine elegante Scharlacheiche in Carolina erinnerte.
Bevor sie den Baum erreicht hatten, sagte sein Vater: Es sind zwei Vögel zurückgeblieben. Du übernimmst den einen, ich den anderen.
Dann gingen sie weiter, bis sich der Baum zwischen sie schob.
Einer der Vögel flog auf, und zwar auf der Seite des Mannes. Kaum hatte der Junge gehört, wie die Flügel wild gegen den kleinen Vogelleib trommelten, da fiel auch schon der erste Schuß, und das durch den Sumpf dröhnende Echo löschte alles andere aus. Sein Vater schoß immer in dem Moment, wenn der Vogel aufflog.
Bevor Will Barrett bei der Tür war, hielt ihn seine Tochter an. Ihre Miene war finster, das umgedrehte U tief in ihre Stirn eingegraben.
»Du mußt mir unbedingt diesen Schamanen vom Hals schaffen!«
»Wen?«
»Vater Dingsda.«
»Ach so, Jack.«
»Genau. Er geht mir wirklich auf die Nerven! Sag ihm, daß er nicht Jason und mich heiratet, sondern daß wir beide einander heiraten.«
»Gut, noch etwas?«
»Wir machen das hier wirklich nur, weil ich es Mutter versprochen habe.«
»Na schön, aber ich muß jetzt gehen.«
»Gehen? Wohin denn?« Ihre Brillengläser blitzten. »Du willst doch nicht etwa schon wieder verduften?«
»Verduften?« Er versuchte sie genau anzusehen.
»Na ja, das übliche kleine Spielchen – mal bin ich hier, mal bin ich dort –, aber eins muß man dir lassen, süßer Papi«, und sie umarmte ihn gedankenlos, die Stirn immer noch in

Falten gelegt, »du bist immer aufgetaucht, wenn ich dich brauchte.«
»Diesmal nicht.«
»Wie bitte?«
»Nichts.«
Ich werd' verrückt, dachte er. Es ändert sich nie etwas. Mache ich jetzt genau das mit ihr, was damals mein Vater mit mir machte, indem ich sie verlasse? Aber einen Unterschied gibt es: Sie braucht mich nicht.
Und tatsächlich hatte sie ihr mürrisches Gesicht auch schon wieder Jack Curl und den Cupps zugewandt.
»Warte noch«, sagte er.
»Was ist denn?« erwiderte sie, hielt, ohne sich umzudrehen.
»Äh – nun ja.«
Äh, nun ja. Genau. So ist es recht. Vielleicht hatte es irgendwann einmal etwas zu sagen gegeben, und vielleicht würde es irgendwann einmal wieder so sein, aber jetzt jedenfalls nicht.
»Wie?« fragte Leslie.
»Lebwohl«, erwiderte er.
»Was?« fragte sie zerstreut und nickte. »Okay.« Sie nickte erneut und starrte auf irgendeinen Punkt. »Okay.«
»Gib mir –« Er streckte die Hand aus.
»Ach, Papi!« sagte Leslie. Sie drehte sich um, umarmte ihn und schmiegte ihre Wange gegen sein Gesicht, aber immer noch mit gerunzelter Stirn. Sie hatte nicht zugehört.
Bevor er sich abwandte, sah er sie ein letztes Mal an. Ist es möglich, jemanden einen Augenblick lang so zu sehen, als wüßte man nichts über ihn? Sie hatte ganz glattes Haar, hell und rein wie das Haar eines glücklichen Kindes, das ihr wie ein langer schimmernder Fächer über die Schulter gebreitet war. Sie war ja auch fast noch ein Kind. Als sie sich aber umwandte, war ihr Gesicht gereizt und abweisend, und sie warf sich dauernd mit einer Kopfbewegung das Haar aus der

Stirn. Während er sie betrachtete, mit ihrer blitzenden Omabrille, dem umgedrehten U auf der Stirn, der zernagten Unterlippe, da entglitt sie ihm plötzlich in eine andere Zeit, und ihm war, als sehe er sie wieder als Kind: Sie war mit ihrem Kindermädchen auf dem Weg zum Central Park und lief in der Eingangshalle des Hauses in der 76. Straße an ihm vorbei. Nachdem sie ihm genauso einen flüchtigen, gereizten Wangenkuß gegeben hatte wie vorhin, glitt sie wieder davon, diesmal aber in ihrer eigenen Zeit, sie lief sich selbst voraus zum Park und machte sich Sorgen um ... Stehen Frauen von Anfang an neben sich?

3

Oben im Arbeitszimmer, über dem wie an den Häusern auf Nantucket ein Ausguck, ein sogenannter Witwenstieg verlief, fand er die Greener hinter dem Elektrolux und der Bohnermaschine in einem Besenschrank. Die Riemen und Schnallen des alten, steifen, abgenutzten Koffers zu öffnen war nicht leicht. Er sah auf das Gewehr. Es gehörte zu den vier Dingen, die er sich aus der Zeit in Mississippi aufbewahrt hatte, neben der Luger, dem *Ivanhoe* seines Großvaters und dem *Lord Jim* seines Vaters. Es paßte zusammen. Sowohl sein Vater als auch sein Großvater hatten Feinde. Der eine hatte Feinde, die er haßte, wie Ivanhoe, den anderen plagten Schuldgefühle wie Lord Jim und ein Feind, den er haßte, nämlich er selbst. Der eine hatte das Gewehr, der andere die Luger. Was soll man machen, wenn man mit einer Liebe zum Tod und allem, was mit Tod zusammenhängt, geboren wird und keine Feinde hat?
Zwanzig Jahre lang hatte er Gewehr, *Lord Jim* und *Ivanhoe* nicht mehr angeschaut.
Er schob den Lauf in den Schaft und ließ in richtig einrasten.

Das Gewehr war kürzer und schwerer, als er es in Erinnerung gehabt hatte, kurz wie ein Karabiner. Beide Läufe hatten Zylinderbohrung. Mein Gott, kein Wunder, daß es Treffer gewesen waren! Wie sollte man auch mit einer Waffe voll Vogeldunst irgendein Ziel verfehlen? Das Gewehr war zwar nicht verrostet, aber da die Bläuung längst abgegangen war, sah man das fettig glänzende Metall. Nur noch ein ganz schwaches Muster war übriggeblieben, wie die Schneckenverzierung einer Münze. Er kippte das Schloß auf und visierte durch die Läufe die Fenster an. Aus der Wolke spann sich weißes Licht die verspiegelte Bohrung entlang. Vom letzten Schuß her roch das Gewehr noch schwach nach Pulver und Waffenöl. Wer sie damals wohl gereinigt hatte? Der Sheriff? Ich? Ich. Zwischen den beiden Läufen las er: *W. W. Greener, 68 Haymarket, London. Bei allen Wettbewerben am besten abgeschnitten, 1875–1888.* Der abgenutzte Griff war glatt wie der einer Polizeipistole. Das Holz des Vorderschafts war um das Fischgrätmuster herum zusammengeschrumpft wie der Muskel eines alten Mannes.
Er kippte das Schloß zu, wog das Gewehr in der Hand, visierte von neuem, zog die Hähne, erst nacheinander, dann beide zugleich. Wieder kippte er das Schloß auf und zu, um die Hähne zu spannen.
Ich werd verrückt! Man kann ja beide Läufe gleichzeitig abfeuern!
Moment mal.
Du hast die Wachtel abgeschossen. Aber es waren ja zwei. Also blieb noch eine Patrone für die zweite Wachtel.
Aber du hast nachgeladen.
Warum? Warum tatest du das nicht erst nach dem zweiten Vogel und dem zweiten Schuß?
Du hast nachgeladen, dich rasch umgedreht, um den zweiten Vogel ins Visier zu bekommen, und da drehtest du dich so weit herum und warst dermaßen auf den Vogel konzentriert,

daß du mich, der von der Pfahleiche verdeckt war, vergessen und mich mitgetroffen hast.
Und dann hast du mit einer Patrone nachgeladen. Weil du nur noch eine brauchtest.
Moment mal.
Es waren doch vier leere Patronenhülsen. Drei hatte der Jagdführer aufgelesen und in der Negerhütte neben mich auf die Wolldecke gelegt, und eine befand sich in der Greener. »Hier deine Kugeln«, hatte der Jagdführer gesagt, der nicht einmal wußte, daß gebrauchte Patronen wertlos sind.
Moment mal.
Dann mußt du ja beide Läufe auf den zweiten Vogel abgefeuert haben.
Warum nur?
Man feuert doch nicht zwei Super-X-Patronen auf eine einzige kleine Wachtel ab!
Moment mal.
Es gab gar keine zweite Wachtel. Hätte es eine gegeben, dann würde ich mich jetzt daran erinnern, weil ich mich jetzt an alles erinnere. Ich hätte es gehört, wenn der Vogel kurz vor deinem Schuß aufgeflogen wäre, ich hätte das leise Getöse gehört. Eigentlich wußte ich es schon immer. Aber warum wußte ich nicht, daß ich es wußte?
Dann waren also beide Läufe für mich, nicht wahr?
Mein Gott, ich werd noch verrückt! Kein Wunder, daß die Greener Feuer und Rauch spie wie eine Kanone!
Das war es also.
Will konnte den Blick nicht von dem Gewehr wenden. Wie ein Stromstoß fuhr es von dem fettigen Metall, das er mit beiden Händen wie eine Elektrode umklammert hielt, durch seinen Körper. Ein heftiges Prickeln lief ihm über den Rükken bis zum Haaransatz hinauf.
Sein Zwerchfell zog sich zusammen. Er merkte, daß er gelacht hatte.

Also nein, ich werd noch verrückt! Ist es denn die Möglichkeit, daß ich die ganze Zeit bis zu diesem Moment nicht gewußt habe, daß ich es wußte? Oder hast du mich verfehlt? Oder bin ich getötet worden und wußte es nur bis zu diesem Moment noch nicht? Kann man nur rein technisch am Leben sein?

Na ja, jetzt sieht natürlich alles anders aus, wie du immer zu sagen pflegtest.

Hm. Warum ich mich jetzt wohl dermaßen erleichtert fühle, fast sogar befreit, als dürfte ich jetzt endlich tun, was ich tun werde?

Lächelnd drehte er das Gewehr, das die Länge eines Karabiners hatte, um und richtete es gegen sich. Ganz einfach: man kann sogar mit beiden Daumen beide Hähne betätigen.

Jetzt noch einmal der Reihe nach.

Du hast die erste Wachtel abgeschossen.

Dann hast du das Schloß aufgekippt, die leere Patrone herausgeholt und nachgeladen.

Dann hast du beide Läufe auf einmal abgefeuert.

Als nächstes hast du wieder den Verschluß aufgebrochen, die beiden Patronen herausgeholt und wieder neu geladen, aber diesmal nur mit einer Patrone.

Eine Patrone für die Wachtel, zwei für mich, eine für dich.

Aber wieso hast du mich knapp verfehlt?

Wo du doch normalerweise selbst auf fünfzehn Meter Entfernung nicht mal mit einem Lauf eine Wachtel im Flug verfehlst! Und mich verfehltest du fast mit beiden Läufen aus fünf Metern Entfernung.

Was ging in jenem letzten Sekundenbruchteil in dir vor, daß du das Gewehr dann doch noch hochgerissen hast?

War es Liebe oder ein Mangel an Liebe?

Und warum hast du dich selbst verfehlt?

Na ja, was auch immer der Grund gewesen sein mag, beim nächsten Mal hast du diesen Fehler dann korrigiert, nicht wahr? In der Dachstube in Mississippi. Aber warum hast du

mich damals nicht mitgenommen, wenn du doch irgend etwas wußtest und dir dermaßen sicher warst, daß du es wußtest?
Der Kummer in deinem Blick, als ich damals in Georgia zu dir herüberkam und mich zu dir setzte – hast du bedauert, daß du es getan hast oder daß du es nicht getan hast?
Lächelnd sah er auf das Gewehr hinunter und schüttelte den Kopf.
Du hast bedauert, daß du es nicht getan hast. Denn beim nächstenmal gingst du ja keinerlei Risiko mehr ein und machtest es richtig, mit beiden Läufen, beiden Daumen und deinem Mund.
Jetzt erinnere ich mich. Als ich es vom Sheriff in Mississippi zurückbekam, habe ich das Gewehr gereinigt. Beide Läufe. Hätte einer denn nicht gereicht? Ja schon, wenn man von einem normalen Bedürfnis zu sterben ausgeht, nicht aber, wenn es sich um eine Todesliebe handelt. Im Fall von Liebe ist mehr besser als weniger, zwei doppelt so gut wie eins, und das meiste ist am allerbesten. Und wenn das Ziel Liebesekstase ist, dann liegt zwei näher an der Ewigkeit als eins, vor allem wenn es sich bei zwei um 12kalibrige Super-X-Nummer-acht-Schrotkugeln handelt. Und welches Samurais eigensüchtige Todesliebe, vom »kleinen Tod« der alltäglichen Vögelei ganz zu schweigen, kann es damit aufnehmen, wenn es der Winchester kommt und sie einen dabei in einen selbst zurückversetzt, wenn man die stählern kalte Erweiterung des eigenen Ich im Mund hat, ja, für dich, für mich, für uns, der logische, äußerste Akt des Fick-dich-selbst-verpiß-dich-Welt, die Penetration und Vereinigung des kalten Metalls der Waffe mit dem warmen zitternden sterblichen Fleisch, das allerletzte Kommen, damit es einem nie mehr kommt, Hirnzellen, die versagten und dann ganz ausfielen, die aufblühten und auseinanderflogen, um die ganze dunkle Welt wie Sterne.

4

»Hätten Sie Lust zum Jagen?«

»Nein.« Es war Lewis Peckham, der hinter ihm in der Tür stand. Will Barrett fragte sich, ob ihn noch irgend etwas überraschen konnte.

»Ich habe ein altes Kornfeld, in dem die Schweine waren, dort ist alles voller Tauben. Sie könnten heute nachmittag hinkommen.«

»Nein danke.« Er klinkte den Vorderschaft des Gewehrs auf, kippte das Schloß auf und verstaute die einzelnen Teile sorgfältig in den plüschgefütterten Höhlungen des schweren Spezialkoffers.

»Was ist eigentlich los mit Ihnen?«

»Wie bitte?«

»Ich fragte, was denn mit Ihnen los sei.«

»Wieso?«

»Irgend etwas war doch heute mit Ihnen los.«

»Ist schon wieder in Ordnung.« Er lachte.

»Ja, anscheinend geht es Ihnen wirklich wieder besser. Was war denn?«

Er sah Lewis an. Es war ungewöhnlich, daß er einen etwas fragte.

»Mich hat etwas, das ich nicht wußte, gequält. Jetzt weiß ich es.«

»Ich könnte Ihnen zeigen, wie Sie Ihren Slice verbessern können, aber das ist es wohl nicht, oder?«

»Nein.«

Lewis Peckhams Gesicht, dunkel und schmal wie ein Stück Rinde, war wie immer leicht abgewendet.

»Aber der Slice spielt dabei auch eine Rolle, nicht wahr? Ich sage Ihnen mal was Komisches: wenn ich jemanden einen Golfschläger schwingen sehe, dann weiß ich mehr über diesen Menschen als ein Psychiater nach hundert Stunden auf der Couch.«

Wahrscheinlich stimmte das sogar. Lewis besaß eine scharfe, nachdenkliche Intelligenz, aber unter der ruhigen Oberfläche herrschte eine Rastlosigkeit, die den positiven Eindruck beinahe verdarb. Er war nicht der, der er zu sein schien. Zuerst hatte es so ausgesehen, als sei Lewis einer der wenigen natürlichen Männer, die es noch gab, ein ernster, aufmerksamer, ruhiger und höflicher Mensch, ein Lederstrumpf. Aber das traf nicht zu. Er war ein unzufriedener Pro. Er sah aus wie ein Cherokee-Scout, aber seine Familie war seit Urzeiten in Tidewater ansässig, und er hatte schon an der University of Virginia Golf gespielt. Er war ein unglücklicher Pro. Vielleicht hatten ihn die Bücher zugrunde gerichtet. Erschütternd zu erfahren, daß dieser ernste, schweigsame Mann heimlich Gedichte schrieb! Sich Lederstrumpf als Poeten vorzustellen. Lewis wußte über vieles Bescheid und konnte Zeichen lesen wie ein Indianer, aber er unterschied sich von einem Indianer darin, daß er sich seiner Grenzen nicht bewußt war. Er hielt sich für einen guten Dichter, war es aber nicht. Er dachte, Bücher würden ihm zeigen, wie man lebt, aber das konnten sie nicht. Er war ein ernsthafter Leser, las aber alles durcheinander: Dante, Shakespeare, Nietzsche und Freud. Er las moderne Lyrik und Bücher über Psychiatrie. Er hatte einen Abschluß in Englisch, lehrte Englisch, nahm an einem Krieg teil, nahm seine Lehrtätigkeit wieder auf, konnte nicht mehr, beschloß, Farmer zu werden, erwarb eine Ziegenfarm, richtete in einer Höhle, die auf seinem Grundstück lag, ein Südstaaten-Museum ein, verfaßte Gedichte, ging bankrott und wurde schließlich Golflehrer. Einmal hatte ihm Lewis ein paar seiner Gedichte gezeigt. Sie waren nicht gut. Eines trug den Titel »Halbmond über Khe Sanh« und war in der Form eines zunehmenden Mondes getippt:

Das
Rund
nimmt zu
heller Span
des Monds
gespiegelt im
fauligen Tümpel
heller Metallspan
auf dem Weg in
mein Hirn ist
nicht der Mond
Carolinas
nein

Wie kam es, daß Lewis, der andere Menschen so gut einschätzen konnte, sich selbst so falsch einschätzte? Wie kam es, daß er Menschen und Zeichen so gut deuten konnte und doch mit seinem Todes-Rendezvous in Khe San ein drittklassiger Rupert Brooke sein wollte? Warum wäre er gern ein – und sei es erstklassiger – Rupert Brooke gewesen? Was wurde andererseits überhaupt von Lewis erwartet? Ein Indianer-Scout zu sein? Ein Pro? Eine Südstaatenhöhle zu betreiben? Anscheinend wußte Lewis das nicht. Gut an ihm war, daß er sich selbst zum Trotz er selber blieb. Die Bücher hatten ihn nicht verdorben. Viel von seinem Wissen stammte nicht aus Büchern. Das Problem war nur, daß er keinen Nutzen daraus zog.

Will Barrett lächelte. Plötzlich wußte er, was von Lewis erwartet wurde und was ihn glücklich machen würde. Nachdem sich die hier ansässigen Angeln, Jüten und Sachsen über die Neger in die Haare gekriegt haben und schließlich in den Krieg gezogen sind, weil sie nichts besseres zu tun haben, wird Lewis der sein, der einen kühlen Kopf bewahrt, mit seinem Lieferwagen herumfährt, Leute einlädt und diesen kleinen Rest in seiner Höhle überleben läßt.

»Sind Sie ganz sicher, daß alles in Ordnung ist, Will?«
»Natürlich.«
»Wollen Sie mal meine Meinung dazu hören?«
»Ja.«
»Ich glaube, daß Sie zur Zeit in einer klinischen Depression stecken. Vielleicht täte Ihnen eine Beratung gut. Haben Sie schon mal was von Logotherapie gehört?«
Logotherapie! Mein Gott. Was hat er denn jetzt schon wieder gelesen? Englischlehrer, Ziegenhirte, Höhlenforscher, Poet, Pro und jetzt auch noch Psychiater!
Lewis senkte ernst den Kopf. »Das Problem ist, wir beide haben etwas gemeinsam, das uns von anderen Menschen unterscheidet.«
»Und was ist das?«
»Wir sind die Einmalgeborenen in einer Welt der Zweimalgeborenen. Wir müssen es ohne die göttliche Gnade schaffen. Das ist zwar ein einsamer Weg, aber er hat auch einige Vorteile. Wenn man dann Gesellschaft findet, ist es bessere Gesellschaft, und der Blick auf die Dinge ist zwar düster, aber erfrischend. Man sieht alles so, wie es ist. Wirklich, kommen Sie sich nicht auch manchmal vor wie der Einäugige unter den Blinden?«
Will Barrett runzelte die Stirn. Warum hatte Lewis' Unglauben etwas so Abstoßendes? Er war auch nicht besser als der Glaube der Baptisten.
Wenn der Glaube beschissen ist und der Unglaube auch, was bleibt dann noch?
Nein, Lewis war sogar noch verrückter als die Gläubigen. Der ungläubige Lewis las Dante wegen der Struktur. Gläubige waren zumindest konsequent. Sie mochten Dante zwar für ein Restaurant in Asheville halten, aber sie lasen Marx nicht wegen der Struktur.
»Haben Sie schon mal an eine Analyse gedacht, Will?«
»Was soll ich denn analysieren lassen?«
»Sich selbst. Psychoanalyse.«

»Ich habe sogar eine hinter mir. Drei Jahre lang.«
»Eine Analyse? Im Ernst?« Lewis' Miene hellte sich auf. Lewis hielt jetzt mehr von ihm! Lewis beneidete ihn! Lewis wollte sich auch analysieren lassen! »Dann müßten Sie ja am besten wissen, daß Depressionen sehr gut zu behandeln sind, nicht?«
Lewis sah ihn nicht an, sondern stand so ernst und höflich wartend da wie bei einem Putt.
»Vielleicht haben Sie ja recht.«
»Natürlich habe ich recht! Und außerdem wissen Sie so gut wie ich, daß eine solche Reaktion auf den Tod einer Gattin ganz normal ist.«
Eine Gattin. Marion war eine Gattin. Hatte ihr Tod ihn eigentlich deprimiert oder eher verblüfft?
»Außerdem, Will, wenn ich mal ganz offen sein darf, finde ich, daß Sie sich zu früh aus dem Beruf zurückgezogen haben.«
»Kann schon sein«, erwiderte er zerstreut.
»Vorzeitiger Ruhestand ist eine der Hauptursachen für Depressionen.«
»Tatsächlich?«
Er maß Lewis mit einem langen Blick: das dunkle schmale Gesicht, das glatte schwarze Haar, das für einen Pro zu lang, für einen Dichter zu kurz war. Irgend etwas klaffte in seinem Innern auseinander, das eigentlich hätte zusammengefügt sein müssen. Im Grunde war nichts dagegen zu sagen, daß jemand ein Ziegenhirte-Dichter-Golflehrer war, aber etwas an der Art, wie Lewis es war, stimmte nicht. Was?
»Letztlich haben Sie doch alles, Will. Sie haben wirklich alles, was ein Mensch braucht. Und außerdem sind Sie ein guter Sportler. Wenn Sie sich's wirklich vornehmen würden, könnten Sie es schaffen, irgendwann ohne Handicap zu spielen.«
»Was würden Sie denn tun, wenn Sie alles hätten, Lewis?« erkundigte sich Will Barrett.

»Ich würde eine Rinderzucht aufbauen, Beethoven und Wagner hören, lesen und schreiben«, antwortete Lewis ohne zu zögern.

Zwei Finger glitten über das fettige Metall des Greener-Laufs.

»Bedeuten Ihnen denn solche Dinge nichts, Will?«

»Doch, natürlich.«

Lewis berührte ihn am Arm, was selten geschah. Lederstrumpf faßt niemanden an. »Wissen Sie was, Will, der Brautvater wird hier nicht mehr gebraucht. Verdrücken wir uns doch einfach auf meine Farm und brechen einer Flasche den Hals. Und dazu legen wir uns die Neunte Sinfonie auf.«

»Nein danke, Lewis.« Großer Gott! Mit Lewis auf seiner Farm zu sitzen und die Neunte Sinfonie zu hören!

»Sagen Sie mir irgend etwas besseres als die Neunte Sinfonie.«

Kittys Hintern. »Ich bin jetzt einfach nicht in der richtigen Stimmung.« Er sah auf die Uhr. Was Kitty wohl vorhatte?

»Wir wissen doch beide, daß Golf nicht alles ist.«

»Klar.«

»Sie könnten es genausowenig ohne sie aushalten wie ich, Will.«

»Ohne was?«

»Ohne die schöneren Dinge des Lebens.«

»Stimmt.«

»Der Mensch lebt nicht vom Brot allein, und wir verdienen ganz schön viel Brot beim Golfspielen.«

»Stimmt.« Wie kam es nur, daß ihm beim Gedanken an die schöneren Dinge des Lebens, wie etwa die Neunte Sinfonie, das Herz schwer wie Stein wurde? Einerseits gehörte die Neunte Sinfonie ja tatsächlich zu den schöneren Dingen. Andererseits war Lewis' Vorschlag dermaßen absurd, daß er lachen mußte: Mit diesem ernsten musikliebenden Dichter-

Pro an einem Nachmittag in Old Carolina die *Hymne an die Freude* zu hören ...

»Soll ich Ihnen mal sagen, zu welchem Schluß ich im Lauf der Jahre gelangt bin, Will?«

»Ja?«

»Ich bin zu dem Schluß gelangt, daß es das Schlimmste ist, was einem Menschen zustoßen kann, wenn er sein Erbe verliert.«

Welches Erbe denn? Ein Ungläubiger aus Tidewater, der Dante sechsmal der Struktur wegen gelesen hatte und der die Kreise der Hölle und des Fegefeuers sowie die Himmelsrose aufzeichnen konnte? Wenn man genau hinschaute, nahm Lewis Erich Fromm ernster als Gott, Dante oder Virginia. War dies nicht schlicht und einfach Wahnsinn, aus Tidewater, Virginia, zu kommen, Bücher über Dante und Gott zu lesen, die *Terzinen* vorzutragen, und zwar mit Tränen der Bewunderung in den Augen – und das Ganze dann mit Erich Fromm zu krönen?

»Ich muß wieder zu den Gästen zurück.« Und dann zu Kittys Hintern. »Ich habe Marion nämlich versprochen, Leslie ordentlich zu verheiraten.«

»Ja. Was für ein reizendes Mädchen. Da fällt mir übrigens etwas ein. Sie werden womöglich lachen, aber es handelt sich um etwas, das ich Marion versprochen habe.«

»Was?«

»Marion bat mich vor ihrem Tod, Ihnen etwas zu sagen.«

»Was?«

»Eigentlich komisch, daß sie es Ihnen nicht selber sagte. Sie und Marion haben nicht viel miteinander geredet, oder?«

»Nein, wir haben nicht viel miteinander geredet. Bei uns herrschte das, was man einen Kommunikationszusammenbruch nennt.«

Lewis lachte, wieder sich selbst zum Trotz ganz er selbst. »Die Ehe ist die reinste Hölle, stimmt's? Cindy ist eine wundervolle Ehefrau, aber sie hat sich leider nicht weiterentwickelt.«

»Wie dumm.« Weiterentwickelt zu was? »Was sollten Sie mir denn ausrichten?«

»Ach so. Marion sagte: Sorgen Sie dafür, daß er zur Hochzeit kommt und so weiter, und sagen Sie ihm, daß ich es diesmal nicht vertuschen kann, wenn er sich mal wieder verdrückt.« Lewis lachte. »Sie kannte Sie ganz genau, Will.«

»Ja.«

»Ich hab ihr dann gesagt: Scheiße, Will wird bestimmt kommen, machen Sie sich da mal keine Sorgen.«

»Sie haben zu Marion nicht Scheiße gesagt.«

»Stimmt.«

»Eben.«

»Sie hätten nicht vielleicht doch später noch Lust, auf eine Flasche Wein vorbeizukommen und Musik zu hören? Ich habe mir jetzt den kompletten Ring gekauft.«

»Nein.« Mein Gott, nein!

»Oder zum Taubenschießen, oder in der Höhle sitzen oder sonst irgendwas.«

»In der Höhle? Taubenschießen?« Ihm kam plötzlich ein seltsamer Gedanke. Er sah Lewis an. »Gut, ich komme.«

Nachdem Lewis gegangen war, stand Will Barrett noch einen Moment lang da und betrachtete die Greener. Schon zum zweiten Mal in dieser Woche erinnerte er sich an einen Filmschauspieler, von dem er nur ein einziges Mal gehört hatte. Nein, er erinnerte sich nicht einmal an den Schauspieler selbst. Sondern daran, daß sein Vater sich an jenen Schauspieler erinnert hatte, als sie 1950 durch Hollywood fuhren. Nach der Jagd in Georgia waren sie nach Westen gefahren. Am Ende des Kontinents fuhren sie in dem schwarzen Vierzylinder Dynaflow Buick den Sunset Boulevard entlang. Sein Vater, der an die zweitausend Kilometer nichts mehr gesprochen hatte, sagte auf einmal: »Siehst du die Ecke dort?« »Ja, Sir.« »Da war ich schon mal.« »Wirklich?« »Ja,

bei den Olympischen Spielen 1932. An dieser Ecke sah ich einen Schauspieler namens Ross Alexander, das war kurz vor seinem Tod.« »Echt?« »Eines Abends gab er eine Party. Mittendrin stand er auf und behauptete, er wolle draußen eine Ente schießen. Niemand dachte sich was Besonderes dabei. Er ging also hinaus in die Garage und erschoß sich. Auch dabei dachte sich niemand was Besonderes. Im Jahr 450 passierten in Rom ähnliche Dinge, bevor es von den Vandalen geplündert wurde.« »Echt?«
Will Barrett ließ den Lederkoffer zuschnappen, in dem sich die Greener befand, und verstaute ihn hinter dem Elektrolux im Besenschrank.

5

»Was für ein wundervoller Mensch deine Frau war!« sagte Kitty.
»Ja, das war sie.«
Sie beobachteten gerade seine Tochter Leslie, die sich mit Mr. Arnold aus dem Pflegeheim unterhielt. Trotz seines Schlaganfalls konnte er sich mit Hilfe eines Laufstuhls fortbewegen. Unter der schmalen, zwiebelweißen Glatze starrte ein Auge grimmig im Zimmer umher. Die andere Hälfte des Gesichts war lahmgelegt. Lid, Wange und Lippen hingen wie ein Vorhang herunter.
»Marion war eine Heilige«, sagte Kitty.
»Ja.«
»Und du warst so wundervoll zu ihr! Ich habe mal gesehen, wie du sie durch den A&P geschoben hast und wie du sie zuvor vom Wagen in den Rollstuhl gehoben hast und nachher wieder zurück.«
»Ja.«
»Wenn sie nicht so massig gewesen wäre, wäre sie eine schöne Frau gewesen.«

»Ja.«
Nein. Marion war nicht schön, auch nicht, bevor sie »massig« wurde. Sie war nie schön gewesen, bis auf ihre guten braunen Augen und die dichten, hochgewölbten Brauen.
Warum hatte er sie eigentlich geheiratet? Doch nicht – nicht wahr? –, weil sie Berties Schwester war und weil Bertie die Firma und Marion vierzig Millionen Dollar gehörten?
Nein, er hatte sie geheiratet – nicht wahr? –, weil sie ihn rührte. Von einer Kinderlähmung hatte sie ein leichtes Hinken zurückbehalten und war auf eine schlaksige, für Nordstaatler typische Art sogar hübsch. Selbst jetzt sah er sie, wenn er an die Zeit in Northport zurückdachte, in einer blauen Matrosenbluse vor sich – in einer Matrosenbluse? War das möglich? Hatte er sie so auf einem Photo gesehen oder bildete er sich das nur ein? Und ihr direkter grauäugiger Blick, Welten entfernt vom Blick eines Mädchens vom Sweetbriar-College oder einer Studentin aus Carolina, die einen auf sechs verschiedene Arten anschauten und dich mit allen sechs Blicken längst gesehen hatten, bevor du sie bemerktest.
Nein, er hatte sie geheiratet, weil sie sich so über ihn freute. Es ist keine Kleinigkeit, einen Menschen so einfach glücklich machen zu können.
Nein, er hatte sie geheiratet, weil es so fremdartig war, denn dadurch, daß er sie in Northport heiratete, entfernte er sich so weit wie nur möglich von dort, wo er herkam.
Nein, er hatte sie geheiratet, weil sie eine so gute, fröhliche, aufrichtige Episkopalistin war und ihn ebenfalls dazu bekehren wollte, und er bemühte sich sogar und bildete es sich schließlich sogar ein, daß er daran glaubte – auch dies wieder nur, weil es so fremdartig war, sich eine episkopale Sicht New Yorker Prägung einer anglikanischen Sicht einer katholischen Sicht eines jüdischen Geschehens zu eigen zu machen. Konnte es nicht vielleicht gerade aus diesem Grund wahr sein? Hätte sich irgend jemand außer Gott selbst etwas

so Fremdartiges erlauben können: es so einzurichten, daß man reiche, auf Long Island lebende Episkopalisten, die ganz gewiß nichts für Juden übrig hatten, dazu brachte, einen Juden anzubeten?
Nein, er heiratete sie aus keinem dieser Gründe und doch aus allen zugleich. Des Geldes und der Firma wegen? Ja und nein. Weil er sie glücklich machen konnte? Ja und nein. Weil sie so weit wie irgend möglich von Mississippi entfernt war? Ja und nein. Und von dir, alter Maulwurf? Ja. Und als Dreingabe dann noch Jesus Christus? Warum nicht?
Ja, all dies spielt eine Rolle, aber der Hauptpunkt waren die Lässigkeit und die entwaffnende heimliche Unverfrorenheit, mit der er es tat, mit der er alles bekam und sogar noch das Evangelium austrickste, wo sich die Kinder des Lichts und die Kinder dieser Welt gegenüberstehen, er jedoch war beides zugleich und hatte beides, und warum auch nicht? Warum hätte er sie denn nicht heiraten sollen?
War es nicht möglich, wie Pascals kaltblütiger Wetter darum an Gott zu glauben, weil man im Recht alles zu gewinnen und, falls man sich täuschte, nichts zu verlieren hatte?
Eine Weile hatte es den Anschein, als wäre es möglich.
Dann schien es egal zu sein.
Ehrlich gesagt war es leichter, im kühlen Long Island, wo niemand ernsthaft an irgend etwas glaubt, wegen der völligen Abwegigkeit daran zu glauben, als im heißen Carolina, wo es eigentlich nur Christen gab und jedermann Unglaube unglaublich fand.
Nach der Hochzeit wirkte Marion glücklicher denn je, widmete sich voller Freude der Gemeindearbeit, war voller Freude über ihn – und fand plötzlich Freude am Essen. Sie heiratete, tat gute Werke, stieß einen tiefen Seufzer der Erleichterung aus und begann zu essen. Sie aß und aß und aß. Nach einiger Zeit wurde sie zu schwer für ihr durch die Kinderlähmung schwach und brüchig gewordenes Hüftgelenk. Der Oberschenkelknochen schob sich ins Becken, und

es kam zu einer Verschmelzung. Sie brauchte einen Rollstuhl, aß mehr denn je und tat noch mehr gute Werke und opferte sich für die Armen, Alten und Elenden North Carolinas auf. Sie gehörte zu den guten, siegreichen Nordstaatlern, die dem armen, alten Süden aus der Not halfen. Mit ihren starken Armen rollte sie den Rollstuhl schwungvoll in alle möglichen Versammlungen. Angetrieben von frommem Eifer, Geld und lebhaftem Beifall, fuhr sie in ihrem Rollstuhl an staunenden Südstaatlern vorbei, speiste die Hungrigen, kleidete die Nackten, zahlte ihren Fabrikarbeitern einen Lohn, von dem sie leben konnten – eben jenen Baumwollarbeitern, die ihr Vater wie ein Pirat ausgeplündert hatte und an denen er reich geworden war: ein Mysterium. Noch ein Mysterium: ihre Heiligkeit und Gefräßigkeit. Sie opferte sich wirklich für andere auf, diente Gott und ihren Nächsten mit freudigem Herzen – und aß und aß und aß, mit Augen, die groß und rund leuchteten wie die einer Geliebten.

Nein, es hatte ihm Freude bereitet, sie glücklich zu machen und ihr zu dienen. Nur er, sagte sie immer, habe die Kraft und Geschicklichkeit, sich in den Rolls zu bücken, sie um die Hüfte zu fassen, während sie ihn um den Hals faßte, und sie mit einer raschen, kraftvollen Bewegung heraus und herum zu heben und in den Rollstuhl zu setzen. Yamaiuchi wäre zwar stark genug gewesen, aber sie wollte nicht, daß er es machte. Das ist wohl der Grund, dachte Will Barrett, daß er mich haßt. Hatte sie ihm vielleicht irgend etwas in ihrem Testament versprochen und ihr Versprechen nicht gehalten? Im A&P schob er mit einer Hand sie, mit der anderen den Einkaufswagen durch die Gänge, während sie Büchsen, Pizzas, Cremetörtchen, Plagniolflaschen, kleine Schokonußkuchen, Sahnebutter, Eier und kiloweise Vanilleeis in den Wagen beförderte. Diese Ausflüge mit ihm zusammen und die Tatsache, daß sie »sparte«, indem sie selber einkaufte, genoß sie sehr.

Zweimal pro Woche fuhr er sie ins St.-Mark's-Heim und

schob sie durch die Flure an den Zimmern entlang. Sie kannte sämtliche Heimbewohner mit Namen und unterhielt sich mit ihnen von Rollstuhl zu Rollstuhl. Wenn er von oben auf sie herunterschaute, sah er ihre striemige Stirn und perspektivisch verkürzt ihre Wangen und ihren Haaransatz, und er sah ihre stämmigen Unterarme, die jetzt, wo er den Rollstuhl schob, ausruhten.

Sie aß immer mehr, wobei sie immer dicker, aber auch immer kräftiger wurde. Sie aß und aß: Smithfield-Schinken, in Sahne gebackene Eier nach einem Rezept von Yamaiuchis Frau und Enten aus Long Island. In ihrem Blut funkelte das Cholesterin wie ein goldener Regen und lagerte sich als diamanten glitzernder Satz ab. Im Gallengang setzte sich ein winziger Stein fest, worauf sich in der blockierten, verdammten Galle ein Bazillus ausbreitete. Marion wurde gelb wie Butter und heiß wie Feuer. Es gab keine Möglichkeit, den Diamanten durch die ockerfarbenen Fettwände hindurch ausfindig zu machen. Sie starb.

Marion und seine Tochter Leslie waren auf eine ebenso bewundernswürdige wie beängstigende Weise religiös. Er selbst konnte weder anderer Meinung sein als sie, noch erlaubte er sich die geringste ironische Distanz. Wie hätte er denn anderer Ansicht sein können als sie? Beide schienen ja im Recht zu sein oder es zumindest auf eine triumphierende Weise gut zu meinen. Merkwürdig war, daß sie miteinander stritten, obwohl er keinen Streit mit ihnen hatte.

Marion war eine Episkopalistin alten Stils gewesen. Sie glaubte daran, daß Pflichterfüllung gegenüber Gott, Kirche, Familie und Vaterland das Wichtigste war, daß man das *Book of Common Prayer* lesen und gute Werke tun mußte.

Leslie jedoch, seine Tochter, war eine Christin neuen Stils, die Gott ihr Leben in einer persönlichen Begegnung überantworten wollte und deshalb mit Kirche, Priestern und Liturgie nichts im Sinn hatte. So sah ihr Glaube aus, und Ja-

sons Glaube war eine kalifornische Version davon. Sie verstanden sich gut miteinander, taten gute Werke und waren anscheinend glücklich. Wer hätte an Leslie etwas aussetzen können?
Leslie beugte sich vor und sprach langsam und eindringlich auf Mr. Arnold ein, um ihm bei seinen Sprachproblemen zu helfen. Sie war nämlich Sprachtherapeutin. Wenn Mr. Arnold etwas zu sagen versuchte, blähten sich in der erschlafften Gesichtshälfte die Lippen wie ein Vorhang. Dann machte Leslie eine ungeduldige Grimasse.
Jetzt diskutierte sie mit Jack Curl, dem Pfarrer. Die drei baumlangen Cupps standen freundlich schweigend daneben. Es war zwar keine unschöne Auseinandersetzung, es wurde gelacht und gelächelt, aber es war doch eine Auseinandersetzung. Das sah er an Leslies gekrümmtem Rücken und an Jack Curls Angst. Ernsthafte Auseinandersetzungen, vor allem, wenn es um theologische Themen ging, jagten Jack Curl Angst ein. Vermutlich stritten sie sich über die Hochzeit. Marion hatte sich eine traditionelle Feier gewünscht, wogegen Leslie und Jason sich ihre Feier selbst entwerfen wollten.
Als konservative Episkopalistin hatte Marion nichts für Änderungen in der Kirche übrig gehabt.
Als neuerweckte Christen jedoch hatten Leslie und Jason ihrerseits nichts übrig für das, was einer persönlichen Begegnung mit Jesus im Weg stand, seien es nun Sakramente oder die Liturgie.
Ed und Marga Cupp waren Kalifornier.
Jack Curl, der Pfarrer, hatte nicht sehr viel für weibliche Priester oder das neue Gebetbuch übrig. Er hatte furchtbare Angst gehabt, Marion, die ihn durch ihr Suchkomitee gefunden hatte und die das neue Gebetbuch abscheulich fand, könnte ihn feuern. Schließlich hatte er im Mittleren Osten und in Lateinamerika an ökumenischen Gottesdiensten teilgenommen, ja sogar in Odessa einen russischen Bischof be-

sucht und begonnen, Ikonen zu sammeln. Außerdem trug er Overalls.
Kitty glaubte an Astrologie.
Yamaiuchi war ein Zeuge Jehovas. Er glaubte fest daran, dereinst zu den 144 000 zu gehören, die das Armageddon überleben und tatsächlich tausend Jahre körperlich auf Erden leben würden – und herrschen.
Yamaiuchis Frau, die Köchin, war Theosophin und glaubte an Reinkarnation. Sie war überzeugt, einstmals Priesterin in Atlantis gewesen zu sein, bevor es versank.
Ist dies nun ein Zeitalter des Glaubens, überlegte er, eine große Renaissance des Glaubens nach einer Periode des krassen Materialismus, Atheismus, Agnostizismus, Liberalismus, Szientismus? Oder ist es ein Zeitalter des Wahnsinns, in dem jeder an alles glaubt? Was von beidem?
Die einzigen Ungläubigen, die er in Linwood kannte, waren Lewis Peckham und Ewell McBee, und die waren fast noch verrückter als die Gläubigen.
Leslie, die kerzengerade mit untergeschlagenen Beinen auf der Couch saß, nahm nach alter Gewohnheit ihre Brille ab, um sie zu putzen, und hatte jetzt nackte verstörte Augen. Als er seine Tochter betrachtete, wurde ihm bewußt, daß er gar nicht über die Hochzeit und die Auseinandersetzung nachdachte, sondern merkwürdigerweise darüber, wie Leslie wohl auf das Mädchen aus dem Wald wirken würde. Sie, die auf eine so verrückte Art mit Worten umging, hätte Leslie sicherlich unter ihrem Namen *Leslie* betrachtet, und jetzt konnte auch er sie plötzlich als eine *Leslie* sehen und merkte, daß er es eigentlich schon immer getan hatte. Die beiden Silben waren miteinander verknüpft und genauso zusammengefaltet wie ihre Beine unter ihrem Körper und die Brillenbügel. Das Knistern der Strumpfhose und das leise Klirren der Brillengläser standen für das *s* in *Les,* und das *Leslie* selbst mit seinem *s* und seiner neutralen Wirkung stand für Zimperlichkeit und Maskulinität, für eine sekretärinnenhafte

Pedanterie, die Leslie tatsächlich zu eigen und die vor dem Hintergrund ihrer Erweckung nur um so bemerkenswerter war. Man konnte sich ihre persönliche Begegnung mit Christus nur in der Form einer trockenen Geschäftsbesprechung vorstellen.

Aber einmal hatte er sie am Schluß eines Gebetstreffens erlebt, wo sich alles lächelnd und weinend in die Arme sank. Sie hatte ihre dicke Brille abgenommen und nackt und verletzlich gewirkt. Sie hatte die anderen ebenfalls lächelnd und weinend umarmt, und es hatte ihm einen Schlag versetzt, als er sie so sah. Aus irgendeinem Grund waren ihm Tränen in die Augen getreten. Was sollte man von diesem rührseligen Glauben halten? Gefiel ihm Leslie besser kühl und distanziert hinter ihren Brillengläsern? Was war daran auszusetzen, daß man sich seinen Mitmenschen offen und liebevoll zuwandte? Was war daran auszusetzen, Jesus auf diese Weise zu lieben? Ich weiß nicht. Irgend etwas.

Marge Cupp legte die Hände gegeneinander und machte Schwimmbewegungen. Als ehemalige Olympiaschwimmerin erklärte sie Jack Curl gerade, wie sie kleinen Kindern das Schwimmen beibrachte, noch bevor sie laufen konnten. Als typische Kalifornierin wußte sie, wie man das Besondere ins Allgemeine, ein Hobby zur Religion erhebt und dabei auch noch glaubwürdig erscheint. Es war leicht, ihr Glauben zu schenken und sie sich in der Brandung vorzustellen – eine nicht mehr ganz junge Juno in einem gutsitzenden trockenen, über den dunklen marmorierten Beinen etwas zerfransten Badeanzug, die mit wellenumschäumten Knien dasteht und glückliche Babys in den Pazifik setzt, Wassermänner eines neuen Zeitalters. Wer weiß, vielleicht hatte sie recht: Zurück ins Urmeer, aus dem wir stammen. Das war ihr kalifornisches Prinzip: Das traurige, gescheiterte Leben an Land aufzugeben, bevor es einen kaputtmachte und solange man noch jung genug war, und zu den ursprünglichen Lebensbedingungen zurückzukehren, nämlich in den Ozean (der denselben Salzgehalt hat wie Blut und wie das Fruchtwasser, in dem wir glücklich waren), und mit zehn Monaten, zehn Jahren, hundert Jahren ausgelassen wie die Delphine im warmen Kreidezeitmeer herumzutollen.

Jack Curl versuchte zwar zuzuhören, hatte aber Angst. Overall hin oder her. Wäre er von diesem zimperlichen episkopalistischen Hosenscheißertum frei, wenn Marge ihn damals mit sechs Monaten gepackt und in den Ozean geworfen hätte?

Ed Cupp ballte die linke Hand (mit der er spielend leicht einen Basketball von oben halten konnte) zur Faust und schlug sie in die rechte Hand. Er erklärte gerade Lewis Peckham, wie man bei einem Mercedes den Ölfilter einsetzt. Ed Cupp hatte nämlich Probleme mit seinem Wagen, bei dem in Oklahoma City der Motor ausgebrannt war. Und der dortige Mercedeshändler hatte sich mit der Begründung, der Ölfilter sei nicht richtig eingesetzt gewesen, geweigert, einen Garantiefall daraus zu machen. Es sei schlicht unmöglich, den Ölfilter falsch einzusetzen, meinte Ed Cupp, dafür hätten die deutschen Ingenieure schon gesorgt. Er konnte an nichts sonst mehr denken. Auch er wirkte glaubwürdig. Wenn man ihm zuhörte, teilte man seine Empörung und wünschte ihm bei seiner Klage gegen den Händler in Oklahoma viel Glück.

Leslie saß vorgebeugt da, immer noch angestrengt lächelnd, und erteilte Mr. Arnold Sprechunterricht. Sie preßte die Lippen zusammen, stieß gegen ihre Handfläche ein *p* aus und hielt die Hand dann vor Mr. Arnolds Mund. Versuchte er aber dasselbe, dann blähten sich seine schlaffen Lippen auf der linken Seite. Er sah sich zornig um und wies auf seinen Mund. Er hatte Hunger. Leslie war böse auf ihn.

Der Baum verschwand immer mehr. Eine der Fensterscheiben war etwas gewellt. Will Barrett kannte diese Wellung. Er hatte entdeckt, daß sie, wenn er in einem bestimmten Sessel saß und weder las noch sprach, noch Musik hörte, mit dem weit entfernten Rand der Schlucht zusammenfiel, so daß es, wenn er den Kopf bewegte, den Anschein hatte, als laufe an dem felsigen Rand eine Welle entlang.

Irgend etwas geschah. Plötzlich, mit einem aufsteigenden Gefühl der Befriedigung unter seinem Gürtel, wurde ihm klar, was es war. Alles wirkte so, als neige es sich dem Ende zu. Er hatte den Cupps nichts mehr zu sagen, sie hatten ihm ebenfalls nichts mehr zu sagen. Alles neigt sich irgendwann dem Ende zu. Mit diesem Raum hatte es ein Ende. Will Barrett konnte sich unmöglich vorstellen, diesen weißen Raum morgen noch einmal zu betreten und die Wellung der Scheibe mit dem Rand der Schlucht zur Deckung zu bringen. Jetzt wurde der Baum endgültig von der Wolke verschluckt.

In den vergangenen Jahren hatte Will Barrett die Wellung des Fensters bestimmt hundertmal mit dem Rand der Schlucht zur Deckung gebracht. Ihm kam ein ungewöhnlicher Gedanke: Früher oder später kommt irgendwann der Moment, wo man es zum letzten Mal tut – beim 101. oder 102. Mal. Normalerweise merkt man sich so etwas nicht und überlegt nicht, daß irgendwann das letzte Mal kommt. Aber warum sollte man so etwas nicht einfach festsetzen? Na gut, diesmal. Er brachte die Wellung mit dem Rand der Schlucht zur Deckung, wie die zwei Punkte eines Visiers, und bewegte die Augen. Die Welle lief am Rand entlang, bis zu der Scharlacheiche, die das Ziel verbarg wie der Baum, der vor dem Texas Book Depository stand. Jedenfalls war der Baum jetzt beinahe im Nebel verschwunden.

Plötzlich wußte er, warum er sich an den dreieckigen Unkraut-Flecken neben den Bahnschienen erinnerte, wo er gern mit Ethel Rosenblum geschlafen hätte. Es war genau der richtige Ort, ein unbedeutender, verwilderter, öffentlich zugänglicher, schamdreiecksförmiger Ort, für irgendeine Liebe oder irgendeinen Tod.

Es war, als legte sich die Stille der Wolke wie Watte um das Haus.
Hast du es damals nicht geglaubt, alter Maulwurf, daß nur diese beiden Dinge wirklich sind, Lieben und Sterben, und daß am Ende, weil eins so sehr dem anderen gleicht und von dem einen so wenig da war, schließlich nur noch das andere übrigblieb?
Schweigen.
Na gut, alter Maulwurf, du gewinnst.

6

Kitty berührte ihn, stieß ihn mit Hüfte, Schulter und Ellbogen an. »Du siehst aus, als hättest du gerade etwas beschlossen und wüßtest auch, wie du es erreichst.«
»Ach.«
»Worum geht es denn, Will?«
»Ach.«
Sie bekam große Augen. »Etwa um mich?«
»Ach –«
Kitty legte ihm lachend den Arm um die Taille und sagte, sie wolle ihn um einen Gefallen bitten. Er nickte lächelnd und stellte voller Neugier fest, daß er überall eine Gänsehaut bekam, wo sie ihn berührte. Er hatte Lust, ihre Hand zu nehmen und an sich zu pressen, und drehte deswegen den anderen den Rücken zu. Aber bevor er ihre Hand ergreifen konnte, zerrte sie ihn mit beiden Händen spielerisch grob in die Ecke hinter Marions Louis-XV.-Sekretär. Im Vorbeigehen berührte Kitty eine der glänzenden email-ähnlichen Tafeln. Hand und Blick taxierten flüchtig. »Mein Gott, schau dir das nur an«, sagte sie mit veränderter Stimme gedankenverloren vor sich hin.
»Also, mein lieber alter Freund Will, meine erste und einzige Liebe! Ach, es ist ja so schön, dich zu sehen. Erinnerst du dich an den Central Park?«

»Ja.«
»Wie blöd ich damals war. Ich hätte dich erhören sollen. Aber du warst immer so geistesabwesend, ich wußte nie, wann du mal wieder abdriftest.«
»Wieso erhören?« fragte er zerstreut und betrachtete den Baum. Das Zimmer war ganz von der Wolke ausgefüllt, ein weißes Zimmer, das von einer weißen Wolke weißgemacht wurde, aber niemand schien es zu bemerken.
»Hahaha! Komm mir doch nicht so, mein Junge!« sagte Kitty lachend und kam noch etwas näher.
»Na gut.«
Vielleicht hatte er »um ihre Hand angehalten«. Jedenfalls sah er, daß Kitty ihr Leben in ihrem Kopf umgeschrieben hatte, so daß es jetzt klar und überschaubar war wie ein Film. Er hatte um ihre Hand angehalten, und sie hatte ihm einen Korb gegeben. Sie konnte sich vorstellen, daß sie glücklich geworden wäre, wenn sie ihn erhört hätte. Da sie ihn aber damals abwies, hatte sie sich ihr ganzes Leben vermasselt. Wenn nur – aber selbst ein »wenn nur« ist nicht so schlecht, wenn es nur einfach ist. Man kann Reue dann genießen, wenn sie einen Sinn hat. Der Unterschied zwischen ihnen war, daß Kittys Leben mit zunehmendem Alter immer mehr Sinn bekam. Und doch war sie nicht ganz ernst zu nehmen, wie sie sich zu ihm herneigte, über ihn herfiel und »wenn nur« sagte. Ernst war ihr rasches, sicheres Taxieren des Louis-XV.-Sekretärs. Sie wußte, was sie wollte. Was wollte sie also von ihm?
Der Baum verblaßte etwas. Ein paar Blätter fielen herab und wurden in die Luft gewirbelt. Offenbar kam ein Aufwind aus der Schlucht.
»Was für ein schönes Paar wir waren, Will!«
»Tatsächlich?«
»Erinnerst du dich, was mir meine Hausmutter im Internat sagte?«
»Nein.«

»Daß wir beide nicht nur das schönste Paar seien, das sie je gesehen hatte, sondern auch das distinguierteste.«
Distinguiert. Was konnte Kitty damit meinen? Zweifellos zimmerte Kitty sich ihre eigene schlechte, aber klare Fiktion eines anhaltend unklaren Sachverhalts zurecht. Was konnte die Hausmutter damit gemeint haben? Was war denn schon distinguiert an einer Schülerin, die als Anheizerin ihrer Basketballmannschaft fungierte, und an einem wirrköpfigen jungen Soldaten, der nicht wußte, was er eigentlich wollte? Ah, plötzlich ging ihm auf, was Kitty meinte. Sie meinte, daß sie beide *jetzt* ein distinguiertes Paar seien, er mit seinen silbernen Schläfen, sie mit ihren geschmeidigen, kleiebraunen Armen und der goldenen Haarsträhne.
Kitty schob sich an ihn heran. »Schau mich doch nicht dauernd mit diesem Skorpie-Blick an! Man muß selber einer sein, um ihn zu erkennen.«
»Wie bitte?«
»Hast du vergessen, daß wir beide Skorpies sind?«
»Skorpies?«
»Skorpione.« Sie gab ihm einen Knuff. »Komm mir doch nicht so!« Vielleicht erinnerte er sich doch nicht an alles. »Meinst du vielleicht, ich hätte deinen Geburtstag vergessen? Nächsten Monat, einen Tag nach mir, weißt du noch?
Aber selbst wenn ich das Datum nicht wüßte, bräuchte ich bloß zu sehen, wie du durch die Leute hindurchstarrst, dann wüßte ich schon, daß du ein Skorpie bist. Ich hab übrigens eine Neuigkeit für dich, mein Junge.«
»Und was?«
»Pluto, der sowohl die positiven als auch die negativen Seiten des Sex regiert, tritt zur Zeit in sein Zeichen, das zufällig auch unser beider Zeichen ist.«
»Bedeutet das etwas Gutes?«
»Weder etwas Gutes noch etwas Schlechtes, das weißt du ganz genau. Es hängt alles von den Skorpies selbst ab. Und

über einen ganz bestimmten Skorpie möchte ich dir gerade etwas sagen.«
»Was?«
»Ich bin nicht mehr der kleine graue Eidechsenskorpie von damals. Du hast jetzt einen vollentwickelten Adlerskorpie vor dir, mit der bekannten Skorpie-Sexualität, und was das heißt, wissen nur wir Skorpies selber.«
»Ich glaube, ich weiß es.«
»Und was dich betrifft –«
»Ja?«
»Du bist offenbar noch irgendwo dazwischen, noch unterwegs. Das ist ja gut und schön, solange du eines nicht vergißt.«
»Was?«
»Du solltest nicht vergessen, was passiert, wenn zwei vollentwickelte Skorpies aneinandergeraten.«
»Was passiert denn dann?«
»Sie können ein Land vor dem Untergang retten oder es zerstören, oder es kommt zu einer schrecklichen Liebesaffäre. Die Hepburn und Burt Lancaster sind Skorpies.«
»Aber das ist doch nicht –«
Kittys Gesicht war ganz nah an seinem Nacken. »Stimmt, das ist nicht der eigentliche Grund, warum ich mir dich geschnappt habe.«
»Warum denn dann?«
»Ich wollte dir sagen, was ich vorhabe.«
»Was du vorhast?«
»Ich will an Marions Stelle treten. Und wegen Marion brauchst du dir überhaupt keine Gedanken zu machen. Sie hat es mir ausdrücklich erlaubt, bevor sie starb. Im Grunde war es sogar ihre Idee.«
»An Marions Stelle treten«, wiederholte er nachdenklich. »Das habe ich schon lange nicht mehr gehört.« Es schien, als könne er den Blick nicht mehr von dem Baum losreißen, der schon fast verschwunden war.

Er versuchte zuzuhören. Kitty sprach darüber, was für ein guter Mensch Marion gewesen sei, was für ein guter Mensch er sei und sie, Kitty. Sie war gut. Er war gut. Es stimmte ja auch. Sie waren gute Menschen. Ach, was war aus ihnen geworden, aus all den guten Menschen, all den guten Dingen, die Marion verkörpert hatte – Gott, Kirche, Heim, Familie, Vaterland? Warum hatte es ihn immer verstimmt, wenn Marion über diese guten Dinge sprach? Was war aus der Ehe geworden? Warum reichte es nicht, gut verheiratet zu sein? Warum sahen gut verheiratete Ehepaare immer so mürrisch aus? Alte Ehepaare, junge Ehepaare, fünfunddreißigjährige Paare in Eigentumswohnungen in Atlanta, sechzigjährige Paare in Villen in Ohio, alle sahen sie so mürrisch aus, als hätten sie auf einer Cocktailparty zwei Stunden nebeneinandergestanden und hätten jetzt genug voneinander. Zwei Stunden? Zehn Jahre! Dreißig Jahre!
»Bitte?« fragte er und fuhr zusammen. Anscheinend sprach Kitty gerade über ihre Tochter.
»Das findet man oft bei Schizophrenen.«
»Was denn?«
»Daß sie vernünftig sind. Walter wollte gleich die Polizei verständigen, nachdem sie ausgerissen war, aber Alistair meinte, auf ihre Art sei Allison sehr vernünftig (und das stimmt tatsächlich!) und werde vermutlich nach Valleyhead zurückkehren.«
»Demnach wißt ihr also nicht, wo sie steckt«, sagte er geistesabwesend. Jetzt wußte er, warum ihm das Mädchen im Wald so bekannt vorgekommen war. Auch bei ihr war die Oberlippe kurz und berührte die Unterlippe nicht, weil sie vom Nasenbändchen hochgezogen wurde. Gleich das erstemal, als er Kitty mit so geöffneten Lippen auf einer Parkbank gesehen hatte, hatte er ihren Mund begehrt.
»Ich glaube eigentlich schon, daß ich es weiß. Sie hat nämlich ein paar Hippiefreunde in Virginia Beach. Ja, ich bin ganz sicher, daß sie dort ist. Eigentlich denke ich, es könnte

gut für sie sein. Sie ist ja nicht blöd. Sie hat alles genau geplant, hat ihrem Vater 400 Dollar entwendet und ist spurlos verschwunden. Aber ich möchte ihr ein paar Tage Zeit lassen, bevor ich sie suche. Darüber wollte ich mich eigentlich mit dir unterhalten. Macht es dir etwas aus, deine alte Flamme wieder mal für einige Tage um dich zu haben?«
»O nein.«

Auf der Decke in der Negerhütte lagen drei Patronen. Der schwarze Junge hatte sie zusammen mit einer toten Wachtel neben ihn aufs Bett gelegt. Ein schöner Jagdführer! Welcher Jagdführer käme denn auf die Idee, leere Patronenhülsen aufzulesen? Die Negerin wischte ihm mit einem sauberen feuchten Tuch das Blut vom Gesicht. »Du bist nicht schlimm verletzt. Bleib einfach hier liegen, bis der Sheriff kommt.« Im Zimmer roch es nach Petroleum und Mehlteig. Die Wände waren mit frischen Zeitungen bedeckt. Die Frau beugte sich über ihn. Mit raschen festen Bewegungen, aber ohne ihm wehzutun, wischte sie ihm über Wange und Mund. »Dein Daddy wird wieder gesund. Es gibt nichts, was der liebe Gott nicht heilmachen kann«, sagte die Frau. Er wandte sich ungeduldig ab. »Wo ist das Gewehr?« Die Greener lag auf der anderen Seite neben ihm. Der Jagdführer hatte sie gefunden und zurückgebracht. Er kippte das Schloß auf. Es steckte eine einzige Patrone im rechten Lauf.
Aber erst jetzt, dreißig Jahre später, rechnete er nach. Eine Patrone für die Wachtel, zwei für mich und eine für dich.
So, so, dachte er kopfschüttelnd und suchte in seinen Taschen nach dem Wagenschlüssel. Er hatte offenbar vor sich hingelächelt, denn jetzt versetzte ihm Kitty einen Knuff. »Was ist denn los, du Spinner?«
Zu seiner Überraschung – ja, jetzt konnte er wieder überrascht sein! – packte ihn eine seltsame Heiterkeit. Etwas stieg in ihm hoch. Was? Gelächter. Er brach in lautes Gelächter aus.

»Worüber lachst du denn, du Idiot?«
»Über alles. Über nichts. Entschuldige bitte. Was sagtest du gerade über – äh...«
»Allison.«
»Allison?«
»Meine Tochter, du Blödmann. Allie.«
Allie. Ja. So hieß sie. Das war Allie, die vor dem Treibhaus saß und den dicken aufgeweichten *Captain Blood* las. Allie.
»Ich hätte gern, daß du sie kennenlernst, daß du dich mit ihr unterhältst und ihr zuhörst. Und ich möchte, daß sie dich kennenlernt. Normalerweise kann sie sich nicht mit Leuten unterhalten, aber irgendwie habe ich das Gefühl, mit dir würde sie reden. Ich kann dir nicht sagen, wie oft mir der Gedanke kam, daß mit Allison alles gutgegangen wäre, wenn du dagewesen wärst. Und jetzt kommt das Merkwürdigste: Manchmal habe ich das starke Gefühl, du könntest oder solltest ihr Vater sein – ha, sehr wahrscheinlich! Und doch gäbe es eine winzige Chance. Erinnerst du dich?«
»Woran denn?« Hatte er etwas vergessen oder hatte Kitty tatsächlich das Buch ihres Lebens umgeschrieben? Vage starrte er die weiße Wolke an.
»Nein, wirklich, Will. Irgend etwas ist mit ihr, mit uns, mit Allison. Wir sind in einem früheren Leben zusammen gewesen.«
»Was?« Er zuckte heftig zusammen.
»Ich sagte – worüber lächelst du denn die ganze Zeit, du Idiot?«
»Habe ich gelächelt?«
»Wie ein Affe.«
»Ein Affe?«
»Als wenn dich jemand in ein großes Geheimnis eingeweiht hätte.«
»Ein Geheimnis. Ja.«

Er schaute Kitty an. Aus den Augenwinkeln sah er, wie Leslie sich mit den Cupps unterhielt. Sie nickte mit gerunzelter Stirn. Ihm war klar, daß sie sich über die Party unterhielten, die wie üblich nach der Probe der Trauzeremonie stattfinden sollte. Es war Sitte, daß sie von der Familie des Bräutigams veranstaltet wurde. Die Cupps schlugen vor, die Piratentaverne im Holiday Inn zu mieten. Leslie schaute mürrisch drein.

Er merkte, daß Kittys Hand auf seinem Arm lag, und zuckte zusammen. Er hatte schon wieder nicht zugehört.

»Vergiß es nicht«, flüsterte ihm Kitty ins Ohr, schaffte es aber nicht, richtig zu flüstern.

»Was?«

»Drei Uhr.«

»Gut«, erwiderte er zerstreut.

»Ist es nicht ein Jammer, daß wir soviel Zeit vergeuden, um herauszufinden, was wir überhaupt wollen?« meinte Kitty. »Wenn man an all die Jahre denkt...«

»Stimmt.« Marion wollte Gott dienen, viel essen und gute Werke tun. Jimmy Rogers und der Zahnarzt wollten Geld. Kitty wollte was? Ihn? Sein Geld? Weg von dem Zahnarzt? Und was wollte er? Mit Kitty schlafen? Den Tod? Beides? Kittys Miene war ernst geworden. Ihre Augen leuchteten.

»Du wirst mir also mit Allison helfen?«

»Natürlich«, antwortete er geistesabwesend.

»Das Kind hat nicht gelernt, daß es erst mal Verbindung zu seinen eigenen Gefühlen kriegen muß, um gesund zu werden. Wenn nicht alles auf Anhieb klappt, meint sie gleich, sie müsse sich in ein Mauseloch verkriechen. Oder abhauen, etwas anderes machen, gehen.«

»Ja«, murmelte er. »Manchmal muß man einfach weg, raus. Ich habe das auch getan.«

»Du? Du hast doch nie Seitensprünge gemacht. Du warst doch ein guter Ehemann, das weiß ich von Marion.«

»Eigentlich stimmt das nicht. Hat sie dir erzählt, was ich letztes Jahr gemacht habe?«

»Nein.«

»Marion schickte mich an einem Sonntag in die Stadt, um irgendwelche Getränke zu kaufen. Wir hatten Bertie und einige seiner Palm-Beach-Freunde zu Besuch. Es lag nicht daran, daß ich Bertie und seine Freunde nicht leiden konnte, obwohl es wirklich stimmte. Eigentlich weiß ich selbst nicht, warum ich es getan habe. Statt zur Getränkehandlung ging ich also zur Bushaltestelle und nahm den ersten Trailways. Eine Woche später war ich in Santa Fe. Und weißt du, nach wem ich dort suchte? Nach deinem Bruder Sutter.«

Kitty zog ein Gesicht. »Und was hat er so gemacht?«

»Er saß in einem nachgemachten Adobeziegelhaus, sah sich im Fernsehen M*A*S*H an und redete nur mit mir, wenn gerade Werbung lief. Er arbeitete in einer Klinik für querschnittsgelähmte Kriegsveteranen und hatte noch ein Jahr bis zur Pensionierung. Nach einer Weile bin ich dann gegangen, und ich glaube, er hat es nicht mal gemerkt.«

»Es ist wirklich furchtbar mit Sutter«, meinte Kitty zerstreut, packte ihn am Ärmel und kniff ihn auf eine mütterliche Art. »Also vergiß es nicht«, wiederholte sie. »Um drei Uhr im Gartenhaus.«

»Wie? Ach so. Nein, ich werde es bestimmt nicht vergessen.«

7

Leslie sah kurz zu ihm hoch und setzte dann ihre Diskussion mit den Cupps fort. Nein, es waren Leslie und Jack Curl, die miteinander diskutierten. Oder eher hörte Jack Curl leichenblaß zu, als Leslie sagte: »Großartig! Erst das *Book of Common Prayer,* dann das grüne Gebetbuch, dann das rote Gebetbuch, dann das zebragestreifte Buch, dann das Interimbuch – und über was anderes habe ich Sie und Mutter nie reden hören. Großartig.«

Während er Jack Curl beobachtete, der abwechselnd lächelte und die Stirn runzelte und gerade den Mund aufmachte, um etwas zu erwidern, hörte er sich plötzlich sagen: »Gehöre ich nicht auch zur Hochzeitsgesellschaft?«

Niemand beachtete ihn. Leslie kräuselte die Unterlippe, und ihr Gesicht war voller Widerwillen. Die Cupps lächelten zwar immer noch, schienen sich aber nicht mehr sonderlich wohl zu fühlen. Mr. Arnold wies mit dem Finger auf seinen offenen Mund. Er hatte Hunger. Jason saß teilnahmslos dabei und ließ seine großen Hände zwischen den Knien baumeln. Alle Beteiligten waren doch verstimmter, als er zunächst vermutet hatte. Stritten sie sich über religiöse Fragen oder über die Party?

»Na schön«, sagte Will Barrett und räusperte sich. »Mir scheint, ich gehöre nicht zur Hochzeitsgesellschaft.« Als keiner antwortete oder ihn auch nur ansah, räusperte er sich erneut. »Gut. Ich habe noch einen Vorschlag, bevor ich gehe« – bei dem Wort »gehe« schaute Leslie kurz auf und nickte spöttisch –, »um etwas zu erledigen. Mein Vorschlag lautet folgendermaßen: Mir ist bekannt, daß die Party nach Sitte und Anstandsbuch nicht in diesem Haus stattfindet, obwohl Marge und Ed wissen, daß es mir ein Vergnügen wäre. Wenn Ed und Marge die Party im Piratenzimmer des Holiday Inn geben wollen, bin ich gern damit einverstanden. Schließlich ist ein Lokal so gut wie das andere. Wenn es aber in diesem Punkt irgendwelche Unstimmigkeiten gibt, dann darf ich vielleich als tertium quid vorschlagen, daß ich Ed, wenn er will, mit Arthur vom Golfclub zusammenbringe, und dann können sie gemeinsam überlegen, was geschehen soll. Das wird oft gemacht, und was es Ed kostet, wird ihn von den Sorgen um seinen Mercedes befreien.«

»Na, dann hätten wir's ja«, sagte Ed, und seine Miene hellte sich auf.

Leslie hob beide Hände. »Hört mal her, ihr Lieben«, begann sie, nahm ihre Brille ab und klappte sie zusammen. Ihr verschleierter Blick ging vom einen zum anderen. Sie nickte grimmig. Ihre dünnen Lippen bogen sich befriedigt nach oben, und sie sah aus wie Barbara Stanwyck in der Filmszene, wo sie allen mal gründlich die Meinung sagt. »Erstens wird es gar keine Party geben, aus dem einfachen Grund, daß es keine Probe geben wird. Und der Grund dafür, daß es keine Probe gibt, ist der, daß keinerlei Feier stattfindet, die zu proben wäre. Seit wann braucht man denn eine Feier, wenn zwei Menschen im Herrn zusammenkommen? Zweitens. Was dieses Buch angeht, von dem hier dauernd die Rede ist, kann ich nur sagen: das einzige Buch, nach dem ich mich richte, ist das Evangelium unseres Herrn und Erlösers Jesus Christus. Drittens: Jason und ich sind nur deshalb hier, weil Ihr es wolltet. Wir haben euch sehr lieb und würden euch gern eine Freude machen, aber unseren Glauben können wir nicht kompromittieren. Viertens: was diese seltsamen Sitten angeht, zum Beispiel, daß der Brautvater ›die Braut weggibt‹, vergeßt es, Leute. Ich will dir nicht wehtun, Vati, aber mich kann niemand mehr weggeben, weil ich mich schon selbst weggegeben habe, nämlich dem HERRN und Jason. Fünftens: Was einen Priester anbelangt, einen Vermittler zwischen Gott und den Menschen, so gebietet uns das Evangelium – seien Sie mir nicht böse, Jack –, keinen Menschen Vater zu nennen.«
Jack Curl streckte allen seine offenen Hände entgegen. »Vater? Mich nennt niemand Vater! Wer nennt mich hier Vater?«
Keiner gab Antwort, alle schienen in Gedanken versunken. Nur Mr. Arnold versuchte etwas zu sagen, aber es blähten sich bloß seine Lippen. Er wies mit dem Finger direkt in seinen Mund hinein. Auf der anderen Seite des Raums ging Yamaiuchi rasch mit einem Tablett leerer Bloody-Mary-Gläser zur Tür. Will Barrett rief ihm hinterher und machte

eine Geste. Yamaiuchi, der nicht direkt hergeschaut hatte, konnte so tun, als habe er nichts gehört. Will Barrett rief ein zweites Mal. Er wußte genau, daß Yamaiuchi ihn gehört hatte, weil seine Ohren sich noch enger an den glänzenden Kopf legten als sonst, aber er drehte sich immer noch nicht um. Außer von Marion, die ihn eingestellt und ihn auf eine Schule für Forstwirtschaft in Asheville geschickt hatte, hatte er selten von jemandem Befehle erhalten. Dadurch wurde es ihm nun möglich, so zu tun, als habe er nichts gehört.

Aus irgendeinem Grund durchfuhr Will Barrett eine kurze, heiße Wut. Er verlor die Geduld. Dreißig Jahre lang hatte er weder Wut noch Überraschung mehr empfunden – nein, einmal doch, und zwar als Kittys Bruder im Sterben lag und die idiotischen Krankenschwestern keinen Finger rührten –, und in demselben Moment, als er die Wut in sich aufsteigen fühlte, erinnerte er sich, daß sein Vater mit genau der gleichen, plötzlich hochkochenden Wut den schwarzen Jagdführer angefahren hatte. Sein Vater, der als Niggerfreund galt, beschimpfte den Jagdführer wie ein Niggerhasser.

Er, Will Barrett, hätte jetzt am liebsten gerufen: »Beweg gefälligst deinen Arsch!« Oder vielleicht sogar: »Beweg gefälligst deinen gelben Arsch!« (So wie sein Vater »schwarzer Arsch« gerufen hatte.) Aber plötzlich wurde es still im Raum, und da zuckte er lachend die Achseln, während Yamaiuchi mit dem Tablett herumfuhr. Er winkte ihn her. Aber sogar jetzt schaute Yamaiuchi noch einen winzigen Moment lang in Leslies Richtung, merkte, daß sie hier nicht die Chefin war, und kam dann mit finsterem Lächeln her.

»Bringen Sie diesem Herrn etwas zu essen«, sagte Will Barrett und deutete auf Mr. Arnold, der mit dem Zeigefinger direkt in seinen Mund deutete.

»Ja, Sir«, erwiderte Yamaiuchi. »Büffet ist schon fertig.« Wieder schaute er zu Leslie hin. Wollte er damit sagen: Ich nähme lieber von ihr Befehle entgegen?

»Also, tun Sie es«, sagte Will Barrett mit einem verärgerten Lächeln. Er war wirklich irritiert: Ich frage mich, warum dieser Japaner dieses Spielchen treibt, haarscharf an der Grenze zur Unverschämtheit.
»Ja, Sir.« Yamaiuchi verbeugte sich, zwei Grad zu tief, und ging.
Eines Tages kriegt dieser grinsende kleine Dreckskerl eine Tracht Prügel, dachte er. Ich werde ihn total zusammenschlagen.
Einen Moment später dachte er ganz erstaunt darüber nach, woher diese Wut wohl kam. Ich hätte ihn umbringen können. Mein Vater wäre damals auch dazu fähig gewesen: statt auf den Hund hätte er genausogut auf den Jagdführer schießen können.
Du bist einer von uns, sagte sein Vater.
Ja, gut, ich bin einer von euch. Ihr gewinnt.
Woher kommt solch eine Wut? Von der Entdeckung, daß in der Welt letztlich eben doch alles von Gewalt bestimmt ist, daß nur die Gewalttätigen den Sieg davontragen und daß ein Mangel an Gewalttätigkeit letztlich Ohnmacht bedeutet?

8

Er starrte sich im Badezimmerspiegel an, drehte den Kopf zur Seite und fuhr sich über die Wange wie ein Mann, der prüft, ob es Zeit für eine Rasur ist. Augenblicklich löschte sein Gesicht sich selbst aus. Die helle Stirn wurde dunkel, die tief in den Höhlen liegenden Augen begannen zu glühen, und die narbige Wange, die im Schatten gewesen war, wurde hell. Ihm fiel auf, daß der Spiegel nicht richtig reflektierte. Zum Beispiel fehlten die leichte Wölbung der Stirn und die Einbuchtung der Schläfe, die auf Photographien zu sehen waren. Sogar wenn er den Kopf seitlich drehte, wirkte die

Nase nicht wie ein Rüssel, wie das in einem Doppelspiegel immer der Fall war.
Etwas regte sich in ihm, und er sah auf die Uhr. In drei Minuten würde Kitty in die Wolke hinausschlüpfen. Bei dem Gedanken, wie sie im Gartenhaus stehen würde, die Arme um den Leib geschlagen, in Nebel eingehüllt, mußte er lächeln. Und dann würde sie mit leicht geöffneten Knien auf der feuchten Bank sitzen, und der beige Leinenrock würde um ihre Schenkel spannen. Ja, in ihr, nicht in einem Spiegel, würde er sich wiederfinden. Wenn er in sie eindrang, würde er eine Antwort, eine Reaktion, den Entwurf seiner selbst erhalten. Sie würde ihm beweisen, daß er lebte. Sie würde ein Schattenbild, eine Kopie von ihm entwerfen, seine Umrisse aufzeichnen wie ein Radargerät. In ihr konnte er sich lesen.
Sein Herz tat einen wilden Sprung. Wollte Kitty wirklich das, was sie zu wollen schien? Wollte sie, daß er im Gartenhaus mit ihr vögelte? Ja! Und er wollte es auch. Ja! Er blinzelte erstaunt. Es war, als hätte er Frauen ganz vergessen gehabt, als hätte er vergessen gehabt, wie man Frauen liebt, wie man mit einer Frau schläft oder eine Frau liebt, eine bestimmte, auserwählte Frau, und ihr Gemüt, ihren Verstand, ihre Seele, ihre süßen Lippen, ihren Hintern, alles. Er schauderte heftig zusammen, die Härchen auf seinem Arm stellten sich auf. Wovor hatte er denn Angst? Daß sie erwischt wurden? Daß er etwas tat, was er lieber nicht tun sollte? Daß er nicht konnte?
Das Herz klopfte ihm bis zum Hals. Er rannte die Hintertreppe zur Garage hinunter – und stürzte. Entweder wurde er ohnmächtig und stürzte hin oder er rutschte aus, schlug sich den Kopf an und verlor das Bewußtsein, oder vielleicht hatte er auch einen Anfall, eine seiner »petit-mal«-Trancen. Anfall oder Sturz, es kam ihm jedenfalls vor, als treibe er schwerelos hinab, stoße sich sanft von den Wänden des Treppenschachts ab und komme weich am Ende der Treppe

an. Falls er das Bewußtsein verloren hatte, mußte er doch gleich wieder zu sich gekommen sein, und wenn er auch nicht aufstehen konnte, konnte er sich doch am Ende der Treppe in eine halb liegende, halb sitzende Position bringen.

Er hörte ein Geräusch. Jemand hatte die Garage betreten.

Der enge Treppenschacht war dunkel. Die helle Wolke schien die Garage auszufüllen. Ohne selbst gesehen zu werden, konnte er die drei Autos und den größten Teil des Garagenbodens erkennen.

Mechanisch bewegte er Arme und Beine und ballte die Fäuste. Hatte er einen Schlaganfall erlitten? Mußte auch er in Zukunft eine geballte Hand wie ein Baby in der anderen Hand tragen? Nein, seine Hände funktionierten. Eine warme Flüssigkeit rann ihm ins Auge, und er berührte seine Wange. Es war Blut. Er hatte eine blutige Beule an der Schläfe. Obwohl sie anzuschwellen schien, tat sie nicht weh.

Die Katze kauerte wie immer unter dem Rolls Royce. Über den sauber gefegten Boden trieben Nebelranken. Das Licht der Wolke fiel so auf den Zement, daß die feinen Bögen der Maurerkelle zu erkennen waren. Der Nebel kroch unter den Mercedes, wo er verdampfte und verschwand. Vielleicht gab der Motor eine schwache Wärme ab.

Voller Neugier konstatierte Will Barrett, daß es anscheinend keinerlei Grund zur Eile mehr gab, daß er beliebig viel Zeit hatte, kleine Ereignisse in der Garage zu verfolgen. Und was noch wichtiger war, er hatte die Möglichkeit, sich über seinen Zustand klarzuwerden, das Ausmaß der Verletzungen abzuschätzen und entsprechende Pläne zu machen. Merkwürdig! Plötzlich ruhte er wie die Katze in sich selbst, plötzlich war er das Gespenst los, das nie mit ihm eins gewesen und immer vorausgeeilt oder zurückgeblieben war. Jetzt befand er sich in der realen Welt der Katzen und des Zements! Er lächelte. Vielleicht hatte sich in seinem Kopf etwas gelok-

kert, oder vielleicht war etwas, das locker gewesen war, durch den Sturz wieder zusammengefügt worden.
Jemand war hinter dem Rolls Royce hervorgetreten und stand jetzt direkt vor ihm. Auf einen Ellbogen gestützt, schaute er mit schräg geneigtem Kopf nach oben.
»Rechtsanwalt Barrett?«
»Ja?«
Es war Ewell McBee.
»Rechtsanwalt Barrett, ich muß Ihnen etwas sagen.«
»Sie haben es mir doch schon gesagt. Sie haben sich ja für den Schuß entschuldigt, machen Sie sich keine Sorgen«, erwiderte er wie im Traum. Ewell ragte groß vor der weißen Wolke auf. Als Will Barrett die Augen mit der Hand beschattete, um besser sehen zu können, fiel ihm an Ewells Kopf, der sich vor dem weißen Hintergrund abhob, die leicht eingebuchtete Schläfe auf, die seiner eigenen auf seltsame Weise ähnelte. Und wenn Ewell ihm das Profil zuwandte, kam ihm die rüsselhafte Nase ebenfalls vertraut vor.
»Ich muß Sie was fragen.«
Ewell schien nichts Besonderes daran zu finden, daß er hier in dem dunklen Treppenschacht am Boden lag.
In seiner seltsamen, neuartigen Stimmung machte Will Barrett folgende Entdeckung: die Leute waren derart besessen vom Gespenst ihrer selbst, daß ihnen wirklich sehr wenig auffiel. Man mußte schon aus dem Mund bluten oder einen Anfall bekommen, damit sie etwas merkten. Ansonsten war alles, was man tat, nicht mehr und nicht weniger als ein weiterer Teil der Welt, mit der sie sich abgeben mußten, die Ärmsten.
Man macht sich Gedanken darüber, was denn von einem erwartet wird. Lustig daran ist, daß die Leute, egal was man tut, immer glauben, es sei genau das, was ohnehin von einem erwartet wird.
»Ich werde Ihnen einen Vorschlag machen, den Sie nicht ablehnen können«, sagte Ewell. Er hustete, spie aus, stellte

einen Fuß auf die Stoßstange des Mercedes und rückte sich im Schritt zurecht.
»Ihr Video-Verleih? Wieviel soll ich investieren?« Will Barrett schien jedes Wort zu verstehen, bevor Ewell es überhaupt ausgesprochen hatte. Als er versuchte aufzustehen, merkte er, daß mit seinem linken Bein irgend etwas nicht stimmte, es knickte ein. Immerhin gelang es ihm, so unauffällig zu seiner bisherigen Lage zurückzukehren, daß Ewell anscheinend nichts merkte.
»Ich will, daß Ihnen meine Partnerin was drüber sagt«, begann Ewell und legte seine Hand leicht auf die Motorhaube. »Wir haben heut' abend in meiner Villa 'ne kleine Party. Eine Privatvorführung ihres letzten Films. Er heißt *Kesse Spiele* und wird garantiert ein Renner. Nur ich, meine Partnerin und Sie und die Hauptdarstellerin. Ein wundervolles Mädel! Sie heißt Cheryl Lee, kommt aus Chapel Hill und ist wirklich ein cleveres Persönchen. Eigentlich will sie später mal im Appalachen-Symphonieorchester Violine spielen. Das mit den Pornos macht sie bloß wegen dem Geld. In Wirklichkeit ist sie Musikerin. Ein wirkliches Talent, kann ich Ihnen sagen! Die Party war ihre Idee. Sie will Sie kennenlernen, weil sie aus irgendeinem Grund findet, Sie seien der intelligenteste, schärfste Mann, den sie je gesehen hat. Ich hab ihr gesagt, Sie seien genauso blöd wie ich, nur reicher, ha, ha, ha!«
Eine heranrauschende schwarze Woge schien jetzt das eine Ende der Garage auszufüllen. Sie verschwand nicht, als Will Barrett abwechselnd die Augen zukniff. Erst als er den Kopf ein wenig drehte, um sie direkt anzuschauen, zog sich die Wand aus Dunkelheit zurück.
Ewell hüstelte. »Könnte 'ne nette Party werden. Ich mach' uns als erstes 'nen Toddy, wie früher Ihr Vater, dann brät uns Norma Jean ein Steak, und dann schauen wir uns den Film an, und ich verspreche Ihnen, das wird der netteste Abend, den Sie je hatten. Cheryl ist ein Portiönchen Him-

melreich, aber sie ist trotzdem nicht auf den Kopf gefallen. Wir verstehn uns schon, wir beiden, nicht?«

Will Barrett legte den Kopf schräg, um die vor ihm aufragende Gestalt Ewell McBees besser sehen zu können, die leicht eingebuchtete Schläfe, die rüsselartige Nase. Es war irgendwie seltsam, Ewell, der früher ein Schläger und Wichskünstler gewesen war, der Latzhosen getragen und dicke weiße, landweiße Haut gehabt hatte, jetzt über »Filme« und »drehen« und »im Geschäft sein« reden zu hören.

Aber er bekam nur die Hälfte mit. Er prüfte, ob er seine Hände und Beine bewegen konnte. Ich glaube, wenn Ewell fort ist, kann ich wieder laufen. Die heranbrausende Finsternis war zurückgewichen. Ist es ein Tumor oder ein Schlaganfall oder was? überlegte er. Irgendwie war es ihm egal. Diese neue tiefe Ruhe und Freiheit schienen vor solchen Dingen sicher zu sein, sogar vor der Woge aus Finsternis, die zitternd am Rand seines Blickfelds stand.

Gemächlich hörte er zu, wie Ewell jetzt über seinen, Will Barretts, Vater sagte.

»Er war der intelligenteste Mann, den ich je gekannt habe, und er hat wirklich auf alles gewettet. Zum Beispiel wettete er fünf Dollar, daß eine Amsel sitzenblieb, während er einen Schlag aus dem Sandloch machte.«

Tja, das war wirklich intelligent!

»Er gab mir nach jeder Runde zehn Dollars – das war damals viel Geld. Als ich einmal für ihn, Richter Pettigrew, Senator Talley und einen Versicherungsagenten den Caddie machte, hörte ich, wie er eine Lebensversicherung über eine Million Dollar abschloß, einfach so.«

Das war ebenfalls sehr intelligent. Man schließt eine Lebensversicherung über eine Million Dollar ab, und dann verteilt man sein Hirn über ganz Mississippi.

»Ich werde nie vergessen, was er mal einem Prediger sagte. Sie hatten beim Vierer nämlich mal einen Prediger dabei, einen berühmten Prediger aus Montreat. Ich merkte schon, daß er Ihrem Vater auf die Nerven ging. Er konnte nämlich nicht fluchen. Er redete die ganze Zeit über seine Kirche, wieviel Geld er einnahm und wieviel Seelen er rettete, zehntausend Seelen allein in dieser einen Kirche in Charlotte. Seelen hier, Seelen da und Lobet den Herrn und so weiter. Ihr Daddy sagte kein Wort, aber ich sah, daß ihm der Kragen platzte. Und dann sagte er etwas zu dem Prediger, das ich nie vergessen werde. Wissen Sie, was er sagte?« Ewell hüstelte und richtete sich etwas mehr auf.

»Nein.«

»Und er sagte das mitten auf dem sechsten Fairway: Ich will Ihnen mal was sagen zu all den Seelen, mit denen Sie dauernd angeben. Erst mal, wollen Sie wissen, was eine Seele ist? Ich sag's Ihnen. Eine Seele ist ein Mensch wie Sie und ich und Ewell hier. Und wollen Sie wissen, was ein Mensch ist? Ich sag's Ihnen. Ein Mensch kommt zwischen einem Kackloch und einem Pißloch auf die Welt. Er ißt, schläft, scheißt, vögelt, arbeitet, wird alt und stirbt. Und das ist alles. Das ist ein Mensch. Das hat er gesagt. Ich kann Ihnen sagen, Ihr Daddy war ein toller Hecht.«

»Ja.« Das war er, ein toller Hecht.

»Also, was ist mit unserer kleinen Party?«

»Party?« wiederholte Will Barrett geistesabwesend.

»Wenn Sie nicht kommen, Rechtsanwalt Barrett, machen Sie den größten Fehler Ihres Lebens! Da ist dieses schöne talentierte Mädchen, und sie ist scharf auf Sie, und vielleicht ist das Ihre letzte Chance bei ihr, weil sie nämlich auf dem Weg nach oben ist, das garantiere ich Ihnen. Merken Sie sich den Namen, Cheryl Lee. Das ist ihr Künstlername. Richtig heißt sie Sarah Goodman und kommt aus Wilmington, und sie wird bestimmt mal berühmt.«

»Durch *Kesse Spiele* oder ihr Geigenspiel?« Plötzlich spitzte er die Ohren. »Sagten Sie Sarah Goodman?«

»Ja.«

»Ist sie Jüdin?«

»Jüdin? Ja, warum?«
»Sind Sie ganz sicher?«
»Natürlich bin ich mir sicher. Ihr alter Herr heißt Sol Goodman und handelt mit Textilien.«
»Sagten Sie, sie komme aus Wilmington?«
»Ja, aber –«
»Wilmington in North Carolina?«
»Ja, natürlich. Kennen Sie sie?«
»Und Sie sagen, sie geht? Sie geht nach Israel zurück, stimmt's?«
»Nach Israel? Nein, wieso. Wenn sie ihre Prüfung besteht, zieht sie nach Asheville. Wenn nicht, kommt sie nach Highlands zurück und macht weiter Filme mit Norma Jean. Ich bin sowieso dafür. Sie ist nämlich wirklich eine tolle junge Schauspielerin.«
»Ach so.« Seine Miene hellte sich auf. »Und Sie sind sich ganz sicher, daß sie Jüdin ist? Ich meine, man kann schließlich nicht unbedingt nach dem Namen gehen, Rosenberg zum Beispiel war ein Nazi.«
»Ist der Papst Katholik? Ich sag Ihnen doch, ich kenne ihren alten Herrn, Sol Goodman.«
»Ich verstehe.«
»Cheryl könnte sogar beides schaffen. Sie kann alles. Wissen Sie, wem sie genau gleich sieht? Erinnern Sie sich an Linda Darnell? Stellen Sie sich eine Linda Darnell vor, die Violine spielt wie Evelyn und Phil Spitalny. Ja, jetzt wo der Film fertig ist, bereitet sie sich auf ihr erstes Konzert vor.«
Er mußte wieder eine Weile mit den Gedanken abgeschweift sein oder vielleicht sogar noch einmal einen Anfall gehabt haben. Hatte er Gedächtnislücken? Wieviel Zeit war inzwischen vergangen? Jedenfalls hatte er wohl unhöflich gewirkt, denn als er wieder zu sich kam, stand Ewell McBee direkt über ihm, die Beine gespreizt, die Hände in die Hüften gestemmt, und redete laut auf ihn ein. Anscheinend war er wütend.

»Wollen Sie mal hören, wo Ihr Problem liegt, Rechtsanwalt Barrett?«

»Ja, sicher«, erwiderte er mit aufrichtiger Neugier, legte den Kopf schräg und sah zu Ewell hinauf.

»Ihr Problem ist, daß Sie immer dachten, Sie seien für alles und jeden zu gut. Ihnen ist nie irgend etwas gut genug.«

»Tatsächlich?« fragte er und sah aufmerksam zu Ewell hinauf.

»Wie kommt das?«

»Sie haben immer geglaubt, Sie seien so verdammt clever, Sie und Ihr Daddy. Aber jetzt sag ich Ihnen mal was. Der einzige Unterschied zwischen Ihnen und mir ist das Geld. Ansonsten sind wir beide ganz genau gleich. Sie und Ihr Daddy sind vielleicht wirklich schlau, aber man kann sich auch selber übertrumpfen wollen. Sie halten sich sogar für noch schlauer als Ihren Vater, stimmt's?«

»Meinen Sie wirklich?« Na ja, es traf schon zu.

Neugierig starrte er zu Ewell hinauf. Er wußte, daß Feinde einem oft die Wahrheit sagen. Und heutzutage sind Feinde, ehrliche Feinde, ziemlich rar. Niemand sagt einem mehr etwas Unangenehmes ins Gesicht. Durch Feinde erfährt man oft unverhofft Wahrheiten über sich, so wie man auf einem Photo oder in einem Doppelspiegel sieht, daß man eine rüsselartige Nase hat.

»Sie wissen, daß ich recht habe, Rechtsanwalt Barrett.«

»Womit?«

»Daß wir genau gleich sind.«

»Wie das?«

»Sie wissen so gut wie ich, daß wir uns auf dieser Party mit Cheryl und Norma Jean toll amüsieren könnten. Wir würden uns den Film anschauen, was trinken und später dann 'ne richtige Party feiern. Uns *amüsieren*. Ein kleiner Fick hat noch niemandem geschadet. Sie vögeln doch genauso gern wie ich, stimmt's?«

»Ich habe in letzter Zeit nicht an solche Dinge gedacht«,

sagte Will Barrett, aber jetzt fiel ihm Kitty wieder ein. Na ja, es stimmte schon. Aber wie konnte ich das nur vergessen? Wie spät ist es?

»Aber Sie reden nicht drüber, weil Sie sich für 'ne Party bei mir zu gut sind.«

»Eine Party mit Sarah Goodman könnte ich mir vielleicht sogar vorstellen.«

Aber Ewell war bereits so wütend, daß er gar nicht mehr zuhörte. In gewisser Weise schießt er jetzt noch einmal auf mich, dachte er.

»Sie und ich gleichen uns doch wie ein Ei dem anderen«, sagte Ewell und schob die Schultern hin und her. »Der einzige Unterschied zwischen uns ist der, daß ich und mein Daddy schuften mußten wie Nigger und Sie und Ihr Daddy selbst Nigger hatten und genug Geld, um Rechtsanwalt zu lernen und wie man redet. Ansonsten sind wir uns gleich.«

»In welcher Weise sind wir gleich?« fragte er neugierig und richtete sich angestrengt auf, um Ewell besser sehen und hören zu können.

»Ihr Daddy hat ja gesagt warum. Und außerdem hängen wir beide am Geld, nur daß Sie's geschickter angestellt haben, welches zu kriegen, und deshalb ist das kein Thema für Sie. Man heiratet einfach die reichste Frau im Staat und braucht sich um so was nicht mehr zu kümmern. Dann kann man das Geld mit vollen Händen ausgeben und sich als Mann des Jahres auszeichnen lassen, als wenn einem Geld ganz egal wäre. Stimmt ja auch. Solange man's hat, kann es einem egal sein. Aber wenn Sie es nicht hätten, wär's Ihnen nicht mehr egal. Das ist genau wie beim Tod Ihrer Frau, wo Sie ach so betrübt taten. Vielleicht waren Sie's ja auch. War ja wirklich eine feine Dame. Aber vielleicht hat's Ihnen auch nicht gerade das Herz gebrochen, daß sie das ganze Geld erbten. Aber das würden Sie nie zugeben. Der einzige Unterschied zwischen uns ist, daß ich's zugeben würde. Ich habe die mieseste Weiße in ganz Henderson geheiratet und war froh, als sie starb, und das sag' ich ganz offen. Aber Sie sind ja clever. Und Sie sind genauso eiskalt wie ich, nur daß Sie nicht drüber reden müssen, weil Sie Geld haben. Geld ist vielleicht nicht alles, aber es macht das Leben leichter. Mein Daddy hat immer gesagt: Wenn du Geld hast, steht dir alles offen. Sie sind sogar noch schlauer als Ihr Daddy. Was hat es mit ihm für ein Ende genommen! Aber Ihnen wird so was nicht passieren. Sie beobachten mich gerade und hören mir zu und brüten was aus, stimmt's?«

»Was glauben Sie denn, was ich ausbrüte, Ewell?«

»Das weiß ich nicht, weil Sie's nicht sagen. Sie haben's ja noch nie gesagt. Aber Sie brüten irgendwas aus. Und dabei sitzen Sie hier rum und tun höflich und denken nicht im Traum daran, zu meiner Party zu kommen.«

»Eigentlich würde ich Sarah Goodman wirklich gern kennenlernen, ich meine Cheryl Lee.« Kitty hatte ihm einmal gesagt, er sei in seinem früheren Leben Jude gewesen. Vielleicht stimmte es. War es denn möglich, daß ein wirklich in North Carolina geborenes jüdisches Mädchen hier noch lebte? Und daß sie nicht nur nicht nach Israel zurückgekehrt war, sondern sich sogar in Highlands herumtrieb, Pornofilme machte und mit Nichtjuden, Jüten wie Ewell, Parties feierte? Und wenn es so war, was hatte es für eine Bedeutung? Und warum wollte er sie überhaupt kennenlernen? Um mit ihr zu schlafen oder um herauszufinden, ob sie vorhatte, nach Israel zu gehen?

Er merkte, daß Ewells Wut einen Grad erreicht hatte, wo man alles nur noch als Provokation empfindet. Er bewegte drohend die Schultern. Zu einer Schlägerei kam es nur deshalb nicht, weil Will Barrett halb sitzend, halb liegend, auf einen Ellbogen gestützt, bequem auf den Stufen lag und ihn mit schräggelegtem Kopf ansah.

Ihm kam ein seltsamer Gedanke. Vielleicht war Ewell der letzte Hasser. War jetzt eine Zeit gekommen, wo nicht nur die Liebe aus der Welt verschwand, sondern auch der

Haß, bis schließlich nichts mehr übrigblieb als Freundlichkeit?

Als Ewell weiterredete, ließ sein Zorn nach, und es kam sogar eine Spur von Herzlichkeit auf, vielleicht die Herzlichkeit, wie sie nach Wirtshausraufereien aufkommt, aber er hörte nicht genau zu.

Ewell machte Pläne für die Party. »Keine Sorge, wir zwei machen uns 'nen netten Abend.«

Die weiße Wolke, die die Tür ausfüllte, war dicht und kompakt geworden wie eine Perle. Zweifellos fiel die Sonne darauf, denn sie schillerte in zarten Farben.

Wieder erschien die Woge aus Dunkelheit am Rand seines Blickfeldes, verschwand aber wieder, als er versuchte, sie anzuschauen. Statt dessen betrachtete er die drei Wagen, ein englisches, ein japanisches und ein deutsches Fabrikat. Sie sahen aus wie wundervolle Vögel, die jeden Augenblick von dem sauberen Zementboden abheben konnten.

Vielleicht habe ich einen Anfall, dachte er neugierig, einen Schlaganfall, einen Blutsturz, einen Tumor oder Epilepsie. Wenn aber etwas nicht ganz mit mir stimmt, warum sehe ich dann so ruhig und deutlich, daß ich mir nicht mehr selbst vorauseile oder hinter mir herhinke, sondern jetzt ganz im Hier und Jetzt bin und weiß, was ich tun werde?

Doch konnte es sich tatsächlich um einen seiner Anfälle gehandelt haben, denn als er aufschaute, war Ewell McBee spurlos verschwunden, von der dicken, schillernden Wolke verschluckt.

9

Hier haben wir ihn also vor uns, den Planer, wie Will Barrett sich früher insgeheim immer genannt hatte, wenn er voller Angst durch die New Yorker Straßen lief und sein Leben zu planen versuchte. Inzwischen sind viele Jahre vergangen, er hat ein ziemlich normales Leben hinter sich, hat eine ziemlich glückliche Ehe geführt und sich nach einer erfolgreichen Karriere triumphal früh aus dem Berufsleben zurückgezogen, um die schönen Seiten des Lebens zu genießen. Hier sehen wir ihn also vor uns, verrückter denn je, kurz nach einem seiner »Anfälle«, wie man das in seiner Kindheit genannt hat, wobei es sich zweifellos um eine Form der Epilepsie, vielleicht aber auch um eine viel ernstere Störung handelte. Gedankenversunken ging er in seinem Zimmer auf und ab, lächelte von Zeit zu Zeit vor sich hin und schnipste einmal leise mit den Fingern wie jemand, dem plötzlich die Lösung für ein schwieriges Problem eingefallen ist. Und so war es ja auch, oder zumindest glaubte er es. Er war so sehr auf die Planung seines neuen »Experiments« konzentriert, daß er das Mittagessen, die unmittelbar bevorstehende Trauung seiner Tochter und die Gäste im unteren Stockwerk ganz vergaß und, zumindest für den Moment, auch sein Rendezvous mit Kitty im Gartenhaus. (Warum schaute er jetzt aber auf die Uhr?)

Der Plan, den er sich ausgedacht hatte, wäre den guten Linwoodern und überhaupt jedem vernunftbegabten Menschen als wahnsinnig und lächerlich erschienen, wenn es dabei nicht um gefährliche, ja tödliche Konsequenzen gegangen wäre. Seine merkwürdige Beschäftigung mit den Juden hatte Will Barrett zwar jetzt aufgegeben – es hatte den Anschein, als hätten sie North Carolina doch nicht verlassen –, aber dafür hatte er einen noch viel fremdartigeren Plan entwickelt und überlegte jetzt gerade, wie er ihn in die Tat umsetzen könnte. An dem Wahn zu leiden, die Juden hätten North Carolina verlassen, ist eine Sache. Aber sich in ein Abenteuer zu stürzen, bei dem man mit Sicherheit sein Leben riskiert!

Wie schade, daß er nicht wie seine Nachbarn und Freunde ausspannen und sein Leben genießen konnte, hier an einem der angenehmsten Orte, die man sich vorstellen kann. Im großen und ganzen lebten hier recht nette Leute, Geschäftsleute und Akademiker wie er, die ihr Leben lang hart gearbeitet, Familien gegründet, ihre Bürgerpflichten erfüllt hatten und jetzt hier den Sommer verbrachten oder in Eigentumswohnungen und Villen ihren wohlverdienten Ruhestand genossen. Sie gingen in den bunt lodernden Herbstwäldern spazieren, spielten auf dem berühmten alten Golfplatz, kauften sich Steppdecken, Geleefrüchte oder Antiquitäten oder saßen einfach bei einem Drink zusammen mit Freunden auf ihrer Veranda. Und dies alles vor dem Hintergrund des Mount Sourwood, der Felsschluchten und des schwach sichtbaren Massivs der Great Smokies.

Wie bedauerlich war es doch, wenn man Will Barretts Reichtum, seine Talente und seine allgemeine Beliebtheit bedachte, daß er sein Leben nicht einfach genießen konnte, statt sich ständig dagegen aufzulehnen, und daß er nicht mehr so viel Gutes tat wie zu Lebzeiten seiner Frau.

Wenn er mit den normalen Ruheständlern schon nichts anfangen konnte, hätte es doch auch noch kultivierte Leute gegeben, Freunde von Klassik und Volksmusik, Bücherleser, Leute, die sich ernsthaft mit Vogelkunde befaßten und so weiter. Was sprach denn dagegen, sich die Neunte Sinfonie anzuhören oder mit Lewis Peckham über Erich Fromm zu diskutieren? Und warum stöhnte er bei dem Gedanken, auf diese Weise seine Zeit zu verbringen, laut auf? Kein Zweifel, Lewis Peckham und die Ärzte hatten recht. Derlei negative Empfindungen konnten wirklich nur Symptom einer körperlichen oder nervösen Störung sein.

Nein, statt wie ein normaler Mensch seine Freizeit zu genießen, den Lohn guter Werke zu ernten oder sich intellektueller Gesellschaft zu erfreuen, brütete er einen der seltsamsten Pläne aus, die je einem menschlichen Gehirn entsprungen sind. In einem Punkt hatte er recht: Man darf bezweifeln, ob irgend jemand vor ihm schon einmal an so etwas gedacht hatte.

Und doch erschien ihm sein »Experiment« als ein Musterbeispiel von Logik, Eleganz und Einfachheit. So war es um seinen Geisteszustand bestellt.
Während er im Zimmer auf und ab ging und eine Faust sanft in die andere Hand drückte, sagte er zu sich selbst, daß Ewell, obwohl er trotz seiner Jaymar-Sansabelt-Hosen ein ungebildeter Gebirgler war und primitiver als der Durchschnitt, in einem Punkt recht hatte.
Er, Will Barrett, hatte im Lauf der Jahre gelernt, daß man als aufmerksamer Zuhörer die Wahrheit oft aus den unwahrscheinlichsten Quellen erfährt, ja gerade aus den unwahrscheinlichsten Quellen, etwa durch Feinde, Fremde, Kinder, Verrückte, durch zufällig mit angehörte Gespräche und dumme Prediger (ganz gewiß nicht durch redegewandte!). Bei seinen Gottesdienstbesuchen mit Marion war ihm aufgefallen, daß ein dummer Pfarrer, ohne es zu merken, fast unweigerlich etwas Brauchbares von sich gab, wenn man nur aufmerksam zuhörte.
»Wie jedermann klar und deutlich erkennen kann«, hatte zum Beispiel mal ein Armleuchter aus Asheville behauptet, der für Jack Curl eingesprungen war, »sind alle Anzeichen des Armageddon bereits da.« Und dann leierte er sie herunter, und dazu gehörte auch die Rückkehr der Juden nach Israel. An jenem herrlichen Sonntagmorgen in den Bergen North Carolinas hatte dies keiner der Gottesdienstbesucher beachtet – außer Will Barrett, der seines tauben Ohrs wegen mit schräggelegtem Kopf aufmerksam jedem Wort folgte, so wie er auch Ewell McBees Worten aufmerksam gefolgt war.
Werden nicht auch große Entdeckungen manchmal in den unwahrscheinlichsten Momenten gemacht, wie etwa beim monotonen Geleiere eines Pfarrers? Will Barrett hatte seine Entdeckung gemacht, als Ewell McBee in der Garage vor ihm stand und unablässig redete – über ihre Kindheit, über den einen und den anderen Daddy, über deren Ähnlichkeit

und so weiter. Und zwar hatte ihn Ewell darauf gebracht, als er davon sprach, wie »schlau« er, Will Barrett, sei, sogar noch schlauer als sein Daddy. »Sie sagen gar nichts, Will, Sie lehnen sich einfach zurück und hören zu und denken nach, als machten Sie gleich 'ne große Entdeckung.«

Und worin bestand die Große Entdeckung? Wir können es ebensogut gleich sagen. Ihm dämmerte, daß der Selbstmord seines Vaters *vergeblich* gewesen war. Er nützte nichts, bewies nichts, löste nichts, stellte keine Fragen, geschweige denn, daß er welche beantwortete, und kam niemandem zugute. Es war nichts als ein Abgang, ein Aufstehen und Hinausgehen, das Schließen einer Tür.

Will Barretts Gefühl für Ökonomie und Verhältnismäßigkeit wurde am meisten durch den Umstand beleidigt, daß so viel, immerhin ja ein Leben, für so wenig vergeudet worden war. Wenn man etwas Schreckliches vorhat, dann sollte man wenigstens einen ebenso schrecklichen praktischen Zweck damit verbinden. In seiner Arbeit als Vermögensverwalter hatte er gelernt, daß man oft gut tut, an große Hinterlassenschaften große Bedingungen zu knüpfen.

Meines werde ich nicht sinnlos vergeuden, dachte er lächelnd.

Ewell, dieser Prolet, hatte ganz recht, nicht wahr? Darin bestand seine, Will Barretts, durchtriebene Art, »schlau« zu sein, daß er nämlich als schweigender Zuschauer die alltägliche Katastrophe verfolgte, die alle anderen als selbstverständlich hinnahmen, und daß er sich dann überlegte, wie man ein notwendiges Übel in ein überraschendes Gut umwandelt.

»Sie erinnern mich an den Typen, der eine Müllhalde zu überwachen hatte und plötzlich entdeckte, daß man aus dem Abfall Sprit machen kann«, sagte Ewell. »Diese Art, zwei Sachen miteinander zu verbinden, den Abfall loszuwerden und die Araber auszustechen – Sie schlagen gern zwei Fliegen mit einer Klappe, stimmt's?«

Ja. Er schnipste noch einmal mit den Fingern und setzte sich an seinen Schreibtisch, ein schönes Kiefernholzmöbel im Kolonialstil, das ihm seine Frau geschenkt hatte und an dem er heute zum ersten Mal saß. Es machte Spaß, an einem richtigen Schreibtisch zu sitzen, Briefpapier und Füllfederhalter hervorzuholen, einen Plan zu entwickeln und die für die Ausführung erforderlichen Dokumente zu verfassen.
Bei den »Dokumenten« handelte es sich um zwei Briefe, einen an Lewis Peckham und einen an Dr. Sutter Vaught.

Lieber Lewis,
dieser Brief ist eine reine Vorsichtsmaßnahme. Wenn Sie ihn bekommen, können Sie ihn ungelesen zerreißen, denn eigentlich habe ich vor, Sie noch heute aufzusuchen, bevor der Brief Sie morgen erreicht.
Ich ergreife diese Vorsichtsmaßnahme übrigens auf Ihren Rat hin. Damals, als wir uns als Höhlenforscher betätigten, rieten Sie mir, nie allein eine Höhle zu betreten, ohne jemanden davon zu benachrichtigen.
Mit einem Wort, ich folge Ihrer Einladung, Sie heute nachmittag zu besuchen, und zwar werde ich über die Lost-Cove-Höhle zu Ihrer Farm hinunterkommen. Ich betrete sie durch den oberen »Notausstieg«, den Sie mir zeigten, als ich ins Rough schlug, und den früher die Soldaten der Südstaatenarmee benutzten, und ich verlasse sie durch den Haupteingang bei Ihrem Haus im Tal unten. Zwar kenne ich mich im oberen Teil der Höhle nicht aus, aber es gibt ja nur einen Weg, abwärts, und an den unteren Teil, die »kommerzielle« Höhle, erinnere ich mich noch sehr gut.
Ich habe plötzlich das Bedürfnis, den Schlupfwinkel des Säbelzahntygers zu besuchen, den Sie entdeckt haben.

Das Lager des »Tygers« zu erwähnen ist ein wesentlicher Teil des Plans, dachte er lächelnd. Erstens würde es Lewis' literarische Phantasie kitzeln. Tyger, Tyger, und schon würde Lewis den Suchtrupp zu einer an Blake gemahnenden Erforschung mythischer Tiefen losschicken. Zweitens, und das war noch wichtiger, wäre damit ein Ziel angegeben, ein Fixpunkt in der riesigen, noch immer nicht ganz erforschten Höhle.

Der Gedanke an Bourbon und Beethoven ist einfach unwiderstehlich.

Das war die einzige Lüge in dem Brief. Der Gedanke, sich ein Schlückchen Bourbon mit Soda zu genehmigen, wie Lewis sich ausdrücken würde, und dabei Beethovens Neunte Sinfonie zu hören, war nicht nur nicht unwiderstehlich, sondern schlicht entsetzlich. Die bloße Vorstellung reichte, daß er das Gesicht verzog und zitterte wie ein Geflügelhund vor einer Sasse.

Falls ich noch nicht aufgetaucht sein sollte, wenn Sie dies erhalten, schicken Sie einen Bernhardiner mit einem Fäßchen Wild Turkey los.

Alles Gute,
Will

Er adressierte, frankierte und verschloß das Kuvert und befühlte bewundernd das schwere beige Briefpapier mit Prägung, das Marion ihm einmal geschenkt und das er noch nie benutzt hatte. Warum war es heutzutage denn nicht mehr möglich, sich hinzusetzen und einen jener Briefe zu schreiben, wie sie Figuren in alten Romanen ganz selbstverständlich in beliebiger Anzahl an Freunde und Verwandte schikken? Hätte seine Tochter solch einen Brief von ihm erhalten oder er einen von ihr, sie wären in Ohnmacht gefallen. Heutzutage konnte man offenbar nur noch Briefe schreiben, wenn dies zu einem größeren Plan gehörte, der ein für alle-

mal Ordnung schaffen würde, für ihn selbst, für seine Tochter – und, was das betraf, auch für alle anderen.
Der zweite Brief steckte in einem größeren Umschlag und war adressiert an Dr. Sutter Vaught, 2203 Los Flores Boulevard, Albuquerque, New Mexico.

Lieber Sutter,
ich muß Sie um einen Gefallen bitten. Ein Grund dafür, daß ich Sie bitte, ist der, daß ich keinem anderen Menschen zutrauen würde, meine Bitte auch wirklich zu erfüllen. Und zweitens bin ich zuversichtlich, daß die betreffende Angelegenheit, wenn sie auch etwas lästig ist, doch so beschaffen sein dürfte, daß Sie mir den Gefallen tun werden.
Da ich Sie womöglich besser kenne, als Sie glauben, habe ich Grund zu der Annahme, daß es, ganz abgesehen von seiner Dringlichkeit, gerade die Abwegigkeit meines Wunsches ist, der seine Ausführung durch Sie garantieren wird.
Sie sagten mir einmal, daß heutzutage niemand etwas sicher genug wisse, um irgend jemandem irgend etwas zu befehlen, und daß einem Menschen, der tatsächlich etwas wüßte und mit Autorität anordnete – »tut dies, tut das« –, Millionen nachfolgen würden.
Ich fordere nicht Millionen auf, sondern Sie, dies Eine für mich zu tun. Und ich bitte Sie nicht darum, sondern sage zu Ihnen: Tun Sie es.
Ich füge diesem Brief einen verschlossenen und frankierten Umschlag bei, adressiert an einen gewissen Lewis Peckham in Linwood, North Carolina. Sie tun folgendes: Nach Erhalt dieses Briefs warten Sie drei Wochen. Wenn Sie bis dahin nichts Gegenteiliges von mir hören, gehen Sie folgendermaßen vor:
Fahren Sie nach Linwood, North Carolina. Gehen Sie zur dortigen Post und werfen Sie den Brief ein, nachdem Sie ihn zuvor geknickt und ein wenig schmutzig gemacht haben. Der Adressat wird denken, der Brief sei von einem Postbe-

amten verlegt worden, hinter einen Heizkörper gerutscht, unter einen Tisch geschmissen, endlich mit großer Verspätung gefunden und von dem schuldigen Angestellten in den Behälter geworfen und verspätet gestempelt worden. Die Post wird, falls es soweit kommt, annehmen, daß jemand den Brief verloren und irgendeine hilfsbereite Person ihn gefunden und eingeworfen hat.

Danach verlassen Sie sofort die Stadt und sprechen über diese Sache mit keinem Menschen.

Seien Sie versichert, daß ich Sie nicht bitte, an einem Betrug oder gar noch Schlimmerem mitzuwirken.

Ich weiß, es ist recht umständlich, von Albuquerque nach Linwood, North Carolina, zu kommen (zumal ohne Wagen, da Sie sich nach Ihrem Edsel ja keinen mehr gekauft haben), aber ich bin überzeugt, Sie werden es trotzdem tun. Bitte glauben Sie mir, daß es absolut notwendig ist, dies zu tun, diesen Brief zu vernichten und mit keiner Menschenseele darüber zu sprechen.

Natürlich kann es auch sein, daß Sie vor dem Stichtag von mir hören, womit Ihre Mission natürlich hinfällig würde. Sollte dieser Fall eintreten, werde ich Ihnen weitere Erklärungen liefern.

Aber vielleicht schulde ich Ihnen doch irgendeine Erläuterung dieser ungewöhnlichen Bitte. Ich werde Ihnen hier eine Teilerklärung geben auf die Gefahr hin, Sie zu kränken oder zu erschrecken. Aber Sie werden zumindest sehen, daß niemandem etwas zustoßen kann außer mir, und vielleicht nicht einmal mir, und daß Sie in keinem Fall irgend etwas verhindern können – daß jedoch für viele Menschen sehr viel Gutes dabei herauskommen kann.

Wenn Sie in drei Wochen nichts von mir hören, werde ich tot sein zu dem Zeitpunkt, wo Lewis Peckham den Brief erhält, den Sie in Linwood einwerfen. Sie können nichts tun, um das zu verhindern. Die einzige Chance, es zu verhindern, besteht wirklich darin, daß Sie diese den Brief betreffenden

Anweisungen genau ausführen. Sie werden sich vielleicht erinnern, daß ich Ihnen früher einmal einen ähnlichen Dienst erwiesen habe.
Der verzögerte Brief hat den Zweck sicherzustellen, daß meine Leiche gefunden wird, und zwar unter Umständen, die einen Selbstmord und somit die Nichtauszahlung meiner Lebensversicherung ausschließen.
Betrug ist hierbei nicht im Spiel, obwohl die Versicherungsfirma zweifellos darauf plädieren würde, weil es um eine Million geht. Dem Gesetz nach muß eine Lebensversicherung ausgezahlt werden, wenn der Tod durch natürliche Ursachen, Unfälle oder höhere Gewalt eintritt. Wenn ich sterben sollte, wird mein Tod nicht durch eigene Hand, sondern durch Gottes Hand geschehen. Oder vielmehr durch die Hand- oder Tatenlosigkeit Gottes.
Wenn ich sterbe, dann nicht durch eigene Hand, sondern dadurch, daß eine andere Hand tatenlos geblieben ist. Ich will nicht sterben, sondern leben. Deshalb wird es sich, falls ich sterbe, nicht um Selbstmord handeln.
Man könnte dies als das äußerste wissenschaftliche Experiment bezeichnen im Gegensatz zu jenen langweiligen, uralten philosophischen und religiösen Streitgesprächen, die nie zu etwas führen. Ich sage deshalb das »äußerste« Experiment, weil Gegenstand der Untersuchung Gott ist.
Ich beabsichtige, die Gottesfrage ein für allemal zu lösen.
Die Prudential Life Insurance Company handelte damals ganz korrekt, als sie mich, den Nutznießer der Versicherungspolice meines Vaters, nicht auszahlte, denn er ist ja durch eigene Hand gestorben. Ich erkenne dies ohne weiteres an, obwohl ich der einzige Begünstigte war und das Geld eigentlich gebraucht hätte. Dennoch fühle ich mich um diese Million betrogen. Er hat dafür gezahlt, und ich hätte es brauchen können. Ohne das ergab sein Tod keinen Sinn.
Für meinen Tod jedoch wird Gott oder die Abwesenheit Gottes verantwortlich sein. In meiner Versicherungspolice

ist keiner dieser beiden Punkte als Todesursache aufgeführt. Und auch nicht als Ursachen für einen Selbstmord. Darum muß das Geld dem Begünstigten ausbezahlt werden, und ein Anspruch hat nichts mit Betrug zu tun.
Die Versicherung wird zahlen, weil es das Gesetz befiehlt. Meine Bitte an Sie hat den Zweck sicherzustellen, daß das Gesetz nicht umgangen wird.
Es kann nicht in Ihrem Interesse liegen zu wissen, was ich vorhabe. Es genügt, wenn ich sage, daß ich zum ersten Mal in meinem Leben weiß, woran ich bin, und daß ich weiß, was ich weiß und was ich nicht weiß, was getan werden muß und was ich tun werde. Wie Sie sich vielleicht erinnern, haben Sie sich immer beklagt, daß ich von Ihnen »Antwort auf alles« wollte. So lästig Ihnen meine Bitte auch sein mag, es sollte Sie zumindest freuen, daß ich Sie schließlich doch noch verstanden habe. Man muß seine eigenen Antworten finden.
Zwar weiß ich vielleicht die Antwort noch nicht, aber ich weiß die Frage, und ich weiß, wie ich sie stellen muß, damit ich eine Antwort erhalte. Ich bin mir meiner Handlungsweise so sicher, daß ich nicht einmal Ihre Zustimmung verlange. Das Einzige, was ich verlange, ist, daß Sie tun, was ich sage, und ich verpflichte Sie hiermit dazu, wenn Sie nicht meinen Tod auf dem Gewissen haben wollen.
Ich möchte nur soviel sagen, daß mein Vorhaben aus der verspäteten Erkenntnis resultiert, mein Leben lang von irgend jemandem abhängig gewesen zu sein, etwa von meinem Vater oder von Ihnen (also Menschen, von denen ich annahm, sie wüßten mehr als ich) oder von irgendeinem Buch oder einer Theorie, wie etwa der Dr. Freuds (von der ich glaubte, in ihr stecke das Große Geheimnis des Lebens, als ob es so etwas gäbe). Ebenfalls mit Verspätung entdeckte ich, daß die Leute allgemein und besonders die, zu denen ich aufgeschaut hatte, totale Versager, Schwächlinge und Arschlöcher sind, Sie inbegriffen. Sie vielleicht sogar am al-

lermeisten, weil Sie es doch waren – wie Sie sich erinnern werden, hatte ich ausgezeichnete Antennen, um zu spüren, wer was wußte –, weil Sie doch unter all den sympathischen, reichen, geselligen Bewohnern unseres guten alten Südens (von den noch beschisseneren Überresten der U.S.A. insgesamt ganz zu schweigen) anscheinend der einzige waren, der einer Sache auf der Spur war.
Mein Vater schien zu wissen, was los war, und endete damit, daß er in einer Dachstube sein Gehirn verspritzte, nachdem er versucht hatte, mich mitzunehmen.
Vielleicht hatte er ja recht. Das möchte ich herausfinden. Und ich weiß jetzt auch wie.
Auch bei Ihnen hatte ich den Eindruck, Sie wüßten, was los war, und wie enden Sie? Damit, daß Sie im Veteranenhospital versauern und sich M*A*S*H* anschauen? Und worauf läuft das hinaus? Darauf, daß Sie irgendwann Ihre Pension kassieren und sich den ganzen Tag irgendwelche Schmachtfetzen anschauen können?
Es war ganz richtig, daß Sie sich weigerten, mir irgendeine Antwort zu geben. Vielleicht wußten Sie auch gar keine. Das ist jetzt nicht wichtig. Aber ich habe eine bestimmte Frage und weiß, wie ich sie stellen muß, um eine Antwort zu bekommen. Die Möglichkeit einer Nicht-Antwort gibt es nicht. Aber das betrifft Sie ja nicht.
Soviel also zu Ihnen. Zu meinem Bruch mit den anderen kann ich zusammenfassend sagen, daß ich zwei Arten von Leuten immer mehr verabscheue. Diese beiden Arten dekken alles ab, das heißt, es gibt nur diese zwei Arten von Leuten, und zwar die Gläubigen und die Ungläubigen. Schwierig ist allein die Entscheidung, welche von beiden unfähiger ist.
Die Tatsache, daß ich, wenn auch sehr spät, den Bankrott dieser beiden Arten von Leuten festgestellt habe, ermöglicht es mir zu handeln. Besser spät als nie.
Nehmen Sie zum Beispiel die Christen. Ich bin von Christen

umgeben. Insgesamt betrachtet sind sie ja ein ganz netter Haufen und unterscheiden sich nicht groß von anderen Leuten – und doch haben sie, die Christen des Südens, der U.S.A, der westlichen Welt in den letzten Jahrhunderten mehr Menschen umgebracht als die restliche Menschheit zusammengenommen. Trotzdem kann ich aber nicht mit Sicherheit ausschließen, daß sie im Besitz der Wahrheit sind. Wenn das aber zuträfe, warum sind sie dann in dem Maß widerlich, wie sie diese Wahrheit für sich in Anspruch nehmen und dafür Propaganda machen? Man könnte vielleicht sogar Christ werden, wenn man nur ein paar Christen um sich herum hätte oder überhaupt keine. Haben Sie jemals mitten unter fünfzehn Millionen Südstaaten-Baptisten gelebt? (Natürlich, Sie kommen ja aus Alabama!) Zweifellos läßt sich dasselbe auch in bezug auf die irischen Katholiken und die Juden in Miami sagen. Die größte Tugend der Episkopalisten ist ihre Gabe sich zurückzuhalten. Einen Episkopalisten (oder einen Anglikaner) wird man kaum je für einen Christen halten. Vielleicht ist es das, was ich an ihnen so mag. Ein Mysterium: Wenn die frohe Botschaft wahr ist, warum hört sie dann keiner gern? Und warum wird sie dann von solchen Arschlöchern verkündet, und warum ist die Art der Verkündigung so langweilig und abgestanden?
Wenn die frohe Botschaft wahr ist, dann muß der Gott dieser frohen Botschaft wirklich ein sehr hinterhältiger Bursche sein, der einen gern hereinlegt.
Aber vielleicht gehören zwei dazu.
So unerträglich mir die Gläubigen sind, die Ungläubigen sind sogar noch schlimmer, und zwar nicht wegen ihres Unglaubens, sondern wegen ihrer Wesensart, denn so wie sie ihren Unglauben bekennen und praktizieren, sind sie noch größere Arschlöcher als die Christen.
Der heutige Ungläubige ist ein noch größeres Arschloch als der heutige Christ, weil sein Unglaube so einfältig-fade, so inkonsequent, heuchlerisch und blöde ist. Der heutige Un-

gläubige ist in der Tat geisteskrank, und sollte Gott existieren, dann wird er ihm wegen dieser offensichtlichen Verrücktheit vergeben.
Der heutige Christ hingegen ist zwar entweder bescheuert, nur ein Kirchenchrist, lau, heuchlerisch, sündig oder – falls leidenschaftlich – meist kränkend und fanatisch. Aber er ist nicht verrückt.
Der heutige Ungläubige ist sowohl verrückt als auch ein Arschloch – und deshalb nenne ich ihn ein noch größeres Arschloch als den Christen, weil ein verrücktes Arschloch schlimmer ist als ein nicht verrücktes Arschloch.
Der heutige Ungläubige ist verrückt, weil er in eine Welt voll unendlicher Wunder hineingeboren ist, ohne zu wissen, wie es dazu gekommen ist, und in dieser Welt ißt, schläft, scheißt, vögelt er, rackert sich ab, wird alt und krank, stirbt und ist ganz zufrieden damit. Kein einziges Mal im Leben kommt ihm der Gedanke, daß diese Situation absurd ist, daß ihm eine Erklärung zusteht, und es fällt ihm nicht im Traum ein, eine solche Erklärung zu fordern und sich einfach zu weigern, den nächsten Akt in dieser Farce mitzuspielen, bevor er sie nicht erhalten hat. Nein, er läßt es sich gut gehen, spielt weiter mit, hockt sich vor den Fernseher, trinkt und lacht, schimpft über die Politiker und zieht ab und zu (um der Langeweile und dieser ganzen Farce, deren er sich dumpf bewußt ist, zu entfliehen) in den Krieg, um andere Menschen zu erschießen. Er benimmt sich, als entwickelte sich in seiner Prostata kein Krebs, als schritte die Verkalkung seiner Arterien nicht voran, als stürben seine Gehirnzellen nicht millionenfach ab, als wäre er nicht schon sehr bald ein Fraß für die Würmer.
Im Gegenteil. Je intelligenter er ist, desto verrückter und ein desto größeres Arschloch ist er auch. Er wird Professor und gründet eine interdisziplinäre Gruppe. Er liest Dante der mythischen Struktur wegen. Er wird Mitglied des Hochschullehrerverbandes, befaßt sich mit der Freiheit des Indivi-

duums, erprobt jedoch kein einziges Mal seine eigene Freiheit, um zu erforschen, wieso er sich um Himmels Willen in einer so skurrilen Situation befindet wie der, in Brooklyn geboren worden zu sein, in Manhattan sein Leben zu verbringen und in Queens begraben zu werden. Er ist so irr wie ein französischer Intellektueller.

Es hat all die Jahre gedauert, bis ich diese simpelste Entdekkung machte: daß ich nämlich von zweierlei Arten Verrückter umgeben bin. Die einen sind die Gläubigen, die meinen, sie kennten den Grund dafür, daß wir uns in dieser mißlichen und skurrilen Lage befinden, aber sie tun um jeden Preis so, als kennten sie ihn nicht. Und die anderen sind die Ungläubigen, die den Grund tatsächlich nicht kennen und sich auch nicht darum scheren.

Den Rest meines Lebens, es wird nicht mehr lang sein, will ich der Suche nach einer dritten Alternative widmen, einem tertium quid – falls es das gibt. Wenn nicht, sitzen wir mit folgenden beiden Alternativen da: 1) Gläubige, die unerträglich, und 2) Ungläubige, die verrückt sind.

Ich gehöre vielleicht zur zweiten Sorte, den Ungläubigen, und bin zweifellos ein noch größeres Arschloch als sie, weil die meisten von ihnen Gutes tun, den Schwarzen und sozial schwachen Weißen unter die Arme greifen und so weiter, aber wenigstens bin ich nicht verrückt.

Im Gegensatz zu ihnen fordere ich eine Erklärung und habe schließlich einen Weg gefunden, herauszubekommen entweder, wie diese Erklärung lautet, oder eben, daß es keine gibt.

Eine Zeitlang glaubte ich, die Juden seien ein Zeichen, ein Schlüssel zum Geheimnis, ein verräterischer abgeknickter Zweig, ein junger Baum mit eingeritzter Wegmarke in einem tobenden, sinnlosen Dschungel.

Aber jetzt stellt sich heraus, daß die Juden North Carolina vielleicht doch nicht verlassen haben, sondern in Wirklichkeit Pornofilme produzieren, in Highlands Eigentumswohnanlagen und Villen errichten, das Herbstlaub genießen und sich insgesamt benehmen wie alle anderen auch. Damit wäre das letzte Zeichen hinfällig geworden.

Wenn man nun einräumt, daß die Situation unannehmbar ist, daß nämlich beide Parteien, Gläubige und Ungläubige, nicht nur gleichermaßen widerwärtig, sondern auch gleichermaßen unüberzeugend sind, was soll man dann tun?

Meines Wissens hat bisher in der gesamten Geschichte nur ein einziger Mann einen wirklich praktischen Vorschlag gemacht, das heißt einen Vorschlag, aus dem die wenigen geistig normal gebliebenen Ungläubigen zumindest ein Quentchen Sinn ziehen könnten. Und zwar war das der berühmte Wetter Pascals, dieses letzten französischen Intellektuellen, der nicht verrückt war. Obwohl dieser Vorschlag nie ernst genommen worden ist, ergibt er doch Sinn. Man wettet, daß Gott existiert, obwohl man es nicht sicher weiß. Ebensogut könnte man wetten, daß er nicht existiert, aber man wettet lieber, daß er existiert, denn wenn dies tatsächlich der Fall ist, hat man alles gewonnen. Existiert Gott jedoch nicht, hat man zumindest nichts verloren. Der Wetter hat alles zu gewinnen und nichts zu verlieren. Wettet er jedoch gegen Gott, hat er alles zu verlieren und nichts zu gewinnen.

Aber letzten Endes ist es lachhaft, diese Frage auf ein Crapsspiel in Las Vegas zu reduzieren.

Mein Vater wußte alles über diese Dinge, über die Gläubigen und die Ungläubigen und über den Wetter Pascals. Und er sagte: Ich habe mit keinem von euch etwas zu schaffen. Verzeihung, aber es ist nun mal so. Guten Tag, meine Herren. Das ist eine Möglichkeit. Das Problematische an Pascals Wetter ist dessen Frivolität.

Das Problematische am Abgang meines Vaters ist der Umstand, daß er keine Antworten abwirft, ja, nicht einmal eine Frage stellt.

Ich habe da einen besseren Weg entdeckt, eine wissenschaftlichere Methode, in der Tat ein Experiment. Wenn *ich* mein

Gehirn über die Great Smokeys verspritze, dann geschieht das, weil ich auf meine Frage keine Antwort erhalten habe, nicht, weil die Frage nicht gestellt worden wäre. Und nicht ich werde den Abzug drücken. Und der von mir Begünstigte wird seine Million von der Prudential ganz sicher erhalten.

Es macht großen Spaß, dabei zwei Fliegen mit einer Klappe zu schlagen: einerseits das sogenannte Geheimnis des Lebens zu lösen und andererseits die Versicherungsfirma auszutricksen.

Ich plane das erste wissenschaftliche Experiment der Geschichte, das die Frage nach Gottes Existenz ein für allemal beantworten soll. Wie die Dinge jetzt stehen, mag es zwar Zeichen für seine Existenz geben, aber sie deuten in verschiedene Richtungen und sind somit mehrdeutig und beweisen nichts. Die Wunder des Universums zum Beispiel überzeugen gerade diejenigen nicht, die am vertrautesten mit ihnen sind, nämlich die Wissenschaftler. Ob dies für die Dummheit der Wissenschaftler spricht oder dafür, daß Gott sich erfolgreich verbirgt, spielt keine Rolle.

Die merkwürdige Geschichte der Juden mag ein Zeichen sein, aber niemand sieht das so, außer vielleicht sie selbst. Wenn die Juden jedoch in North Carolina geblieben (ich muß das noch verifizieren) und nicht nach Israel zurückgekehrt sind, dann hat ihr Bleiben auch nicht mehr Zeichencharakter, als wenn die Schwarzen in den Norden ziehen oder in den Süden zurückkehren.

Aber wenn man nun eine Situation schaffen würde, in der man dann, und nur dann, stirbt, wenn Gott sich nicht offenbart und wenn er kein klares, eindeutiges Zeichen gibt?

Wäre das Resultat eines solchen Experiments dann nicht ein klares Ja oder Nein ohne Vielleichts?

Wenn mich nicht alles täuscht, bin ich auf das perfekte, endgültige Experiment gestoßen – so endgültig wie das berühmte Michelson-Morley-Experiment, in dem eine bestimmte

Frage nach der Natur des Alls auch nur mit ja oder nein, nicht jedoch mit »vielleicht« beantwortet werden konnte. Die »Vielleichts« hatten wir jetzt fünftausend Jahre lang, und das reicht.

Entdeckt man an dieser Logik auch nur den geringsten Makel?

Jetzt hab' ich ihn!

Keine Tricks mehr!

Kein *deus absconditus*!

Komm heraus, komm heraus, wo du auch stecken magst, das Spiel ist aus!

Nein, das soll kein Scherz sein. Ich habe tatsächlich vor, Gott mit dem größtmöglichen Respekt darum zu bitten, daß er sein Schweigen bricht.

Nein, nicht zu bitten – zu fordern.

Forderte nicht auch Jakob, ein Jude, eine Antwort von Gott, indem er sich an ihn klammerte und mit ihm rang, bis Gott schließlich genug hatte von diesem Juden (warum nur habe ich mir so ein nörglerisches, halsstarriges Volk erwählt?) und ihm gab, was er wollte. Wie merkwürdig, daß Gott gerade die Juden erwählte.

Gott erscheint den Menschen heutzutage zwar nicht mehr als Ringer, aber ich habe meine eigene Methode, an ihn heranzukommen.

Ich werde in Warteposition gehen.

Mein Experiment sieht einfach so aus: Ich gehe an einen verlassenen Ort und warte, daß Gott mir ein Zeichen gibt. Kommt kein Zeichen, werde ich sterben. Aber alle werden wissen, warum ich gestorben bin: weil es kein Zeichen gibt. Der Grund für meinen Tod wird entweder sein, daß Gott nicht existiert, oder aber, daß er sich weigert sich zu offenbaren, was für uns Menschen auf dasselbe hinausläuft. Sie sind der einzige, der über dieses Experiment Bescheid weiß, und ich erteile Ihnen hiermit die Erlaubnis, das Resultat in einer wissenschaftlichen Zeitschrift Ihrer Wahl zu publizieren.

Wird es nicht für die ganze Menschheit eine Erleichterung bedeuten, wenn diese langweilige Frage ein für allemal gelöst ist? Stellen Sie sich das vor! Wir müßten endlich nicht mehr mitanhören, wie irgendwelche Prediger vor Ungläubigen geschwollen über Gottes Existenz daherreden und wie sich die Professoren ebenso geschwollen über Gottes Nicht-Existenz und mythische Strukturen auslassen!
Aus naheliegenden Gründen kann ich Ihnen nicht mitteilen, wo ich dieses Experiment ausführen werde. Denn wenn es negativ ausfiele, würden Sie womöglich alles verraten und nach mir suchen lassen, was natürlich den Anspruch des Begünstigten auf Auszahlung der Versicherungssumme gefährden könnte.
Und wer ist der Begünstigte?
Sie sind der Begünstigte!
Sind Sie jetzt überrascht?
Wir machen es also folgendermaßen: Entweder Sie hören binnen drei Wochen von mir oder nicht. Wenn Sie nichts hören, verlange ich von Ihnen, daß Sie meinen Auftrag ausführen, nach North Carolina fahren und den Umschlag in Linwood einwerfen.
Hören Sie aber von mir, dann werde ich Ihnen erzählen, wie das positive Resultat meines Experiments aussieht, das heißt, was für ein Zeichen ich erhalten habe.
Es gibt zwei Gründe dafür, daß ich Sie zum Begünstigten mache. Der eine Grund ist (wie Sie vielleicht schon vermutet haben) der, Ihnen die Fahrt nach North Carolina schmackhafter zu machen, Sie mögen mich nun für verrückt halten oder nicht. Denn wenn der beigefügte Brief Lewis Peckham nicht erreicht, findet man meine Leiche ja nie, und Ihre Ausbezahlung wird um sieben Jahre verschoben.
Der andere Grund ist folgender: Selbst wenn mein kleines Experiment mit nein beantwortet wird, möchte ich trotzdem, daß Sie es weiterführen und erhärten. Wenngleich ich Sie nicht zwingen kann, meinem Wunsch nachzukommen,

spreche ich ihn doch in der Hoffnung aus, daß Sie in dieser Richtung weiterforschen werden, zumal Ihnen die finanziellen Mittel dann zur Verfügung stehen und ich außerdem annehme, daß auch Sie sich für diese Sache interessieren.
Um ins Detail zu gehen: Ich möchte, daß Sie die demographische Bewegung der Juden überwachen, und zwar nicht nur in North Carolina, sondern auch in anderen amerikanischen Staaten und in anderen Ländern, daß Sie alle Änderungen aufzeichnen, die den derzeitigen demographischen Mustern entgegenlaufen – wie zum Beispiel die Emigration der Schwarzen aus dem Süden (und die Tatsache, daß sie jetzt wieder zurückkommen). Hat es zum Beispiel einen massenhaften Exodus der Juden aus den U.S.A nach Israel gegeben oder steht so etwas bevor, dann bitte ich Sie, einen Beobachtungsposten im Dorf Megiddo an der schmalsten Stelle Israels zu errichten (dort befand sich, wie Sie vielleicht wissen, das alte Armageddon). Dort würde ein eventueller Angreifer aus dem Osten logischerweise versuchen, Israel entzweizuteilen. Von diesem Punkt aus können Sie jedes ungewöhnliche Ereignis in den arabischen Ländern weiter östlich verfolgen, insbesondere das Auftauchen eines mit ungewöhnlichen Fähigkeiten ausgestatteten Führers – ein weiteres mutmaßliches Zeichen für die Letzten Tage.
Ich sehe eigentlich keinen Grund, warum Sie statt in der Wüste von Neu-Mexiko nicht ebensogut in der israelischen Wüste leben könnten.
Warum sollten Sie nicht, statt sich im Fernsehen Nachempfundenes anzuschauen, in der ersten Reihe für das wirkliche Drama Platz nehmen?
Ich überlasse es Ihrem Ermessen, wie Sie solche Ereignisse beurteilen und welche Maßnahmen Sie, wenn überhaupt, ergreifen, das heißt, ob Sie die Medien über diese Vorgänge informieren wollen. Obwohl ich kein großer Menschenfreund bin, find' ich doch, daß die Leute das Recht auf jede Information haben, die ihnen zu einer richtigen Entschei-

dung verhelfen könnte. Wenn Sie zum Beispiel einen Beweis dafür hätten, daß Südkalifornien nächsten Dienstag vom Ozean verschlungen wird, würden Sie da nicht mindestens eine Notiz in die Los Angeles Times setzen?

Letztlich glaube ich sowieso, daß sich all diese ungewöhnlichen Bitten als überflüssig erweisen werden und Sie sich weder nach North Carolina noch nach Megiddo begeben müssen, sondern daß ich Sie anrufen werde. In ein paar Tagen werden wir es wissen.

Noch einmal: Bitte vernichten Sie diesen Brief, nachdem Sie ihn gelesen und verdaut haben.

Mit freundlichen Grüßen

Ihr Will S. Barrett

Nachdem er dieses fremdartige Dokument abgefaßt hatte, erhob sich Will Barrett und begann, im Zimmer auf und ab zu gehen. Er steckte die Hände in die Taschen, runzelte die Stirn und schürzte die Lippen, ganz so, als wäre er wieder in seinem Büro in der Wall Street und bereitete sich auf ein Plädoyer vor. Aber welch ein Unterschied! Wie Dr. Sutter Vaught wohl auf diesen Brief reagieren würde? Man mußte sich das mal vorstellen: Dr. Sutter Vaught in Albuquerque, wie er seinen Briefkasten leerte, den Fernseher einschaltete, sich nach einem anstrengenden Arbeitstag mit den Querschnittsgelähmten des Veteranenhospitals in seinen Lehnstuhl fallenließ, ein Bier öffnete und dann diesen Brief las, der ihm zuerst vorschlug, sich per Flugzeug und Bus nach North Carolina zu begeben (seit sein Edsel den Geist aufgegeben hatte, besaß er ja kein Auto mehr), und dann, sich für immer in irgendein winziges israelisches Dorf zurückzuziehen – von den Hinweisen auf Gottes Existenz oder Nicht-Existenz, auf Armageddon und das Erscheinen des Antichrist während der Letzten Tage ganz zu schweigen!

Läßt man einmal beiseite, was ein Psychiater – oder überhaupt jeder vernunftbegabte Mensch – über Barretts Be-

schäftigung mit Gott, den Juden, mit Armageddon und ähnlichen Dingen gedacht hätte, kann man sich immer noch fragen, wie Sutter denn auf diese merkwürdige Bitte reagieren würde: nach North Carolina zu reisen und auf der Linwooder Post einen beschmutzten Brief einzuwerfen! Tatsache ist, daß Will Barrett, verrückt oder nicht, mit diesem Vertrauten wirklich eine gute Wahl getroffen haben könnte. Dr. Sutter würde, selbst wenn er ihn für völlig übergeschnappt hielt, seine Anweisungen höchstwahrscheinlich doch befolgen, sei es nun aus Neugierde und einfach wegen der Merkwürdigkeit der Angelegenheit oder aus einem vagen Gefühl der Verpflichtung oder auch einfach als Investition in die interessante Rolle des Begünstigten einer Lebensversicherung über eine Million Dollar. Kann ein Verrückter den Begünstigten auswechseln? Wer kann das sagen?
Jedenfalls besann Will Barrett sich plötzlich, setzte sich noch einmal an den Schreibtisch und fügte ein Postkriptum an:

P.S. Ich wünschte, ich könnte mich von meiner Tochter Leslie verabschieden, aber das ist nicht möglich. Falls es notwendig werden sollte, könnten Sie das vielleicht für mich übernehmen. Wenn das Experiment positiv ausgeht, dann werden Leslie und ich endlich eine gemeinsame Basis gefunden haben. Dann werde ich ihren HERRN anerkennen. Falls nicht und wenn Sie nichts von mir hören, möchte ich Sie bitten, Leslie zu einem Zeitpunkt Ihrer Wahl diese Botschaft zu übermitteln: Daß es mir leid tut, ein so schlechter Vater gewesen zu sein, auch wenn es immer den Anschein hatte, sie brauche mich nicht. Zweifellos brauchte sie mich nur deshalb nie, weil sie ständig erlebte, wie unerreichbar, kalt und verschlossen ich war. Diese furchtbaren Abstände innerhalb einer Familie – war das schon immer so? Das Wort ›Liebe‹ allerdings war mir schon immer suspekt, weil es so oft mißbraucht und bei jeder Gelegenheit angewendet wird. Es ist das abgegriffenste Wort, das es gibt. Ich kann Sie nicht

bitten, ihr zu sagen, daß ich sie ›liebe‹, weil ich nicht wirklich weiß, was ›Liebe‹ bedeutet, solange es sich nicht um das Gefühl handelt, das man kleinen Kindern entgegenbringt – und selbst dann ist es vielleicht auch nur ein Gefühl der Verantwortung, wegen ihrer schrecklichen Verwundbarkeit, für die sie nichts können. Kinder, vor allem die eigenen, liebt man, weil sie ohne eigenes Zutun nun einmal da sind, hineingeboren in die gleiche erbärmliche Farce wie man selber, nur daß sie es noch nicht wissen, vielmehr selig sind vor Glück, und man würde am liebsten alles tun, um ihnen diesen Zustand zu erhalten. So ist es doch? Ist dies Liebe? Vielleicht wirft mein Experiment ein wenig Licht auf all diese Dinge, und die Kinder haben es dann später dadurch leichter. Aber zum jetzigen Zeitpunkt habe ich Leslie nichts zu sagen. Sie ist Christin und die mürrischste Person, die ich kenne. Als wir noch in New York lebten, wurde sie mit fünf Jahren von einem Auto angefahren. Ich glaubte damals, sie müsse sterben. Sie hatte große Schmerzen, und als ich an ihrem Bett saß, schaute sie mich an und fragte: »Warum?« »Warum was?« fragte ich zurück, aber eigentlich wußte ich, was sie meinte. Ich öffnete den Mund, um irgend etwas zu erwidern, aber es gab nichts zu erwidern, außer eben dem, daß ich nicht wußte warum und daß ich gern mein Leben gegeben hätte, um sie von ihren Schmerzen zu befreien, aber das wollte sie nicht hören. Ich biß mir in den Arm, als ich sie so leiden sah. Ist das Liebe? Und jetzt kommt sie am Ende eines Pfingstgottesdienstes allen Leuten mit einer schmachtenden, tränenreichen milden Liebe entgegen, bei er es mir kalt den Rücken hinunterläuft. Ist das Liebe? Ohne mich!
Leslie erbt eine Menge Geld. Seit sie in New York auf die Brearley-Schule ging, hat sie mich nicht mehr gebraucht. (Oder bildete vielleicht ich mir ein, sie nicht zu brauchen?) Wenn mein kleines Experiment jedoch funktionieren sollte, finde ich hoffentlich eine gemeinsame Basis mit ihr, die vielleicht sogar ausreicht, in ihre »Liebes- und Glaubensgemein-

schaft« einzutreten – Himmel, warum bekomme ich bei diesem Ausdruck jedesmal eine Gänsehaut?
Wenn alles anders kommt, dann sagen Sie ihr bitte in Ihren Worten, daß ich – sagen Sie ihr das – liebe.

Jetzt faltete er rasch die Blätter und steckte sie zusammen mit dem Brief an Lewis Peckham in den größeren Umschlag, den er sorgfältig verschloß.
Dann öffnete er einen Wandsafe, entnahm ihm eine Versicherungspolice, überflog sie, zog dann das alte Elementarbuch über Testamente & letzte Verfügungen aus seiner Harvard-Zeit aus dem Regal und schrieb der Prudential Insurance Company, daß er einen neuen Begünstigten einsetzen wolle. Er gab die Anweisung, die neue Police an Dr. Sutter Vaught in Albuquerque, New Mexico, zu schicken.

So kam es, daß Will Barrett verrückt wurde. Man hätte über seinen seltsamen Wahn und die merkwürdige Lage, in die er ihn brachte, lachen können, wenn die Situation nicht so gefährlich gewesen wäre. Nun war also dieser arme Mann, der schon lange an »Anfällen«, »petit-mal-Trancen« und derlei kleinen Störungen gelittten hatte, endgültig übergeschnappt. So sah seine Verrücktheit aus: Er war überzeugt, daß der Jüngste Tag kurz bevorstand, daß die Welt in die Hände der einzigen Spezies gefallen war, die sich selbst und alle anderen Kreaturen zerstören kann und daß diese Spezies noch jede im Lauf der Menschheitsgeschichte erfundene Waffe unverzüglich angewendet hat; ferner war er überzeugt, daß es für diese Spezies perverserweise charakteristisch ist, einerseits so zu tun, als liebe sie den Frieden, die Freiheit und das Leben, gleichzeitig jedoch insgeheim an Krieg, Sklaverei und Tod zu hängen, und zwar so sehr, daß sie sich in diesen Letzten Tagen wie von Dämonen besessen verhielt; er war überzeugt, daß das Weltende durch Feuer herbeigeführt würde, und zwar durch ein Feuer, wie es die Menschheit vor diesem dämonischen Jahrhundert noch nicht gesehen hat, ein Feuer, das die Erde vernichten würde. Und schließlich war er davon überzeugt, daß gerade diejenigen, die am häufigsten von »Demokratie des Volkes« oder von der »Freiheit und Unantastbarkeit des Individuums« sprachen, sehr wahrscheinlich tatsächlich von Dämonen besessen waren.

Wahnsinn! Wahnsinn! Wahnsinn! Und doch sah so Will Barretts seltsamer Irrglauben zu dem Zeitpunkt aus, als er sein komfortables, auf einem hübschen Berg in Carolina gelegenes Haus verließ, um sich in das merkwürdigste Abenteuer seines Lebens zu stürzen: in die Lost-Cove-Höhle hinabzusteigen und dort nach einem Beweis für Gottes Existenz und einem Zeichen für die Apokalypse zu suchen, wie irgendein übergeschnappter kalifornischer Prediger.

VI

Allison hockte auf dem Montageroller in der Sonne. Sie hatte sich über jede Schulter eine Seilrolle gehängt und hielt in einer Hand eine doppelte, in der anderen eine einfache Stahlrolle, die sie zerstreut wog, während sie an dem Herd hinaufsah.

Es wurde allmählich kalt. Über Kanada stand in 9000 m Höhe eine Zirrhusfeder aus Eiskristallen. Um warmzubleiben, folgten Allison und der Hund den ganzen Tag der Sonne. Nachts rollte sie sich in ihrem NATO-Schlafsack zusammen. Wie sollte sie das Treibhaus heizen? Entweder mußte sie den Herd hineinschaffen oder einen neuen Peerless-Petroleumofen kaufen. Aber ihr Sinn für Sparsamkeit und Ordnung sträubte sich gegen den Gedanken, den Herd nicht zu benutzen, wenn er doch da war. Und außerdem wollte sie das Treibhaus nicht verräuchern. Es war genug Holz da, Kiefernzapfen und Kastanienstämme aus dem Wald und angekohltes Holz aus der Ruine. Der Herd war also im Grunde ideal, und schließlich war sie ja eine Lastenheberin, eine Herrin über physikalische Gesetzmäßigkeiten. Und hier gab es wahrlich eine Last zu heben. Wenn sie es schaffte, dieses Monstrum von einem Grand-Crown-Herd von der Stelle zu bewegen, dann würde sie im Leben künftig alles schaffen.

Aber zähle erst mal dein Geld. Dann machst du eine Einkaufsliste, überlegst dir, was du sagen willst und gehst in eine Eisenwarenhandlung. Kauf einen Flaschenzug, Schraubschlüssel, WD-40-Entroster, einen Schlauch und Muffen. Und dann gehst du zu Washau Motors, wegen der Montageroller (wahrscheinlich brauchte sie vier, einen für jeden Fuß des Herds).

Sie verließ die Eisenwarenhandlung mit den Seilrollen über den Schultern, den Schlauch in einem erstaunlich leichten Bündel zusammengeschnürt, den schweren Rucksack voller

Rollen, Haken und Schraubschlüssel – sie hatte alles gewußt und brauchte auf nichts zu zeigen –, und erst als sie durch den Lieferanteneingang Washau Motors betrat, merkte sie, daß sie das wichtigste Wort, seinen Namen, vergessen hatte. Nein, nicht vergessen, sondern sie kannte ihn gar nicht, sie hatte überhaupt nicht daran gedacht, daß er einen Namen haben könnte. Aber zwei Namen wußte sie immerhin: Jerry, der Mann vom Ersatzteillager, und Montageroller.

Unter einem Wagen bewegte sich ein Mechaniker auf einem Montageroller liegend hin und her. Erst als er ihr zuzwinkerte, merkte sie, daß sie ihn offenbar die ganze Zeit beobachtet hatte, beziehungsweise die Bewegung des Montagerollers mit seinen komischen schwenkbaren Rädchen.

Stirnrunzelnd wandte sie sich ab und dachte wieder nach. Wie kam sie nun an die Montageroller, ohne den Namen des Besitzers zu kennen? Es bedurfte eines Plans, und ihr war auch schon etwas eingefallen. Einen Namen wußte sie ja, aber sie brauchte noch einen anderen. Auf einem Abstellplatz für Gebrauchtwagen entdeckte sie einen stämmigen jungen Schwarzen, der gerade einen Ford Galaxy wusch. Er trug ein Sweatshirt mit dem Aufdruck »Auf geht's, Wolves!« Von den Wolves hatte sie ja schon einmal gehört. Also ging sie zu ihm hin. Er machte einen recht netten Eindruck und deutete sogar eine leichte Verbeugung an. Er drehte sich ein klein wenig in ihre Richtung, so, als wollte er sie an der Galaxywäsche teilhaben lassen.

»Spielen Sie bei den Wolves mit?«

»Ja«, antwortete er mit gerunzelter Stirn. Sie merkte, daß er seine anfängliche Höflichkeit bereute und daß sie rasch vorgehen mußte.

»Angriff?« fragte sie.

Er schaute in den Himmel. »Verteidiger.«

»Werdet ihr Landesmeister?«

»Da können Sie Gift drauf nehmen.«

»Was kann ich?«
»Wie?« fragte er mit Nachdruck.
»Verhalten Sie sich wie jemand anderes?« fragte sie und betrachtete ihn.
»Wie?« fragte er nun.
»Nichts. Ich hoffe, ihr gewinnt.«
»Klar, danke.«
»Wie heißt der Mann hier? Ich sollte zu ihm kommen, habe aber seinen Namen vergessen.«
»Der Mann?« Er sah sie mit einem vagen Lächeln an und versuchte offenbar herauszufinden, ob sie sich nur deshalb so ausdrückte, weil sie dachte, das sei vielleicht seine Art, sich auszudrücken.
»Meinen Sie den Chef oder den Besitzer?«
»Den Besitzer.«
»Ach so. Mister Barrett.« Kam es ihr nur so vor oder lag eine gewisse Sympathie in seiner Stimme? Oder war es milde Nachsicht?
»Stimmt. John Barrett.«
»Nein, nein, Will. Mr. Will Barrett.«
»Will Barrett.«
Will Barrett wiederholte sie in Gedanken. Wie paßte der Name zu ihm? Wie mußte man ihn verstehen? Sie versuchte, ihn in dem Namen unterzubringen. War er eine Art Will Scarlet aus dem Wald?
»Was halten Sie von ihm?« Diese Frage gehörte sich nicht, das merkte sogar sie, aber was hatte sie schon zu verlieren? Sie wollte andere über ihn reden hören.
»Von wem? Mister Barrett? Echt nett. Er schickt mich nach Princeton –« fing er an, besann sich dann aber anders und wurde arrogant und gereizt. »Warum woll'n Sie das überhaupt wissen?« Seine Lippe stand vor wie die von Ludean, der Köchin. »Hab' ihm gesagt, daß ich schon sechs Stipendien angeboten bekam, vor ihm.«
Vor ihm. Sie starrte ihn neugierig an. Woher kam dieser

rasche Wechsel von Höflichkeit zu Gereiztheit? »Warum –?« begann sie und brach ab. Andererseits, wieso soll man eigentlich nicht fragen, wenn man neugierig ist? Ist fragen vielleicht gesetzlich verboten? »Warum schmollen Sie denn?«

»Wie?« Sein Kopf fuhr herum.

»Weil Sie kalte Hände haben und die Verkäufer und Mechaniker, die drin arbeiten dürfen, besser dran sind als Sie?«

»Was? Von was reden Sie überhaupt, wieso schmollen?« Er starrte sie mit offenem Mund an. »Hören Sie, von was reden Sie überhaupt?«

»Ich habe mir gerade überlegt –«

»Hören Sie, wenn Sie irgendwelche Fragen haben, fragen Sie drin!«

»Gut. Danke und viel Glück beim Spiel!«

»Klar«, sagte er und nickte. »Schönen Tag noch.«

»Danke. Auf Wiedersehen.« Aus irgendeinem Grund sagte niemand mehr ›auf Wiedersehen‹. Na gut.

Plötzlich fiel ihr etwas auf. Sie konnte ›auf Wiedersehen‹ sagen! Sie hatte keine Angst mehr davor, ein Anliegen vorzubringen, ›auf Wiedersehen‹ zu sagen und zu gehen! Sie hatte keine Angst mehr, jemandem wehzutun. Nein, ihr Wunsch, es allen Leuten recht zu machen, war einer ungeheuren Neugierde gewichen. Was um alles in der Welt machte die Leute dermaßen nervös?

Jerry, der Mann vom Ersatzteillager, saß hinter einer Theke und las eine Zeitschrift mit dem Titel *Hustler*. Sie klopfte, und er blickte mit gerunzelter Stirn auf.

»Sind Sie Jerry?«

»Ja.«

»Ich komme wegen meiner Montageroller«, erklärte sie. Es fiel ihr nicht schwer, etwas ganz direkt zu formulieren.

»Welche Montageroller?«

»Hat Mr. Barrett nicht mit Ihnen telefoniert?«

»Doch, klar. Sind Sie 'ne Freundin von Mr. Barrett?« Jetzt

hatte sich seine Miene verändert und war irgendwie undurchdringlich geworden. Sie zog die Stirn kraus.
»Ja.«
»Aha.«
Sie war verblüfft. Warf er ihr etwa lüsterne Blicke zu? »Ich nehme vier Montageroller mit«, sagte sie. *Schau mich nicht an wie eine Nutte, du Pickelgesicht, sonst kriegst du eins auf den Kopf.* Warum fügte sie diese Wörter aneinander, die sie nicht von dem jungen Schwarzen hatte, sondern von Ludean, der Köchin?
»Von vieren hat er aber nichts gesagt.«
»Aber ich habe was von vieren gesagt. Rufen Sie ihn meinetwegen an und sagen Sie ihm, daß dann von den hundert, die Sie irrtümlicherweise bestellt haben, immer noch sechsundneunzig übrig bleiben.«
»Ja, Ma'am.«
Während er ihr die Montageroller aufeinanderstapelte, band sie sie mit einer der beiden Nylonschnüre, die sie schon zurechtgeschnitten hatte, zusammen, und oben drauf schnürte sie die sechs Längen Plastikschlauch, der fest und leicht war wie gewichtsloser Mondschlauch. Die zweite Nylonschnur befestigte sie als Zugleine am untersten Montageroller.
Dann ging sie die Church Street entlang. Trotz des schweren Rucksacks und der hinter ihr her ratternden Montageroller fühlte sie sich gut. Der Gehweg würde noch bis zum Clubhaus führen, aber dann: konnte sie die Montageroller über den trockenen Golfrasen ziehen?
Ja, es ging. Aber als sie jetzt den Herd und das Terrain begutachtete, kamen ihr Zweifel. Es mußte eine bessere Methode geben als die, unter jeden Herdfuß einen Roller zu schieben und den Herd über den steinigen Boden zu ziehen. Sie war doch eine Lastenheberin, keine Lastenzieherin.
Der Herd war mit einem saugenden, krachenden Geräusch aus der dunklen Erde gekommen und hatte viele Wurzeln

mitgerissen. Es erinnerte sie daran, wie ihr Vater einen Bakkenzahn zog. Das einzige Problem, das drei Anläufe notwendig machte, bestand darin, die Schlinge richtig zu verknoten und in einem solchen Winkel dran zu ziehen, daß sie den Herd mit höchstens ein oder zwei Rucken über die Kellerstufen brachte. Das war ein Problem, und es zu lösen machte ihr Spaß. Aber etwas bereitete ihr Kummer: der Preis des Seils. Wenn man das Gewicht des Herds auf etwa acht Zentner schätzte – sie schaffte es kaum, ihn an einer Ecke anzuheben, wie sie es auch kaum geschafft hätte, einen Zweizentnermann anzuheben –, dann brauchte sie ihrer Berechnung nach ein Kräfteverhältnis von 8 zu 1. Und wie brachte sie das zustande? Mit Hilfe eines Flaschenzugs mit einer Doppel- und einer Dreierrolle! Aber es gab noch etwas anderes zu berechnen: Wenn sie den Herd 7,5 Meter hochheben wollte, brauchte sie nicht 7,5 Meter Seil, sondern 5 mal 7,5 Meter, also 37,5 Meter! Sie entschied sich für eine Nylonschnur von anderthalb Zentimetern Durchmesser zu 35 Cent den halben Meter, mit einer Reißfestigkeit von 5500 Pfund. 42,75 Dollar!!! Die Rollen waren noch teurer: Zwei Rollen kosteten 4,87 Dollar (zur Herstellung eines einzigen Flaschenzugs für leichtere Lasten), 2 Zweierrollen 29,52 Dollar, 1 Dreierrolle 43,71 Dollar! Ihre Barschaft war erschöpft. Sie zählte ihr restliches Geld: noch 171,77 Dollar – und sie mußte ja auch noch einen Schlauch und Muffen kaufen, Herdpolitur, und ihre bescheidenen Lebensmittel. Aber was für gute Rollen das waren! Aus glattem, glänzendem Stahl, mit dem man jahrelang Lasten heben konnte. Und was für ein Seil! Sogar als die Rollen über ihr zusammenkamen und der mächtige plumpe Backenzahn von einem Herd aus seiner Höhle gerissen wurde, glitt das Seil so glatt durch die Rollen, daß es genügte, wenn sie mit einer Hand zog. Das Ende des Seils lag locker in ihrer Hand, schwer und geschmeidig wie eine Schlange. Wirklich: warum sollte sie nicht ein Seil von einem der Kamine zu der einsamen Kiefer

beim Treibhaus spannen, den Herd an eine Rolle hängen und ihn wie einen Förderwagen sanft den Abhang hinuntergleiten lassen? Gut, nur mußte sie jetzt noch die Entfernung vom nahen Kamin zum Treibhaus abschätzen: Ja, sie konnte das Seil mit dem Flaschenzug so straff spannen, wie sie wollte, straffer als Stacheldraht, und das Seil würde es aushalten. Aber der Kamin nicht, das sah sie ihm an. Um Steinen und Lorbeersträuchern aus dem Weg zu gehen und wenn sie den Zug des Herds einkalkulierte, mußte sie das Seil hoch oben an dem verrußten Kamin befestigen, aber womöglich hielt das der Mörtel nicht aus. Das Risiko war zu groß.
Sie verknotete das Seil doppelt um einen Lorbeerstrunk, deckte das Kellerloch mit dicken Holzbrettern ab und ließ den Herd herunter.
Erst jetzt, wo er aufgesetzt hatte, erlaubte sie sich, genauer hinzusehen.
Was für ein Herd! Es war ein Schloß von einem Herd, ein verschachtelter Palast, eine Kathedrale mit großen und kleinen Türmen und Zinnen. Der Herd war aus vernickeltem Gußeisen, gut 1,80 m hoch und 2,40 m breit. Zaghaft strich sie mit dem Finger über das Metall. Es war schmutzig, aber nicht angerostet. Emailtafeln – türkisblaue für die Ofentüren und die vier Wärmebehälter, die wie kleine Balkone in Kopfhöhe vorragten, schneeweiße für die Rückwand – waren in Nickelrahmen mit dem Gußeisen verbunden. An einer Seite des Herds befand sich ein innen verkupferter Nickelbehälter, an dem ein Hahn angebracht war. Ein Wasserbehälter! Auf der anderen Seite glänzte das Ofenloch mit einem Erkerfenster von einer Tür, die mit teils kraquelierten, teils kristallartigen Glimmerscheiben versehen war, die sich sämtlich in intaktem Zustand befanden. Sie öffnete die Ofentür. Drinnen sah man einen anscheinend kaum benutzten Feuerrost, ein Kohlerost wohl, dessen Seiten sich wie schwere Blütenblätter aufrollten, aber man beachte, die hintere Einfassung war mit einer einzigen Schraube befestigt und ein-

fach zu entfernen, um Platz für Holzscheite, Stücke von ein Meter Länge zu schaffen. Hinter dem Ofenloch ragte, durch eine kurze Zugbrücke verbunden, ein stämmiger romanischer Turm auf, anscheinend ein zweiter Ofen, gekrönt von einer vernickelten Kuppel, einem großen Urnendeckel, auf dem sich ein dekorativer Temperaturanzeiger befand (unbeschädigt!). Was war das nur? Ein neumodischer Wasserkessel Jahrgang 1899? (Nein, es gab ja den Kupferbehälter, der vom Ofenloch beheizt wurde.) Vielleicht ein separater Kohleofen für das Eßzimmer, der durch die Wand mit dem Ofen in der Küche verbunden wurde, so daß man, außer an sehr kalten Tagen, beide Räume beheizen konnte? Sie würde schon sehen.

Eine Stunde lang gab sie sich und dem Hund Zeit, den gehobenen Schatz an der Sonne zu betrachten, lang genug, um sich zu vergewissern, daß er unbeschädigt und nicht nur nicht verrostet, sondern unter der Ruß- und Schmutzschicht wie neu war. Man hatte ihn wohl kurz vor dem Brand gekauft, den Superherd des neunzehnten Jahrhunderts. Er hatte in der riesigen Küche gestanden und brach glücklicherweise während des Brands ziemlich bald durch die brennenden Balken in den kühlen, feuchten Keller hinunter, wo ihm das Feuer nichts mehr anhaben konnte. Ein großer fünfundachtzig Jahre alter nagelneuer Herd! Tut kann seinen goldenen Mumiensarg behalten.

Vorsichtig, da ihr die Sonne gerade voll in die Augen schien, besprühte sie die Schraube des Kohlenrosts mit WD-40 und setzte die beiden Gabelschlüssel an (jeder 7,95 $!). Zuerst ließ sich die Mutter keinen Millimeter bewegen, aber dann sickerte der WD-40-Entroster ein. Sie verkantete den inneren Schraubenschlüssel und packte den äußeren fest mit ihren kräftigen Knabenhänden: so, Freundchen, jetzt mußt du dich drehen! Und es klappte.

Nun war eine Entscheidung fällig. Wenn der Grand Crown weder gezogen noch hochgehievt werden konnte, wie brach-

te sie ihn dann ins Treibhaus? Stück für Stück, und warum auch nicht, da sie ihn sowieso zerlegen mußte, um ihn in den Arbeitsraum zu schaffen? Gut, dann werde ich ihn in seine Einzelteile zerlegen, jede einzelne Schraube reinigen und ölen, das Nickel polieren, das Eisen schwärzen, das Email mit einem Tuch sauber wischen. Dann werde ich ihn im Arbeitsraum wieder aufbauen, und zwar vor der Unterteilung aus doppelten Schiebefenstern, und eins öffnen, um die Zugbrücke hindurchzulassen und den urnenförmigen Turm im Treibhaus sauber anzuschließen – würde das ausreichen, ihr Gemüse vor dem Frost zu schützen?
Vorn war über die ganze Länge des Ofens und des Wasserbehälters etwas festgeschraubt, das sie nur für eine Handtuchstange halten konnte, eine Nickelstange voll Schmutz und Asche. Nein, es war keine Handtuchstange, sondern für nasse Wäsche an Regentagen! Sie schraubte eine Dose Brasso-Blankcreme auf (2,05 $), die stark nach Ammoniak und Schwefel stank, drückte etwas davon auf einen sauberen Lappen (stammte er von einer Hemdbluse aus dem Jahr 1910?) und wischte damit über die Stange. Sofort blitzte das Nickel im Sonnenlicht wie das Silber, das Ludean an Samstagvormittagen in der Speisekammer zu putzen pflegte.
Allison machte einen Eintrag in ihr Notizbuch. Für morgen: den Rest des Ofenrohrs im Keller suchen. Ende der Woche: den Schlauch mit Muffen und zwei Winkeln befestigen (einen Winkel unter dem Wasserfall, den anderen über dem Wasserreservoir), ihn durch die Lorbeersträucher vom Wasserfall zum Arbeitsraum ziehen (überlegen, wie man den Schlauch hineinbringt, ohne ein Fenster zu zerbrechen: durch das Loch im Dach?). Der Hang ist steil genug, um Wasser fließen zu lassen, und sanft genug, um es mit Hilfe eines Drahtzugs zu stoppen: Nach oben heißt stop, nach unten heißt, daß es fließt.
Die Sonne versank hinter den Kiefern. Es mußte vier Uhr

sein. Allison hatte einen kalten Rücken. Der Hund steckte seine Schnauze in ihre Kniekehle. Also gehen wir allmählich rein, sagte sie zu dem Hund und dem Herd. Rasch montierte sie jetzt mit den Schraubschlüsseln den Wasserbehälter ab. Obwohl die Wanne aus Eisen und Kupfer genauso viel wog wie sie selbst, brauchte sie keinen Flaschenzug oder Montageroller. Sie kantete ihn langsam abwärts, wie ein Träger es mit einer Reisetruhe gemacht hätte. Vor der Veranda des Treibhauses nahm sie ihn auf (ein Flaschenzug wäre viel zu aufwendig), legte ihn auf einen Montageroller und fuhr damit in Windeseile über den seidig glatten Zement zum Arbeitsraum. Sie überflog mit den Augen die Schiebefenster der Trennwand. Würde der Herd passen? Bestimmt. Die Schiebefenster funktionierten. Lieber den Herd von unten aufbauen. Sie wollte mit den mächtigen Prankenfüßen aus Nickel beginnen, sie reinigen, wieder zusammensetzen, mit dem Herdboden verschrauben und dann das Schloß Stein um Stein aufbauen.

Aber erst mußte sie den Grand-Crown-Herd sanft auf den Rücken legen. Sie benutzte den Flaschenzug, um ihn nach hinten zu kippen, und bremste seinen Fall mit dem dicken Nylonseil, das sie um die einsame Kiefer geschlungen hatte.

Dann blickte sie zum Himmel. Ihr blieb schätzungsweise noch eine Woche.

VII

1

Die nächsten beiden Stunden verflogen so rasch, als sei seine Sekretärin, Miss Nabor, in das Büro in der Wall Street gekommen und hätte ihm seinen Terminkalender gegeben.
Nachdem er Jeans, T-Shirt, eine Windjacke und Tennisschuhe angezogen hatte, ging er ins Bad. Dort schüttete er sich ein Fläschchen Placidyl-Kapseln in die Hand, es waren zwei Handvoll, eine für jede Hosentasche – Vance Battle hatte sie ihm gegen Schlaflosigkeit verschrieben, aber dann hatte er gemerkt, daß ihm Wachliegen lieber war. Er wickelte die leere Flasche in Toilettenpapier, zertrümmerte sie mit dem Gewehrschaft und spülte sie im Klo hinunter. Den Plastikverschluß, der sich nicht mitspülen ließ, warf er aus dem Fenster in die Schlucht.
Ich könnte achtundvierzig Stunden an einem Stück schlafen, dachte er. Dann wäre ich bereit zu warten, zu beobachten und zu lauschen. Dann könnte ich das nächste Nickerchen machen. Und so weiter, bis –
Nachdem er die Taschenlampe in der Hüfttasche unter der Windjacke verstaut und die Umschläge an sich genommen hatte, trat er in den Flur, gelangte über die Hintertreppe in die Garage, stieg in den Mercedes und fuhr in die Stadt.
Dort kaufte er vier neue Taschenlampenbatterien, eine Rolle Alufolie und ein gelbbraunes Kuvert. Dann ging er zur Post, kaufte bei Mrs. Guthrie ein paar Briefmarken und unterhielt sich mit ihr über den Nebel. »Sie sehen aus, als wollten Sie angeln gehen«, meinte Mrs. Guthrie.
Er war überrascht. »Angeln? Ja, so was ähnliches«, sagte er. Ein Angelausflug. Später würde sie ihren Bekannten dann von diesem Gespräch erzählen, und was er für gute Laune gehabt hätte.

Dreißig Minuten später hatte er den Brief eingeworfen, den Mercedes hinter der Bushaltestelle abgestellt und ging jetzt den fünfzehnten Fairway hinunter.
Der Nebel hüllt ihn ein, und ein Loch in der Wolke begleitete ihn die ganze Zeit. Es kam ihm vor, als stehe das Loch still und die Erde bewege sich unter ihm. Obwohl er das Rough überhaupt nicht erkennen konnte, wußte er doch immer, wo er sich gerade befand. Durch ungefähre Schätzung gelangte er zum Abschlagplatz von Nummer Siebzehn, der in der Wolke plötzlich wie ein Indianerhügel vor ihm aufragte. Das Golfgelände glich dem Terrain seiner eigenen Seele. Er kannte es bis ins letzte Detail, wie ein Mann den Körper seiner Geliebten. Ohne hinzusehen wußte er, daß ein bestimmter Punkt auf dem Abschlagplatz, ein Grasflecken neben der rechten blauen Markierung, mitgenommener aussah als der Rest, daß sich dort mehr abgebrochene Tees und mehr Tee-Löcher befanden, weil der Fairway nach links abbog, so daß die Spieler den Abschlag so weit rechts wie irgend möglich machten. Er blieb stehen und beugte sich vor. Ihn überraschte nicht, daß er sogar den exakten Punkt ausmachen konnte (ein Grasbüschel, hinter dem sich ein kahler Fleck in der Form von Arkansas befand), wo er vor drei Tagen einen Abschlag gemacht hatte.
Er ging direkt auf eine Kiefer am Rand des Rough zu. Der Stamm hatte die Form eines plattgedrückten S. Bei dem Turnier, das hier am Wochenende stattgefunden hatte, war der Baum häufig von Golfbällen getroffen worden, und das Gras um den Stamm herum lag voller Rindenfetzen.
Schon seit drei Jahren hing, hart wie ein Goldkäfer, der Panzer einer Zikade an der Rinde des Baums. Jetzt befühlte er den Spalt in dem Panzer, aus dem das Tier geschlüpft war.
Es schien immer kälter zu werden. Und noch etwas war anders als sonst. Vielleicht war es die Stille, die auf seine Ohren drückte. Er sah auf die Uhr, es war fünf.
Erst in diesem Augenblick fiel ihm seine Verabredung mit

Kitty im Gartenhaus wieder ein. Immerhin erschrak er kurz, aber dann schüttelte er lächelnd den Kopf – wenn er auch, geben wir's doch zu, in der Leistengegend einen leichten Schmerz des Bedauerns verspürte. Aber dann ging er weiter. Wer weiß, dachte er lächelnd, in ein oder zwei Wochen sitze ich vielleicht neben ihr im Gartenhaus und genieße die Herbstsonne. Kittys Hintern wird sich noch zwei Wochen oder noch ewig halten.

Ohne weiteres Zögern schritt er rasch auf den Zaun zu, der das Golfgelände vom Rough trennte, stieg hinüber (nicht mehr unten durch) und ging nun etwas langsamer. Er schlängelte sich durch Dorn- und Lorbeersträucher und kam direkt zu dem Sassafras, der, kaum höher als ein Busch, unten am Bergkamm wuchs. Seine Blätter waren fleckiger als damals, und es waren weniger geworden. Er pflückte ein kleines Blatt, das nicht wie eine dreifingrige Hand, sondern eher wie ein Halbhandschuh mit Daumen aussah. Als er am Stengel saugte, traf ein Lufthauch seine Wange. Nicht kühler oder wärmer als die Wolke, aber anders. Die Wolke roch aus der Schlucht herauf nach modrigem Laub, Rinde und fauligem Anis. Die Höhlenluft war einfacher zusammengesetzt. Sie hatte einen feuchten metallischen Geruch, wie aus einem Abwasserrohr. Will Barrett öffnete den Mund. Seine Zunge schmeckte nach Eisen.

Jetzt schob er einen Zweig des Sassafras beiseite, trat in eine kaum sichtbare Felsnische, die man auch ohne den Sassafras nur für eine flechtenbewachsene Einbuchtung gehalten hätte, zwängte sich dann seitwärts durch eine Spalte (die Soldaten der Südstaatenarmee waren sogar noch dünner gewesen als er), bog sogleich um einen kleinen Vorsprung, als betrete er ein Spiegelkabinett, und stand in der Höhle. Es gefiel ihm, daß diese gewaltige Höhle einen so unbedeutenden Eingang hatte. Weit unten im Tal beim eigentlichen Eingang der Lost-Cove-Höhle strömte durch ein Kathedralengewölbe aus Fels ein unterirdischer Fluß ins Sonnenlicht.

Man verschwand, stand eine Sekunde in einer flechtenbewachsenen Nische, bog um einen Vorsprung und stand in der Höhle. Lewis Peckham meinte, der Eingang sei so raffiniert, daß er wahrscheinlich von Menschenhand geschaffen sei oder zumindest durch die Soldaten der Südstaatenarmee verändert. Sie hatten ihn wohl als Notausgang vorgesehen für den Fall, daß sie von unten eingeschlossen wurden.

Will Barrett stieg tiefer und tiefer, ließ sich, die Füße voran, erst bäuchlings, dann auf dem Rücken einen Felshang hinunter, weil er die Taschenlampe brauchte. Beim Hinabsteigen konnte man, schien ihm, nichts falsch machen. Er hätte gern eine Bergmannslampe bei sich gehabt, und in dem Moment, wo er daran dachte, kam es ihm plötzlich vor, als rieche es ein wenig nach Acetylen. Der Felshang wurde allmählich flacher und mündete in einen Tunnel. Trockener Fels wurde von feuchtem Lehm abgelöst. Der Tunnel war länger, als er ihn in Erinnerung gehabt hatte, gut hundert Meter lang. An manchen Stellen war der Abstand zwischen Boden und Dekke so gering, daß er den Kopf seitlich drehen mußte, wie ein sich durchs Becken zwängendes Baby. Er kam nur vorwärts, indem er sich langsam mit den Beinen abstieß und mit den Ellbogen ruderte. Einmal blieb er sogar stecken. Der Berg lastete auf seinem Rücken.

Als der Tunnel sich plötzlich auf einen Raum von der Größe eines kleinen Theaters öffnete, erhob sich Will Barrett und durchquerte ihn rasch, wie ein Mann morgens die Eingangshalle seines Bürogebäudes. Dann erklomm er einen Felssokkel, der wiederum zu einem Felshang hin abfiel. Er war länger, aber nicht ganz so steil wie der erste. Mit Hilfe der Taschenlampe und indem er vorsichtig einen Fuß vor den anderen setzte, konnte er ihn aufrecht hinuntergehen. Es machte ihm Spaß, jeden einzelnen Schritt genau vorauszuplanen, die Entfernung und das Gefälle zu berechnen und mit Hilfe von Gewichtsverlagerungen entweder zum Stehen zu kommen oder den nächsten Schritt zu machen. Obwohl das nicht direkt Schwerarbeit war, lief ihm, unten am Wasserlauf angekommen, doch der Schweiß. Vor ihm wand sich ein Kiesstrand durch die Höhle. Als er den Strahl über das Wasser gleiten ließ, konnte man sich ohne weiteres vorstellen, es handle sich um einen ganz normalen Fluß. Elritzen schwammen sogar darin. Vielleicht waren sie blind. Als er jetzt aber den Lichtstrahl nach oben richtete, sah er ein glitzerndes schräges Gewölbe, das nach einer Seite in eine über den Fluß ragende Klippe zu münden schien. Das Glitzern entstand durch spitze Felsnadeln, an denen Wassertropfen hingen.

Unter einem Felsvorsprung kauerten die drei Nonnen, bucklige, mit Kapuzen versehene Stalagmiten. Als die Höhle noch für Touristen geöffnet war, befand sich hinter den Nonnen ein blauer Scheinwerfer. Lewis sagte immer, die Leute liebten nicht die Natur, sondern Ähnlichkeiten in der Natur. Lieber als Stalagmiten waren ihnen Stalagmiten, die ein wenig wie Nonnen aussahen. Es gab auch Formationen namens »Der Alte vom Berge«, »Ehrlicher Abe« und »Marse Robert«.

Er brauchte dann eine Stunde, um den Kamin zu finden. Seiner Erinnerung nach begann er als eine Art Rauchfang über einer schrägen Steinplatte. Aber es gab viele solcher Platten. Zweimal passierte er den Eingang zum Lager des Tigers, den Lewis gefunden hatte, aber er ging nicht hinein. Er suchte ja den Kamin. Als er ihn schließlich fand, lag die Öffnung höher, als er in Erinnerung gehabt hatte. Bevor er hinaufstieg, sorgte er dafür, daß er gut sichtbar nasse Lehmspuren hinterließ. Er brauchte beide Hände, um in die Dunkelheit hinaufzuspringen, sich festzuhalten und auf einen Felsvorsprung zu schwingen. Der Kamin befand sich jetzt direkt über ihm, ein Zylinder von etwa einem Meter Durchmesser. Wie ein Schornsteinfeger mußte er sich bei jedem Schritt verkeilen, um eine Hand freizubekommen und mit

Hilfe der Taschenlampe den nächsten Schritt zu planen. War dies womöglich ein zweites Biber-Fluchtloch der Südstaatenarmee, um der Invasion der Nordstaatler zu entkommen? Nein, denn es war nur nach einer Seite offen und führte nicht ins Freie, sondern in einen kleinen Raum mit merkwürdigem Grundriß, der spitz zulief, Decke und Boden aber waren gerundet wie bei einer Schale.
Auch hier waren Tigerknochen gefunden worden. Aus dem Steinboden am schmaleren Ende der Schale hob sich ein kissengroßer Felsbuckel, der ein wenig an den gewaltigen flachen Kopf eines Tigers erinnerte. Man konnte sich sogar auf beiden Seiten die Stellen, wo der kräftige Kiefermuskel ansetzte, vorstellen. War der Tigerschädel vielleicht im Lauf der Jahre mit dem Felsen verschmolzen, weil dauernd Edelsteintropfen auf ihn herunterfielen und er allmählich verkalkte und immer größer wurde?
Aber nein, es war nur ein Felsen, der entfernte Ähnlichkeit mit einem Tigerschädel hatte, immerhin genug, daß der Höhlenführer ihn den »Schlafenden Tiger« nennen konnte. Lewis behauptete, der Tiger sei hier vor 32 000 Jahren gestorben.
Auf der einen Seite des Raums tropfte Wasser in eine steinerne Untertasse. Gut! Vor Durst zu sterben wäre ebenso unangenehm wie überflüssig gewesen. Es war recht angenehm, hier gegen die gewölbte Wand gelehnt zu sitzen. In Kopfhöhe fand sich eine trockene Nische für die Taschenlampe und die neuen Batterien. Er leerte die Placidylkapseln aus der Tasche, reihte sie sorgfältig vor sich auf dem Boden auf und begann zu zählen. Sechsundneunzig. Die Alu-Rolle paßte ebenfalls noch auf den Vorsprung. Er konnte zwar den Kamin hinunterpissen, aber seine Exkremente mußte er in ein Stück Folie verpacken und beiseite schaffen, sonst würde er sein eigenes Lager verschmutzen. Wie das der Tiger wohl gemacht hatte?
Er lächelte. Da bin ich also, dachte er, verschränkte die Arme

und nickte lächelnd vor sich hin. So. Jetzt werden wir ja sehen.
Ja, er war wohl verrückt, daß er hier in dieser Felsschale hockte, 300 Meter Berg über sich, und sich so wohl fühlte wie schon seit Jahren nicht mehr, so wohl, daß er jetzt schon wieder lächelnd mit den Fingern schnipste, als hätte er etwas entdeckt. Jetzt hab' ich euch beide, sagte er vor sich hin, Gottsucher und Selbstmörder. Ich hab euch alle, Gott, Juden, Christen, Ungläubige, Römer, Jüten, Angeln, Sachsen, Yankees, Rebellen, Schwarze, Tiger. Endlich endlich endlich. Es hat mein Leben lang gedauert, aber jetzt hab' ich euch unter meiner Fuchtel! Einer von euch muß jetzt Farbe bekennen. Ich werde es ganz zwangsläufig herausbekommen.
Selbst wenn es schlimm kommen sollte, dachte er lächelnd, selbst wenn es zum Suizid kommt, geht es gut aus. Mein Selbstmord markiert einen Fortschritt in der Geschichte des Suizids. Anders als mein Vater werde ich ihn in der besten Absicht begehen, logisch, sauber, unaufdringlich, unaufdringlich sogar für die Prudential Insurance Company. Außerdem werde ich dafür sorgen, daß man mich findet.
Und überdies bringt mein Suizid neue Erkenntnisse.
Sein Plan war einfach: warten. Der Plan gefiel ihm auch wegen seiner Eleganz. Wie ein eifrig vor sich hinwerkelnder Wissenschaftler, der auf ein einfaches elegantes Experiment stößt, das ein klares Ja oder Nein hervorbringen wird, ja muß, stellte er wohlgemut seine Berechnungen an. Es ging darum, sich eine Form des Wartens auszudenken, die eine von zwei möglichen Antworten erzwingen würde, nicht mehr und nicht weniger. Kam es zu einem Ja, dann wollte er die Höhle verlassen und diesem Ja entsprechend handeln. Kam es zu einem Nein, dann wollte er dem Nein entsprechend handeln und gleichzeitig mit einer List der Prudential Insurance Company das abluchsen, was ihm seiner Meinung nach zustand. Sutter würde um eine Million reicher, und er selbst würde gefunden werden, ohne daß man auf dem Höh-

lenboden oder in seinem Blut Spuren des Placidyls nachweisen könnte. Irgendwann würde ihn Lewis schon finden.
Um aber ganz sicher zu gehen, ließ er am besten einen Zettel den Kamin hinunterfallen. *»Hilfe!«* schrieb er. *»Bin beim Tiger 15 m höher!«* Er runzelte die Stirn. Das war etwas verwirrend, denn vielleicht kannten sie den Tiger gar nicht. Er schrieb einen neuen Zettel: *»Ich befinde mich 15 Meter über dieser Stelle und kann mich nicht bewegen. Wahrscheinlich ein kleiner Schlag oder ein Gefäßkrampf.«*
Vance Battle hatte ihm einmal etwas über Gefäßkrämpfe erzählt. Sie sahen einem Schlaganfall zum Verwechseln ähnlich, doch würde eine Autopsie nichts ergeben.
Er faltete auch den zweiten Zettel zusammen und warf ihn den Schacht hinab.
Sechsundneunzig Kapseln. Drei pro Tag würden ihn 32 Tage lang beruhigen. Danach würde er zu schwach sein, um sich fortzubewegen, andererseits würde er noch lang genug leben, um das Medikament auszuscheiden.
Auf diese Weise gibt es keinen Verlierer. Gott wird, falls es ihn gibt, nicht beleidigt, und falls es ihn nicht gibt, bekommt Sutter die Million.
Zwischen den einzelnen Ohnmachten würde er viel Zeit haben, Gott zu befragen – das nennt man Beten! Ich bin kein Held! Hier einen Monat lang herumzusitzen und ohne Beruhigungsmittel zu verhungern wäre unvorstellbar öde.
Sprich, Gott, oder schweig! Und ich werde es verstehen, wenn du schweigst.
O ihr Mystiker, die ihr in die Wüste zieht und Visionen erlebt, o ihr alten Männer mit euren Träumen, wer glaubt euch?
O ihr Selbstmörder, die ihr nicht so sanft in jenes gute Nichts hinübergeht, auch ihr könnt mir nichts sagen. Aber ich habe euch alle besiegt! In beiden Fällen werde ich Sicherheit haben.

Sprich, Gott, und laß mich wissen, ob die Juden ein Zeichen sind und der Jüngste Tag vor der Tür steht.
Wenn der Jüngste Tag vor der Tür steht, weiß ich, was ich zu tun habe. Dann werde ich mit Sutter nach Megiddo gehen und auf den Fremden warten, der aus dem Osten kommt.
Falls du aber nichts sagst und die Juden kein Zeichen sind, dann ist das auch so etwas wie eine Antwort. Das heißt dann, daß nicht der Jüngste Tag bevorsteht, sondern bloß die letzten Tage, nämlich meine letzten Tage, ein an und für sich unbedeutendes, für mich aber trotzdem ein wichtiges Ereignis.

2

Zum Unglück für den armen Mann, der tief im Mount Sourwood saß, den Jüngsten Tag erwartete und über Gott und die Welt phantasierte, während sich direkt über ihm Tausende normaler Menschen vergnügten, indem sie Golf spielten, Antiquitäten sammelten, grillten oder einfach die herbstliche Farbenpracht genossen – denn am folgenden Tag, als sein Wahnsinn den Höhepunkt erreicht hatte, trieb die Wolke davon, und es begann der herrliche Spätsommer, die Berge glühten wie Rubine und Amethyste, und die Herbsttouristen schwärmten massenhaft durch die Gegend – zum Unglück kann selbst mit einem Experiment, das ein geistig gesunder Wissenschaftler mit allergrößter Sorgfalt geplant hat, zu guter Letzt doch noch etwas schiefgehen. Am Ende kommt womöglich doch kein klares Ja oder Nein zustande, sondern ein vages Vielleicht. In Will Barretts Fall konnte man den Fehlschlag des Experiments jedoch kaum auf Gott oder die Welt, auf die Juden oder wen auch immer zurückführen, sondern eher auf eine ebenso demütigende wie erheiternde Ursache: Zahnweh. So erhielt er also am Ende nicht nur keine klare Antwort auf seine seltsame Frage, kein Ja und kein Nein, nicht einmal ein Vielleicht, sondern er kam gar nicht erst dazu, die Frage zu stellen. Denn wie soll man eine Frage stellen, sei sie nun tiefgründig oder verrückt, mit solchen Schmerzen in einem der oberen Eckzähne, daß man bei jedem Herzschlag meint, es werde einem ein heißer Eispickel ins Hirn gestoßen? Die Zahnschmerzen waren so entsetzlich, daß ihm übel wurde und er sich erbrechen mußte.

Es gibt ein sehr wirksames Mittel gegen Vorstöße in kosmische Dimensionen, gegen hochtrabende Gedanken über Gott, die Menschheit, den Tod, Selbstmord und ähnliches – und das ist Übelkeit. Ich möchte den sehen, der an Übelkeit leidet und auch nur noch einen Gedanken an derartige allumfassende Themen verschwendet. Wer an Übelkeit leidet, ist nüchtern gestimmt, wer an Übelkeit leidet, hat an nichts mehr Interesse.

Was kümmert jemanden, dem sterbenselend ist, der Jüngste Tag?

Ob dies nun Gottes Werk war oder einfach nur die menschliche Gebrechlichkeit, läßt sich nicht genau sagen. Jedenfalls geschah es nach sieben oder acht Tagen.

Es hatte recht gut begonnen.

Nachdem er drei Kapseln geschluckt hatte, breitete sich vom Magen über das Rückgrat bis in die Kehle hinauf ein umfassendes Wohlgefühl in ihm aus. Auf seiner Zunge entstand ein einfacher chemischer Geschmack, bitter und beruhigend zugleich. Er bildete sich ein, dies sei der Geschmack der Höhle. Glücklich und zufrieden legte er sich in eine Vertiefung im Fels und schloß die Augen.

Nun kamen ein anderer Geschmack und ein anderer Geruch. Nämlich der Geruch einer warmen Negerhütte im Winter, deren Wände dick mit den Kupfertiefdruck-Beilagen der *Atlanta Constitution* beklebt waren. Überall der drückende, saubere Geruch nach Petroleum, Maisfladen und Octagonseife. Auf sein Klopfen war die Frau zur Tür ge-

kommen, hatte einen Blick auf sein blutverschmiertes Gesicht geworfen und wortlos geöffnet. Der Junge, John Washington, den Will Barretts Vater beschimpft hatte, stand mit weit aufgerissenen Augen hinter ihr.
Will Barrett, der immer noch die gleiche tiefe Ruhe und Gewißheit in sich fühlte wie in dem Moment, als er neben dem Mann gekniet hatte, sagte:
»Ich brauche Hilfe. Mein Vater hatte einen Unfall. Ich wäre Ihnen dankbar, Mrs. Washington, wenn Sie Ihren Sohn John zum Sheriff schicken könnten.«
Während er sprach, sah sie ihn unverwandt an und blinzelte nur ein einziges Mal. Ohne den Blick von ihm zu wenden, sagte sie zu ihrem Jungen: »John, geh und hol Sheriff Thompson.« Und nachdem John fort war, wandte sie sich an Will Barrett: »Komm hier rüber, mein Junge, ich wasch dir dein Gesicht.« Er folgte ihr und dachte an nichts weiter, nur an den Geruch der Zeitungen und des Petroleums. »Wird alles wieder gut.« Mit sanften, aber kräftigen Bewegungen wusch sie ihm die Wange ab, wie seine Mutter das immer getan hatte.

Vor zweiunddreißigtausend Jahren war der Tiger zum Sterben hierhergekommen. Warum? War er alt geworden und hatte sich ins Dunkel zurückgezogen? Oder war es eine Tigerin, die hier ihre Wunden ausheilen oder Junge werfen wollte und statt dessen gestorben war?

Einunddreißigtausendneunhundert Jahre später entdeckten ein paar braun uniformierte Bauernburschen, daß man in der Lost-Cove-Höhle Pulver herstellen konnte, und zwar genau in jenem Höhlenabschnitt, wo Salpeter gefördert wurde.
»Die finden uns todsicher!«
»Nein«, erwiderte der Feldwebel.
»Ich hab doch gehört, daß sie das Tal raufkommen!«
»Laß sie nur kommen. Wir haben das Pulvermagazin ver-

mint, und wenn sie kommen, fliegen sie gleich wieder mit dem Arsch voraus nach New York zurück.«
»Und wie kommen wir dann noch raus?«
»Ich kenne einen anderen Ausgang«, sagte der Feldwebel, dem es anscheinend ziemlich egal war, wie sie rauskamen, ihm machte nur Spaß, daß man beides auf einmal konnte: den Eindringlingen entwischen und sie auch noch in die Luft jagen.

Er wurde sein Vater und ging den Sunset Boulevard entlang. Da kam Chester Morris in einem blauen Packard Cabrio angefahren. Er trug einen Strohhut.
Danach brachte sich Ross Alexander um.
Danach stand er lächelnd und nickend in Lower Pyne in Princeton und hatte auf eine ganz bestimmte Art die Hände in den Taschen.

Lindbergh schüttelte seinem Großvater und Eddie Stinson auf dem Flughafen die Hand.
Bobby Jones, Richard Halliburton, Johnny Mercer und Johnny Mack Brown kamen zum Mittagessen. D'Lo bediente Bobby Jones von der falschen Seite, aber als echter Gentleman ließ Jones sich nichts anmerken.

Was machen Sie denn hier in der kalten, kalten Erde, Massa?
Ich weiß nicht, D'Lo. Er wandte sich an seinen Vater: Warum bin ich denn hier unten bei dir in der Erde, alter Maulwurf?
Weil es für dich keinen anderen Ort gibt.
Das glaubst du doch selber nicht!
Nenn mir doch irgendeinen.
Atlanta?
Nein.
San Francisco?

Nein.
New Orleans?
Nein.
Santa Fe?
Nein.
Zu Hause?
Nein.
Linwood im prachtvollen Herbst?
Nein.
Israel?
Nein.
Portofino?
Nein.
La Jolla?
Nein.
Aix?
Nein.
Nantucket?
Nein.
Georgia?
Nein.
Warum kann ich an all diese Orte nicht hin?
Sie haben alle zugemacht.
Aber es muß doch einen Ort für mich geben.

Nach der Frühlingsregatta fand im Northport Beach Club ein Picknick statt. Und als Will Barrett vorging, um seinen Pokal entgegenzunehmen, ordentlich gekleidet, mit einwärts gesetzten Füßen (die rechte Schulter schob sich gleichzeitig mit dem rechten Fuß nach vorn, als habe er sein Leben lang in Long Island gelebt), da erblickte er Martha Stookey. Sie war die einzige Tochter und überhaupt der einzige Nachkomme von Bryan A. Stookey, dem Stookey Tidewater gehörte (die ein ziemliches Stück Festlandssockel verpachtet hatten) und hinter dessen Geschäft die Firma seit Jahren her war. Das Lester-Lanin-Orchester spielte im Pavillon, aber niemand tanzte. Martha, die ohnehin nicht besonders gut aussah, hatte einen Fehler gemacht. Sie war wie für einen Tanztee oder eine Gartenparty angezogen und trug einen großen runden Hut. Alle anderen hatten Sport- oder Badesachen an.

Obwohl ihr Gesicht vom Hut verschattet war, sah er, daß sie todunglücklich war.

Warum schuf Gott häßliche Mädchen? Schwer zu sagen. Das war schließlich Gottes Angelegenheit. Will Barrett jedoch war imstande, unglückliche Mädchen glücklich zu machen. War das vielleicht der Grund, warum Gott häßliche Mädchen schuf? Damit egoistische Leute wie Will Barrett sie glücklich machen und sich weniger egoistisch vorkommen, also zwei Dinge auf einen Streich erledigen konnten? Nein, drei Dinge. Man machte auch Geld damit.

Er forderte sie zum Tanzen auf. Ihre Hand fühlte sich kalt an und zitterte. Sie war eine gute Tänzerin. Jetzt schlossen sich andere Leute an. Er tanzte gern mit ihr, und sie lächelte. Sie war nicht häßlich.

Der alte Peabody beobachtete ihn. Der Blick bedeutete: Das ist mein Mann.

Später, als die Firma das Tidewater-Geschäft übernahm, sagte Mr. Peabody zu ihm: »Ich übertrage Ihnen die Leitung der Vermögensverwaltung. Witwen und Frischlinge inklusive.«

Der Mann fand ihn an einem Tisch auf der kleinen Halbinsel in der Eingangshalle des Peachtree Plaza Hotels. Die Halle war dreißig Meter hoch. Weinreben, dick wie Schlangen, rankten sich lianenhaft an den Wänden empor. Will Barrett wartete auf die erste Sitzung eines ökumenischen Rats, der sich mit Rassenfragen befassen sollte. Als er nach Carolina zog, hielt er es eine Zeitlang für angebracht, dem Süden »auf dem Gebiet der Rassenbeziehungen« zu helfen.

Der Mann, der ihm bis auf seinen Schnurrbart und den weißen Leinenanzug mit Weste irgendwie ähnlich sah, schüttelte den Kopf und verzog das Gesicht. Er war ein Rechtsanwalt aus Atlanta.
»Tja, die Geschworenen haben Sie für schuldig befunden, wie der Staatsanwalt es gefordert hatte.«
»Schuldig weswegen? Himmel, Sie haben mich erwischt! Schuldig!«
»Ach, wissen Sie, Kuppelei und Unzucht bei Ihrer Arbeit als Anwalt. Aber kein Grund sich aufzuregen.«
»Wieso nicht?«
»Es ist nur ein Jahr und in einer halb offenen Einrichtung in Arizona. Ein hübscher Ort, hab' ich gehört. Hier ist Ihr Busticket.«
Als er durch das Tor des Gefängnisses trat, das sich in die Wüstenvorgebirge unterhalb des Ghost Range schmiegte, kam ihm gerade John Ehrlichman entgegen.
»Na, wie war's, John?«
»Nicht schlecht, obwohl es für Freiheit wirklich keinen Ersatz gibt. Ich hatte eine saubere Zelle, gutes Essen. Meine Aufgabe war es, im Heizraum von Mitternacht bis sechs Uhr früh die Instrumente zu überwachen. Ich habe ein Buch geschrieben.«
»Klingt nicht schlecht. Sie sehen übrigens gut aus, John.«
»Sie nicht, Will. Was haben Sie eigentlich angestellt?«
»Ich saß gerade in der Empfangshalle des Peachtree, als –«
»Wie merkwürdig! Zufällig bin ich gerade auf dem Weg ins Peachtree Plaza. Dort findet ein Treffen amerikanischer Buchhändler statt, und ich will versuchen, dort etwas für mein Buch zu tun.«
»Alles Gute, John.«
»So geht's halt im Leben. Aber es ist gar nicht so schlecht hier.«
Ehrlichmann hatte recht. Es war gar nicht so schlecht.

Roosevelt wurde kurz nach seiner Geburt zum Präsidenten gewählt. Roosevelt grinste. Roosevelt wurde wiedergewählt. Roosevelt grinste. Roosevelt wurde wiedergewählt. Will Barrett hatte nie einen anderen Präsidenten gekannt. Er hatte genug von Roosevelts Grinsen.

Jahre vergingen. Er erwachte viele Male und fühlte sich in der Höhle nicht allein. Der gewachsene Fels war trocken und warm. Ab und zu war es, als öffne sich die Höhlendecke zum Himmel hin. Wenn er hinaufstarrte, lichtete sich die Dunkelheit. Und doch wußte er die ganze Zeit, daß dies nicht möglich war. Er lächelte über sich selbst.

Der Krieg kam. Sein Vater war glücklich. Anscheinend waren jetzt die meisten Leute glücklich. Fünfzig Millionen Menschen kamen um. Die Leute träumten vom Frieden. Der Friede kam. Will Barretts Vater wurde unglücklich. Anscheinend waren jetzt die meisten Leute unglücklich.

Still und aufmerksam lag der Junge mit dem Gesicht nach unten in dem Sumpf in Georgia. Er preßte die unverletzte Wange gegen den Boden und hielt das Sherlingworth-Gewehr im Arm. Wie Milch lag der Nebel über dem Boden und zwischen den Sumpfeichen.
So ist das also, dachte der Junge mit finsterem Triumph. Das ist also eines der Geheimnisse, von denen dir niemand etwas erzählt: Vögeln und Sterben. Sie erzählen dir etwas von Liebe und Jenseits, und vielleicht haben sie ja recht. Du aber hast es mit Vögeln und Sterben zu tun. Sie verschweigen dir, wie schön Vögeln ist und wie schlimm, alt und krank zu werden und zu sterben. Na gut.

Nach Marions Begräbnis fuhr er mit seiner Tochter Leslie nach Hause. Yamaiuchi fuhr den Rolls. Beim Anblick seines

glatten Hinterkopfs mußte man unwillkürlich an einen Seehund denken. Er sah aus wie Sammy Lee, der kleine muskulöse Olympiataucher. Will Barrett ließ seinen Blick über die kahlen Winterwälder schweifen. Warum sehen Wälder nach Beerdigungen immer so anders aus als sonst? Marion und er hatten nach Dutzenden von Begräbnissen in North Carolina Dutzende von Wäldern gesehen. Er erinnerte sich, wie er nach der Beerdigung seines Vaters heimgefahren war. Als die Limousine am Bahnübergang in der Theobald Street hielt, fiel ihm auf, daß diese nichtssagende Stelle, die er früher auf dem Heimweg von der Schule hunderte Male passiert hatte, jetzt anders aussah, daß sie an etwas wie Schwebe, Lücke, Pause erinnerte, wie der Polizist in der Nähe des Friedhofs, der reglos vor dem zum Stillstand gekommenen Verkehr stand. Genau an dieser Stelle hatte er auch an Ethel Rosenblum gedacht und war hingefallen.
Leslies Omabrille blitzte, als sie die Bügel zusammenklappte. Sie räusperte sich, wandte sich ihm zu und schlug die Beine übereinander. Ihre Strumpfhose knisterte. Leslies Gesicht mit den verschleierten Augen und den hübschen schmalen Lippen hatte jetzt wieder denselben Ausdruck wie Barbara Stanwycks Gesicht in der Szene, wo sie allen mal gründlich die Meinung sagt.
»Ich muß dir mal was sagen, Papi.«
»Nur zu.« Ganz offensichtlich wird sie mir nicht nur irgend etwas mitteilen, sondern mir auch die Meinung sagen in der Art, wie manche Leute es für mutig halten, alle Konventionen zu mißachten und reinen Tisch zu machen, wie es so schön heißt. (Mein Gott, hoffentlich sagt sie nicht: Laß es uns mal ganz offen bereden.)
»Papi, hör mir mal zu.«
»Ja.«
»Du und Mami – Gott weiß, daß ich euch beide liebe, aber ihr habt einfach alles falsch gemacht. Beide.«
»Tatsächlich?«

»Das kann man wohl sagen. Ihr habt alles verkehrt gemacht.«
»Wieso denn?«
»Ihr wart nie ehrlich zueinander – nicht einmal zu euch selbst.«
»Wieso denn?«
»Mami und du, ihr wart während eurer ganzen Ehe kein einziges Mal ehrlich zueinander. Und doch bin ich euch dafür dankbar, weil ich daraus gelernt habe.«
»Wieso denn?«
»Ihr hättet doch zumindest voreinander zugeben können, worauf eure Ehe basierte. Wer weiß, vielleicht wäre dann sogar noch was draus geworden, irgend etwas Kreatives. Das habe ich aus eigener bitterer Erfahrung gelernt: Wenn man sich selbst anlügt, kann man in eine Beziehung nichts Kreatives einbringen.«
»In welcher Hinsicht waren wir denn nicht ehrlich?«
»Ihr habt weder voreinander noch vor euch selbst jemals zugegeben, warum ihr geheiratet habt.«
»Warum haben wir denn geheiratet?«
»Du hast Mami geheiratet, weil du so an das Peabody-Vermögen kamst. Und Mami hat dich geheiratet, weil, ich würde am liebsten sagen, weil du ein guter Fang warst, und das stimmte wohl auch. Und vor allem, weil sie eben unbedingt heiraten wollte. Das muß noch lang keine schlechte Basis für eine Beziehung sein – die Franzosen haben das jahrelang praktiziert –, aber man muß es zugeben. Mami konnte sich eine Zukunft ohne Ehe einfach nicht vorstellen. Zum Glück haben sich die Zeiten inzwischen geändert.«
»Aha.«
»Jason und ich sind ehrlich zueinander. Wir sind der Meinung, daß eine Beziehung nur dann eine Chance hat, wenn die Partner ehrlich miteinander umgehen.«
»Aha.«
Er sah Marion, wie sie lachend hinter ihm herrannte und sich

vom steinigen Strand den Hang halb hinaufziehen ließ. Ihre grauen Augen unter den hochgewölbten, ungezupften Brauen waren unverwandt auf ihn gerichtet, und er hatte diesen süßen Schmerz im Herzen – warum dieser Schmerz? Weil sie sich so an ihm freute? Weil es ihn so freute, ihr Freude zu machen? Weil sie so verwundbar war und er sich geschworen hatte, sie zu beschützen? Sie war linkisch, unattraktiv (Na jaaa, Will, 'ne Titelschönheit ist sie nicht gerade, wie? hätten seine Verbindungskameraden gesagt), und doch war sie durch ihre Augen und ihren Mund auch wieder hübsch und präsent. Oder war es die Bittersüße des plötzlichen Handels, den er mit sich abschloß, als er den Hang hinaufrannte, daß er sie nämlich nicht ihres Reichtums wegen heiratete oder weil sie nett war und er sie so glücklich machen konnte, sondern weil er mit seinem Leben an einem Punkt angelangt war, wo ihm wenigstens noch dies möglich war: etwas nur deshalb zu tun, weil es so geheimnisvoll war, etwas, das ja nicht schlecht und vielleicht sogar sehr gut sein konnte. Warum sollte er sie denn nicht heiraten? War es nicht egal, ob man heiratete oder nicht?

»Papi, bei allem Respekt vor euch beiden wünsche ich mir etwas Besseres. Ich brauche etwas Besseres im Hinblick auf eine Beziehung und etwas Besseres im Hinblick auf eine wahre Glaubensgemeinschaft. Mami lebte nach religiösen Geboten. Und du – wonach lebst du, Papi?«

»Ach, ich weiß nicht genau.«

»Na ja, ich jedenfalls weiß, wonach ich lebe, und ich möchte dir und Mami für alles danken, auch dafür, daß ich lernen durfte, anderen Menschen gegenüber ehrlich zu sein.«

»Oh, gern geschehen.«

Einmal sah er den Tiger über Highways und Nebenstraßen streifen. Aber vielleicht war es auch nur eine der kleinen Licht- und Farbenexplosionen, die ab und zu die Bruchstükke der Landkarte erhellten, Bruchstücke von Highways,

Kreuzungen, punktförmigen Städten, die über seine Netzhaut glitten. Aber in der grauen nassen Welt schien keiner auf den Tiger zu achten. Na schön, dachte er, ich auch nicht.
In New York standen unterm Columbus Circle auf dem Bahnsteig des Eigth Avenue Express Richtung Innenstadt Hunderte von Wartenden. Sie trugen alle eine Art Kapuze, keine Henkerskapuze, sondern oben umgeknickt.
Er erwachte. Da stand der Tiger in der Öffnung. Er hatte nichts Leuchtendes, Fürchterliches oder Symmetrisches an sich. Seine Augen waren glanzlos und glühten nicht, sein Pelz wirkte dünn und seine Schnauze erinnerte mehr an einen Rüssel. Sonst war an ihm nichts Bemerkenswertes. Er sah so alltäglich aus wie der Tiger im Bilderbuch, auf den das Kind mit dem Finger zeigt. »Tiger«, sagt das Kind. Der Tiger drehte den Kopf hin und her. Er schwankte. Er war so müde, daß er nicht einmal mehr in den Beinen nachgeben und sich hinsinken lassen konnte. Man sah ganz klar, er war hergekommen, um zu sterben.
Furchtlos, ja nicht einmal neugierig sah Will Barrett zu, wie sich die Bestie schwerfällig niederließ, wobei die Knochen gegen den Fels schlugen.
Als er dann später zufällig einmal den neben ihm liegenden Tiger berührte, der entweder im Sterben lag oder sogar schon tot war, spürte er ohne Überraschung, daß sein Fell und seine Haut so hart geworden waren wie bei einem Rhinozeros.
Das ist ungewöhnlich, dachte er. Außerdem hatte er in den Augen des Tigers, bevor er sich hinlegte, einen ungewöhnlichen Ausdruck wahrgenommen, einen abgehärmten, scheuen Blick. Der Tiger löste in ihm dasselbe Gefühl aus wie die Patienten im St.-Mark's-Heim. Hast du dich die ganzen Jahre über nicht ganz unnötig gequält und gegrämt? Kanntest du jemals wirklich deine Zeit? Wie geheimnisvoll, daß du hierher gekommen bist, ohne es zu wissen! Warst du

wirklich jemals ein herrlicher Tiger, der leuchtend die nächtlichen Wälder durchstreift?
Aus dem toten Tiger drang ein trockenes Rascheln, wie von Wespen in einem Kürbis. Im Gehäuse des Tiers bewegte sich irgend etwas. Vielleicht war es eine Tigerin, die sich niedergelegt hatte, um Junge zu werfen. Nein, es war ein alter Tiger, ein freundlicher, seniler Bilderbuchtiger. Es war ein Todesröcheln.
Als Will Barrett das Tier gedankenlos abtastete – die Haut war jetzt hart wie der Chitinpanzer einer Heuschrecke –, strich seine Hand am Rückgrat entlang, als suche sie den Schlitz, durch den die Kreatur ausgeschlüpft war. Es fand sich zwar kein Schlitz, aber das Fell hatte sich wegen der bevorstehenden Häutung etwas gelöst.
Häutung? Tiger häuten sich doch nicht! Denk mal nach, man kann darauf kommen. Na schön. Was immer hier auch lebendig ist, es ist mehr als ein sterbender Tiger. Und doch ist es auch kein gebärender Tiger oder ein Tiger, der sich häutet und sich wie eine Zikade verwandelt. Es ist derselbe Tiger, nur anders.
Gespannt wartete er, bis er den Witz begriff. Dann wurde er müde und legte sich neben dem Tier nieder.
Der Witz bestand darin, daß es zum ersten Mal in der Geschichte des Universums der Mensch war, der wußte, wer er war, daß es der Mensch war, der sich in seinem Felskokon geborgen fühlte wie ein Käfer, und nicht das Tier, das sich mürrisch und seiner Selbst und der Zukunft nicht sicher war und nicht genau wußte, was es hier überhaupt tat. Der Tiger fragte: Ist dies der Ort, der für mich bestimmt ist? Werde ich hier glücklich? Werden mich die anderen mögen? Wird mein Tod eine Erfahrung des Wachsens sein?
Aber wie kann man tot sein und wachsen? Tot ist tot.
Der Mann lachte, nahm drei weitere Pillen und schöpfte Wasser aus einem der Löcher, das perfekt zylindrisch ge-

formt war wie ein Bohrloch. Tiger oder nicht, dachte er, das ist egal. Mein Experiment geht weiter. Dies war noch kein Zeichen.

Er übergab sich. Der Zahnschmerz fuhr ihm wie ein Blitz in den Schädel hinauf.
Ich fühle mich wirklich elend, dachte er voller Interesse. Hundeelend. Wodurch ist das wohl gekommen? Durch die Pillen? Das Zahnweh? Wie lange bin ich eigentlich schon hier unten? Er warf einen Blick auf die Placidylkapseln. Es war noch etwas mehr als die Hälfte davon übrig. Sechs Tage? Zehn Tage?
Irgendwo war tropfendes Wasser zu hören.
Ein Tiger? John Ehrlichman? Er schüttelte den Kopf, wodurch er sich gleich wieder erbrechen mußte. Trotzdem schüttelte er den Kopf erneut, nahm die Taschenlampe und die Batterien an sich und näherte sich der Öffnung. Ich will hier raus! Wirklich erstaunlich, daß so banale Dinge wie Schmerz und Übelkeit alles auslöschen können, erhabene Gedanken, tiefgründige Gedanken, verrückte Gedanken, ja sogar Begierde.
Oooooh! stöhnte er laut.
Ich will hier raus, sagte er, ohne an Gott, Juden, Selbstmord, Tiger oder den Jüngsten Tag zu denken.
Als er sich den Mund abwischte, merkte er, daß er schon ziemlich lange Bartstoppeln hatte.
Dummerweise hatte er seine Schwäche und die Wirkung des Medikaments unterschätzt. Etwa in der Mitte des Kamins gaben seine Knie nach, und er stürzte die restlichen 7–10 Meter in die Tiefe. Zum Glück prallte er immer wieder an den Wänden ab, sonst hätte er sich sicherlich den Hals gebrochen. Blutend und zerschlagen kam er unten an.
Er lag lange Zeit still, bevor er nachfühlte, ob er sich etwas gebrochen oder sich ernstlich verletzt hatte. Außer ein paar Kratzern und etlichen Prellungen an den Hüften, den Ar-

men und am Kopf schien aber nichts weiter passiert zu sein. Es war stockdunkel, egal, ob er die Augen auf oder zu hatte. Plötzlich blieb ihm fast das Herz stehen. Die Taschenlampe! Sicherlich hatte er sie in der Hand gehabt, als er anfing, den Kamin hinunterzusteigen. Wie dumm von ihm, keinen Ersatz mitzunehmen, etwa eine Minilampe für die Hosentasche! Selbst wenn er sie jetzt fand, war sie bestimmt kaputt. Nicht einmal an ein Streichholz oder ein Feuerzeug hatte er gedacht. Ihm fiel plötzlich auf, daß Zahnweh und Übelkeit verschwunden waren. Er bekam eine Gänsehaut. Seine Hoden zogen sich zusammen. Verdrängt Furcht die Übelkeit, so wie die Übelkeit Gott verdrängt hat? Während er darauf achtete, sich nicht zu bewegen, spürte er jeden Quadratzentimeter um sich herum. Keine Taschenlampe. Als er auf Hände und Knie kam, verlor er fast das Bewußtsein. Er senkte den Kopf wie ein Ameisenbär und begann langsam in größer werdenden Kreisen herumzurutschen, wobei er mit der äußeren Hand über den Fels strich. Und wenn die Lampe oben auf einem Sims gelandet war? Aber nein, sie war mit der Birne nach oben in einem Spalt steckengeblieben, gut sieben Meter von der Stelle entfernt, wo er aufgekommen war. Als er die Hand um den Plastikrand schloß, rutschte ein Finger hinein: Das Glas war kaputt. Aber die Birne nicht. Er schob den Schalter nach vorn. Es blieb stockdunkel. Er schob den Schalter zurück. Die Dunkelheit schloß sich noch dichter um ihn. Aha, so steht es also, jetzt ist für mich wohl alles gelaufen. Wäre er nicht zu schwach gewesen, hätte er gelacht. Sieht so eine Antwort auf eine elegant gestellte wissenschaftliche Frage aus? Auf diese Weise wird der Prudential Insurance Company das Geld ja sogar ehrlich abgeknöpft, dachte er und klopfte mit dem hinteren Teil der Taschenlampe leicht gegen den Felsen. Da fuhr die Finsternis wie ein Tier zurück.

Hinkend, mit schmerzenden Gelenken, die Beine wie ein Betrunkener gespreizt, ging er, ohne nach Fischen zu schauen, langsam am Strand entlang, am Ehrlichen Abe und den Drei Nonnen vorbei und begann dann den Hang hinaufzuklettern. Er durchquerte das Theater, mußte aber, als er zum oberen Hang kam, nach jedem Schritt ausruhen. Ich bin schwach. Ich muß mindestens eine Woche dort unten gelegen haben. Ihm zitterten Arme und Beine. Zweimal stürzte er hin, einmal schwer. Er war dermaßen schwach, daß er die Taschenlampe schützend mit den Armen bedeckte und sich wie ein Kartoffelsack fallen ließ. Sein Körper rollte einen flachen Felsen hinab und verkeilte sich unter einem Vorsprung. Er schaltete das Licht aus und lag eine halbe Stunde im Dunkeln. Die Übelkeit und das Zahnweh hatten nachgelassen, aber er fühlte sich sehr schwach und plötzlich furchtbar durstig. Warum war er denn so schwach? Wie lang hatte er denn in dieser Höhle gelegen und sich mit Gott, den Juden, Tigern und John Ehrlichmann unterhalten? Fünf Stunden? Fünfzig? Eine Woche? Er befühlte seinen Bart. Mindestens eine Woche

Diesmal ergab die Untersuchung, daß höchstwahrscheinlich etwas gebrochen war, und zwar der kleine Knochen unter dem Knie. Beim Versuch aufzustehen war es, als dringe der Knochen durch die Haut, aber die Schmerzen waren noch erträglich. Er konnte sich immerhin mit gespreizten Knien auf allen vieren fortbewegen. Vielleicht war der Knochen auch nur angebrochen.

Erst nach einer Stunde, als er allen Berechnungen nach schon mindestens oben bei der Öffnung hätte angelangt sein müssen, packte ihn plötzlich das furchtbare Gefühl, etwas verloren zu haben, so wie ein Reisender weiß, daß seine Brieftasche fehlt, noch bevor er sich auf die Gesäßtasche klopft. Es fehlte etwas. Er hatte etwas verloren. Was nur? Den Tunnel. Er hatte sich offenbar den Tunnel falsch gemerkt.

Nein, er hatte sich den Tunnel nicht falsch gemerkt. Der Tunnel führte ins Theater, und er hätte nach der Durchquerung des Theaters in ihn eintauchen müssen. Statt dessen war er den Hang hinaufgeklettert. Es war aber der falsche Hang. Er war verloren. Bei einer Höhle ist es wie bei einem Fluß: abwärts kann man sich nur schwer verirren; aufwärts ist es etwas anderes.

Will Barrett knipste die Lampe aus, machte es sich bequem und dachte über seine Lage nach. Fest stand nur, daß er nicht mehr zum Theater zurück, und erst recht nicht den Tunnel und einen weiteren Hang bewältigen konnte. Nun ja, dachte er gähnend, und dann verlor er entweder das Bewußtsein oder schlief ein.

Als er aufwachte, überlegte er, in was für einem merkwürdigen Schlafzimmer er sich denn hier befand. Das Zahnweh war jetzt ganz verschwunden. Er spie irgend etwas aus, wahrscheinlich Eiter. Also war der Abszeß aufgebrochen. Dann sprangen in seinem Kopf wieder, wie Türen, die schlechten Erinnerungen auf. Dies war ja kein Schlafzimmer, sondern eine Höhle, und er hatte den Tunnel verfehlt. Er war sehr durstig. Das Aufstehen nahm ziemlich viel Zeit in Anspruch. Als er mit der Taschenlampe herumleuchtete, wurde ihm klar, daß er nach etwas suchte, und zwar nach Wasser.

Von einem der dunklen Flecken an der Decke tröpfelte es herunter. Er faßte mit der freien Hand hinauf. Es handelte sich nicht um Wasser. Quiekend fielen pelzige Leiber herab, winzige Fächer aus warmer Haut streiften ihm übers Gesicht, Klauen fuhren ihm wie Kämme durchs Haar. Jetzt war der dunkle Fleck verschwunden, der Fels war trocken. Bei den Flecken hatte es sich um Fledermauskolonien gehandelt, und es hatte von den Fledermäusen heruntergetröpfelt. Dann war jetzt also, an welchem Tag auch immer, Tag. Fledermäuse schliefen doch tagsüber, nicht wahr? Wie sie wohl ins Freie gelangten?

War es nur Einbildung, oder traf ein stärkerer Lufthauch seine Wange? Vielleicht eine große Fledermaus?

Er kroch wieder auf Händen und Knien langsam den Hang hinauf. Was tun, wenn der Hang an ein Felsdach stieß? Denn hier war das der Fall, und Will Barrett kauerte in dem Winkel und klammerte sich wie eine Fledermaus am Felsen fest. Er knipste das Licht aus und merkte erst nach etwa einer Minute, daß es nicht ganz dunkel war. Es herrschte jetzt eher eine ganz normale Dunkelheit statt der blinden schwarzen Höhlenfinsternis. Er spürte einen Luftzug im Haar.

Als er langsam den Kopf drehte, wie ein Kranker, der einen Besucher begrüßt, sah er auf der Felswand einen Schatten. Es war nur ein Schatten, dachte er. Aber meine Taschenlampe brennt doch nicht mehr. Also muß der Schatten durch eine andere Lichtquelle entstanden sein. Während Will Barrett durch die Höhle kroch, erhob sich ein leichter Wind, und als er bei dem Schatten angelangt war, duftete es nach Blättern und Bitterrinde und nach flechtenbewachsenem Gestein, das sich im Sonnenlicht erwärmt.

Aber als er sich umdrehte, sah er kein Sonnenlicht, sondern ein Geflecht aus wildem Wein, das fast vollständig ein Loch im Felsen bedeckte. Das Loch hatte die Form eines Quadrats.

Nun ja, sagte er vor sich hin und merkte, daß ihn seine Errettung gar nicht in Aufregung versetzte.

Dann muß es also im Bergkamm mehr als eine Öffnung geben. Aber warum die quadratische Form? Vielleicht war dies der eigentliche Fluchtweg für die Südstaaten-Maulwürfe. Selbst dicke Soldaten paßten hindurch.

Während er sich vorsichtig Zentimeter um Zentimeter auf das Licht zubewegte, entdeckte er, daß die Öffnung höchstens fünfzig Zentimeter breit war und gerade so hoch, daß ein Mensch auf allen vieren hindurchgekommen wäre. Die Quadratform kam nicht durch den Felsen zustande, sondern durch einen Holzrahmen jenseits des Felsens.

Plötzlich packte ihn ein Schüttelfrost, und er zitterte wie Espenlaub. Die Zähne schlugen ihm aufeinander. Flüchtig dachte er daran, wie es wäre, die Höhle als Soldat der Südstaatenarmee Jahre später zu verlassen, wie ein Japaner, der auf den Philippinen ausgehalten hat. He Sie, in dem Mercedes dort, wer hat den Krieg gewonnen?
Er stützte sich mit den Ellbogen auf das Fensterbrett, um den Kopf hindurchzustecken. Da aber wilder Wein und Fensterbrett trocken und morsch waren, stürzte er hinunter und dachte noch im Fall, es könne nicht weiter schlimm sein, weil der wilde Wein und der Kamm selbst ja nicht mehr als mannshoch waren. Aber dies war kein Sturz durch Weinranken oder Gebüsch, sondern ein Sturz durch die Luft, ein Sturz durch Luft und Farben, durch leuchtendes Grün und Violett und Zinnoberrot und ein Blau, das keinem Himmel glich, ein freier Fall, bei dem ihm genügend Zeit blieb sich zu fragen, ob er nicht doch tot wäre, und was war jetzt mit diesem schäbigen Himmel und dem großen schwarzen Tier der Apokalypse mit roten Augen, das mit gierig aufgerissenem Rachen brüllte – als Holz splitterte und in Spänen explodierte, weil er durch den Tisch krachte, und dann schlug er auf dem Zementboden auf, aber nicht allzu hart, hauptsächlich mit der Schulter, teils auch mit dem Hinterkopf. Er verlor das Bewußtsein, erlosch wie ein Licht.

3

Etwas versuchte, in seinen Mund zu gelangen. Er biß die Zähne zusammen.
»Sie haben nach Wasser gefragt.«
Er öffnete die Augen. Etwas, jemand, ein Mensch, eine Frau, ein Mädchen beugte sich mit einer Papptasse über ihn.
»Na gut.«

Er versuchte, um besser trinken zu können, den Kopf zu heben, aber es war unmöglich, weil ihm ein stechender Schmerz in den Nacken schoß. Na schön, dann hatte er sich also das Genick gebrochen. Er öffnete den Mund, und sie ließ das Wasser hineinrinnen. Es gibt kaum eine größere Wonne als kühles Wasser nach einem großen Durst.

Die Farben entstanden durch ein Buntglasfenster in einem Glasdach. Ich bin also in einer Kirche.

»Wie hast du mich denn gefunden und hierhergebracht?«

»Ich hab' Sie nicht gefunden, Sie sind reingefallen.«

»Reingefallen? Von wo denn?«

»Von dort.« Sie hob den Kopf.

Am Giebel des Walmdachs, wo sich normalerweise vielleicht eine Luke zum Dachboden befunden hätte, war gegen den Bergkamm ein quadratisches Fenster in die Wand eingelassen. Er sah hinauf.

»Wie bin ich denn auf diesen Tisch oder in dieses Bett gekommen oder –«

»Ich habe Sie mit meinem Flaschenzug hinaufgeschafft.«

»Aha.«

»Wie fühlen Sie sich?«

»Schlecht.«

»Wo tut's weh?«

»Überall, vom Bein bis zum Kopf. Ich glaube, mein Bein ist gebrochen.« Wenn aber mein Bein weh tut, dachte er, bin ich wahrscheinlich nicht gelähmt.

»Jetzt nehmen Sie mal die drei Aspirin, und versuchen Sie zu schlafen.«

»Bitte hol niemanden, bevor ich es sage.«

»In Ordnung.«

Er nahm die drei Aspirin und schlief ein.

Als er erwachte, fütterte sie ihm eine große Schale Haferbrei. Warum hatte er nie bemerkt, wie gut Haferbrei schmeckte?

»Was haben Sie denn gemacht? Wo sind Sie hergekommen?« fragte sie nach einer Weile.

»Die Höhle«, erwiderte er abwesend. Er hatte lange zu dem gerahmten Loch im Dachfirst hinaufgeschaut. »Spürst du etwas?« fragte er sie.

»Ja, einen Luftzug. Das war vorher nicht. Woher er wohl kommt?«

»Aus der Höhle.«

»Und wozu?«

»Damit das Treibhaus im Winter warm und im Sommer kühl ist. Wie kommt es dir jetzt vor?«

»Kühl. Aber ich meine –«

»Ja, weil es draußen noch warm ist.«

»Nein, draußen ist es kalt.«

»Ich schätze die Temperatur in der Höhle auf 15 Grad. Man sagt, das kommt von der Luft, die aus der Schlucht herauf in die Höhle strömt und dabei ein paar heiße Quellen passiert.«

»Ja, aber haben Sie bemerkt, daß sie wärmer ist als die Luft hier drin?«

»Ja«, antwortete er zerstreut. »Kannst du dir vorstellen, daß diese Öffnung die ganze Zeit da war, ohne daß du sie bemerkt hast?«

Sie nickte. »Es ist enthüllend und erfüllend für mich, daß Sie die Weinranken weggerissen haben, so daß nun der Luftzug aus der Höhle durch mein Fenster kommt.«

»Der alte Richter Kemp«, sagte er mehr zu sich selbst, sah sie dabei immer noch unverwandt an, »hat dieses Treibhaus direkt an die Öffnung im Bergkamm gebaut, so daß er es im Winter und im Sommer benutzen konnte.«

»Die Regelung der Temperatur hilft also der Natur.«

»Ja«, sagte er und schloß die Augen. »Er hat viel Geld damit verdient. Hier drin ist es warm, wärmer als in der Höhle. Hm.«

»Ja, ich weiß«, erwiderte sie. »Haben Sie hier herum schon eine Neuheit bemerkt?«
»Eine Neuheit?« Er öffnete die Augen und folgte ihrem Blick.
Da thronte, genau unter die hochgeschobenen Fenster der Trennwand eingepaßt, der riesige alte Küchenherd, nein, nicht alt, sondern zweifellos neu, verwandelt, wiedergeboren! Das polierte Nickel glänzte im Sonnenlicht, Flächen aus makellosem weißem und türkis-grünem Email leuchteten wie schneeige Gipfel vor einem blauen Himmel. Hinter einem Guckloch aus Bernsteinglimmer loderte ein Feuer, hell wie Tigeraugen.
»Du hast ihn hergeschafft.«
»Ich hab ihn hergeschafft.«
»Ganz allein.«
»Ganz allein. Schauen Sie, er hat sogar einen Wasserbehälter.«
»Ja, ich sehe es.«
»Das Wasser ist heiß.«
»Gut.«
»Ich habe Sie gebadet. Ich habe Sie gesehen, aber ich habe es nicht geglaubt.«
»Danke.«
»Aber jetzt sollten Sie schlafen. Sie sind ja völlig erschöpft.«
»Na schön. Sag aber niemandem, daß ich hier bin.«
»Wem sollte ich es denn sagen?«

Zweiter Teil

I

1

Es war kein Problem, mit ihm umzugehen, bis zu dem Moment, wo er zu sich kam und sie ansah. Wenn sie nicht beobachtet wurde, konnte sie alles. Aber kaum waren zwei Augen auf sie konzentriert, war sie ein aufgespießter Käfer, ruderte mit Armen und Beinen in der Luft und kam nicht mehr auf die Füße. Sie wurde gepfählt und gequält.

Das war schon in der Schule so gewesen. Wenn sie allein an ihrem Pult saß, konnte sie alles, konnte sie jedes Problem lösen, jede Frage beantworten. Aber kaum sah ihr der Lehrer über die Schulter oder ließ sie, größter aller Schrecken, vor der Klasse aufstehen: da schrumpfte sie zusammen wie ein Stück Papier unterm Brennglas.

Die Lieder Franz Schuberts kannte sie auswendig, vorwärts und rückwärts, so gut wie Franz selbst sie nur je gekannt haben konnte. Aber vierhundert auf sie gerichtete Augenpaare bohrten ein Loch in ihre Stirn und saugten die Worte heraus.

Als er auf dem Boden ihres Treibhauses gelandet war, sich selbst k.o. geschlagen und das Bewußtsein verloren hatte, war er ein Problem gewesen, für das man eine Lösung finden mußte, wie beim Transport des Herds. Probleme sind dazu da, gelöst zu werden, aber allein. Nach dem ersten Schock – sie hatte gerade auf allen vieren den Boden gewischt – hatte sie sich nur noch darauf konzentriert, das Beste aus der Tatsache zu machen, daß da ein Mann auf ihrem Fußboden lag und von Kopf bis Fuß mit einer weißlichen Schmiere bedeckt war wie ein Kanalschwimmer. Als sie darüber nachdachte, was dies wohl bedeutete – eine neue Art von Läufer? Jemand, der sich für ein Fest des Golfclubs maskiert hatte? Jemand, der an Halloween von Tür zu Tür ging? –, wurde ihr klar, daß sie die neue Welt noch nicht gut genug kannte, um zu wissen, wovor man Angst haben mußte. Daß einem ein Mann ins Haus fiel, gehörte vielleicht zu den Dingen, die passierten, wenn auch selten, wie eine Wildente, die den Kamin heruntergeflogen kam.

Aber Moment mal. War er denn ein Fremder? So fremd er im ersten Moment auch aussah, lehmverschmiert und zusammengekrümmt, hatten seine Schultern doch etwas an sich, eine gewisse Verletzlichkeit, trotz ihrer Stärke, das ihr einen süßen milden Stich versetzte. Sie erkannte ihn. Nein, eigentlich wußte sie schon, bevor sie ihn sah, wer er war. Der Hund erkannte ihn nämlich. Es war der Hund, ein echtes Weltgeschöpf, der wußte, wann Wut und Schrecken angebracht waren, z.B. wenn ein Mann auf ihn fiel, und der deshalb bereits zum Angriff übergegangen war, dann aber genau wie neulich plötzlich stehenblieb, die Hand ausspie und, statt wütend zu knurren, leise winselnd um Verzeihung bat. Der Hund war wieder einmal verlegen.

Vielleicht hätte sie Ingenieurin werden sollen oder Krankenschwester für komatöse Patienten. Denn ab dem Moment, wo sie ihn so daliegen sah, brauchte sie nur noch zu überlegen, wie sie das, was zu tun war, ausführen mußte. Jetzt ging es bloß noch um die Berechnung von Gewichten, Winkeln und Hebelkräften. Da er durch einen der beiden Arbeitstische gekracht war, mußte sie ihn auf den anderen hieven. Aber zuerst vergewisserte sie sich, ob er nicht tot oder schwerverletzt war. Keins von beidem schien der Fall zu sein, obwohl er über und über mit Prellungen und Kratzern bedeckt war und blut- und lehmverschmiert. Er roch, als habe er in einem frisch ausgehobenen Graben gelegen. In einem Grab. Wieder suchte sie nach irgendeiner Erklärung. Hatte er ihr heimlich einen Brunnen gegraben, weil er wußte, daß sie sich nicht helfen lassen wollte? Aber aus einem Brunnen kann man doch nicht herausfallen. Vielleicht hatte er auf dem Bergkamm ein Wasserreservoir entdeckt.

Sie versuchte ihn aufzuheben. Aber obwohl er mager war und sie von Natur aus kräftig und durch die Schwerarbeit im Treibhaus noch kräftiger geworden, war er ihr doch zu schwer. Außerdem war er durch den Lehm ganz glitschig, und seine langen schlaffen Muskeln waren wie Bänder an Eisen. Wenn sie seinen Körper an einem Ende anhob, klebte der Rest an der Erde, als hätte er Wurzeln geschlagen. Jetzt saß sie an die Wand gelehnt, hatte den amboßförmigen Kopf des Hundes auf ihrem Oberschenkel und dachte nach. Der Flaschenzug ersetzte drei Männer. Er war sogar besser als drei Männer, denn die hätten sie entmutigt. Ihre Zweier- und Dreierrollen verliehen ihr die Herrschaft über physikalische Gesetzmäßigkeiten. Mit einem Flaschenzug und Seilen und genügend Zeit zum Planen konnte man alles transportieren.

Jetzt, wo sie darüber nachdachte, fand sie es merkwürdig, daß nicht jeder Mensch alles tun konnte, was er wollte, wenn man ihm nur das geeignete Werkzeug und genügend Zeit gab. Man konnte kaum begreifen, daß Wissenschaftler nicht schon vor langer Zeit die Probleme der Menschheit gelöst hatten. Waren die Wissenschaftler denn ernst zu nehmen? Konnte man denn nicht jedes Problem selbst lösen, wenn man sich eingehend damit befaßte, vierzig Jahre Zeit hatte und in Ruhe gelassen wurde? Probleme waren dazu da, gelöst zu werden. Vielleicht waren die Wissenschaftler *nicht* ernst zu nehmen. Denn was würden sie tun, wenn die Menschen Probleme wie Krieg und Krebs erst einmal gelöst hätten? Wem konnte sie diese Frage stellen? Sie machte sich gleich eine Notiz, um es in den Büchern nachzuschlagen.

Sie rollte ihn auf eine alte Tür aus der Ruine, hob ein Ende mit Hilfe eines Flaschenzugs so hoch, daß sie den Montageroller drunterschieben konnte, fuhr ihn zu ihrem Schlafplatz, schlang dann an zwei Stellen ein Seil um die Tür und hievte die Tür mit Hilfe zweier Doppelrollen nach oben, die am Metallrahmen des Walmdachs befestigt waren, wo sich die Lüftungsschlitze befanden. Der Trick bestand darin, daß man an beiden Seilen ziehen und dann, wenn die Rollen zusammengekommen waren, beide Seile in eine Hand nehmen und mit der anderen Ziegelsteine unter die Tür schieben mußte und wieder von vorn anfangen. Und als die Tür etwas höher war als die freigeräumte Schlafstelle, schob sie ihn mit Tür und allem hinüber und stemmte ein Türende, das Kopfende, so hoch, daß sie drei Ziegelsteine drunterschieben konnte, damit das Wasser ablief, wenn sie ihn badete.

Das einzig wirklich Schwierige war, ihn auszuziehen. Da kam sie mit dem Flaschenzug nicht weiter. Ohne Werkzeug ist der Mensch wirklich hilflos. Sie brauchte ihre ganze Kraft, um ihm die glitschige Khakihose über die Hüften zu streifen und ihn soweit herumzudrehen, daß sie ihm einen Ellbogen aus dem Ärmel ziehen konnte. Einen Moment lang überlegte sie, ob sie die Kleider einfach aufschneiden sollte. Aber was hätte sie ihm dann angezogen? Seine Unterhosen ließ sie ihm an. Ihr hätte es zwar nichts ausgemacht, ihn nackt zu sehen, aber ihm vielleicht, wenn er es später erfuhr. Sie deckte ihn mit ihrem Schlafsack zu, bis sie zwei Töpfe mit Wasser geholt hatte, einen für ihn und einen für seine schmutzigen Kleider. Die würde sie zuerst waschen, damit sie genug Zeit hatten, in der Sonne zu trocknen. Nein, das dauerte zu lang. Lieber hängte sie sie über die Nickelstange am Herd. Quel plaisir, ihren Herd so zweckmäßig einzusetzen!

Sie brauchte den ganzen Nachmittag, und es machte ihr nichts aus, einen Mann zu baden. Wie schön sind Menschen, wenn sie bewußtlos sind! Dann schauen sie einen nicht an. Ja, sie wäre eine gute Krankenschwester für Koma-Patienten geworden. Zwar ging es auch jetzt wieder nur darum, Winkel und Gewichte abzuschätzen, doch hatte dieser widerborstig schlaffe Körper seine eigenen Gesetzmäßigkeiten. Während sie ihn umdrehte, um an seinen Rücken zu gelangen – ein Schlachtfeld aus Schnitten, Kratzern, Quetschungen und verkrustetem Blut –, grübelte sie vor sich hin: Was hatte er bloß gemacht? War er beim Bergsteigen abgestürzt? Sein Gesicht! Mit seinem gelbweißen Sieben-Tage-Bart und der Beule überm Kieferknochen sah er aus wie ein Höhlenbewohner mit Kautabak in der Backentasche. Aber erst als sie mit allem fertig war, hielt sie inne und sah ihn genau an. Nein, kein Prolet. Abgesehen von Gesicht und Armen, die das Golfspiel gebräunt hatten, war seine Haut ganz weiß und hatte einen schwachen bläulichen Schimmer. Der eingesunkene Bauch unter den vorstehenden Rippen, die dünnen Arme und Beine mit ihren schweren, schlaffen Muskelbändern, kalt wie Lehm, erinnerten sie an Abbildungen des vom Kreuz abgenommenen Christus mit im Tode blau verfärbter Haut. Bläulich verschattet lagen die geschlossenen Augen tief in den Höhlen. Die Wangenknochen standen wie Knie hervor. Er war abgemagert. In der Zeit, wo sein Bart so gewachsen war, hatte er offenbar nichts gegessen.

Erschöpft kochte sie zum Abendessen Haferbrei und bereitete einen Kopfsalat mit Nüssen und kleinen säuerlichen Äpfeln aus dem verfallenen Obstgarten. Plötzlich spürte sie Blicke im Rücken und drehte sich um. Der Mann und der Hund sahen ihr zu. Der Hund hatte seinen Amboßkopf zwischen den Pfoten, und der Mann hatte den Arm unter die Wange geschoben. Die Blicke der beiden durchbohrten sie jedoch nicht, spießten sie nicht auf, waren keine beobachtenden Blicke. Sie waren scheuer als sie selbst, wie die Hand eines Kindes im Dunkeln. Der Mann sah in die eine Richtung, der Hund in die andere, als sei sie gar nicht da. War sie denn da?

Da der Mann noch nicht aufsitzen konnte, fütterte sie ihn. Er aß herzhaft, sah sie aber genau wie der Hund nur flüchtig an und blickte weg, wenn er konnte. Sie mischte dem Hund heißen Haferbrei in sein Trockenfutter, das sie auf dem Rükken in einem 25-kg-Sack aus der Stadt herangeschafft hatte. Sie hatte den Sack einfach wie eine zusammengerollte Decke in der unteren Tasche ihres NATO-Tornisters verschnürt. Es überraschte sie selber, wie stark sie war. Sie konnte alles heben.

2

Es war gar nicht schlecht, sich um ihn zu kümmern. Offen gestanden hatte sie sich, bevor er in ihrem Treibhaus landete, nicht mehr so wohl gefühlt. Das überraschte sie. Denn eigentlich gefiel ihr ihr neues Leben. Körperlich war sie gesund und bei Kräften. Das Treibhaus zu putzen und den Herd zu transportieren war harte Arbeit, die sie hungrig und müde machte. Sie aß herzhaft, schlief wie ein Stein und nahm zu. Wenn sie sich zufällig in den Linwooder Schaufenstern sah, erkannte sie sich in dem braungebrannten Mädchen mit den langen Struwelhaaren, das da lief, gar nicht gleich wieder.
Aber allmählich wurden die Blicke bohrender. Manche Leute, vor allem Südstaatler, hüten ihre Blicke, als wüßten sie über Blicke das gleiche wie Allison: daß sie sich nämlich von anderen Dingen unterscheiden. In der Welt gibt es nur zwei Dinge: Blicke und alles übrige. Einige Menschen hatten ihre Blicke nicht unter Kontrolle. Einmal sah eine Frau sie im Gang eines Supermarkts zu lange an. Der Blick wurde zu einem Tunnel. Die Regale voller Dosen schienen sich um diesen Blick wie Tunnelwände herumzuwölben. Allison wußte, daß sie nicht verrückt war, weil nämlich plötzlich eine Dose herunterfiel.
Manche Menschen benutzen ihre Blicke, um andere damit aufzuspießen. Einmal fühlte sie, als sie die Straße entlangging, einen Blick auf ihre Schenkel. Sie drehte sich um. Da stand ein dunkler untersetzter Mann, vielleicht aus Florida (die meisten Touristen kamen aus Florida), vielleicht auch aus Kuba oder Südamerika. Nicht nur, daß er auf ihr

Hinterteil starrte, er hatte die Finger unterm Kinn zusammengedrückt, schüttelte sie und produzierte mit den gespitzten Lippen keinen Pfiff, sondern ein schmatzendes Geräusch.
Die Zeit begann sich in gute und schlechte Zeiten aufzuteilen. Die Nächte und Vormittage waren gute Zeiten.
Dann kommt der Spätnachmittag – vier Uhr? Fünf Uhr? Sie wußte es nicht, weil sie keine Uhr hatte und nach der Waldzeit lebte – jedenfalls eine Zeit, die sie sich als gelb verbrachte Zeit vorstellte, denn wenn man seine Zeit mit Arbeit, Essen und Schlaf ausfüllen oder verbringen soll, was tut man dann, wenn man noch Zeit übrig hat? Der Wald wird still. Das Singen und Trampeln der Wanderer, die Rufe der Golfer, das angenehme leise Geräusch, wenn die Spalding Pro Flites und die Dunlop Maxflys in die Luft geschlagen wurden, das gemütliche Brummen der Elektrokarren – all dies verstummt, und bevor die Zikaden zu zirpen beginnen, hört man eine Weile nur die Walddrossel flöten, während das gelbe Sonnenlicht zwischen den speichenartigen Zweigen der Kiefern tiefer sinkt. Jetzt sitzen die Golfer verschwitzt und guter Laune im Umkleideraum, halten die klirrenden Tanqueray-Gläser in der Hand, und in ganz Linwood werden die Barbecue-Grills angezündet. Die Waldzeit hatte sich wieder in die Uhrzeit zurückverwandelt, die in einer schnurgeraden Linie vor ihr herlief, um zu messen, was sie tat, aber da sie nichts tat, wurde die Uhrzeit zu einer Strecke, die sie sich als ein Langens dachte. Der Spätnachmittag war die einzige Tageszeit, wo sie Menschen vermißte.
Diese Tageszeit ist ein Langens, sagte sie zu dem Hund.
Der Hund drehte seinen Amboßschädel hin und her. Was?
In diesem Längengrad geht Langens in ein Verlangen, wenn nicht sogar Langeweile über.
Was? fragte der Hund.
Eine Methode, dem Langens der Uhrzeit, die in Richtung Zukunft vor ihr hermarschierte, zu entfliehen, war es, sich

wegzukringeln und rund zu werden und in ihr Hundsstern-Sirius-seriös-Selbst hinabzusteigen, so daß sie plötzlich nicht mehr auf, sondern unter dem Arbeitstisch zusammengerollt lag. Das mochte der Hund nicht. Er winselte ein bißchen und stupste sie mit der Schnauze an. Ist ja schon gut. Sie stand wieder auf. Nein, es war gar nicht so schlimm und sogar überhaupt nicht schlimm, wenn es dunkel wurde und die Uhrzeit durch die Nacht abgerundet wurde. Dann zündete sich Allison eine Kerze an, und das weiche gelbe Licht schuf ein Zimmer im Dunkeln. Singend verging die Zeit beim Zirpen der Zikaden, und nicht einmal der Schrei der Eule stimmte sie traurig, nur daß in der Abenddämmerung immer irgend etwas in ihrer Kehle hochstieg, nicht direkt Panik, aber doch irgend etwas. Sie schluckte es hinunter, bis auf den Nachgeschmack in Form der Frage: Wie schlimm wird es morgen, bis hin zu Sorgen?
Aber im Dunkeln: den Blumentopf umdrehen, die Kerzen daraufstellen, um in ihrem Licht zu lesen, der Hund wartet jetzt auf das Zeichen, das Öffnen des Buchs, springt auf und kringelt sich zusammen (er, nicht sie), aber immer so, daß schließlich sein dicker Amboßschädel in ihre Richtung liegt, mit offenen Augen, in denen je ein umgedrehtes Kerzenflämmchen steht, er sieht sie an, bis sie zu lesen beginnt: dann sinkt sein Kopf schwer wie Eisen auf ihr Knie. Sie las aus *Die Spur der einsamen Kiefer*:

Hand in Hand folgten Hale und June den Fußstapfen des Frühlings, seit der Zeit, wo June sich mit Hale am Schultor zu ihrem ersten gemeinsamen Waldspaziergang getroffen hatte. Hale deutete auf ein paar murmelspielende Jungen. »Das ist das erste Zeichen«, sagte er, und June verstand ihn sogleich und lächelte.

Zeichen wovon? Des Frühlings?

3

Eines Morgens konnte sie sich beim Aufwachen nicht mehr genau erinnern, was sie eigentlich im Treibhaus tat. Aber sie erinnerte sich daran, daß sie sich für solch einen Fall etwas in ihr Notizbuch geschrieben hatte. Und zwar folgendes:
Du wohnst hier, weil du dein Eigentum an dich genommen hast und dein eigenes Leben aufbauen willst. Wie man von einem Augenblick zum nächsten lebt: Mach alles gründlich sauber. Entscheide dich für einen Beruf. Arbeite in diesem Beruf. Was ist mit anderen Menschen? Mit Männern? Möchtest du 1. mit einem anderen Menschen zusammenleben? 2. einem Mann? 3. einer Frau? 4. mit niemand? 5. Möchtest du mit jemandem schlafen? 6. dich »verlieben«? 7. Was heißt »sich verlieben«? 8. Gehört es zum Miteinander-Schlafen oder ist es etwas anderes? 9. Möchtest du heiraten? 10. Nichts von alledem? 11. Sind andere Menschen überhaupt nötig? Ohne Leute gibt es auch keine Blicke, die zu Tunneln werden. Bäche schauen einen nicht an, und Hunde schauen weg. Aber am Spätnachmittag braucht man jemand.
Was mache ich, wenn das Problem die anderen Leute sind? Kann ich in einer Welt ohne Menschen zufrieden leben? Was ist, wenn es vier Uhr wird und ich einen Menschen brauche? Was soll man tun, wenn man Menschen nicht ertragen kann und doch jemanden braucht?
Beim Lesen dieser Notiz fiel ihr aus irgendeinem Grund ein Ausdruck ein, den sie seit ihrer Grundschulzeit nicht mehr gehört hatte: »Es tun.« Bestand darin das Geheimnis des Lebens, das man »es tat«? Ist dies ein Geheimnis, das zwar jeder kennt, über das man aber nicht spricht?
Sie »tat es« in Nassau mit Sarge, dem Balfour-Schmuckverkäufer, weil sie dachte, dies sei vielleicht das Geheimnis des Lebens. Aber obwohl sie alles machten, was in Sarges bebildertem Buch stand, war es anscheinend doch nicht das Geheimnis des Lebens. Hatte sie etwas verpaßt?

Wenn sie in der Stadt war, setzte sie sich oft auf die Bank beim »Fröhlichen Wandersmann«. Eines Tages entdeckte sie dort der Marathonläufer und setzte sich neben sie. Wieder streckte er ihr seine sehnige Affenhand hin. Wieder fragte er sie, ob sie in der Hütte auf dem Mount Sourwood mit ihm pennen wolle. Wieder lehnte sie ab. Und wie damals trottete er davon, und die weißen Hosenstreifen machten scherenartige Bewegungen.

Einmal kam ein Wanderer zum Treibhaus und bat um ein Glas Wasser. Er nahm seinen roten Rucksack ab und setzte sich neben Allison auf den Boden der kleinen Veranda. Obwohl er jung war und blond wie ein Bursche aus den Bergen, hatte er ein düsteres, vor Erschöpfung verzerrtes Gesicht. Bei all seinen Bewegungen haftete seine Wanderkleidung an ihm wie eine zweite Haut. Allison kam es vor, als rieche er wie ein Soldat nach Schweiß und Leder. Sie hockten mit angezogenen Knien nebeneinander. Sein Arm lag auf seinen Knien, die Hand hing über ihren Knien. Allison betrachtete die Hand. Die Sehnen, die über das klobige Gelenk liefen, ließen Grate und Mulden auf der Haut entstehen. Über dem Daumenballen verlief eine dicke Ader. Aus der glatten braunen Haut sprossen kupferrote Härchen mit Goldspitzen. Durch das Gewicht der großen, schlaff herabhängenden Hand bog sich das Gelenk, und der Zeigefinger hob sich wie der Zeigefinger von Adams Hand, die Gottes Hand berührt.

Während Allison sie betrachtete, fiel die Hand plötzlich von den Knien des Jungen zwischen ihre Knie. Rasch sah sie ihn an, ob er vielleicht eingenickt sei, aber das war nicht der Fall. Die Hand strich über ihren Schenkel. Sie runzelte die Stirn: Das gefällt mir zwar nicht, aber vielleicht sollte es mir gefallen. Sie schämte sich für ihn, räusperte sich und stand rasch auf, aber die Hand umschloß ihren Schenkel und zog sie wieder herunter. Hauptsächlich war es Allison für ihn peinlich. Ach, es ist wirklich zu dumm. Stimmt irgendwas nicht mit mir? Plötzlich begann der Hund zu knurren und bekam rote Augen wie ein Stier. Da bedankte sich der Mann für das Wasser und ging. Auch er schien verlegen.

Gab es da irgend etwas, das sie nicht wußte und das man ihr erklären mußte? Vielleicht hatte es mit dem »Verlieben« zu tun. Sie wußte zwar allerhand über Seilzüge und das Heben von Lasten, aber nichts über die Liebe. In der Bücherei versuchte sie sich über die Liebe zu informieren, wie sie sich über Seilzüge informiert hatte. Gewiß hatten große Schriftsteller und große Liebhaber vergangener Zeiten Lesenswertes darüber geschrieben. Hier einiges von dem, was große Schriftsteller geschrieben hatten:

Liebe erweckt Liebe
Liebe überwindet alles
Liebe ist eine Flamme, die die Leiden der Menschen ausbrennt
Liebe ist nichts als Wahrheit
Liebe ist Wahrheit und Wahrheit ist Schönheit
Liebe ist blind
Liebe ist das Beste
Liebe ist der Himmel, und der Himmel ist Liebe
Liebe ist der Liebe Lohn

»O mein Gott!« sagte sie in der Bücherei laut vor sich hin und schlug sich an die Stirn. »Was *bedeutet* das alles? Die sind ja noch verrückter als ich!«

Nirgends fand sie klar und deutlich den Zusammenhang von »verliebt sein« und »es tun« erklärt. War es so bekannt, daß sich Worte erübrigten? Oder war es ein wohlgehütetes Geheimnis? Oder war es etwas, das kein Mensch wußte? War sie das einzige Mädchen im ganzen Süden, das es nicht wußte? Allmählich tippte sie auf eine Verschwörung. Die Lehrer, Bücher, Eltern, Dichter, Philosophen, Psychologen wußten entweder nicht, wovon sie sprachen, was ihr allerdings unwahrscheinlich vorkam, oder sie verbargen ein Geheimnis vor ihr.

Stimmte irgend etwas nicht mit ihr? Was wollte sie eigentlich? Erwartete man von ihr, daß sie »es tun« wollte? Und wenn ja, wer erwartete es von ihr? Hing es damit zusammen, daß man sich »verliebte«? In wen? In einen Mann? Eine Frau? Sie versuchte sich vorzustellen, wie die Hand einer Wanderin zwischen ihre Knie fiel.

Iiiih!, sagte sie.

Der Hund zog eine Braue hoch. Was?

Wird von einem denn erwartet, daß man, um glücklich zu werden, dies und jenes zusammen mit einem anderen Menschen tut? Muß man einen Plan haben, wie man nach dem Glück strebt? Wenn ja, kann man irgendwo nachlesen, was von einem erwartet wird, oder gibt es vielleicht irgendeine Agentur, in der man sich beraten lassen kann?

Wer sagt es?

Wer ist es, der es von einem erwartet?

Warum nicht allein leben, wenn es doch gerade die Leute sind, die mich stören? Warum nicht in einer Welt leben, in der es Bücher und Bäche gibt, nicht aber Blicke?

Eines Abends kam sie auf dem Heimweg an Hattie's Roter Scheune vorbei, wo junge Leute tanzten, tranken und herumalberten. Einige Paare verschwanden in Lieferwagen. Irgend jemand winkte ihr von der Tür her zu. Aber sie gehörte nicht dazu. Warum eigentlich nicht? Diese jungen Leute waren doch in ihrem Alter und amüsierten sich prächtig, oder nicht? Und auch sie selbst hätte sich gern amüsiert, oder nicht? Es waren doch nette Leute, oder nicht? Ja, aber nicht nett genug.

Wenn man sich amüsieren möchte, braucht man ein Zuhause, auch wenn man gerade nicht zu Hause ist. Sie hatte zwar ein Zuhause, war aber noch nicht registriert. Es mußte erst ein Beamter kommen und ihr Zuhause in Gegenwart eines

Dritten, eines Zeugen, registrieren. Und wenn der Beamte gegangen war, würde dieser Dritte sie ansehen und sagen: »Tja, das ist jetzt dein Zuhause.« Und sie würde Sassafras-Tee kochen, und dann konnten sie sich amüsieren.
Vielleicht war sie noch nicht tief genug in ihr Sirius-Ich hinabgesunken. Wenn man tief genug sinkt, findet man ganz sicher Gesellschaft. Sucht man jedoch Gesellschaft, ohne ein Zuhause zu haben und ohne in das Ich hinabgesunken zu sein, dann fühlt man sich in der Gesellschaft einsam. Das Schweigen schlägt Wurzeln und beginnt zu wachsen. Man wird von Blicken durchbohrt.
Andererseits muß man auch bedenken, was aus dem Zuhause wird, wenn man zu lang zu Hause ist. Statt heim nach Williamsport zu fahren, würde sie lieber in einem Bretterverschlag hausen, obwohl das Haus ihrer Eltern nicht nur im Nationalregister aufgeführt, sondern sogar restauriert und ausdrücklich in *Southern Living* erwähnt worden war. Statt zu heiraten und ein Leben zu führen wie ihre Mutter, ginge sie lieber zur Marine und schaute sich die Welt an. Warum ist ein Zuhause der schönste und auch der schlimmste Ort, den man sich vorstellen kann? Wie kann der schönste Ort zum schlimmsten werden? Was ist ein Zuhause? Ein Zuhause ist ein Ort, irgendein Ort, irgendein Haus, wo man in sein Ich hinabsinkt und Gesellschaft vorfindet. Gesellschaft? Wessen Gesellschaft? Die eigene? Die eines anderen? Das ist das Problem. Nicht das Haus ist das Problem, sondern die Menschen. Aber es war das Problem der anderen. Sie konnte warten.

4

Der Mann schaute ihr von seinem Lager aus zu, aber er störte sie nicht. Er hatte keinen beobachtenden, aufspießenden Blick, sondern einen sanften, grauen Blick, der sich auch wieder abwandte. Allison spürte zwar, daß der Mann und der Hund ihr mit den Blicken folgten, aber wenn sie sich umdrehte, schauten beide zur Decke.

Es wurde allmählich kalt morgens. Allison genoß es, zitternd aus ihrem Arbeitstisch-Bett zu steigen, sich vor den Herd zu knien und die harzigen Kiefernscheite anzuzünden, die rasch Licht und Wärme verbreiteten und mit ihrem Geprassel Leben ins Zimmer brachten. Draußen tropfte der große, dunkle Rhododendron und beugte sich nah an die Scheiben. Er barg immer noch Krocketbälle, die sich 1890 bei irgendwelchen Turnieren hierher verirrt hatten. Dieses düstere kalte Wetter kriegt mich nicht unter!

Am ersten Morgen sagte der Mann: »Du hast mich gebadet.«

»Ja, und Ihre Kleider gewaschen.« Sie ließ sie auf sein Bett fallen. »Jetzt können Sie sie wieder anziehen.« Allison war steifgefroren, weil sie mit dem Hund auf einem Lager aus Säcken geschlafen hatte. Um Abhilfe zu schaffen, kaufte sie im Army-Shop zwei kratzige italienische NATO-Decken, legte ein Brett über vier große umgedrehte Töpfe und polsterte es mit Kiefernnadeln.

Sie unterhielten sich über die bislang kühl und jetzt warm wirkende Höhlenluft, die über sie hinstrich. Der Mann erklärte ihr, wie Richter Kemp das Petroleum zum Heizen gespart hatte – aber bedenk nur, was du sparen könntest! Deine Unkosten liegen bei Null. (Es war ein gutes Gefühl, daß es keine Kosten waren, sondern das Gegenteil, *Unkosten*, und daß die Kosten sich aufgelöst hatten, verschwunden waren.) Du könntest den ganzen Winter über anbauen und mit hundertprozentigem Gewinn verkaufen. Was soll ich anbauen und wo soll ich es verkaufen? fragte sie. Ich weiß nicht, meinte er, aber das könnten wir herausfinden. Möchtest du das wirklich, hier dein Geld verdienen? Ich weiß nicht, erwiderte sie.

Als sie eines Morgens von ihrer Waldlatrine zurückkehrte –

einer bequemen Gabelung in einem der umgestürzten Kastanienbäume, wo sie auch seine Exkremente aus einer Plastikflasche und einem sauber zusammengefalteten Päckchen Zeitungspapier deponierte –, saß er in der Morgensonne vor der Tür. Außer am Knie waren jetzt alle Schwellungen zurückgegangen, die Kratzer waren verschorft, und auch seine Augen waren wieder normal. Statt der schielenden weißen Khe-Sanh-Augen hatte er jetzt wieder klare, graue Augen, die auf den Hund gerichtet waren. Der ungepflegte gelbe Bart stand in komischem Gegensatz zu dem glatten braunen Haar mit den platinblonden Strähnen. Nickte er, weil er jetzt wußte, was er tun würde? Er wies mit dem Kopf auf den anderen Türpfosten, als handele es sich um den Stuhl auf der anderen Seite seines Schreibtischs. Sie setzte sich.

»Tja, du hast eine Menge für mich getan. Ich würde dir ja gern danken, tue es aber nicht, weil ich deine Soll-und-Haben-Bilanz nicht durcheinanderbringen will. Ich weiß, du bist in diesem Punkt empfindlich, aber vielleicht wirst du irgendwann lernen, daß es gar nicht so schlimm ist, jemandem etwas zu schulden. Mir zum Beispiel macht es nichts aus, in deiner Schuld zu stehen. Es wird dich wohl nicht stören, wenn ich sage, daß ich für dich das gleiche täte, und zwar sehr gern, und daß ich mir die umgekehrte Position leicht vorstellen kann. Was ich dir sagen will, ist folgendes: Ich nehme das, was du für mich getan hast, gern an und möchte dich sogar um noch mehr bitten. Es macht mir nichts aus, dich darum zu bitten. Bestimmte Dinge müssen jetzt erledigt werden, und du bist der einzige Mensch, der es tun kann. Wirst du es tun?«

»Ja«, antwortete sie. Ja, dachte sie, ich werde es tun, weil jetzt er derjenige ist, der genau weiß, was getan werden muß, so wie ich es wußte, als er ohnmächtig am Boden lag. Ich würde alles tun, worum er mich bäte, dachte sie, ich würde alle Lasten heben. Wie kommt das?

»Hast du einen Kalender?« fragte er.

Sie gab ihm den Kalender von der Gulf-Tankstelle. Nachdem er einen Blick darauf geworfen hatte, sah er auf und lächelte. (Lächelte!)

»Das falsche Jahr.« Sie zuckte die Achseln, traute sich aber nicht zu fragen, welches Jahr sie gerade hatten.

»Der wievielte ist heute?«

»Der Fünfzehnte.«

»Hm, es scheint, ich war zwei Wochen weg.« Er sah sie mit seinen grauen Augen an, und es machte ihr nichts aus. »Wieviel Geld hast du?«

»Hundertelf Dollar und einunddreißig Cent.«

»Und was machst du, wenn du keins mehr hast?«

Sie zuckte die Achseln. »Mir Arbeit suchen.«

»Was?«

»Heben vielleicht, oder auch Gärtnern.«

»Heben? Was willst du denn heben?«

»Alles.«

»Ich verstehe. Du könntest dir nicht vorstellen, daß ich dir etwas zahle oder leihe, bis du für dein, äh – Heben Geld bekommst?«

»Wieviel Geld haben Sie denn?«

»Bei mir?«

»Bei sich und nicht bei sich.«

»Ungefähr fünfzig bis sechzig Millionen.«

»Donnerwetter!«

»Das reicht jedenfalls, um dich einzustellen.«

»Das würde die Dinge aus dem Gleichgewicht bringen und meinen Sirius unseriös machen.«

»Warum sollte ich nicht dafür bezahlen, daß ich hier gewohnt habe?« fragte er.

»Allein schon deshalb, weil Sie keinen Cent bei sich haben. Als ich Ihre Sachen wusch, mußte ich ja die Taschen ausleeren.«

Er lachte, fuhr aber gleich zusammen und preßte die Hand in die Seite. »Ich kann mir ja welches beschaffen.«

»Später ist immer noch Zeit für eine Erledigung der Entschädigung. Das einzige, das ich in Ihren Taschen fand, war ein Zettel, auf dem stand: *Hilfe! Bin beim Tiger, 15 Meter höher!* Ich habe mich gefragt, was das wohl für ein Tiger ist, bei dem Sie oben waren.«
»Das ist nicht wichtig. Könntest du bitte folgendes für mich in der Stadt erledigen? Hast du Papier und Bleistift?«
Sie klappte ihr Notizbuch auf.
»Geh als erstes zur Western Union, das ist direkt bei der Bushaltestelle, und schicke folgendes Telegramm an Dr. Sutter Vaught, 2203 Los Flores, Albuquerque, New Mexico: Pläne geändert. Brief überholt. Lesen, wenn Sie wollen, aber zerreißen. Nicht ausführen. Werde schreiben. Barrett. Schick es direkt.«
»Direkt«, wiederholte sie in der Hoffnung, er werde ihr das erklären, was er jedoch nicht tat. Wahrscheinlich meinte er, sie solle es direkt nach Albuquerque senden und nicht auf dem Umweg über Chicago. »Ist das alles?«
»Nein. Als nächstes gehst du in Dr. Vance Battles Praxis. Sprich mit ihm unter vier Augen und richte ihm aus, daß ich ihn sehen möchte. Sag ihm, wo ich bin, daß er unbedingt noch heute kommen soll und daß er niemanden informieren oder gar mitbringen darf.«
»Sonst noch was?«
»Dann gehst du in die Bücherei und holst dir ein Buch über Hydrokultur.«
»In Ordnung.«
»Dann gehst du zur Bushaltestelle und schaust nach, ob mein Wagen noch da ist, ein silberner Mercedes 450 SEL. Die Schlüssel liegen unterm Sitz. Fahr ihn auf den Parkplatz des Golfclubs, und zwar ans hintere Ende, weil das von hier am nächsten ist.«
»Gut.« Sie schluckte. Na schön. Einen Wagen fahren? Seinen Wagen? Na schön, wenn er sie darum bat, den Wagen zu

fahren, dann konnte sie auch das. »In Ordnung. Warum waren Sie eigentlich in der Höhle?«

»Wie? Ach so.« Er ging jetzt mit den Händen in den Taschen, die Schultern hochgezogen, im Treibhaus auf und ab, wobei er kaum noch hinkte. Ob er wohl merkt, wie glatt und sauber der Zement ist? Sie strich mit beiden Händen über den Boden, er war kühl, eisenfarben und seidig wie McWorther's Einfahrt. Sie hätte gern gehabt, daß er ihrem Zementboden Beachtung schenkte, dem bestgehärteten Zementboden in ganz North Carolina. »Ich steige auch manchmal in Höhlen hinunter«, sagte sie. Er erzählte ihr von dem Tiger.

»Aber der Tiger war nicht da.«

»Nein.«

»Dann –?«

»Dann was?«

»Dann gab es also noch etwas anderes als den Tiger?«

»Ja.«

»Sie suchten also noch nach etwas anderem als dem Tiger.«

»Ja.«

»Wonach?«

»Ich hatte eine Frage, auf die ich eine klare Antwort finden wollte – ja oder nein.«

»Und haben Sie diese Antwort bekommen?«

»Ja.«

»Wie hieß sie?«

»Ich weiß nicht.«

»Und deshalb kamen Sie wieder herauf und heraus.«

»Ja, ich kam wieder herauf und heraus.«

»Ist das gut?«

»Gut?« Er zuckte die Achseln. »Ich weiß nicht. Zumindest weiß ich jetzt, was ich zu tun habe. Mach dir keine Sorgen.«

»Worum?«

»Um das Geld. Ich geb es dir zurück.«
»Um Geld mach ich mir sowieso keine Sorgen. Geldsorgen hetzen nicht.«
»Ja, das stimmt. Aber jetzt solltest du gehen.«

Es machte ihr Spaß, die Aufträge auszuführen.
Als erstes ging sie schnurstracks zur Bushaltestelle, wo sie tatsächlich den silbernen Mercedes fand. Obwohl sie gern probiert hätte, ob die Schlüssel paßten und ob sie den Wagen starten konnte, verschob sie es auf später. Man hätte sie beobachten können. Zuerst wollte sie ihre Aufträge erledigen und den Wagen dann bei Dunkelheit zum Golfclub fahren.
Niemand bemerkte sie.
Was für ein Vergnügen, Anweisungen zu befolgen! Ist es also dies, was die Menschen in der Welt tun? Man nennt es »sich dem Arbeitsmarkt zur Verfügung stellen«. Keine schlechte Art zu leben. Erst bekommt man eine Stelle, dann gibt es eine bestimmte Aufgabe und einen Aufgabenzuteiler (eine Person, die einem eine Aufgabe zuteilt), ein paar Belehrungen, Anweisungen, vielleicht auch eine Landkarte, dann das Ausführen der Aufgabe, das Beendigen der Aufgabe, die Rückkehr zum Aufgabenzuteiler, um Erledigung zu melden, ein Danken. Dann ein Bezahltwerden und die Zuteilung einer neuen Aufgabe.
Sie klatschte vor Freude in die Hände. Welch eine Entdekkung! Arbeit zu bekommen, sie gut auszuführen, was an sich schon ein Vergnügen ist, den Arbeitgeber zufriedenzustellen, was ebenfalls ein Vergnügen ist, und auch noch dafür bezahlt zu werden, ein weiteres Vergnügen. Wie glücklich mußte das Leben als Angestellter sein! Wie glücklich mußte es einen machen, seine Arbeit gut auszuführen und den Arbeitgeber zufriedenzustellen! Das war das Geheimnis! Sie hatte sich die ganze Zeit in einem Irrtum befunden. Sie hatte geglaubt (und ihre Mutter hatte es von ihr erwartet), man

müsse etwas Ungewöhnliches tun, etwas Ungewöhnliches darstellen. Und dabei lag der Trick doch gerade darin, daß man ein ganz durchschnittliches Leben führte und einer durchschnittlichen Arbeit nachging, die einen schon an sich in ihrer ganzen Durchschnittlichkeit freute, und daß man *dann* so ungewöhnlich oder gewöhnlich war, wie man wollte. Das war das Geheimnis.

Jetzt aber weiter zur Western Union gleich bei der Greyhound-Haltestelle. Während Allison den Inhalt des Telegramms in das Formular eintrug, bemühte sie sich, nicht über den Sinn der Worte nachzudenken. Das Telegramm kostete 7,98 Dollar. Als der Angestellte den Text überflog, sagte sie beiläufig, aber bestimmt: »Bitte direkt!«

»Geht in Ordnung«, erwiderte der Angestellte, ohne aufzuschauen.

Viktoria! Sie hatte es geschafft! Nicht nur, daß sie sich jetzt verständlich machen konnte, nein, die Leute wußten sogar dann, was sie meinte, wenn sie es selbst nicht wußte!

Es machte ihr Spaß, ihr Geld für ihn auszugeben. Woher das nur kam? Sonst rechnete sie doch immer mit jedem Penny und gönnte sich immer nur Löwenzahn- und Sauerampfersalat!

Auch heute saß sie wieder auf ihrer Bank, aber es war anders als sonst. Die Häuser und Geschäfte waren eigentlich wie immer, aber irgendwie wirkten sie zugänglicher. Allison konnte sich plötzlich vorstellen, darin zu arbeiten. Le Club mit den in der Sonne glitzernden Glasziegeln existierte immer noch. Im Fenster hing ein Plakat, das ein Konzert der Rockgruppe Le Hug ankündigte. Wie schön, Arbeit zu haben! Lächelnd schlang sie die Arme um sich und wiegte sich in der Sonne hin und her. Sich vorzustellen, daß man für eine erledigte Aufgabe vom Aufgabenzuteiler Geld bekam! Geld, von dem man leben konnte! Und das ein Leben lang, jahrelang, jahrzehntelang! Das also war das System. Quel System!

Als sie jetzt an den Hippies mit den offenstehenden Mündern, an den dösig dreinblickenden Touristen, den blauhaarigen Wanderinnen, den Antiquitäten- und Steppdeckensammlern vorbeihastete, fühlte sie sich wie eine richtige Städterin.
Wenn sie irgendein Haus betrat, wartete der Hund draußen, ohne sich um die Passanten zu kümmern, bis sie wieder herauskam, und er zeigte seine Freude nicht durch Schwanzwedeln, sondern dadurch, daß er ihr seinen schweren Amboßschädel bis über beide Augen in den Magen bohrte.
Es gab keine andere Möglichkeit, an Dr. Battle heranzukommen, als ein Formular zu unterschreiben und zu warten, bis man aufgerufen wurde. Das dauerte zwei Stunden. Dr. Battle war ihr sympathisch, wenn er auch ziemlich überarbeitet und hektisch wirkte und sie trotz ihrer gegenteiligen Versicherungen für eine Patientin hielt. Er schätzte sie flüchtig ab, hörte ihr überhaupt nicht zu, kam zu ihr her (um an ihr zu riechen?), tastete zerstreut ihre Schulter ab und überprüfte das Kugelgelenk. Im Gegensatz zu Dr. Duk hörte er einem nicht zu, beziehungsweise, er achtete mehr auf den Klang der Stimme als auf die Worte, wie ein Tierarzt, der seinen Patienten nicht zuzuhören braucht. Es gab andere Wege, etwas über einen Menschen zu erfahren. Dr. Battle begegnete in seiner Praxis so vielen Patienten, daß er inzwischen einen Menschen schon intuitiv erfaßte, wenn er zur Tür hereinkam. Und was Allison noch schöner fand: es war ihr möglich, sich fallen zu lassen und sich mit seinen Augen zu sehen, weil er einen so sanft und schläfrig und flüchtig betrachtete.
Was für einen Eindruck sie wohl auf ihn machte? Ist meine Schulter die eines Menschen? Er lauschte dem Klang ihrer Stimme, musterte sie freundlich, als wolle er sie irgendwo einordnen, und ordnete sie dann tatsächlich ein. Sie war also klassifizierbar. Also war sie doch ein Teil dieser Welt. Angehörige einer bestimmten Klasse und als solche erkennbar.

Ich gehöre dazu!
Er sah auf ihre Stiefel. »Sie sind einfach ein bißchen weggetreten, ja?«
»Na ja, nein, obwohl ich tatsächlich ein ganzes Stück gelaufen bin.«
»Und jetzt fühlen Sie sich ein bißchen zugedröhnt.«
»Ein bißchen was?«
»High.«
»Was heißt das?«
»Nehmen Sie momentan irgend etwas, oder haben Sie bis vor kurzem etwas genommen?«
»Wie bitte?«
Aber anscheinend verlor er nicht die Geduld.
»Na gut«, sagte er und zählte die Fragen an den Fingern auf. »Nehmen Sie Drogen? Nehmen Sie die Pille? Haben Sie bis vor kurzem die Pille genommen? Sind Sie schwanger?«
»Nein auf alle Fragen.« Wie er wohl auf ihre Verrücktheit reagieren würde? Würde er sie einfach ignorieren oder ihre Schulter abtasten und ihr zureden, ihr Leben selbst in die Hand zu nehmen? Und würde sie das auch tun?
»Also, was fehlt Ihnen denn, kleine Frau?«
»Mit geht's gut. Ich wollte Ihnen eigentlich nur sagen –«
»Auf mich wirken Sie gesund und munter wie ein Fisch im Wasser.«
»– daß ich Ihnen eine Nachricht von –« Sie hätte gern gesagt »von ihm«. Aber wie sollte sie *ihn* nennen? Mr. Barrett? Mr. Will? Will Barrett? Bill Barrett? Williston Bibb Barrett? Keiner dieser Namen paßte zu ihm. Ein Name hätte ihn ein für allemal in eine bestimmte Form gezwängt. Er würde dann in die Silben und Wortzwischenräume einfließen und für immer Gestalt annehmen. Sie wollte nicht, daß er einen Namen hatte.
Träge wie ein Schiff, das sich in schwerer See aufrichtet, kam Dr. Battle zu ihr her. Er begann aufzuhorchen.
»Von wem?«

»Ihrem Freund Barrett«, murmelte sie. Der Nachname war neutral, so wie ein Engländer von anderen Engländern spricht.
»Vom wem? Will Barrett? Will Barrett ist zur Zeit nicht in der Stadt.«
»Ja.«
Jetzt riß er die Augen auf, *klick*. »Was ist mit Will Barrett?«
»Sie sollen heute nachmittag zu ihm kommen, wenn Sie hier fertig sind.«
»Was ist denn los mit diesem Schlingel? Ist er etwa krank?«
Schlingel. Das Wort strahlte etwas Merkwürdiges aus, aber vorwiegend Zuneigung.
»Nein. Das heißt, jetzt ist er wieder in Ordnung, denke ich. Er hat zwar ein paar Prellungen und Kratzer, und sein Bein ist verletzt, aber er kann wieder laufen. Das ist übrigens streng vertraulich. Er will nicht, daß irgend jemand davon erfährt.« Es war schön, mit jemandem über ihn zu reden.
»Streng vertraulich?« Einen Moment lang wurden Dr. Battles Augen kalt und leuchteten auf wie ein Warnsignal.
»Ich habe ihn nicht entführt«, sagte sie.
Er lachte. »Gut. Wo steckt er denn?«
»Er ist in meinem –« meinem was? »in meinem Haus.«
»Oh. Soso.« Er betrachtete sie mit schräg gelegtem Kopf. Sie konnte hinter seine Augen gehen und sich selbst und Will in ihrem Haus sehen. »Ich freß 'nen Besen! Also gut. Was ist mit Will? Sitzt er in der Klemme?«
Allison runzelte die Stirn und verschränkte die Arme. »Er ist in die Lost-Cove-Höhle hinuntergestiegen, hat sich verirrt, kam wieder hoch und fiel direkt in mein Haus.«
Obwohl es sich ja wirklich so zugetragen hatte, fand sogar sie, daß es etwas merkwürdig klang.
»Fiel?«
»Genau. Er fiel der Länge nach in mein Haus.«

»Er fiel aus einer Höhle in Ihr Haus«, wiederholte der Arzt.

»Genau.«

Dr. Battle nickte. »Gut.« Dann schüttelte er den Kopf. »So was sollte er lieber nicht tun.«

»Was denn?«

»Er gibt nicht genug auf sich acht. Mit dieser krankhaften Gehirnveränderung wird er nicht –« Er sah sie an. »Na schön. Das ist eine ganz gute Gelegenheit, ihn mal durchzuchecken. Wo wohnen Sie denn?«

»Kennen Sie das Grundstück, wo früher der Richter Kemp wohnte?«

»Ja, dort in der Nähe?«

»Nein, direkt dort. Dort wohne ich.«

»Aber da steht doch nichts mehr.«

»Doch. Ein Treibhaus.«

»Sie wohnen also in dem Treibhaus?«

»Ja.«

»Und Will ist in Ihrem Treibhaus?«

»Ja. Er fiel aus der Höhle in mein Treibhaus.«

»Er fiel in Ihr Treibhaus. Aus der Höhle. Na schön.«

Es freute sie, daß Dr. Vance Battle scheinbar nichts dabei fand, daß sie beide (wer? Will und wer? Allie!), daß also Will und Allie zusammen im Treibhaus wohnten. Er legte nur einmal den Kopf schräg und betrachtete sie. Will und Allie? Williston und Alliston? Willie und Allie?

»Es ist streng vertrauensvoll«, sagte sie. Vertrauensvoll? Vertraulich? Etwas vertrauensvoll behandeln? Ihre einstudierten Sätze waren ihr ausgegangen. Sie wußte nicht mehr, wann es -voll und wann es -lich hieß. Es war Zeit zu gehen.

»Gut. Richten Sie diesem Schlingel aus, daß ich heute nachmittag vorbeikomme und ihn mir mal anschaue.«

Gut, wiederholte sie im stillen, als sie ging. Ich werde es diesem Schlingel sagen.

5

Warum fühlt sich die Sonne auf meinem Rücken so gut an? dachte sie, während sie auf der Bank saß und ihr Geld zählte. Warum gebe ich denn mein ganzes Geld aus, überlegte sie, als sie im A&P für 44,89 Dollar zwei Steaks, Pferdefleisch für den Hund, zwei grünbespannte Alu-Klappstühle und eine Sechserpackung Bier kaufte. Was gibt es denn zu feiern? Daß er geht? Er geht. Geht er?

Was machte sie, wenn ihr das Geld ausging? Wohnen und Heizung waren ja umsonst, aber was war mit dem Essen? Sie konnte ja wie ein Eichhörnchen Walnüsse horten und am Ende vielleicht sogar die Eichhörnchen selber fangen und essen. Nein, sie brauchte Geld. Sie mußte Arbeit finden.

»Entschuldigen Sie«, sagte sie zu der dicken, netten, hübschen Kassiererin genau im richtigen Moment, und zwar, nachdem sie ihr Geld herausbekommen hatte und bevor sie die Einkaufstüte in Empfang nahm. Sie hatte die Frage eingeübt. »Wie sieht es hier und anderswo mit Arbeitsmöglichkeiten aus?« Sie hatte die Kassiererin eine Weile beobachtet und gemerkt, daß sie zu den Leuten gehörte, die einem alle möglichen Fragen beantworten.

»Keine Ahnung, Schätzchen. Ich verlier Ende November meinen Job und geh nach Georgia zurück. Mal sehen, ob ich da meine alte Stelle bei Martin Marietta wieder kriege. Und weißt du, was ich dann mache?«

»Nein.«

»Dann schnappe ich mir meinen süßen kleinen Goldschatz von einem Pfarrer, geh sonntags brav in die Kirche und lasse ihn bis Weihnachten nicht mehr los. Er ist ein richtiger Nichtsnutz, aber wirklich süß!« Die anderen Kassiererinnen lachten. Allison fiel auf, daß ihre Kassiererin jetzt extra so laut redete, damit die anderen zuhören konnten. Sie war ein Original. Aber Allison spürte, daß sie auch ziemlich gutmütig war.

»Warum gehst du denn nicht in die Schule, Schätzchen?« fragte die Kassiererin jetzt. »Du bist doch Schülerin, oder?«
»Äh, nein, ich –« So läuft das also, man besorgt sich einen Job, geht in die Kirche und nimmt sich einen Goldschatz von einem Mann. Das war ihr all die Jahre, in denen sie als Kind vor sich hin träumte, zur Schule ging, Schubertlieder sang und ihre Begabung entwickelte, wie ihre Mutter zu sagen pflegte, immer entgangen.
»Was kannst du denn, Schätzchen?« fragte die Kassiererin.
»Ich kann zwei Dinge«, antwortete sie ohne zu zögern. »Singen und Lasten heben.«
»Lasten heben?«
»Mit einem Seilzug, Differentialgetrieben, Endloskettengetrieben, Zweier- und Dreierrollen. Wenn ich einen Fixpunkt habe und genügend Zeit zum Überlegen, dann kann ich alles heben.«
»Schätzchen, du kommst mit mir zu Marietta! Ich besorg' dir einen Job. Die brauchen dort immer Lastenheber.«
Allison sah, daß die Kassiererin es wirklich ernst meinte. Also gab es tatsächlich so etwas wie Lastenheber. Warum sollte sie nicht mal darüber nachdenken, wie es wäre, riesige B-52-Bombertragflächen so weit anzuheben, daß sie am Flugzeugrumpf festgeschraubt werden konnten. (Wie nett die Leute doch waren!)
»Überleg's dir, Schätzchen!«
»Mach' ich, danke.«
Wie schön muß das Leben sein, wenn man erst einmal richtig den Bogen raus hat, dachte sie, als sie mit der Tüte im Arm und den Klappstühlen über der Schulter ihren Weg fortsetzte.
Sie warf einen Blick auf ihre Liste – ich habe eine Liste! –, ging in die Bücherei und fand natürlich ohne Schwierigkeiten ein Buch über Hydrokultur. Jetzt hatte sie alles erledigt!

Obwohl es noch nicht dunkel war, lief sie schnurstracks zum Mercedes, warf die Tüte und die Klappstühle auf den Rücksitz und fuhr genauso selbstverständlich davon wie eine Herbsttouristin zum Holiday Inn.
Der Kassettenrekorder schaltete sich ein, und es erklang Schuberts Forellenquintett. Allison bekam große Augen. Es war ein Gefühl, als säße man mitten unter den Musikern! Die fröhliche Bewegung der Forelle paßte gut zu ihrer eigenen Situation. Jetzt geht es immer *besser,* jetzt geht es immer *besser!* sagte das glückliche kleine Gefühl. Es war, als hätte Allison die Welt der Musik und der Autos nie verlassen, diese Welt, in der man im eigenen Wagen durch die Gegend flitzte und sich herumtummelte wie Schuberts Forelle. Was für ein Leben, in einem perfekten deutschen Wagen durch Old Carolina zu fahren und Schubert auf einer perfekten Telefunken-Kassette besser zu hören, als Schubert selbst je gewesen wäre. Wie wunderschön war diese alte Welt, die sie hinter sich gelassen hatte! Hm, aber irgend etwas hatte nicht ganz gestimmt damit, was nur? Warum war sie denn verrückt geworden?
Weil er noch nicht dagewesen war? Nein, so einfach war es auch wieder nicht. Jetzt schaffte sie es ja, mit oder ohne ihn. Aber wenn sie daran dachte, daß er im Wagen neben ihr säße! Oder in ihrem Treibhaus. Er würde sich für sie erinnern, wenn sie etwas vergaß. Und sie würde ihn aufheben, wenn er hinfiel. Jetzt wußte sie, was sie nicht wollte: nicht mit ihm zusammen sein. Ich will nicht, daß er nicht da ist.
Aber wenn er sie nun verließ?
Sie parkte den Wagen beim Golfclub und verschwand im Wald, bevor irgendein Wächter sie ansprach.
Warum war sie denn jetzt so glücklich? Weil sie genau wie die Kassiererin auf einen Goldschatz von Mann hoffte? Nein. Weil sie heiraten wollte? Nein. Heiraten – bei diesem Wort mußte sie gleich an die verheirateten Herbsttouristen denken, die vor sich hindösten, von den roten Herbstwäl-

dern längst genug hatten und sich nur noch anödeten. Was wäre, wenn sie heirateten? *Heirateten.* Das Wort war ein Flacher-, ein Hellerwerden und ein Zusammenrollen. Eng in einem hellen Teppich zusammengerollt. Und ein Bankrott, wie ein Jemanden-Fertigmachen. Kurz, aneinandergekettet zu sein wie ihre Eltern. Andererseits mußte sie bei dem Gedanken, ihn zu heiraten, lächeln und hüpfen wie ein Schulmädchen. Hei-ra-ten. Was für ein seltsamer Ausdruck! Heiraten. Kann man zum Heiraten raten oder ist abzuraten? Und wenn wir nun hei*raten?* Und wenn wir nun hei*raten?* sang sie zu Schuberts Forellenquintett. Diese Worte würde sie nicht vergessen. Andere Ehen mochten in die Binsen gehen, aber ihre nicht. Hm, wenn man sich diese alten Ehepaare ansah, die mit der gleichen mürrischen Miene die phantastischen scharlachroten Smokies anstarrten. Und sie? Sie war bereits glücklich, wenn sie mit ihm zusammen einem Ameisenlöwen zuschaute. Wenn sie mit ihm zusammen war, wuchs das Schweigen nicht, und von seinen Blicken wurde sie nicht aufgespießt. Was passierte, wenn man geheiratet hatte? Schaute man sich dann an und sagte: »So, das hätten wir geschafft. Trinken wir jetzt ein Gläschen Saft?« War sie deshalb so glücklich, weil sie ihn zum Abendessen mit einem Steak überraschen wollte? Nicht ganz. Oder war sie glücklich, weil es eine Freude ist, eine Aufgabe zu erledigen, die einem ein Aufgabenzuteiler zugeteilt hat? Ja, so ungefähr. Sie freute sich darauf, ihm von ihren Besorgungen zu erzählen. Während der Arzt ihn untersuchte, konnte sie die Steaks braten, das Bier zur Kühlung unter den Wasserfall legen, den Avocadosalat mit Plagniol zubereiten (Löwenzahn und Sauerampfer ade!), die Stühle aufklappen, zwei große Blumentöpfe zu Tischen umfunktionieren und die Ofentür öffnen, damit man das Holzfeuer sehen konnte. Wie wäre es mit wilden Schalotten zum Avocadosalat? Sollte sie den Arzt zum Essen einladen? Nein.

Sie plante ihr Abendessen wie jede andere Hausfrau.

6

Aber er war nicht mehr da. Der Arbeitsraum war leer. Sie beugte sich über den Schlafsack und tastete ihn von oben bis unten ab, als sei er vielleicht geschrumpft. Ihr Magen tat weh, weil sie gegen den Holzrand des Lagers geprallt war. Als sie sich wieder aufrichtete, fühlte sie Schwindel und Übelkeit. Warum machte es sie denn krank, daß er nicht da war?

Noch während sie nach ihm suchte, Töpfe aufdeckte, hinter die Weinranken schaute, spürte sie, wie sich ihre Augen zusammenkniffen, ihre Lippen sich schürzten, ihr suchendes Ich sich herumdrehte und in ihr Sirius-Ich versank, bis sie schließlich mit verschränkten Armen in der Ecke neben dem Herd stand, von wo aus sie den ganzen Raum überblicken und durch die Tür auch ins Treibhaus sehen konnte. Sie betrachtete das Loch im Giebel, durch das die Höhlenluft kam, die über die Trennwand hinweg ins Treibhaus strömte. Warme Luft kam nicht viel herunter, der Raum war kalt.

Und der Raum sah aus, als werde er nicht zurückkommen.

Sie zuckte die Achseln. Na schön, dann eben nicht. Sie trommelte mit den Fingern auf den Oberschenkel. Warum war es denn plötzlich so kalt? Die warme Höhlenluft mußte irgendwie nach unten geleitet werden. Wahrscheinlich hatte es früher ein hölzernes Röhrensystem gegeben, das inzwischen vermodert war. Aber sicherlich ließen sich neue Röhren herstellen, zum Beispiel aus ... Hinter dem A & P lagen haufenweise Kartons von Campbell's Suppen! Wenn man die Deckel und Böden entfernte, konnte man diese Kartons einfach miteinander verbinden. Sie mußte bloß noch Klebeband und Draht kaufen, um sie an der Decke zu befestigen. Es würde eine interessante Aufgabe sein, Abzweigungen einzubauen und die Schachteln geschickt genug, um die Luft an die richtigen Stellen zu leiten. Aber wie sollte sie die Kartons trans-

portieren? Vielleicht preßte man sie am besten und zog sie auf einem Montageroller nach Hause?
Sie nickte und kaute an der Unterlippe, und plötzlich fiel ihr Blick auf die Steaks, die immer noch eingewickelt auf dem Herd lagen. Das weiße Papier hatte rosarote Flecken. Was sollte sie mit den Steaks machen? Plötzlich lief ihr das Wasser im Mund zusammen. Sie würde sie essen. Es war schon unglaublich lange her, daß sie das letzte mal frisches Fleisch gegessen hatte.
Sich seinetwegen elend zu fühlen ist in Ordnung, aber doch nicht den ganzen Abend!
Nachdem sie mit ein paar harzreichen Kiefernscheiten Feuer gemacht hatte, ging sie mit ihrer Plastikflasche zu dem Wasserfall und trommelte mit den Fingern die raschen Akkorde der Forelle. Es war schon fast dunkel...
... und da lag er auf dem Weg, als sei er gerade hingefallen und wolle wieder aufstehen, eine Hand hatte er unter sich gestemmt, um hochzukommen, aber das schien nur so. Er konnte nicht aufstehen. Als sie sich neben ihn kniete (jetzt tat ihr wieder der Magen weh), sah das einäugige Profil nicht sie an, sondern die kalte nasse Erde vor sich. Das Auge trat ihm fast aus dem Kopf vor Anstrengung, die Erde wegzuschieben. Er bewegte sich nicht, ja er blinzelte nicht einmal. Ob er tot war? Ohne zu wissen, was sie tat, legte sie sich auf ihn, faßte ihn um die Taille und wollte ihn hochziehen. Aber dann schaute sie, ob er überhaupt noch lebte, weil er so kalt war, und lag so lange auf ihm, bis sie den Schüttelfrost spürte, der sanft wie ein Erdbeben einsetzte und ihn dann packte, daß ihm die Zähne klapperten.
Wie wird unsere Liebe in Zukunft aussehen, dachte sie, während sie Wange an Wange auf ihm lag. Ein Tanz mit ihm im Mondschein Carolinas, und die alte Welt und die alte Zeit liegen vor dir, oder würde sie sich am Ende der Welt an ihn klammern, und was ist besser?
»Keine Angst, ich bringe Sie zurück.«

Während sie rittlings über ihm stand und den Versuch machte, ihn am Becken hochzuheben, sah sie sich nach einem Baum um, an dem sie den Flaschenzug festmachen konnte. Aber er konnte sich doch etwas bewegen. Sie drehte ihn um, wobei sie fast unter ihn zu liegen kam, und er schlang den Arm um ihren Nacken. So konnte er ihr helfen, sie beide hochzuziehen, und konnte, schwer auf sie gestützt, sogar gehen.

Obwohl sie schwankte, hatte sie doch genug Augenmaß, um sich drinnen dann im rechten Moment vorzubeugen und ihn auf das Lager gleiten zu lassen, ohne ihm wehzutun. Er zitterte wie Espenlaub. Erschöpft, keuchend, zitternd konnte sie jetzt nur noch mit letzter Kraft über ihn hinwegsteigen, sie beide mit dem Schlafsack zudecken und ihn so lange im Arm halten, bis sie wieder bei Kräften war und er zu zittern aufhörte. Irgendwie gelang es ihr, ihnen, sich auszuziehen, ihre trockenen und seine nassen Kleider, und dann kuschelte sie sich von hinten an seinen ausgefrorenen Körper, bis das Zittern nachließ. Und irgendwann gab er ein Zeichen, sie drehten sich um, und er schmiegte sich seinerseits von hinten an sie, als wäre sie seine wärmende Sonne und er ihr toter kalter Planet.

Es war dunkel. Vom Herd kam kein Feuerschein mehr. Allison lag mit angezogenen Knien da und wartete still, bis er sich erwärmt hatte. Sie blinzelte im Dunkeln vor sich hin, dachte aber an nichts Bestimmtes. Ihr Arm schlief ein. Allmählich machte sie sich Sorgen, daß der Arzt vielleicht doch nicht kommen würde oder daß er sie beide so fand oder daß das Feuer aus harzreichen Kiefernscheiten ausgehen könnte.

Nach kurzer Zeit hörte er auf zu zittern und wurde ganz schlaff. »Ah«, sagte er mit seiner gewohnten Stimme, »du hast mich wieder einmal ausgezogen.«

»Geht's Ihnen besser?« fragte sie.

»Ja.«

»Ich steh mal auf und lege Holz nach. Der Arzt wird bald kommen.«
»Er war schon da.«
»Und was ist?«
»Nichts. Er sagte, mit dem Bein sei es nicht so schlimm, und man müßte es nicht schienen. Dann roch er an mir, sah mir in die Augen, schüttelte den Kopf und bestellte mich für morgen in die Praxis, um mich gründlich zu untersuchen.«
»Fehlt Ihnen eigentlich irgend etwas?«
»Nein.«
»Warum lagen Sie dann draußen auf dem Boden?«
»Ich wollte Wasser holen und fiel hin.«
»Und warum sind Sie nicht einfach wieder aufgestanden?«
Er schwieg.
»Also entweder begreife ich etwas nicht, oder etwas ist wirklich unbegreiflich.«
»Ich bin ohnmächtig geworden.«
»Fehlt Ihnen irgend etwas Ernstes?«
»Nein. Nur daß ich ab und zu hinfalle.«
»Ich bin eine gute Lastenheberin.«
»Ich weiß.«
»Wenn Sie hinfallen, hebe ich Sie wieder auf.«
»Ich weiß.«
»Jetzt muß ich Holz nachlegen.«
Sie stand auf. Obwohl sie nackt war, fror sie kein bißchen. Das Kiefernscheit war erloschen, aber es enthielt soviel Harz, daß sie es mit einem Streichholz wieder anzünden konnte. Dann legte sie auf das lodernde Holz noch zwei frische Ahornscheite und einen schweren Brocken Kastanienholz, um sie niederzuhalten.
Die Ofentür ließ sie offen. Als sie wieder über ihn hinweg steigen wollte, war er schon beiseite gerückt, um ihr Platz zu machen. Und als sie sich umdrehen wollte, um sich wieder mit dem Rücken an ihn zu schmiegen, hielt er sie an der

Schulter fest. Jetzt waren sie einander zugewandt, da er sich aber etwas von ihr wegbog, bog sie sich ebenfalls weg. Es war, als blickten sie einander durch ihre Augenbrauen hindurch an. Das Treibhaus knarrte, weil der immer stärker werdende Sturm gegen den Metallrahmen drückte. Es war ein feines, siebendes Geräusch zu hören, bei dem Allison zuerst dachte, der Wind wehe Kiefernnadeln gegen die Fenster. Aber dann wurde es lauter. Es waren Schlossen.

Der Winter war gekommen.

Die Hand des Mannes lag in ihrem Kreuz und preßte sie an sich. Bereitwillig kam sie ihm entgegen. Sich ihm so hinzugeben und ihm so entgegenzufließen erschien ihr wie ein Wunder; wie herrlich, daß ich so geschaffen bin, und ist dies nun endlich *es* (was immer *es* auch sein mochte)? Und was wird mit mir geschehen (bin ich wirklich ganz mit dieser Hingabe einverstanden, trotz meiner selbst und obwohl ich darüber lächle, wie man lächelt, wenn einem Dr. Duk mit dem Gummihammer aufs Knie schlägt), und werde ich zum erstenmal in meinem Leben von meinem ewigen Ich loskommen, das seiner selbst überdrüssig ist, und mit einem anderen Ich zusammensein, und ist dies *es,* und wenn nicht, was dann? Er küßte sie auf die Lippen. Ach, dann war *es* auch das – daß man träumend im Mondlicht Carolinas miteinander tanzte, nur daß es jetzt hagelte und daß sich statt des Mondlichts der Feuerschein in den Scheiben spiegelte.

»Meine Güte«, sagte sie. »Stell dir nur vor.«

»Was soll ich mir denn vorstellen?«

»Stell dir vor, ich habe dich um vier Uhr nachmittags hier bei mir!«

Er lachte. »Was spricht gegen abends? Was spricht gegen jetzt?«

»Nichts, aber...«

Sie schmiegte sich an ihn und umschlang ihn mit Armen und Beinen, als hätte ihr Körper jetzt außerhalb seiner selbst endlich seinen Mittelpunkt gefunden. Aber er unterbrach sie, das heißt, er nahm ihr Gesicht in seine Hände und schaute sie an, obwohl sie sich nicht ganz sicher war, weil der Feuerschein seine Augenhöhlen noch dunkler und tiefer machte, als sie ohnehin schon waren.

»Ich muß dir etwas sagen.«

»Ja, aber...«, warf sie ein.

»Ja aber was?«

Ja, aber nicht jetzt. Ja, aber warum hast du unterbrochen? *Mach doch weiter!*

»Was?« fragte er sie.

»Ich sagte, warum hast du denn unterbrochen. Das heißt, eigentlich wollte ich sagen ›es‹. Warum hast du unterbrochen? Ich glaube, das ist ›es‹.«

»Weil ich gehen muß«, sagte er.

»Wann?«

»Jetzt.«

»Ist dieser Abschied...«

»Ich komme wieder.«

»Wann?«

»Bald. Ich muß ein paar Dinge erledigen.«

»Und das hier? Es? Ich meine, wir?«

»Was ist mit uns?«

»Zieht es etwas nach sich?«

»Ob dies zwischen uns etwas nach sich zieht?«

»Ja.«

»Was soll es nach sich ziehen?«

Er legte sich zurück, die Hand hinterm Kopf. Jetzt drehte der Wind auf Süden, und der Hagel wurde zu Regen. Ein paar von den dicken Tropfen an dem Fenster hinter seinem Kopf rannen nicht die Scheibe hinunter und reflektierten wie ein Katzenauge das Ofenloch in einer hellen Schlangenlinie. So wie wir jetzt daliegen, er mit der Hand unterm Kopf, nacktem Oberkörper und dem sich vor dem Feuer abzeichnenden Profil, mein Haar über seinem Arm, sehen wir aus wie ein Liebespaar im Film. Im Film tragen die Männer nie

Schlafanzüge. Auch Sarge trug nie welche. Aber mein Vater immer.

»Es gibt da etwas, das du wissen mußt«, sagte er.

Ja, dachte sie, es gibt da etwas, das ich eigentlich wissen müßte, und ich glaube, ich weiß es jetzt auch. Was ich wissen müßte und jetzt wahrscheinlich weiß, ist, ob dich zu lieben das Geheimnis ist, das Alles-Sein, nicht das Alles-Beenden, sondern der eigentliche Anfang meines Lebens, oder nur etwas wie Essen und Trinken und deshalb nichts besonderes und nichts, wovon zu träumen sich lohnte? Ist Liebe etwas, womit man die Vier-Uhr-Lücke ausfüllt, oder ist es mehr? Mir wäre beides recht, aber ich muß es wissen, und ich glaube, daß ich es jetzt auch weiß. Es könnte wirklich das Geheimnis sein, denn vor einer Minute, als du mich im Arm hieltest und ich mich gegen dich drückte, gab es zum ersten Mal Anzeichen dafür, daß *es* näher kam, so wie man an bestimmten Anzeichen erkennt, daß man sich zum ersten Mal dem Ozean nähert. Selbst wenn man den Ozean noch nie gesehen hat, erkennt man es, ein Gefühl, als tue sich etwas auf vor einem und man lasse die alte Zickzack-Jubel-Trubel-Stadt und -Landschaft hinter sich; die Luft hat einen neuen Geschmack, der Schmutz wird sandiger, und selbst die Hütten und das Unkraut sehen anders aus, und da ist noch etwas, eine bestimmte Beschaffenheit der Laute, ein vorletztes Schweigen, das den Anfang des Endes des Lands bezeichnet und den Anfang des alten Aufruhrs und die Ausdehnung des endlosen Meers.

Warum hatte er also unterbrochen, und würde sie nun jemals erfahren, wie das Geheimnis aussah und ob es überhaupt ein Geheimnis gab?

»Das ist, als würde man an der Dunes Exxon einen Kilometer vor dem Strand umkehren, wieder in die Stadt zurückfahren«, sagte sie.

»Wie meinst du das?« fragte er rasch und sah sie an. »Du meinst den Ozean, in die Nähe des Ozeans kommen.«

»Woher weißt du das?«
»Vielleicht ist es das, was ich mir wünsche«, sagte er geistesabwesend.
»Den Ozean?«
»Irgendsowas. Darf ich dir jetzt etwas sagen?«
»Ja.«
Er wandte sich ihr ganz zu. Ihre Wange lag auf seinem Arm.
»Wie fühlst du dich?« fragte er.
»Jetzt geht es mir wieder gut.«
»Und davor?«
»Mir geht's gut, weil du das Führen übernimmst und anscheinend weißt, was du tust. Ich war eine gute Tänzerin.«
»Wenn ich also das Führen übernehme, übernimmst du das Verführen?«
»Haha, sehr witzig.«
»Na schön. Ich werde dir jetzt einmal erzählen, was sich in bezug auf dich ereignet hat, denn du hast einen Anspruch darauf. Und dann erzähle ich dir, was für eine Erfahrung ich gemacht habe, schon deshalb, weil du vielleicht der einzige Mensch bist, der es versteht.«
»Gut.«
»Erstens sind deine Mutter und ich alte Freunde. Das heißt, ich habe sie vor langer Zeit gekannt.«
»Du meine Mutter?«
»Ja.«
»Wie das?« sagte sie mit der Stimme und einem Lieblingsausdruck ihrer Mutter. »Habt ihr ...?«
»Wohl kaum.«
»Heißt ›wohl kaum‹ ja oder nein?«
»Warum fragst du?«
»Könntest du mein Vater sein?«
»Wohl kaum.«
»Erinnere mich daran, daß ich nachschaue, was wohl kaum heißt.«

»Gut.«
»Woher weißt du denn, daß du nicht mein Vater bist?«
»Wenn ich es wäre, wäre ich nicht hier.«
»Wie kommt es dann, daß ich dich irgendwie kannte, bevor ich dich kennenlernte? Wir sind ganz verschieden und doch auch gleich.«
»Ich weiß. Ich weiß nicht.«
»Wieso kommt es mir dann so vor, als sei ich nicht nur ich, sondern gleichzeitig auch du?«
»Ich weiß nicht.«
»Wäre es möglich, daß ich dich schon in einem früheren Leben gekannt habe? Kelso glaubt an solche Sachen.«
»Ich glaube nicht.«
»Warum lebe ich dann, als sei dieses Leben ein Traum und als könnte ich jeden Moment aufwachen und mich in meinem wirklichen Leben wiederfinden?«
»Ich weiß nicht.«
»Heißt das nicht, daß ich irgendwann einmal ein richtiges Leben hatte und vielleicht irgendwann wieder eines haben werde?«
»Ich weiß nicht. Könnte ich dir jetzt mal sagen, was ich dir sagen möchte?«
»Gut.« Er dachte: Sie sagt dieses *gut* in der gleichen merkwürdig nichtssagenden Weise wie Jane Ace in *Easy Aces*.
»Deine Mutter hat mich unter anderem deshalb, weil wir alte Freunde sind, gebeten, dein Vormund zu werden – mein Gott, dieser Bart regt micht vielleicht auf! Ich wollte dich noch bitten, mir einen Rasierer zu kaufen.«
»Ich habe einen gekauft.«
»Wirklich? Wieso?«
»Es gefällt mir, dir einen Gefallen zu tun. Außerdem macht es froh.«
»Ich verstehe. Also, deine Mutter weiß weder, daß du hier bist, noch, daß ich dich kenne.«

»Vormund? Was gibt es denn da zu bevormunden?«
»Deinen Grundbesitz und dein persönliches Eigentum.«
»Mein Eigentum. Ich habe doch nur achtundfünfzig Dollar und dreiundfünfzig Cent!«
»Deinen Grundbesitz. Dieses Grundstück und die Insel, die du geerbt hast. Das ist ziemlich viel wert. Deine Eltern sind der Meinung, es sei in deinem Interesse, für unmündig erklärt zu werden, und sie wollen, daß ich die Vormundschaft übernehme, weil das Gericht sie ihnen nicht übertragen wird.«
»Und welcher Meinung bist du?«
»Ich halte dich weder im juristischen noch im medizinischen Sinn für unzurechnungsfähig, sondern glaube, daß du dein Leben ganz gut selbst in die Hand nehmen kannst.«
»Bist du Rechtsanwalt?«
»Ja.«
»Welcher Möglichkeit gibst du in dieser Sache den Vorzug?«
»Ich wäre lieber nicht dein Vormund, obwohl ich dir gern auf jede erdenkliche Art und Weise helfen würde. Wenn es aber deinen Eltern gelingen sollte, deinen Arzt auf ihre Seite zu ziehen, dann schaffen sie es, dich entmündigen zu lassen. Und in diesem Fall wäre es vielleicht besser, ich würde dein Vormund als, sagen wir mal, deine Tante.«
»Ach du lieber Himmel, ja!« rief sie, wobei sie einen der Lieblingsausdrücke ihrer Tante Grace benutzte. »Sag mir bitte eines.«
»Ja?«
»Wollen mich meine Eltern austricksen?«
»Was für ein Ausdruck!«
»Der stammt von Kelso.« Ich kann mich wie alle anderen ausdrücken, dachte sie, nur nicht wie ich selbst. »Ihre Eltern kamen sie nie besuchen. Meine kamen zweimal – bis Miss Sally starb. Kelso sagte, meine Eltern hätten vor, mich auszutricksen.«
»Na ja, so würde ich es nicht sehen.«

»Wie würdest du es denn sehen?«
»Daß deine Eltern nicht vorhaben, dich auszutricksen. Vielleicht versuchen sie bloß, dir zu helfen. Sie haben schließlich ein Recht, sich um dich Sorgen zu machen. Und sie können dir eine große Hilfe sein. Denk jedenfalls mal darüber nach und sag es mir später.«
»Gut.«
»Dann ist da noch etwas, was ich dir sagen möchte. Über mich.«
»Gut.«
»Und zwar welche Erfahrung ich in der Höhle gemacht habe und was ich als nächstes tun werde.«
Aber dann verfiel er in Schweigen und drehte sich weg, um die Regentropfen zu beobachten.
»Was hast du da für eine Erfahrung gemacht?«
Er drehte sich wieder her. Ihre Stirnen berührten sich jetzt, und ihre Körper bildeten einen Rhombus. »Wie du siehst, weiß ich nicht sehr viel. Du stellst mir dauernd Fragen, auf die ich keine Antwort weiß. Hast du eigentlich schon immer soviel Fragen gestellt?«
Und als er zu erzählen begann, merkte sie, daß sie seine Worte nicht verstand, weil sie so darauf konzentriert war, *wie* er sprach. Sie suchte nach dem Sinn seiner Worte. Sagte er sie einfach um der Worte willen oder um der Bedeutung willen oder im Hinblick darauf, was die Worte bei ihr bewirkten? Etwas an seiner Art zu sprechen erinnerte sie an ihre eigenen einstudierten Sätze. War sie ein Gericht, an das er sich wandte? Obwohl er sie kaum berührte, schienen seine Worte über ihren ganzen Körper zu fließen. Wollte er es so? Tief im Innern ihres Körpers keimte eine Freude, die sie nie zuvor erlebt hatte. War das auch eine Art, miteinander zu schlafen?
Er benutzte Worte wie »das beschämende Geheimnis meines Erfolgs als Rechtsanwalt«, »Schwindler«, »Radar«, »unsere neue Sprache«, »dieses Geschenk für uns beide«, »unser«

(das war ihr Lieblingswort), »über den Dingen stehen«, »nicht imstande sein, etwas in Angriff zu nehmen« (!), »wie man wieder in die Welt zurückkehrt« (?), »durch Gott?«, »durch sie?« (!!!!), »daß du alles vergessen hast und ich mich an alles erinnere«, »Sutter«, »Sutter hatte recht«, »Sutter hat sich geirrt«, »Sutter Vaught«.

»Mein Onkel Sutter? Ich erinnere mich an ihn.«

»Wirklich?«

»Was ist mit ihm?«

»Nichts weiter.«

»Hast du ihn gekannt?«

»Ja.«

»War er tatsächlich verrückt und ein Taugenichts, wie es immer geheißen hat?«

»Nein. Was ist eigentlich aus deiner Tante Val geworden?«

»Sie wurde Nonne.«

»Das weiß ich. Ist sie das immer noch?«

»Ja. Zumindest war sie es noch vor zwei oder fünf Jahren.«

»Zwei oder fünf, ich verstehe. Wo ist sie denn jetzt, immer noch in South Alabama?«

»Nein, nicht mehr.«

»Wo dann?« Er sah sie aufmerksam an.

»Sie unterrichtet an einer kirchlichen Schule in Pass Christian an der Golfküste. Die Schule wird von den Kleinen Eucharistischen Schwestern von St. Dominic geleitet.«

Er schwieg lange Zeit. Anscheinend sah er dem Regen zu. Dann legte er ihr wieder die Hand ins Kreuz. Meine Güte, dachte Allison. Draußen blitzte es. Sie sah, daß er lächelte.

»Was ist?« fragte sie.

»Du hast dich daran erinnert«, erwiderte er.

»Woran?«

»An diesen gräßlichen Namen. Die Kleinen Schwestern von was?«

»Die Kleinen Eucharistischen Schwestern von St. Dominic.«

Sie klatschte in die Hände. »Tatsächlich! Ich erinnere mich an alles, was mit Val zusammenhängt. Sie hat mich besucht, gleich nachdem ich krank geworden war. In ihrer alten schwarzen Nonnentracht. Sie legte mir immer die Hände auf den Kopf und sagte, ich würde wieder gesund.«
»Damit hatte sie recht.«
»Vielleicht. Nein, nicht nur vielleicht. Ich bin gesund. Du fühlst dich gut an. Ich mich auch. Das Gute bedeckt mich ganz, angefangen bei meinem Rücken. Jetzt verstehe ich, wie die zwei ineinandergreifen.«
»Welche zwei?«
»Das *Es* und das Tun, das Hauptwort und das Verb, süße süße Liebe und ein Mich-an-dich-Wenden, lieben und hassen, du und ich.«
Er lachte. »Du scheinst es wirklich zu verstehen, nicht wahr? Was geschieht denn mit den beiden?«
»Sie werden eins, aber nicht in diesem blöden Sinn.«
»Wie dann?«
»Eins plus eins gibt eins und Mann o Mann, das Glück fängt an!«
Er lachte. »Du bist Sutter, aber in glücklichem Zustand.«
»Ich will dich als Vormund«, meinte sie. Obwohl er sie nicht berührte, waren seine Worte wie eine Berührung. Meinte er sie auch so? Als er nichts erwiderte, dachte sie noch einmal über seine Worte nach, um hinter ihren Sinn zu kommen.
»Wirst du mein Vormund?«
»Ja.«
»Warum bist du in die Höhle hinuntergestiegen?« Jetzt war seine Hand wieder in ihrem Kreuz, mit einem leichten Druck, als tanzten sie.
»Wie?« fragte er und runzelte die Stirn, als versuche er, sich an etwas zu erinnern.
»Ich tue eigentlich das gleiche«, sagte sie. »Ich gehe herum, steige hinab, um hinunter zu mir selbst zu kommen.«

»Ich stieg hinunter und ging herum, um von mir wegzukommen.«
»Und ist es dir gelungen?«
»Ich weiß nicht. Ich kann mich nicht erinnern. Komisch, jetzt, wo dein Gedächtnis besser ist, wird meines... Jedenfalls, das ist jetzt endgültig vorbei. Uns interessiert nur noch die Zukunft.«
»Du kommst mir so verändert vor. Als du damals durch den Zaun gestiegen bist, standest du lange still da, als horchtest du. Jetzt scheinst du genau zu wissen, was zu tun ist. Hat das die Höhle bewirkt?«
»Die Höhle«, sagte er.
Allmählich toste der Sturm dermaßen laut, daß sie ihn kaum noch verstehen konnte. Es blitzte direkt über ihren Köpfen. Ein scharfes Krachen folgte. Der Hund stand verwirrt auf, zog die Brauen zusammen und stelzte steifbeinig im Zimmer herum. Bald schon kamen fast pausenlos Blitze und schlugen in dem sie umgebenden Waldstück ein. Glasscheiben loderten blau und weiß auf, es war, als liege man im Innern eines Diamanten. Will Barrett schien weder auf sie noch auf das Gewitter zu achten. Seine Hand war geöffnet, und ab und zu berührte er mit dem Mittelfinger ihre Schulter, die ihn immer noch wärmte, aber so zufällig, daß er genausogut hätte sein Knie berühren können. Der Finger bewegte sich wie zum Dirigieren unhörbarer Musik. Auch das, was er in diesem Getöse sagte, konnte sie nicht verstehen. Er sprach leise, und sie drückte sich an ihn. Redete er mit ihr?
»Der Zaun... die Höhle...« Es war, als sei seine Stimme in ihrem Kopf.
Jetzt hörte die Berührung des Fingers auf, und die Hand öffnete sich weit, wie bei jemandem, der die Achseln zuckt. Das Gewitter wurde noch lauter, und sie überlegte, ob es ein Vor- oder ein Nachteil war, daß das Treibhaus einen Metallrahmen hatte. Vielleicht eher ein Vorteil, teils auch wegen

der Kreuzblumen auf dem Dach, die ja wie Blitzableiter herausstanden – als es krachend einschlug. Ein Lichtball rollte träge wie ein Wollknäuel durchs Mittelschiff des Treibhauses auf sie zu. Der Hund reagierte empört und lief mit hochgezogenen Lefzen steifbeinig davon. »Jesus!« sagte sie. »Laß uns lieber…« Aber sie verstummte, weil er ihr gar nicht zuhörte.

Er hielt sie fest umschlungen. Als ihr Körper seinen berührte, merkte sie wieder, daß sie lächelte und wegsah. Ha, sagte sie zu sich selbst, vielleicht hat er nicht gefunden, was er suchte, aber ich! Ha! Vielleicht bin ich verrückt und er nicht, aber jedenfalls weiß ich jetzt, was ich will. Stell dir vor, Kelso, es ist genauso gekommen, wie du gesagt hast! Ich bin aus der Anstalt geflohen und habe mein Haus gefunden, und ich habe mich ›verliebt‹ und eine Million Dollar geerbt. Vielleicht sogar sechzig Millionen, und wenn es nur sechzig Cent wären, wär's mir auch egal. Stell dir vor, ich habe mich verliebt. Aha, so ist es also, wenn man ›verliebt‹ ist. Das ist es, was ich will. Ihn. Das mit dem Geld ist schön, aber die Liebe ist mir lieber. Ja ja, Kelso, meine Süße, ich hol dich da raus, dann hilfst du mir bei der Aufzucht meiner Hydrokultur-Bohnen.

Schon wieder schlug der Blitz ein. Jesus, dachte sie, weiß er denn nicht, daß wir in Lebensgefahr schweben? Aber er summte eine Melodie vor sich hin – die Forelle? – und schlug mit dem Finger auf ihrer Schulter den Takt dazu.

Endlich verzog sich das Gewitter. »Und was passiert jetzt?« erkundigte sie sich.

»Jetzt? Jetzt gehe ich nach Hause.«

»Und was machst du da?«

»Was von mir erwartet wird. Ich kümmere mich um Menschen, die auf mich angewiesen sind. Ich bin für meine Tochter verantwortlich und muß schauen, wie es ihr geht. Das ist meine Pflicht. Ich war kein guter Vater. Und dann sehen wir weiter.«

»Gehöre ich jetzt auch zu den Menschen, um die du dich kümmerst?«
»Ja.« Er setzte sich auf. »Ich habe Hunger.«
»Ich auch.« Ihr lief das Wasser im Mund zusammen. »Ich habe uns Steaks gekauft.«
Das schien ihn nicht zu überraschen. Sie zog ihre Marinejakke an, und während sie briet, lag er still da und sah ihr zu. Sie spürte seinen Blick auf ihrem Rücken und ihren nackten Beinen, aber er störte sie nicht. Dann ging sie hinaus, um das Bier zu hohlen. Es machte ihr nichts aus, daß es kalt und regnerisch war und sie keine Schuhe anhatte.
Die Steaks schmeckten gut, aber er war mit seinen Gedanken gar nicht beim Essen, sondern aß, als seien sie in einem Restaurant und er hätte mehr oder weniger nichts anderes erwartet. Es hörte auf zu regnen. Als er ging, war es immer noch dunkel. Sie wußte nicht, wie spät es war.
Sie hätte nicht zu sagen vermocht, wie lange sie gedankenverloren in der Tür gestanden und den tropfenden Rhododendren zugehört hatte, die sich wie riesige kauernde Anwesenheiten ihr zuneigten – da kam er zurück.
Er war anders als vorher. Sie standen sich gegenüber, die Kerze zwischen sich. Allison wollte ihn nicht ansehen.
»Ich habe noch etwas vergessen. Sofern du und deine Eltern das wünschen, werde ich die Vormundschaft übernehmen. Das ist eine Vertrauensstellung, die ich gewissenhaft ausfüllen werde. In deinem Interesse und so gut ich kann.«
»Ist das alles?«
»Reicht das nicht?«
»Reicht es denn dir?«
»Mir?«
»Warum klingst du so müde?«
»Ich? Das ist kein interessantes Thema. Zumindest nicht für mich. Das Thema ist beendet, wenn nicht eröffnet«, sagte er lächelnd.
»Ha.«

»Danke, daß du dich um mich gekümmert hast.« Er streckte ihr die Hand hin, aber sie nahm sie nicht und ließ den Kopf hängen wie ein Mädchen aus den Bergen.
Sie schien gar nicht zu merken, daß er ging, und stand gedankenverloren da, bis ihr einfiel, daß sie den Hund noch nicht gefüttert hatte. Während sie ihm die Steakreste in seinen Napf tat, freute sie sich bei dem Gedanken, wie sich der Hund freuen würde.

II

Es hatte aufgehört zu regnen, war aber immer noch dunkel, als er beim Mercedes ankam. Erst beim Versuch, die Tür aufzuschließen, merkte er, wie kalt ihm war. Seine Hand begann zu zittern, und dann, als wäre dies nur der Auftakt gewesen, zitterte sein ganzer Körper. Er öffnete die Tür. Die Innenraumbeleuchtung ging an. Er sah, daß es vier Uhr war. Als er hinter dem Lenkrad saß und die Tür zugezogen hatte, wartete er auf das Erlöschen des Lichts. Es brannte so lang, daß der Fahrer den Zündschlüssel ins Schloß stecken konnte. Er empfand es fast als Verpflichtung zu tun, was die deutsche Innenraumbeleuchtung von ihm erwartete, nämlich, den Motor anzulassen. Der Mercedes wartete auf ihn.

Aber er ließ den Motor nicht an, sondern saß zitternd da und sog den Geruch von Leder, Wachs und der Neuheit des Wagens ein. Jetzt überliefen ihn Kältewellen, aber er achtete nicht darauf. Dreihundert Meter entfernt hing eine nackte Glühbirne im Giebel eines Schuppens, in dem die Golf-Elektrokarren über Nacht in ihren Boxen aufgeladen wurden. Der ganze Schuppen brummte. Einer der Karren war im Wald vergessen worden. Die Dachstützen waren schief, aber eine leere Cola-Flasche hing senkrecht herunter. Das Zittern ließ nach, und plötzlich wurde er schläfrig. Ich könnte jetzt heimfahren, dachte er, direkt von der Garage in mein Schlafzimmer gehen, bis acht Uhr schlafen, dann ein Bad nehmen, mich rasieren, anziehen und wie üblich auf der Glasveranda zum Frühstück erscheinen. Bei gutem Wetter fiel die Sonne direkt auf das blitzende Silber und das weiche, weiße Tischtuch, und Yamaiuchi setzte mit einer schwungvollen Bewegung eine Melone, Orangensaft und verlorene Eier auf den Tisch.

Andererseits war er so müde wie noch nie. Der Schlaf schob sich ihm wie ein Eisenhut über die Ohren.

Er saß jetzt auf dem Rücksitz und tastete nach Marions Reisedecke. Sie war dick und schwer wie ein Teppich, auf einer Seite glatt und auf der anderen aus Lammwolle. Es war die »billige« Decke, wie er sich erinnerte, die Marion lieber nahm als die Pelzdecke aus dem Rolls-Royce. Etwas blinkte in dem trüben gelben Licht. Es war die in die Vordersitzlehne eingebaute Minibar. Marion hatte ihm den »kleinen« Mercedes für ihre gemeinsamen Ausfahrten geschenkt. So wie sie es sah, und es freute ihn, daß sie es so sah, glichen sie in ihrem Mercedes mehr oder weniger den anderen Paaren in ihren Plymouths und Fords, die sich ja tatsächlich immer mehr dem Mercedes-Design annäherten. Kein Rolls-Royce, kein Chauffeur, keine Umstände. Sie flitzten die Blue Ridge-Allee hinauf, dann zum Einkaufen in die Stadt, dann nach Asheville, um Marions Bevollmächtigte aufzusuchen, und dann nach Charlotte, Chapel Hill und Durham, um sich irgendwelche Football- und Basketballspiele anzuschauen. Welch ein Genuß für sie und ihn (und für ihn war es allein schon ein großer Genuß, ihr zu zeigen, wie sie all das ebenso genießen konnte wie er selbst): an einem schönen Samstagmorgen in der Footballsaison loszufahren, sich mit den McKeons und den Battles auf einem Interstate-Rastplatz zum Picknick zu treffen, Marion in den Rollstuhl zu heben und ihre Beine in die »billige« Decke einzuschlagen; dann mit einem Drink in der Hand herumzustehen – auf den Heckklappen die geöffneten Freßkörbe – und sich mit jener festlichen Vorfreude und der durch das in zwei Stunden beginnende Footballspiel hervorgerufenen Hochstimmung – und dem besonderen Vergnügen, all das in der Öffentlichkeit zu tun, auf einem eigenen privaten Sektor der sauberen öffentlichen Betonfläche, mitten unter schlafenden Sattelschleppern und LKW-Ungetümen, die nach Florida unterwegs waren, wir mit unserem Vergnügen an ihnen, wir auf dem Weg zum Spiel und sie, die in der sorglosen öffentlichen Welt kamen und gingen – um die winzige Bar zu kümmern,

Whiskey in innenvergoldete Silberbecher zu schenken und dann einfach im weinfarbenen Sonnenschein Carolinas zu stehen, schläfrig lächelnd, und die Farben des Laubs und des Bourbon-Whiskeys zu betrachten, der sich gegen das Gold abhob.

Nachdem er nun eine Weile im Dunkeln auf dem Rücksitz gesessen hatte, knipste er das Licht an, öffnete die Minibar und holte die silberne Reiseflasche heraus. Sie war noch ganz voll. Nachdem er sich ein Glas eingeschenkt und es auf die rechteckige Walnußholzplatte gestellt hatte, begann seine Hand erneut zu zittern.

Da saß er also wieder in seinem Mercedes 450 SEL, einer 6,9-Liter-Limousine – ein geschlagener, zitternder Mann, hohläugig wie ein Überlebender aus Dachau, immer noch mit dem Höhlengeruch behaftet –, da saß er also in einem perfekt durchkonstruierten deutschen Wagen, der nach Leder, poliertem Holz und Öl auf Stahl roch.

Die Minibar war immer noch beleuchtet. Wenn er in die rechte Ecke rutschte, konnte er sich im Rückspiegel sehen. Wie sieht mein Gesicht aus? fragte er sich, wie General J. E. B. Stuart, dessen letzte Worte waren: Wie sieht mein Gesicht aus? Abgesehen vom Bart kaum anders als sonst; die gleichen verschleierten Augen, dunkel und undurchdringlich wie bei Andrea del Sarto, die gleichen geschwungenen Lippen wie sonst auch, das gleiche pfiffig vorgereckte Kinn, so daß man die Nasenlöcher sah.

Genauso hatte er auch schon mit dreizehn ausgesehen, als er mit seinem Vater in dem neuen Buick-Cabrio nach Westen fuhr, eine Woche lang, im Sommer nach dem sogenannten »Jagdunfall«. Sein Vater wollte, daß sie Kumpel wurden. Aber sie hatten sich nichts zu sagen, er wollte niemandes Kumpel sein. Sein Vater klappte das Verdeck zurück und fuhr allmählich so schnell, daß ihnen die heiße Wüstenluft in den Ohren dröhnte. Tag für Tag rasten sie schweigend durch Texas, starrten auf die Mittelstreifen der texanischen Highways, dann durch New-Mexico, dreitausend, viertausend Kilometer, ohne ein Wort zu reden, und der Junge sah in einsamen Städten wie Kingman und Barstow den Mädchen nach und preßte die Beine zusammen, weil es sich so gut anfühlte, und dachte erstaunt und hoffnungsvoll über eine irgendwann mögliche Verbindung zwischen den Mädchen und diesem guten Gefühl nach. Schweigend sahen sie zu, wie in der Dämmerung die Fledermäuse aus den Carlsbad-Höhlen flogen, und schweigend ritten sie auf Maultieren vom Bright Angel Lodge in den Grand Canyon hinunter. Während der Vater zehn, zwölf Stunden täglich am Steuer saß, schlief der Junge auf dem Rücksitz und richtete sich zwischendurch auf, um in Holbrook und Winslow die Mädchen anzustarren und in der Wüste im Rückspiegel sich selbst. Was bist du doch für ein intelligenter, hübscher Junge! Was wird die Welt nicht alles für dich bereithalten! Mädchen, Geld, Gott, Ruhm, was immer du willst. Immer schneller fuhren sie, immer schneller, dröhnten mit 140 Stundenkilometern durch Needles, Arizona, wo die Hitze wie in Quecksilberquaddeln auf dem Pflaster lag. Eine Woche verging nur mit Schlafen und Schauen. Ihm wurde kein einziges Mal schlecht. In Los Angeles sahen sie nicht Chester Morris mit Strohhut in seinem Packard-Cabrio den Hollywood Boulevard entlang fahren. Ross Alexander war tot. Groucho Marx lebte noch. Dann brausten sie wieder, ohne ein Wort zu sprechen, zurück nach Osten. Die heiße Luft dröhnte ihnen in den Ohren. Der Mann starrte auf die Straße, der Junge auf die Mädchen oder sein Spiegelbild, damals wie heute verraten, siegreich, schlau. Jetzt wußte sogar der Mann, daß sie nie Kumpel werden würden.

Nun ja, verändert sich in einem Leben denn überhaupt etwas? fragte er den schlau dreinblickenden Andrea del Sarto im Mercedes-Rückspiegel. Nein, du bist immer noch derselbe Mensch, mit dem ich den Pakt schloß, als ich durch die verlassenen Städte und die menschenleere Wüste New Mexi-

cos brauste. Man lernt später kaum mehr hinzu, was man nicht schon mit dreizehn wußte.
Und was war das?
Das einzige, was ich damals und heute sicher wußte, war, daß mich nach jenem Ereignis nichts mehr besiegen würde, was auch immer in diesem verfluchten Jahrhundert sonst noch passierte. Wenn du mich nicht besiegt hast, alter Maulwurf, liebender Vater und Todsüchtiger, dann besiegt mich auch sonst nichts mehr, weder Kriege noch dieses Jahrhundert, noch die Deutschen. Verrückt wie wir sind, besiegen wir die Deutschen und fahren jetzt perfekte deutsche Wagen, zwar tatsächlich angeschlagen und wacklig, aber nichtsdestotrotz als Sieger.
Was aber, wenn der Tod nicht im Jahrhundert steckt, sondern in deinen eigenen Genen, so daß ausgerechnet du ein typisches Kind dieses Jahrhunderts bist, weil du zum Tod durch die eigene Hand verurteilt bist wie das Jahrhundert? Und vielleicht solltest du dich jetzt am allerwohlsten fühlen, weil du so sicher für den Tod bestimmt bist wie ein Vorstehhund zum Vorstehen, und wenn der Tod, dein eigener Tod, das ist, was du wirklich liebst, und du nicht eher ruhst, bis du ihn hast, was dann?
Dann werden wir es wissen, nicht wahr?
Nun saß dieser Amerikaner dreißig Jahre später grinsend und zähneklappernd in seinem deutschen Wagen in den Bergen North Carolinas, schlang sich die Arme um den Leib und ruckte mit den Schultern wie ein Mann vor einem Flipperkasten, nur daß er an J. E. B. Stuart und Baron von Richthofen und den Zweiten Weltkrieg dachte und an den Kampf gegen die Deutschen, bei dem er nicht dabeigewesen war. Statt dessen leerte er zweimal rasch den innenvergoldeten Silberbecher und wartete, bis die Wärme unter seinen Rippen aufblühte und das Zittern aufhörte.
Irgend etwas ging mit ihm vor. Aufgeregt sprang er aus dem silbernen Mercedes, ging, ohne auf den Sprühregen zu ach-

ten, neben dem Wagen hin und her, schlug die Arme um seinen Leib und versetzte den Michelin-Reifen ab und zu einen Tritt. Das Mädchen in dem nur wenige hundert Meter entfernten Treibhaus hätte bei seinem Anblick sicherlich den Kopf geschüttelt. Obwohl ursprünglich sie geisteskrank gewesen war und er der angesehenste Bürger der Stadt, Philanthrop, Präsident von United Way, Sechser-Handicap-Golfer, war jetzt gewiß nicht mehr sie gestört, sondern er, der sich zuerst zwei Wochen in einer Höhle vergraben hatte und jetzt kurz vor Tagesanbruch auf dem Parkplatz des Linwooder Golfclubs herumspazierte und ab und zu seinem Wagen einen Tritt gab, während die normalen Bürger schnarchend in ihren Betten lagen. Jetzt schnipste er plötzlich mit den Fingern und nickte vor sich hin wie ein Mann, der endlich ein Problem gelöst hat, mit dem er sich jahrelang herumgequält hat.

Ha, es gibt eben doch ein Geheimnis! sagte er. Aber um die geheime Antwort zu finden, muß man erst einmal die geheime Frage kennen. Und diese Frage lautet: Wer ist der Feind?

Den Namen des Feines nicht zu kennen heißt, schon von ihm umgebracht worden zu sein.

Ha! rief er plötzlich und tanzte, lachte, schnipste mit den Fingern, hüpfte johlend herum und schlug sich auf die Schenkel: *Hahaha, hohoho! Ich weiß es aber! Ich weiß es! Ich weiß den Namen des Feindes!*

Der Name des Feindes ist Tod, sagte er und steckte grinsend die Hände in die Taschen. Und zwar nicht der Tod des Sterbens, sondern der lebendige Tod.

Dieses Jahrhundert heißt: Das Jahrhundert der Todesliebe. Tod bedeutet in diesem Jahrhundert nicht Tod, den Menschen sterben, sondern den, den sie leben. Die Menschen lieben den Tod, weil der richtige Tod besser ist als der lebendige Tod. Deswegen mögen die Menschen den Krieg, natürlich. Schlimm wie Kriege nun mal sind, und vielleicht sogar weil sie so schlimm sind, ist besser als Friede, daß man im Krieg an den Frieden denkt. Durch den Krieg wird der Friede zu etwas Wünschenswertem. Friede ohne Krieg jedoch ist unerträglich. Warum nur geben sich die Menschen so schnell mit einem Leben zufrieden, das lebendigen Tod bedeutet? Entweder bringen sich die Menschen im Krieg gegenseitig um, oder sie laufen im Frieden so fügsam in den lebendigen Tod wie Schafe ins Schlachthaus.

Warum laufen Menschen wie die Schafe geradewegs ins Schlachthaus? Warum sind es die Menschen zufrieden, hilflos dazustehen, während ihnen das Herzblut ausgesaugt wird?

Die Menschen in diesem Jahrhundert sind wie die Juden in Dachau, die sich nicht erlaubten, dem Tod zu widerstehen.

Jetzt endlich kenne ich deinen Namen! rief er lachend und johlend wie ein Schweinehändler und trat gegen die Reifen. Und du wirst nicht über mich siegen!

Der alte Vater der Lüge, genau das bist du, der Teufel in Person, denn nur der Teufel hätte sich all die Täuschungen und Verkleidungen ausdenken können, unter denen der Tod sich verbirgt. Aber jetzt kenne ich deine sämtlichen Namen!

Hier sind die Namen des Todes, der nicht über mich siegen wird, weil ich all seine Namen kenne.

Der Tod in der Maske der Liebe wird nicht über mich siegen.

Du, alter Vater alter Maulwurf, hast mich zwar geliebt, aber den Tod liebtest du mehr, und du suchtest im Namen der Liebe den Tod für uns beide. Du hast mich nur ein einziges Mal geküßt, und das war der Todeskuß. Es stimmt schon, der Tod ist ein Ausweg aus einem Leben-das-ein-lebendiger-Tod-ist. Kriege und Schüsse sind so einem Frieden sicherlich vorzuziehen. Aber wenn es statt dessen Leben gäbe?

Alle haben aufgegeben. Alle denken, es gäbe nur zweierlei: den Krieg, der eine Art Leben im Tod ist, und den Frieden, der eine Art Tod im Leben ist. Wenn es nun aber noch ein Drittes gäbe, das Leben?
Der Tod in der Maske des Christentums wird nicht über mich siegen. Wenn Christus das Leben brachte, warum herrscht dann in den Kirchen der Modergeruch des Todes?
Der Tod in der Maske der alten Christenheit Carolinas wird nicht über mich siegen. Die alten Kirchen sind Totenhäuser.
Der Tod in Gestalt der neuen Christenheit Carolinas wird nicht über mich siegen. Wenn die Neuerweckten Zweimalgeborene sind, dann bestehe ich auf einem dritten Durchgang.
Der Tod in der Maske Gottes und Amerikas und in der Maske des satten Lebens mit Eigenheim, Familie und Freunden wird nicht über mich siegen. Amerika ist schon fast so tot wie Europa. Man könnte vielleicht immer noch in Amerika leben! sagte der verrückte Amerikaner und tanzte in Old Carolina auf der Stelle.
Der Tod in der Maske des Glaubens wird nicht über mich siegen, weil die Gläubigen heutzutage so gut wie alles glauben und die Wahrheit nicht lieben, sondern tatsächlich an der Wahrheit verzweifeln – und das bedeutet Tod.
Der Tod in der Maske des Unglaubens wird nicht über mich siegen, da Ungläubige keineswegs deshalb nichts glauben, weil die Wahrheit nicht existiert, sondern weil sie von vornherein entschlossen sind, nichts zu glauben, und niemals etwas glauben würden oder könnten, selbst wenn die leibhaftige Wahrheit direkt vor ihnen stünde – und das bedeutet Tod.
Der Tod in der Maske des neuen Lebens in Kalifornien wird nicht über mich siegen. Marin County und die Cupps werden nicht über mich siegen. Was aber, wenn Marin County

und die Cupps doch siegen sollten? Dann haben die Deutschen und mein Vater recht behalten, und Krieg ist besser als Friede, und der richtige Tod ist besser als der lebendige Tod. Aber all dies wird nicht über mich siegen, weil ich jetzt alle Namen des Todes kenne.

Der Tod in Gestalt der -ismen und -asmen wird nicht über mich siegen, Orgasmus, Enthusiasmus, Liberalismus, Konservatismus, Kommunismus, Buddhismus, Amerikanismus, denn ein Ismus ist nur eine andere Art, an der Wahrheit zu verzweifeln.

Der Tod in der Maske von Ehe und Familie und Kindern wird nicht über mich siegen. Was ist denn aus Ehe und Familie geworden, daß sie nur noch Mühsal und Traurigkeit bedeuten? Bis daß der Tod uns scheidet, ja, aber tot ist man schon lange vor dem Scheiden; Heim und Herd und kleine Kinder, warum ist das eine derart tödliche Plackerei geworden, daß es einen Mann händeringend in die Nacht hinaustreibt? Zeigt mir Norman Rockwells Gemälde der amerikanischen Familie beim Thanksgiving-Dinner, und ich zeige euch den ersten schwachen Umriß des Totenkopfs.

Vielleicht ist Gott wirklich gut, vielleicht sind Familie und Ehe, Kinder und Heim wirklich gut, vielleicht handeln Oma und Opa wirklich weise, vielleicht bricht der Thanksgiving-Tisch wirklich unter Gottes Güte und Freigebigkeit zusammen, und alle sind gesund und munter, aber irgend etwas fehlt. Was ist das denn für eine Traurigkeit? Warum finden die Leute sich damit ab? Der Wahrheitssucher findet sich nicht damit ab. Statt gleichfalls die Hände zu falten und beim Gebet den Kopf zu senken, sitzt der Wahrheitssucher unsichtbar wie Banquos Geist in einem Sessel und brüllt so laut er kann: *Wo ist es? Was fehlt? Wo ist es hin? Ich werde das nicht hinnehmen! Ich werde das nicht hinnehmen! Warum diese Traurigkeit? Laßt euch das nicht gefallen! Steht auf! Geht hinaus! Laßt die Boat People an eurem Tisch sitzen! Zieht euch in eine Höhle zurück, bis ihr den Dieb gefunden*

habt, der euch bestiehlt. Oder protestiert zumindest. Haltet den Dieb! Was fehlt? Gott? Findet ihn!
Ross Alexander verließ sein behagliches Heim in Beverly Hills mit den Worten: Ich geh mal raus und schieße eine Ente.
Du hast dem Tod nachgegeben, alter Maulwurf, aber bei mir wird es anders sein. Es ist eine Frage des Wissens und der Entscheidung. Wenn man die vielen Namen des Todes kennt, weiß man auch, daß es Leben gibt. Ich habe mich für das Leben entschieden. *Hohoho hahaha hoaaaahh!* Er fröstelte und tanzte auf der Stelle, mit den Händen in den Taschen wie ein Ire bei einem Jig. Ist es denn möglich, daß ein Mensch in der zweiten Lebenshälfte noch etwas dazulernt, das er bisher nicht wußte? *Ja! Hahaha hoho!*
Der Tod in Gestalt der Todesgene wird nicht über mich siegen, denn Todesgene sind das eine, aber es ist etwas anderes, wenn man die Todesgene benennt und kennt und wachsam ist und ihnen trotzt. Ich unterscheide mich von meinen Todesgenen, und deshalb bin ich ihnen nicht unterworfen. Mein Vater hatte dieselben Todesgene, aber er fürchtete sie und benannte sie nicht und dachte, er könne ihnen auf den Straßen New-Mexicos entkommen, oder er könne mich packen und zu seinem Kumpel machen oder er könne sie, die Todesgene, mit Brahms bei Laune halten, und so wurde er ihre Beute.
Der Tod wird in keiner seiner Masken über mich siegen, weil ich alle seine Namen kenne.

Nachdem er diese seltsame Litanei verkündet hatte, sprang er in den Wagen, legte sich auf den Rücksitz, deckte sich mit der Reisedecke zu, steckte die Nase ins angenehm duftende Leder und schlief ein.
Und dies wird geschehen:
Kaum war er tief eingeschlafen, hatte er nicht nur einen Traum oder eine Phantasie, sondern ein geschwindes siche-

res unerschrockenes Vorgefühl dessen, was ihn erwartete. Dreißig Jahre zuvor hatte er als Kind gewußt, daß etwas geschehen würde und daß dieses Etwas alles umfaßte, was er je wissen wollte oder wissen mußte, und daß ihm nichts übrigblieb, als darauf zu warten und sich bis dahin mit nichts Geringerem zufrieden zu geben.

Worum handelte es sich dabei? Um Frauen? Den Krieg? Triumph im Leben? Den Tod?

Es vergingen dreißig Jahre. Er hatte Frauen, erlebte den Krieg und genoß den Triumph im Leben.

Aber es änderte sich nichts. Dreißig Jahre später wußte er auch nicht mehr als damals in Dalhart, Texas, als er mit zusammengepreßten Beinen die Mädchen angestarrt hatte.

Ja, aber du hast gerade wieder entdeckt, was du sowieso schon die ganze Zeit über wußtest, daß nämlich etwas geschehen wird.

Und dies wird geschehen. Plötzlich wußte er genau, was geschehen war und noch geschehen würde.

Er befand sich an einem bestimmten Ort. Es war ein verlassener Ort. Aus dem Sandboden schoß Unkraut, aus den Felsspalten sproß wilder Wein. Diesen Platz gab es wirklich. Man konnte ihn über die Koordinaten zentimetergenau bestimmen: 91 Grad soundsoviel Minuten soundsoviel Sekunden westlicher Länge, 33 Grad soundsoviel Minuten soundsoviel Sekunden nördlicher Breite. Er war vor vierzig Jahren da gewesen. Damals war dieser Ort noch nicht verlassen. Er lag in der Nähe eines Flusses, der durch eine Wiese lief. Es war ein Quellhäuschen am Fluß, in dem Tontöpfe mit Milch und Süßrahmbutter aufbewahrt wurden. D'Lo bewahrte hier immer noch ihre eigene Buttermilch auf, weil es nicht weit war von ihrem Haus, wo sie keinen Kühlschrank hatte, und sie sie auf dem Heimweg mitnehmen konnte. Dort fand sie ihn einmal in der kühlen Dunkelheit, wie er die Lichtreflexe auf der feuchten Mauer betrachtete: Was machst du denn hier, mein Junge? Hab überall nach dir gesucht, Zeit fürs Mittagessen! (Er gab keine Antwort.) Jetzt stehst du aber auf und ißt mit D'Lo zu Mittag! (Er gab keine Antwort.) Weißt du nicht mehr, wie du immer mit D'Lo in der Küche gesessen hast, wenn die anderen im Speisezimmer waren? Und wie du immer zu mir in die Küche kamst, wenn du deine Anfälle hattest, und auf meinen Schoß gesprungen bist und deinen Kopf genau hierher gelegt hast? Manchmal hab ich dich den ganzen Tag so gehalten. (Nein, ich weiß es nicht mehr.) Jetzt komm schon, Jungchen, und laß dich von D'Lo umarmen. Du armes weißes Jungchen! (Sie umarmte ihn, aber er empfand nichts, als daß er eben von einer dicken schwarzen Frau umarmt wurde. Was ist das nur mit diesen dicken schwarzen liebevollen Mamis?) Armes Jungchen, bist ganz allein auf der Welt! Deine Mama ist tot, dein Papa ist tot, niemand mehr da, nur noch wir zwei. (Nicht übel. Er stellte sich die neue Erfahrung vor, wie er jetzt nachmittags von der Schule in das große leere Haus zurückkehren würde, in dem nur noch D'Lo in ihren alten ausgelatschten Pantinen herumschlurfte. Seltsam! Aber wirklich nicht übel.) Lieber Herr Jesus, was machen wir jetzt bloß? (Du könntest mich zum Beispiel loslassen, D'Lo.) Er machte sich steif. Sie wurde wütend. Das hatte er vorausgesehen. Er wußte schon genug über andere Menschen, auch was sie kränkte. Er wußte, wie man Leute erfreute, sogar Farbige. Er war jedermanns Nigger. Sogar der Nigger der Nigger. (D'Los Unterlippe schob sich vor. Ihr Gesicht bekam den neuen mürrischen Schwarz-gegen-Weiß-Ausdruck – er spürte, daß sie einen Moment lang nicht wußte, ob er sich nicht etwa wegen der neuen Weiß-gegen-Schwarz-Sache steifgemacht hatte. Sie ließ ihn los.) Armes Jungchen, du weißt ja überhaupt nichts. Du weißt nicht mal das Nötigste. Du weißt nicht mal genug, um zu wissen, was dir fehlt. (Jetzt war sie nicht mehr wütend. Er hatte gewußt, daß ihre Wut schnell verfliegen würde.) Aber hab keine Angst, Schätzchen. Bist ganz allein auf der Welt, und das wird lange so bleiben, aber der liebe

Gott hat was Besonderes mit dir vor. (Wirklich?) Klar. (Woher weißt du denn das?) Weil er die ganze Welt in seiner Hand hat, und sogar so'n böses kleines Jungchen wie dich. (Woher weißt du denn das?) Weil ich's halt weiß, mein Gott! Lachst du mich etwa aus, Junge? (Nein, D'Lo.) Du bist ein richtiger Lauser, aber diesmal bist du an die Falsche geraten. Und jetzt gehn wir zwei in die Küche und machen uns ein Schweineschnitzel mit Bohnen, und dann setzen wir uns auf die hintere Veranda und hören Radio! (Na ja, jedenfalls besser, als auf der vorderen Veranda Brahms zu hören.) Was hast du gesagt, Junge? (Nichts.)

Dann wurde dieser Platz Teil eines Golfclubs, ein Grasflekken in der Einbuchtung eines nierenförmigen Bunkers auf dem sechsten Fairway. Zwanzig Jahre lang waren im Sommer und im Winter Tausende von Golfbällen, Elektrokarren und Schuhen über diesen Flecken hinweggegangen.

Nach zwanzig Jahren dann wurde der Golfplatz aufgelassen und das Gelände parzelliert. Jetzt befand sich der Flecken in der Ecke eines Grundstücks, auf dem sich ein Zahnarzt namens Sam Gold ein Haus im Ranchstil bauen ließ. In dieser Zaunecke, wohin nicht einmal ein Rasentrimmer gekommen wäre, war alles voller Unkraut, unter dem zehn Jahre lang ein Hufeisen vor sich hinrostete. Obwohl Sam Gold Jude war, hatten Orte für ihn keine Bedeutung, und selbst Jerusalem war für ihn ein Ort wie jeder andere. Warum also vermißte Will Barrett, der selbst kein Jude war, jenes Jerusalem, das er nie gesehen hatte und das Sam Gold, obwohl er Jude war, nichts bedeutete?

Nach fünfundzwanzig Jahren wurde auf dem ehemaligen Golfplatz ein Einkaufszentrum mit einem vierzig Morgen großen Parkplatz errichtet. Nun lag der Flecken in der Einkaufspassage zwischen Orangen-Julius und den Eingängen von H&R. Zwanzig Jahre lang wimmelte es hier von Kunden. Jetzt lag der Platz verlassen. Als Will Barrett einmal vor einigen Jahren hingekommen war, hatte er sich auf jenen Flecken gelegt. Die Glasüberdachung der Einkaufspassage war zerbrochen, das Zementmosaik hatte Sprünge, überall sproß Gras, und ganz in der Nähe lief Wasser. Aus dem Gebäude von H&R wehte es alte Steuerformulare. Im Orangen-Julius wohnte ein Waschbär. Es war niemand da. Und doch bewegte sich irgend etwas, hörte man irgend jemanden sprechen. Vielleicht war es D'Lo. Nein. War es Allie? Nein, niemand. Aber es war doch jemand da. Irgend jemand sagte: Na schön, weil du darauf bestanden hast, hier ist es also, der Grünholzbruch-Rosenknospen-Goldkäfer-Matador, das großartige bemerkenswerte Ding.

Der Ozean war nicht weit entfernt.

Als er sich umdrehte, um zu sehen, wer mit ihm sprach, leuchtete etwas auf, dann wurde es wieder dunkel, dann wieder hell.

III

1

Die Sonne schien ihm in die Augen, dann trat jemand dazwischen, dann schien sie ihm wieder in die Augen.
»Ist das die Möglichkeit? Tatsächlich! Bist du's wirklich, Will?«
»Ja«, sagte er und war im Nu wach, tausend Meilen von seinen Träumen entfernt und so wenig überrascht, als sei er wieder in seinem Büro. »Wer –?« Er hielt die Hand vor die Augen und versuchte, das dunkle, verschattete Gesicht in einem hellen Strahlenkranz aus Haaren zu erkennen. Was er erkannte, war der spöttisch-singende Tonfall und die etwas hochgezogene nackte runde Schulter. »Kitty!« Er setzte sich auf.
»Du hast mich versetzt, du Schuft! Du nichtswürdiger Halunke! Schau dich an! Du bist ja völlig verwahrlost! Übrigens noch nachträglich herzlichen Glückwunsch zu deinem gestrigen Geburtstag.«
»Wie? Ach so.«
»Wir hatten uns in deinem Gartenhaus verabredet. Erinnerst du dich nicht mehr?«
Er lächelte. »An welchem Tag war das?« In welchem Jahr? Er freute sich, daß sie nur ein klein wenig empört war und es offenbar nicht weiter bemerkenswert fand, daß er weggewesen war oder daß er im Auto schlief und völlig heruntergekommen aussah.
»Ich mußte plötzlich weg«, sagte er, »und bin gerade erst zurückgekommen.«
»Das sehe ich«, erwiderte Kitty und starrte ihn an. Wie, auf welche Art starrte sie ihn an?
»Komm doch auf die andere Seite herüber, damit ich dich besser sehen kann!«

Statt dessen setzte sich Kitty jedoch auf den Vordersitz und drehte sich zu ihm herum. Die Sonne beschien die Schweißtröpfchen auf ihrem Oberlippenflaum. Kitty »transporierte«, wie wir früher immer statt »transpirieren« sagten, weil man gleich an Poren denken mußte. Er lächelte: Allmählich denke ich genau wie Allie.

»Mit wem hast du dich denn zum Golfspielen verabredet? Mit Walter?«

»Ich habe schon achtzehn Löcher gespielt, aber nicht mit Walter.« Ihr kräftiger brauner Arm umschlang die Lehne des Ledersitzes. Ihre Hand hing direkt über seiner Gürtelschnalle.

Also war Nachmittag. Es war nicht so, daß die Sonne beim Aufgehen hinter dem Schuppen hochgestiegen war, sondern sie war über das Mercedesverdeck gewandert.

Es war ein merkwürdiges Gefühl, Allie in ihr zu sehen: nicht nur die hochgezogene Oberlippe, sondern auch die raschen, knappen Gesten, die Art, den Nacken zu beugen, die lachenden, wachen Augen, die jetzt forschend sein Gesicht betrachteten. Und doch hatte Allies anmutige, scheue Lebhaftigkeit bei Kitty einen gewalttätig-rüpelhaften Akzent. Die hin- und herpendelnde Hand berührte seinen Gürtel. Gleiche Eigenschaften werden in Mutter und Tochter zu Gegensätzen und bleiben sich doch gleich. Chromosomen lassen spiegelverkehrte Bilder entstehen.

»Wie fühlst du dich, Will?«

»Gut, ich habe den ganzen Tag geschlafen.«

»Lewis ist hier. Möchtest du ihn sehen?«

»Lewis Peckham?«

Sie nickte. Er fragte sich, ob ihm die Finger, wenn sie ihn berührten, einen heftigen Schlag versetzen würden wie ein Pendel. »Er war beim Vierer dabei.«

»Mit Walter und ...?«

»Nicht mit Walter. Walter ist schon lange nicht mehr da.«

»Nicht mehr da?«

»Er hat sich davongemacht. Alles, was uns jetzt noch verbindet, ist die Sache mit Allie.«
»Ich verstehe. Wie hast du mich denn gefunden?«
»Da steht mein Wagen. Ich habe heute morgen direkt neben dir geparkt.«
»Das heißt, du hast mich schon heute morgen gesehen?«
»Ja.«
Er dachte über die Tatsache nach, daß Kitty ihn entdeckt und dann achtzehn Löcher Golf gespielt hatte.
»Warum hast du mich denn nicht geweckt?«
»Du hast so fest geschlafen und geträumt. Ich hab gesehen, wie sich deine Augen und Lippen bewegten.«
»Aha.«
»Allerdings habe ich deine Tochter Leslie angerufen. Sie hat sich schreckliche Sorgen um dich gemacht.«
»Was hast du ihr gesagt?«
»Nur, daß du heimkommen würdest, wenn du aufgewacht bist. Wirst du das tun?«
»Ja. Ist sie also schon aus den Flitterwochen zurück?«
»Sie hält nichts von Flitterwochen. Jason und sie sind dageblieben. Sie hat jetzt irgendwelche Kirchen in der Provinz entdeckt, wo es Leute gibt, die in Zungen reden. Jack Curl und sie sind jetzt sehr miteinander befreundet.«
»Jack Curl?«
»Ja. Die beiden haben scheint's große Pläne für die Peabody-Stiftung.«
Kitty sah ihn an.
»Es gibt aber doch noch gar keine Peabody-Stiftung.«
»Na ja, aber sie planen eine.«
»Aha.«
»Fühlst du dich wirklich wohl?«
»Ja.«
»Wir haben dich bei der Hochzeit vermißt.«
»Die Hochzeit, ach ja.«
»Immer noch der alte Will. Immer noch der gleiche alte

Huck Finn, der sich einfach aus dem Staub macht. Weißt du, wir waren uns ja schon immer sehr ähnlich.«
»Tatsächlich? Inwiefern?«
»Beide können wir diesen Rummel nur eine gewisse Zeitlang ertragen. Und dann: Tschüß allerseits!«
»Hat mit Leslies Hochzeit denn alles geklappt?«
»Klar. Leslie las aus der Bibel und Jason aus *Der Prophet*. Es verlief alles ganz zwanglos. Übrigens war dir niemand böse, daß du dich verdrückt hast. Leslie und Jason meinten, sie hätten an deiner Stelle genauso gehandelt. Die beiden denken wirklich, du seiest so ähnlich wie sie. Unsystematisch.«
»Bin ich das wirklich?«
»Leslie versteht dich besser als du denkst, Will!«
»Wirklich?«
»Bitte, versuch doch auch deinerseits, sie zu verstehen.«
»Gut.«
»Armer Will!«
Sie schüttelte kichernd den Kopf.
»Warum armer Will?«
»Was machst du denn jetzt?«
»Ich fahre nach Hause. Ich will zu Leslie.«
»Sie ist nicht da.«
»Wo steckt sie denn?«
»Jason und sie sind in eine Gemeinschaft ins Tal hinuntergezogen.«
»In eine Gemeinschaft?«
»Eine Liebes- und Glaubensgemeinschaft. Dafür möchten sie die Peabody-Stiftung einsetzen. Sie wollen in der ganzen Welt solche Gemeinschaften gründen, für Menschen jeden Alters. Vielleicht wissen die Kinder mehr als wir, Will.«
»Ja.«
»Jedenfalls steht das Haus jetzt leer, aber sie weiß, daß du kommst.«
»Aha.«

Kittys Hand ließ sich auf seiner Hüfte nieder. Die Hüfte schwoll an. »Hör zu, Will. Etwas Wichtiges.«

»Ja.«

»Ich glaube , daß ich jetzt weiß, wo Allie steckt.«

»Allie.«

»Ach Will, ich brauche deine Hilfe, aber schau dich doch mal an! Du siehst furchtbar aus!« Sie beugte sich über die Lehne und zwickte ihn scherzhaft in die Seite. »Hör mal, Will, ich muß mit dir reden.« Aber selbst bei diesen Worten schien sie an etwas anderes zu denken. Ihr Blick schweifte ab. »Sieh mal den Wagen!«

»Welchen Wagen?«

»Meinen Wagen. Gleich dort. Woran erinnert er dich?«

Er sah den Wagen an. Es war ein schwarzer Continental. »Ich weiß nicht.«

»Erinnerst du dich nicht an Papas Lincoln?«

»Doch.«

»Erinnerst du dich an das letzte Mal?«

»An das letzte Mal?«

»Nachdem du aus Santa Fe zurückgekommen warst, bevor du dann endgültig verduftet bist.«

»Äh...«

»Als wir genau wie jetzt hinter dem Golfplatz parkten?«

»Äh...«

»Hahaha, du erinnerst dich sehr genau! Jetzt hör mir mal zu, Will.«

»Ja.«

»Wir müssen uns mal miteinander unterhalten, vor allem über Allie. Es ist ganz wichtig. Du fährst jetzt heim, ziehst dich um und rasierst dich. Mein Gott, wo hast du dich denn bloß herumgetrieben, hast du in der Gosse gelegen? Frauengeschichten?« Sie gab ihm einen Rippenstoß. »Du hättest statt dessen die ganze Zeit unter meiner Obhut im Dun Romin' verbringen können. Komm doch rüber, wenn du fertig bist. Wir müssen uns über Allie unterhalten. Ich woh-

ne gleich dort drüben in Nummer sechs, Dun Romin' – hast du keine Lust?«
»Doch, aber wenn es um Allison geht, muß ich auch mit Walter sprechen.«
»Ich hab's dir doch schon erklärt, Schatz. Unser Freund Walter hat sich aus dem Staub gemacht.«
»Aus dem Staub gemacht.«
»Er ist weg. Schon lange Zeit. Auf den Inseln, beziehungsweise der Insel. Komm ins Dun Romin', dann erzähle ich dir alles.« Sie hakte drei Finger in seinen Gürtel und zerrte daran.
»Ich verstehe.« Er überlegte, ob Kitty deshalb dreister war als sonst, weil sie trauriger war als sonst? Oder werden Frauen mit zunehmendem Alter wollüstiger? »Walter und du habt euch getrennt?«
»Ich sagte ja schon, hier hat sich einiges getan!« Jetzt drehte sie sich fröhlich ganz herum, kniete auf den Sitz und legte die Arme auf die Lehne. War Kitty fröhlich oder traurig? »Nein, im Ernst, das hatte sich ja schon seit Jahren angekündigt. Es liegt nicht etwa an Walters Vorliebe für seine kleinen Sprechstundenhilfen – je älter er wird, desto jünger werden sie –, das läßt mich völlig kalt. Aber zwischen uns ist einfach nichts mehr. Nichts. Vielleicht war da noch nie etwas. Deshalb haben wir uns jetzt eben getrennt. Im besten Einvernehmen. Er kriegt die Insel vor Georgia und ich den Berg hier.«
»Gehört das nicht eigentlich Allie?« Er beobachtete ihre runden, fröhlichen Augen, die während des Gesprächs manchmal abschweiften.
»Habe ich dir schon gesagt, daß ich jetzt zu wissen glaube, wo Allie steckt?«
»Nein.«
»Sie ist hier!«
»Hier?«
»Kaum zwei Kilometer von hier entfernt. Das hat mir Lewis

erzählt, obwohl er gar nicht wußte, um wen es sich handelt. Er hält übrigens große Stücke auf dich, er hält dich für den angesehensten Bürger hier. Ich habe ihm nicht verraten, daß du der letzte Chaot bist und daß wir zwei von derselben Sorte sind, absolute Eigenbrötler. Ach Will, ich hab noch nie einen so herrlich ramponierten Mann gesehen! Laß uns in den Lincoln steigen – nein, ich mache ja nur Spaß. Lewis hat also zufällig erwähnt, daß dort draußen, wo früher der alte Kemp wohnte, jetzt ein Mädchen lebt, eine scheue blonde kleine Waldfee, die sagt, das sei ihr Haus. Wer sollte es sonst sein? Er brauchte mir nur zu erzählen, daß sie einmal wöchentlich hierher kommt, im A&P Haferflocken einkauft, komisch daherredet, kaum drei Worte spricht, da wußte ich Bescheid. Es ist Allie, und ich fahre jetzt zu ihr. Lewis hat mir aufgezeichnet, wie ich hinkomme. Möchtest du mit? Nein, du fährst jetzt erst mal heim.«

»Was habt ihr mit Allie vor, du und Walter?«

»Nur ich. Walter ist mit allem einverstanden. Er hat nur noch seine Araber im Kopf. Mit denen will er die Insel in einen Golfplatz mit 144 Löchern verwandeln, mit einem Flughafen, auf dem sogar 727er-Maschinen aus Kuweit landen können.«

»Gut, aber was hast du mit Allie vor?«

»Allie.« Zum ersten Mal glätteten sich die fröhlichen Lachfältchen. Kittys Augen wurden zärtlich und schienen einen weit entfernten Punkt zu fixieren. »Allie, Allie, Allie. Was machen wir mit Allie?« Jetzt kam ihr Blick zurück. »Sehen wir den Tatsachen ins Gesicht, Will.«

»Gut.«

»Alistair sagt es mir schon seit Jahren, aber ich konnte oder wollte es ihm nie glauben.«

»Alistair?«

»Dr. Duk.«

»Was hat er dir gesagt?«

»Will«, begann Kitty, und ihre Stimme hatte wieder dieses süße Timbre, dieses Beben, wie schon damals in Alabama, wenn es um schlechte Nachrichten ging. »Will, Allie schafft es einfach nicht. Sie wird es nie schaffen, Will. Sie kann in dieser Welt nicht leben. Ausgeschlossen.«
»Ich auch nicht.«
»Wie?« fragte Kitty verträumt.
»Nichts. Woher weißt du denn, daß sie es nicht schafft?« Ganz im Gegenteil, dachte er. Vielleicht ist sie sogar die einzige, die es schaffen könnte.
»Weil Alistair es mir gesagt hat. Und weil ich sie kenne, und weil ich aus Erfahrung weiß, was passiert, wenn sie es doch versucht. Ich weiß es.«
»Was passiert denn, wenn sie es versucht?«
»Zuerst ist sie sehr glücklich. Zu glücklich. Wie ein Kind an Weihnachten, da liegt das Problem. Sie kann nur leben, wenn jeden Tag Weihnachten ist. Aber wie man die Zeit von einem Weihnachten zum nächsten überbrückt, das weiß sie nicht.«
»Was passiert denn, wenn sie es versucht?«
»Sie ist lebensuntüchtig.«
»Was heißt das?«
»Das heißt, daß sie buchstäblich nicht weiß, wie man lebt. Sie kann nicht sprechen, sie kann nicht schlafen und nicht arbeiten. Also verkriecht sie sich in ein Mauseloch und schottet sich völlig ab. Ich habe sie schon zweimal vor dem Verhungern gerettet, und diese Verantwortung kann ich nicht mehr übernehmen.«
»Was willst du denn mit ihr machen?«
»Das, was für sie das Beste ist. Sie bekommt das beststrukturierte Umfeld, das für Geld zu haben ist, und ein größtmögliches Maß an Freiheit.«
»Das heißt, du willst sie einweisen lassen.«
»Ich habe neulich noch einmal mit Alistair darüber gesprochen. Sie bekommt sogar ein eigenes Häuschen. Sie lebt ge-

nau wie wir, mit dem einzigen Unterschied, daß ich sicherstellen will, daß sie sich keinen Schaden zufügt. Sie wird unter Menschen leben, die sie verstehen und mit denen sie reden kann oder auch nicht, ganz wie sie möchte. Und sie hat alles, was wir auch haben: Bücher, Musik, Kunst, Gesellschaft, was das Herz begehrt. Und wir beide werden immer für sie da sein, wenn sie uns braucht.«

Offenbar hatte er eine Weile geschwiegen, denn plötzlich knuffte sie ihn in die Seite wie zu Beginn.

»Was ist?« fragte er und schreckte hoch.

»Wach auf! Ich habe gerade über Allie gesprochen.«

»Ich weiß.«

»Sag mir eins, Will.«

»Ja?«

»Kannst du in Allies Leben irgendeinen Sinn erkennen?«

»Nun ja, ich...«, begann er.

»Ludean hatte ganz recht. Ludean war Graces alte Negerköchin. Weißt du, was sie mir einmal sagte? Sie sagte zu mir: Das Kind gehört nicht in diese Welt, Miss Kitty.«

Er schwieg. Er dachte an den Feuerschein auf Allies Gesicht, auf ihren Armen und Brüsten, als sie vor dem Herd kniete und Holz nachlegte.

»Du weißt, was sie damit meinte, nicht wahr?«

»Nein.«

»Sie drückte auf ihre Art eine uralte Weisheit aus. Ich bin sicher, daß Ludean noch nie etwas von Reinkarnation gehört hatte, aber was sie mit ihren eigenen Worten sagen wollte, war, daß Allie aus einem anderen Leben kam, das sie noch nicht ganz abgeschlossen hatte. So was kommt vor, weißt du. Ich habe zwar zu diesem Thema nicht viel Literatur gefunden, aber es leuchtet mir ein, daß manche Reinkarnationen eben erfolgreicher verlaufen als andere und daß manche, wie die von Allie, nicht richtig funktionieren. Deshalb gibt es auch solche Ausdrücke wie ›sie ist nicht ganz da‹. Obwohl man in ihrem Fall eher sagen könnte, daß sie nicht ganz *hier* ist. Du solltest mal ihre Augen sehen. Sie sieht irgend etwas, das uns verborgen bleibt.«

Er dachte an Allies Augen, an den lebhaften Blick, den sie ihm mit zusammengepreßten Lippen zuwarf, nachdem sie ihn auf das Lager gewuchtet hatte. Sie faßte ihn an wie ein Kind, das eine große Puppe ins Bett bringt.

»Es gibt keine andere Erklärung dafür, Will. Wenn ich nicht wüßte, was ich weiß, könnte ich es nicht ertragen. Aber so ist es ganz einfach, ganz plausibel.«

Sie schien tatsächlich irgend etwas zu wissen. Ihre Augen direkt über dem Mercedes-Sitz (denen Allies so ähnlich und doch auch wieder so unähnlich) hatten den lebhaften Ausdruck eines Menschen, der ein Geheimnis kennt, in das man selbst noch nicht eingeweiht ist. »Siehst du es denn nicht selbst, du Dummkopf, oder muß ich es dir sagen?«

»Was weißt du denn?«

»Allie hat schon einmal gelebt! Aber anders als bei den meisten Menschen, zum Beispiel dir und mir, ist ihr Karma so stark, daß sie sich beinahe daran erinnert. Manchmal, glaube ich, sogar wirklich. Zum Beispiel nach einer Sitzung mit Ray in Virginia Beach erinnerte sie sich.«

»Ray?«

»Ein echter Mystiker – und du weißt ja, wie nüchtern ich in solchen Dingen sonst immer bin. Da war bestimmt kein Humbug dabei. Nachdem also Ray in Allies Abwesenheit in Trance verfallen war und Allie dann die Regression durchgemacht hatte, schrieben beide auf, was sie sahen. Ich war dabei, ich habe die Blätter gelesen, es ist ein wissenschaftlicher Beweis. Zwar gibt es ein paar Abweichungen, aber es reicht, um zu wissen, was für ein Leben Allie früher hatte, und als Erklärung für das, was sie jetzt durchmacht. Das Fazit ist, daß wir die Pflicht haben, sie zu beschützen und uns um sie zu kümmern, bis sie es abgearbeitet hat.«

»Bis sie was abgearbeitet hat?«

»Das Karma ihres Lebens. Beziehungsweise ihrer Leben.«

»Ihrer Leben?«

»Die beiden beschrieben zwei Leben, die sich aber im wesentlichen glichen. Allies Version lautete, sie sei vor der Schlacht von Chancellorsville eine Marketenderin der Unions-Armee gewesen. Und jetzt kommt der faszinierende Teil. Wenn Allie sich in sich selbst verkroch, in ihr Mauseloch, dann sagte sie immer: Ich bin schlecht. Ich bin eine Lügnerin. I'm the original hooker. Wieder und wieder sagte sie diesen Satz: *I'm the original hooker.* Wir schlugen das Wort nach, und was meinst du, was wir außer der Bedeutung *Hure* noch fanden? Es stellte sich heraus, daß das Wort *hooker* zum erstenmal auf Marketenderinnen von General Hookers Armee angewandt wurde, die – was meinst du wo? – in der Schlacht von Chancellorsville gekämpft hat! Als sie sagte *I'm the original hooker,* sprach sie also buchstäblich die Wahrheit! Wer Ohren hat zu hören ...?«

»Und die andere Version?«

»Na gut. Ray schrieb nach seiner Trance folgendes auf: Allie war eine Kurtisane, die für den Norden in Richmond Spionage trieb, wo sie als große Schönheit aus dem Süden bekannt war und durch ihre geistreiche Konversation viele Offiziere bezauberte. Später bekamen wir heraus, daß womöglich beide Versionen stimmten. Es hat eine berühmte Spionin in Richmond gegeben, die tatsächlich eine Hure gewesen ist. Ist das nicht faszinierend? Aber das Wichtigste ist natürlich, wie sich dadurch ihr heutiges Leben erklärt.«

»Wie denn?«

»Siehst du das denn nicht? Damals war sie zu sehr von dieser Welt, kannte zu viele Männer, redete zuviel, log zuviel und mißbrauchte ihren Körper. Deshalb ist sie jetzt *nicht* von dieser Welt, kennt überhaupt niemanden, kann nicht einmal genug reden, um zu lügen, und gebraucht ihren Körper überhaupt nicht. Oder wie sie es darstellen würde: Mein Körper funktioniert nicht – was ja bedeutet, daß er einmal funktioniert hat.«

Elegant gelang Kitty der Übergang von Allie zu sich selbst und ihrem eigenen Karma und dann zu ihm und seiner für Skorpies typischen Zähigkeit. »Ach, wenn du mich gefragt hättest, ich hätte dir schon vor zwanzig Jahren sagen können, daß du Prüfungen bestehen und in die Verbannung gehen mußt, bevor du schließlich doch noch den Sieg davonträgst, so wie Napoleon, Lenin und Robert Bruce. Dein Schicksal ist die Wiederkehr.«

»Napoleon hat aber nicht gesiegt«, warf er ein.

Sie nahm zu diesen Dingen eine zugleich tief gläubige und oberflächliche Haltung ein. Was sie sagte, leuchtete irgendwie ein. Eins fügte sich zum anderen. Es wurden Geheimnisse enthüllt. Warum konnte er denn nicht glauben? Wer glaubte heutzutage? Jeder. Jeder glaubte an alles. Wir kommen jetzt alle aus Kalifornien. Unser Glaube hat jedoch etwas Oberflächliches. Selbst jetzt war Kitty unaufmerksam, und ihr Blick schweifte ab, während sie sprach. Obwohl sie im Begriff war, ihre höchsten Wahrheiten zu formulieren, fand sie Zuhören zu langweilig.

»Ich muß jetzt gehen«, sagte er plötzlich, stieg steif aus dem Wagen und wandte sich in Richtung des Waldes.

»Wo willst du denn hin?«

»Nach Hause.«

»Aber warum fährst du denn nicht?« fragte Kitty lachend.

»Stimmt«, erwiderte er stirnrunzelnd und suchte nach dem Schlüssel.

»Also, kommst du, wenn du mit Leslie gesprochen hast?«

»Klar«, antwortete er und fuhr sich mit der Hand übers Gesicht. Plötzlich hatte er das Bedürfnis, sich zu rasieren, zu baden und etwas zu trinken.

»Nicht vergessen: Villa Numero sechs. Dun Romin'.«

»In Ordnung«, sagte er abwesend. »Dun Romin'.«

2

Allmählich geschah alles immer schneller. Zum Beispiel fiel ihm auf, daß die Tage kürzer wurden. Die Sonne, kleiner und kälter, versank rasch hinter einem Berg. Die Ereignisse beschleunigten sich. Es schien ein allgemeines Gesetz der Beschleunigung in Kraft zu treten. Obwohl sein Mercedes ziemlich rasch über den Highway flitzte, wurde er hupend von anderen Wagen überholt.

Als Will Barrett in der Einfahrt anhielt, lag das Haus still und dunkel da. Die Sonne schien in der Schlucht zu versinken. Der verkrüppelte Ahorn, der wie ein Pfahleiche aussah, hatte fast keine Blätter mehr.

Stirnrunzelnd fuhr Will Barrett in die Garage. Sie war leer. Sowohl der Rolls-Royce als auch Yamaiuchis Datsun waren verschwunden. Hm.

Das Haus über ihm knarrte und ächzte nicht wie ein bewohntes Haus, das abkühlt. Man merkte der Stille an, daß hier vor kurzem Leute ausgezogen waren. Das Haus atmete nicht. Es war unbewohnt. Wie lange war er weg gewesen?

Er stand jetzt an die Garagenwand gelehnt da und betrachtete den rechteckigen Ausschnitt des Osthimmels, der sich allmählich violett zu färben schien. Es bildete sich ein kleiner Regenbogen. Keine Wolke war am Himmel zu sehen. Will Barrett kniff ein Auge zu. Der Regenbogen verschwand. Dann öffnete er das Auge wieder, und der Regenbogen kam zurück. Er ging zur Tür. Wo früher eine Tür gewesen war, gab es jetzt zwei. Er lief gegen die Wand. Als er das linke Auge schloß, verschwand eine der Türen wieder.

Die Tür war nicht abgeschlossen. Er stieg über die Hintertreppe in sein Schlafzimmer hinauf. Die Sonne stand über dem Rand des Abgrunds wie ein Kupferteller auf dem Regal. Rosiges Licht erfüllte den Raum. Will Barrett ging im Zimmer herum, die Hände in den Taschen. Das Bett war abgezo-

gen, der Schrank war leer. Nein, der Koffer mit der Greener war noch da. Und an einem Haken hing die Luger. Mit schräggelegtem Kopf sah er sich um. Etwas gefiel ihm nicht am Licht der untergehenden Sonne, das den leeren Raum erfüllte. Der Raum schien irgend etwas zu empfinden. War es das Gefühl, daß jemand anwesend war oder abwesend? Will Barrett runzelte wieder die Stirn und wandte sich schnell zum Badezimmer. Nein, Räume empfinden doch nichts. Räume sind nur Räume. Wie er die vorgetäuschte Traurigkeit der Dinge haßte! Als er sich umdrehte, fiel er hin. Mein Gott, ich bin ja schon ganz schwach vor Hunger, dachte er. Aber hier unten auf dem Boden ist es gar nicht so schlecht. Über ihm streckte sich der Sonnenstrahl wie ein Brett durchs Zimmer. Ziellos trieben, mal sichtbar, mal unsichtbar, Sonnenstäubchen durch die Luft. Der Sonnenstrahl kam ihm bedeutsam vor. Er setzte sich auf und schüttelte den Kopf. Nein, Dinge bedeuten doch nichts. Der Laserstrahl war nur das von den aufgewirbelten Sonnenstäubchen reflektierte Licht. Er war nicht ›überdeutlich‹. Ein Ort gleicht dem andern.
Plötzlich stieg ihm ein scharfer Geruch in die Nase. Es war der Geruch einer Negerhütte im Winter, ein sauberer Geruch nach Zeitungspapier, Teig, Petroleum und Octagonseife. Wie ist so etwas nur möglich? sagte er lächelnd und stand auf. Leb wohl, Georgia.
Nein, der Schrank war doch nicht leer. Auf einem einzelnen Kleiderbügel hingen eine Hose und ein frischgewaschenes Hemd, die er kannte, sowie ein braune Strickjacke, die er nicht kannte. Im obersten Fach lagen ordentlich zusammengefaltet ein T-Shirt und Shorts, und auf dem Schuhbrett stand ein Paar neue Mokassins, in denen je ein ordentlich zusammengerollter Socken steckte. Der Gewehrkoffer stand in der Ecke. Wie merkwürdig. Er hatte doch noch nie Mokassins oder eine Strickjacke getragen! Demnach hatte Leslie den Haushalt also tatsächlich aufgelöst. Sie hat mich rausge-

worfen. Aber da sie mir neue Kleidung gekauft hat, hat sie offenbar Pläne mit mir.
Im Bad fand er nur noch Seife, Kamm und Handtuch und seinen Rasierer. Als er die Gestalt in der Tür stehen sah, zuckte er nicht zusammen, sondern spürte bloß, wie seine Miene sich darauf vorbereitete, einen Fremden anzusprechen. Aber der Fremde war nur sein eigenes Bild in dem großen Spiegel an der Tür. Jetzt bemerkte er auf seinem Gesicht das liebenswürdige, aber etwas ängstliche Lächeln, das man vielleicht einem unerwarteten Eindringling gegenüber aufsetzen würde. Was kann ich für Sie tun? Er sah aus wie ein betrunkener bärtiger Gebirgler oder wie ein Soldat, der tagelang marschiert ist und gekämpft hat, ohne je aus den Kleidern zu kommen. Hemd und Hose fühlten sich an wie eine zweite Haut.
Er ließ heißes Wasser in die Wanne einlaufen. Als er sich wund und ausgefroren in das dampfende Wasser setzte, stöhnte und lachte er laut vor sich hin. O mein Gott, wie kann etwas so Simples wie ein heißes Bad dermaßen guttun? Und besteht folglich das Glück nur darin, etwas zu haben, worauf man lange verzichten mußte, und (aaah!) ist das überhaupt wichtig?
Will Barrett ließ sich viel Zeit, rasierte sich sorgfältig, kämmte sich und kleidete sich an. Dann betrachtete er sich im Spiegel. Er war mager, schwach, hungrig, benommen, aber relativ gut in Form. Etwas allerdings war merkwürdig, und zwar die Strickjacke und die Mokassins. Er sah darin aus wie ein freundlich jugendlicher alter Mann, wie ein junger Dr. Marcus Welby. Jetzt fehlte nur noch eine Pfeife. Und in der Tat fand er eine neue Pfeife auf dem Nachttisch und eine Bibel.
Er trat in den Flur, stieg die Vordertreppe hinunter und knipste das Licht an. Erst jetzt fand er die zwei an ihn adressierten Umschläge auf dem Eßtisch in der Halle. Auf einem stand in Leslies Handschrift: *Papi.* Auf dem anderen las er in

Berties Schrift: *Willie* und darunter unterstrichen: *Dringend!*

Berties Brief lautete:

Bitte ruf mich an, Willie! Dringend!

Leslies Brief lautete:

Liebster Papi,
eben habe ich von Kitty erfahren, wo Du bist. Ich will Dich nicht wecken und hinterlasse Dir deshalb diesen Brief, da ich weiß, daß Du hierher kommst.
Ich habe Dir alles verziehen. Es hat mir nichts ausgemacht, daß Du Dich kurz vor der Hochzeit wie schon so oft einfach verdrückt hast, doch gebe ich zu, daß es mir ein bißchen weh tat, als ich hörte, daß Du die letzte Woche mit einer kleinen Waldfee verbracht hast, kaum drei Kilometer von hier. Aber durch den Reichtum seiner Gnade (Eph. 1,7) können wir immer die Vergebung unserer Sünden erlangen. Jedenfalls habe auch ich mich wie ein Ekel benommen.
Aber jetzt ist alles anders! Meine Freude ist in Erfüllung gegangen (Joh. 3,29)!
Dr. Battle hat mir von Deinem Verbleib während der letzten Woche erzählt. Seiner Meinung nach wog die Rücksicht auf Deine Gesundheit schwerer als die Vertraulichkeit zwischen Arzt und Patient.
Jack Curl, Jason und ich haben ein paar herrliche Ideen für die Liebes- und Glaubensgemeinschaft, die Ihr beide, Du und Jack, plant. Was aus Dir und Deiner kleinen Fee wird, ist Eure Sache. Aber bevor Du irgendwelche grundlegenden Entscheidungen fällst, setz Dich doch bitte mit Lewis, Jack und mir zusammen, damit wir die Marion-Peabody-Stiftung errichten können, von der Mutter geträumt hat.
Wir warten bei Jack Curl auf Dich. Ich habe Dir ein paar

Sachen zum Anziehen hingelegt. Bin ausgezogen. Später mehr dazu. Kann's kaum erwarten, Dich zu sehen!

Deine treue Tochter im HERRN
Leslie

Liebster Papi? Kann's kaum erwarten? Treue Tochter? Was braut sich denn da zusammen, Leslie? Die saloppe Ausdrucksweise paßte doch gar nicht zu ihr. Die Freundlichkeit war verdächtig. »Deine treue Tochter« lag etwas nördlich von »Deine Dich liebende Tochter« und südlich von »Deine Tochter Leslie«. Ihre gewohnte mürrische Art war ihm sympathischer.

Was führte sie im Schilde? Unter dem ungewohnten Cashmere der Strickjacke regte sich eine leise Neugierde. Dr. Marcus Welby lachte in sich hinein und klopfte die leere Pfeife aus. Hatte sie etwa Angst, er werde Allie heiraten und die Peabody-Millionen verschleudern? Was würde dann aus ihrer und Jack Curls Liebes- und Glaubensgemeinschaft? Kelso hätte gesagt, die wollen dich austricksen. Aber Kelso war ja verrückt. Er zuckte die Achseln. Spielte das eine Rolle?

Er rief Bertie an.

»Willie, bin hocherfreut, heheh!« rief Bertie und lachte, so gut er konnte, es war ein hohles, fauchendes Glucksen. »Herzlichen Glückwunsch zum Geburtstag!«

»Wie bitte?« fragte er rasch. »Ach so, ja – das hatte ich ganz vergessen. Danke.«

»Das ist übrigens kein gewöhnlicher Geburtstag«, fuhr Bertie fort. Will Barrett wußte, daß Berties Pferdegesicht jetzt um die Nase herum einen scharfen Zug hatte.

»Nicht?«

»Weißt du denn nicht, was das heißt, Willie?« Jetzt senkte Bertie die Stimme, und es hörte sich an, als schirme er wie ein Spion in der Telefonzelle die Sprechmuschel mit beiden Händen ab.

»Nein, was denn?«
»Seit gestern stehst du für die Senioren zur Verfügung, ein junger Bursche wie du! Die haben ja letztes Jahr die Regeln geändert.«
»Die Senioren«, wiederholte er nachdenklich.
»Ja! Gestern hattest du Geburtstag, und jetzt kannst du gewählt werden. Erst hier das Turnier am Wochenende. Dann die Tour. Hilton Head und Sea Island schaffen wir noch bis Ende November. Willie, die stecken wir alle in die Tasche, heheheh!«
»Wirklich?«
»Rechne doch mal nach: Du bist mindestens sechs Schläge besser als dein neuestes Zwölfer-Handicap von letzter Woche, an dem nur dein Slice schuld war. Und den kannst du doch mit Leichtigkeit verbessern, wenn du dich dahinterklemmst – du hättest es wirklich nicht besser planen können! Und ich bin zehn Schläge besser als mein Fünfundzwanziger-Handicap. Gestern habe ich mich gedrückt und vierundneunzig Schläge gemacht. Wir schlagen diese Trottel zwischen hier und Augusta in Grund und Boden!« sagte Bertie. »Unter denen räumen wir mal so richtig auf!«
Will Barrett wußte nicht, was er erwidern sollte.
»Willie...«
»Ja?«
»Könnten wir uns wenigstens für die Senioren hier aufstellen lassen?«
»Ja, warum auch nicht?«
»Ich habe über deinen Slice nachgedacht.«
»Und?«
»Ich glaube, da kann ich dir helfen, okay?«
»Klar.«
»Na also, so gefällst du mir! Nein, im Ernst. Meiner Meinung nach hast du noch längst nicht erkannt, was für Möglichkeiten in dir stecken, und Lewis stimmt mir da zu. Wenn

du dich wirklich dahinterklemmst, könntest du Snead und Hogan schlagen!«

Ein achtzigjähriger Gene Sarazen – warum nicht?

Warum sollte er nicht die nächsten dreißig Jahre mit rüstigen, rotbackigen Senioren Golf spielen? Er wäre bei der Tour der Jüngste, der Goldene Bär unter den alten Grizzlies.

Als er im Dunkeln in die Stadt zurückfuhr, sah er aus den Augenwinkeln hinter den Büschen ein Licht, als halte jemand mit einer Laterne Schritt. Die Straße verlief auf dem nach beiden Seiten steil abfallenden Grat. Will Barrett sah zwei Straßen statt einer, und da er glaubte, man könne auf die Überholspur, scherte er aus, bis er zwei Scheinwerfer direkt auf sich zurasen sah. Er riß das Steuer herum, und als er über den Straßenrand fuhr und der andere Fahrer wegen des Beinahezusammenstoßes immer noch wütend hupte, hatte er gerade noch Zeit zu überlegen, wie flach der Graben war und wie steil der Abhang dahinter. Dann peitschten Zweige gegen die Fenster, als stünde der Wagen still in einem tobenden Sturm, er fuhr Bäume um, der Wagen flog durch die Luft und schlug hart auf, aber in einem Winkel, der ihn noch höher hinaufschoß.

Sein Kopf prallte gegen die Windschutzscheibe.

Der Wagen hing merkwürdig da. Obwohl Will Barrett gegen die Tür gerutscht war und es relativ bequem hatte, wie ein Autofahrer, der eingenickt ist und den Kopf gegen die Tür lehnt, sah er durchs Fenster nicht etwa Laub und Erde, wie er es erwartet hatte, sondern nur tiefe Finsternis. Vielleicht war es besser, mit dem Aussteigen bis Tagesanbruch zu warten, dachte er dämmernd. Dann dachte er an die Greener und die Luger, die im Kofferraum lagen.

3

Die Hände in den Taschen, ging er den Highway entlang. Die Novembersonne schien ihm warm auf den Rücken, und im Straßengraben blühten immer noch Balsaminen. Hellgelbe Vögel flatterten in den Bäumen. Personenautos und Lastwagen donnerten an ihm vorbei, um von irgendwo weg- oder irgendwo hinzukommen. Die Fahrer starrten vor sich auf die Fahrbahn und wichen erst im letzten Moment aus. Alle hatten sehr entschlossene Mienen. Will Barrett bemerkte, daß die meisten Wagen North-Carolina-Kennzeichen hatten. Was habe ich hier zu suchen? fragte er sich. Ein vorbeifahrender Mazda trug einen Aufkleber mit dem Satz: *Dein Gott mag tot sein, aber mit meinem habe ich heute morgen gesprochen.*

Er hatte den Mercedes hinter sich gelassen, der sicher in einer Ahorngabel eingeklemmt war. Er hatte sich nicht in Gefahr befunden. Es war ein leichtes gewesen, auf der oberen Seite die Tür zu öffnen und auf den weichen Boden hinabzuspringen.

Als er die Hände in die Taschen steckte, fand er zusammengerollte Geldscheine. Er setzte sich in den sonnigen trockenen Graben und zählte sie. Fünfhundert Dollar in Fünfzigerscheinen. Er nickte lächelnd und steckte das Geld wieder ein und ging weiter. Einem Teil seines Bewußtseins war klar, woher das Geld stammte, hätte man ihn aber gefragt, so wäre er die Antwort schuldig geblieben. Leslie hat mir unter die Arme gegriffen, sagte er sich. Sie hat einen Plan. Er fühlte sich in guten Händen.

Im Restaurant der Busstation aß er zum Frühstück drei Spiegeleier mit Speck, einen Teller Hafergrütze und zwei Scheiben Toast mit Butter, und er trank zwei Tassen Kaffee. Er fühlte sich wohl, aber irgendwie war er mit seinen Gedanken nicht ganz da, wie jemand, der auf etwas starrt, was gar nicht zu sehen ist, und doch kann er den Blick nicht losreißen. Als der Mann, der neben ihm an der Theke saß, eine Unterhaltung begann, nickte Will Barrett zwar freundlich, hörte aber nicht zu. Der Mann sprach über Georgia.

Nachdem Will Barrett bezahlt hatte, merkte er plötzlich, daß ein großer Mann neben ihm herging und auf ihn einredete. Es war derselbe Mann. Will Barrett sah ihn an. Obwohl er keinen Bauch hatte, stand der Mann breitbeinig nach hinten geneigt da. Er war eher mager und machte einen gebrechlichen Eindruck. Die randlosen Brillengläser blitzten. Er hatte bleiche runzlige Wangen, aber schön geschwungene Lippen wie ein gesunder, kräftiger Mensch.

Sie standen jetzt in der Schlange vor dem Fahrkartenschalter. Der große Mann erklärte gerade irgend etwas, und plötzlich schlug er die rechte Faust in die linke Handfläche und drückte mit aller Kraft dagegen. Sein bleiches Gesicht lief rot an, die Ellbogen zitterten.

Jetzt begann Will Barrett zuzuhören.

»So halte ich mich fit«, erklärte der große Mann. »Obwohl ich zehn Stunden täglich am Schreibtisch sitze, beziehungsweise saß.« Dann hakte er die Finger ineinander und begann so stark zu ziehen, daß sein Gesicht wieder rot anlief.

»Was machen Sie denn?« fragte Will Barrett neugierig.

»Sie meinen, was ich gemacht habe?«

»Ja, was haben Sie gemacht?«

»Ich war bei der Vereinigten.«

»Vereinigten? Sie waren vereinigt mit – ?«

»Nein, das ist eine Kreditgesellschaft – die Vereinigte. Jetzt muß ich noch einmal zurück, um eine geschäftliche Angelegenheit zu regeln. Dann habe ich alles erledigt.«

Der Mann fuhr nach Georgia, um dort sein Haus zu verkaufen. Seine Frau und er hatten sich in Emerald Isle Estates ein Häuschen mit Garten gekauft. Der Mann erklärte Will Barrett den Unterschied zwischen einer Villa, einer Eigentumswohnung, einem Mountainhome und einem Gardenhome. Letzteres war so abgeschieden wie eine Villa, hatte den Wartungsservice einer Eigentumswohnung und stand auf einem größeren Grundstück als ein Mountainhome. Obwohl der Mann zwanzig Jahre lang in Atlanta gelebt und bei der Vereinigten gearbeitet hatte, kehrte er jetzt nach Valdosta zurück, um sein Haus zu verkaufen. Früher war es einmal eine Farm gewesen.

»Spielen Sie Golf?« fragte Will Barrett den großen Mann. Emerald Isle Estates war nämlich nichts als ein Golfplatz im Rohzustand an einem neu angelegten Baggersee mit erodierten roten Uferböschungen, der an eine Rinderschwemme in Georgia erinnerte.

»Nein, noch nie. Aber ich brauche das auch nicht, um in Form zu bleiben. In Atlanta bin ich zur Arbeit täglich zwanzig Häuserblocks weit die West Peachtree heruntergelaufen.«

Der große Mann war jetzt ganz nah und legte Will Barrett seine sommersprossige Hand auf den Arm, als wolle er ihm gleich einen Witz erzählen oder etwas über die Neger in Atlanta sagen. Aber er senkte den Kopf nicht, sondern stand zurückgeneigt da, lächelte mit hocherhobenem Kopf, und seine randlose Brille blitzte im Neonlicht.

Als Will Barrett seinen Arm bewegen wollte, wurde der Griff des Manns fester. Offenbar hatte er noch etwas zu sagen. Wie er sich wohl in Emerald Isle Estates die Zeit vertrieb, wenn er nicht Golf spielte? Ging er spazieren? Saß er vor dem Fernseher? Machte er Isometrieübungen? Mit wem würde er sich unterhalten?

»Und Sie?« fragte der Mann.

»Bitte?«

»Haben Sie auch etwas in Georgia zu erledigen?«

»In Georgia?«

»Dort fährt gerade der Bus nach Atlanta ein.«

»Ja«, hörte sich Will Barrett sagen. »Ich habe noch etwas in Georgia zu erledigen.« Und als er das gesagt hatte, eigentlich nur, um die Frage des Manns zu beantworten, wußte er

plötzlich, daß es ihm Ernst damit war. *Georgia*, hatte der Mann gesagt, und das Wort war wie ein Zeichen für ihn. Georgia! *Das* war der Ort!
Jedenfalls hatte er es nur aussprechen müssen, um zu wissen, was er tun würde.
»In welcher Gegend von Georgia?«
»In Thomasville.«
»Thomasville! Na so was, da fahre ich auch hin! Wollen Sie auch etwas verkaufen?«
»Nein, ich kaufe etwas.«
»Ziehen Sie nach Georgia zurück?« fragte ihn der große Mann.
»So könnte man es nennen.«
»Was kaufen Sie denn, eine Farm?«
»So könnte man es nennen.«
»Gehen Sie in Ruhestand?«
»So ungefähr, ja.«
»Obwohl Sie noch so jung sind? Das könnte sich als Fehler erweisen.«
»Ich glaube nicht.«
Aber der große Mann hörte gar nicht richtig zu. Er machte gerade eine Beinübung, bei der er das Gewicht von einem Fußballen auf den anderen verlagerte.
»Kennen Sie das Grundstück von Ike Nunally?« fragte der Mann.
»Ja, da will ich hin, dort habe ich früher immer gejagt.«
»Tatsächlich? Ich auch. Sogar ziemlich oft. Sie wollen also Ike Nunally ein Stück Land abkaufen?«
»Ja.«
»Welchen Teil denn?«
»Eine Moorparzelle.«
»Ach, zum Jagen – Sie sind wohl Jäger?«
»So etwas ähnliches.« Aber es geht um größeres Wild, als du denkst.
»Sie sind wohl einer von diesen Reichen aus dem Norden,

die dort alles aufgekauft haben und hier jetzt weitermachen?«
»Nein. Das heißt, ich bin zwar reich, aber ich komme nicht aus dem Norden.«
»Aber die, denen ich begegnet bin, waren alle sehr nett«, sagte der Mann freundlich und zerstreut. Seine Brillengläser blitzten, als er jetzt leicht von einem Fuß auf den anderen hüpfte, um seine Waden zu trainieren.
»Doch, das kann man sagen.«
»Das ist ja wirklich ein Zufall. Wie klein doch die Welt ist. Aber jetzt sollten wir lieber mal unsere Fahrkarten kaufen. Gehen Sie nur vor.«
»Nach Ihnen.«
»Sie wollen doch auch noch den Bus nach Georgia erwischen, oder?«
»Ja, aber...«
»Aber was?«
Aber ich habe etwas vergessen. Was denn nur? Er kam sich vor wie jemand, der seinen Geldbeutel verloren hat. Aber als er auf seine Tasche klopfte, war er da, und es waren ja die fünfhundert Dollar drin.
Der Bus fuhr durch Sonne und Schatten die Auffahrt hinauf und bog in die Blue-Ridge-Schnellstraße. Die beiden Männer saßen nebeneinander und hatten beide die Hände auf den Knien. Will Barrett neigte aufmerksam den Kopf. Zwischen ihnen saß wie ein stummes Kind, das ihnen Zeichen gab, die Last der bevorstehenden Unterhaltung.
»Ist das nicht komisch«, begann der Kreditberater, »jetzt fahren wir beide nach Georgia zurück, um dort das Geschäft unseres Lebens zu machen. Ich stoße eine Farm ab, und Sie kaufen sich eine.«
»Ja«, antwortete Will Barrett und betrachtete einen niedrigen Grat, der wie ein Damm oberhalb der Baumlinie verlief. Der Kreditberater hatte recht. Diese Reise würde für sie beide alles in Ordnung bringen. Der eine ging nach Georgia

zurück, um es endgültig loszuwerden, verkaufte das alte Haus im Valdosta-Stil, um in Emerald Isle Estates ein neues Leben anzufangen, montagabends im Fernsehen Football anzugucken, im Wohnzimmer isometrische Übungen zu machen und mit seiner Frau in Highlands Auktionen zu besuchen. Die Juden waren nicht fortgezogen! Der andere kehrte nach Georgia zurück, um etwas wiederzufinden, das er hier zurückgelassen hatte, um einen Ort zu finden, an dem ihm einmal etwas zugestoßen war. Oder vielmehr nicht zugestoßen. All die Jahre über hatte er sich glücklich geschätzt, daß es ihm nicht zugestoßen und er mit dem Leben davongekommen und daß dieses Leben dann derart erfolgreich verlaufen war. Aber offenbar war er mit irgend etwas anderem davongekommen, nicht mit seinem Leben. Sein Leben – oder war es sein Tod? – hatte er damals im Thomasviller Moor zurückgelassen, wo es immer noch auf ihn wartete. Mit einem süßen Gefühl der Gewißheit wußte er jetzt, daß er es dort wiederfinden würde. Die Pfahleiche zu finden – er wußte, daß er direkt auf sie zugehen konnte – und aus dem Moor nicht mehr zurückzukehren war besser, als seine Zeit mit Golfspielen zu vertun, sich in Höhlen zu verkriechen und flehentlich Gott, Juden und Tiger anzurufen. Nein, in Georgia würde er es finden. Und in Georgia würde er es tun.

Aber während er so zuhörte, wie der Kreditberater von seiner Arbeit erzählte – voller Freude! Er liebte seinen Beruf! Es machte ihm Spaß, auf der West Peachtree zwanzig Häuserblocks zur Arbeit zu laufen, zehn Stunden am Schreibtisch zu sitzen und Kreditvorschläge auszuarbeiten, für beide Teile günstige Kredite!, und zwischen den Terminen Isometrieübungen zu machen, er war kein Kredithai!, während Will Barrett also zuhörte, schweifte sein Blick den Bergkamm entlang bis zu einer Kerbe; dort stand zwischen den dunklen Kiefern und Fichten eine einzelne Goldpappel, auf die in diesem Augenblick die Sonne fiel, wie auf ein blondes Mädchen, das aus einem dunklen Wald tritt. Da wurde sein Herz erneut von einem süßen Gefühl durchflutet, aber diesmal war es eine andere Süße, ein süßes, herbes Drängen, ein Wunsch zu handeln, loszurennen, etwas festzuhalten! Er war dabei, etwas zu verlieren. Etwas, das zu ihm gehörte, schwer und süß wie ein Topf Honig in seinem Schoß, wurde ihm weggenommen.

»Ich fahre doch nicht nach Georgia zurück«, sagte er und erhob sich.

»Wie bitte?« fragte der Kreditberater rasch mit veränderter Stimme (irgend etwas war los), ließ ihn jedoch vorbei.

Vorn im Bus – wie war er da nur so schnell hingekommen? – klopfte Will Barrett dem Fahrer auf die Schulter. Der Fahrer, ein dicker, uniformierter Mann, sah aus wie ein alternder Pilot, nur daß er schmutzige Fingernägel und ein mürrisches Gesicht hatte. In seinem sonnengebräunten Nacken hatten sich tief und scharf Hieroglyphen eingegraben.

»Entschuldigen Sie, Fahrer, aber ich möchte aussteigen.«

»Was soll das?«

»Halten Sie an. Ich will raus.«

»Hören Sie mal, das ist ein Express! Nächster Halt Asheville!«

»Ich habe gesagt, Sie sollen halten und mich rauslassen, verdammt nochmal!«

Aber der Mann fuhr weiter, als sei Will Barrett gar nicht da. Obwohl der Fahrer schon von Anfang an knallrot vor Wut gewesen war, schien sich seine Wut noch zu steigern. Was ihn wohl so wütend machte? Die Arbeitsbedingungen? Sein Familienleben?

Will Barrett beugte sich jetzt ganz dicht zu ihm vor. Beide starrten auf die hübsche Straße, über die sie hinrasten. »Wenn Sie diesen verdammten Bus jetzt nicht auf der Stelle anhalten, dann packe ich Sie am Kragen und mache es selbst!«

Der Fahrer ging vom Gas weg. Aha, er läßt mich also aussteigen, dachte Will Barrett. Aber nein, er bremste nur, um einem Ständer auf dem Armaturenbrett Karten zu entnehmen, die er den hinter ihm sitzenden Passagieren aushändigte. »Bitte ausfüllen und weitergeben. Sie sind Zeugen eines Verbrechens. Dies ist eine Entführung.«

Will Barrett beobachtete die vier Fahrgäste in der vordersten Sitzreihe. Sie starrten versteinert geradeaus. Es passiert zwar irgend etwas, drückten ihre betroffenen Mienen aus, aber es passiert zu nah. Wir wissen nicht, wie wir uns verhalten sollen. Am besten schaut man gar nicht hin. Aber sie nahmen die Karten gehorsam entgegen, starrten in die Landschaft und trauten sich nicht einmal, den Text zu lesen.

Der Bus fuhr immer noch langsam.

»Lassen Sie den Mann doch aussteigen! Der Mann will raus!« Der Kreditberater stand hochaufgerichtet, seine Brillengläser blitzten. Er lächelte nicht. »Sie haben doch gehört, was der Mann gesagt hat: Er will aussteigen!«

»Dem zeig ich's, wie man aussteigt«, erwiderte der Fahrer, dem die Wut allmählich den Verstand raubte und der jetzt nur noch nach einer letzten Geste suchte, mit der er sein Gesicht wahren konnte, vor sich selbst und vor den Passagieren, die mit versteinerten Mienen zuschauten und brav wie Fernsehquizteilnehmer ihre linierten Karten in der Hand hielten. Die Tür öffnete sich, während der Bus noch fuhr, und im selben Augenblick, wo Will Barrett die Stufen hinunterstieg, trat der Fahrer voll auf die Bremse, schleuderte ihn vor gegen eine Metalleiste, gab wieder Gas und schleuderte ihn zurück gegen die andere Metalleiste, aber diesmal nicht direkt, sondern knapp daran vorbei, so daß er aus dem Bus stürzte. Dies wäre nicht so schlimm gewesen, wenn sich nicht im selben Moment die Tür geschlossen hätte, die jetzt zu einem Teil der Dummheit und Wut des Fahrers geworden war. Will Barrett klemmte sich den Fuß ein, stürzte und sah als nächstes die Teerklümpchen und Krater der Fahrbahn auf sich zurasen, schnell und lautlos wie bei einer Mondlandung, und doch blieb ihm noch Zeit zu denken: Nein, so wird es nicht mit mir enden und auch nicht in einem Moor in Georgia, weil ich mir das nicht bieten lasse und es mir auch nicht bieten lassen muß. Dann landete der Eagle, und der Mond wurde dunkel.

4

Der Raum war dunkel.

Der Tisch, auf dem er festgeschnallt war, begann sich zu bewegen. Er hob sich am Fußende, senkte sich wieder, drehte sich nach einer Seite, stand hochkant. Flinke, sichere Frauenhände bewegten seinen Körper und streckten ihn flach. Jemand maß und markierte seinen Kopf mit einem Lineal. Es war ein Gefühl, als werde der warme, lebendige Körper der simplen kalten Geometrie der Metallkanten angepaßt. Brummend ging ein Motor an und aus. Da war ein Summen.

Als der Tisch mit ihm hochkant stand wie ein Mumiensarg, sah er Sterne. Direkt vor ihm schien sich ein Fenster ins unendliche Weltall zu öffnen. Er sah Tausende, Millionen funkelnder Lichtpünktchen einer weit entfernten Galaxis. Aber es handelte sich nicht um ein Fenster, nicht ums unendliche Weltall, nicht um eine Galaxis, sondern um ein Gehirn. Der vordere Teil des Gehirns kauerte wie eine Sphinx zwischen den beiden Gehirnlappen.

Will Barrett drehte den Kopf. Die Sphinx bewegte sich ebenfalls. Er drehte den Kopf in die andere Richtung, und die Sphinx tat dasselbe.

Es war sein eigenes Gehirn.

Später schnallten ihn dann die gleichen flinken Hände wieder los und führten ihn in ein hellbeleuchtetes Behandlungszimmer, in dem Leslie, Jack Curl, Vance Battle und ein weiterer Mann, zweifellos ein Arzt, ihn erwarteten. Aus dem

langen weißen Mantel des Arztes ragte ein Gummihammer. Leslie und Jack lächelten ihm zu.
»Was gibt's denn da zu grinsen?« wollte Will Barrett mürrisch von Leslie wissen. Oje, dachte er, irgend etwas stimmt da nicht. Leslie lächelt normalerweise nur, wenn jemand im Sterben liegt oder der Heilige Geist sich herabsenkt. Was war aus ihrem Stirnrunzeln, dem umgedrehten U geworden?
»Daran ist mein Freund Jack schuld«, sagte sie und gab ihm einen Klaps. Aha, sie waren jetzt also Freunde. Was führten sie im Schilde? »Es geht nichts über die Kraft des Gebets.«
»So ist es«, fügte Jack zerstreut hinzu und tänzelte auf der Stelle.
»Was wolltet ihr denn mit der Kraft des Gebets erreichen?« erkundigte sich Will Barrett.
»Dich finden und hier in die Duke-Klinik bringen!« antwortete Leslie und umarmte ihn. »Ach, Papi, es steht schlimm mit dir!«
Vance und der andere Mann unterhielten sich mit verschränkten Armen und gesenktem Kopf. Ganz sicher war der andere ebenfalls Arzt, denn er sprach ernst und doch zwanglos mit Vance. Er brauchte nicht zu lächeln. Vance wurde lediglich eine Freundlichkeit erwiesen. Es sah aus, als tauschten sie nicht medizinische Informationen aus wie Ärzte, sondern als versuchten sie wie Anwälte zu einer Vereinbarung zu kommen. Ihre Schuhspitzen beschrieben auf dem Boden unsichtbare Linien. Schließlich waren sie dann offenbar zu einer Einigung gekommen. Beide nickten, und der Will Barrett unbekannte Arzt verließ das Zimmer.
Leslie und Jack Curl schüttelten lächelnd den Kopf. Vance zwinkerte. Bei soviel Fröhlichkeit – Leslie mit einem sanften Lächeln im Gesicht! – konnte es sich ja nur um schlechte Nachrichten handeln.
»War ja ganz schön schwierig, Sie zu erwischen und mal

gründlich durchzuchecken, alter Knabe!« sagte Vance und drückte sich damit salopper aus als sonst. Schlechtes Zeichen! Er wandte sich an Leslie. »Was dieser alte Knabe hier braucht, ist eine starke Hand, und diese kleine Frau hier ist genau die Richtige dafür!«

»Na also«, sagte Jack Curl und rempelte Leslie an: zwei Christen, die im Spaß ein bißchen miteinander rangelten.

Will Barrett sah an seinem kurzen Krankenkittel hinunter, der im Rücken locker zugebunden war. Ein Windzug wehte ihn hoch. Vorn drauf stand irgend etwas, und er versuchte es zu entziffern.

»Wo bin ich hier eigentlich?«

»In der Duke-Klinik, Papi«, antwortete Leslie und packte ihn tatsächlich schon mit starker Hand.

»Setzen Sie sich, Tiger, bevor Sie hinfallen«, riet Vance.

»Mir geht es gut«, entgegnete er. Und das stimmte auch. Außer einer gewissen Benommenheit und einem Pochen überm Auge fühlte er sich ganz bei Kräften. Er hatte nur Hunger. »Wie lange bin ich denn schon hier?«

»Seit zwölf Stunden«, antwortete Vance. »Und eins muß ich Ihnen sagen: Wenn Sie nicht bei sich sind, hat man es wesentlich einfacher mit Ihnen. Eigentlich sind Sie kein so schlechter Patient und halten wirklich still, wenn ich es sage.«

»Wie bin ich denn vom Bus hierhergekommen?«

Die drei sahen sich an und brachen in Gelächter aus.

Jack Curl wandte sich an die anderen und ließ Will Barrett mithören. »Ich habe ja keine Ahnung, was unser Freund Will diesem Busfahrer gesagt hat, aber jedenfalls drehte dieser Trottel um und lieferte ihn direkt im Krankenhaus von Linwood ab.«

Will Barrett sah sie an. Ihr Lächeln, Zwinkern und ihre Witzeleien gingen genauso geschickt mit ihm um wie die flinken Hände auf dem Röntgentisch. »Warum bin ich überhaupt hier?«

Vance sah ihn vage an. »Ich dachte, Ihnen fehlt vielleicht irgendeine Kleinigkeit.«

»Und haben Sie was gefunden?«

»Nicht das, was ich befürchtet hatte. Ich hatte im Grunde die ganze Zeit richtig getippt. Ursprünglich dachte ich ja an petit-mal-Anfälle, aber als Sie dann dauernd hinfielen und noch bissiger waren als sonst, da befürchtete ich etwas Ernsthafteres. So wie die Dinge liegen, gibt es sogar ein Medikament für das, was Ihnen fehlt. Sie brauchen nicht einmal im Krankenhaus zu bleiben, nur ein Weilchen im Pflegeheim, bis ich Sie kuriert habe. Und jetzt fahren wir zu unserem Berg zurück, alter Knabe. Wenigstens weiß ich jetzt, was an Ihrem Slice schuld war. Was ein Glück! Eine Weile habe ich nämlich ernsthaft geglaubt, mit Ihrem Golfspielen sei es vorbei.«

»Papi«, schaltete sich Leslie ein, kam ganz nah her und zog wie eine Mutter mit ein paar festen Griffen seinen Kittel zurecht, »Vance und Dr. Ellis möchten sich ein wenig mit dir unterhalten. Jack und ich warten so lange in der Halle. Und wenn die zwei Doktoren mit dir fertig sind, wollen wir was von dir haben. Jack, Vance und ich haben uns was Besonderes für uns vier ausgedacht, aber das hat Zeit.«

Jack Curl ergriff mit beiden Händen Will Barretts Hand und drückte sie mit einer Art Verbrüderungsgriff. Jack kam ihm jetzt irgendwie englischer vor als bisher. Sein Haar stand ungekämmt vom Kopf ab, und er benutzte offenbar kein Deodorant.

Sie gingen in ein anderes Zimmer, in dem Dr. Ellis stehend mit unbewegter Miene auf sie wartete.

Als die Tür zu war, knipste Vance einen Röntgenbildbetrachter an, dann noch einen und noch einen. Wieder sah man die Galaxis, aber sie schwebte nicht mehr im unendlichen All, sondern ihr armseliges blasses Abbild, eine Röntgenaufnahme. Daneben wurden Beinknochen und ein menschliches Rückgrat von einem Becken verbunden, sim-

pel und lustig wie bei einem Skelett im Biologieunterricht. Daneben hing die Aufnahme eines größeren Beckens, wahrscheinlich von einer Frau, die irgend etwas Neues in ihrem Schoß trug, einen weißen Fleck. Was entwickelte sich da?
Die beiden Ärzte stellten sich neben ihn, als sei er ein Kollege, ein Mann unter Männern. Jetzt, wo die Frauen und Pfaffen weg waren, konnte man endlich ungestört miteinander reden.
»Mensch, Sie haben vielleicht Glück!« begann Vance. »Wissen Sie, was ich glaubte, bis es mir Dr. Ellis ausgeredet hat? Sie wissen ja, ich habe in Chapel Hill studiert, und wir wissen über die Arschlöcher von der Duke-Klinik genau Bescheid, aber er hier ist eins der besonders cleveren Arschlöcher.«
Dr. Ellis nickte und preßte die Lippen zu einem dünnen Lächeln zusammen. Will Barrett wäre es lieber gewesen, wenn Vance nicht den Witzigen gespielt hätte. Dr. Ellis gehörte nun wirklich nicht zu den Leuten, zu denen man Arschloch sagt. Vance ging jetzt an den Röntgenbildern entlang und schnipste gegen das dicke Zelluloid. »Ich dachte, sie hätten einen Prostata-Tumor, hier«, – *peng* – »mit Metastasen hier«, – *peng* – »und hier im Hirn«, – *peng* – »ich hätte Ihnen vielleicht noch drei Monate gegeben. Aber Sie sind wirklich ein Glückspilz. Von dem, was Sie haben, höre ich zum ersten Mal, und Dr. Ellis hat einmal etwas darüber geschrieben. Er hat sogar einen Test dafür entwickelt. Offen gestanden glaube ich, daß er sogar die Krankheit selber erfunden hat. Und das ist noch nicht alles. Man kann sie nicht heilen, aber es gibt ein Medikament dafür, mit dem man sie unter Kontrolle bekommt. Habe ich recht, Herr Kollege?«
Dr. Ellis nickte, immer noch das dünne Lächeln um die Lippen. Die beiden Ärzte setzten sich, verschränkten die Arme und betrachteten die Röntgenbilder, als seien es lauter Rembrandts. Er spürte, daß sie die Aufnahmen als Requisi-

ten benutzten, etwas zum Hinschauen, so daß ein Gespräch mit ihm möglich wurde.

»Ich fürchte, Dr. Battle tut sich selbst Unrecht«, sagte Dr. Ellis trocken, während er seinen Blick über die Röntgenbilder wandern ließ. Will Barrett bemerkte, daß Dr. Ellis eine Art hatte, Unaufmerksamkeit vorzutäuschen, die ihm aber gerade höchste Konzentration ermöglichte. »Er vermutete schon die ganze Zeit, Sie hätten eine petit-mal-Epilepsie, was auch tatsächlich zutrifft, und zwar eine äußerst seltene Form, so selten, daß sie nach ihrem Entdecker benannt wurde: Hausmann-Syndrom. Es handelt sich in der Tat um eine vom Schläfenlappen ausgehende petit-mal-Epilepsie, für die ganz bestimmte Symptome typisch sind. Durch Dilantin bekommt man sie nicht so gut in den Griff, aber es gibt jetzt ein neues Medikament, das von den Symptomen befreit. Zunächst müssen wir aber eine Verletzung des Schläfenlappens ausschließen. Dr. Battle vermutet so etwas, ich nicht. Das Merkwürdige an der Behandlung ist –«

»Was sind die Symptome?« unterbrach ihn Will Barrett.

Dr. Ellis zuckte die Achseln. »Wie ich mich erinnere, zählt Dr. Hausmann unter anderem Depressionen, Fuguen, gewisse Wahnvorstellungen und sexuelle Probleme auf, die von Impotenz zu Satyriasis wechseln können, außerdem Hypertonie und etwas, das er *wahnsinnige Sehnsucht** nannte – das gefällt mir am besten.«

Man sollte sie Housman statt Hausmann nennen, dachte er, diese Störung, an der jener Dichter litt, der um tote Burschen aus Shropshire, um rosenlippige Mädchen und um seine eigene verlorene Jugend trauerte.

»Das Merkwürdige ist, wie ich vorhin schon sagte, daß das Medikament aus der einfachsten Substanz besteht, die es gibt, so einfach, daß man es kaum für möglich halten würde – es wurde durch Zufall entdeckt. Und zwar handelt es sich um nichts anderes als um das Wasserstoffion, um den ein-

* Im Original deutsch.

zelnen Kern eines Protons, nicht einmal ein Elektron! Ist das nicht faszinierend? Daß die komplexesten Symptome wie *wahnsinnige Sehnsucht*, Depressionen und so weiter durch ein einziges Proton geheilt werden können? Offenbar läuft also alles auf den pH-Wert hinaus. Ich hatte sechs Fälle hintereinander, und in jedem einzelnen Fall lagen petit-mal-Anfälle und ein instabiler pH-Wert vor, der zwischen einer leichten Alkalose und einer Acidose schwankte. Offenbar werden die Symptome durch eine erhöhte Empfindlichkeit gegenüber pH-Wert-Schwankungen verursacht. Heute morgen zum Beispiel stieg Ihr pH-Wert auf 7,7. Die Behandlung ist simpel, aber mühsam. Man muß Ihren pH-Spiegel alle paar Stunden messen und die Medikation darauf einstellen. Jeder Mensch kann durch eine Alkalose ohnmächtig werden – ich könnte zum Beispiel Vance jetzt außer Gefecht setzen, indem ich ihn hyperventilieren lasse –, aber Sie sind viel empfindlicher, und deshalb muß Ihr pH-Spiegel ständig kontrolliert werden. Allen meinen Patienten geht es inzwischen gut, aber sie müssen unter den bestmöglichen Kontrollbedingungen versorgt werden.«

»Was heißt das?« erkundigte sich Will Barrett und bemerkte, er fand es gar nicht unangenehm, daß man ihn hierhergebracht, eine Diagnose gestellt und Pläne für ihn entworfen hatte und daß er sein Leben künftig nicht mehr selbst bestimmte, wie beim Eintritt in die Armee.

»Ich habe da zum Beispiel diesen einen Fall von Hausmann-Syndrom in der Mathematikerabteilung hier in der Duke-Universität. Statt daß der Mann seine Vorlesungen hielt, fand man ihn ganz allein im Stadion. Einmal ging er zur Kitty Hawk, lebte eine Weile in den Dünen und wäre fast verhungert.«

In den Dünen? Ja.

»Jetzt, wo er in Behandlung ist, hält er wieder Vorlesungen und publiziert unglaublich viel. Außer daß er in unserer Pflegeabteilung lebt, führt er ein ganz normales Leben.«

»Hier? Er lebt hier im Hospital?«

»Wir müssen ja stündlich seinen Blut-pH-Wert kontrollieren. Ein Löffel Salatsoße mit Essig, und er geht auf Tauchstation, ein Alka Seltzer, und schon setzt er sich mit zwei seiner Studentinnen in die Dünen ab, heheh! Wir wissen nicht, ob Ihr inneres Reglersystem nicht funktioniert oder ob Ihr limbisches System übersensibel reagiert. Vielleicht liegt es auch an einer Verletzung des Schläfenlappens, obwohl...« – er schnipste erneut gegen eines der Röntgenbilder – »... ich eigentlich nichts entdecken kann. Bemerkenswert, finden Sie nicht auch, daß ein paar Protonen weniger oder mehr derart komplizierte Gemütszustände hervorzurufen vermögen. Cithium, das einfachste Metall, bekämpft Depression, Wasserstoff, das einfachste Atom, bekämpft *wahnsinnige Sehnsucht!*«

»Wie finden Sie das?« fragte Vance.

Will Barrett hätte genausogut ein Kollege sein können, den die beiden konsultierten. Er sah, daß dies Dr. Ellis' Methode war, ihm eine gute Nachricht mitzuteilen, in der Tat eine sehr gute Methode, da sie ihm mit so selbstverständlicher Geste ein neues Leben schenkte, als handle es sich um irgendeine Verabredung. Was für ein netter Bursche dieser Dr. Ellis war!

Jetzt betrat mit schmelzendem Lächeln Leslie das Zimmer, und Jack Curl tänzelte hinter ihr drein.

»Laß uns in die Berge zurückfahren, Papi!«

Will Barrett sah Dr. Ellis an.

»Vance kann Ihren pH-Wert genausogut überwachen wie ich. Und falls er irgendwelche Anzeichen für eine Verletzung entdeckt, kann er Sie ja wieder herschicken.«

»Und jetzt kommt das Wichtigste!« schaltete sich Jack Curl ein und rückte etwas zu nahe. »Bertie hat Sie für das Senioren-Turnier nächsten Monat aufgestellt, und diese beiden Herren hier meinen, daß Sie es schaffen könnten. Allerdings nur wenn...«

»Wenn?«
»Wenn Sie bei mir wohnen, so daß Vance Ihr Blut überwachen kann. Sie können auf dem Rasen hinter dem St.-Mark's-Heim mit dem Training beginnen.«
Er sah Vance an.
»Sie haben's ja gehört. Aber jetzt brechen wir mal auf, mein Lieber. Ich muß zu meinen Kranken. Zu Dr. Ellis' Diagnose kann ich nur noch eins hinzufügen – übrigens stimme ich jetzt mit ihm überein; ich wette, daß der Wasserstoff Ihren Slice verbessern wird –, und das ist dann vielleicht mein Beitrag zur medizinischen Literatur: die Korrelation zwischen dem pH-Wert des Bluts und dem Golf-Slice. Wer weiß?« Er zwinkerte ihm zu. »Vielleicht löst das Wasserstoffion sogar die Sache mit den Juden. Warum machen wir nicht gleich einen Versuch – Sie haben ja jetzt Wasserstoff bekommen, und Ihr pH-Wert liegt bei 7,4, also normal. Ist Groucho Marx tot oder lebt er noch?«
»Er ist tot.«
»Stimmt. Und was ist aus den Juden North Carolinas geworden?«
»Aus den Juden?«
»Ja, aus den Juden.«
»Nichts, wieso? Ich nehme doch an, daß sie ganz normal ihren Geschäften nachgehen.«
»Stimmt. Und was ist mit dem jüdischen Mädchen aus Ihrer Highschool-Zeit passiert, von dem Sie heute nacht phantasiert haben?«
»Welches jüdische Mädchen?«
»Und was ist mit dem Exodus der Juden?«
»Welcher Exodus?«
»Und mit dieser Sache, die Sie in Georgia erledigen wollten?«
»Was wollte ich denn dort erledigen?«
»Sie sagten, daß Sie in einem Moor in Georgia noch etwas zu erledigen hätten.«

»Was denn für ein Moor?«
»Also, fahren wir in Richtung Berge, alter Knabe.«
»Von denen uns Hilfe kommt«, fügte Leslie hinzu.
»Okay«, sagte er freundlich und blinzelte. Ja, er empfand genau wie damals, als er zum Militär eingezogen worden war, eine verwirrte Zufriedenheit und gelinde Neugier. Er war für sein Leben nicht mehr verantwortlich.

IV

I

Ende November war er bereits komfortabel im St.-Mark's-Pflegeheim untergebracht, bekam Pillen und Spritzen und jede Stunde Blut abgenommen. Jack hatte ihm die Penthouse-Suite mit Blick auf die Schlucht zugewiesen. Leslie brachte ihm die neuen Kleidungsstücke, Strickjacken, Pfeifen, seine Stereoanlage, die Bibel, eigentlich alles außer der Greener und der Luger. Sie hatte sogar den Mercedes aus dem Ahornbaum holen und reparieren lassen und ihn dann draußen vor dem Heim geparkt. Mit bedeutungsvollem Blick händigte sie Will Barrett die Schlüssel aus. Vielleicht wollte sie ihm damit zeigen, daß sie ihm vertraute.

Er stand lange da, spielte mit den Schlüsseln und betrachtete den Wagen. Dann öffnete er den Kofferraum. Da lagen der Koffer mit der Greener und das Halfter mit der Luger. Den Fuß auf der Stoßstange, stand Will Barrett da und dachte nach.

Vance kam zweimal täglich zu ihm, um ihm sein »Acid« zu verabreichen und ihm für die pH-Wert-Kontrolle Blut abzuzapfen. Er kam wie ein Liebhaber so nah heran, daß Will Barrett seinen scharfen, süßlichen Atem roch, schnüffelte an seinem Patienten und schaute ihm in die Augen. Dann teilte er ihm mit, er rieche gesund, sein Blutdruck sei gesunken und die Arterien im Augenhintergrund seien so geschmeidig wie Schlangen.

Es war so, daß Will Barrett das Medikament nicht nur vertrug, sondern auf seltsame Weise damit zu gedeihen schien. Ständig hing ihm ein Pestizidgeruch in der Nase. Er roch wie ein Haus, in dem man ein Mittel gegen Termiten versprüht hat. Ein chemischer Überschwang ergriff von ihm Besitz. Das einfachste aller Atome versetzte ihn in einen Zustand umfassenden Wohlbehagens. Falls die Behandlung gefährlich war – er fühlte sich so sicher wie das Mädchen eines Messerwerfers. Messer pfiffen freundlich an seinem Kopf vorbei, blieben zwischen seinen gegrätschten Beinen stecken, fächelten seinen Ohren Luft zu und trafen direkt in ihr bösartiges Ziel. Ein nüchtern sachlicher Arzt, der in der Duke-Klinik in Carolina seine Teströhrchen schüttelte, hatte ihm das Leben gerettet. Wie seltsam, daß einen Wasserstoff retten, erlösen und verwandeln konnte! Ein Proton, einfach wie ein Billardball! Lief letzten Endes doch alles auf Chemie hinaus? Hatte er, als er in dem Sandloch hingestürzt war, bloß deshalb in einem Anfall von Sehnsucht nach Ethel Rosenblum mit der Faust auf den Sand gehämmert, weil sein pH-Wert auf 7,6 gestiegen war? Eine seltsame Energie strömte in seine Muskeln. Er konnte nicht mehr schlafen, aber das störte ihn nicht. Zu allen möglichen Zeiten stand er auf, zog sich sorgfältig an, schlich durch die Flure, erforschte die Umgebung und fuhr sogar den Mercedes. Er wollte Allie sehen. Die Juden hatte er vergessen, aber Allie nicht. Hatte sein Verlangen nach ihr auf einem Mangel an Wasserstoffionen beruht, war es eine *wahnsinnige Sehnsucht* gewesen? Nein, er wollte einfach ihr Gesicht sehen, Wasserstoff hin oder her. Würde sie jetzt, wo ihm die Protonen durchs Hirn und den Augenhintergrund jagten, anders aussehen? Warum hatte sie ihn denn nicht besucht? Er steuerte auf den Golfclub zu, aber da drehte sich etwas in seinem Kopf und ließ sich nur dadurch zurückdrehen, daß er den Wagen wendete. Wieder steuerte der Mercedes auf den Wald zu. Vielleicht war es besser, erst einmal eine Runde zu drehen.

Warum dann nicht gleich laufen? Aber als er durch den Wald wollte, ging er anscheinend gegen das Gyroskop in seinem Schädel an und lief im Kreis. Er mußte sich also an die Gehwege halten wie andere Leute auch.

Die Dinge wurden dichter und standen einzeln für sich. Er konnte um Bäume herumsehen. Sein Zeitgefühl kam ihm abhanden. War es Mittwoch oder Sonntag? Er kaufte sich eine Timex-Uhr mit Datumsanzeige. Die Dinge wurden kostbarer. Einmal wurde seine Aufmerksamkeit beim Autofahren völlig von einer türkisgrün leuchtenden Ampel in Anspruch genommen. Sie glühte wie ein riesiger kostbarer Juwel! Will Barrett bremste und starrte die Ampel an, bis plötzlich ein großer feuriger Rubin daraus wurde. Rot hieß bestimmt Losfahren, nicht Stehenbleiben. Er fuhr also los und sah noch, wie ihn aus einem Lieferwagen heraus eine Fahrerin beschimpfte.

Dann gab er das Autofahren auf und wandte sich wieder dem Golfspiel zu.

»Putten wir eine Runde?« fragte er Jack Curl.

»Das soll wohl ein Witz sein! Fragen Sie lieber Vance oder Slocum.«

Er fragte Slocum. Auch der schien jetzt besser mit ihm auszukommen. Alle waren erleichtert, daß er nur krank war statt verrückt und daß er sich in Behandlung befand und sich allmählich erholte. Auch ihm selbst war es lieber, einfach nur krank zu sein.

Wie er Auto fuhr und durch die Gegend lief, war merkwürdig, aber dafür puttete er vernichtend. Die kleinen Wasserstoffionen hatten eine komische Wirkung. Beim Autofahren schadete ihm das sich drehende Gyroskop in seinem Kopf, beim Putten jedoch half es ihm. Er brauchte sich nur über den Ball zu beugen, eine Weile zu warten, bis das Gyroskop stabil war, und schon flog der Ball direkt ins Loch, wie eine zielfixierte Rakete.

Bertie kam vorbei. Will schlug ihn siebzehn Löcher zu achtzehn. Bertie schaute sich um. »Hier braucht man keine Score-Karte oder?« »Nein.« »Gott sei Dank, das wirkt sich nicht auf Ihr Handicap aus.« »Stimmt.« Bertie blinzelte. »Mit dem Seniorenturnier hier hat es nicht geklappt, aber wir sind für Hilton Head und die Tour durch den ganzen Süden aufgestellt. Es kann nichts schiefgehen.«

2

Ein drahtiger alter Mann begoß aus einem Eimer eine junge Kiefer.

Will Barrett schaute ihm ein Weilchen zu. Anfangs kam ihm der alte Mann wie ein Teil der Landschaft vor und fiel ihm deshalb nicht weiter auf – Alter-Mann-gießt-Baum-vor-Altenheim. Aber dann überlegte er plötzlich: Wie kommt denn jemand auf die Idee, eine Kiefer aus einem Eimer zu gießen?

Er fragte den alten Mann von der Veranda herunter.

Der Mann runzelte zwar die Stirn und goß weiter, aber er antwortete sofort: »Diese Setzlinge sind zu früh gepflanzt worden. Man hätte bis zum Winter damit warten sollen, weil es dann genug Regen gibt.«

»Setzlinge? Das sind doch keine Setzlinge! Die sind schon zwei Jahre alt, das weiß ich zufällig, weil meine Frau sie noch gepflanzt hat.«

»Trotzdem brauchen sie Wasser«, sagte der alte Mann, ohne aufzusehen.

»Kennen Sie sich denn mit Pflanzen aus?«

Ja, der alte Mann kannte sich mit Pflanzen aus. Er hieß Lionel Eberhart und war in Kingsport, Tennessee, geboren. Er hatte mit einem einzigen alten Lastwagen als Gärtner in Asheville angefangen und sich mit seiner Frau, zwei Söhnen und einer Tochter als Rasenpfleger verdingt. Sie waren alles andere als arbeitsscheu. Später eröffnete er eine eigene Baumschule, und vor seinem Ruhestand verkaufte er an Sears, Roebuck Posten von hunderttausend Rhododendren und Lorbeersträuchern.

»Und warum sind Sie in den Ruhestand gegangen?«

»Meine Frau starb, und ich hatte dreimal Herzversagen. Meine beiden Söhne wollten mich hierherbringen, aber meine Tochter hätte gern gehabt, daß ich bei ihr lebe, nur war ihr Mann dagegen. Also schickte mich der Arzt hierher.

Aber das ist ganz gut so! Die hatten ganz recht! Ich wollte ja auch gar nicht bei ihnen wohnen! Na ja.« Er wollte mit dem Eimer zum Wasserhahn.

»Ist das alles, was es hier für Sie zu tun gibt, eine Kiefer gießen?« fragte Will Barrett.

»Hier gibt es ja schon einen Gärtner. Ihre Frau hat sich um alles gekümmert. Sie war wirklich eine nette Dame. Hier hat man alles, was man sich nur wünschen kann.« Noch immer wandte er den Blick nicht von der nassen kleinen Kiefer.

Will Barrett sah auf den alten Mann hinunter. Er war flink und drahtig, ein richtiger East Tennessee-Yankee, der seine Frau, seine Söhne und seine Tochter mit seinem ewigen Herumwerkeln sicher zum Wahnsinn getrieben hatte. Ja, natürlich war Will Barrett ihm schon ab und zu begegnet, mit seinem raschen, gebückten Gang, immer im Freien, wo er Laub zusammenrechte, Bäume begoß oder dem Gärtner auf die Nerven fiel. Er hatte gut und gern noch dreißig Jährchen vor sich.

3

Jack Curl fuhr nach Hilton Head zu einem ökumenischen Treffen mit einem griechisch-orthodoxen Archimandriten, einem Maroniten-Patriarchen und dem Episkopalistenbischof von North Carolina. Initiator dieses Treffens war Jack Curl gewesen. Konnte er die Christenheit wiedervereinen? Jack Curl schlug sich lachend auf die Schenkel und drehte sich im Kreis. Warum eigentlich nicht? Könnte nicht gerade so etwas Gottes Wohlgefallen erregen, verdammt nochmal? Eigentlich hatte Marion diese Idee kurz vor ihrem Tod gehabt und sogar die Mittel zur Verfügung gestellt.

»Sie meinen, daß die Peabody-Stiftung etwas in dieser Art finanzieren würde?«

»Genau, Will«, sagte Jack, und sein Gelächter erlosch wie ein Licht.
»Und Sie wollen also, daß ich Marions Geld in eine Stiftung einbringe, die von Ihnen verwaltet wird?«
»Oder von Leslie, oder von uns beiden gemeinsam.«
»Also wer jetzt?«
»Das können Sie entscheiden. Dann ziehen wir's an der Fahnenstange hoch und warten mal ab, wer hurra schreit.«
»Was wollen Sie damit sagen?«
Jack Curl zuckte die Achseln und sah ihn ausdruckslos an. »Sie sind der Anwalt. Besprechen Sie es mit Slocum. Es läuft darauf hinaus, daß man einen oder mehrere Treuhänder einsetzt. Ich stehe jedenfalls gern zur Verfügung.«
Bevor Jack Curl losfuhr, zeigte er Will Barrett noch das Pflegeheim, obwohl ihm doch bekannt sein mußte, daß Will Barrett Marion einmal pro Woche im Rollstuhl durchs ganze Haus geschoben hatte. Der Speisesaal war hübsch eingerichtet, und es wurde hier gut gekocht. An den Tischen saßen je vier Personen, die Damen sorgfältig frisiert und gekleidet, die Herren in Anzug und Krawatte. Man sprach ein Tischgebet.
»So«, sagte Jack Curl. »Jetzt zeige ich Ihnen etwas, daß Sie nicht für möglich halten würden. Nicht einmal Marion hat etwas davon gewußt. Damen haben nämlich keinen Zutritt. Okay, ich zeige Ihnen dort oben ein paar Typen, die sich hier bestens amüsieren. Manchmal mache ich sogar selber mit, haha!«
Sie stiegen eine steile Treppe hinauf und betraten eine geräumige Dachstube. Durch den ganzen Raum zog sich in Hüfthöhe eine Modellandschaft, durch die kreuz und quer Züge fuhren. Es handelte sich nicht um Kinderspielzeug, sondern um ziemlich große Dieselloks, eine L&N-Dampflok, einen Southern Pacific-Güterzug und einen Twentieth Century Limited, die über Brücken und durch Tunnel fuhren, an Bahnhöfen haltmachten, auf Rangiergleise bogen, Baum-

wollballen ab- und Sojaöl aufluden. Schranken senkten sich, Signale ertönten, und ein mechanischer Neger auf einem Maultier nahm ständig seine Mütze ab und setzte sie wieder auf. Pfeifen tönten einsam. An den Steuerpulten saßen sechs Männer, alte Männer, und bedienten Schalter, Wassertürme und Lokomotivschuppen-Drehscheiben. Die meisten Männer trugen Eisenbahnermützen.

»Wenn das kein Nostalgietrip ist«, wisperte Jack Curl.

»Ja«, sagte Will Barrett und mußte aus irgendeinem Grund an Allie denken, wie sie in der Sonne stand.

»Geben Sie freie Fahrt, Shorty!« rief Jack Curl einem der Männer mit Eisenbahnermütze zu, aber er hatte wohl nicht den richtigen Ton getroffen, denn Shorty gab keine Antwort. »Shorty war Präsident der First National von Georgia«, flüsterte Jack. »Sehen Sie dort den Burschen auf dem Lokomotivschuppen? Das ist Orin Henderson von Henderson-Textilien. Großartige Kerle. Kommen Sie, ich stelle Sie vor.«

»Später.« Er sah auf die Uhr. Was Allie wohl gerade machte? Es war 16 Uhr 30. Das Licht der Sonne war gelb. War Allie vielleicht gerade dabei, in sich selbst zu versinken? Machte der Hund sich Sorgen um sie?

»Wer weiß, Will, am Ende fangen Sie auch noch das Eisenbahnspielen an. Es wäre nicht das Schlechteste«, sagte Jack Curl, sah ihm dabei aber nicht direkt in die Augen.

»Nein danke.»

»Warum denn nicht?«

»Ich fange mit dem Senioren-Golf an.«

»Na toll!« rief Jack aus.

»Ja.«

»Sie erinnern sich vielleicht an Vater Weatherbee, das ist auch ein richtiger Eisenbahnnarr. Während ich weg bin, sind Sie in seinen Händen. Und das sind verdammt gute Hände, besser als eine Lebensversicherung. Der Pater hat fünfzig Jahre auf den Philippinen verbracht.«

Vater Weatherbee war der alte ausgemergelte Priester, dessen unteres Augenlid genauso herunterhing wie sein Kragen. Eins seiner Augen hatte einen weißen Rand und rotierte ständig wie ein Rad. Lächelnd umschloß er Will Barretts Hand mit seinen Händen, zwei trockenen, heißen, raschelnden Feigenbaumblättern. Er zuckte die Achseln. Will Barrett fiel irgend etwas an seinem Blick auf.

»Vater Weatherbee war ein Zugführer aus Wilmington, bevor er sich entschloß, den Heiligen nachzufolgen«, sagte Jack und schlug zerstreut immer wieder die Faust in die Hand. »Er fuhr auf der alten Seaboard Air Line und kam nie so ganz davon los, stimmt's Vater?«

Vater Weatherbee murmelte irgend etwas.

»Wie bitte, Vater?« fragte Will Barrett und beugte sich zu ihm hin.

»Vater Weatherbee hat zwei ungewöhnliche Interessen«, bemerkte Jack Curl und sah auf die Uhr. »O je, ich muß zu Leslie, bevor...« Er ergriff Will Barretts Hand, als wolle er sich verabschieden. Während er sie aber schüttelte, schob er Will Barrett näher zu dem alten Priester hin. »Unser Pater Weatherbee glaubt an zwei Dinge. Das eine ist die Seaboard Air-Line, und das andere ist die Apostolische Nachfolge, stimmt's, Padre? Offen gestanden erinnert es mich eher an die Ahnenverehrung seines Mindanao-Stamms, aber ich streite mich nicht mit ihm. Schließlich komme ich ja auch mit Leslie aus, die für Priester eigentlich nichts übrig hat, geschweige denn für eine Nachfolge der Priester. Also, was soll's. Das soll jeder halten, wie er will.«

»Apostolische Nachfolge?« fragte Will Barrett und sah von einem zum anderen.

»Das ist eine Form des Handauflegens, die auf die Apostel zurückgeht«, erklärte Jack Curl, während er lächelnd zu den Eisenbahnern hinübernickte.

»Mir kam der Gedanke«, sagte Vater Weatherbee mit trocke-

ner, heiserer Stimme. Wenn er sprach, bildete sich im Mundwinkel ein rotes Bläschen wie von einem Kaugummi.
»Ja, ja«, sagte Jack Curl.
Vater Weatherbee sagte etwas.
»Wie bitte?« fragte Will Barrett und beugte sich vor.
»Ich sagte gerade, daß er mich an einen Kumongakvaikvai erinnert«, erwiderte Vater Weatherbee, nickte Jack zu und produzierte wieder eins seiner Bläschen.
»Was ist denn das – ein Kumongakvaikvai?«
»Das ist ein Dungvogel, den man im südlichen Teil Mindanaos findet. Er fliegt hinter den Kumonga-Herden her und frißt Dung, so wie der hiesige Silberreiher. Typisch für diesen Vogel ist, daß er sich den Tieren auf den Rücken setzt und *kvai kvai* schreit.« Und Vater Weatherbee stieß einen Laut aus, der wirklich genau wie ein Vogelschrei klang.
»Hahaha!« lachte Jack Curl und stieß Will Barrett mit dem Ellbogen an. »Ich habe Ihnen ja gesagt, hier oben laufen lauter Originale rum!«

4

»Wie finden Sie diese phantastischen John-Kennedy-Schaukelstühle?« rief Jack Curl, als sie auf der vorderen Veranda standen. »Letztes Jahr hatte ich einen Bandscheibenvorfall, und statt zum Chirurgen zu gehen setzte ich mich in einen Schaukelstuhl und schaukelte wie verrückt. Wissen Sie, daß man in diesen Dingern richtig trainieren kann?«
Auf der Veranda standen mindestens fünfzig davon, alle leer und feucht vom Nebel.
Nach dem Abendessen setzte sich Will Barrett in einen der Stühle und beobachtete eine Wolke, die aus dem Tal emporstieg. Zur Linken, wo sich das Tal verengte, schien die Wolke von den Wänden der Schlucht abzuprallen.
Plötzlich sprang er auf, weil ihm etwas einfiel, was er Jack

Curl hatte fragen wollen, aber der war schon seit Stunden weg. Also rief er statt dessen Vance an.

»Vance, mir ist gerade etwas eingefallen.«

»Was denn, mein Lieber?«

»Mir fiel gerade ein, daß Leslie meine ganzen Sachen hierhergeschafft hat, bevor sie überhaupt wußte, daß ich krank bin.«

»Ähem.« Vance räusperte sich. »Nun ja, wir wußten ja alle, daß irgend etwas nicht stimmte. Übrigens war ich der einzige, der Sie nicht für verrückt hielt. So wie's jetzt steht, werden wir das Kind schon schaukeln, hab ich recht? Wie fühlen Sie sich so?«

»Gut. Aber sie hat mich schon rausgeworfen, bevor ich zurückkam. Was führte sie im Schilde?«

»Jetzt hören Sie mal zu, Will.«

»Na gut.«

»Leslie ist eine typische Frau.«

»Ja.«

»Eine ganz bestimmte Art von Frau, eine sehr gute Christin.«

»Stimmt, aber ...«

»Wissen Sie, was sie mit dem St.-Mark's-Heim vorhat?«

»Nein.«

»Tja, sie wird die Rekonvaleszenten in die neue Gemeinschaft eingliedern, die Marion auf dem Mount Sourwood geplant hat – sobald gebaut werden kann. Und das jetzige St.-Mark's-Heim wird ein Krankenhaus, mit einer neuen Abteilung für Strahlenpatienten, mit einem neuen Beta-Zyklotron. Ich bin sicher, daß Sie lieber in der Peabody-Gemeinschaft leben würden. Es besteht ja keinerlei Grund, daß Sie in der Klinik wohnen.«

»Die Liebes- und Glaubensgemeinschaft.«

»Genau.«

»Ich verstehe. Und woher kommt das Geld für diese ganzen Pläne?«

Vance hustete. »Ich dachte, das hätten Sie mit Leslie und Slocum besprochen. Großer Gott, Sie sind doch Rechtsanwalt!«
»Sie sprechen also von der Peabody-Stiftung?«
»Ja.«
»Es gibt keine Peabody-Stiftung. Ich bin Marions Alleinerbe.«
»Ich weiß, aber Leslie gab mir zu verstehen, daß sie damit Marions letzten Wunsch erfüllen wollten – ganz zu schweigen davon, daß Sie auch an Ihre Gesundheit denken sollten.«
»Was ist mit meiner Gesundheit?«
Er spürte das Achselzucken durchs Telefon. »Von jetzt an werden Sie immer unter strenger Kontrolle stehen, dann geht es gut! Aber sehen wir den Dingen doch ins Auge. Wir wissen so gut wie nichts über das Hausmann-Syndrom, nur wie man die Patienten behandelt.«
»Meinen Sie behandeln oder einweisen?«
»Hahaha! Solange Ihr pH-Wert 7,4 nicht übersteigt, ist alles in Butter. Wir haben sogar ...«
»Ja?«
»Wir haben sogar überlegt, ob Sie vielleicht die Leitung der Peabody-Gemeinschaft übernehmen könnten, wo Sie ja ohnehin dort leben werden.«
»Wir?«
»Sprechen Sie mit Leslie. Sie ist eine zweite Marion.«
»Ich verstehe.«
Will Barrett ging in seine Suite und schaltete die Stereoanlage an. Leslie hatte sogar eine Kassette eingelegt, und zwar die *Vier letzten Lieder* von Strauss, eine seiner Lieblingskassetten.
Vor einiger Zeit hatte ihm Jack Curl Warren East vorgestellt, der früher bei Texas Instruments gewesen war. Auch er war ein Musikliebhaber und hatte ein Digital Sound-System in seiner Suite.

»Ihr zwei habt's wirklich gut getroffen«, sagte Jack Curl und vergrub die Hände tief in den Taschen seines Overalls. »Ihr könnt entweder Kassetten austauschen oder zusammen Musik hören. Warren besitzt sämtliche Kompositionen Victor Herberts.« Wieder der Händedruck, der ihn etwas näher zu Warren East hinschob.

Will Barrett sah Warren East an. Warren East sah ihn nicht an.

Leslie hatte neben seinen Lieblingssessel ein Buch gelegt. Es war die Bibel. Als er danach griff, klappte sie an einer Stelle auf, in der ein Buchzeichen lag. Er las: »Ich hebe die Augen auf zu den Bergen, von denen mir Hilfe kommt.« Leslie hatte an den Rand gekritzelt: *Und was für schöne Berge!*

Über seinem Kopf donnerte der Wabash Cannonball durchs Dachzimmer.

Er klappte die Bibel zu und erhob sich rasch, wodurch das Gyroskop in seinem Schädel in Bewegung geriet. Im Zickzack ging er zur Veranda hinunter und setzte sich in einen der John-Kennedy-Schaukelstühle. Er war feucht. Die Veranda lag verlassen da. Jetzt stand die Wolke überm Tal, und jenseits des Geländers war alles in helles Weiß getaucht. Durch ein Fenster des Aufenthaltsraums sah er die Hälfte des riesigen Bildschirms. Den Taktstock in der Hand, tanzte Lawrence Welk mit einer hübschen jungen Blondine.

Gleich darauf kam *Kojak*.

Er verspürte den Drang, von der stillen weißen, alles umhüllenden Wolke wegzukommen und in den fröhlichen Aufenthaltsraum mit seinem bunt flimmernden Bildschirm zu gehen und mal zu sehen, was Kojak so trieb.

Vorsichtig stand er auf, um das Gyroskop nicht in Bewegung zu setzen, und ließ sich dann schwer wieder fallen.

Mein Gott, dachte er. Ich bin im Altersheim.

5

Die friedliche Atmosphäre des St.-Mark's-Heims wurde im Verlauf einer halben Stunde durch zwei Streitereien gestört, und Will Barrett war in beide verwickelt. Bemerkenswert! Es war Jahre her, daß er sich zum letzten Mal mit jemandem gestritten oder auch nur bei einem Streit zugeschaut hatte. Zuerst tauchte Kitty auf und fiel über ihn her. Und dann gerieten Mr. Arnold und Mr. Ryan aneinander, die seit zwei Jahren im selben Zimmer wohnten. Kitty hatte seine Suite offenbar leer angetroffen und ihn im ganzen Haus gesucht, weil sie nämlich plötzlich in das Zimmer platzte, wo er den beiden alten Männern gerade einen Besuch abstattete. Als sie hereinkam, sah man gleich, daß es ihr bereits egal war, ob jemand zuhörte, so wütend war sie.

»Du Dreckskerl!« fuhr sie ihn an, und ihre Augen waren ganz weiß, wie bei einem wilden Pony. »Du ...« Sie brach ab.

»Was?« fragte er. Er merkte, daß er Angst hatte, und überlegte, ob diese natürliche Empfindung nicht ein weiteres Zeichen seiner Genesung war.

»So eine Scheiße«, sagte sie. »Jetzt weiß ich, warum ...«, und wieder brach sie schluchzend ab. Dann hob sie mit einem angestrengten Grunzen, als müsse sie eine Last abwerfen, ihre Frauenfäuste, ohne die Daumen einzuziehen, beugte sich über Mr. Ryan hinweg und hämmerte Will Barrett gegen die Brust.

Später sagte Mr. Ryan: »Es sah aus, als hätte Ihnen die Dame gewisse Ungelegenheiten bereitet.«

»Jetzt weiß ich, warum du weder ins Dun Romin' noch ins Gartenhaus, noch sonstwohin gekommen bist, du ...!« Wieder stockte ihr der Atem, als sie Mr. Ryans böses Knie beiseite schob, um an Will Barrett heranzukommen. »Du ... du Lustgreis!«

»Warum denn?«

»Weil du im Wald mit Allison geschlafen hast, du...«
Mr. Arnold und Mr. Ryan lagen im Bett und sahen sich *Hollywood Squares* an, als sei das, was da einen Meter über ihren Köpfen passierte, nichts Ungewöhnliches.
»Zusammengewohnt?«
»Du – du falsche Schlange! Ein psychotisches Mädchen auszunützen! Du... du...!«
»Lustgreis?« wiederholte Mr. Ryan und blickte zum erstenmal auf.
»Halt den Mund, du altes Arschloch!« fuhr ihn Kitty an, ohne hinunterzuschauen.
»Ja, Madam«, sagte Mr. Ryan.
»Ich bin hergekommen, um dir folgendes zu sagen, Freundchen. Du kannst wirklich zufrieden sein mit dir! Sie ist jetzt hoffnungslos regrediert, spricht kein Wort mehr. Und ich sag dir noch was: Ich werde es so einrichten, daß du sie nie mehr in deine dreckigen Pfoten kriegst, du – falsche Schlange! Genau das bist du – eine falsche Schlange!«
»Du meinst, sie spricht nicht mehr mit dir?« fragte er.
»Sie will nicht sprechen, nicht essen, nicht leben – wenn ich nicht bald etwas unternehme. Du Dreckskerl«, sagte sie leise. »Du hast die ganze Zeit über gewußt, wo sie steckt.«
Er sah, wie Mr. Arnold auf seinen Krücken den Flur entlanghumpelte. Der eierförmige Glatzkopf und das eine leuchtende Auge in dem reglosen Gesicht waren nicht zu verwechseln. Nachdem Kitty das Zimmer verlassen hatte – schäumend vor Wut, die Fäuste in die Hüften gestemmt –, dachte er darüber nach, wie banal sich Wut äußert: Wütende Leute im wirklichen Leben benehmen sich genau wie wütende Leute in Comic-Heften; über Kittys Kopf schwirrten Sterne, Kometen und Ausrufezeichen. Und kaum war sie weg, gerieten sich Mr. Arnold und Mr. Ryan in die Haare.
Mr. Arnold saß am Fußende seines Bettes, die zur Faust geballte Hand wie ein Baby im gesunden Arm. Obwohl es

sein Bett war und er das Recht hatte hier zu sitzen, versperrte er doch Mr. Ryan die Sicht auf *Hollywood Squares*. Mr. Ryan begann in übertriebener Manier den Kopf hin und her zu recken, um an Mr. Arnold vorbeizuschauen. Er bat ihn aufzustehen, aber Mr. Arnold hörte ihn nicht, zumindest tat er so.

»Du magst ja aus Glas sein, Erroll«, sagte Mr. Ryan mit ärgerlichem Lachen, »aber ich kann jedenfalls nicht durch dich hindurchschauen!«

Mr. Ryan hatte einen ordentlichen weißen Bürstenschnitt, und die Haut seines jugendlich wirkenden Gesichts war so weich und rosa zerknittert wie die eines soeben aufgewachten Babys. Allerdings schielte er ein wenig. Ein Bein fehlte ab der Hüfte, das andere war erst kürzlich unterhalb des Knies amputiert worden und war noch bandagiert. »Diabetes und Arteriosklerose«, erklärte er, während er scharf Wills Reaktion beobachtete. Anscheinend stellte sie ihn zufrieden; Will nahm das nämlich auf wie alles andere auch, aufmerksam und ohne Zeichen von Überraschung. Sie hätten die Infektion rechtzeitig entdeckt, sagte Mr. Ryan, und diesmal sei ihm sein Knie erhalten geblieben. Während er Will Barrett die ganze Zeit scharf beobachtete, erklärte er, es sei besser, gleich beim ersten Mal ein großes Stück abzuschneiden als Stück um Stück wegzuschnipseln wie damals beim anderen Bein. »Das hätte ich denen von Anfang an sagen können«, behauptete er, »daß das nicht anders ist, als wenn man beim Buchsbaum Brand ausschneidet.«

Mr. Ryan lag auf seiner Bettdecke. Jetzt zog er das Klinikhemd hoch, um seinen Stumpf zu zeigen. »Ist das nicht Wahnsinn?« Auch sein Schenkel hatte die gleiche rosaweiße Babyhaut.

Er spürte, daß Mr. Ryan ihn mit diesem aufmerksamen, fast zornigen Blick auf seine Weise fragte, ob ihm sein Knie wohl erhalten bleiben würde. Ist es denn so schlecht, dachte er, während er mit aufgestütztem Kinn Mr. Ryans Knie betrachtete, ein Knie zu haben, das einen tagaus, tagein beschäftigt? Selbst wenn man zwei ganz gesunde Knie hatte und nicht krank war, was hätte man denn hier den ganzen Tag tun können? »Die schnipseln solange an mir herum, bis ich auf ein Skateboard passe«, sagte Mr. Ryan und beobachtete ihn unentwegt.

»Sieht sehr gut aus«, erwiderte er. »Ich glaube, diesmal haben sie's geschafft.«

»Ja!« stimmte Mr. Ryan sofort zu. »Ich glaube auch, daß sie es diesmal geschafft haben. – Wir können leider nichts sehen, Erroll!« fügte er an Mr. Arnolds Adresse hinzu.

Aber Mr. Arnold machte keine Anstalten wegzurücken.

Nach einer Weile begann Mr. Ryan von neuem: »Wie gesagt, Erroll, du magst aus Glas sein, aber wir sehen jedenfalls nicht durch dich hindurch!«

Mr. Arnold bewegte sich immer noch nicht.

»Wollen Sie wissen, was Erroll da gerade tut?« wandte sich Mr. Ryan lächelnd an Will Barrett, aber in seinen Augen lag ein gefährliches Glitzern.

»Was denn?«

»Er weiß, daß ich mich nicht bewegen kann, und pflanzt seinen Hintern trotzdem genau zwischen mich und den Fernseher. Erroll, du Scheißkerl!« sagte Mr. Ryan lachend, ließ sich dann mit einem Schluchzer, aber immer noch lachend, zwischen die beiden Betten hinunter, stützte sich mit einer Hand auf den Boden und packte mit der anderen Mr. Arnolds Krücke. Nachdem er sich mühsam hochgehievt hatte, wobei ihm die Adern im Nacken schwollen und das Auge feuchtglänzend aus dem Kopf trat, schien es zuerst so, als habe er Mr. Arnold seine Krücke nur wegnehmen wollen, um ihn zu ärgern, aber plötzlich packte er sie mit beiden Händen am unteren Ende, zog den Kniestumpf an, um möglichst viel Kraft zu haben, und schlug mit aller Kraft auf Mr. Arnolds Eierkopf, wobei er die ganze Zeit vor sich hin schimpfte.

»Du nichtsnutziger Trottel, du Mistkerl, du!« schrie er, und seine Stimme wurde plötzlich heiser.
Mr. Arnold, der auf einmal in Bewegung geraten war, drehte sich um, zwinkerte Barrett mit dem gesunden Auge zu, riß mit der gesunden Hand am Quergriff der Krücke und stieß mit dem gesunden Bein nach Mr. Ryan, wobei er allerdings vom Bett herunterfiel. Mr. Ryan flog wie eine Puppe durch die Luft und landete auf Mr. Arnold. Dann sah man nur noch drei wild zuschlagende Fäuste.
»Du primitiver Dorftrottel!« schimpfte Mr. Ryan.
»Rindvieh!« konterte Mr. Arnold klar und deutlich. Er saß jetzt oben und konnte den gelähmten Arm zwar immer noch nicht bewegen, aber der Vorhang, der über seinem Gesicht lag, hatte sich gehoben. Er konnte die Flüche mit dem ganzen Mund formen. Fluchen ist also ein Mittel gegen Lähmung.
»Halt! Hört doch auf! Es reicht, es reicht!« rief Will Barrett, sprang übers Bett und landete gerade rechtzeitig auf den beiden Zimmergenossen, um die Krücke ans Schienbein zu kriegen. »Scheiße!« rief er. Die zwei alten Männer umschlangen sich grunzend und schimpfend wie ein Liebespaar. »Aufhören, um Gottes willen!« rief Will Barrett. Er hob Mr. Ryan, der durch die Verstümmelung kaum größer war als ein kräftiges Kind, vom Boden auf und legte ihn auf seine Kissen.
Mr. Arnold thronte schon wieder am Fußende des Betts und versperrte Mr. Ryan erneut die Sicht auf *Hollywood Squares*. Es war, als hätte nie ein Kampf stattgefunden. Statt Mr. Arnold wegzuschieben, verstellte Will Barrett den Metallarm des Fernsehgeräts einfach so, daß Mr. Ryan freie Sicht hatte. Dann sah er die beiden an. Sie verfolgten Paul Lynde im Mittelfeld, als sei nichts passiert.
»Wie oft kommt so etwas denn vor?« erkundigte er sich.
»Jedesmal, wenn die mich mal wieder zurechtgestutzt ha-

ben, pflanzt Erroll seinen verdammten Arsch genau dorthin, damit ich nicht fernsehen kann!« sagte Mr. Ryan.
»Das ist der einzigste Punkt, von wo aus ich gut sehe«, verteidigte sich Mr. Arnold. »Von da hinten aus ist das Bild zu klein!«
»Sie können inzwischen ja wieder sehr gut sprechen«, wandte sich Will Barrett an Mr. Arnold. »Als sie das letzte Mal bei mir zu Hause waren, haben Sie nicht viel gesagt.«
»Da gab es auch nicht viel zu sagen.«
»Das ist bei ihm reine Bosheit!« schaltete sich Mr. Ryan ein. »Aber wenn Sie ihm wie einem Maulesel auf den Kopf hauen, quasselt er wie ein Buch.«
»Wie lange sind Sie denn schon hier?« wandte sich Will Barrett an Mr. Ryan.
»Zwei Jahre.«
»Und Mr. Arnold?«
»Fragen Sie ihn doch!«
»Drei Jahre«, sagte Mr. Arnold laut und deutlich. Der Vorhang hatte sich noch nicht wieder über sein Gesicht gesenkt.
Seltsam: Ihm schien es, als hätten sie ihn sogar während ihres wütenden Streits mit einer stummen, freundlichen Aufforderung beobachtet. Sie wollten von ihm hören, daß alles schließlich doch noch gut ausgehen würde, egal was passierte – und sie glaubten ihm.
Er fand heraus, daß man durchaus mit ihnen reden konnte und daß sogar die beiden sich miteinander unterhalten konnten, solange der Fernseher lief. Er war wie eine Art Strohmann beim Bridge, ein Vierter, bei dem alle zuschauen konnten.
Mr. Ryan war ein Bauunternehmer aus Charlotte, der nach Linwood gezogen war, um für Mountainview Homes Apartmentsiedlungen und Villen zu bauen, bis ihn Diabetes und Arteriosklerose »zurechtgestutzt« hatten.
»Ihre Balken messen in der Mitte 60 Zentimeter, die Nägel

sind nichts wert, und die Bodendielen platzen in zwei Jahren ab«, sagte Mr. Arnold zu Peter Marshall in *Hollywood Squares.*

Wie kam es nur, daß sich durch Wut der Vorhang von seinem Gesicht hob?

»Soll ich Ihnen sagen, was er am liebsten täte?« wandte sich Mr. Ryan an Jonathan Winters. »Er würde für das Dach am liebsten Robinienholznägel und handgefertigte Schindeln verwenden. So ein Nagel aus Robinienholz hält zweihundert Jahre. Er geht immer noch davon aus, daß man einen Stundenlohn von 30 Cents zahlt.«

»Sind Sie ein Bauunternehmer?« fragte Will Barrett Mr. Arnold.

»Er hat mal ein Blockhaus gebaut«, schaltete sich Mr. Ryan ein. »Aber als es endlich stand, waren die Besitzer gestorben.«

»Ein paar Hippies auflesen und ein Hühnerhaus aus dem Boden stampfen, das keine zehn Jahre hält, ist kein Kunststück«, versetzte Mr. Arnold. »Die geben das in ihren kleinen Computer ein und berechnen es so, daß das Haus zum selben Zeitpunkt zusammenfällt wie seine Bewohner.«

Will Barrett sah die beiden Männer neugierig an. »Man kann also Hippies für Bauarbeiten anheuern?« fragte er Mr. Ryan.

»Na klar. Man muß nur die richtigen kennen. Manche haben es einfach satt, immer nur herumzuhocken. Die arbeiten besser als Nigger.«

»Sie bauen also Blockhütten?« fragte er Mr. Arnold.

»Ich kann Ihnen auch ein Haus bauen«, sagte Mr. Arnold zu Rose Marie, die ihre Rose in der Hand hielt.

»Wenn Sie lang genug leben«, fügte Mr. Ryan hinzu. Dann starrten alle drei wieder auf den Bildschirm.

»Geben Sie mir einen Bohrer«, sagte plötzlich Mr. Arnold mit kräftiger Stimme, »und Axt, Säge, Spaltmesser, Holzhammer, Schlegel, und ich stelle Ihnen ein Haus hin, das

noch steht, wenn dieses Gebäude hier längst eingestürzt ist – obwohl es natürlich schön ist, daß Sie und Ihre Frau es bauen ließen, weil wir nämlich sonst gar nichts hätten.«
»Sag ihm aber, daß der rote Lehm mit Schweinsblut und Roßhaar vermischt wird«, warf Mr. Ryan ein.
»Für welchen Preis könnten Sie so eine Hütte bauen?« wandte sich Will Barrett an Mr. Arnold.
»Ich habe für Roy Price in Rabun County mal ein Vierzimmerhaus mit Kamin für zweihundertfünfzig Dollar gebaut.«
»Aber das war neunzehnhundertdreißig, um Gottes willen!« rief Mr. Ryan.
»Es hatte überhängende Schwalbenschwänze. Ich mache keine Kammverbindungen wie bei einem Schweinekoben, das hält nicht lange. Und ich habe noch nie einen Kamin gebaut, der nicht gezogen hätte. Es hängt alles von der Verzapfung ab.«
Lange saß er zwischen den beiden Betten und blinzelte vor sich hin. Die Hände hielt er ausgestreckt gegen die zwei Männer, als müsse er sie immer noch auseinanderhalten. Dann stand er plötzlich auf, anscheinend zu plötzlich, denn sein Hirn drehte sich, und er wäre beinahe hingefallen.
»Vorsicht, Partner«, sagte Mr. Arnold und packte ihn mit der gesunden Hand, die erstaunlich kräftig war.
»Alles in Ordnung, Mr. Barrett?« erkundigte sich Mr. Ryan.
»Ja danke, es geht schon wieder.«
»Natürlich. Sie bleiben hier sicher nicht mehr lange, hab ich recht, Erroll?«
»Bestimmt«, sagte Mr. Arnold. »So ein junger Bursche. Und reich ist er außerdem noch.«
Die beiden lachten laut und warfen sich einen Blick zu, als hätten Sie ein Geheimnis.
»Ja«, sagte er und verließ das Zimmer.
Er lehnte im Flur an der Wand. Sein Kopf war klar, aber unter dem Herzen spürte er etwas Heftiges, Süßes, ein Ge-

fühl des Verlusts, eine Empfindung, als verlasse ihn etwas. Er lächelte vor sich hin. Jetzt machte es ihm nichts mehr aus, daß er sich nicht an alles erinnern konnte.
Später am Abend hörte er Tom Snyder jemanden fragen: »Welche sexuelle Vorliebe haben Sie?«
Während er an die Wand gelehnt dastand, fiel Kitty erneut über ihn her. Entweder hatte sie ihm aufgelauert, oder sie war noch einmal zurückgekehrt, weil ihr noch etwas eingefallen war.
»Ich will nur sichergehen, daß du dir über folgendes im klaren bist, Freundchen!« Sie schwenkte ihre Handtasche, eine Art Umhängetasche. Wollte sie ihn damit schlagen?
»Was?« fragte er. Aus den umliegenden Zimmern hörte man das leise Gebrabbel verschiedener Fernsehprogramme.
»Wenn Allison wieder in Valleyhead ist, wirst du sie nicht besuchen! Hast – du – mich – verstanden?« Sie stieß ihm bei jedem Wort zwei Finger in die Rippen. Es herrschte eine Vertrautheit zwischen ihnen, wie man sie sonst nur bei Eheleuten findet. Es kam ihm vor, als seien sie einmal verheiratet gewesen und jetzt geschieden.
»Ja.«
»Ich weiß genau über dich Bescheid und was mit dir nicht stimmt! Du kannst froh sein, daß du überhaupt noch lebst! Aber das heißt noch lang nicht, daß du dich an meinem kleinen Mädchen oder ihrem Eigentum vergreifst. Und ich sage dir ganz offen, ich bin froh, daß die dich hierbehalten wollen.«
»Wollen sie das wirklich?«
»Jetzt hör mir mal gut zu, Mister. Ich sorge dafür, daß das Kind keine weitere Nacht in dieser Müllkippe von einem Treibhaus zubringt. Alistair wird am späten Nachmittag hier sein, und dann holen wir sie ab. Wenn sie sich sträubt, müßten wir nur anrufen, hat der Sheriff gesagt, dann läßt er sie nach Valleyhead bringen. Und du kannst mir glauben, daß ich es um ihretwillen tun würde.«

»Alistair?«
»Dr. Duk.«
»Ach so, ja. Dr. Duk.«
»Kennst du ihn? Ist er nicht wundervoll?«
Er schwieg.
»Ihr werdet sie heute nachmittag holen?« fragte er dann.
»Du hast's erfaßt, Kumpel.« Sie zwinkerte und schlug einen etwas weicheren Ton an. »Jetzt schau doch nicht so, es wird ja alles wieder gut. Das mit Allison kommt in Ordnung, und jetzt müssen wir zusehen, daß mit dir auch wieder alles in Ordnung kommt. Jetzt hör mir mal zu, Will.«
»Ja?«
»Leslie weiß immer ganz genau, was sie tut. Hier bist du am richtigen Platz. Du mußt hierbleiben und auf dich aufpassen und deine Medikamente einnehmen, dann wird alles gut. Kümmere dich um diese alten Menschen – so wie ich es verstanden habe, sollst du Heimleiter werden.«
»Ach ja?« Er hatte die nicht unangenehme Vorstellung, daß man große Pläne mit ihm hatte.
»Es wird schon alles werden. Und wir selbst sind ja auch keine Osterlämmer mehr.« Sie wurde sanfter und gab ihm einen Rippenstoß, der sich von den vorhergehenden unterschied. »Wenn es dir wieder besser geht, hol mich doch zu einer Spazierfahrt ab. Oder nein, ich hole dich ab. Wir parken dann am Golfplatz, und du kannst mich in den Arm nehmen. Erinnerst du dich?«
»An was?«
»Wie du mich damals auf dem Golfplatz in den Arm nahmst.«
»Äh – nein.«
Er sah auf die Uhr. Wenn er Kitty los wurde, konnte er noch den Anfang des Vormittagsfilms erwischen. Heute handelte es sich um *König Salomos Goldminen*, kein großartiger Film, zugegeben, aber der Anfang mit Deborah Kerr und einem finsteren Allan Quartermain, gespielt von Stewart

Granger, gefiel ihm trotzdem. Deborah versuchte Allan dazu zu überreden, ihr bei der Suche nach ihrem Mann zu helfen, der in einem weit entfernten, noch unerforschten Land verschollen war. Merkwürdig. Er war noch keine Woche im St.-Mark's-Heim, und schon freute er sich auf den Vormittagsfilm.

V

1

Ein fürstlicher schwarzer Watussi, anscheinend über zwei Meter groß, stand mit einem Stab in der Hand auf einem Felsen und blickte nach Norden. Irgendwo in der Ferne lagen die Schätze König Salomos.

Rechts von ihm saß Mr. Ryan, links von ihm Mr. Arnold. Die Zeit hatte gereicht, Mr. Ryan in seinen Rollstuhl zu setzen und in den Fernsehraum mit dem großen Sony-Projektor-Gerät zu schieben. Er hatte Mr. Arnold eingeladen mitzukommen, und Mr. Arnold hatte zwar nichts erwidert, stapfte jetzt aber gehorsam neben Mr. Ryans Rollstuhl her. Zuvor hatte er aus Furcht, er könne nach vorn kippen, noch eine Decke um ihn herumgestopft.

»Das ist der größte Neger, den ich je gesehen habe!« sagte Mr. Ryan, während er den majestätischen Watussi anstarrte. »Aber eins kann ich Ihnen sagen: Das ist kein afrikanischer Häuptling. Das ist ein Eukalyptus-Neger aus Mississippi. Die würde ich überall auf Anhieb erkennen, weil sie für mich von Point Clear bis Sea Island kolonnenweise Apartmentsiedlungen gebaut haben. Früher waren das gute Arbeiter, bis Roosevelt sie verdarb.«

Mr. Arnold rutschte in seinem Stuhl hin und her. Der Vorhang vor seinem Gesicht hob sich ein wenig. Er beugte sich heraus, drehte sich um und blinzelte mit seinem gesunden Auge, während er nicht mit Mr. Ryan, sondern mit Barrett sprach, der in der Mitte ging. »Ich muß Ihnen sagen, daß Roosevelt der einzigste war, der je was für uns arme Leute in den Bergen getan hat.«

Die alten Männer begannen über Roosevelt zu streiten, der seit fünfunddreißig Jahren tot war.

»Okay, es reicht!« sagte er, und die beiden Männer lehnten sich friedlich zurück und sahen weiter den Film an.
Ich brauche es ihnen bloß zu sagen, dachte er.
South Georgia, Alabama, Mississippi, dachte er, während er dem großen Watussi-Prinzen zuschaute. Und mein Vater, der damals in dem Moor in Georgia knapp dem Tod entging, wie ich selbst auch, und später sein Tod in Mississippi, und ich war dabei, und er wollte, daß ich dabei war, er wollte, daß ich sah, wie sein Hirn explodierte, sich wie das Universum ausdehnte und die ganze Dachstube mit Neuronen übersäte, wie Sterne am nächtlichen Himmel. Warum wollte er mich dabei haben? Was wollte er mir denn zeigen? Jetzt weiß ich es. Er wollte mir den einen sicheren süßen Abgang vor Augen führen. Ja, das ist es, was er mir zuerst damals in Georgia schenken wollte, was er mir dann gesagt und schließlich gezeigt hat, und jetzt weiß ich es endlich.
Sogar D'Lo wußte es. Du armes kleines Jungchen, was machst du denn jetzt? Was für Aussichten hast du denn jetzt noch in dieser Welt? Dein Daddy hat sich umgebracht, deine Mama ist auch tot, und da stehst du nun, du armer kleiner Willie, und was bleibt dir jetzt noch? Sie schüttelte den Kopf und schlug den Haferbreilöffel am Topfrand ab, während er sie mit zusammengekniffenen Augen beobachtete und sogar ein wenig lächelte, weil er wußte, daß sie sich irrte. Denn er war er, und sie waren sie, und er war frei, selbstsicher, flink und intelligent. Nichts, niemand würde ihn jemals wieder überraschen. Sie jedenfalls nicht. Sie am allerwenigsten. Er war von ihnen befreit.
Sein Vater hatte in dem Moor zwei Schüsse abgegeben, die Greener nachgeladen und noch einmal geschossen. Aber dieser zweite Schuß kam aus beiden Läufen und zielte auf ihn. Ich dachte, er hat mich verfehlt, und so war es ja beinahe auch, und dann dachte ich, ich hätte überlebt, und so war es ja beinahe auch. Aber jetzt habe ich doch noch etwas dazugelernt, und es hat mich überrascht. Was dazugelernt? Daß

er mich letztlich doch nicht verfehlt hat, daß ich zwar glaubte, überlebt zu haben, und das habe ich ja auch, daß aber irgend etwas seit damals in mir abgestorben war, ohne daß ich es wußte, bis jetzt. Welch eine Überraschung! Sie hatten also doch recht. Er hatte recht. D'Lo hatte recht. Welch eine Überraschung! Aber ist es nicht ebenso überraschend, daß man sich jetzt, wo man entdeckt hat, daß man all die Jahre über tot war, plötzlich ein klein wenig lebendig fühlt?
Er hat mich getötet, und ich wußte es nicht. Ich glaubte sogar, er habe mich verfehlt. Ich habe gelebt, ja, aber es war ein lebendiger Tod, weil ich die ganze Zeit über wußte, daß er mich eigentlich hatte töten wollen. Habe ich ein Recht zu leben? Ich blieb durch einen glücklichen Zufall am Leben, wie der einzige Überlebende von Treblinka, der zwar ebenfalls durch einen glücklichen Zufall überlebte, sich aber nicht wirklich berechtigt fühlte weiterzuleben.
Ah, es ist aber doch ein Unterschied, ob man sich tot fühlt und es nicht weiß oder ob man sich tot fühlt und es weiß. Wenn man es nämlich weiß, hat man zumindest die Möglichkeit, sich lebendig zu fühlen, auch wenn man tot ist.
Na schön, er hatte also recht, sie hatten alle recht, und ich habe schließlich doch noch gelernt, daß ich zu ihnen gehöre. Aber ich bin besser als sie, nicht wahr? Ich habe etwas Besseres entdeckt, als mir einen Gewehrlauf in den Mund zu stekken: kurz, ich kann in einer tröstlichen Umgebung sterben, unter Freunden und nach der episkopalistischen Ordnung und unter guten Christen, die sich um alles kümmern. Liebe gute schwarze Christen holten mich auf die Welt, wechselten mir die Windeln, und hier sind abermals Christen, die mir die Windeln wechseln und mich aus der Welt hinausgeleiten werden, stimmt's?
Falsch.
Hier läuft Tag und Nacht das Sony-Projektor-Gerät, und manche Sendungen sind gar nicht so übel, manche sogar wirklich gut und unterhaltsam, ja, vor allem die Sportsen-

dungen und Dokumentarfilme, nicht wahr? M*A*S*H* ist auch nicht schlecht, oder?
Nein.
Da war etwas, das er tun mußte. Als er sich so rasch erhob, daß ihm schwindlig wurde und er taumelte, hielt ihn von der einen Seite Mr. Arnold mit der gesunden Hand und von der anderen Mr. Ryan mit beiden Händen fest. »Alles in Ordnung, Will?« fragte einer rasch und ließ genauso rasch los und schaute wieder weg. Sie waren seine Freunde. Wie feinfühlig und gütig sie waren!
»Es geht schon wieder. Ich muß jetzt weg.«
»Sie besuchen uns dann sicher einmal«, sagte Mr. Ryan. Mr. Arnold nickte.
Er beugte sich zu ihnen hinunter und sah ihnen ins Gesicht. Wer hatte etwas davon gesagt, daß er für immer gehen wollte? Woher wußten sie das, wo er es doch selbst noch nicht gewußt hatte?
Einen Moment lang stand er da und beobachtete eine Tarantel in Deborah Kerrs Zelt. Gab es eine ganze Welt von Bedeutung, von Sprechen und Hören, die überall und immer stattfand und die niemand, er jedenfalls nicht, beachtete?
Er sah an dem blauen wollenen Morgenrock hinunter, den ihm Leslie gekauft hatte, und an dem Brooks-Bros.-Pyjama und auf die Bean's-Elchfellhausschuhe, die Marion ihm einmal zu Weihnachten geschenkt hatte.
»Ja, ich komme wieder.«
Eine halbe Stunde später hatte er sich umgezogen und war in seinem Mercedes auf dem Highway unterwegs. Der Wagen fuhr besser denn je, und Will Barrett sah diesmal nichts doppelt. Sorgfältig, aber zerstreut hatte er sich zum erstenmal seit Monaten wieder richtig angezogen, Anzug, Hemd und Krawatte und die bequemen Schuhe von Florsheim, die er seit New York nicht mehr angehabt hatte.
Plötzlich spürte er einen Stich im Herzen. Seit zwölf Stun-

den hatte er sein Acid nicht mehr genommen! Sein pH-Wert war zu hoch, und die schweren Moleküle waren wieder in Bewegung. Wieder versuchte ihn die Vergangenheit einzuholen, und die Zukunft winkte ihm zu. Alles bekam eine Bedeutung.
Als er beim Club geparkt hatte, ging er mit den Händen in den Taschen den achtzehnten Fairway entlang. Er kam sich in seiner Stadtkleidung komisch vor und kickte das Laub beiseite wie ein Geschäftsmann, der an einem schönen Herbsttag durch den Central Park nach Hause geht. Der weiche Kragen lag angenehm um seinen Hals, aber durch die dünnen Socken spürte er die Kälte. Die frische kühle Luft tat seinem Gesicht gut.
Am Zaun angekommen, dehnte er den obersten Draht, um den Gitarrenklang zu hören. Er ließ ihn los, spannte ihn dann noch mehr und legte den Kopf schief. Der Draht summte erneut, quietschte und schlug gegen den Steg des Pfostens. Er ließ los. Es klang wie Draht, der gegen einen Zaunpfosten schlägt, sonst nichts. Der nächste Pfosten war verfault, knickte ab und kippte auf ihn zu. Er trat ihn um und stieg über den Zaun.
Das Mädchen und der Hund saßen auf der Vortreppe der kupferüberdachten Veranda. Das Mädchen, das die Hand gegen die Sonne hielt, erkannte ihn nicht sofort. Aber der Hund. Mit gefletschten Zähnen kam er auf ihn zu, und der breite Schwanz wedelte wie der eines Alligators. Der Hund fletschte die Zähne und schluckte, seine Lefze war über einen Zahn hochgezogen, der ihm wehtat. Er sah beiseite. Das Mädchen berührte ihre Wange mit den Fingern, als er auf sie hinuntersah. Sie war mager und blaß. Vielleicht lag es an dem olivfarbenen Männerparka, den sie anhatte und der aussah, als sei er im Zweiten Weltkrieg auf den Aleüten getragen worden.
»Du bist es, nichtungeachtet dessen«, sagte sie.
Er lachte. »Nichtungeachtet wessen?«

»Für wen ich dich hielt.«
»Für wen hieltest du mich denn?«
»Für jemand aus Atlantis, nur größer, aber ich erkannte dich auch daran, wie dein Gesicht hier leuchtet, weißt du.« Sie berührte ihre Schläfe.
»Aus Atlantis oder Atlanta?«
»Beides. Aus Atlanta geschäftshalber mit deinem Anzug, so wie ich Sarge einmal mit Aktentasche und solch einem Anzug im Hyatt aus dem Aufzug kommen sah. Aus Atlantis aber ebenfalls, wegen der Art, wie du durch den Wald kamst, als kämst du von überall her, nur nicht von dort.«
»Von wo?«
»Von dort. Vom Golfplatz und den Spielern. Du warst nicht einer von ihnen, bist es nie gewesen. Ich meine damit, es ist eine Frage, woher du kommst, eine Erwägung der Bedeutung dieser Tatsache.«
»Du meinst, woher ich jetzt heute morgen gerade komme, nicht wahr?« Er lachte, und sie nickte. Er lachte, weil er wußte, daß dies ihre eigene Ausdrucksweise war, obwohl es an hiesige Zigeunersprache erinnerte: Mann, wo kommste her? »Ich komme direkt aus dem Krankenhaus.«
Sie stand auf und legte die Hand auf seine Stirn wie eine Mutter, die prüft, ob ihr Kind Fieber hat. »Du siehst gut aus. Geht es dir auch wirklich gut?«
»Ja, und dir?«
»Auch. Ich gehe zwar wieder zurück und in mich hinein, glaube ich, aber das ist in Ordnung.«
»Nein, das ist nicht in Ordnung. Ich möchte dich mal richtig anschauen.« Er half ihr aus dem Parka und führte sie in die sonnige warme Ecke der Veranda.
Eine Weile starrte sie wie ein Kind auf seine Krawatte. Dann legte sie, nicht wie ein Kind, den Kopf schief, um ihn aus den Augenwinkeln anzuschauen.

»Ich bin so ...«, begann sie und schüttelte den Kopf. Nichts bewegte sich außer ihren Händen, die sie nach außen drehte, als wolle sie gleich die Achseln zucken.
»Ja«, sagte er und küßte sie auf den Mund, und sie flog ihm an den Hals und hängte sich an ihn.
»Da ist etwas, das ich brauche«, sagte er zu ihr.
»Moi aussi«, erwiderte sie. »Wohlunterschieden von den Bedürfnissen nach Gesellschaft und der Familie als einer Einheit oder der Gruppe.«
»Ja, wohlunterschieden.«
»Ehrlich gesagt«, begann er, als sie nebeneinander in der Sonne saßen, »möchte ich mit dir über einiges reden. Um damit anzufangen: Mein pH-Wert ist jetzt richtig eingestellt, und ich fühle mich wohl. Zweitens bin ich verliebt, glaube ich.«
»Ich auch.«
Sie küßten sich wieder. Ihr Mund schmeckte süß und herb zugleich. Seine Zunge drang in sie ein. Ihre Zunge zog sich überrascht zurück, wagte sich dann aber vor und schob sich scheu zwischen seine Lippen. Sie zu küssen war für ihn, als betrete er glückliches Neuland.
»Was hast du denn gegessen?« fragte er.
»Papayas. Die sind am besten, wenn sie Frost abgekriegt haben.«
»Laß mich mal schmecken.«
Sie küßten sich wieder, diesmal im Sitzen. Er merkte, daß, egal ob sie sich im Stehen oder Sitzen küßten, ihr Körper sich seinem Körper immer irgendwie zukehrte und ihm entgegenglitt.
»Dich zu küssen ist eine Lust, aber keine runde, abgeschlossene Lust«, meinte sie.
»Nicht?«
»Nein, es ist eine Lust, die sich öffnet, und ein Verlangen. Sich so zu küssen wie jetzt ist schön, mehr ist besser, und wie wäre es damit?«

»Ich weiß.«
»Deine Zunge ist willkommen, aber du, das heißt, das vorspringende Du, wäre es sogar noch mehr.«
»Ich weiß, ich weiß.«
»Gab es je so ein Verlangen?«
»Nicht, daß ich mich erinnern könnte.«
»Gewiß?«
»Gewiß.«
»Ach, sag es doch!«
»Ich begehre dich.«
»Wie schön! Das Wort ist heraus. Es ist heraus, das heißt, ja, sage ich.«
»Ich verstehe.«
»Oh, oh, es ist mehr als offenkundig, daß du das tust«, sagte sie.
»Ich weiß, ich weiß.«
»Hast du mich übrigens gern?«
»Oh ja. Ich muß sicher sein, daß du dich wohlfühlst. Fühlst du dich wohl?«
»So ähnlich und darüber hinaus! Empfindest du in meiner Nähe lächelndes Behagen und auch ein süßes Gefühl in den tieferen Regionen?«
»Ja, in den tieferen Regionen, ein süßes Gefühl und auch das lächelnde Behagen.«
»Ist es möglich, daß es solch ein Leben gibt?«
»Was für eins?«
»Ein Leben des lächelnden Behagens mit einem anderen Menschen und das süße Gefühl für dich tief in mir und Spiel und Scherz und innig-süße Liebe den lieben langen Tag, sogar um vier Uhr nachmittags, so daß die alte gelbe grüne Lichtung Einsamkeit sich in ein behagliches Beieinander, nicht in ein Unbehagen verwandelt?«
»Ja, das ist möglich.«
»Kann es so etwas geben? Was für ein Wunder, und von der Nacht haben wir noch gar nicht gesprochen.«

»Nein, das haben wir noch nicht.«
»Wenn man sich das vorstellt, zehn Stunden Dunkelheit jede Nacht!«
»Ja, wenn man sich das vorstellt.«
»Was werden wir tun?«
»Was du willst.«
»Dann hast du mich also gern?«
»Ja.«
»Laß uns noch nicht von Liebe sprechen. Ich bin mir bei dem Wort noch nicht sicher.«
»Nein, wir werden nicht von Liebe sprechen, obwohl ich das Gefühl habe, daß wir es in Zukunft vielleicht tun werden.«
»So ähnlich und darüber hinaus.«
»Was darüber hinaus?«
»Darüber hinaus beginnt zum erstenmal ein Andauern, aber es windet sich nicht an mir hinauf.«
»An mir auch nicht. Und mir ist noch etwas klargeworden.«
»Darüber und darüber hinaus.«
»Ja, darüber und darüber hinaus. Und zwar folgendes: wir brauchen einander für unterschiedliche Dinge.«
»Wie äußert sich der Unterschied?«
»Ich brauche dich zum Aufheben, und du brauchst mich zum Übersetzen.«
»Sag wie?«
»Ich falle ab und zu hin, und du bist sehr gut im Aufheben. Ich würde mich freuen, wenn du in der Nähe wärst und mir aufhelfen könntest«, sagte er.
»Die Freude wäre ganz meinerseits. Kurz, ich werde es tun. Ich bin so froh über deinen pH-Wert.«
»Andererseits ist es so, daß ich mich an alles erinnere und du das meiste vergißt. Ich werde dein Gedächtnis sein. Außerdem hast du eine ziemlich ungewöhnliche Art zu sprechen. Aber ich verstehe sie, und sie bedeutet tatsächlich mehr als

die anderer Leute. Ich könnte mich also sowohl für dich erinnern als auch für dich übersetzen.«
»Unsere Lapsen kommen nicht von den Synapsen.«
»Nein, sie sind so, wie sie sein sollten.«
»Die Bedeutung deiner Überlegung ist also, daß mich die Leute für verrückt halten.«
»So ist es. Überdies wollen sie dich aus diesem Grund heute nachmittag abholen.«
»Und du nicht.«
»Ich halte dich nicht für verrückt, nein. Jetzt.«
»Ja?«
»Komm, wir setzen uns hier zum Hund. Es gibt einiges, was du jetzt tun mußt. Übrigens ist es wunderschön, hier neben dir zu sitzen. Lieber Gott, wie schön! Ich weiß vieles nicht, aber bestimmte Dinge sind mir klargeworden, was dich betrifft. Deshalb nehme ich es auf mich, etwas zu tun, das ich sonst selten tue, nicht einmal in meinem Beruf als Rechtsanwalt: jemandem zu sagen, was er tun soll. Aber ich glaube auch, daß du bereit bist, dir etwas sagen zu lassen.«
»Das Gefühl ist wechselseitig. Ich höre.«
»Die Papayafrüchte schmecken sehr gut.«
»Ja.«
»Trotzdem ist ihr Geschmack in deinem Mund noch besser.«
»Die Freude ist meinerseits.«
»Wirklich?«
»Wirklich.«
Er küßte sie. Wieder floß sie ihm entgegen, diesmal von der Seite, was ja eigentlich nicht möglich war und doch ohne alle Schwierigkeiten ging.
»Jetzt sage ich dir also, was du tun mußt.«
»Ja?«
»Möchtest du nach Valleyhead zurück?«
»Nein. Sicherlich nicht. Nie jemals. Niemals.«
»Sehr gut, du mußt auch nicht. Dr. Duk und deine Mutter

und möglicherweise auch der Sheriff wollen dich heute nachmittag holen, aber du mußt nicht mitgehen.«
»Nicht?«
»Nein.«
»Wer sagt das?«
»Ich sage das.«
»Komm, laß uns jetzt gehen.« Sie vergrub ihr Gesicht an seinem Hemd. »Die Höhle! Wir gehen einfach in die Höhle!«
Er lachte. »Nein. Wir brauchen nicht in die Höhle zu gehen. Das mit der Höhle ist aus und vorbei. Wir können hier oben wohnen. Wie würde es dir gefallen, dein Leben zu beginnen?«
»Es ist Zeit. Und dir, deines zu beginnen?«
»Sehr.«
»Es ist langsam Zeit.«
»Ja.«
»Ist es dir möglich?«
»Ja. Jetzt hör mir mal zu.«
»Gut.«
»Pack ein paar Sachen zusammen.«
»Ich hab sowieso nur ein paar Sachen.«
»Keine Sorge, wir können dir später noch Kleidung kaufen. Da haben wir viel Zeit, aber jetzt möchte ich, daß wir innerhalb von zehn Minuten hier weggehen. Der Sheriff will dich holen. Keine Angst, das hier gehört dir, und du kannst zurückkommen und hier wohnen, wenn du willst. Das gilt auch für die Insel. Aber jetzt mach dich schnell fertig, ich bringe dich für ein paar Tage ins Holiday Inn.«
»Gut«, erwiderte sie, »ich hole meinen NATO-Tornister. Erinnerst du dich, wie Perry Mason einen Klienten unter falschem Namen einige Tage lang in einem obskuren Hotel versteckt hat?«
»Ja.«
»Ich habe in Valleyhead mindestens zweihundert Perry Ma-

sons gelesen. Es war unterhaltsam, sich vorzustellen, wie der Klient mit Della Street im Beverly Arms an der Sepulveda wohnt.«

»Ja, aber denk jetzt nicht daran. Wir sollten jetzt gehen. Du brauchst etwas Warmes zu essen, ein heißes Bad und saubere Kleider. Du bist zu dünn.«

»Und rieche ich schlecht?«

»Du riechst nach Torfmoos und Armeebeständen. Ich glaube, ich kaufe dir ein Kleid. Wenn ich mir dich im Kleid vorstelle! Während du dein Bad nimmst, hole ich dir vom Buffet etwas Warmes zu essen. Die machen um drei Uhr zu, du mußt dich also beeilen. Und während du ißt, werde ich kurz etwas erledigen. Und dann muß ich dir etwas sagen.«

»Was ist mit meinem Hund?«

»Laß ihn hier und stell ihm Futter hin. Wir holen ihn dann später. Er wird Besucher abschrecken. Und er weiß ja, daß du zurückkommst, nicht wahr?«

»Ja. Gehen wir.«

2

Das Zimmer im Holiday Inn lag im zweiten Stock und nach hinten hinaus. Vom Balkon aus sah man einen Parkplatz, einen Rasenstreifen, einen Maschendrahtzaun, im Westen eine Weide mit Holsteiner Kühen und jenseits von allem den violetten Koloß der Smokies, so groß und düster, daß man ihn fast für eine Wolke halten konnte.

Während sie badete, holte er vom Buffet zwei Teller mit Schweinswurst, Süßkartoffeln, Bohnen, Maiskolben, dazu zehn Stückchen Butter, Maisbrot, Buttermilch und Apfelkuchen. Es war kein gewöhnliches Holiday Inn. Als Allison aus dem Bad kam, im selben Schlafanzug, den sie schon bei ihrer Flucht aus Valleyhead getragen hatte, war am runden schwarzen holzähnlichen Tisch beim Fenster gedeckt. Der

Vorhang war weit genug aufgezogen, daß man einen Streifen der sonnenbeschienenen Wiese sah.
Allison begann zu essen. Sie aß gierig alles auf und starrte dabei zum Fenster auf das kleine Stück Wiese, Himmel und violettes Gebirge hinaus.
»Jetzt muß ich etwas erledigen«, sagte er. Mit den Händen in den Taschen stand er neben ihr und sah auf sie hinunter. »Ich muß in einer bestimmten Sache Slocum aufsuchen und bin in etwa einer Stunde zurück.«
Sie nickte und schob sich den letzten Bissen Apfelkuchen in den Mund.
»Leg dich ein Weilchen hin.«
Sie nickte.
An der Tür drehte er sich noch einmal um.
»Mir ist gerade etwas eingefallen«, sagte er. »Ich habe keine feste Adresse. Ich wohne nirgends.«
Sie lächelte. »Mach dir nicht unnötig Sorgen, das ist nicht unbedingt unvorteilhaft. Viele Leute haben eine Adresse, aber schau sie dir an.«
»Du hast recht.«
»Trotzdem hätte ich vielleicht irgendwann gern eine feste Adresse.«
»Ja.«
»Könnten wir zusammen wohnen?« fragte sie.
»Ich glaube schon. Unter einer Adresse.«
»So eine Freude!«
»Ja.«

3

Es dauerte nur eine halbe Stunde.
Er stellte bloß zwei Fragen, und obwohl sie ziemlich ungewöhnlich waren, zwinkerte Slocum nur ein einziges Mal und antwortete ohne zu zögern. Nur als er das Zimmer betrat,

sah Slocum ihn genauer an, registrierte mit einem Nicken seinen dunklen Anzug und wies auf einen Sessel.
Sie saßen in einem Büro mit angenehmer Atmosphäre, in dem es nach Gesetzbüchern und Balsaminen roch. Durch ein großes Fenster sah man den Berg mit seinem asymmetrischen Gesicht und dem seitlich verschobenen Auge.
»Sie haben die Klinik verlassen«, sagte Slocum.
»Ja.«
»Alles wieder in Ordnung?«
»Ich glaube schon.«
»Gut. Worum handelt es sich?«
Habe ich wirklich einmal als Rechtsanwalt gearbeitet, dachte er und erinnerte sich wieder an diese Zeit; weniger wegen des Büchergeruchs als wegen Slocums demonstrativer Kühle und seinem Vorsatz, sich nicht überraschen zu lassen. Er mußte lächeln. Er hatte in der letzten Zeit etliche Ärzte und Rechtsanwälte beobachtet. Alle konnten sie gut schweigen und ihrem Gesicht einen wissenden Ausdruck geben. Hoffentlich wußte Slocum wirklich Bescheid.
»Es handelt sich um zweierlei. Erstens: Sind Sie mit der Neufassung der Patientenrechte bezüglich Zwangseinweisungen nach dem neuen Psychiatriegesetz vertraut?«
»Mehr oder weniger, Herr Kollege.« Slocums Stimme nahm den wohlbekannten Ton ironischen Ernsts an, der bei Gesprächen unter Rechtsanwälten üblich ist, seine Blickrichtung änderte sich, und er genoß jetzt mit ihm gemeinsam die Aussicht.
»Ich nehme an, daß kein Leiter einer therapeutischen Einrichtung eine psychisch kranke Person daran hindern darf, die Umwandlung einer Zwangseinweisung in einen freiwilligen Aufenthalt zu beantragen.«
»Das trifft zu.«
Beide starrten jetzt den Berg an, der mit seinen kahlen Bäumen an ein Vollmondgesicht mit Stoppeln erinnerte.
»Ich möchte Sie bitten, einen Antrag vorzubereiten für eine

Anordnung des alten Richters Jenkins, die dem betreffenden Anstaltsleiter, einem Dr. Alistair Duk, untersagt, die Person, um die es sich handelt und deren Namen ich Ihnen gleich nennen werde, festzuhalten. Vorsichtshalber möchte ich außerdem, daß Sie für dieselbe Person einen Vorführungsbefehl beantragen, falls es zu einer Zwangsverwahrung kommen sollte, etwa durch Dr. Duk unter Assistenz des hiesigen Sheriffs, obwohl ich dies für äußerst unwahrscheinlich halte. Und schließlich möchte ich noch, daß Sie dieselbe Person in einer Anhörung zur Feststellung ihrer geistigen Zurechnungsfähigkeit und ihrer Geschäftsfähigkeit vertreten. Vance wird einen Psychiater von der Duke-Klinik beiziehen.«
»Kein Problem. Ist das alles?« fragte Slocum das teigige Gesicht des Berges.
»Nein, das ist noch nicht alles.«
»Gut.«
»Wie Ihnen bekannt sein dürfte, bin ich nicht Mitglied der Anwaltskammer von North Carolina.«
»Darüber bin ich mir im klaren. Nicht einmal ein bedeutendes Mitglied der New Yorker Anwaltskammer kann hier einen Vorführungsbefehl beantragen. Sie müssen die hiesigen Bauernlackel einspannen.«
»Das stimmt. Aber deswegen habe ich es nicht erwähnt.«
»Weshalb dann?«
»Ich habe die Absicht, die Aufnahmeprüfung für die Anwaltskammer von North Carolina abzulegen.«
»Ach!« Slocum wandte ein wenig den Kopf, aber nicht weit genug, daß sich ihre Blicke begegnet wären. »Wollen Sie mich aus dem Geschäft drängen?«
»Nein. Eher schlage ich Ihnen ein Geschäft vor. Würde Ihnen die Peabody-Sache zusagen?«
»Sicher würde sie mir zusagen.«
»Sie können sie haben, aber ich will dafür etwas von Ihnen.«
»Das habe ich mir schon gedacht.«

»Ich möchte bei Ihnen arbeiten. Sie haben mich ja oft darum gebeten. Na schön, jetzt tu ich's, aber nicht als Partner, dafür habe ich zuviel vergessen. Als Angestellter. Fürs erste.«
Jetzt sah ihn Slocum doch an. »Warum?«
»Ich will es einfach.«
»Ich verstehe. Ich hatte mir schon gedacht, daß Sie dächten, Sie hätten zu früh aufgehört. Aber sind Sie für diese simplen Tätigkeiten nicht ein wenig überqualifiziert?«
»Ich habe Ihnen gesagt, was ich will. Und Sie sagen mir einfach, ob Sie einverstanden sind. Es wird mir ein Vergnügen sein, Kopien anzufertigen, Gesuche abzuheften, Versteigerungen abzuwickeln und Gerichtsgänge zu erledigen. Wenn Sie mich nicht einstellen, dann mache ich nebenan meine eigene Kanzlei auf und stelle Sie kalt.«
»Ich glaube tatsächlich, daß Sie mich schlagen würden, so wie Sie es beim Golf getan haben.«
»Also, was sagen Sie dazu?«
»Möchten Sie, daß ich jetzt gleich antworte?«
»Ja.«
»Gut, meine Antwort lautet, daß wenn Sie sich wirklich zur Aufnahmeprüfung aufraffen würden und ...«
»... und wenn ich sie bestehe?«
»Und wenn Sie sie bestehen, ja, und sich imstande fühlen ...«
»... falls ich dann noch am Leben bin?«
»Falls Sie dann noch am Leben sind und genügend Schwung haben ...«
»Ja?«
»Dann sind Sie eingestellt.«
»Gut.«
Slocum rührte sich nicht, als er aufstand. »Wissen Sie was«, sagte er zum Berg gewandt. »Ich wollte schon immer einen Wall-Street-Anwalt, der für mich Akten ordnet und Gerichtsgänge erledigt.«
»Jetzt haben Sie ja einen.«

4

Als er zurückkam, schlief sie, und man sah nichts von ihr als das zerzauste Haar und die Hüfte, die sich unter der Decke abzeichnete. Die sinkende Sonne warf einen gelben Streifen auf die Leinentapete.

Der Teller war leer. Allisons NATO-Tornister hing an einem Haken in einer Nische. Will Barrett ging ums Bett, um sie anzuschauen. Mit den Händen in den Taschen stand er da und sah auf sie hinunter. Sie schlief wie ein Kind, das Gesicht ins Kissen gedrückt, mit offenem Mund, aus dem ein wenig Speichel aufs Kissen floß.

Plötzlich war er müde, so müde wie noch nie in seinem ganzen Leben. War es möglich, daß er all die Jahre nicht richtig geschlafen hatte, oder höchstens wie ein Soldat auf Wache? Wurde es einem vielleicht erst durch die Tatsache, daß man keine Adresse hatte und nirgends wohnte, möglich, richtig zu schlafen?

Noch während er sein Jackett auszog und aufhängte, sah er sich – rasch und mit den Gedanken vorauseilend, wie er das gern tat – wegen seines Pyjamas nach seinem Koffer um, und da erst fiel ihm auf, daß er ja gar keinen Koffer und deshalb auch keinen Pyjama dabeihatte. Wo gehe ich eigentlich hin, wenn ich hier ausziehe? überlegte er gähnend und drehte sich um. Das Gyroskop in seinem Kopf machte die Drehung zwar nicht mit, aber es war kein unangenehmes Gefühl. Sein pH-Wert war offenbar wieder gestiegen. Dröhnend jagten ihm große Moleküle durch den Kopf. Plötzlich stieg ihm ein Geruch nach alten Zeitungen, Teig und Octagonseife in die Nase. War dies Georgia?

Obwohl es noch gar nicht spät war, hatte die Sonne schon die Gipfel der violetten Berge erreicht, und es glitzerte, als hätte sie Funken aus dem Felsen geschlagen. Durch den Vorhangschlitz sah man eine Ecke des Grundstücks, auf dem das Holiday Inn stand. Die Ecke war vollkommen leer, ohne

Swimmingpool, Liegestühle, Tische, Autos oder einen Kinderspielplatz. Der Rasen war jedoch frisch gemäht bis zum Zaun, der ihn von der Kuhweide trennte. Er fragte sich, wie viele Menschen im Lauf der Jahre diese leere Ecke wohl betreten haben mochten. Vielleicht niemand.
Gähnend und indem er sich langsam gegen sein Gyroskop bewegte, entkleidete er sich bis auf die Unterhose, zog die Vorhänge vor den Sonnenuntergang und stieg ins Bett. Allison lag in der Mitte des Betts, so träge und schwer vor Schlaf, daß er es sich nur dadurch bequem machen konnte, daß er sich an sie schmiegte.
Plötzlich fiel ihm etwas ein. Er sprang aus dem Bett, steuerte langsam durchs Zimmer wie ein Schiff im Sturm, fand neben der Bibel das *Bitte nicht stören!*-Schild und hängte es vor die Tür. Dann schloß er ab und legte die Kette vor.
Auch wenn Allison träge dalag, gab sie doch so weit nach, daß er seine Arme um sie schlingen und sie wie ein Kind in seinem Schoß halten konnte. Er lächelte und drückte sie ein paarmal an sich. Was ihn glücklich machte, war der Gedanke, daß sie so tief schlief, daß sie so viel gegessen hatte und daß sie nun ausruhte und verdaute und, noch während er sie in seinen Armen hielt, zuzunehmen begann. Schon setzte an ihren Rippen das Maisbrot an. Ihr warmer Atem blies in gleichmäßigen Stößen auf seinen Arm.

5

Du hast die beiden Waffen in den Kofferraum gelegt, erinnerst du dich?
Ja. Nein. Das war Leslie.
Nein.
Komm, es ist der einzige Weg, der einzige rasche und sichere Ausweg mit Anmut, Schönheit und Gewalt. Komm, glaub mir, es ist das letzte Komm, nicht das erste, von dem wir alle

unser Leben lang träumen und das unsere Hoffnungen nie ganz erfüllt, nicht wahr, ihnen aber doch nah genug kommt, daß wir spüren, es gibt noch etwas Besseres, nicht wahr, das zweite, letzte, endgültige Komm, das alle Komms beendet.

Nein.

Komm, was gibt es sonst noch? Welches andere Ende, wenn du das Ende nicht selbst herbeiführst? Führe dein eigenes, hell leuchtendes Ende herbei mitten in dieser dunklen, sterbenden Welt, diesem widerlichen, wertlosen Ort, wo nichts je wirklich funktioniert, wie du ebenso gut weißt wie ich, wo du niemals du selbst warst und es nie sein wirst, und er nie er selbst und sie nie sie selbst, und ganz gewiß werden wir alle nie wirklich wir selbst sein. Komm, mach Schluß, bevor mit dir Schluß gemacht wird, denn glaub mir, das Leben geht mit den Sterbenden nicht besser als mit den Lebenden um. Mach Schluß damit. Wenigstens bleibt dir dies, daß du nicht nur nicht verlierst, sondern sogar gewinnst und mit einer letzten großartigen Geste diese ganze widerliche, wertlose Welt besiegst. Du wirst es besser machen als ich, du bist ja schon an einem besseren Ort, du, ein ortloser Mensch an einem ortlosen Ort, und ein Motel ist zum Aufbruch sicher besser geeignet als ein Moor oder ein Dachzimmer, ja.

Nein.

Geh wie ein Mann, um Gottes willen, wie ein Römer, hier ist dein Schwert!

Nein.

Na schön. Dann wird es mit dir Schluß machen, weil du schon ganz von Tod durchdrungen bist und dich eine leichte Störung im Kopf noch verrückter macht, als du sowieso schon warst, und du jetzt die Vergangenheit riechst, Negerhütten, Eichenholzhütten, und dabei nicht einmal weißt, wo du bist, ob in Georgia, Alabama oder Mississippi, wenn du nicht aus dem Fenster schaust und dich am Berg orientierst, und jetzt kannst du nirgends mehr hin, nur noch hinab.

Nein.
Na schön, laß es mit dir Schluß machen, und werde ein kindischer, zitternder Alter, der mit offenem Mund kopfwackelnd Däumchen dreht. Aber soweit wird es nie mit dir kommen, weil du meine Gene in dir hast und dich besinnst.
Ja.
Dann steh jetzt auf, geh hinaus zum Wagen, hol es aus dem Kofferraum und geh dann zu der leeren Ecke aus Gras und Zaun, wo noch nie jemand war. Wir mögen verlassene Plätze.
Gut.
Es war dunkel. Als er aufstehen wollte, schien sein Kopf sich um seine Achse zu drehen, nicht anders als die große Welt.
Er stand auf, zog sich im Dunkeln an, ging zum Mercedes hinaus und holte den Lederkoffer mit der Greener und das Halfter mit der Luger aus dem Kofferraum. Es war eine kalte sternklare Nacht. Sommer- und Herbstnebel waren verweht. Er ging den Highway entlang und trug die Greener wie ein Geschäftsmann seine Aktentasche. Als er die Aussichtsplattform erreichte, die man vom Holiday Inn aus sah, blieb er nicht einmal stehen, sondern schwang den Koffer wie eine Diskusscheibe, der Wurf drehte ihn herum und schickte ihn auf den Rückweg. Er hörte nicht, wie die Greener unten aufschlug. Dann warf er noch die Luger über die Schulter hinterher und ging, ohne zu lauschen.

6

Es war hell.
»Wach auf! Was fehlt dir? Was ist los?«
»Wie? Was?« Er war sofort wach und gar nicht überrascht.
»Mit wem hast du denn gesprochen? Was hast du denn da

über Georgia gesagt? Warum möchtest du nach Georgia? Wo bist du gewesen?«

»Spazieren.«

Sie mußte aufgestanden sein. Die Vorhänge waren etwas geöffnet, und das Morgenlicht fiel rein. Jenseits des Maschendrahts grasten die Holsteiner Kühe. Jetzt hatte die unbenutzte, unberührte Holiday-Inn-Ecke etwas Heiteres. Allisons Pyjama hing in der Nische.

»Komm her«, sagte er.

»Ich bin doch hier«, erwiderte sie. »Neben dir im Bett.«

»Komm her.«

»Na ja, du wirst dich ausstrecken müssen. Du hast ganz zusammengekrümmt dagelegen und deinen Kopf mit den Armen bedeckt, als sei jemand hinter dir her. War es so?«

»Nein. Ich weiß nicht. So.«

»Ja, das ist besser. So.«

»Ja, so ist es besser.« Ihre Haut fühlte sich an wie Seide.

»Da bist du also«, sagte Allison.

»Ja.«

»Du bist es.«

»Ja.«

»Du gegen mich, aber nicht wirklich entgegengesetzt.«

»Ja. Das heißt, nein.«

»Leg auch noch deine Arme um mich.«

»Ich habe sie ja um dich.«

»Tatsächlich.«

Als sie sich von der Seite gegen ihn preßte, war es, als fliege sie von unten auf ihn zu wie eine kleine Höhlenfledermaus und klammere sich mit jedem Teil ihres Körpers an ihm fest.

Jetzt lagen sie beide auf der Seite und sahen sich an.

»Komm her«, sagte er.

»Ich bin doch hier.«

»Jetzt.«

»Ja.«

Etwas störte noch, aber es machte nichts. In sie eindringen war so, als biege er um eine Ecke und komme nach Hause.
»Meine Güte«, sagte sie.
»Ja.«
»Das bist wirklich du.«
»Ja.«
»Das stand nicht im Buch.«
»In welchem Buch?«
»Kein Buch, kein strömender Bach, nur du.«
»Ja.«
»Ich glaube es einfach nicht«, sagte sie. »Ich glaube es nicht, ich glaube es nicht.«
»Aber es ist wahr«, erwiderte er.
»Meine Güte, was geschieht denn da? Ich glaube, ich verliere das Bewußtsein.«
»Ja.«
»Was geschieht denn da?«
»Du verlierst das Bewußtsein.«
Als er aufwachte, sah sie ihn an. »Hast du etwas geträumt?«
»Ich weiß nicht.«
»Du hast über – Liebe gesprochen.«
»Ja, ich erinnere mich.«
»War es so wie dies?«
»Nein, nicht wie dies. Aber ich entscheide mich für dies.«
»Laß mich nie mehr los«, sagte sie. »Jetzt weiß ich, was ich immer wollte. Davor wollte ich es immer nur.«
»Ich werde dich nie mehr loslassen.«
»Möchtest du wissen, was es ist?«
»Was ist es denn?«
»Es ist eine Bedürftigkeit, von der ich bis zu diesem Moment nicht wußte, daß ich ihrer bedurfte. Wie verblüffend!«
»Ja, es ist verblüffend.«
»Willst du nicht lieber mal aufstehen und den Vorhang zumachen?«

»Nicht unbedingt. Die Folgen dessen, daß man den Vorhang nicht schließt, finden weder hier noch dort statt und sind in jedem Fall nicht schlimm.«
»Machst du dich über mich lustig?«
»Ja.«
Sie lachten. Es war das erste Mal, daß er sie so lachen hörte, ein unbändiges johlendes Gelächter, so wie Mädchen miteinander lachen.
»Meine Güte!« sagte sie nach einer Weile. »Vielleicht war es das endlich.«
»Es?«
»Ja, du weißt, es.«
»Ja.«
»Hättest du das je für möglich gehalten?« fragte sie irgend jemanden, vielleicht sich selbst, ganz in Gedanken.
»Ja, ich hätte es für möglich gehalten», erwiderte er.
»Meine Güte«, sagte sie kurz darauf wieder. »Jetzt ist es offenkundig, daß das, was mit mir nicht gestimmt hat, weitgehend geheilt ist. Quel Geheimnis.«
»Ich habe eine Idee«, sagte er nach einer Weile.
»Was?«
»Laß uns zusammenbleiben. Ich möchte nicht mehr von dir fort.«
»Ich auch nicht. Das heißt, ich von dir.«
»So geht's mir auch.«
»Ja, ja«, sagte sie später. Ihr Rücken und ihre Beine waren stark wie bei einem Mann. »Auch das stand nicht im Buch.«
»In welchem Buch denn?«
»Im Kieferbaumbuch. Oder im Bilderbuch.«
»Was denn?«
»Ach, nichts.«
»Weißt du, was wir jetzt machen?« sagte er.
»Was?«
»Wir kaufen uns ein Haus und wohnen drin.«

»Einverstanden. Können wir uns dort oft so lieben?«
»So oft du willst.«
»Wirklich?«
»Wirklich. Würdest du gern heiraten?«
»Ach, vom Heiraten ist vielleicht abzuraten.«
»Nicht unbedingt. Ich arbeite wieder als Anwalt, und du ziehst in deinem Treibhaus Pflanzen. Nach der Arbeit können wir uns dann treffen und zusammen zu Abend essen. Dann können wir den langen Pfad entlangwandern oder an den Strand auf deiner Insel gehen. Und dann ohne Rücksicht auf alles zu Bett.«
»Vielleicht auch mal in einer Hütte pennen?«
»Was?« fragte er lachend. »Pennen?«
»Klar.«
»Einverstanden.«
»Das ist eine gute Art zu leben. Vielleicht wäre vom Heiraten doch nicht abzuraten. Ist es legal, dies um vier Uhr nachmittags zu tun?«
»Ja«, erwiderte er.
»Jetzt weiß ich endlich, was mit vier Uhr nachmittags nicht stimmte.«
»Es wäre schön, zwei Kinder zu haben und sie morgens zur Schule zu bringen.«
»Ja«, sagte sie.
Bis auf die Mahlzeiten blieben sie den ganzen Tag und die ganze Nacht im Bett, liebten sich und lachten, alberten herum und küßten sich und gaben sich Klapse auf den Po, während draußen quietschend Teewagen vorbeigeschoben wurden und Zimmermädchen die Türen aufschlossen. Stirnrunzelnd drückte sie einen Mitesser auf seiner Wange aus. Er spreizte ihre Schenkel, rieb ihren Rücken ein, der vom vielen Lastenheben ganz wund war, preßte die Daumen in die Vertiefungen am Ende des Rückgrats und bewunderte ihren Körper. Sie pflegten einander und massierten schmerzende Stellen. Sie untersuchte ihn wie eine Mutter ihr Kind, gründ-

lich, mit offenem Mund, dehnte seine Haut, zog seinen Kopf nach hinten, um seinen Hals besser sehen zu können, untersuchte mit vor Konzentration leicht hervorquellenden Augen seine Höhlen-Wunde und polkte am Schorf herum. Wenn ihre Augen seinem Blick begegneten, wurden sie sanft und tief. Prüfende Augen sind etwas anderes als Augen, die Augen begegnen. Dann lächelte sie und flog ihm wieder an den Hals. Die geschmeidige, zurückgebogene Kraft, mit der ihr Körper sich an ihn drängte, verblüffte ihn.

7

Sie hatte aus dem Treibhaus seinen Rasierer mitgenommen. Es tat gut, sich zu rasieren.

Nach dem Anziehen gab es in der Piratentaverne ein üppiges Frühstück mit Haferbrei, Rührei und Speck. Dann gingen sie wieder auf ihr Zimmer und zogen die Vorhänge auf, um den Morgen zu genießen und die Smoky Mountains, die sich wie ein Blauwal in den hellen Himmel buckelten. Er bat Allison, sich ihm gegenüber an den runden schwarzen Tisch zu setzen.

»Laß uns jetzt mal zum Geschäftlichen kommen.«

»Oh, sieh dich nur an in deinem dunklen Anzug!«

»Ja?«

»Du sieht um Kopf und Hals herum hübsch aus.«

»Danke. Du siehst von oben bis unten gut aus.«

»Komm mal her«, sagte sie.

»Ich bin doch hier.«

»Hier um die Ohren herum siehst du auch hübsch aus.«

»Danke.«

»Komm, laß uns ins Bett gehen.«

»Aber wir sind doch schon angezogen.«

»Dann ziehen wir uns eben wieder aus.«

»Okay.«

Später sagte sie: »Donnerwetter!«
»Ja.«
Als sie endlich wieder am Tisch saßen, sagte er: »Jetzt also zum – äh...«
»Geschäftlichen.«
»Ja. Laß uns über ein paar Dinge reden.«
»Gut.«
Irgendwie war es dazu gekommen, daß er jetzt genau wußte, was zu tun war, und daß er darüber sprechen konnte, und sie hörte ihm mit leicht schräg geneigtem Kopf aufmerksam zu. Sie sah aus wie ein knapp dem Tod entronnener Mensch auf dem Weg der Genesung. Konnte es sein, daß ihr schmales Gesicht schon wieder etwas runder geworden war?
»Ich habe folgendes vor«, begann er, »und ich hoffe, daß es auch deinen Wünschen entspricht. Falls nicht, sag es mir bitte, ja?«
»Ganz bestimmt.«
»Ich schlage vor, wir heiraten. Nein, warte, ich glaube nicht, daß ich das richtig ausgedrückt habe.«
»Nein.«
»Vielleicht sollte ich dich besser fragen.«
»Sehr gut.«
»Möchtest du mich heiraten?«
»Ja.«
»Es wäre möglich, daß wir die Ehe, obwohl es heutzutage aus irgendeinem Grund eine problematische, oft verhängnisvolle Einrichtung ist, nicht nur überleben, sondern sogar vielleicht neu beleben.«
»Ja, wir könnten sie überleben und neu beleben.«
»Momentan verdiene ich selbst nur sehr wenig. Marions Besitz, den ich zwar geerbt habe, aber nicht antasten werde, zählt nicht. Ich weiß noch nicht, was ich damit beginne, irgend etwas – vielleicht wird mir noch klar, was Marion tun würde. Deshalb werde ich also arbeiten. Ich schlage vor, daß wir fürs erste ein Gardenhome mieten oder kaufen. Das

erinnert ein wenig an ein Motel, aber nicht unangenehm. Du mußt aus diesem Treibhaus weg und besser essen. Solche Gardenhomes sind praktisch und haben eine schöne Aussicht. Wir müssen irgendwo wohnen, bis wir uns ein Haus bauen. Ich werde den Kreditberater in Emerald Isles aufsuchen und ihn mit Hauskrediten beschäftigen. Bestimmt hat er es längst satt, dauernd vorm Fernseher zu hocken oder isometrische Übungen zu machen.«

»Warum bleiben wir nicht einfach hier?«

»Das ginge schon. Aber vielleicht brauchen wir gelegentlich mehr als einen Raum.«

»Stimmt. Aber wir könnten doch jedes Wochenende hierherkommen.«

»Okay. Jetzt möchtest du vielleicht dein Treibhaus fertigmachen und hier oder auf der Insel dein Geld anlegen, vielleicht indem du Blockhütten bauen läßt, mit Gärten von 10–12 Morgen Größe. Ich habe zwei Freunde, einen Bauunternehmer und einen Blockhüttenbauer, die, glaube ich, immer noch gute Arbeit leisten könnten, obwohl sie alt und verkrüppelt sind. Es wäre eine schöne Aufgabe für sie.«

»Ja. Ich denke auch, daß ich mein Treibhaus fertigmachen und vielleicht noch andere gegen den Bergkamm bauen möchte, damit man die warme Höhenluft ausnutzen kann.«

»Eine gute Idee! Das könnte ein ausgezeichnetes Geschäft werden.«

»Wenn ich genug Männer finden könnte, die für mich arbeiten, irgendwelche anstelligen Männer, auch alte Männer. Aber das ist unmöglich.«

»Doch, ich kenne ein paar gute Männer, obwohl sie schon alt sind.«

»Weißt du, was im A&P ein Kopf Salat kostet?« fragte sie ihn.

»Nein.«

»Ein Dollar und fünfzig Cent.«

»Ist das viel?«
Sie sah ihn an. »Ja, und drei kleine Tomaten kosten einen Dollar. Ich könnte direkt reich werden.«
»Ja. Ich habe auch noch einen Freund, der ein ausgezeichneter Gärtner ist, im Moment aber nichts zu tun hat, außer Kiefern zu gießen.«
»Stell ihn ein. Und ich habe eine Freundin in Valleyhead, die ich gern zu mir holen würde. Sie würde bestimmt für jemanden arbeiten, der ihr sagt, was sie zu tun hat. Das braucht sie. Außerdem ist sie eine gute Buchhalterin.«
»Und kannst du ihr sagen, was sie zu tun hat?«
»Ja.«
»Okay. Was mich betrifft, werde ich wohl als Rechtsanwalt arbeiten, in kleinem Rahmen, soweit meine Gesundheit es eben zuläßt. Mein Zustand ist zwar unheilbar, kann aber unter Kontrolle gehalten werden, solange mein pH-Wert in Ordnung ist.«
»Wie ist er denn jetzt gerade?«
»Gut.«
In Wirklichkeit war sein pH-Wert wieder zu hoch. Weniger Wasserstoffionen schwirrten um die schweren Basenmoleküle, süß vor Erinnerung und Verlangen. Vielleicht war ein leichter Fall von Hausmann-Syndrom besser als gar keines.
»Da bin ich ganz sicher. Dir fehlt nichts Ernstes.« Stirnrunzelnd beugte sie sich vor und packte ihm mit ihrer rauhen Lastenheberinnenhand in die Seite. Es war seltsam, wie sehr sie Kitty glich und wieder doch nicht. »Unsere Fälle liegen ähnlich. Heutzutage kann man viele psychosomatische Zustände heilen. Im A&P habe ich im *National Observer* etwas über die Vorherrschaft der seelischen über die körperliche Verfassung gelesen.«
»Ja. Jedenfalls glaube ich, daß es jetzt unter Kontrolle ist. Ich spüre richtig, wie es besser wird.«
Es ging ihm gut. Der Schwindel in seinem Kopf fühlte sich

an wie eine Narbe, die sich zusammenzieht. Bildete er es sich nur ein, oder schrumpfte seine Hirnschädigung tatsächlich ein wie eine Krabbe in Säure? Ganz oben in der Nase und in den Nebenhöhlen nahm er einen schwachen Rauchgeruch wahr.

»Noch etwas«, sagte er. »Was hältst du davon, wenn wir ein Kind bekommen und es in der Linwooder Grundschule anmelden?«

»Das ist eine gute Idee.«

»Ich könnte ihn jeden Morgen zur Schule bringen, und er könnte mit dem Bus nach Hause fahren.«

»Oder sie, was ja durchaus sein könnte. Ich dachte, du wolltest sowieso zwei.«

»Ach ja, das hatte ich ganz vergessen. Könnte es sein, daß jetzt du dich an alles erinnerst?«

»Wäre schon möglich.«

»Und jetzt gehen wir in die Stadt und machen ein paar Einkäufe. Du brauchst dringend ein paar Sachen zum Anziehen. Und ich muß ins St.-Mark's-Heim.«

»Um deine Sachen zu holen?«

»Ja. Dann suchen wir uns ein Haus zum Wohnen. Außerdem muß ich etwas mit jemandem besprechen.«

»Gut. Ich gehe zum Treibhaus zurück.«

»Warum denn?«

»Ich muß meinen Hund holen.«

»Na gut. Ich glaube, jetzt besteht keine Gefahr. Sie werden wohl nicht gerade jetzt nach dir suchen. Schließlich waren wir jetzt zwei Tage hier, nicht wahr?«

»Oder eine lange Nacht, oder beides. Ich weiß nicht genau.«

»Also gut, bleib aber nicht zu lang!«

»In Ordnung.«

Sie befeuchtete ihre Daumen mit der Zunge und strich über seine Augenbrauen. Er ging in die Stadt.

8

Mr. Arnold und Mr. Ryan lagen im Bett und schauten sich *Auf der Suche nach Morgen* an. Um das dritte Bett war ein Vorhang gezogen. Es schien ihm am besten, mit seiner Frage zu warten, bis die Sendung durch Werbung unterbrochen wurde. Als es soweit war, drehte er das Gerät leise und begann rasch zu reden.

»Entschuldigen Sie bitte, aber es geht um etwas sehr Wichtiges.«

Die beiden Männer starrten ihn an.

»Hätten Sie gerne Arbeit?«

Die beiden starrten sich gegenseitig an.

»Ich habe nämlich ein Grundstück, das ich bebauen will.« Er sprach hastig, um vor Beginn des zweiten Teils von *Auf der Suche nach Morgen* fertig zu werden. »Ich brauche ein paar solide gebaute Blockhütten mit genügend Land drum herum und Gärten, und das zu einem Preis, daß es für junge Paare, Alleinstehende und Rentnerehepaare erschwinglich ist. Vielleicht nicht gerade zweihundertfünfzig Dollar, aber jedenfalls unter 25 000. Mr. Ryan hier weiß, wie man so etwas finanziert, parzelliert, wie man die Verträge abschließt und so weiter. Und er hat Arbeitskräfte an der Hand. Mr. Arnold hat Erfahrung mit Bauleitung. Ich möchte, daß Mr. Arnold mit Mr. Ryans Leuten zusammenarbeitet und ihnen zeigt, wie man so eine Hütte errichtet, vielleicht mit moderneren Methoden als damals. Ich habe jede Menge Balken, Steine und Platten. Für die juristischen Dinge bin ich zuständig. Ich stelle mir vor, daß wir zehn Morgen Land bebauen und mit 25 000 beim Verkauf richtig liegen werden.« Die Fernsehwerbung war fast vorbei. »Was meinen Sie dazu?«

Die beiden alten Männer sahen sich an.

»Und wo wohnen wir?« erkundigte sich Mr. Arnold.

»Wo Sie wollen. Hier, oder vielleicht kann Mr. Arnold auch eine Hütte für Sie beide bauen.«

»Was? Ich soll mit diesem alten Bauernlackel zusammenwohnen?« rief Mr. Ryan.

»Feuer frei!« sagte Mr. Arnold.

»Hören Sie, mir ist es egal, wo Sie wohnen. Das war ja nur ein Vorschlag. Es ist übrigens rundherum ein gutes Geschäft. Wir gründen eine Gesellschaft – damit kenne ich mich aus – und teilen uns den Erlös. Was meinen Sie dazu? Mr. Ryan, können Sie immer noch Arbeiter bekommen?«

»Slick, Tex, Tomás und Vishnu waren letzte Woche hier bei mir. Und alle sagten, sie würden am liebsten wieder für mich arbeiten.«

»Zwei davon sahen wie Zigeuner aus, und die anderen zwei wie Frauen«, bemerkte Mr. Arnold.

»Vielleicht sehen sie komisch aus«, entgegnete Mr. Ryan, »aber sie arbeiten härter als Neger. Aber wie bewege ich mich vom Fleck?« Er schlug da auf das flache Bettuch, wo eigentlich sein Bein hätte sein sollen. »Ein Bein ist weg, und vom anderen fehlt der Fuß.«

»Wie Sie es eben schaffen. Ihnen wird sicher etwas einfallen.«

»Es gibt jetzt Autos, die man ausschließlich mit den Händen bedienen kann«, beantwortete Mr. Ryan seine eigene Frage.

»Na sehen Sie. Die Gesellschaft wird sich eins leisten können«, sagte er. »Mr. Arnold, sind Sie bereit, die Leute anzuleiten?«

»Die brauchen bloß herzuschauen und mir aus dem Weg zu gehen. Um welches Grundstück handelt es sich denn?«

»Das Kemp-Grundstück drüben am Golfclub.«

»Dort gibt es eine Menge gutes Holz. Sie brauchen mich nur auf dem laufenden zu halten – und jemand muß mich stützen.«

»Bist du auch bereit, statt mit Flußlehm und Schweinsblut mit Zement zu arbeiten?« fragte Mr. Ryan den stummen Bildschirm. Keinen der beiden schien es zu stören, daß *Auf der Suche nach Morgen* schon eine ganze Weile ohne Ton lief.

»Ich habe auf dem Mount Dog ein Haus mit Zement verfugt. Zement ist gar nicht so schlecht. Komm nur mit deinen Jungens und halte mich immer genau auf dem laufenden. Wir brauchen auch ein paar Jungens für das Dach. Man braucht eine ganze Reihe, um die Dachfirste zu verzapfen und zusammenzunageln. Ich kann nicht mehr aufs Dach steigen, aber ich kann ihnen zeigen, wie man Schindeln abspaltet und mit den feuchten Seiten aneinanderfügt. Dein Dach braucht einen Fünfundvierzig-Grad-Winkel und eine halbe Überlappung, damit kein Wasser durchrinnt.«

»Dein Dach? Wessen Dach?« fragte Mr. Ryan. »Ich zeig dir mal ein Fertigdach vom laufenden Meter«, sagte Mr. Ryan dem Fernsehgerät, »das trotzdem sehr gut aussieht. Es wird dir bestimmt gefallen, und es spart Arbeit. Wer spaltet denn heute noch Schindeln von Hand, lieber Gott!«

»Hört sich zwar an wie Teerpappe, aber ich schau's mir mal an.«

Jetzt war der Augenblick gekommen, um zu gehen. Er stellte *Auf der Suche nach Morgen* lauter.

Um das dritte Bett herum gab es plötzlich einen Aufruhr. Der Vorhang wurde zurückgezogen, und zwei Krankenwärter versuchten, eine alte Frau auf eine Trage zu legen. Die Frau saß weinend auf dem Bettrand. Sie war kaum größer als ein Kind, aber ihre Knöchel, die in Männersocken steckten, waren dick wie kleine Baumstämme. An ihrem Hals sah man in merkwürdig unregelmäßigen Abständen eine Ader pochen. Sie hatte ein grobes rundes Gesicht und starrte mit glänzenden Augen vor sich hin. Tränen rannen ihr über die Backen und blieben in dem dunklen Flaum auf ihrer Oberlippe hängen.

»Ach, ich hab so schreckliche Angst!« sagte sie laut, wobei sie ein wenig lächelte und mit den Schultern zuckte.

»Wovor haben Sie denn Angst, Schätzchen?« fragte die Wär-

terin, eine große schwarze Frau, dick wie eine alte Negermami, aber noch ziemlich jung.
»Ich hab solche Angst, daß ich nicht mehr aus dem Krankenhaus herauskomme! Ach, ich hab solche Angst!«
»Das kriegen wir schon hin, Schätzchen«, sagte die Wärterin zerstreut und legte eine rosa-schwarze Hand auf das geschwollene Bein der Patientin. »Es wird alles wieder gut, mit Jesu Hilfe.«
Will Barrett stand am Fußende des Betts.
»Oh, hallo Will?« sagte die Patientin und zuckte lächelnd mit der Schulter. »Ach Will, ich mag nicht von hier weg!«
»Ja, ich weiß«, erwiderte er. »Ich ...« O Gott, ich sollte sie wohl kennen. War es eine Tante? Nein, aber eine der zehn oder zwölf Damen aus Memphis oder Mississippi, die er unbedingt hätte kennen müssen. Er tat, als wolle er den Wärtern behilflich sein.
Als er ganz nah war, hörte er das Herz der Frau so laut rasen und pochen, daß es ihren dicken Körper schüttelte.
Er nahm sie am Arm. Aber das war nicht nötig. Der männliche Wärter, mit rotbrauner Haut, Schnurrbart und einem kurzärmligen Kittel wie Sugar Ray Robinson, hob die Frau hoch und beförderte sie mit einem sanften Schwung auf die Liege. Ein Stutzer alten Stils, der sich Pomade ins Haar schmierte! Er kaute Kaugummi wie Sugar Ray. Woher er wohl kam? Aus der Beale Street vor zwanzig Jahren? Nachdem er die Frau auf die Tragbahre gelegt hatte (oh, ich weiß wie es ist, von starken flinken Händen an den Hüften gehalten zu werden) und die Gurte festgeschnallt hatte, beugte sich Sugar Ray über sie.
»Hören Sie mal, gute Frau, ich werde Ihnen was sagen. Die Ärzte wissen ja alles mögliche, aber ich bin auch nicht gerade blind. Ich kann Leute einschätzen und sag Ihnen mal was. Wir bringen Sie jetzt ins Asheviller Krankenhaus, und am Dienstag holen wir Sie wieder ab, und das ist die Wahrheit, stimmt's, Rosie?« Er setzte ein strahlendes weiß-goldenes

Sugar Ray-Lächeln auf, aber der Ausdruck seiner Augen veränderte sich nicht, weil es nicht nötig war. Die Patientin konnte seine Augen ja nicht sehen.

»Klar«, meinte Rosie, ohne Sugar Ray direkt anzusehen und ohne Zwinkern. »Es wird alles wieder gut, Schätzchen.«

»Ach«, seufzte die Patientin, schloß die Augen und sank in die Gurte wie ein kleines Kind in sein Geschirrchen.

Wie geht diese Rechnung des Gebens und Nehmens auf, überlegte er: Diese beiden Wärter machten sich nichts aus der alten Frau (oder doch?), wahrscheinlich spielte sich während ihrer beiläufigen Trostworte sogar irgend etwas zwischen den beiden ab, und doch spendeten sie, die keinerlei Grund hatten, der alten Frau überhaupt etwas zu geben, ihr diesen Trost, weil es für sie um so wenig ging und für die alte Frau um so viel. Wie ging diese Rechnung auf? 2 Cent = 5 Dollar? Wie?

Verkleidet sich Güte dann also als Schwindel und Torheit und Theater, und ist Gott selbst so durchtrieben?

Im Flur starrte er den dreien nach: der jungen dicken schwarzen Mami, Sugar Ray und der kranken Frau, deren große Herzmaschinerie so stark in der Halsader schlug, daß man sie deutlich nicken sah, als begreife sie und sei einverstanden, ja, ja, ja.

9

Mr. Eberhart goß aus einem grünen Plastikeimer kleine Kiefern. Gebeugt hinkte er flink von Baum zu Baum. Mit seinem angewinkelten Bein und der eng anliegenden Mütze mit langem Schirm sah er aus wie ein Reiher.

»Warum gießen Sie denn die Kiefern? Es hat doch erst gestern geregnet?«

»Nicht genug. Diese Setzlinge wurden zu früh gepflanzt. Der richtige Regen kommt erst nach Weihnachten.«

»Hatten Sie nicht früher einmal eine Baumschule in Asheville?«
»In Asheville und Atlanta. Vierzig Jahre lang.«
»Was halten Sie davon, ein Treibhaus zu übernehmen? Vielleicht sogar mehrere?«
»Um welches Modell handelt es sich denn?« Mr. Eberhart hatte noch nicht einmal hingeschaut.
»Ein altes Modell. Etwa 15 auf 7,5 Meter. Keine Ventilatoren, keine automatische Belüftung, keine Thermostate.«
»Mit so was habe ich damals angefangen. Heutzutage kann man das nicht mehr bauen. Welche Art von Heizung? Das hat mich aus dem Rennen geworfen. Meine Gasrechnung betrug im Winter neunhundert Dollar.«
»Keine Gasrechnung, keine Stromrechnung. Keinerlei technische Geräte. Es funktioniert nämlich mit Höhlenluft.«
»Höhlenluft«, wiederholte Mr. Eberhart und beobachtete, wie in dem sandigen Boden das Wasser versickerte. Jetzt blickte er auf.
»Es stimmt tatsächlich, Höhlenluft. Im Sommer wie im Winter ein ständiger Luftstrom. Gleichbleibend 15 Grad. Ist das zu kalt?«
»Höhlenluft. Ich habe davon hier in der Gegend gehört.«
»Ist das zu kalt?«
»Nicht für Kopfsalat, Blumenkohl, Broccoli oder Petersilie. Oder für manche Orchideenarten. Wie hoch liegen die monatlichen Kosten?«
»Bei Null. Es sei denn, Sie wollen dort wohnen und Licht anschalten.«
»Höhlenluft.« Es ging ihm nicht aus dem Kopf.
»Sagten Sie vorhin Orchideen?«
»Klar.« Mr. Eberhart stellte den Eimer ab, zog seine Kappe zurecht und nahm eine Handvoll Erde. Er stand jetzt neben Barrett und sprach rasch mit einem East Tennessee-Akzent. Er zerrte an seiner Mütze mit dem langen Schirm. Sie hätten zwei Schiedsrichter sein können.

»Cymbidium wächst sogar bei noch niedrigeren Temperaturen oder zum Beispiel auch Laelia. Aber Cymbidium sollte man nicht umtopfen.«
»Okay.«
»Ich habe meine eigene Methode, Vanda heranzuziehen – man nennt das Hawaiische Orchidee. Niemand kennt die Methode, ich habe sie zum Patent angemeldet. Sie sind Rechtsanwalt. Soll ich's Ihnen sagen?«
»Klar.«
Mr. Eberhart kam näher. »Ich nehme Kastanienspäne und achte auf eine gleichbleibende Temperatur. Die meisten Leute meinen, man bräuchte zwischen 21 und 26 Grad. Aber was Vandas nicht mögen und worauf man immer achten muß, ist eine plötzliche Temperaturveränderung. Und hier oben kann man sie voll der Sonne aussetzen.«
»Beides ist reichlich vorhanden, Kastanien und gleichbleibende Temperatur.«
»Damit können Sie Geld machen.«
»Womit?« Sie standen mit verschränkten Armen nebeneinander und schauten auf den Golfrasen des St.-Mark's-Heims.
»Mit Orchideen.«
»Tatsächlich?«
»Möchten Sie wissen, wer heutzutage vor allem Orchideen kauft?«
»Ja.«
»Die Farbigen. Denen habe ich für einen Debütantinnenball mal fünfhundert Ansteckbukette verkauft.«
»Möchten Sie den Job? Ich kann Ihnen auch Hilfskräfte zur Verfügung stellen.«
»Klar, wann kann ich anfangen?«
»Nächste Woche.«
»Gut.« Er machte sich wieder ans Gießen, rief aber hinter ihm her: »Und wissen Sie, womit man noch Geld machen kann?«

»Womit denn?«
»Mit Kopfsalat! Wenn wir genug Platz haben.«
»Wir haben genug Platz. Wissen Sie, was ein Kopfsalat hier oben kostet?«
»Nein.«
»Anderthalb Dollar.«
Mr. Eberhart blinzelte. »Sagten Sie wirklich Höhlenluft?«
»Ja.«
»Das muß ich sehen.«

10

Bevor er zu Vater Weatherbee konnte, der auf dem Dachboden den Zügen zuschaute, wurde er von einem großen rotbackigen Kerl aufgehalten, der eine L&N-Eisenbahnermütze trug. Er hatte eine klobige Nase wie J. P. Morgan – es waren lauter kleine Nasen auf seiner Nase – und trug einen zweireihigen blauen Blazer mit Messingknöpfen.
»Sind Sie nicht Will Barrett?«
»Doch, Sir.«
»Boykin Ramsay von Winston-Salem. Reynolds Tabak.«
»Ja, Sir.«
»Ihnen gehört doch dieses Haus.«
»Ja.«
»Sie nehmen zu wenig Geld.«
»Wirklich?«
»Ich habe gehört, daß hier bald eine Gesprächsgruppe über das Älterwerden eingerichtet werden soll.«
»Davon weiß ich noch gar nichts. Hört sich wie eine Idee meiner Tochter an. Ich denke zur Zeit an etwas anderes – und zwar Landwirtschaft mit Höhlenluft.«
»Ich bin jetzt fünfundachtzig Jahre alt und sage Ihnen klipp und klar, daß ich so eine saublöde Gesprächsgruppe über das Älterwerden nicht brauche!«

»Ich verstehe.«
Mr. Ramsey packte ihn an den Schultern und zog ihn zu sich her. »Kommen Sie, Will«, sagte er und dünstete eine starke, aber nicht einmal unangenehme Bourbon-Fahne aus. »Ich möchte Ihnen was sagen.«
»Okay, ich höre.«
»Ich verrate Ihnen das Geheimnis, wie man alt wird.«
»Okay.«
»Geld.«
»Geld?«
»Geld verdienen und es festhalten. Wenn sie hart arbeiten und Geld machen und es festhalten, dann brauchen Sie nicht so eine saublöde Gesprächsgruppe über das Älterwerden oder Volksbildung und diesen ganzen Mist. Deshalb ging es den Chinesen so gut, jedenfalls früher. Sie hielten ihr Geld fest und sicherten sich damit den Respekt ihrer Familie. Das ist das ganze Geheimnis.«
»Warum sind Sie dann hier?«
»Weil ich mit dem erbärmlichsten Weibsstück in ganz North Carolina verheiratet bin und drei Söhne habe, die bloß deshalb arbeiten, weil ich sie nicht unterstütze. Sie lauern alle auf meinen Tod, aber ich bin boshaft genug, noch eine Weile am Leben zu bleiben. Ich kam hierher, um mich zu schonen. Will, seien Sie genauso ein Schlitzohr wie ich, dann haben Sie noch ein langes, glückliches Leben vor sich.«
»Meinen Sie wirklich?«
»Und außerdem bin ich noch zum Golfspielen hier. Ich habe gehört, Sie sind ein ganz gewiefter Spieler.«
»Na ja ...«
»Ich muß Ihnen mal was sagen, Will.«
»Ja.«
»Mit meinen fünfundachtzig Jahren spiele ich noch jeden Tag achtzehn Löcher Golf. Am Anfang stelle ich im Golfkarren neun Miniflaschen Black Jack Daniel's nebeneinander auf und gieße mir bei jedem neuen Aufschlag eine davon

hinter die Binde, und so komme ich über neunzig. Gesprächsgruppe über das Älterwerden, daß ich nicht lache! Was wollen denn Sie mir raten?«

»Na ja, ich wollte Ihnen ja zu nichts raten.«

»Kommen Sie runter in mein Zimmer, dann berate ich Sie. Ich habe eine Flasche Wild Turkey da.«

Er sah auf die Uhr. Es war halb vier. Womöglich war sie immer noch im Treibhaus. Angenommen, sie vergaß die Zeit und wurde von ihrem 4-Uhr-Gefühl lahmgelegt? Angenommen, sie holten sie ab? Was würde er dann tun?

»Mir ist gerade etwas eingefallen. Ich muß kurz weg.«

Mr. Ramsay zog ihn dicht an sich heran. »Denken Sie immer an eins.«

»Okay.«

»Halten Sie Ihr Geld fest!«

»Okay.«

Er wandte sich zum Gehen. Er mußte sie finden. Er brauchte sie so nötig und dringend wie den nächsten Atemzug.

11

Gelbe Sonnenstrahlen brachen durch die Wolken und fielen zwischen die Speichen der Kiefern. Allison sang vor sich hin und pflanzte Avokadokerne. Sie hatten gekeimt und sahen jetzt aus wie winzige Urzeitfarne.

Er hatte den Gesang schon von weitem gehört und war in dem kalten, tropfenden Wald stehengeblieben, aber er erkannte sie nicht. Ihre Singstimme war ganz anders als ihre Sprechstimme, tiefer und schallend wie eine Glocke. Es war, als spiele sie auf einem Instrument. Als er jetzt nah bei ihr im Arbeitsraum stand, hatte die Stimme einen kehligen fremden Klang.

Der Hund beobachtete ihn längst, aber sie bemerkte ihn nicht, bis er hinter ihr stand und sie berührte. Ohne aufzu-

schrecken wurde sie rot und ließ sich gegen ihn sinken, wobei sie die Arme kreuzte, um seine zu berühren.
»Sieh nur!« rief sie. »Meine ersten Früchte! Sie keimen!«
»Ich wußte ja gar nicht, daß du das kannst«, sagte er.
»Umtopfen?«
»Nein, Singen.«
»Ich war ja früher Sängerin.«
»Was war das für ein Lied?«
»Es heißt *Liebesbotschaft.*«*
»Und worum geht es darin?«
»Der Liebhaber bittet einen Bach, einem Mädchen seine Liebesbotschaft zu bringen.«
»Ich habe dich noch nie singen gehört.«
»Mir war einfach nicht danach zumute. Ich hatte ganz damit aufgehört.«
»Warum denn?«
»Weil ich dachte, ich müsse singen.«
»Meinst du, du wirst es ab jetzt wieder tun?«
»Ja.«
»Warum?«
»Weil ich nicht muß. Jetzt gibt es keinen Grund mehr, es nicht zu tun. Ich glaube, ich kann auch wieder vor anderen Menschen singen, wenn du meinst, es macht ihnen Freude. Meinst du das?«
»Ja.«
Sie drehte sich um und sah ihn an. »Warum bist du gekommen?«
»Wie? Oh. Ich unterhielt mich mit einem Mann im St.-Mark's-Heim, und plötzlich sah ich, daß es fast vier Uhr war, und da wollte ich dich sehen.«
»Weil du weißt, wie ich mich um vier Uhr nachmittags fühle?«
»Das und noch mehr.«
»Was ist das mehr?«

* Im Original deutsch.

»Ich wollte dich unbedingt, äh – sehen.«
»Ist das alles?«
»Nicht ganz.«
Sie klatschte in die Hände. »Was für ein Glück!«
»Glück?«
»Daß wir beide dasselbe wollen, das heißt, Vorder- und Rückseite des gleichen. Der eine braucht den anderen und umgekehrt. Was für ein Glück, bedenk nur!«
»Ja.«
»Um ein mögliches Mißverständnis auszuschließen, was möchtest du?«
»Ich möchte hier beim Grand-Crown-Herd liegen, wo es warm ist, und dich im Arm halten.«
»Was für ein Glück! Da sind wir ja nun. Halt mich fest.«
»Ja.«
»Oh, ich glaube, du hast etwas für mich!«
»Ja.«
»Was?«
»Liebe. Ich liebe dich«, sagte er. »Ich liebe dich in diesem Augenblick und bis zu dem Tag, an dem ich sterbe.«
»Oh, halt mich fest. Und sag es mir.«
»Was?«
»Ist das, was du sagst, ein wesentlicher Bestandteil dessen, was du tust?«
»Ein wesentlicher Bestandteil.«
Sie ruhten auf dem Sacklager des Hundes direkt neben dem bernsteingelb glühenden Ofenloch.
»Sag mir die ungeteilte Wahrheit, nicht zwei oder mehr einzelne Wahrheiten, es sei denn, die einzelnen Wahrheiten sind der ungeteilten Wahrheit untergeordnet. Gibt es eine ungeteilte Wahrheit oder einzelne Wahrheiten?«
»Beides.«
»Wieso beides?«
»Die ungeteilte Wahrheit ist, daß ich dich liebe. Und die einzelnen Wahrheiten sind: ich liebe dein allerliebstes Herz

und auch deinen lieben Po, den schönsten in ganz Carolina. Ich will deinen Po, ihn und keinen anderen, und ich will dich für den Rest meines Lebens, dich und keine andere. Ich liebe es auch, dich im Feuerschein zu betrachten. Ich werde jeden Nachmittag um vier Uhr zu dir kommen, und sei's nur, um bei dir zu sitzen, falls du nicht Lust hast, mit mir zu schlafen...«

»Ich habe schon Lust. Wie wäre es denn jetzt damit?«

»... weil ich es liebe, bei dir zu sitzen und deine Augen anzuschauen, die alles so sehen, wie es ist. Und die Linie deiner Wangen zu betrachten. Das sind einzelne Wahrheiten, aber gleichzeitig Wahrheiten, die der einen untergeordnet sind, ich liebe dich.«

»Ja, so ist es. Ich habe auch eine einzelne Wahrheit.«

»Was?«

»Ich liebe deinen Mund. Gib ihn mir.«

»Gut.«

Als sie sich wieder aufsetzten, meinte er besorgt: »Ich habe heute ganz vergessen, mein Acid zu nehmen. Was wohl mein pH-Wert macht?«

»Ich weiß nicht«, erwiderte sie. »Aber bitte laß es feststellen und behalte ihn so bei, wie er gerade ist, zu hoch oder zu niedrig, wie auch immer.«

»Gut«, sagte er geistesabwesend. »Ist der Hund bereit?«

»Klar. Ich habe ihm sein Futter eingepackt. Er kann doch im Motel bleiben, nicht wahr?«

»Klar.« Sie sahen den Hund an. »Komm, laß uns zum Wagen gehen. Ich lasse dich mit dem Hund beim Motel aussteigen und habe dann noch etwas zu erledigen. Ich bin in etwa einer Stunde zurück.«

»Sehr gut.«

Der Hund wußte, daß er mitdurfte, und trottete hinterher, ohne daß sie ihn rufen mußten.

12

Vater Weatherbee saß hinter Jack Curls Mahagonischreibtisch, auf dem lauter russische Ikonen und blutüberströmte mexikanische Kruzifixe standen. Wie er so nervös auf der Stuhlkante saß, sah er aus wie ein ängstlicher Missionar, der vor seinen Bischof zitiert wurde. Augenlid, Unterlippe und Kragen hingen schlaff herunter.

»Ja, Mr. Barrett?«

»Vater Weatherbee, ich weiß, daß Sie ein vielbeschäftigter Mann sind, und will deshalb gleich zur Sache kommen.«

»Gut«, sagte Vater Weatherbee, der es anscheinend wirklich kaum erwarten konnte, wieder auf den Dachboden zu seiner Seaboard Line zurückzukommen.

»Ich habe vor zu heiraten.«

»Sehr gut! Meinen herzlichen Glückwunsch!« Pater Weatherbee erhob sich halb, vielleicht weil er ihm die Hand schütteln wollte, besann sich dann aber und setzte sich wieder hin.

»Und ich möchte, daß Sie die Trauung vornehmen.«

»Sehr gut!« Wieder erhob sich Pater Weatherbee halb von seinem Stuhl, um sich gleich wieder zu setzen. Aus seinem Mund trat ein Bläschen. »Ja, wirklich gut! Jack Curl wird nächste Woche von seinem ökumenischen Treffen zurück sein, und sicher wird er die Trauung mit Vergnügen vornehmen.«

»Ich wollte aber Sie darum bitten.«

»O je«, sagte der alte Priester und saß vorgebeugt da, als überlege er, wie er schnell an ihm vorbei aus dem Zimmer huschen könnte. Wieder das Bläschen. (Fürchtete er sich vor dieser Aufgabe, so wie ich mich vor der Anfertigung eines Protokolls oder der Abwicklung einer Versteigerung fürchte?) »Tja, schauen wir mal. Gehören Sie zur St.-John's-Gemeinde?« erkundigte er sich auf der Suche nach einem Ausweg.

»Nein, weder gehöre ich zur St.-John's-Gemeinde, noch bin ich Mitglied der Episkopalkirche.«
»Oh!« sagte Vater Weatherbee erleichtert, und seine Miene hellte sich zum erstenmal auf. Da hatte er ja sein Schlupfloch gefunden. »Und Ihre Verlobte?«
»Nein, auch sie gehört keiner Kirche an.«
»Ah!« sagte Vater Weatherbee lächelnd. Jetzt war er aus dem Schneider. »Vielleicht sollte sich einer von Ihnen, oder auch Sie beide gemeinsam, zuerst einmal unterweisen lassen. Und dafür ist Vater Curl genau der Richtige.«
»Nein. Ich bin nicht gläubig und möchte auch nicht in die Kirche eintreten.«
»Aha.« Der alte Priester sog das Bläschen wieder ein, schob den Finger in den Mund und drückte ihn gegen den Gaumen. Dann verdrehte er das blutunterlaufene Auge, als könne er aus diesem Wahnsinnigen doch noch klug werden. Man mußte versuchen, hinter den Wahnsinn zu kommen, hinter den Wahnsinn der neuen Kirche und hinter den Wahnsinn Amerikas, und eins vom anderen unterscheiden. »Entschuldigen Sie, aber ich habe Sie anscheinend nicht ganz...«
»Die Juden mögen ein Zeichen sein oder auch nicht«, sagte Will Barrett ernst und beugte sich halb über den Schreibtisch. Sein pH-Wert stieg. In diesem Moment, wo seine flinken Wasserstoffionen verschwanden, taten die Juden dasselbe. Später würde Dr. Ellis zu dem Thema einen wissenschaftlichen Artikel verfassen mit dem Titel: »Eine Korrelation des Plasma-pH-Werts mit gewissen religiösen Wahnvorstellungen in einem Fall von Hausmann-Syndrom.«
»Wie war das noch gleich?« fragte Vater Weatherbee und legte die Hand ans Ohr. Hatte er Juden gesagt?
»Mag sein, daß nicht alle Juden North Carolina verlassen haben, wie ich ursprünglich dachte. Aber ihre Zahl nimmt ab. Auf jeden Fall kann das historische Phänomen der Juden weder durch historische noch durch soziologische Theorien

erklärt werden. Dementsprechend kann man sagen, sie seien auf die eine oder andere Art ein Zeichen. Würden Sie mir da nicht zustimmen?«

»Die Juden?« wiederholte Pater Weatherbee und wandte ihm das andere Ohr zu.

»Ich habe den Verdacht«, sagte Will Barrett und rückte noch näher zum Schreibtisch, worauf Vater Weatherbee seinen Stuhl zurückrollte, »daß zur Apostolischen Nachfolge eine bestimmte Form des Handauflegens gehörte, habe ich recht? Dies geht auf Christus selbst zurück, auf Christus, einen Juden, ein einzigartiges historisches Phänomen, einzigartig wie die Juden. Die heutigen Juden, ob sie nun North Carolina verlassen haben und nach Israel gezogen sind oder nicht, haben ihren Ursprung am selben Ort unter Jesu Stammesverwandten, stimmt's? Moderne Historiker sind sich darüber einig, daß es keine wissenschaftliche Erklärung für die merkwürdige Geschichte der Juden gibt...«

Er machte eine Pause und überlegte stirnrunzelnd, woher er diesen Gedanken eigentlich hatte. Wer waren denn diese »modernen Historiker«? Ihm fiel kein einziger ein. »Entschuldigen Sie, Vater, bitte haben Sie einen Moment Geduld mit mir.« (Vater? Vielleicht wollte er ja gar nicht, daß man ihn Vater nannte? Hochwürden? Mister? Sir?) »Was ich sagen will, ist: Obwohl ich ein Ungläubiger bin, folgt daraus nicht, daß Ihr Glaube, der Glaube der Kirche, unwahr wäre, sondern daß er durchaus wahr sein könnte, und in diesem Fall wären die Juden vielleicht der Schlüssel. Lesen wir nicht in der Heiligen Schrift, daß das Heil von den Juden kommt? Jedenfalls sind die Juden unser gemeinsamer Nenner. Das heißt also, daß ich zwar nicht gläubig bin, aber doch glaube, einer Sache auf der Spur zu sein. Ich kann Ihnen auch sagen, daß ich die Gabe besitze, Menschen anzumerken, ob sie etwas wissen, das ich nicht weiß. Deshalb bin ich bereit, mir anzuhören, was Sie zu wissen scheinen, was immer es auch sei, und ich werde mich gründlich damit befassen. Aus diesen Gründen bitte ich Sie, die Trauung vorzunehmen. Ich verlange es sogar – haha! –, wenn es nötig sein sollte. Sie können einen Büßer doch nicht abweisen, oder? Wir wären sogar bereit, gewisse Instruktionen zu befolgen, solange Sie anerkennen, daß ich nicht alle Ihre Dogmen akzeptieren kann oder will. Es sei denn, Sie haben die Autorität, mir etwas zu sagen, das ich nicht weiß. Ist das der Fall?« Will Barrett beugte sich über den Schreibtisch.

Vater Weatherbees Stuhl glitt zurück, bis er gegen die Wand stieß. Sein weißes Auge rollte. Das gesunde, blutunterlaufene Auge starrte Will Barrett an, als sei er eine Kobra, die sich auf dem Schreibtisch hin- und herwiege.

»O je«, seufzte er. »Ganz sicher wäre Vater Curl der richtige Mann für Sie – obwohl ich Ihnen natürlich gern in jeder Weise behilflich sein möchte.«

»Nein, Sie sind der Richtige für mich. Ich spüre, daß Sie etwas zu wissen scheinen – und Vater Curl nicht.«

»O je«, sagte Vater Weatherbee, sank in seinem Stuhl zusammen und murmelte irgend etwas vor sich hin. Dann sah er sich geistesabwesend um und sprach jetzt so leise, daß Will Barrett die Hand hinter sein gutes Ohr legen mußte, um ihn zu verstehen. »Mir scheint, ich begreife ein einfaches fremdes Volk besser als mein eigenes Volk. Mir scheint, ich begreife jedes Land der Welt besser als mein eigenes Land.« Er reckte den Hals wie ein philippinischer Vogel und wich krampfhaft Will Barretts Blick aus. »Wie kommt es, daß wir das beste, hochherzigste Volk der Welt sind und dabei so unglücklich? Wie hart die Menschen hier sind! Wie gehetzt! Wie ungeduldig! Wie zerquält! Wie sarkastisch! Wie unglücklich! Wie haßerfüllt! Wie vergnügungssüchtig! Wie wollüstig! Und vor allem wie selbstsüchtig! Wic kommt es nur, daß wir mehr besitzen als irgendein anderes Volk der Welt, daß wir damit auch großzügiger umgehen als alle anderen und dabei doch so egoistisch und unglücklich sind? Warum denken wir nur an unser eigenes Vernügen? Beim

Fernsehen traue ich manchmal meinen Augen nicht und werde schamrot. Haben Sie gewußt, daß Vergnügungssucht zu Grausamkeit führt? Das ist der Grund, warum immer mehr Eltern ihre Kinder schlagen. Kinder stehen dem Vergnügen im Weg. Hassen Sie Kinder auch? Warum können wir Gott nicht dankbar sein für die großen Wohltaten, die er uns angedeihen läßt?« Er starrte auf seinen Schreibtisch und schien Will Barrett ganz vergessen zu haben. Seine Stimme sank zu einem Flüsterton herab. »Wie kommt es nur, daß die Amerikaner, das beste, hochherzigste Volk der Welt, so unglücklich sind?« Er schüttelte den Kopf. »Ich kann das einfach nicht...«

»Ja! Ganz recht!« unterbrach ihn Will Barrett aufgeregt und beugte sich noch weiter vor. »Deswegen finde ich es ja so wichtig, ein Zeichen zu erkennen, wenn...«

Aber der alte Priester hörte nicht zu. »Es gibt ein kleines Küstendorf in Mindanao in der Nähe von Naga-Naga, das ich nur einmal pro Jahr besuchen konnte. Die Leute dort sind unvorstellbar arm, und doch – wie freundlich, sanft und liebevoll gehen sie miteinander um! Wie glücklich sind sie! Wenn ich ins Dorf kam, rannten kleine Kinder aus den Häusern und lachten vor Freude, nahmen mich bei der Hand und führten mich im Dorf herum, um die Alten, Kranken und Blinden zu besuchen – und die waren sogar noch glücklicher als die Kinder, wenn ich kam! Sie glaubten an mich! Sie glaubten voll und ganz an das Evangelium und an die Lehren der Kirche. Sie meinten, es müsse wohl wahr sein, wenn ich es ihnen erzählte, denn sonst hätte ich mir nicht soviel Mühe gemacht. Auch während meiner Abwesenheit lebten verlobte Paare enthaltsam, und sie taten es fröhlich und aus freien Stücken.« Er lehnte sich zurück und sah schüchtern auf. Das Bläschen trat wieder auf seine Lippe.

»Ganz recht!« rief Will Barrett. In seiner Erregung war er aufgestanden und wollte um den Schreibtisch herumkommen. »Sagen Sie mir eins, Vater. Glauben Sie, daß Christus wiederkehrt und daß es tatsächlich bestimmte untrügliche Zeichen gibt, die seine Wiederkehr gerade in dieser Zeit ankündigen?«

Jetzt hatte sich Vater Weatherbee ebenfalls erhoben und wich nickend und lächelnd zur Seite, wobei er darauf achtete, daß der Schreibtisch immer zwischen ihnen blieb. Hätte er doch nur zur Atchison, Topeka und der Santa Fe zurück gekonnt und zum einsamen Pfeifen der Seaboard Air Line, den einzigen Dingen in ganz Amerika, von denen er Notiz nahm.

Will Barrett hielt den alten Priester an der Tür auf und sah ihm ins Gesicht. Das kranke Auge rollte, und das gesunde sah ihn ängstlich an: Was wollen Sie denn von mir? Was will ich eigentlich von ihm, überlegte Will Barrett und merkte plötzlich, daß er die Handgelenke des alten Mannes umfaßt hielt wie bei einem Kind. Sie fühlten sich an wie morsche Stöcke. Er ließ sie los und wich zurück. Aus irgendeinem Grund blieb der alte Mann reglos stehen und sah ihn mit einem neuen merkwürdigen Gesichtsausdruck an. Will Barrett dachte an Allie in ihrem Treibhaus, an ihre großen grauen Augen, ihre mageren muskulösen Knabenarme, ihre flinken, kräftigen Hände. Sein Herz hüpfte vor heimlicher Freude. Was ist es denn, was ich von ihr und ihm will, überlegte er, und nicht nur will, sondern haben muß? Ist sie eine Gabe und somit das Zeichen eines Gebers? Könnte es sein, daß der Herr schon hier ist und sich hinter diesem schlichten, arglosen, heiligen Gesicht verbirgt? Bin ich verrückt, daß ich beides möchte, sie und IHN? Nein, nicht nur möchte, sondern haben muß. Und haben werde.

Klassische japanische Literatur in den Verlagen Insel und Suhrkamp

Als wär's des Mondes letztes Licht am frühen Morgen. Hundert Gedichte von hundert Dichtern aus Japan. Herausgegeben und übertragen von Jürgen Berndt. Leinen

Das Ise-monogatari. Kavaliersgeschichten aus dem alten Japan. Aus dem Original übertragen und kommentiert von Siegfried Schaarschmidt. Mit Illustrationen nach einer japanischen Ausgabe des frühen 17. Jahrhunderts und Erläuterungen zu den Bildern von Irmtraud Schaarschmidt-Richter. Leinen

Yoshida Kenkō: Betrachtungen aus der Stille. Tsurezuregusa. Aus dem Japanischen übertragen, erläutert und mit einem Nachwort versehen von Oscar Benl. Leinen

– Betrachtungen aus der Stille. Das Tsurezuregusa. Aus dem Japanischen übertragen, erläutert und mit einem Nachwort versehen von Oscar Benl. st 1227

Murasaki: Die Geschichte vom Prinzen Genji, wie sie geschrieben wurde um das Jahr Eintausend unserer Zeitrechnung von Murasaki, genannt Shikibu, Hofdame der Kaiserin von Japan. 2 Bände. Nach der englischen Übertragung von Arthur Waley. Deutsch von Herberth E. Herlitschka. Mit zahlreichen farbigen Abbildungen. it 1003

Meister Seami: Die geheime Überlieferung des Nō. Aufgezeichnet von Meister Seami. Aus dem Japanischen übertragen und erläutert von Oscar Benl. Leinen

Das Kopfkissenbuch der Dame Sei Shonagon. Auswahl, Anordnung und Nachwort von Helmut Brode. Illustrationen von Irmtraud Schaarschmidt-Richter. IB 998

Ueda Akinari: Erzählungen beim Frühlingsregen. Aus dem Japanischen übertragen und mit einem Nachwort versehen von Wolfgang E. Schlecht. Leinen

Vierundzwanzig Nō-Spiele. Ausgewählt und aus dem Japanischen übertragen von Peter Weber-Schäfer. Leinen

Zen. Aussprüche und Verse der Zen-Meister. Auswahl und Nachwort von Peter Weber-Schäfer. IB 798

120/1/12.90